Œuvres complètes
d'Agatha Christie

Volume X

Agatha Christie

Volume 10.

Un cadavre dans la bibliothèque.
Le secret de Chimneys.
Les vacances d'Hercule Poirot.
Meurtre au champagne.

LIBRAIRIE DES CHAMPS-ÉLYSÉES
17, rue de Marignan
PARIS VIIIe

L'éditeur tient à préciser que toute ressemblance entre les personnages présentés ici et des personnes existantes ou ayant existé serait une pure coïncidence et le fait du hasard.

Un cadavre dans la bibliothèque

The body
in the library

Traduit de l'anglais
par Louis Postif

I.

Mrs. Bantry rêvait : ses pois de senteur avaient obtenu le premier prix à l'Exposition florale. Le pasteur, revêtu de son surplis, distribuait les récompenses à l'église et sa femme, en costume de bain, le suivait. Fort heureusement, ce n'était qu'un rêve, sans quoi cette tenue irrévérencieuse eût soulevé la désapprobation de tous les fidèles.

Mrs. Bantry savourait cette douce torpeur du matin, qui se terminait d'ordinaire par l'apparition de la servante apportant le thé. Elle percevait vaguement les multiples bruits familiers de la maison qui s'éveille : le glissement des rideaux de la fenêtre de l'escalier, tirés par la femme de chambre, le frottement du balai de la bonne à tout faire dans le couloir, et, en bas, le grincement du verrou de la porte d'entrée qu'on ouvre.

Une nouvelle journée commençait. En attendant le réveil, la dormeuse s'efforçait de tirer le plus de plaisir possible de l'Exposition florale, car déjà elle avait peur d'un insuccès.

Dans le salon, au-dessous d'elle, on poussait bruyamment les volets de bois. Ce bruit ne l'éveilla pas et, pendant une demi-heure encore, le va-et-vient de la maisonnée au travail se poursuivait, discret, étouffé, trop habituel pour troubler sa rêverie. Ce remue-ménage atteindrait son point culminant et final lorsque se produiraient dans le couloir une rapide succession de pas, le froissement d'une robe de percale, le cliquetis sourd des tasses de porcelaine sur le plateau, puis un petit coup frappé à sa porte et l'entrée de Mary allant ouvrir les rideaux.

Dans son demi-sommeil, Mrs. Bantry fronça le sourcil. Quelque chose d'insolite venait de frapper son subconscient : dans l'escalier, un bruit de pas trop précipités et en avance sur l'heure habituelle. Son oreille chercha le léger heurt des objets en porcelaine, mais en vain : ce matin-là, elle ne l'entendit point.

Cependant le coup fut donné sur la porte et, automatiquement, des profondeurs de sa rêverie, Mrs. Bantry dit :

— Entrez!

La porte s'ouvrit, les anneaux allaient glisser aux fenêtres.

Pas du tout. Dans la lumière diffuse de la chambre, la voix de Mary s'éleva, haletante et affolée :

— Madame! Madame! Il y a un cadavre dans la bibliothèque!

Puis, avec un sanglot nerveux, la femme de chambre sortit.

Mrs. Bantry se dressa sur son séant.

Son rêve prenait-il un tour extravagant, ou Mary s'était-elle vraiment précipitée dans la pièce en criant cette phrase incroyable, fantastique : « Madame, il y a un cadavre dans la bibliothèque »?

— C'est impossible, prononça tout haut Mrs. Bantry, j'ai dû rêver!

Mais elle était convaincue de n'être point le jouet de son imagination. Mary, cette femme si pondérée, avait réellement proféré des paroles étranges.

Après une minute de réflexion, Mrs. Bantry donna un coup de coude à son époux endormi.

— Arthur, Arthur, réveille-toi!

Le colonel Bantry marmotta quelques mots entre ses dents et se retourna.

— Réveille-toi, Arthur! As-tu entendu ce qu'elle a dit?

— Bien sûr, dit le colonel d'une voix pâteuse, je suis tout à fait d'accord avec toi, Dolly, et aussitôt il se rendormit.

Mrs. Bantry le secoua.

— Ecoute-moi, voyons. Mary vient de dire qu'il y a un cadavre dans la bibliothèque.

— Un quoi?...

— Un cadavre dans la bibliothèque.

— Qui a dit cela?

— Mary.

Le colonel Bantry, rassemblant ses facultés, trancha la question :

— Tu déraisonnes, ma chère. Tu viens de rêver.

— Non. Un instant j'ai cru m'éveiller au milieu d'un tel rêve, mais Mary est bien entrée ici pour nous crier ces mots.

— Mary est venue nous annoncer qu'il y avait un cadavre dans la bibliothèque?

— Oui.

— Mais c'est impossible! déclara le colonel.

— Evidemment. Mais pourquoi Mary aurait-elle dit pareille sottise?

— Elle n'est pas entrée, voyons!

— Mais si!

— Tu te l'imagines.

— Nullement!

Maintenant, le colonel Bantry était tout à fait éveillé. D'un ton aimable, il dit à sa femme :

— Tu as rêvé, Dolly. La faute en est à ce roman policier que tu lisais hier soir : *Le Mystère de l'Allumette brisée.* « Lord Edgbasten découvre le cadavre d'une belle blonde sur le tapis de sa bibliothèque. » Dans les romans, les cadavres se trouvent d'habitude dans les bibliothèques. Je n'ai jamais vu cela dans la vie réelle.

— Cette fois, tu le verras peut-être. En tout cas, Arthur, lève-toi et va voir toi-même.

— Inutile, Dolly. Tu as eu un simple cauchemar. Au réveil, les rêves se confondent souvent avec la réalité.

— Détrompe-toi. Je rêvais de tout autre chose : j'assistais à une exposition de fleurs où la femme du pasteur se promenait en costume de bain... ou quelque chose dans ce genre.

Agacée, Mrs. Bantry sauta à bas du lit et tira les rideaux. La lumière d'un beau jour d'automne entra à flots dans la chambre.

— Je n'ai pas rêvé, je te le jure! insista-t-elle d'une voix ferme. Voyons, Arthur, lève-toi et descends te renseigner.

— Tu veux que je descende pour demander s'il y a un cadavre dans la bibliothèque? On va me prendre pour un fou.

— Ne demande rien. S'il y a réellement un cadavre... Il est encore possible que Mary ait perdu la tête et soit en proie à des visions... s'il y a un cadavre tu le sauras assez vite. Ne dis rien et descends!

Tout en grognant, le colonel Bantry revêtit sa robe de chambre et sortit. Il suivit le couloir et descendit l'escalier. Au bas des marches il vit les domestiques rassemblés; des femmes pleuraient.

Le maître d'hôtel s'avança d'un air digne.

— Ah! je suis heureux de voir Monsieur! J'ai donné des ordres pour qu'on ne touche à rien avant votre arrivée. Dois-je téléphoner à la police?

— A quel sujet?

Le maître d'hôtel jeta un regard de reproche à la jeune femme qui sanglotait sur l'épaule de la cuisinière.

— Je croyais que Mary avait déjà averti Monsieur. Du moins, elle me l'a affirmé.

Mary balbutia :

— J'étais si effrayée que je ne sais plus ce que j'ai dit. Mes jambes tremblaient et j'ai eu une faiblesse. Pensez donc! C'est moi qui l'ai vu la première...

De nouveau, elle s'affaissa sur la poitrine de Mrs. Beeles, qui s'efforçait de la calmer.

— Voyons, voyons, ma fille!

— Mary est encore tout émue, Monsieur, car c'est elle qui a fait l'horrible découverte, expliqua le maître d'hôtel. En entrant dans la bibliothèque, comme chaque matin, pour tirer les rideaux, elle a failli tomber sur le cadavre.

— Vous voulez dire qu'il y a un cadavre dans ma bibliothèque... ma bibliothèque? demanda le colonel Bantry.

Le maître d'hôtel toussota :

— Peut-être serait-il bon que Monsieur voie par lui-même.

. . .

— Allô, allô, allô, ici le poste de police. Qui parle?

Le constable Palk boutonnait sa tunique d'une main, et de l'autre tenait le récepteur du téléphone.

— Ah! c'est... le manoir de Gossington?... Bonjour, monsieur!

La voix du policier se radoucit quelque peu et abandonna le ton officiel. Il venait de reconnaître la voix du colonel Bantry, principal magistrat du district et généreux protecteur des sports de la police.

— Oui, monsieur. Que puis-je faire pour vous?... Excusez-moi, monsieur. Je n'entends pas très bien. Un cadavre, dites-vous? Oui, si vous voulez, monsieur. Très bien, monsieur... Une jeune femme qui vous est inconnue, monsieur? Parfait, monsieur... Oui, comptez sur moi.

Palk reposa le récepteur, poussa un long sifflement et se mit à composer le numéro de son chef sur le cadran de l'appareil.

Mrs. Palk entrouvrit la porte de sa cuisine, d'où s'échappaient des effluves appétissants de lard frit.

— Que se passe-t-il?

— Une chose extraordinaire, répliqua son mari. On vient de découvrir le cadavre d'une jeune femme au manoir, dans la bibliothèque du colonel.

— Un assassinat?

— Cette femme a été étranglée, paraît-il.

— Qui est-elle?

— Le colonel prétend ne la connaître ni d'Eve ni d'Adam.

— Alors, que faisait-elle dans sa bibliothèque?

Palk la fit taire d'un regard et parla officiellement au téléphone.

— L'inspecteur Slack? Ici, le constable Palk. On vient de m'apprendre que le cadavre d'une jeune femme a été découvert ce matin, à sept heures et quart...

. . .

Le téléphone de Miss Marple retentit tandis qu'elle s'habillait. Ce bruit l'agita quelque peu. C'était une heure indue pour téléphoner. La vie de cette vieille fille austère était si bien ordonnée qu'un coup de téléphone inattendu devenait pour elle une source d'inquiétudes.

— Mon Dieu! s'écria-t-elle, tout en regardant l'appareil d'un œil inquiet. Qui cela peut-il bien être?

Les appels téléphoniques se faisaient généralement de neuf heures à neuf heures et demie entre amis et voisins au village. On discutait de projets pour la journée et d'invitations pour l'après-midi, etc. Si par hasard le boucher éprouvait des difficultés à livrer ses commandes, il vous en prévenait un peu avant neuf heures. Au cours de la journée, on pouvait, à la rigueur, téléphoner à ses amis, mais il était malséant de les déranger le soir.

Il est vrai que le neveu de Miss Marple, un écrivain et partant un excentrique, lui avait parfois téléphoné à des heures invraisemblables, une fois même à minuit moins dix... Mais si extravagant que fût Raymond West, il n'était pas matinal à ce point. Ce jeune garçon, pas plus qu'aucune des connaissances de Miss Marple, ne se fût permis de lui téléphoner avant huit heures du matin. Or, il était tout juste huit heures moins le quart.

Il était même trop tôt pour qu'on lui communiquât un télégramme par fil, la poste n'ouvrant qu'à huit heures.

— Il y a sûrement erreur de numéro, décréta Miss Marple. Elle se décida néanmoins à décrocher le récepteur.

— Allô!...

— C'est vous, Jane?

Miss Marple fut très surprise.

— Oui, c'est Jane. Vous êtes bien matinale, Dolly.

La voix de Mrs. Bantry lui parvenait étrange et agitée.

— Il nous arrive une chose horrible.

— Quoi donc, chère amie?

— Nous venons de découvrir un cadavre dans la bibliothèque.

Un instant, Miss Marple crut que son amie avait perdu la raison.

— Qu'avez-vous découvert, dites-vous?

— Je comprends votre étonnement, chère amie. Moi aussi, je m'imaginais que ces choses n'existaient que dans les romans. J'ai dû parlementer un long moment avec Arthur avant de le décider à descendre à la bibliothèque.

Miss Marple essaya de se ressaisir et demanda en soupirant :

— Mais le cadavre de qui?

— D'une blonde.

— D'une quoi?

— D'une jolie blonde... toujours comme dans les romans. Aucun de nous ne la connaît. Elle est étendue, morte dans la bibliothèque. Voilà pourquoi il faut que vous veniez tout de suite.

— Vous voulez que je vienne?

— Oui. J'envoie l'automobile vous prendre.

Miss Marple dit d'une voix incrédule :

— Evidemment, chère amie, si vous croyez que je puisse vous apporter quelque soulagement...

— Je n'en ai nul besoin, mais vous excellez à résoudre les problèmes policiers...

— Vous exagérez. Mes petits succès n'ont été que théoriques.

— Si! Si! Vous réussissez à découvrir les assassins! Cette jeune femme a été tuée... étranglée. Voici mon point de vue : En compensation de l'ennui d'avoir ma maison pour théâtre d'un crime, je veux en tirer une satisfaction personnelle. Je désire que vous veniez m'aider à trouver le coupable et à éclaircir le mystère. Voilà de quoi nous procurer bien des émotions, n'est-ce pas?

— Eh bien, chère amie, si je puis vous rendre service...

— A la bonne heure! Arthur n'est pas de mon avis. Il me reproche de chercher à me distraire avec ce drame. Bien sûr, c'est triste, je n'en disconviens pas. Mais après tout, je ne connais pas cette jeune personne... quand vous l'aurez vue, vous comprendrez ce que je veux dire lorsque je prétends qu'elle ne semble pas réelle.

. . .

Légèrement émue, Miss Marple descendit de l'auto des Bantry, dont le chauffeur lui ouvrait la portière.

Le colonel Bantry vint sur le perron et sembla légèrement surpris.

— Mademoiselle Marple... je suis heureux de vous voir !

— Mrs. Bantry m'a téléphoné, répliqua la vieille demoiselle.

— Parfait ! Parfait ! Il lui faut quelqu'un auprès d'elle. Autrement, elle deviendra folle. Elle essaie de faire bonne figure pour l'instant, mais vous savez ce que c'est...

A ce moment même, Mrs. Bantry apparut. Elle s'exclama :

— Que fais-tu là, Arthur? Retourne déjeuner, ton lard va refroidir !

— Je pensais que c'était l'inspecteur, fit le colonel Bantry.

— Il arrivera assez tôt. Aussi hâte-toi de déjeuner. Tu as besoin de prendre des forces.

— Toi aussi. Tu ferais mieux de venir manger quelque chose, Dolly.

— Dans une minute, répondit Mrs. Bantry.

Elle repoussa son mari vers la salle à manger comme elle eût fait d'un coq récalcitrant.

— Allons, Jane ! dit-elle d'une voix triomphante, venez !

D'un pas alerte, elle conduisit sa visiteuse par un long couloir vers la partie est de la maison. Devant la porte de la bibliothèque, le constable Palk montait la garde. D'un geste autoritaire, il arrêta Mrs. Bantry.

— Excusez, madame, personne n'a le droit d'entrer. Ordre de l'inspecteur !

— Vous êtes stupide, Palk. Vous connaissez parfaitement Miss Marple.

Le constable reconnut ce fait.

— Il est très important qu'elle voie le cadavre, dit Mrs. Bantry. Voyons, Palk, soyez raisonnable : après tout, c'est ma bibliothèque.

Palk finit par céder. Depuis son enfance, il baissait pavillon devant la haute bourgeoisie du pays. L'inspecteur, songea-t-il, n'en saurait rien.

— En tout cas, mesdames, ne touchez à quoi que ce soit.

— Nous le savons, Palk, dit Mrs. Bantry, agacée. Soyez tranquille. D'ailleurs, accompagnez-nous si vous voulez.

Le constable Palk sauta sur cette invitation. N'importe comment, il n'eût pas laissé ces dames entrer seules.

Mrs. Bantry conduisit son amie vers la vieille cheminée de la bibliothèque. D'un ton mélodramatique, elle prononça :

— Voyez !

Miss Marple comprit aussitôt l'insinuation contenue dans les paroles de son amie. En effet, la victime paraissait irréelle, mais pourquoi?

Ce salon-bibliothèque reflétait bien le caractère de ses propriétaires. Il était vaste, médiocrement décoré et en désordre. On y voyait de larges fauteuils aux sièges affaissés, des pipes, des livres et des papiers d'affaires épars sur une grande table. Aux murs pendaient quelques beaux portraits de famille, de mauvaises aquarelles de l'époque victorienne et des scènes de chasse prétentieusement comiques. Dans un coin, un gros vase de fleurs. La pièce, mélancolique et vétuste, gardait l'empreinte des nombreuses générations qui y avaient vécu dans le respect des choses du passé.

Sur la vieille peau d'ours placée devant la cheminée était étendu le corps superbe d'une jeune fille... une jeune fille aux cheveux d'un blond artificiel dont les savantes bouclettes encadraient le visage.

Une robe de soirée en satin blanc pailleté, très échancrée dans le dos, revêtait ses formes minces. Le visage était très maquillé, la poudre ressortait exagérément sur les traits bleuis et gonflés, le rimmel des cils formait une ligne épaisse sur les joues convulsées et les lèvres écarlates ressemblaient à une profonde blessure. Les ongles des mains étaient recouverts d'un émail rouge sang, ainsi que ceux des orteils, visibles dans des sandales en lamé d'argent. L'ensemble de la toilette donnait une impression de mauvais goût et de bon marché, de sorte que la présence de cette inconnue, même morte, jurait dans la bibliothèque aristocratique et démodée du manoir.

Tout bas, Mrs. Bantry dit à son amie :

— Comprenez-vous mon jugement à présent? Je ne crois pas me tromper, il y a quelque chose de bizarre dans ce cadavre.

La vieille fille approuva de la tête. Longuement, elle regarda le corps étendu devant elle.

Enfin, Miss Marple prononça d'une voix douce :

— Elle est très jeune.

— Oui, oui, sans doute, répondit Mrs. Bantry, l'air surpris comme si elle venait de faire une découverte.

On entendit le roulement d'une auto sur le gravier de l'allée. Le constable Palk s'empressa d'avertir les deux femmes.

— Ce doit être l'inspecteur.

Pour ne point décevoir le policier dans sa foi en la discrétion des gens du monde, Mrs. Bantry se dirigea aussitôt vers la porte, suivie de Miss Marple, et toutes deux sortirent.

— Rassurez-vous, Palk, tout ira bien.

Le constable éprouva un immense soulagement.

. . .

Avalant précipitamment une gorgée de café pour faire descendre la dernière bouchée de sa rôtie couverte de marmelade, le colonel Bantry gagna en toute hâte le vestibule et vit avec plaisir le colonel Melchett, chef constable du comté, accompagné de l'inspecteur Slack, descendre de voiture. Melchett était un ami du colonel Bantry. Slack ne lui était point sympathique; cet homme énergique affectait des manières brusques et ne cherchait pas à plaire.

— Bonjour, Bantry, dit le chef constable. J'ai cru bien faire de venir moi-même. Cette affaire sort de l'ordinaire.

— En effet... en effet, balbutia le colonel Bantry. C'est incroyable... inouï.

— Vous ne savez pas qui est cette femme?

— Je n'en ai pas la moindre idée. C'est la première fois que je la vois.

— Le maître d'hôtel ne la connaît-il pas non plus? demanda l'inspecteur Slack.

— Lorrimer est aussi intrigué que moi.

— Ah! soupira l'inspecteur.

— Melchett, désirez-vous prendre quelque chose? Le déjeuner est servi dans la salle à manger, dit le colonel Bantry.

— Non, je préfère m'occuper de l'enquête. D'une minute à l'autre, le docteur Haydock doit arriver... Tiens, le voici.

Une autre auto stoppa et le gros médecin de la localité, qui remplissait aussi les fonctions de médecin légiste, en descendit. Une deuxième automobile policière amena deux hommes en civil, dont l'un portait un appareil photographique.

— Tout le monde est-il là? demanda le chef constable. Bien, allons... le cadavre se trouve dans la bibliothèque, à ce que me dit Slack.

Le colonel Bantry grommela :

— C'est fantastique! Ce matin lorsque ma femme m'a dit que la femme de chambre était montée nous avertir qu'un cadavre gisait dans la bibliothèque, je n'ai pas voulu la croire.

— Je comprends cela. J'espère que Mrs. Bantry n'est pas trop bouleversée par cet événement.

— Elle a été merveilleuse... absolument merveilleuse. Elle a fait venir près d'elle Miss Marple... une habitante du village.

— Miss Marple? Le chef constable se redressa. Pourquoi l'a-t-elle envoyé chercher?

— Bah! il est tout naturel qu'une femme recherche la société d'une amie en pareil cas. Qu'en pensez-vous?

Le colonel Melchett ricana :

— Si vous voulez mon avis, Mrs. Bantry va s'essayer la main au petit jeu de l'amateur détective. Miss Marple est le véritable limier local. Une fois, elle nous a bien « possédés », n'est-ce pas, Slack?

— Oui, mais en des circonstances très différentes, répliqua l'inspecteur.

— Comment cela?

— La victime était une personne du pays. Cette vieille fille sait tout ce qui se passe au village, je vous l'accorde. Mais aujourd'hui elle en sera pour ses frais.

Melchett observa d'un ton sec :

— Vous-même, Slack, ne savez pas grand-chose de l'affaire.

— Patience, monsieur, attendez que je me mette à la besogne.

. . .

Dans la salle à manger, Mrs. Bantry et Miss Marple déjeunaient à leur tour.

Après avoir servi son invitée, Mrs. Bantry lui dit :

— Eh bien, Jane?

Miss Marple leva vers elle des yeux légèrement étonnés.

— Cela ne vous rappelle-t-il rien? demanda Mrs. Bantry. Miss Marple avait, en effet, la manie de chercher un terme de comparaison entre les événements insignifiants du village et les faits plus importants pour essayer d'expliquer ceux-ci.

— Ma foi, non, répondit Miss Marple pensivement, cela ne me rappelle rien, du moins pour l'instant. Cette inconnue me fait songer à la cadette de Mrs. Chetty... Edie, vous savez... parce que cette pauvre enfant se ronge les ongles et a la mâchoire supérieure légèrement proéminente. Rien de plus. En outre, continua Miss Marple, poursuivant son parallèle, Edie aimait beaucoup les falbalas!

— Vous voulez parler de la toilette de la morte? demanda Mrs. Bantry.

— Oui, la robe est en satin trop brillant et de médiocre qualité.

— Je l'ai remarqué aussi. Cela vient d'un de ces magasins de pacotille où tous les articles se vendent pour une guinée. Dites-moi... qu'est devenue la petite Edie?

— Elle vient d'entrer dans sa deuxième place et on est content d'elle, à ce qu'on raconte, répondit la vieille fille.

Mrs. Bantry parut légèrement désappointée. La comparaison de Miss Marple ne lui laissait guère d'espoir.

— Je me demande, reprit Mrs. Bantry, ce que cette jeune fille pouvait faire dans la bibliothèque d'Arthur? On a forcé la fenêtre, aux dires de Palk. Peut-être s'est-elle introduite ici avec un cambrioleur? Puis ils se sont querellés... Mais tout cela ne tient pas debout, n'est-ce pas?

— Elle n'était pas vêtue pour entreprendre un cambriolage, observa Miss Marple.

— Non, elle était plutôt habillée pour un bal ou une soirée. Mais je ne vois rien de tout cela dans le village ou les environs.

— N...on, dit Miss Marple, hésitante.

— Vous me cachez quelque chose, Jane.

— Je pensais justement à...

— A qui?

— A Basil Blake.

— Oh! non! s'écria Mrs. Bantry, qui ajouta en guise d'explication : Je connais la mère du jeune Blake.

Les deux amies se regardèrent. Miss Marple poussa un soupir et hocha la tête.

— Je comprends votre sentiment, dit-elle.

— Célina Blake est la plus charmante des femmes. Ses bordures vertes sont tout simplement admirables et me font mourir d'envie. Elle est si prodigue pour ses boutures!

Sans tenir compte des titres de Mrs. Blake à l'estime de Mrs. Bantry, Miss Marple remarqua :

— Tout de même, il a couru pas mal de bruits...

— Je sais, je sais, fit Mrs. Bantry. Arthur pâlit dès qu'il entend prononcer le nom de ce garçon qui a été très grossier envers lui. Arthur ne veut plus en entendre parler. Ce gamin a pris l'habitude de tout traiter à la légère, comme la plupart des jeunes gens d'aujourd'hui. Et, avez-vous vu ses costumes? Certaines gens prétendent qu'on peut se vêtir à sa guise à la campagne. Quelle sottise! C'est précisément à la campagne qu'on fait attention à vous.

Après une pause, elle ajouta :

— C'était pourtant un beau bébé dans son bain!

— Le journal de dimanche dernier publiait une jolie photographie de l'assassin Cheviot, tout enfant, remarqua la vieille demoiselle.

— Tout de même, Jane, vous ne soupçonnez pas qu'il...

— Non, non, chère amie. Loin de moi cette pensée. Je ne conclus pas si vite. J'essayais simplement d'expliquer la présence de cette jeune femme ici. St. Mary-Mead est un village tellement reculé! Pour moi, seul Basil Blake peut l'y avoir attirée. Il donne des réceptions. On vient le voir de Londres et des studios... Vous souvenez-vous du scandale de juillet dernier? Des cris, des chants... un vacarme infernal... tout le monde était ivre, à ce qu'il paraît. Et le lendemain Mrs. Berry m'a dit qu'il y avait dans la maison un monceau de verres cassés et qu'une jeune femme presque nue dormait dans la baignoire.

D'un ton indulgent, Mrs. Bantry remarqua :

— C'étaient sans doute des artistes de cinéma.

— Probablement. Puis... Vous êtes peut-être au courant... Voici plusieurs fins de semaine que Mr. Blake vient ici en compagnie d'une jeune personne... une blonde platinée.

— Ce n'est tout de même pas elle! s'exclama Mrs. Bantry.

— Eh bien, je n'en suis pas sûre. Je ne l'ai jamais vue de près, mais seulement entrer et sortir de la voiture et, une fois, dans le jardin de la villa, où elle prenait un bain de soleil, vêtue seulement d'un short et d'un soutien-gorge. En réalité, je ne connais pas son visage. Toutes ces jeunes femmes avec leur maquillage, leur chevelure blonde et leurs ongles peints se ressemblent.

— Ma foi, vous avez peut-être raison, Jane. En tout cas, c'est une idée.

2.

A ce moment même, le colonel Melchett et le colonel Bantry étaient, eux aussi, en train de discuter. Le chef constable, après avoir examiné le cadavre, avait laissé ses subalternes à leur besogne routinière pour rejoindre le maître du logis dans son cabinet de travail situé dans l'aile opposée du manoir.

Le colonel Melchett, l'air irascible, avait l'habitude de tirer constamment sur sa courte moustache rousse. En cet instant, il se livrait à cette douce manie et jetait un regard oblique vers son compagnon.

— Ecoutez-moi, Bantry. Il faut que j'en aie le cœur net. Est-il vrai que vous ne connaissez pas cette femme?

L'autre protesta énergiquement, mais le chef constable l'interrompit :

— C'est entendu, mon vieux, mais envisageons les faits du point de vue des conséquences. Vous êtes marié, vous aimez votre femme et votre intérieur. Mais, entre nous, si vous êtes lié à cette personne, de quelque façon que ce soit, mieux vaut me l'avouer tout de suite. Je comprends vos hésitations, moi-même, à votre place, je serais bigrement embarrassé. Mais il faut en passer par là. Nous sommes en présence d'un crime : la vérité doit être connue. Parbleu ! je ne prétends pas que vous ayez étranglé cette fille... Vous n'en êtes pas capable, je le sais. Cependant n'oubliez pas qu'elle est entrée ici, chez vous. Mettons qu'elle y ait pénétré par effraction, qu'elle attendait de vous voir... qu'un type l'ait suivie et lui ait fait son affaire. Tout est possible. Vous comprenez ma pensée ?

— Je n'ai jamais vu cette femme de ma vie. Je ne suis pas l'homme que vous supposez.

— En ce cas, tout va bien. Je ne vous jette pas la pierre, remarquez. Je suis un homme du monde. Du moment que vous le dites... Savoir ce qu'elle faisait ici ? Elle n'est pas des environs, c'est certain.

— Cette histoire me fait l'effet d'un cauchemar, soupira le colonel Bantry.

— Mon vieux, il s'agit de découvrir ce qu'elle fabriquait dans votre bibliothèque.

— Comment le saurais-je ? Je ne l'ai pas invitée à y venir !

— Non, non, mais elle y est tout de même venue ! Tout laisserait supposer qu'elle avait besoin de vous voir. N'avez-vous pas reçu une lettre ou un message quelconque ?

— Non, rien.

Le colonel Melchett demanda délicatement :

— Vous-même, que faisiez-vous hier soir ?

— Je me suis rendu à la réunion de l'Association des conservateurs, à neuf heures, à Much Benham.

— Et quand êtes-vous rentré ?

— J'ai quitté Much Benham peu après dix heures. J'ai eu quelques ennuis sur la route et j'ai dû changer une roue de mon auto. J'étais de retour chez moi à minuit moins le quart.

— N'êtes-vous pas allé dans votre bibliothèque ?

— Non.

— Dommage !

— Très fatigué, je suis monté directement me coucher.

— Personne ne vous attendait ?

— Personne. J'emporte toujours mon passe-partout. Lorrimer se retire à onze heures, à moins d'instructions contraires de ma part.

— Qui ferme la bibliothèque ?

— Lorrimer. D'habitude, vers sept heures et demie à cette époque de l'année.

— Y retourne-t-il au cours de la soirée ?

— Pas quand je m'absente. Il laisse dans le vestibule le plateau avec le whisky et les verres.

— Je comprends. Et Mrs. Bantry?

— Elle était couchée lorsque je rentrai et dormait profondément. Elle a dû passer la soirée dans la bibliothèque ou au salon. Je ne le lui ai pas demandé.

— Peu importe. Nous apprendrons bientôt tous les détails. N'est-ce pas un de vos domestiques qui a fait le coup?

— Oh! non! protesta fermement le colonel Bantry. Ce sont tous des gens honnêtes, à notre service depuis de longues années.

Melchett acquiesça :

— En effet, je ne crois pas qu'ils soient mêlés à ce crime. La victime a dû venir de Londres... en compagnie d'un jeune homme. Pourquoi est-on entré chez vous par effraction?...

Bantry l'interrompit :

— De Londres... C'est plutôt cela. Dans ce coin retiré, il n'y a ni bals, ni fêtes... sauf...

— Sauf quoi?

— Sauf chez Basil Blake.

— Qui est-ce?

— Un jeune cinéaste. Un individu peu recommandable. Ma femme lui témoigne de l'indulgence parce qu'elle a été en pension avec sa mère, mais c'est un vrai spécimen de notre époque... J'aurais plaisir à lui botter le derrière. Il habite ce cottage sur la route de Lansham... vous savez, cette villa de style outrageusement moderne. Il y donne des soirées que fréquentent une foule de braillards et des jeunes femmes viennent y passer les fins de semaine.

— Des jeunes femmes?

— Oui. Il y en avait encore une la semaine dernière... Une blonde platinée...

La figure de Bantry s'allongea :

— Une blonde platinée..., répéta Melchett, l'air pensif.

— Hé, oui! Melchett, vous ne croyez tout de même pas...

Le chef constable rétorqua vivement.

— C'est dans le domaine du possible et cela expliquerait la présence d'une jeune personne de ce genre à St. Mary-Mead. Je ferais bien d'aller trouver ce jeune homme pour lui dire un mot... Comment s'appelle-t-il?... Blake, n'est-ce pas?

— Oui, Blake. Basil Blake.

— Croyez-vous qu'il soit chez lui en ce moment?

— Voyons, quel jour sommes-nous? Samedi? D'habitude, il vient ici le samedi matin.

— Eh bien, j'y vais!

. . .

La villa de Basil Blake, pourvue de tout le confort moderne, était une construction d'un style affreux, du faux Tudor avec colombage. Les employés de la poste et l'entrepreneur, William Booker, la connaissaient sous le nom de : *Chatsworth*; Basil et ses amis la dénommaient: *Notre Époque*, et les gens du village de St. Mary-Mead, « la nouvelle bâtisse de Mr. Booker ».

Située à environ cinq cents mètres du village proprement dit, elle faisait partie d'un lotissement acheté par l'habile Mr. Booker, non loin de l'auberge du *Sanglier bleu*, et la façade donnait sur une route de campagne. Le manoir de Gossington se trouvait à quinze cents mètres plus loin, sur la même route.

La curiosité des villageois de St. Mary-Mead fut vive lorsqu'ils apprirent que « la nouvelle bâtisse de Mr. Booker » était louée à une vedette de cinéma. On guettait avec impatience l'arrivée de cet être légendaire et il convient d'ajouter que, physiquement, Basil Blake répondait entièrement à l'attente générale. Petit à petit, cependant la vérité transpira. Basil Blake n'était pas une vedette, pas même un acteur de cinéma. En réalité, c'était un personnage bien secondaire, heureux de figurer le quinzième sur le « générique » des films, dans la liste des décorateurs aux studios Lenville, quartier général de la Société britannique des Films de l'Ere nouvelle.

Les jeunes filles du village cessèrent de s'intéresser à lui; seules les vieilles demoiselles de la bourgeoisie s'occupèrent des faits et gestes de Basil Blake. Le tenancier du *Sanglier bleu* n'eut qu'à se féliciter de la présence de Basil et de ses amis, car depuis l'arrivée du jeune homme à St. Mary-Mead, les recettes de la taverne allaient croissant.

L'automobile de la police s'arrêta devant la grille à la fois rustique et extravagante, sortie de l'imagination de Mr. Booker, et le colonel Melchett, après un coup d'œil méprisant sur le colombage exagéré de *Chatsworth*, alla d'un pas alerte jusqu'à la porte d'entrée dont il secoua violemment le heurtoir.

On vint lui ouvrir plus vite qu'il ne s'y attendait. Un jeune homme aux cheveux noirs, longs et raides, portant un pantalon en velours côtelé couleur orange et une chemise bleu roi, lui demanda sèchement :

— Eh bien, que désirez-vous?

— Êtes-vous Mr. Basil Blake?

— Oui, en personne.

— J'aimerais parler un instant avec vous, si possible, monsieur Blake.

— Qui êtes-vous?

— Je suis le colonel Melchett, chef constable du comté.

D'un ton insolent, le jeune homme rétorqua :

— Je ne m'en serais pas douté. Ça c'est rigolo!

Et le colonel Melchett, le suivant à l'intérieur de la villa, comprit alors les réactions du colonel Bantry. Le bout du pied le démangea.

Il s'efforça de demeurer courtois :

— Vous êtes bien matinal, monsieur Blake.

— Nullement, je ne me suis pas encore couché.

— Vrai?

— J'espère que vous ne venez pas ici m'interroger sur l'heure à laquelle je me lève : ce serait gaspiller le temps et l'argent du comté. Quel est le but exact de votre démarche?

Le colonel Melchett se racla la gorge.

— Il paraît, monsieur Blake, que cette dernière fin de semaine, vous avez reçu la visite... euh... d'une jeune femme aux cheveux blonds.

Basil Blake écarquilla les yeux, rejeta la tête en arrière et éclata de rire.

— Est-ce que les vieilles chipies du village sont allées se plaindre de ma façon de vivre? La vie privée des gens ne regarde pas la police. Vous le savez aussi bien que moi, sacrebleu!

— Comme vous le dites, déclara Mr. Melchett, d'un ton sec, vos murs ne me concernent nullement. Je viens ici parce que le cadavre d'une jeune femme blonde de... d'un physique plutôt extravagant, a été découvert... Elle a été assassinée.

— Pas possible! s'écria Blake, les yeux écarquillés. Où cela?

— Dans la bibliothèque du manoir de Gossington.

— A Gossington? Chez le vieux Bantry? Ça c'est une riche idée... Chez le vieux Bantry. Ce vilain bonhomme!

Le visage du colonel Melchett s'empourpra. D'une voix tremblante il voulut contenir l'hilarité impudente du cinéaste.

— Je vous prie de ménager vos paroles. Je viens simplement vous demander si vous pouvez m'éclairer sur cette affaire.

— Vous voulez savoir si j'ai perdu une blonde, hein? Pourquoi... Tiens, tiens, tiens! Qu'est ceci?

Devant la porte, une voiture venait de stopper avec un grincement de freins. Une jeune femme en sortit, vêtue d'un ample pyjama noir et blanc. Elle avait les lèvres écarlates, les cils enduits de rimmel et les cheveux platinés.

Elle alla vers la porte toute grande et s'écria furieuse :

— Dis donc, pourquoi m'as-tu plaquée?

Basil Blake s'était levé.

— Ah ! te voilà ! Pourquoi serais-je resté là-bas ? Je t'ai demandé de me suivre et tu as refusé.

— Pour quelle raison serais-je partie ? Je m'amusais prodigieusement.

— Oui, avec cette brute de Rosenberg. Tu sais pourtant ce qu'il vaut.

— Tu es jaloux, voilà tout.

— Tu te vantes, ma chère ! Je déteste voir une femme que j'aime boire outre mesure, et se laisser courtiser par un goujat de cette espèce !

— Tu mens ! Toi-même tu buvais comme un trou et tu faisais les yeux doux à cette Espagnole aux cheveux noirs.

— Si je te sors dans le monde, je tiens à ce que tu te conduises convenablement.

— Et moi je refuse de m'entendre dicter la loi. Voilà ! Tu m'as dit que nous irions à cette soirée et que nous rentrerions ensuite. J'ai quitté mes amis quand il m'a plu !

— C'est pourquoi je t'ai semée. J'avais envie de descendre à la villa et j'y suis venu. Je n'ai pas l'habitude de me plier aux caprices d'une sotte.

— Merci de ta gentillesse.

— En tout cas, tu m'as retrouvé.

— Je tenais à te dire ce que je pense de ta muflerie.

— Si tu t'imagines m'intimider, mon petit, tu te fourres le doigt dans l'œil.

— Et si tu t'imagines me commander, tu en seras pour tes frais.

Les deux jeunes gens se lancèrent des regards fulgurants.

Le colonel Melchett profita de cet instant de silence pour tousser bruyamment.

Basil Blake se tourna vivement vers lui.

— Tiens ! J'oubliais votre présence. Il est temps que vous déguerpissiez... Auparavant, laissez-moi faire des présentations : Dinah Lee, le colonel Machin-Chouette de la police du comté... Vous pouvez constater que ma blonde est vivante et en bon état. Et maintenant, colonel, veuillez poursuivre votre besogne, concernant les fredaines du vieux Bantry. Bonjour !

Le colonel répliqua :

— Je vous conseille un peu plus de politesse, jeune homme, autrement, il vous en cuira.

Là-dessus, Melchett s'en alla, le visage rouge de colère.

3.

Dans son bureau de Much Benham, le colonel Melchett étudiait minutieusement les rapports de ses subalternes.

— ... Tout cela apparaît clairement, conclut l'inspecteur Slack. Mrs. Bantry s'attarda dans la bibliothèque après dîner et alla se coucher un peu avant dix heures. Elle éteignit la lumière en quittant la pièce et personne n'y est entré ensuite. Les domestiques se retirèrent à dix heures et demie, et Lorrimer, après avoir placé les rafraîchissements dans le vestibule, monta à sa chambre à onze heures moins le quart. Nul ne perçut de bruit anormal, sauf la troisième femme de chambre, mais celle-ci en entendit trop! Des grognements et un cri à vous glacer le sang, des pas sinistres, et que sais-je encore? La deuxième femme de chambre, qui partage la même pièce, affirme que sa camarade a dormi toute la nuit sans broncher. Ces gens à l'imagination déréglée embrouillent toute enquête.

— Et cette fenêtre qu'on a forcée?

— Simmons dit que c'est du travail d'amateur, accompli avec un vulgaire ciseau à froid, répondit l'inspecteur Slack. Cela n'a pas dû faire grand bruit. On devrait retrouver cet outil dans la maison, mais personne n'a encore mis la main dessus. Le fait n'est pas rare, en ce qui concerne les instruments employés par un criminel.

— Selon vous, aucun des domestiques ne sait quelque chose?

Hésitant, l'inspecteur Slack répliqua :

— Non, monsieur, je ne pense pas. Tous semblaient bouleversés. Je concevais quelques soupçons sur Lorrimer qui se montrait réticent, mais à présent, je ne les suppose pas fondés.

Melchett approuva de la tête. Lui-même n'attachait qu'une importance relative aux silences de Lorrimer. L'énergique inspecteur Slack intimidait souvent les gens qu'il interrogeait.

La porte s'ouvrit et le docteur Haydock entra.

— Je crois bien faire en venant vous donner quelques détails sur l'autopsie.

— Docteur, nous vous remercions de votre visite. Alors?

— Rien de nouveau. Juste ce que vous pensiez : la mort est due à la strangulation. On s'est servi de la ceinture de la robe qui entourait le cou de la victime et croisait dans le dos. Rien de plus simple. Il n'a même pas fallu beaucoup de force, du moins si la jeune femme a été attaquée par surprise. Il n'y a aucune trace de lutte.

— Quelle est l'heure de la mort?
— Entre dix heures et minuit.
— Ne pourriez-vous être plus précis?
Haydock hocha la tête et ricana.
— Je ne tiens pas à compromettre ma réputation. La mort n'a pas eu lieu avant dix heures ni après minuit.
— Personnellement, à quel moment la placez-vous?
— Cela dépend. Il y avait du feu dans la cheminée, donc la pièce était chaude, ce qui a pu retarder la rigidité cadavérique.
— Possédez-vous d'autres renseignements sur la victime?
— Pas grand-chose. Elle était jeune... dix-sept ou dix-huit ans. Ses formes n'avaient pas encore atteint leur plénitude, mais les muscles sont très développés. Un beau spécimen de santé. A propos, elle était *virgo intacta.*
Avec un salut de la tête, le médecin quitta la pièce.
Melchett s'adressa à l'inspecteur :
— Êtes-vous certain qu'elle ne soit jamais venue auparavant à Gossington?
— Les domestiques l'affirment et s'indignent à cette seule question. Ils prétendent qu'ils se souviendraient d'elle s'ils l'avaient déjà rencontrée dans le voisinage.
— En effet, dit Melchett. Une jeune fille de ce genre se ferait remarquer à un kilomètre à la ronde dans ce pays. Tenez, par exemple, cette femme de Blake.
— Dommage que ce ne soit pas elle! Du moins, l'enquête progresserait un peu.
— Je crains qu'on ne trouve ici aucun fil conducteur. Pour moi, cette jeune fille a dû venir de Londres, opina le chef constable, pensif. En ce cas, mieux vaudrait en référer à Scotland Yard. Cette affaire est de son ressort plutôt que du nôtre.
— Cependant une raison quelconque l'a attirée ici, observa Slack, qui ajouta, hésitant : A mon avis, le colonel et Mrs. Bantry savent quelque chose. Naturellement, ils sont de vos amis...
Le colonel lui lança un regard froid et prononça sèchement :
— Sachez que je ne néglige aucun détail...
Il reprit :
— Avez-vous consulté la liste des personnes portées manquantes?
Slack répondit par l'affirmative et produisit une feuille dactylographiée.
— La voici, Mrs. Sanders, disparue voilà une semaine, cheveux noirs, yeux bleus, trente-six ans. Ce n'est pas elle. Du reste, chacun sait, à l'exception de son mari, qu'elle s'est enfuie avec un individu de Leeds... un représentant de commerce. Mrs. Barnard...

soixante-cinq ans. Pamela Reeves, seize ans, n'est pas rentrée hier soir, après avoir assisté au rallye des Cheftaines, cheveux marron tressés, taille : 1,77 m.

Melchett, irrité, l'arrêta :

— Cessez de me lire ces détails oiseux, Slack. Ce n'était pas une écolière. Selon mon opinion...

La sonnerie du téléphone l'interrompit.

— Allô!... oui, oui! Poste de police de Much Benham... Quoi?... Une minute.

Il écouta tout en griffonnant des notes. Puis il reprit la parole d'un ton différent :

— Ruby Keene, dix-huit ans, occupation : danseuse professionnelle. Bien. Taille : 1, 75 m. Mince, cheveux blonds platinés, yeux bleus, nez retroussé. Supposée porter robe du soir blanche en satin pailleté, sandales en lamé d'argent. Est-ce bien cela?... Quoi?... Oui, sans le moindre doute. J'envoie tout de suite Slack.

Il raccrocha et regarda son subordonné avec une émotion visible :

— Nous sommes sur la bonne piste. Le poste de police du comté de Glen me téléphone à l'instant. Une jeune fille aurait disparu de l'hôtel *Majestic* à Danemouth.

— Danemouth, répéta l'inspecteur Slack. C'est plus vraisemblable.

Danemouth est une grande station balnéaire à la mode, située non loin du village de St. Mary-Mead, dans le comté de Glen.

— C'est simplement à une trentaine de kilomètres d'ici, remarqua le chef constable. Cette jeune fille était une danseuse professionnelle attachée à l'hôtel *Majestic*. Elle n'est pas venue faire son tour de danse hier soir et la direction s'en est montrée contrariée. Comme elle n'était pas rentrée ce matin, une de ses camarades s'inquiéta à son sujet. Vous feriez bien de vous rendre sur l'heure à Danemouth, Slack. Voyez le commissaire de police Harper et travaillez de concert avec lui.

4.

L'inspecteur Slack aimait le mouvement. Se précipiter dans une voiture, imposer silence d'un ton bref aux gens empressés à lui raconter leurs affaires, couper court aux conversations, sous des prétextes toujours motivés... telles étaient les raisons de vivre de l'inspecteur.

Dans un temps incroyablement court, il arriva à Danemouth, se présenta au poste de police, eut un bref entretien avec un directeur d'hôtel craintif et affolé qu'il quitta sur ces mots peu encourageants : « Assurons-nous s'il s'agit bien de votre danseuse avant de mettre tout en branle », et revint à Much Benham en compagnie de la cousine de Ruby Keene.

Avant son départ de Danemouth, Slack avait téléphoné à Much Benham pour prévenir le chef constable de son retour. Celui-ci l'attendait donc, mais il demeura stupéfait lorsque son subordonné lui dit :

— Je vous amène Josie, monsieur.

Le colonel Melchett regarda l'autre d'un œil froid et se demanda s'il avait perdu la tête.

La jeune femme qui venait de descendre de l'auto vint à son secours.

— Dans ma profession, je me nomme Josie, expliqua-t-elle, découvrant de magnifiques dents blanches, Raymond et Josie, voilà comment on nous appelle, mon partenaire et moi, et tout le monde, au *Majestic*, me connaît sous le nom de Josie. Mon vrai nom est Joséphine Turner.

Le colonel Melchett accepta ses déclarations et invita Miss Turner à s'asseoir, tout en la détaillant d'un rapide coup d'œil.

Cette jolie fille, qui approchait de la trentaine, paraissait intelligente, douce et douée de sens commun. Sans être une femme fatale, elle dégageait une grande séduction. Discrètement fardée, elle portait un tailleur sombre de bonne coupe.

« Elle semble inquiète, mais non bouleversée par le chagrin », se dit le colonel.

En s'asseyant, elle prononça :

— C'est trop horrible pour être vrai ! Croyez-vous que ce soit Ruby ?

— Vous seule pourrez nous renseigner, mademoiselle. Je regrette de devoir vous imposer pareille épreuve.

Anxieuse, Miss Turner demanda :

— Est-elle... est-elle affreuse à voir?

— Sa vue vous causera sans doute une grande émotion.

— Voulez-vous... voulez-vous que j'aille la voir tout de suite?

— Ce serait préférable, il me semble, mademoiselle Turner. A quoi cela nous avancerait-il de vous interroger tant que nous ignorons l'identité de la morte? Mieux vaut régler cette question tout de suite.

— Très bien.

Ils se rendirent en auto au dépôt mortuaire.

Lorsque Josie reparut après une courte visite, elle avait le visage pâle et défait. Toute tremblante, elle annonça :

— C'est bien Ruby. Pauvre petite!... Je me sens mal au cœur.

Elle regarda autour d'elle :

— Où trouver une goutte de gin?

On ne put lui procurer du gin, mais on lui offrit un petit verre d'eau-de-vie. Après en avoir avalé une ou deux gorgées, Miss Turner se ressaisit et s'écria :

— Ce spectacle est bouleversant! Pauvre petite Ruby! Faut-il que les hommes soient méchants!

— Selon vous, c'est un homme qui l'a tuée?

Josie parut décontenancée :

— N'est-ce pas un homme? Tiens, je pensais...

— Aviez-vous des soupçons sur tel ou tel individu?

Elle hocha énergiquement la tête.

— Non, pas le moindre soupçon, bien sûr, Ruby ne m'aurait rien raconté, si... si...

— Pourquoi hésitez-vous? Allons, parlez-nous franchement.

— Voici où j'entre dans sa vie. Depuis trois ans, je suis danseuse et joueuse de bridge professionnelle au *Majestic*, à Danemouth. C'est un emploi bien rétribué et agréable. On accueille les clients à leur arrivée. Naturellement, on ne s'impose pas. Certaines gens aiment mieux qu'on les laisse tranquilles. D'autres n'apprécient pas la solitude et cherchent à se distraire. Il s'agit de réunir les amateurs de bridge et de faire danser les jeunes. Cela exige un peu de doigté et d'expérience.

De nouveau, Melchett l'encouragea à poursuivre. Il pensa que cette jeune femme devait exceller dans sa profession, grâce à ses manières plaisantes. Sans être le moins du monde intellectuelle, elle avait une certaine finesse d'esprit.

— En outre, reprit Josie, chaque soir j'exécute deux ou trois danses-exhibitions avec Raymond. Raymond Starr... c'est le professeur de tennis et de danse. Or, cet été, il arriva que je glissai sur les rochers un jour que je me baignais et je me suis gravement foulé la cheville.

Melchett avait, en effet, remarqué qu'elle boitillait en marchant.

— Je dus renoncer à danser durant un certain temps et j'en étais fort ennuyée. Je ne voulais pas qu'on me remplace à l'hôtel. On court toujours un risque...

Pendant un bref instant, le regard de ses yeux bleus devint dur; c'était la femme luttant pour gagner sa vie.

— Je pensai alors à Ruby et la proposai au directeur de l'hôtel. Elle danserait et moi je continuerais à m'occuper des joueurs de bridge et à recevoir la clientèle. Ainsi, l'emploi ne sortirait pas de la famille. Vous comprenez ce que je veux dire?

Melchett fit un signe affirmatif.

— Le directeur accepta et je télégraphiai à Ruby de venir immédiatement. Une belle occasion s'offrait à elle de connaître un milieu plus élevé que celui qu'elle fréquentait jusque-là. Cela se passait voilà un mois.

— Je comprends, dit le colonel Melchett. Et a-t-elle bien réussi?

— Oui, fit Josie d'un air détaché. Elle s'en tira au mieux. Elle ne dansait pas aussi bien que moi, mais Raymond est un excellent professeur et l'entraînait de façon admirable. Elle était très jolie... mince, blonde, avec une figure de poupée. Elle se fardait peut-être un peu trop. Je la réprimandais toujours à ce sujet, mais vous connaissez les jeunes filles. Elle n'avait que dix-huit ans et, à cet âge, on n'en fait qu'à sa tête. Ce maquillage exagéré détonnait parmi la riche clientèle du *Majestic*. Je ne cessais de lui faire des observations, espérant qu'elle se modérerait un peu.

— Était-elle aimée à l'hôtel? demanda Melchett.

— Oh! oui! Mais elle manquait de finesse. Elle préférait la compagnie des vieux à celle des jeunes hommes.

— Avait-elle un ami?

La jeune femme lança au colonel un regard compréhensif.

— Pas dans le sens que vous l'entendez. Du moins, pas que je sache. Mais elle ne me confiait pas tous ses secrets.

Melchett se demanda pour quelle raison Josie ne lui donnait pas l'impression d'avoir une moralité bien rigide. Il se contenta de lui demander :

— Quand avez-vous vu votre cousine pour la dernière fois?

— Hier soir. D'habitude, elle et Raymond donnaient deux exhibitions de danses, l'une à dix heures et demie, l'autre à minuit. Après la première, je vis Ruby danser avec deux jeunes clients de l'hôtel. Pendant ce temps, je jouais au bridge dans le salon, mais entre la salle de danse et le salon se trouve un grand panneau vitré et c'est par là que je la voyais. Tout de suite après minuit, Raymond, visiblement ennuyé, vint me demander où était Ruby. Elle n'avait point reparu et il était l'heure de la deuxième danse. Moi aussi j'étais furieuse, je vous prie de le croire. Les jeunes filles sont coutumières de ces sottises. Un beau jour, la direction se fâche et les renvoie! Je montai à sa chambre en compagnie de Raymond; Ruby n'y était point. Je constatai qu'elle avait changé de robe : celle qu'elle portait pour la danse, une toilette rose, vaporeuse, avec des volants dans le bas, était jetée sur un fauteuil. D'habitude, elle conservait la même robe toute la soirée, sauf le mercredi, où l'on donnait un grand bal de nuit.

« J'ignorais totalement où elle était allée. Nous demandâmes à l'orchestre de jouer un autre fox-trot. Toujours pas de Ruby! Je proposai alors à Raymond d'exécuter avec lui la deuxième danse-exhibition. Nous choisîmes la plus facile à cause de mon pied et nous l'écourtâmes, mais ma cheville me faisait très mal. Ce matin elle est tout enflée. Cependant, Ruby demeurait introuvable. Nous l'attendîmes jusqu'à deux heures du matin. J'étais hors de moi.

Sa voix vibrait à cet instant et Melchett y décela une note de colère. Il eut l'impression que la jeune fille lui cachait quelque chose.

— Alors, ce matin, dit-il, après avoir constaté que Ruby n'était pas rentrée et que son lit n'était pas défait, vous avez signalé sa disparition à la police?

Il savait, suivant le coup de téléphone lancé par Slack de Danemouth, que tel n'était pas le cas, mais il voulait sonder Joséphine Turner.

Sans hésiter, elle répondit :

— Non, je n'ai pas averti la police.

— Pourquoi pas, mademoiselle Turner?

Regardant franchement le colonel Melchett, elle répliqua :

— Vous ne l'auriez pas fait... à ma place!

— Croyez-vous?

— Il me fallait d'abord songer à ma situation. Avant tout, un directeur d'hôtel ne veut pas de scandale, surtout si la police doit intervenir. Je ne pensais d'ailleurs pas qu'un malheur fût arrivé à Ruby. Je supposais simplement qu'elle avait commis quelque sottise avec un jeune homme et ne tarderait pas à revenir à l'hôtel, et je m'apprêtais à lui faire une semonce. Ces jeunes filles de dix-huit ans sont si étourdies!

Melchett fit semblant de parcourir ses notes.

— Ah! en effet, c'est un Mr. Jefferson qui a alerté la police... un des clients de l'hôtel, sans doute?

Joséphine Turner répondit d'un ton bref :

— Oui.

— Qui l'a poussé à faire cette démarche? demanda le chef constable.

Joséphine caressait le parement de sa veste d'un air embarrassé. De nouveau, le colonel Melchett eut l'impression qu'elle faisait des réticences.

L'air maussade, elle lui dit :

— Ce monsieur est infirme. Il s'émeut... facilement.

Melchett passa outre.

— Qui est ce jeune homme avec qui vous avez vu votre cousine danser pour la dernière fois?

— Il s'appelle Bartlett et habite l'hôtel depuis une dizaine de jours.

— Étaient-ils en bons termes d'amitié?

— Pas spécialement. En tout cas, je ne saurais l'affirmer, ajouta-t-elle avec une nuance de colère dans la voix.

— Et que dit ce jeune homme?

— Il dit qu'après la danse Ruby est montée dans sa chambre pour se poudrer le nez.

— C'est à ce moment qu'elle a changé de toilette?

— Sans doute.

— Est-ce tout ce que vous savez? Ensuite, elle a...

— Disparu, acheva Josie, voilà!

— Miss Keene connaissait-elle des gens à St. Mary-Mead ou dans les environs?

— Je l'ignore. Peut-être. Quantité de jeunes gens des environs viennent à Danemouth et descendent au *Majestic*. J'ignore quelle localité ils habitent, à moins qu'ils ne me le disent.

— Votre cousine vous a-t-elle jamais parlé de Gossington?

— Gossington? répéta Josie, étonnée.

— Le manoir de Gossington.

— C'est la première fois que j'en entends parler, dit-elle, l'air intrigué.

— C'est au manoir de Gossington qu'on a retrouvé son corps, expliqua le colonel Melchett.

— Le manoir de Gossington, répéta Josie en ouvrant de grands yeux. Que c'est donc extraordinaire!

Melchett pensa en lui-même : « Extraordinaire est le mot exact. » Il prononça tout haut :

— Connaissez-vous le colonel Bantry ou sa femme?

— Non.

— Ou un certain Basil Blake?

Josie fronça légèrement le sourcil.

— Je me rappelle vaguement avoir entendu prononcer ce nom. Oui, c'est bien cela, mais je ne sais rien de plus.

Le diligent inspecteur Slack glissa devant son chef une page déchirée de son carnet et sur laquelle était griffonnée cette phrase au crayon :

« Le colonel Bantry a dîné la semaine dernière au *Majestic*. »

Melchett leva les yeux et croisa ceux de l'inspecteur. Le chef constable rougit. Slack était un officier de police zélé et consciencieux. Melchett ne le prisait guère, mais devait relever ce défi. Tacitement, l'inspecteur l'accusait de favoriser les gens de son milieu... de protéger un « vieux camarade de collège ».

Il se tourna vers Josie :

— Mademoiselle Turner, si vous n'y voyez pas d'inconvénient, je désirerais que vous m'accompagniez au manoir de Gossington.

Feignant de ne pas entendre le murmure d'acquiescement de Josie, le colonel Melchett considéra l'inspecteur Slack d'un œil froid et provocateur.

5.

Depuis longtemps, le village de St. Mary-Mead n'avait pas connu autant de mouvement.

Miss Wetherby, une vieille fille jaune, au long nez, fut la première à répandre la nouvelle sensationnelle. Elle se rendit d'abord chez son amie et voisine, Miss Hartnell.

— Excusez-moi de vous déranger de si bonne heure, mais peut-être n'êtes-vous pas au courant?

— De quoi? s'enquit Miss Hartnell, de sa voix de basse.

Inlassable, Miss Hartnell visitait les pauvres, malgré tous leurs efforts pour l'éviter.

— De la découverte du cadavre d'une jeune femme, ce matin, dans la bibliothèque du colonel Bantry.

— Vous dites dans la bibliothèque du colonel Bantry?

— Oui. N'est-ce pas épouvantable?

— Sa malheureuse épouse! soupira Miss Hartnell, essayant de dissimuler tout son plaisir pervers.

— Bien sûr. Elle était loin de s'attendre à pareille chose!

Critique, Miss Hartnell remarqua :

— Elle pense trop à ses fleurs et pas assez à son mari. Il faut continuellement avoir l'œil sur un homme... continuellement, répéta-t-elle, féroce.

— Je sais, je sais. Mais c'est trop horrible.

— Que va penser Jane Marple? Croyez-vous qu'elle soupçonnait quelque chose? Elle est toujours à l'affût de ces histoires.

— Jane Marple est allée à Gossington.

— Comment? Ce matin?

— De très bonne heure. Avant le petit déjeuner.

— Vraiment! Moi je trouve... ma foi... Elle exagère. Nous savons toutes que Jane aime à fourrer son nez partout, mais cette fois elle passe les limites. Mrs. Bantry l'a envoyé chercher?

— Oui, en auto. Muswell conduisait.

— Tiens! C'est bizarre...

Il y eut un bref silence pendant lequel les deux vieilles filles digérèrent la nouvelle.

— Qui est la morte? demanda Miss Hartnell.

— Vous savez... cette créature qui vient chez Basil Blake?

— Cette horrible blonde aux cheveux oxygénés?

Miss Hartnell retardait un peu : elle n'avait pas encore franchi le stade du blond oxygéné au blond platine.

— Celle qui s'étend presque nue sur la pelouse du jardin?

— Oui, ma chère. On l'a trouvée sur la carpette du foyer, étranglée.

— Mais voyons... à Gossington?

Miss Wetherby acquiesça d'un air plein de sous-entendus.

— Alors le colonel Bantry, lui aussi?...

Derechef, Miss Wetherby hocha la tête.

— Oh!

Toutes deux se turent un instant pour savourer ce nouveau piment aux scandales du village.

— Quelle vicieuse! s'écria Miss Hartnell en proie à un juste courroux.

— Il délaissait complètement sa femme.

— Cependant, le colonel Bantry est un homme charmant et rangé...

Miss Wetherby s'empressa d'insinuer :

— Méfions-nous de l'eau qui dort, ainsi que le recommande toujours Jane Marple.

. . .

Mrs. Price Ridley fut une des dernières à apprendre la nouvelle. Cette veuve, riche et autoritaire, habitait une grande maison toute proche du presbytère. Le renseignement lui venait de sa petite bonne, Clara.

— Une femme, dites-vous, Clara, une femme trouvée morte sur le devant de foyer du colonel Bantry?

— Oui, mame. Et on dit, mame, qu'elle n'avait rien sur le dos... pas un bout de fil.

— Suffit, Clara! Inutile d'entrer dans les détails.

— Bien, mame. On a annoncé tout d'abord que c'était la blonde qui vient avec Mr. Blake passer les fins de semaine dans la maison neuve de Mr. Booker. Mais maintenant il s'agit d'une autre. Et le fils du marchand de poissons dit qu'il n'aurait jamais cru ça du colonel Bantry... lui qui quête à l'église, le dimanche.

— La méchanceté court le monde, Clara, remarqua Mrs. Price Ridley. Tenez-vous-le pour dit.

— Bien, mame. Maman n'a jamais voulu me laisser entrer dans une place où il y avait un monsieur.

— C'est bien, c'est bien, Clara, fit sa patronne.

Le presbytère était à quelques pas de la demeure de Mrs. Price Ridley. La brave dame eut la chance de trouver le pasteur dans son cabinet de travail. Ce digne ecclésiastique, un homme d'âge mûr, était toujours le dernier à connaître les nouvelles locales.

— Quel horrible crime! s'écria Mrs. Price Ridley, essoufflée, car elle s'était pressée. J'ai cru devoir venir vous demander votre avis, mon cher pasteur.

Inquiet, Mr. Clement lui demanda :

— Qu'est-il donc arrivé?

— Qu'est-il arrivé? répéta la visiteuse d'un ton dramatique. Le plus odieux scandale. Une femme de mauvaise vie, sans un vêtement sur elle, étranglée et gisant sur le devant de foyer du colonel Bantry.

Le pasteur ouvrit de grands yeux :

— Est-ce que... perdriez-vous la tête?

— Rien d'étonnant que vous ne puissiez y croire! Moi non plus, au début! Quand je songe à cet hypocrite! Jouer ainsi la comédie depuis si longtemps!

Mrs. Price Ridley se lança en plein dans le récit.

Quand elle eut terminé, le pasteur lui fit observer, d'une voix douce :

— Mais je ne vois rien là qui puisse compromettre la réputation du colonel Bantry.

— Oh! mon cher pasteur, vous vivez si retiré du monde!

Mais écoutez une petite histoire : mardi dernier, ou peut-être l'autre mardi, je ne sais plus au juste, mais peu importe, je prenais le premier train du matin pour Londres. Le colonel Bantry y voyageait dans le même compartiment que moi. Il paraissait très soucieux et, pendant presque tout le trajet, il se cacha derrière le *Times*, comme s'il redoutait d'avoir à m'adresser la parole.

Le pasteur hocha la tête d'un air compréhensif et indulgent.

— A la gare de Paddington, je lui dis au revoir. Il s'offrit à m'appeler un taxi, mais je prenais l'autobus pour Oxford Street. Le voilà qui monte dans un taxi et lance au chauffeur une adresse. Devinez dans quel quartier?

Mr. Clement l'interrogea du regard.

— Dans le quartier de John's-Wood!

Triomphante, Mrs. Price Ridley fit une pause.

Le digne homme n'en était guère plus renseigné!

— A mon avis, c'est là une preuve suffisante, conclut Mrs. Price Ridley en se retirant.

. . .

Au manoir de Gossington, Mrs. Bantry et Miss Marple étaient assises au salon.

— Savez-vous, chère amie, dit Mrs. Bantry, que je suis soulagée depuis qu'ils ont enlevé le corps de la bibliothèque. C'est affreux d'avoir un cadavre chez soi.

— Je sais, je sais, ma chère. Je comprends ce sentiment, approuva la vieille fille.

— Impossible! On ne peut s'en rendre compte tant qu'on n'est point passé par là. Je sais bien qu'il y en a eu un chez votre voisin, mais ce n'est pas pareil. Pourvu qu'Arthur ne se mette pas à détester la bibliothèque! Nous nous y tenons si souvent! Que faites-vous donc, Jane? demanda-t-elle, car Miss Marple, ayant consulté sa montre, se levait.

— Ma foi, je me disposais à m'en aller, puisque je ne vous suis d'aucun service.

— Ne partez pas encore, je vous en prie. Les experts ont relevé les empreintes, les photographes ont fini leur travail et les policiers ont procédé aux premières constatations, je le sais, mais j'ai l'impression que nous allons avoir une nouvelle surprise. Ce n'est pas le moment de vous en aller.

Le timbre du téléphone retentit et Mrs. Bantry sortit pour y répondre. Elle revint au salon, le visage rayonnant :

— Voyez, je ne me trompais pas! C'était le colonel Melchett. Il amène ici la cousine de cette malheureuse fille.

— Pourquoi?

— Sans doute pour lui montrer le lieu du crime.

— Et autre chose encore, je suppose, observa Miss Marple.

— Que voulez-vous dire, Jane?

— Je pense que peut-être l'inspecteur voudra la confronter avec le colonel Bantry.

Mrs. Bantry demanda d'un ton bref :

— Pour voir si elle le reconnaîtra? Je crains... en effet, qu'ils ne soupçonnent Arthur.

— C'est assez naturel, fit la vieille fille.

— Comme si Arthur était mêlé à cette histoire!

Miss Marple demeura silencieuse. Mrs. Bantry se tourna vers elle d'un air accusateur.

— Ne comparez pas mon mari à ces abominables vieillards qui entretiennent leurs femmes de chambre. Arthur n'est pas de cette espèce-là.

— Non, non, bien sûr!

— Il plaisante parfois avec les jolies filles qui viennent jouer au tennis, mais comme un vieil oncle amusant. Je ne vois pas de mal à cela. Et pourquoi s'en priverait-il? conclut Mrs. Bantry. Moi je m'occupe de mes fleurs.

— Ne vous tracassez pas, Dolly, dit Miss Marple en souriant.

— Je n'en ai d'ailleurs pas l'intention. Tout de même cela m'ennuie un peu. Arthur aussi. Ces policemen, rôdant autour de la maison, l'agacent. Il est descendu à la ferme. Quand il a une contrariété il va regarder les cochons et les autres bêtes. Cela le console... Tiens, voici l'auto de la police.

La voiture s'arrêta devant le perron. Le colonel Melchett entra, accompagné d'une jeune femme élégamment vêtue.

— Je vous présente Miss Turner, madame Bantry. C'est la cousine de... euh... la victime.

— Bonjour, mademoiselle Turner, fit Mrs. Bantry, lui tendant la main. Tout ce drame doit vous causer bien du chagrin, n'est-ce pas?

Joséphine Turner lui répondit, l'air sincère :

— Oh! oui, madame. Je ne puis y croire. Il me semble vivre un cauchemar.

Mrs. Bantry présenta Miss Marple. Melchett demanda, d'un ton détaché :

— Où est votre excellent mari, madame?

— Il s'est rendu à une de nos fermes et ne tardera pas à rentrer.

— Tiens! s'exclama Melchett, plutôt surpris.

Mrs. Bantry dit à Josie :

— Désirez-vous voir l'endroit où le crime s'est produit? Ou peut-être n'y tenez-vous point?

Après un instant de réflexion, Joséphine répondit :

— Bah! autant m'en rendre compte tout de suite.

Mrs. Bantry la conduisit à la bibliothèque. Miss Marple et le colonel Melchett les suivirent.

— Elle était là, sur ce tapis, expliqua Mrs Bantry, désignant du doigt le devant du foyer.

— Oh! s'écria Josie, en frémissant.

L'air perplexe, le front plissé, elle dit :

— J'ai beau réfléchir, je n'y comprends rien du tout!

— Nous non plus, observa Mrs. Bantry.

— Je n'en reviens pas! Dans cette maison..., prononça lentement Josie, qui s'interrompit.

Hochant la tête, Miss Marple parut d'accord avec Josie :

— Voilà précisément ce qui augmente le mystère, murmura-t-elle.

— Allons, mademoiselle Marple, dit le colonel Melchett en plaisantant, je parie que vous allez nous fournir une explication?

— Parfaitement! affirma l'interpellée. Et tout à fait plausible, encore! Bien sûr, c'est une idée à moi. Un jour, Mrs. Martin, notre nouvelle institutrice, était en train de remonter sa pendule lorsqu'une grenouille en sortit d'un bond.

Joséphine Turner paraissait de plus en plus intriguée. Comme ils sortaient de la pièce, elle murmura à l'oreille de Mrs. Bantry :

— Est-ce que la vieille demoiselle ne déménage pas un peu?

— Pas le moins du monde, répondit Mrs. Bantry, indignée.

— Excusez-moi. Je pensais que peut-être elle se prenait pour une grenouille.

A ce moment, le colonel Bantry entra. Melchett le salua et étudia Joséphine Turner en faisant les présentations. Mais le visage de Josie resta impassible. Melchett poussa un soupir de soulagement et, en son for intérieur, pesta contre Slack et ses insinuations.

Pour satisfaire la curiosité de Mrs. Bantry qui l'interrogeait, Josie raconta, avec force détails, la disparition de Ruby Keene.

— Tout cela a dû vous causer du souci, ma chère enfant, dit Mrs. Bantry.

— Oh! J'étais plus furieuse qu'ennuyée. A ce moment-là, vous comprenez, je ne savais rien.

— Et pourtant, intervint Miss Marple, vous êtes allée au

poste de police. N'était-ce point... excusez-moi... un peu prématuré?

Josie s'empressa de répondre :

— Mais ce n'est pas moi qui ait averti la police. C'est Mr. Jefferson.

— Jefferson! répéta Mrs. Bantry.

— Oui, un monsieur infirme qui habite le *Majestic.*

— Serait-ce Conway Jefferson? Je le connais parfaitement. C'est un de nos vieux amis... Arthur, écoute donc! Conway Jefferson est au *Majestic* et c'est lui qui a alerté la police! Quelle coïncidence!

— Mr. Jefferson s'y trouvait également l'été dernier, précisa Joséphine Turner.

— Et dire que nous l'ignorions! Voilà si longtemps que je ne l'ai vu!

Mrs. Bantry se tourna vers Josie :

— Comment va-t-il maintenant?

Josie réfléchit quelques secondes :

— Il se porte bien... tout à fait bien... vu son infirmité, d'un caractère très gai, il a toujours le mot pour rire.

— Sa famille est-elle avec lui?

— Vous voulez parler de Mr. Gaskell, de la jeune Mrs. Jefferson et de Pierre? Oh! oui!

Il y avait une certaine contrainte dans les manières de Joséphine Turner lorsqu'elle cita les noms des membres de la famille Jefferson.

Mrs. Bantry lui demanda :

— Tous deux sont charmants, n'est-ce pas? Je veux dire le gendre et la belle-fille.

Josie hésita et répondit vaguement :

— Oui, oui, je... nous... certes, oui!

. . .

— Ne trouvez-vous pas cette réponse un peu bizarre? demanda Mrs. Bantry à Miss Marple, tandis qu'elles regardaient par la fenêtre disparaître au loin l'auto du chef constable. Ce « certes, oui » doit cacher quelque chose.

La vieille fillle sauta sur cette remarque :

— Oh! sûrement, sûrement! Cela ne fait pas l'ombre d'un doute! Elle a changé de ton dès qu'elle a parlé des Jefferson. Jusque-là, elle s'était montrée assez naturelle.

— Et quelle est votre opinion, Jane?

— Chère amie, vous connaissez ces gens-là. J'ai l'impression, comme vous dites, que quelque chose à leur sujet tourmente cette jeune femme. En outre, avez-vous remarqué sa réponse lorsque vous lui demandiez si elle était ennuyée de la disparition de sa cousine? Elle vous a dit qu'elle était plutôt furieuse. Et elle le paraissait effectivement. Ce détail me semble digne d'attention. J'ai le sentiment... je me trompe peut-être... que c'est là sa principale réaction devant la mort de sa parente. Elle ne l'aimait pas beaucoup, j'en suis sûre, car elle n'éprouve aucun chagrin. On dirait que la seule évocation de Ruby Keene la contrarie et voici la question qui s'impose : Pourquoi?

— Nous le découvrirons, trancha Mrs. Bantry. Nous irons à Danemouth et descendrons au *Majestic*. Oui, Jane, vous aussi... J'ai besoin de me détendre les nerfs après ces événements. Quelques jours au *Majestic* nous feront du bien et je vous présenterai Conway Jefferson. C'est un charmant homme... Tout à fait aimable. Son histoire est des plus tristes. Il avait une fille et un fils qu'il affectionnait tendrement. Bien que mariés, tous deux passaient une grande partie de leur temps chez leur père. Sa femme aussi était une personne délicieuse et il l'aimait beaucoup. Un jour que toute la famille revenait en avion du Midi de la France, il y eut un accident. Tous furent tués, sauf Conway : le pilote, Mrs. Jefferson, Rosamund et Frank. Conway eut les deux jambes fracassées et on dut l'amputer. Il a fait preuve d'un cran admirable. Cet homme très actif est devenu impotent, mais jamais il ne se plaint. Sa belle-fille habite avec lui. Veuve, lors de son mariage avec Frank Jefferson, elle a un fils du premier lit... Pierre Cormody. Tous deux vivent chez Conway. Mark Gaskell, le mari de Rosamund, fait aussi de longs séjours chez son beau-père. Ce drame est lamentable.

— A présent, observa Miss Marple, nous sommes en présence d'un autre drame.

— Oui, oui! mais sans aucun rapport avec les Jefferson.

— Voire! fit Miss Marple. N'empêche que c'est Mr. Jefferson en personne qui a averti la police.

— En effet, tout cela est bien mystérieux, Jane.

6.

Le colonel Melchett se trouvait devant un homme très ennuyé, Mr. Prescott, le directeur de l'hôtel *Majestic*. Harper, le commissaire de police du comté de Glen, et l'inévitable inspecteur Slack assistaient à l'entretien; celui-ci paraissait dépité de voir le chef constable le supplanter dans ses fonctions.

Mr. Harper inclinait à la douceur envers le larmoyant Mr. Prescott, tandis que le colonel Melchett se montrait intraitable.

— Inutile de se lamenter sur le passé, dit-il d'un ton brusque. La jeune fille est morte... étranglée. Estimez-vous heureux que le crime n'ait pas été commis dans votre hôtel. Ainsi, l'enquête incombe à la police d'un autre comté et votre établissement n'en souffrira guère. Mais certaines recherches doivent être faites et plus vite nous en serons débarrassés, mieux cela vaudra. Comptez sur notre discrétion et sur notre tact.

« Je vous prie donc de ne pas nous faire perdre de temps et de répondre franchement à mes questions. Que savez-vous sur le compte de la victime?

— Rien... absolument rien! Josie me l'a amenée ici...

— Depuis quand Josie est-elle attachée à votre établissement?

— Deux ans... non, c'est-à-dire trois.

— Vous est-elle sympathique?

— Oui, Josie est une fille agréable, pleine de gentillesse et d'entregent. Elle s'entend avec tout le monde et sait aplanir les difficultés. Le bridge, vous le savez, est un jeu parfois scabreux.

Le colonel Melchett approuva de la tête : sa femme était une bonne joueuse de bridge, mais très susceptible.

Mr. Prescott reprit :

— Josie me rendait bien service. Elle s'entendait à atténuer les froissements entre la direction et la clientèle et savait parler à tous. Tout en restant aimable, elle se montrait ferme.

De nouveau, Melchett enregistra, car malgré son apparence et son élégance, cette jeune femme ne lui avait tout d'abord pas semblé supérieure à une gouvernante.

— Elle est indispensable à l'hôtel, ajouta Mr. Prescott d'un ton courroucé. Pourquoi, je vous le demande, est-elle allée s'amuser sur ces rochers, alors qu'ici nous avons une magnifique plage où elle pouvait fort bien se baigner? A-t-on idée d'aller se fouler ainsi la cheville! Elle me cause un tort considérable. Je la paie pour danser, jouer au bridge et distraire ma clientèle et non pour se promener sur les rochers au risque de se casser les jambes! Une danseuse doit prendre des précautions et ne jamais s'aventurer dans les endroits dangereux. Elle a manqué à tous ses devoirs envers moi et envers l'établissement.

Pour interrompre cette juste colère, Melchett demanda :

— C'est alors qu'elle vous a proposé cette fille... sa cousine... pour la remplacer?

Maussade, Mr. Prescott répliqua :

— Parfaitement. L'idée me parut acceptable. Certes, je n'allais pas la rétribuer. Elle travaillait pour sa nourriture et sa chambre; quant au salaire, elle s'arrangeait avec sa cousine. Je ne connaissais pas du tout Miss Ruby Keene avant son arrivée ici.

— Faisait-elle l'affaire?

— Oui, très bien! Je ne voyais rien à lui reprocher. Elle était, certes, un peu jeune et se maquillait exagérément, mais ses manières et son éducation ne laissaient rien à désirer. Elle dansait bien et tout le monde l'aimait.

— Était-elle jolie?

Le visage boursouflé et bleui de la victime n'avait pu renseigner Melchett sur ce point.

Mr. Prescott réfléchit :

— Comme ci, comme ça! Un petit profil de fouine. Sans son maquillage, elle eût passé inaperçue. Mais elle savait se farder et se rendre tout à fait séduisante.

— Les jeunes gens tournaient-ils autour d'elle?

— Je vois où vous voulez en venir, répliqua le directeur du *Majestic*, irrité. Je n'ai jamais rien remarqué de spécial. Un ou deux admirateurs papillonnaient autour d'elle, mais sans aller plus loin. Il ne faudrait pas chercher parmi eux son assassin. Elle savait aussi s'attirer les sympathies des gens d'âge mûr, bavardait beaucoup et leur plaisait par son air innocent.

Le commissaire de police Harper prononça, d'une voix basse et mélancolique :

— Mr. Jefferson, par exemple?

— Oui, je pensais justement à lui. Elle passait de longues heures en compagnie de ce monsieur et de sa famille; de temps à autre, il la promenait en auto. Mr. Jefferson adore la jeunesse et lui témoigne beaucoup de bienveillance. Qu'il n'y ait pas de malentendu : Mr. Jefferson est infirme et ne se déplace qu'en fauteuil roulant. Mais il prend plaisir à voir les jeunes gens s'ébattre, jouer au tennis, se baigner, et il leur offre parfois des réceptions à l'hôtel. Oui, il aime la jeunesse et n'éprouve aucune amertume en sa présence, comme on pourrait s'y attendre. Bref, c'est un monsieur très sympathique et d'un heureux caractère.

— S'intéressait-il particulièrement à Ruby Keene? demanda Melchett.

— Sa conversation l'amusait, je crois.

— Les membres de sa famille approuvaient-ils cette amitié de Mr. Jefferson pour la petite danseuse?

— Eux-mêmes lui témoignaient beaucoup de gentillesse.

— Et c'est lui qui a signalé sa disparition à la police, n'est-ce pas? remarqua Harper d'une voix nuancée de sous-entendus et de reproches.

Le directeur répliqua aussitôt :

— Je n'ai rien trouvé d'anormal à cela. Mr. Jefferson vint à mon bureau, la mine bouleversée et tout inquiet : la jeune fille n'était pas rentrée de la nuit; elle n'avait pas exécuté son second tour de danse, la veille; elle avait dû, selon lui, sortir en auto et peut-être avait-elle été victime d'un accident. Il fallait donc avertir, sans retard, la police en vue d'une enquête. Il était très ému. D'un geste brusque, il saisit l'appareil téléphonique et appela le poste de police.

— Sans même consulter Miss Turner?

— Josie n'approuva point pareille initiative. Ce scandale l'ennuyait fort... Mais que pouvait-elle dire?

— Je crois, dit Melchett, que nous ferions bien d'interroger Mr. Jefferson. Qu'en pensez-vous, Harper?

Le commissaire de police fut de cet avis.

Mr. Prescott accompagna les trois policiers jusqu'au magnifique appartement des Jefferson, situé au premier étage et donnant sur la mer.

— Bigre, il a bon goût! Est-il riche, ce Mr. Jefferson? demanda Melchett.

— Oui, très riche. Il dépense beaucoup. Il lui faut les meilleures chambres, des menus spéciaux, des vins coûteux... enfin tout ce qu'il y a de mieux en tout.

Mr. Prescott frappa à la porte de l'appartement et une voix de femme répondit :

— Entrez!

Le directeur entra, suivi des policiers.

La femme, assise près de la fenêtre, tourna la tête vers la porte. Mr. Prescott lui dit :

— Excusez-moi de vous déranger, madame Jefferson, mais ces messieurs appartiennent à la police et désirent avoir un court entretien avec Mr. Jefferson.

Il fit les présentations :

— Le colonel Melchett, M. le commissaire Harper... euh... l'inspecteur Slack... Mrs. Jefferson.

Mrs. Jefferson salua ses visiteurs d'une légère inclination de tête.

« Une femme ordinaire », se dit le colonel Melchett. Il changea d'opinion lorsqu'un sourire éclaira les traits de la bru de Jefferson et qu'il l'entendit parler. Elle possédait une voix très sympathique et ses yeux — de beaux yeux clairs, couleur noisette — brillaient d'intelligence. Sa toilette simple lui seyait à ravir. Elle paraissait âgée de trente-cinq ans environ.

— Mon beau-père dort en ce moment, dit-elle. Il est très fatigué et cette histoire lui a porté un terrible coup. Nous avons fait appeler le médecin, qui lui a prescrit un sédatif. Je suis certaine qu'il sera heureux de vous recevoir dès son réveil. En attendant, peut-être puis-je vous aider... Ayez la bonté de vous asseoir, messieurs.

Mr. Prescott, pressé de s'échapper, dit au chef constable Melchett :

— Eh bien... je ne puis faire davantage pour vous...

Tout heureux, il reçut l'autorisation de se retirer.

La porte refermée derrière lui, l'ambiance devint aussitôt plus intime. Adélaïde Jefferson excellait à créer autour d'elle une atmosphère douce et paisible. Elle savait mettre les gens à l'aise et animer la conversation sans trop parler elle-même.

Tout de suite, elle frappa la note juste.

— Cette affaire nous a tous bouleversés. Nous voyions souvent la malheureuse petite, comme vous le savez. Sa mort nous semble incroyable. Mon beau-père surtout en est très frappé. Il affectionnait beaucoup Ruby.

— Si je ne me trompe, n'est-ce pas Mr. Jefferson qui a signalé sa disparition à la police? demanda le colonel Melchett, désirant voir comment réagirait la jeune femme.

Il surprit chez elle l'ombre d'un ennui... d'une inquiétude... il ne pouvait préciser au juste, mais il comprit qu'avant de lui répondre, elle dut se raidir comme devant une tâche désagréable.

— En effet, son infirmité le rend facilement irritable et soucieux. Nous essayâmes de le persuader que tout allait bien, que la jeune fille ne courait aucun danger, qu'il y avait une explication naturelle à son absence et qu'elle-même préférerait ne pas voir la police se mêler de ses affaires. Cependant, il insista. En fin de compte, conclut-elle avec un geste vague de la main, c'est lui qui avait raison!

— Connaissiez-vous bien Ruby Keene, madame Jefferson?

Elle réfléchit.

— Votre question m'embarrasse un peu. Mon beau-père aime à s'entourer de jeunesse. Ruby représentait à ses yeux un type nouveau, son babillage l'amusait et l'intéressait. Souvent, elle lui tenait compagnie à l'hôtel et il l'emmenait parfois faire des randonnées en auto.

Melchett pensa : « Elle ne se compromet pas. Elle pourrait nous en apprendre davantage. »

— Voulez-vous, madame, me raconter en détail ce qui s'est passé hier soir? lui demanda-t-il.

— Volontiers, mais le peu que je puis vous dire ne vous avancera guère, je le crains. Après dîner, Ruby vint s'asseoir près de nous au salon et elle y resta même après le début du bal. Nous avions l'intention de jouer au bridge, et nous attendions Mark... Mark Gaskell, mon beau-frère, qui avait épousé la fille de Mr. Jefferson, comme vous le savez peut-être. Il était en train de terminer une importante correspondance. Nous attendions également Josie, qui devait faire la quatrième.

— Josie jouait-elle fréquemment avec vous?

— Très fréquemment. C'est une joueuse de premier ordre et sa compagnie nous plaît beaucoup. Mon beau-père est un joueur passionné et chaque fois que l'occasion s'en présentait, plutôt que de s'adresser à un étranger, il priait Josie de faire la quatrième. Comme elle se doit à tous les joueurs, elle ne peut toujours nous donner satisfaction, mais elle se mêlait à notre groupe chaque fois qu'il lui était possible. (Un faible sourire éclaira son regard.) Mon beau-père étant un des bons clients de l'hôtel, la direction ne voit pas de mal à ce que Josie nous favorise un peu.

— Aimez-vous Josie? demanda Melchett.

— Oui. Toujours gaie et de bonne humeur, elle aime son travail et ne ménage pas ses peines. Sans être très intelligente, elle est très fine et nullement prétentieuse. Elle reste naturelle...

— Veuillez poursuivre, madame Jefferson.

— Ainsi que je vous l'ai déjà dit, Josie s'occupait de réunir les joueurs de bridge et Mark terminait ses lettres, en sorte que Ruby demeura à bavarder avec nous un peu plus longtemps que d'habitude. Ensuite, Josie vint près de nous et Ruby nous quitta pour aller exécuter sa première danse-exhibition avec Raymond, le danseur et joueur de tennis professionnel. Puis elle revint vers nous, à l'instant où Mark nous rejoignait.

Peu de temps après, elle s'éloigna pour danser avec un jeune homme et nous commençâmes notre partie de bridge.

S'interrompant, elle esquissa un geste d'impuissance.

— Voilà tout ce que je sais, messieurs. A un certain moment, à travers le panneau vitré, je l'ai aperçue dansant, mais absorbée par le bridge, je n'ai guère regardé le bal. Vers minuit, Raymond, l'air très ennuyé, vint demander à Josie où était Ruby. Josie, naturellement, essaya de le faire taire... mais...

— Pourquoi ce « naturellement », madame Jefferson? interrompit le commissaire de police Harper de sa voix calme.

— Ma foi...

Son hésitation parut pour le moins bizarre à Melchett.

La jeune femme reprit :

— Josie ne tenait sans doute pas à ce qu'on remarquât l'absence de sa cousine. Elle se considérait responsable, en un sens, de ses faits et gestes. Elle nous dit que Ruby devait se trouver dans sa chambre, car elle s'était plainte d'une migraine au commencement de la soirée. Cela ne devait pas être vrai, Josie cherchait, je suppose, à excuser sa cousine. Raymond sortit pour téléphoner à la chambre de Ruby, mais il ne reçut pas de réponse. Il revint furieux. Josie essaya de le calmer et dansa avec lui à la place de Ruby. Elle fit preuve d'un cran remarquable, parce qu'elle souffrait toujours de sa foulure à la cheville. Après la danse, elle nous rejoignit et s'efforça de rassurer Mr. Jefferson, en proie à une vive inquiétude. Nous persuadâmes enfin notre beau-père d'aller se coucher : Ruby était probablement allée faire une promenade en auto et un pneu avait pu crever en route. Néanmoins, il nous quitta très contrarié et, ce matin, il parut agité.

Elle fit une pause.

— Vous connaissez le reste.

— Merci, madame Jefferson. Maintenant, permettez-moi une question : Pouvez-vous soupçonner quelqu'un d'être l'auteur de ce crime?

Elle répondit sans hésiter :

— Absolument pas.

Melchett insista :

— La jeune fille ne vous a-t-elle jamais fait de confidences? Vous a-t-elle parlé de quelque amoureux jaloux?... d'un homme dont elle avait peur? ou d'un ami intime?...

A chacune de ces questions, Adélaïde Jefferson répondit par un hochement de tête négatif. On n'en put tirer rien d'autre.

Le commissaire proposa une entrevue avec le jeune George

Bartlett. Plus tard, ils reviendraient voir Mr. Jefferson. Le colonel Melchett accepta et les trois hommes sortirent, après que Mrs. Jefferson eut promis de les faire prévenir du réveil de son beau-père.

— Cette femme est charmante, dit le colonel en refermant la porte derrière eux.

— Tout à fait charmante, confirma le commissaire Harper.

7.

George Bartlett était un grand maigre efflanqué, avec une pomme d'Adam proéminente. Sous le coup de l'émotion, il éprouvait une certaine difficulté de parole et tremblait de tous ses membres. On eut bien du mal à obtenir de lui une déposition cohérente.

— C'est horrible, n'est-ce pas? Ces crimes-là se lisent dans les journaux du dimanche, mais on a peine à croire qu'ils se produisent dans la vie.

— Malheureusement, ils existent, dit le commissaire.

— Bien sûr. Mais cela semble si étrange! Et à quelques kilomètres d'ici, n'est-ce pas?... Dans une maison de campagne... Quel sale patelin! Quel scandale dans ce trou, n'est-ce pas?

Le colonel Melchett se chargea de l'interroger :

— Connaissiez-vous bien la défunte, monsieur Bartlett?

George Bartlett parut alarmé :

— Oh! n-n-n-on, pas très bien, m-m-m-onsieur. A peine, j'ai dansé avec elle une ou deux fois, nous nous sommes promenés dans la journée... un peu de tennis... vous comprenez?

— Vous êtes, paraît-il, la dernière personne qui l'ait vue hier soir.

— Peut-être. N'est-ce pas affreux? Et dire qu'elle se portait si bien quand je l'ai quittée!

— Quelle heure était-il, monsieur Bartlett?

— Ma foi, je ne regarde jamais l'heure; en tout cas, il n'était pas très tard.

— Avez-vous dansé avec elle?

— Le fait est que... oui... eh bien, oui, j'ai dansé avec elle... au commencement de la soirée. Je vais vous expliquer. C'était tout de suite après sa danse avec le type professionnel. Il devait être dix heures et demie, onze heures... Je ne saurais préciser.

— Ne vous inquiétez pas. Nous réglerons cette question de l'heure. Veuillez me répéter exactement ce qui s'est passé.

— Ma foi, nous avons dansé, vous savez. Non pas que je sois un brillant danseur...

— Votre façon de danser n'a rien à voir ici, monsieur Bartlett.

George Bartlett jeta un regard inquiet vers le colonel et balbutia :

— Non... euh... non... sans doute. Comme je vous le racontais, nous avons tourné et tourné ensemble; moi, je bavardais, mais Ruby ne disait pas grand-chose et bâillait un peu. J'ai compris que Ruby en avait assez et je l'ai remerciée. Puis elle est partie. Voilà tout.

— Qu'a-t-elle fait ensuite?

— Elle est montée.

— Elle ne vous a pas parlé d'un rendez-vous avec quelqu'un ou d'une promenade en auto?

— Pas du tout.

D'un air triste, il ajouta :

— Elle m'a tout bonnement lâché.

— Quelle fut son attitude? Semblait-elle préoccupée, tracassée?

George Bartlett réfléchit.

— Elle paraissait s'ennuyer, car elle bâillait. Rien de plus.

— Et vous, monsieur Bartlett, qu'avez-vous fait? demanda le chef constable.

— Hein?

— Qu'avez-vous fait après le départ de Ruby Keene?

George Bartlett le regarda, bouche bée.

— Voyons un peu... Qu'ai-je donc fait?

— Nous attendons que vous nous l'appreniez.

— Oui, oui, certes. C'est bigrement difficile de se souvenir. Quoi? Voyons! Rien d'étonnant à ce que je sois allé au bar prendre un verre.

— Y êtes-vous allé, oui ou non?

— Oui, c'est cela! Je suis allé boire un verre. Pourtant, non! Ce n'était pas à ce moment-là. Il me semble plutôt que je suis sorti respirer l'air. La température était étouffante pour septembre. Dehors il faisait bon. Oui, je me souviens à présent. J'ai fait un petit tour dehors, je suis allé au bar et je suis revenu dans la salle de danse. J'ai remarqué que... comment s'appelle-t-elle?... Josie dansait avec le type du tennis. Elle avait mal à la cheville... depuis quelque temps.

— Ce qui revient à dire que vous êtes rentré à minuit. Voulez-vous nous faire croire que vous vous êtes promené pendant plus d'une heure tout seul?

— N'oubliez pas que j'ai été prendre une consommation. Je... pensais.

Cette dernière affirmation fut accueillie avec incrédulité de la part de Melchett, qui demanda sèchement :

— A quoi pensiez-vous?

— Ma foi, je ne sais plus. A des tas de choses.

— Avez-vous une voiture, monsieur Bartlett?

— Oui, j'ai une voiture.

— Où se trouve-t-elle? Au garage de l'hôtel?

— Non, dans la cour. Je comptais aller faire une petite balade, vous comprenez?

— Vous l'avez peut-être faite, cette petite balade?

— Non, non, je vous le jure!

— Est-ce que, par exemple, vous n'auriez pas emmené Miss Keene dans votre auto?

— Ah! ça, non! Voyons! Encore une fois, je vous jure que je ne l'ai pas promenée dans mon auto. Aussi vrai que je suis là.

— Merci, monsieur Bartlett. Je ne vois plus de questions à vous poser pour l'instant... pour l'instant, répéta-t-il en appuyant sur les mots.

Mr. Bartlett, une expression d'angoisse sur son visage stupide, les regarda s'éloigner.

— Quel sinistre crétin! déclara le colonel Melchett. Qu'en pensez-vous?

— Il faudrait aller loin pour trouver son pareil, répondit le commissaire Harper en hochant la tête.

8.

Le concierge de nuit, pas plus que le barman, n'apportèrent d'éclaircissements à la police. Le premier se rappela avoir téléphoné à la chambre de Miss Keene tout de suite après minuit sans obtenir de réponse. Il n'avait pas remarqué Mr. Bartlett quittant l'hôtel ou y rentrant. Des groupes de messieurs et de dames se promenaient dehors, car la nuit était belle. Il n'avait pas pu tout voir, car on passait par les portes de côté aussi bien que par l'entrée principale. Cependant, il était presque certain que Miss Keene n'était pas sortie par la porte principale. En descendant de sa chambre, située au premier étage, elle pouvait prendre l'escalier conduisant à une porte qui donnait sur la terrasse de côté et disparaître sans se faire voir. Cette porte ne fut fermée à clef qu'après la fin du bal, à deux heures du matin.

Le barman se souvint d'avoir vu Mr. Bartlett au bar la veille. Vers le milieu de la soirée, Bartlett, l'air triste, était assis près du mur. Quantité de clients entraient au bar et en sortaient; le barman avait bien remarqué la présence de Mr. Bartlett, mais il était incapable de préciser à quelle heure.

Comme les policiers quittaient le bar, ils furent accostés par un gamin d'environ neuf ans, qui leur adressa la parole d'une voix agitée :

— Êtes-vous bien les détectives? Moi, je suis Pierre Carmody. C'est mon grand-père, Mr. Jefferson, qui a téléphoné à la police au sujet de Ruby. Venez-vous de Scotland Yard? Cela ne vous ennuie point que je vous parle, n'est-ce pas?

Le colonel Melchett allait le rembarrer d'un ton bref, mais le commissaire Harper s'interposa et d'un ton aimable encouragea l'enfant :

— Vous ne nous ennuyez pas du tout, mon jeune ami. Cette affaire vous intéresse-t-elle à ce point?

— Ah! oui. Aimez-vous les romans policiers? Moi, j'en raffole. Je les lis tous et j'ai obtenu des autographes de Dorothy Sayers, d'Agatha Christie, de Dickson Carr et H. C. Bailey. Est-ce qu'on parlera du crime dans les journaux?

— Oui, tous les journaux s'en occuperont.

— Vous comprenez, je retourne à l'école la semaine prochaine et je dirai à tous mes copains que je la connaissais... que je la connaissais vraiment très bien.

— Que pensiez-vous d'elle?

Pierre réfléchit un instant.

— Eh bien, elle ne me plaisait pas beaucoup. Elle avait l'air d'une sotte. Elle n'était pas très sympathique non plus à maman, ni à l'oncle, mais seulement à grand-père. A propos, il désire vous voir. Edouard vous cherche.

Le commissaire Harper insista :

— Alors, votre mère et votre oncle Mark n'aimaient pas beaucoup Ruby Keene. Pourquoi cela?

— Oh! je ne sais pas! Elle nous dérangeait à tout instant. Ils voyaient d'un mauvais œil grand-père s'occuper tant d'elle. Je crois bien, fit Pierre en riant, qu'ils se réjouissent de la savoir morte.

Harper le regarda pensivement.

— Les avez-vous entendus... dire cela? demanda-t-il.

— Ma foi, pas tout à fait. L'oncle Mark a dit : « Enfin, nous en sommes débarrassés », et maman a répliqué : « Oui, mais d'une façon horrible », à quoi oncle Mark ajouta qu'il était inutile de jouer les hypocrites.

Les deux policiers se regardèrent. A ce moment, un homme, rasé de frais et vêtu d'un costume de serge bleue, s'approcha :

— Excusez-moi, messieurs, je suis le valet de chambre de Mr. Jefferson. Il est maintenant éveillé et m'envoie vous chercher, car il désire vous voir.

Une fois de plus, ils montèrent à l'appartement de Conway Jefferson. Dans le salon, Adélaïde Jefferson conversait avec un homme de haute stature et à l'air agité, qui arpentait nerveusement la pièce. Celui-ci se retourna d'un bond vers les nouveaux venus.

— Ah! je suis heureux que vous soyez montés. Mon beau-père vous demande. Il est éveillé maintenant. Ne le tourmentez pas trop, n'est-ce pas? Sa santé exige beaucoup de ménagements. C'est même miraculeux que ce crime ne l'ait pas achevé.

— J'étais loin de penser qu'il allait si mal.

— Lui-même ignore la gravité de son état, dit Mark Gaskell. Il souffre du cœur, vous comprenez! Le médecin a recommandé à Adélaïde de lui épargner de fortes émotions. Il a laissé entendre qu'il pourrait s'en aller d'un seul coup, n'est-ce pas, Addie?

Mrs. Jefferson approuva de la tête et dit :

— Il a, cependant, bien supporté cette épreuve.

— Une enquête policière n'est certes pas recommandée pour un cardiaque, mais nous nous montrerons très prudents, croyez-le bien.

Tout en parlant, Melchett étudiait Mark Gaskell. Celui-ci ne lui inspirait guère de sympathie avec son profil d'oiseau de proie. C'était un de ces individus audacieux qui, d'ordinaire, n'obéissent qu'à leur instinct et que les femmes admirent. « Je n'aurais pas confiance en ce type-là, songea le colonel. Le scrupule ne doit pas l'étouffer. Il ne doit reculer devant rien. »

. . .

Près de la fenêtre de sa spacieuse chambre à coucher regardant la mer, Conway Jefferson était assis dans son fauteuil roulant. Dès qu'on se trouvait en présence de cet homme, on ressentait la force de sa personnalité et de son magnétisme. On eût dit que l'accident, qui en avait fait un infirme, avait eu pour résultat de concentrer dans son cerveau toute sa vitalité.

Il avait une belle tête et ses cheveux roux commençaient à

grisonner aux tempes. Les traits accentués de son visage bronzé reflétaient une grande énergie et ses yeux étaient d'un bleu remarquable. On n'y discernait aucun signe de maladie ni de faiblesse. Ses rides profondes étaient causées seulement par la souffrance. Cet homme ne se révoltait jamais contre le destin, mais l'acceptait et en triomphait.

— Je suis heureux de vous voir, dit-il à Melchett. Vous êtes le chef constable du comté de Radford, n'est-ce pas? Bien. Et vous, le commissaire Harper? Veuillez vous asseoir. Les cigarettes sont sur la table à côté de vous. .

Les deux hommes le remercièrent et s'assirent.

— Je crois comprendre, monsieur Jefferson, commença Melchett, que vous vous intéressiez à la morte.

Un sourire triste déforma les traits de l'infirme.

— Oui, tout le monde vous l'a déjà dit. Je n'en ai jamais fait mystère. Que vous ont raconté mon gendre et ma belle-fille? demanda-t-il en les regardant tour à tour.

Melchett lui répondit :

— Mrs. Jefferson nous a simplement appris que la conversation de la jeune fille vous amusait beaucoup et qu'elle était votre protégée. Quant à Mr. Gaskell, nous n'avons échangé que quelques mots avec lui.

Conway Jefferson sourit.

— Addie est la discrétion même. Mark vous en aurait dit davantage. Il est préférable que je vous expose les faits en détail, afin que vous compreniez mieux mon attitude. Tout d'abord, je débuterai par le grand drame de ma vie. Voilà huit ans, j'ai perdu ma femme, mon fils et ma fille dans un accident d'avion. Depuis lors, je ressemble à un homme tronqué... pas seulement au point de vue physique. Je vivais entièrement pour ma famille. Ma belle-fille et mon gendre me témoignent beaucoup de bonté, mais j'ai compris... surtout ces derniers temps, qu'ils ont besoin de vivre leur vie.

« Vous voyez donc toute l'étendue de ma solitude. J'aime la jeunesse. Elle me plaît. Une ou deux fois, j'ai caressé l'idée d'adopter un enfant. Au cours du mois dernier, j'ai ressenti une forte amitié pour la pauvre petite victime. Ruby était tout à fait naturelle et innocente. Elle m'a relaté toute sa vie et ses dures épreuves. Sa famille logeait dans un taudis. Elle étudia la danse et s'engagea comme danseuse dans des tournées de pantomime. Quelle existence différente de la mienne! Et jamais elle ne s'en plaignait; elle n'en discernait même pas le côté sordide. Une fillette courageuse et brave, qui n'avait pas été gâtée par le sort et conservait tout son charme. Ce n'était peut-être pas une grande dame, mais Dieu merci, elle n'était pas vulgaire.

« De plus en plus, je m'attachai à Ruby, au point, messieurs, que je me décidai à l'adopter. Elle devait donc devenir légalement ma fille. Voilà ce qui explique suffisamment mon intérêt pour elle et mon coup de téléphone au bureau de police en apprenant sa disparition mystérieuse.

Il y eut une pause. Puis le commissaire Harper demanda d'une voix calme, qui atténuait la nature indiscrète de ses paroles :

— Puis-je vous demander ce que disaient de vos intentions votre gendre et votre belle-fille?

Jefferson répliqua vivement :

— Que pouvaient-ils dire? Ma décision allait peut-être à l'encontre de leurs désirs, cependant, ils se comportèrent très bien. Ni l'un ni l'autre ne dépendaient de moi financièrement. Quand mon fils Franck s'est marié, je lui ai légué la moitié de ma fortune. Je crois bon ce principe : « N'attendez pas votre mort pour faire du bien à vos enfants : ils ont besoin d'argent quand ils sont jeunes, non pas en l'âge mûr. » De même, lorsque ma fille Rosamund épousa un homme pauvre, je plaçai à son nom une grosse somme qui, à son décès, revint à son mari. Voilà qui simplifie le problème. La question d'intérêt n'entrait pas en jeu.

— Je vous comprends, monsieur Jefferson, dit le commissaire Harper, mais le ton de sa voix trahissait une certaine réserve qui n'échappa point à Conway Jefferson.

— N'êtes-vous pas de mon avis?

— Je ne voudrais pas vous contredire, monsieur, mais, d'après mon expérience, dans les familles, on ne se comporte pas toujours aussi raisonnablement.

— Vous avez peut-être raison, monsieur Harper, mais ne perdez point de vue que Mr. Gaskell et Mrs. Jefferson, au sens strict du mot, ne font point partie de ma famille. Il n'y a entre nous aucune consanguinité.

— C'est, en effet, tout à fait différent, reconnut le commissaire de police.

Conway cligna des yeux et déclara :

— En leur for intérieur, ils m'ont traité de fou, mais j'ai encore la tête solide et je sais juger mes semblables. Cette petite Ruby, avec un peu d'instruction et d'éducation, eût été capable de tenir sa place n'importe où.

— Excusez-moi si je vous pose une question indiscrète, monsieur Jefferson, lui dit Melchett, mais il importe que nous connaissions tous les détails de l'affaire. Vous aviez l'intention de vous occuper de cette jeune fille, c'est-à-dire que vous vous disposiez à lui assurer une rente... mais était-ce déjà fait?

— Je comprends où vous voulez en venir... Vous désirez savoir si la mort de Ruby pouvait profiter à quelqu'un? A personne, car les formalités légales suivaient leurs cours, mais rien de décisif n'était encore signé.

Le colonel Melchett ajouta, d'une voix lente :

— Et si un malheur vous avait frappé...

Il laissa sa phrase inachevée et considéra l'infirme d'un œil interrogateur.

Conway saisit aussitôt l'allusion et rétorqua :

— Pourquoi voulez-vous qu'il m'arrive quelque chose? Je suis infirme, mais par ailleurs ma santé est excellente, bien que les médecins, quand ils viennent me voir, prennent des airs d'enterrement et conseillent mille précautions pour m'épargner émotions et fatigues. La fatigue! Mais je suis fort comme un cheval! Cependant, je tiens compte de la fatalité et j'ai de bonnes raisons pour cela. La mort subite peut frapper les plus solides... surtout à notre époque d'accidents d'automobile. J'ai tout prévu et il y a environ dix jours j'ai rédigé un nouveau testament.

— Ah! s'exclama le commissaire Harper, se penchant en avant.

— A ma mort, une somme de cinquante mille livres devait être placée au nom de Ruby Keene et elle en eût touché les intérêts jusqu'à ses vingt et un ans, âge auquel elle serait entrée en possession du capital.

Le commissaire Harper et le chef constable Melchett ouvrirent de grands yeux et Harper prononça, l'air stupéfait :

— C'est une très grosse somme d'argent, monsieur Jefferson!

— Oui, en effet.

— Et vous léguiez un tel capital à une jeune fille que vous connaissiez depuis seulement quelques semaines!

La colère s'alluma dans les yeux bleus de Jefferson.

— Faut-il toujours répéter la même chose? Je n'ai aucun parent proche... pas même de nièces, de neveux, ou de cousins. J'aurais pu laisser ma fortune à des œuvres charitables. J'aime mieux qu'une seule personne connue de moi en bénéficie. Cendrillon transformée en princesse au cours d'une nuit! ajouta-t-il en riant. Au lieu d'une marraine de conte de fées, j'eusse été le parrain. Pourquoi pas? C'est mon argent et je l'ai gagné.

— Avez-vous fait d'autres legs? demanda le colonel Melchett.

— Oui, je laisse une certaine somme à Edouard, mon valet de chambre, le reste sera divisé en parts égales entre Mark et Addie.

— Excusez mon indiscrétion... Ce reliquat eût-il été important?

— Sans doute que non. Il m'est difficile de préciser. Les valeurs ne cessent de fluctuer. Après le paiement des droits de succession et autres frais, il serait resté de cinq à dix mille livres.

— Je comprends.

— Ne croyez pas que je les aie lésés. Comme je vous le disais, j'avais déjà partagé mes biens lors du mariage de mes enfants, ne gardant pour moi qu'une modeste somme. Mais ensuite, après le drame, afin de distraire mon esprit je me suis lancé dans les affaires. Dans ma résidence de Londres, une ligne spéciale reliait ma chambre à coucher à mon bureau et je travaillais ferme. Ainsi, j'oubliais mon infirmité et j'avais l'impression de n'être pas un vaincu de la vie. Je me plongeais dans le travail. (Sa voix prit un ton grave et il parlait plus pour lui-même que pour son auditoire.) Et, par une ironie du sort, toutes mes entreprises réussissaient : s'il m'arrivait de spéculer à la Bourse, je gagnais. Tout ce que je touchais se transformait en or. Faut-il voir là le doigt du destin réparant une injustice? Peut-être.

De nouveau, les rides se creusèrent sur son visage douloureux, mais, se ressaisissant, il ricana :

— Ainsi que vous le voyez, la somme que je destinais à Ruby m'appartient bien en propre et je pouvais en disposer à mon gré.

Melchett s'empressa de répondre :

— Cher monsieur, nous ne le contestons pas un instant.

— Bien, dit Conway Jefferson. Permettez-moi, à mon tour, de vous poser quelques questions. Je désire en connaître plus long de cette terrible histoire. Je sais seulement que... la petite Ruby fut découverte étranglée dans une maison à une trentaine de kilomètres d'ici.

— C'est exact. Au manoir de Gossington.

Jefferson fronça le sourcil.

— Gossington? C'est...

— Chez le colonel Bantry.

— Bantry! Arthur Bantry? Mais je le connais! Je les ai rencontrés, lui et sa femme, à l'étranger, voilà bien des années. J'étais loin de me douter qu'ils vivaient dans ce coin. Par exemple!...

Il se tut et le commissaire Harper glissa cette question :

— Ne l'avez-vous pas revu ici? Il a pourtant dîné à cet hôtel mardi dernier.

— Mardi? Mardi? Non, nous sommes rentrés tard. Nous avons fait une excursion à Harden Head et avons dîné en route.

— Ruby Keene ne vous a-t-elle jamais parlé des Bantry? s'enquit Melchett.

— Jamais. Je ne crois pas qu'elle les connaissait. Certes non! Elle ne connaissait que des gens de théâtre et des artistes.

Il fit une pause :

— Et qu'en dit le colonel Bantry?

— Il n'y comprend rien du tout. Il assistait à une réunion du parti conservateur hier soir et le cadavre a été découvert ce matin. Il affirme n'avoir jamais vu cette jeune fille de son vivant.

— Voilà qui est fantastique! s'exclama Jefferson.

Le commissaire Harper s'éclaircit la voix et dit :

— Soupçonnez-vous quelqu'un d'avoir pu commettre ce crime?

— Si seulement j'en avais la moindre idée!

Ses veines se gonflèrent sur son front.

— C'est incroyable, inouï. Je n'aurais jamais cru qu'une telle horreur fût possible.

— Est-ce qu'un de ses amis, un homme qu'elle aurait connu dans sa vie passée, rôdait autour d'elle ou la menaçait?

— Je suis certain du contraire. Elle me l'aurait confié! Jamais elle n'a eu d'amoureux. Elle me l'a affirmé.

Le commissaire Harper songea en lui-même : « C'est peut-être ce qu'elle vous a dit, mais où est la vérité? »

Conway Jefferson reprit :

— Josie sait mieux que personne si quelqu'un rôdait autour de sa cousine ou l'importunait. Ne peut-elle vous fournir ce renseignement?

— Elle prétend que non.

Jefferson ajouta, le front plissé :

— Je ne puis m'empêcher d'attribuer ce crime à un fou... La brutalité des moyens employés, le fait de s'introduire avec effraction dans une maison de campagne, tout paraît dénué de sens et de raison. Il existe des individus, apparemment sains d'esprit, qui attirent des jeunes filles, parfois même des enfants, pour les tuer.

— Certes, il en existe, fit Harper, mais nous n'en avions jamais vu opérer dans ces parages.

Jefferson dit alors :

— J'ai pensé à tous les hommes que j'ai vus en compagnie de Ruby, des clients de l'hôtel et des gens du dehors, avec qui elle dansait. Tous me paraissent inoffensifs. Elle n'avait aucun ami parmi eux.

Le visage du commissaire Harper demeura impassible et la lueur qui éclaira son regard à cet instant passa inaperçue aux yeux de Conway Jefferson. Il est fort possible, pensait le commissaire de police, que Ruby Keene ait eu un ami à l'insu de Conway Jefferson. Cependant, il garda le silence.

Le chef constable interrogea Harper du regard et se leva en disant :

— Merci, monsieur Jefferson. C'est tout ce que nous désirons savoir pour le moment.

— Voudriez-vous me tenir au courant de la marche de l'enquête?

— Certainement. Nous resterons en contact avec vous.

Les deux policiers sortirent.

Conway Jefferson se renversa dans son fauteuil. Ses paupières s'abaissèrent et voilèrent le bleu intense de ses yeux. Soudain, il parut très fatigué. Puis, après quelques secondes, il rouvrit les yeux et appela :

— Edouard!

Venant de la pièce voisine, le valet de chambre apparut aussitôt. Edouard connaissait son maître mieux que personne. D'autres, même parmi ses proches, appréciaient seulement sa force; Edouard devinait ses faiblesses. Il avait vu Conway Jefferson prostré, découragé, las de vivre, momentanément vaincu par l'infirmité et la solitude.

— Monsieur m'a appelé?

— Oui, Edouard. Veuillez vous rendre tout de suite chez Sir Henry Clithering, qui habite Melbourne Abbas. Priez-le de venir me voir si possible aujourd'hui au lieu de demain. Dites-lui que c'est pour une affaire urgente.

9.

Lorsque les deux policiers furent hors de l'appartement de Conway Jefferson, Harper dit à son compagnon :

— J'ignore ce qu'il vaut, mais nous possédons tout de même un mobile.

— Hum! fit Melchett, cinquante mille livres, n'est-ce pas?

— Oui, monsieur. On a tué pour moins que cela.

— Certes, mais...

Le colonel Melchett n'acheva point sa phrase. Néanmoins, Harper comprit le fond de sa pensée.

— Vous ne pensez pas qu'il en soit ainsi dans cette affaire. Moi non plus, d'ailleurs... du moins jusqu'ici. Néanmoins, il faut tenir compte d'une telle éventualité.

— Cela va de soi.

— Si, comme le dit Mr. Jefferson, Mr. Gaskell et Mrs Jefferson sont déjà bien pourvus et jouissent d'un coquet revenu, il est peu probable qu'ils aient commis un meurtre aussi affreux.

— En effet, répliqua Melchett. Nous devrons tout de même nous renseigner sur leur situation financière. A vrai dire, ce Gaskell ne m'est guère sympathique... il m'a tout l'air d'un individu sans scrupules et matois... Cependant, je ne saurais lui imputer ce crime.

— Pour moi, je ne crois pas à la culpabilité de ces deux personnes. Au reste, d'après les dires de Josie, je ne vois pas comment ils auraient pu s'y prendre. Aucun des deux ne quitta la table de bridge de onze heures moins vingt jusqu'à minuit. A mon sens, il faut chercher le criminel ailleurs.

— Parmi les amoureux de Ruby Keene? suggéra Melchett.

— Vous l'avez dit, monsieur. Quelque soupirant évincé et à la tête peu solide... un individu qu'elle connaissait avant de venir au *Majestic*. S'il a eu vent de ce projet d'adoption, il a pu craindre de la perdre et de la voir transplantée dans un milieu différent du sien. Alors, affolé et aveuglé par la rage, il a commis son forfait. Il lui a donné rendez-vous cette nuit-là, s'est querellé avec elle à ce sujet et l'a tuée par jalousie.

— Comment expliquez-vous sa présence dans la bibliothèque de Bantry?

— Facilement. Les deux jeunes gens se promenaient en auto dans la campagne. Son crime accompli, l'homme recouvra son bon sens et sa première pensée fut de se débarrasser du corps. Il se trouvait justement près de la grille d'une grande propriété : l'idée lui vint que, si on découvrait le cadavre, les soupçons se porteraient sur les occupants de la maison. Dans sa voiture il a un ciseau à froid, avec ce ciseau il ouvre une fenêtre et lance sa victime sur le tapis de foyer. Comme il l'a étranglée, on ne découvrira pas de trace de sang révélatrice dans l'auto. Vous saisissez, monsieur?

— Oui, Harper, votre hypothèse est des plus plausibles. Cependant, il nous faudra « *chercher l'homme* ».

Melchett avait prononcé ces deux derniers mots en français.

— Quoi? Ah! je comprends, monsieur.

Le commissaire Harper eut le tact d'applaudir à la plaisanterie de son supérieur, bien qu'il n'en saisît pas exactement le sens.

— Oh!... euh... dites-moi... Est-ce que je p-p-pourrais parler un instant?

George Bartlett venait d'arrêter les deux hommes. Le colonel Melchett, qui n'aimait point particulièrement Bartlett et qui avait hâte de connaître les résultats de la perquisition de Slack dans la chambre de la victime et de l'interrogatoire des femmes de chambre, le rembarra vertement :

— Eh bien? Quoi encore?

Le jeune Mr. Bartlett recula d'un pas, ouvrit et ferma plusieurs fois la bouche, se livrant, inconsciemment, à la mimique d'un poisson rouge dans un bocal.

— Ma foi... probablement... ce que j'ai à vous dire n'a pas d'importance. Cependant, je crois bon de vous avertir : je ne puis retrouver ma voiture.

Bégayant de plus belle, Mr. Bartlett expliqua qu'en effet, il ne pouvait retrouver son automobile.

— Autrement dit, on vous l'a volée?

George Bartlett se tourna, plein de gratitude, vers le commissaire Harper, devenu plus calme.

— C'est tout à fait cela. Evidemment, on ne sait jamais. Je soupçonne que quelqu'un a filé avec. Pas pour me la prendre, bien sûr, si vous comprenez ce que je veux dire.

— Quand avez-vous vu votre auto pour la dernière fois?

— J'essaie de me souvenir. C'est drôle comme on a peine à se rappeler certaines choses, n'est-ce pas?

Le colonel Melchett répliqua froidement :

— Non, si l'on possède une intelligence normale. N'avez-vous pas dit qu'elle se trouvait hier soir dans la cour de l'hôtel?

Mr. Bartlett reprit courage.

— En effet... Y était-elle?

— Qu'entendez-vous par là? Vous nous avez affirmé qu'elle y était.

— C'est-à-dire, je le croyais... mais je ne suis pas sorti pour le vérifier. Comprenez-vous?

Le colonel Melchett soupira. Faisant appel à toute sa patience, il dit :

— Tirons cela au clair. A quelle heure avez-vous vu votre voiture? A propos, quelle en est la marque?

— C'est une Minoan 14.

— Et quand l'avez-vous vue pour la dernière fois?

La pomme d'Adam de Bartlett s'agita convulsivement.

— J'essaie de me souvenir. Je l'avais encore hier avant le déjeuner. J'avais l'intention de me promener l'après-midi. Mais, vous savez ce que c'est... j'ai fait une petite sieste jusqu'au thé, puis j'ai joué une partie de raquette et j'ai pris un bain.

— Votre auto stationnait-elle encore dans la cour de l'hôtel?

— Je suppose que oui. C'est-à-dire, je l'y avais laissée. Je pensais sortir après dîner avec une jeune fille. Mais hier soir la chance ne me favorisait pas. Rien à faire. En fin de compte, je n'ai pas pris ma bagnole.

— Mais, à votre connaissance, était-elle encore dans la cour de l'hôtel?

— En tout cas, je l'y ai mise.

— Auriez-vous remarqué son absence si on l'avait emmenée?

Mr. Bartlett hocha la tête :

— Je n'en sais rien. Les autos entrent dans la cour et en sortent... et il ne manque pas de Minoan 14.

Le commissaire Harper approuva de la tête. Il venait de jeter un coup d'œil par la fenêtre et de compter au moins huit Minoan 14 dans la cour... c'était le modèle populaire et bon marché de l'année.

— N'avez-vous pas l'habitude de rentrer votre voiture la nuit? demanda le colonel Melchett.

— Ma foi, je ne m'en préoccupe pas. Il fait beau, vous savez. C'est bien de l'embarras de remiser sa voiture dans le garage.

Lançant un coup d'œil au colonel Melchett, le commissaire Harper lui dit :

— Je vous rejoindrai là-haut, monsieur. Je vais trouver le sergent Higgins et le prier de prendre par écrit la déposition de Mr. Bartlett.

— Bien, Harper.

Mr. Bartlett, l'air pensif, murmura :

— J'ai cru bon de vous mettre au courant, monsieur. Ces renseignements peuvent avoir leur importance.

. . .

Mr. Prescott fournissait à sa danseuse supplémentaire la pension et le gîte. Quelle que fût la nourriture, la chambre était la plus médiocre de tout l'hôtel.

Les chambres de Joséphine Turner et Ruby Keene se trouvaient au fond d'un corridor étroit et sombre. Les pièces, de dimensions restreintes et situées au nord, donnaient sur un coin de la falaise, derrière l'hôtel. Elles étaient garnies de meubles disparates, provenant d'appartements jadis luxueux. Depuis que l'hôtel s'était modernisé et que les chambres avaient été pourvues de vastes placards servant de garde-robes, les antiques armoires de chêne et d'acajou de l'époque victorienne avaient été reléguées dans les chambres occupées par le personnel, ou offertes aux clients, en pleine saison, lorsque tout le reste de l'établissement était complet.

Comme Melchett et Harper s'en rendirent compte au premier coup d'œil, la situation de la chambre de Ruby Keene était idéale pour pouvoir quitter l'hôtel sans être vu, d'où la difficulté d'établir les circonstances et l'heure du départ de la jeune danseuse.

Au bout du couloir, un petit escalier conduisait à un autre couloir du rez-de-chaussée, couloir également sombre, dans lequel une porte vitrée s'ouvrait sur une terrasse toujours déserte, car de ce côté, on ne découvrait aucun paysage. De là, on gagnait la terrasse principale devant l'hôtel et, par un sentier sinueux, on rejoignait la route de la falaise.

L'inspecteur Slack s'était occupé de harceler les servantes et de fouiller la chambre de Ruby, demeurée telle qu'elle l'avait laissée la veille.

Ruby Keene n'était pas très matinale. Slack apprit qu'elle restait couchée d'ordinaire jusqu'à dix heures ou dix heures et demie et sonnait alors pour faire monter son petit déjeuner. Conway Jefferson ayant alerté le directeur de l'hôtel de bonne heure, la police s'était présentée avant que les femmes de chambre eussent rien dérangé. De fait, elles n'étaient même pas venues dans ce couloir, les autres chambres de cette partie de l'établissement n'étant ouvertes et époussetées qu'une fois par semaine en cette saison.

— Tout est pour le mieux, conclut Slack. S'il y avait quelque chose à trouver, nous le trouverions. Malheureusement, il n'y a rien.

Déjà les experts de la police du comté de Glen s'étaient rendus dans la chambre pour y prendre les empreintes digitales, mais on n'y releva que celles de Ruby, de Josie et des deux femmes de chambre, de jour et de nuit. On découvrit également deux empreintes de Raymond Starr, mais elles s'expliquaient par sa déposition : il était, en effet, monté avec Josie à la recherche de Ruby introuvable pour la danse-exhibition de minuit.

Les casiers du bureau en acajou massif, placé dans un coin de la pièce, renfermaient des tas de lettres et de papiers. Slack les avait examinés sans rien déceler d'anormal : factures, quittances, programmes de théâtre et de cinéma, coupures de journaux, recettes de beauté détachées de magazines. Parmi les lettres, plusieurs étaient d'une certaine Lil, sans doute une amie du Palais de la Danse, racontant des choses banales, entre autres qu'on regrettait son départ. Mr. Findeison demandait très souvent de ses nouvelles et paraissait déçu. Le jeune Reg sortait avec May depuis que Ruby n'était plus là. Barney s'inquiétait également de Ruby. La vie continuait comme auparavant. Le vieux Grouser était toujours aussi méchant envers ses employées. Il avait congédié Ada parce qu'elle fréquentait un jeune homme.

Slack avait soigneusement pris note des noms mentionnés dans les lettres de Lil et se promettait de recueillir quelques renseignements utiles à son enquête en interrogeant le personnel du Palais de la Danse. A part cela, la chambre de Ruby ne révéla rien d'important.

Sur un fauteuil, au milieu de la chambre, était déposée la vaporeuse robe de bal rose que portait Ruby au début de la soirée; sur le parquet, une paire de souliers de satin à talons hauts, abandonnés là sans soin, et deux bas de soie transparents, dont l'un montrait une échelle au mollet. Melchett se rappela que la victime avait les jambes nues. Comme l'apprit Slack, Ruby, par économie, se peignait les jambes pour sortir et ne mettait de bas que pour danser. La porte de sa garde-robe était ouverte et laissait voir un certain nombre de toilettes du soir de couleurs vives avec, en dessous, une rangée de chaussures. Dans un panier d'osier, il y avait quelques pièces de linge sale et, au fond de la corbeille à papiers, des rognures d'ongles, des serviettes de papier de soie ayant servi au démaquillage, et des tampons d'ouate tachés de rouge à lèvres et de vernis à ongles; bref, rien qui sortît de l'ordinaire, il semblait facile de reconstituer les faits. Ruby était montée, avait changé de toilette en hâte, était partie précipitamment... mais pour quelle destination?

Joséphine Turner, qui avait dû être au courant des habitudes de Ruby, n'avait pu fournir aucun renseignement appréciable. L'inspecteur Slack estima la chose assez naturelle.

— Si cette histoire d'adoption est vraie, dit-il au colonel Melchett, il est certain que Josie devait conseiller à sa cousine de rompre avec ses anciens amis du Palais de la Danse, aussi bien que de ne se lier à personne en ce moment. Il est bien à penser que si le vieil infirme s'était attaché à Ruby, c'était à cause de sa douceur, de sa gentillesse, de son air enfantin, reflétant — à ce qu'on nous a dit — l'innocence et l'honnêteté. Supposons que son apparence ait été trompeuse, qu'elle n'ait été qu'une rusée intrigante, que, de plus, elle ait eu une liaison amoureuse, il est clair qu'elle s'en serait cachée de Josie aussi bien que de Mr. Jefferson, ne tenant pas à compromettre l'avenir inespéré qui s'offrait à elle. Mais comme les jeunes filles sont portées à se laisser prendre dans les filets des mauvais garçons, qui prouve qu'elle n'en fréquentait pas un et que ce soit lui le criminel?

— Vous avez peut-être raison, Slack, dit le colonel Melchett, cachant sa répugnance habituelle pour les explications un peu trop réalistes de l'inspecteur. S'il en est ainsi, il nous reste à découvrir l'identité de ce « mauvais sujet » aussi vite que possible.

— Comptez sur moi, monsieur, dit Slack, plein d'assurance. Je vais aller voir cette fille du Palais de la Danse pour la faire parler. Nous ne tarderons pas à apprendre la vérité.

Le colonel Melchett n'en était pas aussi sûr que l'inspecteur. L'assurance et l'activité presque joyeuse de Slack l'agaçaient.

— Vous pourriez peut-être essayer de faire parler le professeur de danse et de tennis, monsieur. Il voyait souvent Ruby et il en connaît peut-être plus long sur elle que Josie. Vraisemblablement, elle s'est confiée à lui.

— J'ai déjà discuté ce point de vue avec Harper.

— Bien, monsieur. Moi, j'ai fait subir aux femmes de chambre un interrogatoire serré, mais elles ne savent rien. Elles considéraient les deux cousines avec un certain mépris, négligeaient de les servir autant qu'elles osaient le faire. L'une d'elles est venue hier soir à sept heures faire la couverture, tirer les rideaux et remettre un peu d'ordre. Il y a une salle de bain à côté. Désirez-vous la voir?

La salle de bain était située entre la chambre de Ruby et celle, un peu plus grande, de Josie. Cette visite ne donna aucun résultat. Le colonel Melchett s'émerveilla à part lui du nombre d'accessoires de beauté auxquels recourent les femmes : des rangées de pots de crème pour le visage, de la crème pour nettoyer, de la crème pour embellir, de la crème pour nourrir la peau, des boîtes de poudre de plusieurs nuances, quantité de bâtons de rouge à lèvres, des lotions capillaires et des pots de brillantine, du noir pour les cils, du bleu pour les paupières et au moins douze teintes différentes de vernis à ongles, serviettes en papier pour le visage, tampons d'ouate, des houppettes souillées, des flacons de lotions astringentes, toniques, calmantes et bien d'autres babioles.

— Est-il possible que les femmes emploient tous ces ingrédients? murmura le colonel.

L'inspecteur Slack, plus au courant, le renseigna aimablement :

— Dans la vie privée, monsieur, une dame se sert seulement de deux ou trois nuances distinctes : une pour le soir et une pour le jour. Elle sait ce qui lui convient le mieux et s'y tient. Mais ces danseuses professionnelles ont besoin de changer leur visage. Elles exécutent des danses-exhibitions : un soir, un tango, le lendemain, une danse victorienne en crinoline, le jour suivant une danse apache, et puis les danses ordinaires : voilà qui explique la grande variété de leur maquillage, qui doit s'harmoniser aux toilettes.

— Bonté divine ! s'écria le colonel. Rien d'étonnant que les fabricants de ces crèmes et autres produits de beauté réalisent des fortunes !

— C'est de l'argent facilement gagné, commenta Slack. Evidemment, ils ont de gros frais de publicité.

Le colonel Melchett détourna son esprit du problème troublant et vieux comme le monde des parures féminines.

— Ah ! Il reste à voir le danseur professionnel. Je vous le laisse, Harper.

— Si vous voulez, monsieur.

Comme ils descendaient l'escalier, Harper demanda :

— Que pensez-vous de l'histoire de Mr. Bartlett ?

— Au sujet de sa voiture ? Je pense, Harper, que nous devrons tenir l'œil ouvert sur ce drôle. Son récit me semble louche. S'il avait emmené Ruby Keene dans sa voiture hier soir ?... Qui sait ?

10.

Le commissaire Harper avait des manières agréables, pondérées et peu compromettantes. Ces affaires où collaboraient les polices de deux comtés, se révélaient toujours délicates. Harper estimait le colonel Melchett pour sa compétence professionnelle, mais il n'était pas fâché d'entreprendre lui-même le prochain interrogatoire. Il avait pour principe de ne pas trop embrasser de choses à la fois. Une simple requête pour la forme, dès le début, n'inquiétait point les intéressés et les rendait moins méfiants lors du second interrogatoire.

Harper connaissait de vue Raymond Starr, un bel homme grand et mince, au visage agréable, aux dents étincelantes et au teint bronzé. Il avait les cheveux noirs et les gestes gracieux. Ses façons aimables lui valaient la sympathie de tous les clients de l'hôtel.

— Je regrette de ne pouvoir vous fournir des renseignements appréciables, monsieur le commissaire. Certes, je connaissais très bien Rudy. Elle était ici depuis plus d'un mois, et nous répétions nos danses ensemble. En réalité, j'ai très peu à vous dire. C'était une jeune fille plaisante, mais pas très intelligente.

— Ce qui nous intéresse, c'est surtout ses fréquentations, ses amis masculins.

— Je vous entends bien. Sur ce sujet, je ne sais rien. Plusieurs jeunes hommes lui faisaient un brin de cour à l'hôtel, mais rien de sérieux. Vous comprenez, elle était presque toujours accaparée par la famille Jefferson.

— Ah! oui, la famille Jefferson...

Le policier fit une pause et lança un regard perçant au jeune homme.

— Et que pensez-vous de ce projet, monsieur Starr?

Raymond Starr demanda d'un ton calme :

— Quel projet?

— Saviez-vous que Mr. Jefferson se proposait d'adopter légalement Ruby Keene?

Surpris par cette nouvelle, le jeune homme arrondit les lèvres et sifflota, puis il dit :

— La petite rusée! Il n'y a rien comme un vieux pour commettre des folies!

— C'est tout ce que vous trouvez à dire?

— Ma foi, oui. Si ce vieux tenait tant à adopter quelqu'un, pourquoi ne pas choisir dans son milieu?

— Ainsi, Ruby ne vous en a jamais parlé?

— Non. Je voyais bien qu'elle paraissait heureuse, mais sans en connaître la raison.

— Et Josie?

— A mon avis, Josie devait être au courant. Qui sait si ce n'est pas elle qui a manigancé cette adoption? Josie n'a rien d'une sotte, elle a même la tête solide.

Harper approuva. Josie avait fait engager Ruby Keene au *Majestic*, et sans doute avait-elle encouragé l'amitié de Mr. Jefferson envers sa cousine. Rien d'étonnant qu'elle se soit alarmée de l'affolement de Jefferson lorsque Ruby ne parut point pour la seconde danse. Elle entrevoyait l'échec de ses manœuvres.

— A votre avis, Ruby savait-elle garder un secret? demanda Harper.

— Comme tout le monde. Elle ne parlait guère de ses affaires personnelles.

— Vous a-t-elle jamais fait quelque petite confidence au sujet de ses connaissances... de quelque ancien ami qui serait venu la relancer ici et avec qui elle aurait eu des difficultés? Vous me comprenez?

— Parfaitement, monsieur. Autant que je sache, elle n'avait aucune relation de ce genre... du moins à l'entendre.

— Merci. Maintenant, voulez-vous me raconter ce qui s'est passé hier soir?

— Volontiers. Ruby et moi avons exécuté notre première danse ensemble à dix heures et demie.

— N'avez-vous rien remarqué d'extraordinaire chez elle?

Après un instant de réflexion, Raymond répondit :

— Non, rien. Après cela, j'ai dû m'occuper de mes danseuses et je me suis simplement aperçu qu'elle avait quitté la salle de bal. A minuit, elle n'était pas de retour. Fort ennuyé, je m'adressai à Josie, qui jouait au bridge avec les Jefferson. Elle ignorait où se trouvait sa cousine et en parut contrariée. Je la vis lancer un coup d'œil anxieux vers Mr. Jefferson. Je demandai au chef d'orchestre de jouer une autre danse et je me rendis au bureau où je fis téléphoner à la chambre de Ruby. N'obtenant pas de réponse, je retournai voir Josie. Elle émit l'idée que sa cousine s'était peut-être endormie dans sa chambre. C'était stupide, mais elle voulait apaiser les Jefferson. Elle me suivit et nous montâmes tous deux à la chambre de Ruby.

— Fort bien, monsieur Starr. Et que vous a-t-elle dit lorsque vous fûtes seul avec elle?

— Autant que je me souvienne, elle paraissait furieuse et s'exclama :

« — Quelle petite sotte! Cela ne peut continuer ainsi! Elle court à sa perte. Avec qui est-elle? Le savez-vous? »

« Je lui répondis que je n'en savais rien. La dernière fois que je l'avais vue, Ruby dansait avec le jeune Bartlett. Josie me dit alors :

« — Elle n'est sûrement pas en sa compagnie. Avec qui peut-elle bien être? Pas avec ce cinéaste... Qu'en pensez-vous? »

Harper interrogea vivement :

— Un cinéaste? Qui est-ce?

— J'ignore son nom. Il n'a jamais séjourné à l'hôtel. Un type extraordinaire, aux cheveux noirs et à l'air artiste. Il travaille dans le cinéma... du moins d'après ce qu'il a dit à Ruby. Il est venu ici une ou deux fois dîner et a dansé avec Ruby, mais je ne crois pas qu'elle le connaissait beaucoup. D'où ma surprise en entendant Josie me parler de lui. En tout cas, je ne l'ai pas vu au *Majestic* hier soir. Josie me dit alors :

« — Elle doit sûrement être sortie avec quelqu'un. Que vais-je raconter aux Jefferson? »

« Je lui répondis :

« — Que vous importent les Jefferson? »

« Mais ce n'était pas son avis. Elle a même ajouté qu'elle ne pardonnerait jamais à Ruby si elle s'avisait d'embrouiller les choses.

« Nous étions arrivés à la chambre de Ruby. Elle n'y était pas, mais elle y était venue, parce que la robe qu'elle portait ce soir même était posée sur un fauteuil. Josie regarda la garde-robe et me dit que sa cousine avait dû mettre sa vieille robe blanche. Normalement, elle devait prendre une robe de velours noir pour notre danse espagnole. Moi-même, je commençais à me fâcher pour la façon dont Ruby me lâchait. Josie s'efforça de me calmer et s'offrit à danser avec moi, afin que le vieux Prescott ne se mette pas en colère. Elle me quitta pour changer de toilette, puis nous redescendîmes et dansâmes un tango... d'un style tout à fait spectaculaire, mais pas trop fatigant pour ses chevilles. Josie fit preuve de beaucoup de cran, car elle souffrait visiblement. Après quoi, elle me pria de l'aider à apaiser l'inquiétude des Jefferson. Elle y attachait une grande importance. Aussi je m'y employai de mon mieux.

Le commissaire Harper approuva de la tête.

— Merci, monsieur Starr.

En lui-même, Harper pensait : « Certes, c'était important : *cinquante mille livres!* »

Il suivit des yeux Raymond Starr, qui s'éloignait d'une allure gracieuse et descendait l'escalier de la terrasse. Le danseur ramassa sur son chemin un filet de balles de tennis et une raquette. Mrs. Jefferson, qui portait également une raquette, le rejoignit et ils se dirigèrent tous deux vers le court de tennis.

— Excusez-moi, monsieur.

Le sergent Higgins, haletant, s'approcha du commissaire de police.

Harper sortit de sa songerie et sursauta.

— On vient de recevoir pour vous un message du poste de police, monsieur. Un cultivateur est venu dire qu'il avait vu une lueur d'incendie ce matin et il y a une demi-heure on a découvert une auto en flammes près d'une carrière... la carrière de Venn... à environ trois kilomètres d'ici. A l'intérieur de la voiture, gisent les restes d'un cadavre calciné.

Le visage rude de Harper s'empourpra.

— Qu'est-ce qui se passe dans le comté de Glenshire? s'écria-t-il. Une épidémie de crimes! A-t-on pu relever le numéro de la voiture?

— Non, monsieur. Mais nous pourrons sûrement l'identifier par le numéro du moteur. On croit que c'est une Minoan 14.

II.

L'esprit préoccupé, Sir Henry Clithering traversa le salon du *Majestic*, sans prêter grande attention aux personnes qui s'y trouvaient. Néanmoins, son subconscient enregistra certains détails qui revinrent au moment propice.

En montant l'escalier pour se rendre à l'appartement de Conway Jefferson, Sir Henry se demandait quel pouvait bien être le motif du message urgent que lui avait adressé son ami. D'habitude l'infirme ne dérangeait personne sans raison sérieuse. Un événement extraordinaire devait donc être survenu.

Après les salutations, Conway Jefferson dit à son ami :

— Je suis heureux de vous voir... Edouard, apportez des rafraîchissements... Asseyez-vous, mon vieux. Ignorez-vous la nouvelle? Les journaux n'en ont-ils donc point encore parlé?

Sir Henry, de la tête, fit un signe négatif. Sa curiosité éveillée, il demanda :

— Qu'y a-t-il?

— Il s'agit d'un crime, auquel je suis mêlé ainsi que nos amis Bantry.

— Arthur et Dolly Bantry! s'exclama Clithering, suffoqué.

— Oui. On a découvert le cadavre chez eux.

En termes clairs et précis, Conway Jefferson exposa la situation. Sir Henry, tout oreilles, l'écouta sans l'interrompre. Les deux hommes avaient coutume de s'attacher aux faits essentiels d'une affaire et Sir Henry, durant son passage à Scotland Yard, avait acquis la réputation d'un homme intelligent et positif.

— Voilà qui est bien étrange, conclut-il lorsque le récit fut achevé. Quel est, à votre avis, le rôle de Bantry?

— Vous m'en voyez tracassé. Pour moi, le fait qu'ils me connaissent est la seule cause de leurs ennuis actuels. Ni l'un ni l'autre, affirment-ils, n'ont vu cette jeune fille auparavant. On a dû attirer Ruby dans un guet-apens et se débarrasser de son cadavre en le déposant chez eux. Qu'en dites-vous?

— Votre explication ne me satisfait pas.

— Elle est pourtant plausible.

— Peut-être. Que désirez-vous de moi?

D'une voix amère, Jefferson murmura :

— Je suis un infirme. Je cherche à l'oublier, mais à certains moments, la tragique vérité s'impose à moi. Je ne puis me déplacer comme je le voudrais pour interroger les uns et les autres et mener une enquête personnelle. Il me faut rester ici et attendre les renseignements que la police consent à me communiquer. A propos, connaissez-vous Melchett, le chef constable du comté de Radford?

— Oui, nous nous sommes rencontrés plusieurs fois.

A cet instant, une image surgit dans le cerveau de Sir Henry, une silhouette enregistrée inconsciemment tandis qu'il traversait le salon de l'hôtel : celle d'une vieille dame au buste rigide, dont les traits se précisèrent en entendant nommer Melchett. Cette personne lui avait, en effet, été présentée lors de sa dernière entrevue avec le chef constable.

— Conway, vous attendez-vous à me voir jouer le rôle d'un détective amateur? Ce n'est pas mon intention.

— Mais vous n'êtes pas un amateur! répliqua Jefferson.

— Et pas davantage un détective professionnel. A présent, je suis en retraite.

— Cela simplifie donc les choses, conclut Jefferson.

— Si j'étais encore à Scotland Yard, je ne pourrais, bien entendu, m'occuper de vous personnellement.

— Dans les circonstances actuelles, grâce à votre grande expérience, vous êtes tout désigné pour vous intéresser à cette affaire et nous apprécierons toute l'aide que vous pourrez nous apporter.

— Les convenances ne s'y opposent point, je le sais, j'accepte par amitié. Mais que voulez-vous exactement, Conway? Découvrir le meurtrier?

— C'est cela même.

— Avez-vous un soupçon quelconque?

— Pas le moindre.

Sir Henry prononça lentement :

— Sans doute n'allez-vous pas me prendre au sérieux. Mais vous avez en bas, assise dans le salon de l'hôtel, une personne bien plus capable que moi de déchiffrer ces sortes d'énigmes. Par surcroît, elle connaît tous les secrets des habitants du voisinage.

— Que me chantez-vous là?

— En bas, au salon, près du troisième pilier à gauche, se trouve une dame âgée, au visage calme et placide de vieille fille, dont l'esprit a sondé les profondeurs de l'iniquité humaine sans s'émouvoir outre mesure. Elle s'appelle Miss Marple et habite le village de St. Mary Mead, situé à environ trois kilomètres de Gossington! C'est une amie des Bantry, et dans les questions criminelles, elle dame le pion aux plus fins limiers.

Jefferson, les sourcils levés, regarda fixement Sir Henry et lui dit :

— Vous voulez rire?

— Pas du tout, Conway. Tout à l'heure, vous me parliez de Melchett. La dernière fois que je l'ai vu, c'était à l'occasion d'un drame villageois. Une jeune fille avait été trouvée noyée. La police ne croyait pas à un suicide, mais à un meurtre, et s'imaginait tenir le coupable. Tout émue, la brave demoiselle se présenta à mon bureau et m'exposa ses craintes. Selon elle, on allait pendre un innocent. Elle ne possédait aucune preuve, mais elle connaissait l'assassin et me remit une feuille de papier sur laquelle un nom était écrit. Jefferson, elle était dans le vrai!

Conway Jefferson abaissa les sourcils et grommela, sceptique :

— Intuition féminine, ce me semble.

— Non. D'ailleurs, cette vieille fille s'en défend bien. Elle prétend posséder des connaissances spéciales.

— Qu'entendez-vous par là?

— Ma foi, Jefferson, nous employons cette expression dans le jargon policier. Dès qu'un cambriolage a lieu... nous devinons assez facilement qui l'a commis parmi la bande des malfaiteurs de l'endroit... à la façon dont a été perpétré le délit. Miss Marple, tel est le nom de cette femme, établit des parallèles intéressants, bien que souvent naïfs, d'après ses observations sur la vie du village...

De plus en plus sceptique, Jefferson demanda :

— Que voulez-vous qu'elle sache concernant une jeune fille élevée dans un milieu d'artistes et qui n'a jamais vécu dans ce village?

— Je crois, répondit Sir Henry d'un ton ferme, qu'elle peut nous suggérer des idées.

. . .

Miss Marple rougit de plaisir lorsque Sir Henry s'arrêta devant elle et la salua :

— Oh! Sir Henry! Quelle chance de vous rencontrer ici!

Plein de galanterie, Sir Henry répliqua :

— C'est également pour moi un grand plaisir de vous voir.

— Vous êtes très aimable, murmura Miss Marple, toujours empourprée.

— Habitez-vous à l'hôtel?

— Oui. Nous y sommes descendues.

— Qui, nous?

— Mrs. Bantry et moi.

Elle lui lança un regard significatif.

— Si, je vois que vous savez. C'est terrible, n'est-ce pas?

— Que fait ici Dolly Bantry? Son mari l'accompagne-t-il?

— Non. Tous deux ont réagi de façon différente. Le colonel, le pauvre homme, s'enferme dans son cabinet de travail ou se rend à une de ses fermes dès qu'il lui arrive un ennui de ce genre... comme une tortue qui rentre la tête pour ne pas se faire voir. Quant à Dolly, c'est tout autre chose.

— Dolly, j'en suis certain, fit Sir Henry, qui connaissait bien son amie, Dolly prend plaisir à cette affaire, n'est-ce pas?

— Ma foi... euh... Pauvre chérie...

— Elle vous a amenée ici pour que vous lui fassiez sortir les lapins du chapeau.

D'un ton calme, Miss Marple expliqua :

— Dolly a pensé qu'un changement de décor lui ferait du bien et elle ne voulait pas rester seule.

Elle leva les yeux vers le policier et clignota des paupières.

— Mais votre idée est la bonne, j'en suis plutôt navrée, parce que je ne lui sers à rien.

— Vous n'avez aucune idée, aucun parallèle à établir avec les menus faits du village?

— Jusqu'ici j'ignore une grande partie de l'histoire.

— Je puis y remédier. Ensuite, je vous demanderai même une consultation, mademoiselle Marple.

Il fit un bref résumé des faits et Miss Marple lui prêta une oreille attentive.

— Le pauvre Mr. Jefferson! s'exclama-t-elle. Quelle triste histoire que cet accident qui l'a laissé seul vivant et estropié... C'eût été moins cruel pour lui de mourir avec les siens.

— Certes. Voilà pourquoi tous ses amis admirent ce courage inflexible qui l'aide à supporter son chagrin et ses infirmités.

— Oui, il est admirable.

— Le seul point faible, c'est cette brusque et violente affection pour une jeune danseuse. Sans doute avait-elle toutes les qualités pour la justifier?

— Pas nécessairement, dit Miss Marple. Je ne crois pas que ses qualités soient entrées en ligne de compte.

Sir Henry protesta :

— Jefferson n'est pourtant pas un vieux satyre!

— Oh! non, non! s'écria la vieille fille, rouge comme une pivoine. Pas une minute, je n'ai songé à cela. Je me suis mal exprimée. Je voulais faire entendre qu'il cherchait une jolie jeune fille pour remplacer près de lui son enfant défunte. Cette danseuse a vu là une occasion unique et s'y est accrochée. Vous allez me juger peu charitable, mais j'ai vu tant de cas de ce genre! Tenez, par exemple, la jeune bonne de Mr. Harbottle... une fille ordinaire, mais calme, avec d'excellentes manières. La sœur de ce vieux célibataire, qui vivait avec lui, fut appelée au loin pour soigner un de leurs parents. A son retour, elle trouva la jeune servante transformée totalement. Assise au salon, elle papotait en riant aux éclats. Elle ne portait plus ni bonnet ni tablier. Miss Harbottle lui fit une semonce. La jeune bonne répondit avec impertinence et son frère la laissa interloquée en lui annonçant que, la petite le servant depuis assez longtemps, il jugeait bon de prendre des dispositions en sa faveur.

« Quel scandale au village! La pauvre Miss Harbottle dut s'en aller vivre mesquinement dans un petit appartement à Eastbourne. Les gens supposèrent mille choses. A mon avis, il n'y avait point entre le vieillard et la soubrette de relations intimes, mais il trouvait plus agréable la compagnie d'une jeunesse pleine de gaieté et d'aimables flatteries que celle d'une sœur qui le morigénait sans cesse, bien que celle-ci fût une maîtresse de maison accomplie.

Après un court silence, Miss Marple poursuivit :

— Et puis, il y a aussi Mr. Badger, le pharmacien. Il s'intéressait exagérément à la jeune vendeuse chargée de son rayon de parfumerie. Il demanda à sa femme de la considérer comme leur enfant et de l'installer à leur foyer, mais Mrs. Badger vit la chose d'un mauvais œil.

Sir Henry remarqua :

— Si seulement cette jeune fille avait appartenu à leur milieu social... Par exemple, l'enfant d'un ami...

Miss Marple l'interrompit :

— Oh! non! Il n'en aurait pas tiré toute la satisfaction qu'il recherchait. Un vieillard solitaire ou las de l'existence trouve plus intéressant de protéger un être déshérité et inférieur, qu'il s'attachera par sa générosité. Il grandit à ses propres yeux à l'idée de sa bonne action et escompte la joie qu'il tirera de la reconnaissance dont il espère être l'objet.

Elle fit une pause.

— Mr. Badger offrit à sa jeune vendeuse de riches présents : un bracelet de diamants, un poste de radio, un très beau phonographe. Il dépensa pour elle une grosse partie de ses économies. Cependant, Mrs. Badger, plus fine que la pauvre Miss Harbottle (sans doute le mariage donne-t-il de l'expérience!), mena discrètement une petite enquête. Et un jour Mr. Badger apprit que sa protégée fréquentait un jeune homme peu recommandable qui jouait aux courses et avait déjà mis en gage le bracelet. Ecœuré, ce Géronte chassa l'intrigante et à la Noël offrit à Mrs. Badger une bague de diamants.

Les yeux malins de la vieille fille croisèrent ceux de Sir Henry. Il se demanda si ses paroles cachaient quelque intention secrète.

— Croyez-vous que si Ruby Keene avait eu un amoureux, mon ami Jefferson aurait changé d'attitude à son égard?

— Certes! Qui vous dit que plus tard il n'aurait pas songé à l'épouser? Les hommes sont tellement égoïstes! En tout cas, je vous certifie que si Ruby avait eu un soupirant, elle se serait bien gardée d'en parler!

— Et ce jeune homme, dépité, se serait vengé?

— Jusqu'ici, je n'envisage pas d'autre solution. J'ai remarqué que sa cousine, la jeune femme qui est venue ce matin à Gossington, semblait furieuse contre la morte. Vous venez de m'en fournir l'explication. Elle comptait sans doute tirer un avantage personnel de l'adoption de Ruby.

— Ce serait, d'après vous, une femme pratique, ayant le sens des réalités?

— Vous la jugez un peu sévèrement. La pauvre fille doit gagner sa vie et on ne saurait s'attendre qu'elle fasse du sentiment avec les gens riches... Peu lui importe que Mr. Gaskell et Mrs. Jefferson... soient dépouillés d'une grosse somme d'argent, à laquelle, d'ailleurs, ils n'ont aucun droit. Miss Turner me fait l'effet d'une jeune ambitieuse, à la tête froide, douée d'un excellent caractère et adorant la vie.

Sir Henry demanda :

— Pour quelles raisons, d'après vous, mon ami Conway Jefferson a-t-il brusquement songé à adopter cette jeune danseuse?

Miss Marple hésita et dit :

— Je crois... prenez mon idée pour ce qu'elle vaut... que peut-être son gendre et sa bru pensaient à se remarier?

— Jefferson ne pouvait s'y opposer.

— Certes, non. Mais mettons-nous à sa place. Il a subi une perte irréparable. Eux aussi. Le malheur commun les réunit; ces trois épaves vivent sous le même toit. Mais le temps, comme le disait ma pauvre mère, est un grand médecin. Mr. Gaskell et Mrs. Jefferson sont jeunes. A leur insu, ils commencent à perdre patience et à sentir peser trop lourdement sur eux un passé douloureux. S'en rendant compte, Mr. Jefferson a d'abord souffert, puis, malgré lui peut-être, il se détacha un peu de ces deux êtres au travers de qui il aimait ses enfants perdus, il a compris que son isolement deviendrait plus complet. La sœur de Mr. Harbottle s'en alla, quant à Mrs. Badger...

Sir Henry l'interrompit brusquement :

— Oh ! mademoiselle Marple, quelle façon vous avez de mettre tout le monde sur le même plan et quel travers de croire que tous les êtres pensent et agissent de la même manière ! Moi je n'aime pas cela.

Miss Marple hocha tristement la tête.

— La nature humaine est partout la même, Sir Henry.

Dépité, Sir Henry continua :

— Mr. Harbottle, Mr. Badger, et le pauvre Conway ! Je déteste parler de moi, mais existe-t-il dans votre village quelqu'un que vous puissiez comparer à mon humble personne?

— Oui, Briggs.

— Qui ça, Briggs?

— L'ancien jardinier chef du vieux Manoir. Le meilleur domestique du monde. Il savait exactement quand ses subordonnés ne faisaient rien. Il se débrouillait avec trois aides et un gamin et la propriété était mieux tenue qu'avec six jardiniers ! Ses variétés de pois de senteur lui rapportèrent plusieurs premiers prix aux expositions florales. A présent, il est en retraite.

— Comme moi, dit Sir Henry.

— Mais il bricole de-ci, de-là, quand les gens lui sont sympathiques.

— Tiens ! s'exclama Sir Henry, toujours comme moi ! Voilà exactement mon occupation actuelle : je bricole pour rendre service à un vieil ami.

— Dites plutôt à deux vieux amis.

— Deux? répéta Sir Henry, intrigué.

Miss Marple insista :

— Vous pensiez à Mr. Jefferson, et moi au colonel et à Mrs. Bantry.

— Ah ! oui, je comprends. Est-ce pour cela qu'en parlant de Dolly Bantry, au début de notre conversation, vous avez dit : « Pauvre chérie »?

— Oui. Pour le moment, elle ne se rend pas encore compte des réalités. Voyez-vous, Sir Henry, il se peut que ce mystère ne soit jamais éclairci, tout comme celui de la diligence de Brighton. Quel désastre ce serait pour les Bantry ! Le colonel, comme la plupart des militaires en retraite, est d'une sensibilité excessive. Il s'affecte pour un rien. Tout d'abord, il ne prêtera aucune attention aux racontars, puis, peu à peu, il en ressentira les effets. Une piqûre d'épingle ici, une autre là, une invitation refusée, chacun s'excuse, et bientôt la lumière apparaît. Alors le pauvre homme se retirera dans sa coquille et mènera une existence misérable.

— Si je vous entends bien, mademoiselle Marple, du fait que le cadavre a été découvert chez Mr. Bantry, des soupçons vont peser sur lui?

— Sans aucun doute. On commence même à jaser sur son compte et la malignité publique ne s'arrêtera pas là. On battra froid aux Bantry et on les évitera. Il faut absolument déceler la vérité. Voilà pourquoi j'ai accepté d'accompagner ici Mrs. Bantry. Un soldat sait répondre à une accusation ouverte, il se révolte et se défend. Mais cette sourde calomnie l'achèvera... elle aura même raison des deux époux. Vous voyez donc, Sir Henry, que nous devons découvrir la vérité.

— Pourriez-vous m'expliquer pourquoi le cadavre a été trouvé dans sa bibliothèque? Il doit y avoir une raison.

— Bien sûr.

— On a vu cette jeune fille au *Majestic* pour la dernière fois à onze heures moins vingt et, à minuit, selon le témoignage du médecin, elle était morte. Le manoir de Gossington est situé à une trentaine de kilomètres d'ici. On roule bien sur vingt-cinq kilomètres environ, tant qu'on n'a pas quitté la grand-route et une auto peut couvrir une moyenne de cinquante-cinq kilomètres à l'heure. Mais pourquoi, si on a tué cette jeune fille, aurait-on transporté son cadavre à Gossington... ou pourquoi l'avoir amenée jusqu'à Gossington pour l'étrangler? Je n'y comprends rien.

— Évidemment, car les choses ne se sont pas passées ainsi.

— Voulez-vous dire qu'elle a été étranglée par un individu qui l'a emmenée en voiture et s'est débarrassé du cadavre en le jetant dans la première maison venue?

— Pas du tout. Je crois, au contraire, que ce crime a été prémédité, mais que le plan ne s'est pas réalisé suivant les prévisions de l'assassin.

Sir Henry la regarda fixement.

— Et pourquoi le plan aurait-il échoué?

Miss Marple dit, en manière d'excuse :

— Il arrive de si drôles de choses en ce bas monde! Si je vous disais que ce plan n'a pas réussi parce que les êtres humains sont plus vulnérables et plus sensibles qu'on le suppose, vous douteriez de mon bon sens, n'est-ce pas? Telle est cependant mon opinion... Tiens, voici Mrs. Bantry.

12.

Mrs. Bantry entrait en compagnie d'Adélaïde Jefferson. A la vue de Sir Henry, elle s'exclama :

— Vous ici!

— Moi, en personne.

Il lui prit les mains et les serra chaleureusement.

— Je ne saurais vous dire à quel point je suis affecté par cette histoire.

— Arthur n'a pas voulu nous suivre. Il prend les choses au tragique. Miss Marple et moi sommes venues ici pour mener une petite enquête. Connaissez-vous Mrs. Jefferson?

— Mais oui!

Il serra la main de la belle-fille de Conway Jefferson, qui lui demanda :

— Avez-vous vu mon beau-père?

— Oui, je suis monté à sa chambre.

— Nous nous tracassons à son sujet. Le coup a été trop rude pour lui, ajouta Adélaïde.

Mrs. Bantry proposa :

— Allons sur la terrasse. Nous bavarderons en prenant des rafraîchissements.

Tous quatre sortirent et allèrent rejoindre Mark Gaskell, assis tout seul à un bout de la terrasse.

Après quelques phrases banales et lorsque le garçon eut servi les boissons glacées, Mrs. Bantry, avec son impétuosité coutumière, aborda le sujet qui l'intéressait.

— Nous pouvons en parler en toute liberté, observa-t-elle, car nous sommes entre vieux amis... à l'exception de Miss Marple, mais elle possède une grande expérience et veut contribuer à la découverte du coupable.

Mark Gaskell considéra Miss Marple d'un air perplexe et lui demanda, d'une voix hésitante :

— Est-ce que... vous... écrivez des romans policiers?

D'après lui, les gens les plus invraisemblables écrivaient des romans policiers. Et Miss Marple, dans sa toilette démodée de vieille fille provinciale, paraissait une bien étrange personne.

— Non, je ne suis pas assez habile pour m'y risquer.

Irritée, Mrs. Bantry précisa :

— Je ne saurais vous expliquer pourquoi, mais le fait est là... Miss Marple est étonnante! A présent, Addie, je désire connaître cette affaire dans ses moindres détails. Comment donc était-elle, cette jeune fille?

— Ma foi...

Adélaïde Jefferson s'interrompit, jeta un coup d'œil à Mark et ricana en disant :

— Il m'est difficile de vous répondre.

— Vous plaisait-elle?

— Non, bien sûr que non.

— Quel genre avait-elle?

Cette fois, la question s'adressait à Mark Gaskell. D'un ton décidé, il répondit :

— Elle avait le type ordinaire des femmes cupides et avait réussi à prendre Jeff dans ses filets.

Tous deux appelaient leur beau-père Jeff.

Sir Henry lança à Mark un regard désapprobateur et songea, à part lui : « Quel indiscret! Il ne peut garder sa langue! »

Il avait toujours critiqué Mark Gaskell. Ce jeune homme dégageait un certain charme, mais on ne pouvait compter sur lui... il bavardait trop, aimait à se vanter... Sir Henry se demandait si Conway Jefferson le jugeait ainsi.

— Mais ne pouviez-vous pas intervenir de quelque façon? s'enquit Mrs. Bantry.

Sèchement, Mark Gaskell répondit :

— Peut-être, si nous nous en étions rendu compte à temps.

Il lança un regard lourd de reproches à Adélaïde, qui rougit légèrement.

— Mark pense que j'aurais dû prévoir les événements, remarqua-t-elle.

— Vous laissiez notre beau-père trop seul, Addie. Vos leçons de tennis et tout le reste...

— Il me fallait bien prendre un peu d'exercice, dit-elle en guise d'excuse. Je n'aurais jamais cru...

— Aucun de nous ne pouvait s'en douter, expliqua Mark. Jeff s'était toujours montré si raisonnable et si pondéré!

Miss Marple voulut placer un mot :

— Les hommes, prononça-t-elle, avec son parti pris contre les représentants du sexe fort, qu'elle considérait comme une espèce d'animaux sauvages, les hommes sont souvent moins raisonnables qu'ils le paraissent.

— Je vous approuve, dit Mark. Hélas! mademoiselle Marple, nous ne l'avons pas compris à temps. Nous nous demandions ce que notre vieux beau-père trouvait de bien chez cette fille rouée et insipide. Mais nous nous réjouissions de le sentir heureux et ne discernions en elle aucune mauvaise intention. Bon sang! Que je regrette de ne pas lui avoir tordu le cou!

— Mark! fit Addie, mesurez vos paroles!

Le jeune homme ricana et dit :

— Oui, oui, autrement on me prendra pour l'assassin. Bah! de toute façon, on doit me suspecter. Si quelqu'un avait intérêt à voir disparaître cette intrigante, c'était bien vous et moi, Addie...

— Mark! s'exclama Mrs. Jefferson, riant à son tour, mais contrariée en elle-même. Je vous en prie, taisez-vous!

— Bien, bien, fit-il, pour la calmer. Mais j'aime dire ce que je pense. Notre estimé beau-père n'avait-il pas décidé de placer cinquante mille livres au nom de cette petite hypocrite?

— Encore une fois, Mark, je vous en supplie, elle est morte!

— Mais oui, je le sais qu'elle est morte, la malheureuse! Et pourquoi diantre ne se serait-elle pas servie des armes que lui avait données la nature? Ai-je le droit de la juger? Moi-même je ne suis pas un saint et j'ai commis bien des fautes. Ruby, admettons-le, rusait pour arriver à ses fins, et nous avons été sots de n'avoir pas découvert plus tôt ses batteries.

— Qu'avez-vous répliqué à Conway lorsqu'il vous a fait part de son intention d'adopter la danseuse? demanda Sir Henry.

Mark leva les bras.

— Que pouvions-nous dire? Addie, en femme bien élevée, demeura maîtresse de ses sentiments et accueillit la nouvelle avec le sourire. J'essayai de suivre son exemple.

— Moi, j'aurais fait une scène! déclara Mrs. Bantry.

— Franchement, à quel titre eussions-nous protesté? Cet argent appartient à Jeff, et nous ne lui sommes parents que par alliance. En outre, il nous a toujours témoigné tant de bonté! Il ne nous restait qu'à avaler la pilule.

Pensivement, il ajouta :

— N'empêche que nous n'aimions pas la petite Ruby.

Adélaïde Jefferson observa :

— Si seulement il avait su mieux choisir! Jeff avait deux filleules. S'il avait adopté l'une d'elles, nous aurions mieux compris.

Elle continua, avec l'ombre d'un ressentiment :

— Jeff a toujours montré tant d'affection pour Pierre!

— Je savais, certes, que Pierre était l'enfant de votre premier mariage, mais j'avais fini par l'oublier, observa Mrs. Bantry. Je l'ai toujours considéré comme le petit-fils de Mr. Jefferson.

— Moi aussi, fit Adélaïde.

Quelque chose dans sa voix frappa l'attention de Miss Marple, qui se retourna pour la regarder.

— C'est la faute de Josie, dit Mark. Pourquoi a-t-elle amené Ruby ici?

— Voyons, Mark, vous ne l'accusez tout de même pas d'avoir été sa complice? fit Adélaïde. Vous avez toujours beaucoup aimé Josie.

— En effet. Je la croyais bonne fille.

— Elle a fait venir ici sa cousine tout à fait par hasard.

— Josie n'est pas aussi innocente que vous le croyez, ma chère belle-sœur.

— D'accord, mais elle ne pouvait prévoir...

— Soit. Je ne l'accuse pas d'aussi noirs desseins, mais je suis persuadé que, bien avant nous, elle a flairé le vent et s'est gardée de nous avertir.

— On ne saurait le lui reprocher, soupira Adélaïde.

— Nous n'avons de reproches à adresser à personne, conclut Mark.

— Ruby Keene était-elle très jolie? s'enquit Mrs. Bantry.

Mark la dévisagea.

— Je croyais que vous l'aviez vue...

Mrs. Bantry l'interrompit :

— J'ai vu... son cadavre, mais elle avait été étranglée et on n'aurait su dire...

Elle frémit.

— Non, elle n'était réellement pas jolie, expliqua Mark. Elle ne l'eût même pas été du tout sans son maquillage, qui faisait oublier son petit museau de furet, son menton fuyant, ses dents rentrantes, son nez indescriptible...

— Alors, elle était affreuse! s'écria Mrs. Bantry.

— Non pas! Comme je viens de le dire, bien fardée, elle donnait l'impression d'être jolie. N'est-ce pas votre opinion, Addie?

— Oui. Elle ressemblait à une de ces poupées blanches et roses qu'on voit sur les boîtes de chocolat. Mais elle avait de beaux yeux bleus.

— Avec un regard candide de bébé, et ses longs cils noirs en faisaient ressortir le bleu. Elle avait aussi les cheveux platinés. Pour ce qui est de la couleur artificielle, elle me rappelait un peu Rosamund, ma défunte femme. Voilà, sans doute, ce qui explique l'engouement du vieux Jeff pour elle.

Mark soupira.

— Tout cela est bien ennuyeux! Le comble, c'est qu'Addie et moi ne pouvons que nous réjouir de sa mort.

Mark réprima la nouvelle protestation de sa belle-sœur :

— Inutile d'insister, Addie, je devine votre pensée, et je la partage, mais je ne veux pas feindre... Quoi qu'il en soit, je plains sincèrement le pauvre Jeff. Ce coup lui a fait beaucoup de mal. Je...

Il s'interrompit et jeta un regard vers la porte faisant communiquer le salon et la terrasse.

— Tiens, tiens! Regardez donc qui vient ici! Addie, vous êtes une cachottière!

Mrs. Jefferson regarda par-dessus son épaule, poussa une exclamation et se leva, le visage légèrement coloré. D'un pas vif, elle traversa la terrasse et rejoignit l'homme d'âge moyen, au teint bronzé, qui, d'un air hésitant, promenait ses regards autour de lui.

— N'est-ce pas là Hugo MacLean? demanda Mrs. Bantry.

— Si, c'est lui, répondit Mark Gaskell.

— Il lui est très dévoué, murmura Mrs. Bantry.

— Et fidèle comme un caniche, fit Mark. Addie n'a qu'à siffler et Hugo accourt en trottant de n'importe quel coin du globe. Il espère qu'elle se décidera un jour à l'épouser.

Le visage rayonnant, Miss Marple considéra les deux amoureux.

— Une vraie idylle, alors?

— Oui, une idylle de l'ancien temps, confia Mark. Leur idylle dure depuis plusieurs années. Addie est une femme capable d'inspirer des sentiments profonds.

Il ajouta, méditatif :

— Elle a dû lui téléphoner ce matin, sans me le dire.

Edouard, le valet de chambre de Conway Jefferson, traversa la terrasse d'un pas discret et s'arrêta tout près de Mark Gaskell.

— Pardon, monsieur. Mr. Jefferson désire que monsieur monte le voir.

— J'y vais tout de suite, dit Mark en se levant.

Il s'inclina devant les autres personnes :

— Excusez-moi, je reviens dans un instant.

Et il s'en alla.

Sir Henry se pencha sur Miss Marple et lui chuchota à l'oreille :

— Eh bien? Quelle est votre opinion sur ces deux bénéficiaires du crime?

Miss Marple déclara, en regardant Adélaïde Jefferson qui s'entretenait avec son ami :

— Selon moi, Mrs. Jefferson est une mère très affectueuse.

— Oh! cela, oui! renchérit Mrs. Bantry. Elle adore son fils Pierre.

— Elle est de ces femmes que tout le monde aime et que les

hommes veulent épouser. Non pas que ce soit une coquette...

— Je comprends ce que vous voulez dire, fit Sir Henry.

— Tous deux vous jugez qu'Adélaïde est une femme douce, pleine d'attentions délicates, expliqua Mrs. Bantry. Vous ne vous trompez pas.

— Et Mark Gaskell? demanda Sir Henry en éclatant de rire.

— Ah! fit la vieille fille, c'est un malin.

— Connaissez-vous son pareil au village?

— Oui, répondit Miss Marple : Mr. Cargill, l'entrepreneur. Par sa jactance, il incite les gens à lui faire exécuter, dans leurs maisons, toutes sortes de travaux dont ils n'ont nul besoin... et à des prix exagérés! Cependant, il réussit toujours à justifier le détail de ses factures. Ce roublard a épousé une grosse dot. De même Mr. Gaskell, à ce qu'on m'a dit.

— Il ne vous plaît pas?

— Oh! si! il sait charmer toutes les femmes. Mais je ne suis pas dupe. Il est séduisant, je vous l'accorde, mais il est imprudent et parle à tort et à travers.

— « Imprudent », voilà le mot exact, observa Sir Henry. Il lui arrivera des ennuis s'il continue ainsi.

Un jeune homme brun, élancé et en costume de flanelle blanche, montait l'escalier de la terrasse. Il s'arrêta un instant pour regarder Adélaïde Jefferson et Hugo MacLean.

— Celui-là, dit Sir Henry, est X..., que nous pourrions appeler « une partie intéressée ». C'est Raymond Starr, le danseur et joueur de tennis professionnel, le partenaire de Ruby Keene.

Miss Marple le considéra avec curiosité et remarqua :

— Il est très joli garçon.

— Peut-être.

— Ne soyez pas ridicule, Sir Henry, répliqua Mrs. Bantry. Il n'y a pas de « peut-être ». C'est un bel homme.

— Je crois avoir entendu Mrs. Jefferson dire qu'elle prenait des leçons de tennis, murmura Miss Marple.

— Et alors, Jane?

Miss Marple n'eut pas le temps de s'expliquer, car le jeune Pierre Carmody courait vers eux et les rejoignait.

Le gamin s'adressa à Sir Henry :

— Etes-vous aussi un détective? Je vous ai vu parler à un monsieur de la police... le gros monsieur, vous savez... C'est un commissaire de police, n'est-ce pas?

— En effet, mon garçon. Que désirez-vous?

— On m'a dit que vous étiez un fameux détective de Londres... Le directeur de Scotland Yard, ou quelque chose comme ça...

— Dans les romans policiers, le chef de Scotland Yard est d'ordinaire un parfait imbécile, hein?

— Oh! non, monsieur, plus maintenant! C'est vieux jeu de se moquer de la police. Connaissez-vous le meurtrier?

— Pas encore.

— Est-ce que cette enquête vous intéresse beaucoup, Pierre? demanda Mrs. Bantry.

— Ma foi, oui. Elle me procure de la distraction. J'ai fureté partout pour essayer de découvrir quelques indices, mais en vain. Tout de même, j'ai recueilli un souvenir de la morte. Voulez-vous le voir? Imaginez que maman voulait me le faire jeter. Les parents sont souvent bien ennuyeux.

Il tira de sa poche une petite boîte d'allumettes, l'ouvrit et en montra le précieux contenu.

— Regardez! C'est un ongle... un ongle de la victime. Je vais y mettre une étiquette : « Ongle de la femme étranglée », et je l'apporterai au collège. Ça c'est un riche souvenir, n'est-ce pas?

— Où l'avez-vous trouvé? s'enquit Miss Marple.

— Hier soir, avant le dîner, Ruby accrocha son ongle dans le châle de Josie et il se cassa; alors maman le lui coupa et me le donna en me disant de le jeter dans la corbeille à papiers. J'avais l'intention de le faire, mais je le fourrai dans ma poche et ce matin je m'en suis souvenu. Je l'ai cherché; il s'y trouvait toujours, en sorte qu'à présent, je le garde comme une relique. J'ai eu bien de la veine, avouez-le. J'ignorais tout à fait qu'elle allait être assassinée.

— C'est tout simplement dégoûtant! déclara Mrs. Bantry.

Poliment, Pierre lui dit :

— Vous croyez, madame?

— Avez-vous récolté d'autres souvenirs? demanda Sir Henry.

— Non, j'ai seulement ici quelque chose d'assez original.

— Expliquez-vous, mon garçon.

Pierre considéra Sir Henry quelques secondes et montra une enveloppe de l'intérieur de laquelle il tira un bout de lacet marron.

— C'est un morceau du lacet de soulier de George Bartlett. J'ai aperçu ses chaussures devant sa porte, ce matin, et j'ai chipé un bout de lacet pour le cas...

— Quel cas?

— Pour le cas où Bartlett serait coupable, bien sûr. C'est lui qui a vu Ruby le dernier et cela éveille bien des soupçons, vous savez... Est-ce que l'heure du dîner approche? Je meurs de faim. Je trouve toujours le temps très long entre le thé et le dîner... Tiens, voilà l'oncle Hugo! Je ne savais pas que maman l'avait appelé ici. Elle a toujours besoin de lui dans les moments difficiles. Voici aussi Josie qui arrive. Bonsoir, Josie!

Joséphine Turner apparut sur la terrasse et s'arrêta, surprise, à la vue de Mrs. Bantry et de Miss Marple.

Mrs. Bantry, d'un ton aimable, l'interpella :

— Comment allez-vous, mademoiselle Turner? Nous sommes venues ici pour faire un peu avancer l'enquête.

Josie jeta autour d'elle un regard gêné et dit, en baissant la voix :

— C'est affreux! Jusqu'ici, personne ne sait rien, du moins la presse ne dit rien. Je crains que tout le monde ne m'assaille de questions et je suis mal à l'aise, ne sachant que répondre.

Son regard inquiet se posa sur Miss Marple, qui lui dit :

— Oui, je comprends votre embarras.

Cette sympathie réchauffa le cœur de la jeune fille.

— Mr. Prescott, notre directeur, m'a recommandé de ne point en parler. C'est très joli, mais tout le monde m'interrogera et je ne veux point paraître impolie. Mr. Prescott espère que je pourrai continuer mon service comme d'habitude et m'a témoigné beaucoup de bonté en la circonstance, aussi m'efforcerai-je de ne pas lui déplaire. En outre, je ne vois pas quels reproches il pourrait me faire.

— Me permettez-vous une petite question? fit Sir Henry.

— Si vous voulez, répondit Josie, d'un ton peu amène.

— Vos rapports avec Mrs. Jefferson et Mr. Gaskell sont-ils toujours agréables?

— Vous voulez dire depuis le meurtre?

— Non, pas précisément.

Josie se tordit les doigts et répondit, d'un air embarrassé :

— Ma foi... ils ne m'ont rien dit ni l'un ni l'autre, mais je les soupçonne de m'en vouloir parce que leur beau-père s'est entiché de Ruby. Pourtant, ce n'est pas ma faute. J'étais loin de prévoir une pareille chose, et j'en ai été absolument stupéfaite.

Ses paroles semblaient, cette fois, empreintes d'une profonde sincérité.

— Je le conçois, dit Sir Henry, aimable, surtout lorsque Mr. Jefferson parla d'adopter votre cousine.

Josie releva le menton.

— Ce fut pour elle un bonheur inespéré, mais chacun a droit à sa part de chance dans la vie.

Après avoir lancé un regard légèrement provocateur aux personnes présentes, Josie traversa la terrasse et rentra dans l'hôtel.

— Je ne crois pas qu'elle ait commis le crime ! trancha Pierre d'un ton doctoral.

Miss Marple murmura :

— Ce fragment d'ongle m'intéresse beaucoup. Je ne m'expliquais pas... ses ongles...

— Ses ongles ? interrompit Sir Henry.

— Oui, les ongles de la victime, dit Mrs. Bantry. Ils étaient, en effet, très courts. Maintenant que Jane en parle, je me rappelle mon étonnement... une jeune fille de ce genre a d'habitude de vraies griffes.

— Oui, fit Miss Marple. Mais si elle s'est arraché un ongle, elle a peut-être coupé les autres afin de les ramener tous à la même longueur. Savoir si on a découvert des rognures d'ongles dans sa chambre ?

Sir Henry la considéra avec curiosité :

— Je m'en informerai auprès du commissaire Harper quand il sera de retour.

— De retour d'où ? demanda Mrs. Bantry. Est-il allé à Gossington ?

D'une voix grave, Sir Henry répliqua :

— Non, il s'est passé un autre drame. On a trouvé une voiture brûlée dans une carrière.

Haletante, Miss Marple s'enquit :

— Y avait-il quelqu'un dans l'auto ?

— Hélas ! oui.

Pensive, Miss Marple murmura :

— C'est sûrement la petite cheftaine disparue... Pamela Reedes.

Sir Henry ouvrit de grands yeux.

— Qu'est-ce qui vous le fait croire ?

Miss Marple s'empourpra.

— L'inspecteur Slack nous a informés qu'elle n'était pas rentrée chez elle hier soir. Elle habitait Daneleigh Vale... pas très loin d'ici... et on l'a vue la dernière fois au rallye des jeunes scoutes à Danebury, à peu de distance de Danemouth. Elle devait même passer par Danemouth pour rentrer chez elle. Tout cela concorde bien, n'est-ce pas ? Peut-être a-t-elle entendu ou vu quelque chose... de trop, et était-elle devenue dangereuse pour le meurtrier, qui a dû s'en débarrasser. Deux faits de ce genre ont un lien entre eux, qu'en pensez-vous ?

Sir Henry baissa la voix :

— Selon vous, il s'agirait d'un second meurtre ?

— Pourquoi pas ?

Le regard calme et placide de la vieille fille croisa celui de l'ancien chef de Scotland Yard, et elle ajouta :

— Quand on a commis un meurtre, on ne recule pas devant un second, ni même devant un troisième.

— Un troisième? Vous ne pensez tout de même pas qu'il y en aura un troisième?

— Tout est possible.

— Mademoiselle Marple, dit Sir Henry, vous m'effrayez. Qui pourrait être la nouvelle victime?

— J'ai mon idée là-dessus.

13.

Le colonel Melchett et le commissaire Harper s'entre-regardèrent. Harper était venu consulter son supérieur de Much Benham. Le chef constable lui dit tristement :

— Cette fois... nous savons où nous en sommes... ou plutôt où nous ne sommes pas!

— Voilà qui est bien exprimé, monsieur.

— Nous devons mener une enquête sur deux morts... deux meurtres : celui de Ruby Keene et celui de la petite Pamela Reeves. Nous n'avions pas grand-chose pour identifier cette enfant; un soulier à moitié brûlé et un bouton de son uniforme de cheftaine. Quelle mort atroce!

Vivement, le commissaire approuva :

— Comme vous le dites, monsieur.

— De la façon dont la fillette gisait sur le siège du fond, le docteur Haydock conclut qu'elle était morte avant qu'on ait mis le feu à l'auto. Cette pensée me rassure un peu. Sans doute la pauvre petite a-t-elle été assommée d'un coup à la tête.

— Ou peut-être étranglée.

— Vous croyez, Harper?

— Ma foi, monsieur, certains meurtriers opèrent ainsi.

— Hélas! j'ai vu les parents... la mère est dans un état lamentable, elle fait peine à voir. Il nous faut découvrir, s'il existe, un rapport entre les deux crimes.

Le commissaire résuma ainsi l'affaire :

— Pamela Reeves a assisté au rallye des cheftaines sur les dunes de Danemouth. Ses compagnes affirment qu'elle était gaie et bien portante. Elle n'est pas montée dans l'autobus de Medchester avec ses compagnons, prétextant qu'elle se rendait à Danemouth pour faire des emplettes chez Woolworth. De là, elle prendrait l'autobus pour rentrer chez elle. Cette version paraît vraisemblable. Le magasin Woolworth de Danemouth est bien achalandé et cette jeune fille, habitant en pleine campagne, n'a pas souvent l'occasion d'aller à la ville. Entre les dunes et la ville, la route fait un grand détour; Pamela choisit un raccourci, traversa deux champs et suivit un sentier débouchant près du *Majestic*, du côté ouest de l'hôtel. Il est donc possible qu'elle ait entendu ou vu quelque chose... quelque chose concernant Ruby Keene et compromettant pour le meurtrier. Mettons, par exemple, qu'elle ait surpris cet individu donnant rendez-vous à la danseuse pour onze heures, ce même soir. L'homme, craignant que l'écolière ne l'ait entendu, la réduit au silence.

— Il faudrait en déduire, remarqua le colonel Melchett, que le meurtre de Ruby Keene était prémédité et non spontané.

— Évidemment, acquiesça le commissaire Harper. Au début tout portait à croire qu'elle avait été victime d'une colère soudaine, d'un accès de jalousie... mais je commence à penser le contraire. En effet, comment expliquer la mort de la petite Pamela? Si elle avait été témoin du crime, ce n'aurait été que dans la nuit. Or, que pouvait faire cette jeune fille, à onze heures du soir, autour du *Majestic*? Déjà, à neuf heures, ses parents s'inquiétaient de ne point la voir.

— On peut encore supposer qu'elle est allée à Danemouth, pour rencontrer une personne inconnue de sa famille et de ses amis, et que sa mort n'a aucun rapport avec le meurtre de la danseuse.

— Oui, monsieur, mais moi je ne vois pas les choses de cette façon. Remarquez que la vieille demoiselle, Miss Marple, a senti elle aussi un lien entre les deux drames. Tout de suite, elle a demandé si le corps découvert dans la voiture incendiée était celui de la cheftaine. Elle a l'esprit fin! Ces vieilles filles sont souvent malignes et découvrent la vérité mieux que nous.

— Ce n'est pas la première fois que Miss Marple exerce ses talents, observa le colonel Melchett.

— N'oublions pas la voiture, monsieur. Elle appartenait à Mr. George Bartlett : preuve qu'il existe un rapport entre la mort de Pamela et l'hôtel *Majestic*.

De nouveau, les regards des deux hommes se croisèrent.

— George Bartlett? fit le colonel. Possible! Qu'en pensez-vous?

Harper, selon sa méthode, récapitula les faits en les énumérant sur ses doigts.

— On a vu Ruby Keene, pour la dernière fois, en compagnie

de George Bartlett. Il affirme qu'elle est montée chez elle, comme en témoigne sa robe de bal, posée sur un fauteuil. Ne serait-elle pas allée changer de toilette pour sortir avec lui? Plus tôt dans la soirée, s'étaient-ils entendus pour sortir ensemble... en avaient-ils discuté, par exemple, avant dîner... et Pamela Reeves aurait-elle surpris leur conversation?

— Bartlett ne nous a signalé la disparition de sa voiture que le lendemain matin, en des termes d'ailleurs très vagues; il prétendait ne pas se souvenir du moment où, pour la dernière fois, il avait aperçu son auto dans la cour.

— C'est peut-être une ruse de sa part, monsieur. Est-il un habile comédien ou un parfait imbécile?

— Il nous faudrait d'abord un mobile... Or, Bartlett apparemment n'avait aucune raison de tuer Ruby Keene.

— Voilà l'éternel obstacle : le mobile! Tous les rapports du Palais de la Danse, à Brixwell, ne riment à rien.

— Absolument à rien, Harper. Ruby Keene, d'après ses camarades, ne fréquentait aucun homme. Slack a mené une enquête sérieuse. Rendons-lui cette justice, il va toujours au fond des choses.

— Vous dites vrai, monsieur.

— Après lui, on peut tirer l'échelle. Il n'abandonne rien au hasard. Il a dressé une liste des danseurs habituels de Ruby... tous, des jeunes gens convenables et inoffensifs. Et tous peuvent fournir des alibis pour cette nuit-là.

— Ah! soupira le commissaire Harper. Les alibis! Nous nous heurtons toujours à des alibis.

Melchett le considéra d'un œil sévère :

— Et c'est à vous qu'était confiée cette partie de l'enquête.

— Oui, monsieur, et je m'en suis acquitté consciencieusement. Nous nous sommes même adressés à Londres pour obtenir des confirmations.

— Eh bien?

— Libre à Mr. Conway Jefferson de penser que Mr. Gaskell et la jeune Mrs. Jefferson sont riches, mais telle n'est point la réalité. Pécuniairement, tous deux sont même très gênés.

— Vraiment?

— Eh oui, monsieur. Ainsi que l'a affirmé Mr. Conway Jefferson, il remit des sommes considérables à son fils et à sa fille lors de leur mariage, mais il y a de cela plusieurs années. Franck Jefferson s'imaginait connaître de bons placements. Il n'a pas risqué son argent dans des spéculations véreuses, mais la chance lui a été défavorable et, plus d'une fois, il a manqué de jugement.

Ses valeurs ont peu à peu beaucoup baissé. Je dirai même que Mrs. Jefferson éprouve des difficultés telles qu'elle ne peut même pas envoyer son fils dans une grande école.

— Ne s'est-elle pas adressée à son beau-père pour qu'il lui vienne en aide?

— Non, monsieur, je ne le crois pas. Elle habite avec lui et évite ainsi de gros frais.

— Et l'état de santé du beau-père permet de penser qu'il ne vivra pas longtemps?

— En effet, monsieur. Maintenant, arrivons-en à Mr. Mark Gaskell. Lui, c'est un joueur. Il a épuisé très vite la dot de sa femme et s'est fortement endetté. Aussi, lui faut-il de l'argent, et beaucoup d'argent.

— Je ne pourrais dire que cet homme-là me soit sympathique, convint le colonel Melchett. Il a l'air d'un risque-tout. L'adoption de Ruby Keene par son beau-père signifiait pour lui une perte de vingt-cinq mille livres. Voilà un mobile des plus vraisemblables pour se débarrasser de la jeune fille.

— Lui et sa belle-sœur n'avaient-ils pas le même mobile?

— Pour l'instant, je ne parle pas de Mrs. Jefferson.

— Je sais, monsieur. Cependant, tous deux peuvent produire le même alibi. Il leur était matériellement impossible de commettre le crime.

— Avez-vous un rapport circonstancié de leurs faits et gestes au cours de la soirée?

— Oui, monsieur. Prenons d'abord Mr. Gaskell. Il dîna avec son beau-père et Mrs. Jefferson. Il prit le café en leur compagnie, lorsque Ruby Keene vint les rejoindre. Il expliqua ensuite qu'il avait plusieurs lettres à écrire et les quitta. En réalité, il alla faire une promenade en auto du côté de la mer. Il m'avoua franchement qu'il ne pouvait supporter de jouer au bridge pendant toute la soirée, et son beau-père raffole de ce jeu. La correspondance n'était qu'un prétexte. Ruby Keene demeura au salon. Quand Mark Gaskell reparut, elle dansait avec Raymond. Après cette danse, Ruby s'approcha du groupe Jefferson, but un rafraîchissement avec eux, puis elle s'éloigna au bras du jeune Bartlett. Gaskell et les autres commencèrent leur partie de bridge. Il était alors onze heures moins vingt et Mark Gaskell ne s'est levé de la table de jeu qu'après minuit. Aucune équivoque. Tout le monde s'accorde sur ce point, le beau-père et sa bru, les garçons, enfin tous. Donc, il ne peut être le meurtrier. Mrs. Jefferson possède le même alibi. Elle aussi a joué jusqu'à minuit. Par conséquent, il faut les éliminer... tous deux.

Le colonel Melchett se renversa sur son fauteuil et tapota la table avec son coupe-papier.

— Du moins, si l'on suppose que la jeune fille a été tuée avant minuit, ajouta le commissaire Harper.

— En tout cas, le docteur Haydock l'affirme. Et on peut compter sur sa valeur professionnelle.

— Certaines circonstances peuvent induire en erreur : la santé de la victime, l'état physiologique, que sais-je encore?

— Je vais lui soumettre cette idée, dit Melchett, consultant sa montre.

Il composa un numéro sur le cadran du téléphone et dit :

— Haydock devrait être déjà ici. Et si elle avait été tuée après minuit?...

— Alors, ce serait possible. Après cette heure, il y a eu des allées et venues. Admettons que Gaskell ait prié la jeune fille de le rejoindre quelque part au-dehors, mettons à minuit vingt. Il s'absente une minute ou deux, l'étrangle, revient au salon et se débarrasse du cadavre dans les premières heures du matin.

— Il l'aurait alors emmenée dans sa voiture à une trentaine de kilomètres d'ici pour la déposer dans la bibliothèque de Bantry? Vous me la baillez belle! Votre histoire ne tient pas debout.

— Non, en effet, acquiesça le commissaire de police.

La sonnerie du téléphone vibra. Melchett saisit le récepteur :

— Allô, Haydock! Est-ce vous? Est-il possible que Ruby Keene ait été étranglée après minuit?

— Je vous répète que la mort se situe entre dix heures et minuit.

— Oui, je le sais, mais n'avez-vous jamais constaté de cas d'exception rendant le diagnostic incertain?

— Non, impossible! Quand j'affirme qu'elle a été tuée avant minuit, c'est que c'est exact. Inutile de nier l'évidence médicale.

— Bien sûr! Mais je pensais que certaines circonstances physiologiques pouvaient agir. Vous me comprenez, n'est-ce pas? Excusez-moi.

— Vous vous égarez. Cette jeune fille jouissait d'une parfaite santé et ne présentait aucune anomalie physique. Je ne peux pas prétendre le contraire pour satisfaire la police et aider à passer la corde au cou de quelque pauvre bougre sur qui pèsent vos soupçons. Ne protestez pas, je vous prie. Je connais vos erreurs. A propos, cette jeune fille n'a pas été étranglée en possession de ses facultés, autrement dit, on lui a d'abord administré un narcotique très puissant. Elle mourut de strangulation après avoir été droguée.

Haydock raccrocha son récepteur.

Melchett conclut tristement :

— Et voilà!

— Je croyais avoir trouvé une nouvelle piste, mais elle m'échappe, dit alors Harper.

— Quelle piste? De qui s'agit-il?

— Strictement parlant, ce particulier vous appartient. Je pense à Basil Blake, qui habite non loin du manoir de Gossington.

— Ah! oui! Ce fameux coco!

Le colonel fronça le sourcil au souvenir de la grossièreté outrageante de Basil Blake.

— Comment est-il mêlé à ce crime?

— Il connaissait Ruby Keene et dînait souvent au *Majestic*. On dit même qu'il dansait beaucoup avec elle. Vous souvenez-vous des paroles prononcées par Josie lorsque Raymond découvrit l'absence de sa cousine : « Serait-elle avec ce cinéaste? » J'ai su, par la suite, qu'elle désignait ainsi Basil Blake. Il travaille aux studios Lenville. Josie n'a aucune preuve, sauf que Ruby semblait entichée de ce monsieur.

— Voilà qui promet, Harper.

— Pas tant que vous l'imaginez, monsieur. Cette nuit-là, Basil Blake assistait à une réception aux studios. Vous connaissez ce genre d'amusement. On commence par boire des cocktails à huit heures et cela se poursuit jusqu'à ce que l'atmosphère devienne si épaisse qu'on finit par ne plus se voir. Alors, on se sépare. D'après l'inspecteur Slack, qui l'a interrogé, il a quitté ses amis vers minuit : à cette heure, Ruby Keene était morte.

— Qui peut se porter garant de son alibi?

— La plupart des artistes étaient... déjà gris. La jeune femme qui est maintenant au bungalow confirme la déposition de Basil Blake.

— Cela ne prouve rien.

— Sans doute. Les dépositions des artistes qui prirent part à cette fête demeurent plutôt vagues, en ce qui concerne l'heure du départ de Blake.

— Où se trouvent ces studios?

— A Lenville, monsieur, à une cinquantaine de kilomètres au sud-ouest de Londres.

— Hum... à peu près la même distance que d'ici à Londres?

— Oui, monsieur.

Le colonel Melchett se frotta le nez et proféra, l'air mécontent :

— Je crois qu'on peut encore écarter celui-là.

— En effet, monsieur. Rien ne prouve qu'il était lié à Ruby

Keene. De fait... Le commissaire Harper toussota... il paraît déjà suffisamment occupé avec sa jeune blonde.

— Nous voilà donc devant X..., un meurtrier inconnu... si inconnu que Slack ne peut découvrir sa trace. Le gendre de Jefferson a peut-être eu envie de tuer la jeune Ruby, mais il n'en a pas eu la possibilité matérielle. La même remarque s'applique à la bru. George Bartlett n'a pas d'alibi, mais, hélas! nous ne lui connaissons aucun mobile. C'est tout. Non, excusez! Nous devrions aussi songer au danseur professionnel, Raymond Starr. Il voyait souvent la danseuse.

Lentement, Harper déclara :

— Je ne puis croire qu'il s'intéressait beaucoup à elle, ou bien c'est un rude comédien. Lui aussi a un alibi. De onze heures moins vingt à minuit, on l'a vu danser avec plusieurs jeunes filles. Non, nous ne saurions l'inculper.

— En réalité, nous ne pourrions inculper personne, conclut Melchett.

— George Bartlett est notre meilleur espoir, dit Harper. Si seulement on pouvait lui découvrir une raison d'avoir commis ce crime!

— Avez-vous pris des renseignements sur lui?

— Oui, monsieur. C'est un fils unique, très gâté par sa mère. A hérité une forte somme à la mort de celle-ci, survenue il y a un an. Il est en train de gaspiller sa fortune. Caractère faible, plutôt que méchant.

— Un grain de folie, peut-être? dit Melchett, optimiste.

Le commissaire de police suggéra :

— Vous est-il venu à l'idée, monsieur, que c'est peut-être là l'explication de toute l'histoire?

— Il s'agirait alors d'un fou homicide?

— Oui, monsieur... un de ces maniaques qui ont la rage d'étrangler les jeunes filles. Les médecins emploient un mot interminable pour désigner cette anomalie.

— Voilà qui trancherait toutes nos difficultés, déclara Melchett.

— Cela ne me dit rien de bon, soupira le commissaire Harper.

— Pourquoi?

— C'est trop facile.

— Hum! sans doute... Je pose donc à nouveau ma question du début : Où allons-nous?

— Nulle part, monsieur, répondit le commissaire de police.

14.

Conway Jefferson s'agita dans son sommeil, détendit ses membres. Il allongea les bras, ses longs et puissants bras, dans lesquels semblait se concentrer toute sa force depuis son accident. Conway Jefferson souriait béatement. Après une bonne nuit de repos, il s'éveillait toujours heureux, dispos, avec un regain de vitalité. Une nouvelle journée! Au bout d'une minute, il appuya sur le bouton installé spécialement à portée de sa main. Soudain, une vague de souvenirs le submergea. Au moment où Edouard entrait de son pas agile et feutré, un grognement s'échappa des lèvres de son maître.

Edouard s'immobilisa, la main sur les rideaux.

— Monsieur n'est pas souffrant?

Conway Jefferson répondit d'un ton sec :

— Non, Edouard, continuez! tirez les rideaux!

La clarté du matin inonda la pièce et le valet de chambre, avisé, ne se retourna même pas.

Le visage sombre, Conway Jefferson réfléchissait. En esprit, il revit le joli minois inexpressif de la danseuse. Seulement, il n'employa point l'épithète « inexpressif ». La veille au soir, il aurait qualifié Ruby d' « enfant naïve et innocente »!

Et maintenant?

Une grande lassitude s'empara de Conway Jefferson. Il ferma les paupières et murmura entre ses dents : « Margaret! » C'était le nom de sa défunte femme.

. . .

Mrs. Bantry et Adélaïde Jefferson étaient assises sur la terrasse de l'hôtel.

— J'aime bien votre amie, dit Adélaïde Jefferson. Elle est charmante.

— Jane Marple est une femme remarquable, répondit Mrs. Bantry. On la prend pour une cancanière, mais on se trompe.

— Sans doute ne professe-t-elle pas une haute opinion de l'humanité.

— Là, vous êtes dans le vrai, chère Addie.

— Cela change un peu lorsqu'on a été longtemps témoin d'une indulgence exagérée.

Mrs. Bantry la dévisagea, étonnée. Addie s'expliqua :

— Oui, lorsqu'on a vu idéaliser et monter sur un piédestal un être qui n'en valait pas la peine.

— Faites-vous allusion à Ruby Keene?

— Oui. Je ne voudrais point paraître impitoyable envers la pauvre fille. Pas méchante, au fond, elle cherchait surtout à arriver à ses fins, car elle était extrêmement cupide. Elle a tout de suite compris le parti qu'elle pouvait tirer de l'amitié que lui témoignait mon beau-père. Elle a su faire vibrer la corde sensible chez un vieillard souffrant de solitude.

— Conway devait se trouver bien seul parfois, observa Mrs. Bantry.

Addie s'agita sur son siège :

— Un peu cet été.

Elle fit une pause, puis déclara :

— Mark me le reproche assez. Peut-être a-t-il raison? Je n'en sais rien.

Elle se tut un instant, puis, poussée par le besoin de s'épancher, elle reprit, presque involontairement :

— Je... j'ai mené une si drôle d'existence. Mike Carmody, mon premier mari, mourut si peu de temps après notre mariage que j'en fus terrassée. Pierre, vous le savez, naquit après le décès de son père. Frank Jefferson était l'ami intime de Mike et je le voyais fréquemment. C'était le parrain de Pierre... suivant la volonté de Mike. Je l'aimais beaucoup... mais parfois je le plaignais.

— Vous le plaigniez? fit Mrs. Bantry, intéressée.

— Oui. Cela semble drôle, n'est-ce pas? Frank a toujours obtenu ce qu'il désirait. Son père et sa mère allaient au-devant de ses caprices. Et pourtant... comment m'exprimer?... La personnalité de Mr. Jefferson est si forte... Ceux qui vivent près de lui en sont écrasés. Et Frank éprouvait cette sensation.

« Au début de notre mariage, il goûta un bonheur sans mélange. Mr. Jefferson se montra très généreux et remit une somme importante à Frank. Il préférait assurer à ses enfants l'indépendance financière de son vivant plutôt que de les laisser attendre sa mort. Ce geste libéral fut un peu trop brusqué. Mr. Jefferson aurait dû habituer, peu à peu, Frank à gérer sa fortune.

« Frank en perdit la tête. Nanti de son capital, il se lança, à l'exemple de son père, dans les spéculations. Hélas! il échoua. Il plaçait son argent dans des valeurs plus ou moins solides et au moment inopportun. C'est effrayant comme la fortune file lorsqu'on ne sait pas la conduire. Plus Frank s'enfonçait, plus il s'obstinait à vouloir se rattraper par quelque nouvelle opération. Aussi, les choses allèrent-elles de mal en pis.

— Mais, ma chère petite, glissa Mrs. Bantry, Conway n'aurait-il pu le conseiller?

— Frank refusait tout conseil. Il tenait à réussir par ses propres moyens. Voilà pourquoi nous n'avons jamais confié nos ennuis à Mr. Jefferson. A la mort de Frank, il ne me restait qu'un maigre revenu. Je... je n'en parlai point à son père. Vous comprenez..., dit-elle en se tournant brusquement, j'aurais cru trahir mon mari. Frank m'en aurait blâmée. Mr. Jefferson demeura longtemps malade. Lorsqu'il se rétablit, il supposa que j'étais une riche veuve et jamais je ne l'ai détrompé sur ce point. J'en fais une question d'honneur. Il me sait très économe, et il se contente de m'approuver. En outre, Pierre et moi vivons près de lui depuis la mort de Frank, et il pourvoit à notre entretien. En sorte que je n'ai jamais eu à me tracasser à ce sujet.

Elle ajouta lentement :

— Durant toutes ces années, nous avons vécu en famille... Seulement, vous saisissez... ou peut-être ne saisissez-vous pas... je n'ai jamais été à ses yeux la veuve de Frank, seulement son épouse.

Mrs. Bantry comprit l'allusion.

— En d'autres termes, Conway Jefferson n'a jamais accepté la mort de son fils, de sa fille et de sa femme?

— Non. Cet homme admirable a dominé son horrible malheur en refusant d'admettre la mort des siens. Mark reste le mari de Rosamund et moi l'épouse de Frank, et bien que Rosamund et Frank ne soient plus parmi nous, ils existent toujours pour leur père.

— C'est un miracle de la foi, murmura Mrs. Bantry.

— Je sais. Nous avons mené cette existence pendant des années, mais soudain, cet été, quelque chose se brisa en moi. Tout mon être se révolta.

« C'est horrible à dire, mais je ne voulais plus penser à Frank! Tout notre passé s'effaçait... mon amour, le bonheur de notre vie commune et ma douleur à sa mort. Rien n'existait plus!

« J'ai de la peine à vous expliquer mon état d'âme. Je voulais donner un coup d'éponge sur l'ardoise du passé et refaire ma vie... redevenir moi-même, Addie, toujours jeune et forte, capable de jouer, de nager, de danser, bref redevenir un être humain. Hugo... vous connaissez Hugo MacLean?... Cet homme charmant désire m'épouser, mais jusqu'ici je ne m'étais pas arrêtée à cette pensée... Cependant, j'ai commencé à y réfléchir cet été... d'une façon plus sérieuse.

Elle fit une pause et hocha la tête.

— Mark ne se trompe peut-être pas : j'ai négligé Jeff. Pas volontairement, mais mon esprit et mes pensées étaient ailleurs. Lorsque je vis Ruby le distraire, je m'en réjouis; j'avais ainsi plus de liberté. Jamais, au grand jamais, je n'aurais imaginé qu'il se serait entiché d'elle à un tel point.

— Et lorsque vous vous en êtes aperçue?

— J'en demeurai stupéfaite... absolument stupéfaite! Et je crois que j'en fus très fâchée.

— Moi aussi, j'aurais éprouvé la même réaction, appuya Mrs. Bantry.

— Je songeais à Pierre. Tout l'avenir de mon fils dépend de Jeff. Jeff le considérait pour ainsi dire comme son petit-fils, du moins, je le croyais, mais ce n'était point le cas. Aucun lien de parenté ne l'attachait à mon enfant.

Ses belles mains tremblèrent légèrement sur ses genoux.

— Pierre allait être déshérité pour une vulgaire sotte assoiffée d'argent! Oh! je l'aurais bien tuée!

Elle s'arrêta, frappée d'horreur. Ses jolis yeux marron rencontrèrent ceux de Mrs. Bantry et elle prononça :

— C'est affreux à dire!

Hugo MacLean arriva doucement derrière les deux femmes et demanda :

— Qu'est-ce qui est affreux à dire?

— Venez vous asseoir, Hugo. Vous connaissez Mrs. Bantry, n'est-ce pas?

— Oui, bonjour, madame Bantry.

MacLean avait déjà eu l'occasion de saluer la femme du colonel Bantry. Obstiné, il réitéra sa question :

— Qu'est-ce qui est affreux à dire?

— Que j'aurais voulu tuer Ruby Keene, répondit Addie Jefferson.

Hugo MacLean réfléchit un instant, puis il déclara :

— A votre place, je ne parlerais pas ainsi. On pourrait mal interpréter vos paroles.

Ses yeux gris, au regard ferme et sérieux, se posèrent sur la jeune femme, et il ajouta :

— Soyez prudente, Addie.

Il y avait un avertissement dans la voix de l'homme.

. . .

Quelques minutes plus tard, Miss Marple sortit de l'hôtel et rejoignit Mrs. Bantry. Hugo MacLean et Adélaïde Jefferson descendirent ensemble le sentier conduisant à la plage.

S'asseyant auprès de son amie, Miss Marple remarqua :

— Il semble très épris.

— Depuis si longtemps qu'il l'aime!

— Je connais ce genre d'hommes, Hugo MacLean me rappelle le major Bury. Pendant plus de dix ans, il a courtisé obstinément une veuve anglo-indienne. Ses amis le plaisantaient. A la fin, la femme céda. Malheureusement, dix jours avant la date fixée pour le mariage, elle s'enfuit avec le chauffeur... Mrs. Jefferson est charmante et bien équilibrée.

— Les gens commettent bien des sottises! observa Mrs Bantry. Si vous aviez été ici voilà un instant, Jane, vous auriez entendu Addie Jefferson. Elle m'a raconté toute sa vie... comment son mari a gaspillé sa fortune, sans qu'ils en disent un mot à Mr. Jefferson. Cet été, de nouvelles perspectives s'ouvrirent devant elle...

— Oui, je comprends fort bien. Elle s'est révoltée contre l'obligation de vivre avec le passé. Il y a temps pour tout. On ne saurait rester toujours enfermé dans une maison, rideaux baissés. Sans doute Mrs. Jefferson les a-t-elle relevés et a retiré son voile de veuve, au vif mécontentement de son beau-père, qui se crut dès lors abandonné. Mr. Jefferson ne comprit point le changement d'attitude de sa belle-fille envers lui. Tout comme Mr. Badger, dont la femme s'adonna au spiritisme, il était tout prêt à tomber dans le piège tendu par une jolie fille à l'oreille complaisante et au sourire aimable.

— Croyez-vous que Josie ait fait engager intentionnellement Ruby au *Majestic* et que ce fut un complot entre les deux cousines?

Miss Marple hocha la tête.

— Non, je ne crois pas. Josie n'était pas assez fine et ne pouvait deviner les réactions de sa cousine. D'ailleurs, celle-ci ne pouvait prévoir l'avenir, elle se laissa surprendre par les événements et sut seulement en tirer parti.

— Cette affaire d'adoption a d'ailleurs surpris également tous les autres, observa Mrs. Bantry, y compris Addie et Mark Gaskell.

La vieille fille sourit :

— Le gendre devait avoir d'autres chats à fouetter. Ce garçon audacieux, à l'œil rêveur, n'est pas homme à respecter indéfiniment son veuvage, si épris qu'il ait pu être de sa femme. Le gendre et la bru rongeaient leur frein sous le joug du vieux Jefferson, qui s'obstinait à leur imposer le souvenir des disparus. Seulement, ajouta Miss Marple cynique, il est plus facile à un homme de se libérer.

. . .

A cet instant précis, Mark Gaskell confirmait ce jugement au cours d'un entretien avec Sir Henry Clithering.

Avec une admirable candeur et un réel cynisme, Mark pénétra dans le vif du sujet :

— Je viens de comprendre que j'étais, aux yeux de la police, le suspect numéro un. On a fourré le nez dans mes finances; or, vous savez, je suis ruiné ou presque. Si ce cher vieux Jeff casse sa pipe dans un mois ou deux, selon toutes prévisions, et que nous partagions la galette, tout s'arrangera.

« Le fait est que je suis criblé de dettes. Si la débâcle survient, elle sera d'importance. Si je puis en éloigner l'échéance, je remonterai à la surface et deviendrai très riche.

Sir Henry Clithering lui dit :

— Mark, vous êtes un joueur.

— Je l'ai toujours été. Tout risquer, telle est ma devise. Je me félicite que quelqu'un ait étranglé cette pauvre fille. En tout cas, ce n'est pas moi. Je ne suis pas un assassin. Je n'aurais pas le courage de tuer mon semblable. Cependant, je n'espère pas que la police me croie sur parole et je m'attends à un interrogatoire serré, car on va me découvrir un mobile. De plus, j'étais sur les lieux et, selon les policiers, ma conscience ne s'embarrasse pas de scrupules. Je m'étonne même qu'on ne m'ait pas encore jeté en prison. Ce commissaire de police a le regard mauvais.

— Vous avez un précieux moyen de défense : votre alibi.

— Un alibi ne prouve rien. En général, les innocents ne sont jamais fichus de produire un alibi. En outre, tout dépend de l'heure à laquelle est morte la victime. Si trois médecins affirment que cette jeune fille a été tuée à minuit, il s'en trouvera au moins six autres pour jurer qu'elle a expiré à cinq heures du matin. Dès lors, que devient mon précieux alibi?

— Et vous avez le courage de plaisanter là-dessus?

— Quel mauvais goût, n'est-ce pas? fit Mark, d'un ton railleur. En vérité, j'ai plutôt la frousse. On l'aurait à moins! Sachez que je plains le vieux Jeff, mais, si rude que soit pour lui le choc, cela vaut mieux que s'il avait démasqué cette fille.

— Qu'entendez-vous par « démasqué »?

Mark cligna de l'œil :

— Où est-elle allée, hier soir? Je parie tout ce que vous voudrez qu'elle avait rendez-vous avec un homme. Jeff ne l'aurait pas toléré. Il eût compris qu'elle se moquait de lui, qu'elle n'était point la petite fille innocente et gentille qu'il s'imaginait... Somme toute, mon beau-père est un original. Il sait admirablement se maîtriser, mais s'il perd le contrôle de lui-même, gare à la casse!

Sir Henry l'observa d'un œil curieux :

— Oui ou non, aimez-vous votre beau-père?

— Je l'aime beaucoup, mais en même temps je lui garde rancune. Je m'explique. Conway Jefferson a besoin de dominer son entourage. Ce bon despote, généreux et plein d'affection, veut donner le ton et faire danser les autres au son de sa flûte.

Mark Gaskell fit une pause.

— J'aimais ma femme, reprit-il. Jamais je n'éprouverai les mêmes sentiments envers une autre. Pour moi, Rosamund représentait le soleil, le rire et les fleurs. Lorsqu'elle mourut, je ressemblais au boxeur qui vient d'être knock-out. Mais l'arbitre compte depuis trop longtemps les secondes. Après tout, je suis un homme, et les femmes m'attirent. Je ne tiens nullement à me remarier. Jusqu'ici, j'ai observé une grande discrétion, mais je ne me suis pas gêné pour m'amuser. Il n'en est pas de même pour cette pauvre Addie, cette femme délicieuse que bien des hommes voudraient épouser. Lâchez-lui un peu la bride et vous verrez qu'elle ne tardera pas à fonder un nouveau foyer et à rendre un homme heureux.

« Mais le vieux Jeff voit toujours en elle l'épouse de Frank et l'hypnotise au point de la faire vivre continuellement dans le passé. Sans qu'il s'en doute, il nous a tenus prisonniers. Peu à peu, j'ai repris tranquillement ma liberté, voilà longtemps. Addie s'est affranchie seulement cet été, et notre beau-père en a ressenti un vif chagrin. Son univers a été brisé. Résultat : Ruby Keene.

Involontairement, il fredonna :

Mais elle repose au tombeau
J'entre dans un monde nouveau!
Elle ne mettra plus de l'eau dedans mon verre,
La coquine, elle est morte!

— Venez, Clithering, allons boire un coup.

« Rien de drôle si ce Mark Gaskell éveille les soupçons de la police », songea Sir Henry.

15.

Le docteur Metcalf était le plus connu des médecins de Danemouth. Au chevet de ses malades, il n'affichait pas des airs pédants, mais sa présence leur apportait toujours un soulagement. D'âge moyen, il possédait une voix aimable. Il écouta attentivement le commissaire Harper et répondit à ses questions de façon précise :

— Ainsi, lui dit Harper, je puis accepter la version de Mrs. Jefferson?

— Oui. L'état de santé du beau-père est très précaire. Depuis plusieurs années, il mène une existence trop agitée. Dans son besoin de vivre comme tout le monde, il a brûlé les étapes, se refusant tout repos, alors qu'au contraire, il aurait dû couler des jours paisibles, comme je le lui ai maintes fois recommandé, ainsi que mes confrères. Il s'ensuit que cet homme ressemble à un moteur surmené. Le cœur, les poumons, la tension, tout va mal.

— Selon vous, Mr. Jefferson aurait refusé de suivre les conseils des médecins?

— Oui. Je ne lui en fais point grief. Je me garderais de parler ainsi devant un de mes patients, mais l'usure vaut mieux que la rouille. Dans un endroit comme Danemouth on rencontre tant de malades qui s'accrochent à l'existence, craignent la moindre fatigue, le moindre courant d'air, le moindre microbe et la moindre dérogation à leur régime, qu'on arrive à les trouver ridicules.

— C'est exact, fit le commissaire Harper. Résumons-nous : Conway Jefferson paraît solide, du moins bien musclé.

— Avant son accident, c'était un homme très vigoureux et il a conservé beaucoup de force dans les bras et les épaules. Il se déplace avec une adresse étonnante dans son fauteuil à roulettes et, à l'aide de béquilles, il va et vient dans sa chambre... de son lit à son fauteuil.

— N'aurait-on pu, après l'accident, lui mettre des jambes artificielles?

— Non, car la colonne vertébrale était touchée.

— Ainsi, Jefferson possède de bons muscles et il se croit bien portant. Néanmoins son cœur est en mauvais état. Le surmenage, un choc, une frayeur soudaine peuvent le tuer. Est-ce bien cela que vous voulez dire?

— A peu près, répondit le médecin. Les excès de travail le minent, car il ne cède jamais à la fatigue, ce qui aggrave sa maladie de cœur. Il est peu probable que l'effort le tue brusquement, mais une frayeur subite peut le foudroyer. Voilà pourquoi j'ai mis sa famille en garde.

Harper observa d'un ton calme :

— Dans le cas qui nous occupe, le choc ne l'a pas tué. A mon sens, docteur, il n'aurait pu recevoir un coup plus brutal et il n'est pas mort.

Le docteur Metcalf haussa les épaules.

— Je sais. Si vous aviez mon expérience, monsieur Harper, vous comprendriez l'impossibilité de prévoir exactement le genre de mort qui vous guette. Celui qui doit mourir d'une forte émotion y résiste. Le corps humain est plus solide qu'on ne se l'imagine. En outre, la pratique m'a démontré qu'un choc physique est plus redoutable qu'un choc moral. Ainsi, le claquement d'une porte pourrait terrasser Mr. Jefferson plus sûrement que le fait d'apprendre la mort horrible d'une jeune fille sur qui il a reporté son affection.

— Pourquoi cela, je me le demande?

— L'annonce d'une mauvaise nouvelle provoque presque toujours une réaction défensive chez celui qui la reçoit. Il en reste tout d'abord étourdi et ne se rend pleinement compte de la réalité qu'au bout d'un moment. Mais une porte qui claque, un homme qui sort brusquement d'un placard, une auto qui vous frôle au milieu de la route... toutes ces causes produisent des effets instantanés. Le cœur bondit dans la poitrine... selon l'expression consacrée.

Le commissaire Harper prononça lentement :

— On aurait pu s'attendre que le choc provoqué par la mort de la jeune danseuse entraînât la mort de Mr. Jefferson.

— Assurément!

Le médecin regarda son interlocuteur avec curiosité.

— Vous pensez donc...

— Je ne sais pas au juste ce que je pense, fit Harper, embarrassé.

· · ·

— Reconnaissez, monsieur, que la mort de Ruby Keene et celle de son bienfaiteur auraient pu coïncider, dit Harper à Sir Henry Clithering quelques minutes après. L'assassin espérait peut-être faire d'une pierre deux coups : avant d'avoir eu la possibilité de modifier son testament, Mr. Jefferson succombe en apprenant la mort de sa protégée. Beau travail!

— Croyez-vous qu'il modifiera ses dispositions testamentaires?

— Vous êtes mieux placé que moi pour le savoir, Sir Henry. Quelle est votre opinion?

— Je n'en ai point. Avant l'entrée en scène de Ruby Keene, je savais que mon ami avait légué sa fortune, en parts égales, à Mark Gaskell et Mrs. Jefferson. Je ne vois pas pour quelle raison il changerait d'avis actuellement. Mais qui sait?

— En effet, répliqua le commissaire Harper. Allez donc deviner ce qui se passe dans la tête d'un homme qui ne se sent aucune obligation morale envers ses héritiers. Mr. Jefferson n'a plus aucun lien de consanguinité avec personne.

Sir Henry observa :

— Il témoigne beaucoup d'affection au jeune Pierre.

— Le considère-t-il comme son petit-fils? demanda Harper.

— Non, je ne le crois pas.

— Permettez-moi une autre question, Sir Henry. Je ne saurais juger du degré d'affection que porte Mr. Conway Jefferson à Mr. Gaskell et à la jeune Mrs. Jefferson; comme ce sont vos amis, vous pourriez me renseigner là-dessus. Personne ne doute de son attachement envers eux, mais à mon sentiment, il les aime surtout en souvenir de ses enfants défunts. Supposez que l'un d'eux se soit remarié?

Sir Henry réfléchit un instant et dit :

— Vous m'embarrassez, Harper. Je ne sais que répondre. J'incline à croire... mais ce n'est là qu'une opinion personnelle... que cette circonstance l'eût fait changer d'attitude. Il lui aurait souhaité du bonheur, sans lui garder rancune, mais peut-être lui eût-il témoigné moins d'intérêt.

Le commissaire acquiesça, et demanda encore :

— Dans les deux cas?

— Oui, il me semble. Presque certainement, dans le cas de Mr. Gaskell et peut-être aussi dans celui de Mrs. Jefferson, mais j'en suis moins sûr. Il l'aime pour elle-même.

Très sage, Harper observa :

— Il lui était plus facile de la considérer comme sa fille que de voir un fils en Mr. Gaskell. L'inverse se produit également. Une belle-mère acceptera volontiers un gendre comme membre de sa famille, mais il est rare qu'une femme éprouve une sincère affection envers la femme de son fils.

Harper ajouta :

— Voulez-vous que nous suivions ce sentier jusqu'au court de tennis, Sir Henry? J'aperçois là-bas Miss Marple et je désirerais lui demander un petit service. Le fait est que j'ai besoin de vous deux.

— Pour quoi faire?

— Pour sonder une personne qu'il m'est plutôt difficile d'interroger. Je vous serais obligé de faire parler le valet de chambre de Mr. Jefferson.

— Édouard? Que pourrait-il m'apprendre?

— Tout ce qu'il sait et tout ce qu'il pense, concernant les relations entre les membres de la famille Jefferson, son opinion sur l'affaire Ruby Keene... son opinion personnelle, car mieux que personne il sait à quoi s'en tenir. Il hésite à me répondre, mais à vous, l'ami de son maître, il ne cachera rien.

— On m'a appelé d'urgence pour découvrir la vérité... du moins dans la mesure du possible, dit Sir Henry qui ajouta : Et en quoi Miss Marple peut-elle vous être utile?

— Elle interrogera les cheftaines. Nous en avons retrouvé une demi-douzaine, les meilleures amies de Pamela Reeves. Il est possible qu'elles cachent quelque chose. Si Pamela se rendait chez Woolworth, elle a peut-être essayé d'emmener avec elle une de ses compagnes, mais, si la visite aux magasins Woolworth n'était qu'un prétexte, je tiendrais à savoir où se rendait réellement cette jeune fille. Dans la conversation, elle n'a sans doute rien laissé échapper. En ce cas, Miss Marple est toute désignée pour faire bavarder ces fillettes.

— Vous avez raison. Miss Marple s'y entend comme pas une pour démêler les histoires de village. C'est une fine mouche.

Le commissaire Harper sourit.

— En effet, rien ne lui échappe.

Miss Marple leva les yeux à l'approche des deux hommes et les salua. Après avoir entendu la requête du commissaire de police, elle y acquiesça de tout cœur :

— Je vous rendrai volontiers ce service. J'ai l'expérience des jeunes filles. J'en vois assez à l'école du dimanche et à l'orphelinat tout proche de chez moi — je fais partie du comité et, de temps à autre, je rends visite à la directrice. D'ordinaire, mes servantes sont très jeunes. Oh! n'en doutez pas, je sais quand l'une d'elles me dit la vérité ou essaie de me cacher quelque chose.

— En réalité, vous êtes une spécialiste en la matière, remarqua Sir Henry.

— Sir Henry, je vous en prie, ne vous moquez pas de moi!

— Loin de moi cette idée! Vous avez eu trop souvent l'occasion de le faire à mes dépens.

— On voit tant de vilaines choses dans un village! soupira Miss Marple.

— A propos, dit Sir Henry, j'ai éclairci un point qui vous intriguait : Mr. Harper m'apprend qu'on a trouvé des rognures d'ongles dans la corbeille à papier de Ruby.

Pensive, la vieille fille s'écria :

— Pas possible! Alors, voilà...

— Pourquoi attachiez-vous tant d'importance à ce détail, mademoiselle Marple? demanda le commissaire.

— C'est une des choses qui m'intriguèrent le plus lorsque je regardai le corps de la victime. Les mains me parurent anormales et je ne pus tout d'abord en discerner la raison. Puis je compris que les jeunes filles qui se maquillent de façon exagérée ont d'ordinaire les ongles très longs. Evidemment certaines personnes se rongent les ongles et on se débarrasse difficilement de cette manie. Mais la coquetterie y aide beaucoup. Je supposais que la victime ne s'était pas guérie de cette mauvaise habitude, quand le petit garçon... Pierre... nous donna la preuve que Ruby avait les ongles longs, mais s'en était brisé un. Pensant qu'elle avait dû couper les autres pour les ramener tous à la même longueur, je demandai s'il y avait des rognures dans la chambre. Sir Henry m'avait promis de se renseigner.

Sir Henry remarqua :

— Vous venez de dire « une des choses qui m'intriguèrent le plus quand je regardai le corps de la victime ». Qu'y avait-il encore?

— La robe, répondit Miss Marple d'un ton ferme. La morte portait une toilette déplacée et mal choisie.

Les deux hommes la regardèrent, surpris.

— Comment cela? demanda Sir Henry.

— C'était une vieille robe, Josie l'a affirmé et moi-même je m'en suis rendu compte.

— Je ne saisis point ce que vous y voyez de drôle.

Miss Marple s'empourpra légèrement.

— Ruby Keene, à ce qu'il paraît, avait changé de toilette afin d'aller au rendez-vous d'un jeune homme pour qui elle avait probablement ce que mes jeunes neveux appellent un « béguin ».

— Voilà du moins ce que l'on suppose, dit le commissaire de police en clignotant des yeux.

— Alors, pourquoi portait-elle une vieille robe? demanda Miss Marple.

Harper se gratta la tête, pensif.

— Je comprends votre idée. Selon vous, elle aurait dû porter une robe neuve?

— Mais oui, sa plus belle toilette, comme aurait fait toute jeune fille.

— Très bien, mademoiselle Marple, répliqua Sir Henry, mais

supposez qu'elle ait dû sortir pour rencontrer son amoureux, monter en voiture découverte, ou marcher dans un mauvais chemin : en ce cas, elle n'aurait pas voulu risquer d'abîmer une robe neuve.

— C'eût été une décision raisonnable, déclara le commissaire de police.

Miss Marple se tourna vers lui et s'exprima avec animation :

— Elle aurait dû plutôt mettre des pantalons et un chandail, ou un complet de cheviote. Je ne voudrais point paraître snob, mais voilà ce qu'aurait porté une jeune fille de notre monde.

« Une jeune fille bien élevée, poursuivit Miss Marple, s'habille suivant les circonstances et, si chaude qu'eût été la journée, elle ne fût point allée à un rendez-vous la nuit en robe de soie claire.

— Quelle est donc la toilette classique de la jeune fille qui va rencontrer son amoureux? s'enquit Sir Henry.

— Si elle avait dû le voir dans l'hôtel ou dans un endroit où la toilette de soirée est de rigueur, elle aurait revêtu sa plus jolie robe de bal, mais dehors elle se serait sentie ridicule en robe décolletée et elle aurait choisi le plus seyant de ses costumes de sport.

— Je vous l'accorde, arbitre des élégances, mais la malheureuse Ruby...

— Evidemment, fit Miss Marple, Ruby n'était pas... A parler franchement, Ruby n'était pas une femme du monde. Elle appartenait à cette classe de gens qui arborent leurs plus beaux habits, sans s'inquiéter des circonstances. L'année dernière, nous avons fait une partie de campagne à Scrantor Rocks. Vous auriez été surpris des toilettes extravagantes des jeunes filles : robe de foulard, souliers vernis et chapeaux compliqués, tout cela pour grimper sur des rochers parmi la bruyère et les ajoncs. Quant aux garçons, ils avaient mis leurs plus beaux complets. Pour la marche, c'est différent; on porte un genre d'uniforme et beaucoup de jeunes filles ne comprennent pas que les shorts ne vont qu'aux personnes minces.

Le commissaire de police dit alors :

— Et vous croyez que Ruby Keene...

— Je crois que Ruby Keene aurait gardé la robe qu'elle portait au bal, sa belle robe rose. Elle ne l'eût changée que contre une plus jolie.

— Comment expliquez-vous alors cette toilette blanche défraîchie, mademoiselle Marple? demanda Harper.

— Pour le moment, je n'y comprends rien, mais à mon avis cette question a de l'importance.

16.

A l'intérieur de l'immense cage grillagée, Raymond Starr achevait de donner sa leçon de tennis. Une grosse femme d'âge moyen poussa quelques petits cris émerveillés, ramassa son gilet de laine bleu ciel et retourna à l'hôtel. Raymond lui lança quelques compliments, puis se dirigea vers le banc où étaient assis les trois spectateurs. Les balles dansaient dans le filet qu'il tenait à la main et il portait sa raquette sous son bras. Le rire et la gaieté s'effacèrent de son visage comme sous un coup d'éponge et il parut soucieux et las.

— Ah! enfin, c'est terminé! s'exclama-t-il.

Sur ses traits le sourire reparut bientôt, ce charmant sourire juvénile et expressif qui s'harmonisait si bien avec sa figure bronzée et sa gracieuse silhouette.

Sir Henry se demanda quel âge pouvait avoir ce jeune homme : vingt-cinq, trente, trente-cinq? Impossible de deviner.

Raymond déclara, en hochant la tête :

— Jamais elle n'arrivera à jouer convenablement.

— Ce métier doit vous assommer, n'est-ce pas? fit Miss Marple.

— Oui, parfois, surtout à la fin de l'été. Pendant un certain temps, on est stimulé par l'idée de gagner de l'argent, mais à la longue on perd tout enthousiasme.

Le commissaire Harper se leva et dit à brûle-pourpoint :

— Mademoiselle Marple, je viendrai vous chercher dans une demi-heure si cela vous convient.

— Très bien, merci. Je me tiendrai prête.

Raymond regarda Harper s'éloigner, puis demanda aux deux autres :

— Me permettez-vous de m'asseoir en votre compagnie?

— Je vous en prie, lui dit Sir Henry. Prenez une cigarette.

Il lui tendit son étui, et s'étonna de la légère prévention qu'il éprouvait à l'égard de Raymond Starr. Etait-ce parce que ce garçon exerçait le métier de danseur et de joueur de tennis professionnel? Alors, c'était plutôt à cause de la danse : en bon Anglais, Sir Henry se méfiait d'un trop bon danseur. Celui-ci déployait trop de grâce dans ses mouvements. Ramon. Raymond... au fait, quel était son nom? Il posa la question au jeune homme qui parut amusé.

— Ramon était mon premier nom de danseur professionnel.

Ramon et Josie, cela vous a un petit air espagnol. Mais comme on nourrit certains préjugés contre les étrangers, je devins Raymond... un nom très anglais.

— Est-ce votre vrai nom? demanda Miss Marple.

A quoi le jeune homme répondit, un sourire aux lèvres :

— En réalité, on m'appelle Ramon. Ma grand-mère était une Argentine.

« Voilà qui explique ce balancement des hanches », songea Sir Henry.

— Mais mon prénom est Thomas, ajouta le danseur. Peut-on trouver un nom plus prosaïque?

Il se tourna vers Sir Henry et lui dit :

— Vous venez du Devonshire, n'est-ce pas? De Stane? Mes parents demeurent dans ces parages, à Almonston.

Le visage du vieillard s'éclaira.

— Appartenez-vous à la famille Starr d'Almonston?

— Oui.

— Je ne m'en serais point douté.

— Cela ne me surprend pas, fit le jeune homme d'un ton amer.

Sir Henry s'apitoya :

— Des revers... alors...

— Plutôt, dit le jeune Starr. Ma famille a dû vendre la propriété après l'avoir gardée pendant trois cents ans. Cependant notre race se perpétue. Mon frère aîné habite New York où il réussit dans l'édition. Le reste de la famille s'est dispersé aux quatre coins du globe. Actuellement, il est difficile de se créer une situation lorsqu'on ne possède d'autres références que ses diplômes universitaires. Si la chance vous sourit, vous obtenez un emploi de chef de réception dans le bureau d'un grand hôtel où le nœud de cravate et l'éducation constituent un appoint. J'ai pu seulement décrocher une place de vendeur dans une maison d'appareils sanitaires. Je devais vanter aux clients les qualités de superbes baignoires en porcelaine couleur pêche ou citron. Il y avait d'immenses salles d'exposition, mais comme je ne savais jamais le prix des articles, ni les dates de livraison, on me congédia.

« Mes seuls talents étaient la danse et le tennis. Je m'engageai dans un palace de la Riviera, où descendait tout le gratin de la société. Je gagnais assez bien ma vie, lorsqu'un jour j'entendis un vieux colonel, anglais jusqu'à la moelle, demander au directeur en criant de toutes ses forces : « Où est le gigolo? Je cherche le gigolo. Ma femme et ma fille veulent danser. Où est cet individu? Qu'est-ce qu'il fabrique? Amenez-moi le gigolo. »

Raymond ajouta :

— J'eus la bêtise de m'en formaliser et je quittai ma place. Je vins ici. C'est moins lucratif, mais plus agréable. Je passe mon temps à enseigner le tennis à de grosses dondons qui ne seront jamais fichues de jouer correctement et, le soir, je danse avec les fleurs de tapisserie de la riche clientèle. Que voulez-vous, c'est la vie. Excusez-moi de vous raconter mes ennuis.

Il éclata de rire; ses dents étincelèrent, des rides se dessinèrent aux coins de ses yeux et soudain il parut heureux de vivre.

Sir Henry lui dit :

— Je me félicite de pouvoir bavarder un moment avec vous. J'en cherchais justement l'occasion.

— Au sujet de Ruby Keene? Je ne puis vous aider. J'ignore qui l'a tuée. Du reste, je la connaissais très peu et elle ne me faisait aucune confidence.

— Vous était-elle sympathique? lui demanda Miss Marple.

— Pas précisément, mais elle ne me déplaisait pas, ajouta-t-il d'une voix indifférente.

— Ainsi, dit Sir Henry, vous ne soupçonnez personne?

— Non, autrement, j'en aurais averti le commissaire de police. Il doit s'agir d'un de ces crimes crapuleux, accomplis sans mobile spécial, mais avec une telle adresse qu'on ne trouve aucune trace du coupable.

— Deux personnes avaient un mobile, remarqua Miss Marple.

Sir Henry la dévisagea d'un œil sévère.

— Vraiment? fit Raymond, surpris.

Miss Marple posa un regard insistant sur Sir Henry qui déclara malgré lui :

— La mort de Ruby Keene semble rapporter à Mrs. Jefferson et à Mr. Gaskell une somme de cinquante mille livres.

— Quoi? s'exclama Raymond, abasourdi. Mais c'est absurde, voyons! Mrs. Jefferson... je veux dire aucun des deux... n'a rien à voir avec ce crime. Comment supposer une telle chose?

Miss Marple toussota et prononça d'une voix douce :

— Je crains que vous ne soyez un peu trop idéaliste.

— Moi, idéaliste? Je suis un cynique à tous crins.

— L'argent est un puissant mobile, observa Miss Marple.

— Peut-être, concéda Raymond, qui commençait à s'échauffer. Mais penser qu'un des deux aurait pu étrangler de sang-froid cette jeune fille... Il hocha la tête et se leva en disant : Voici Mrs. Jefferson qui vient prendre sa leçon. Elle est en retard.

D'une voix amusée, il lança :

— Dix minutes de retard!

Adélaïde Jefferson et Hugo MacLean s'approchaient.

S'excusant de son retard avec un sourire, Addie Jefferson entra dans le court. MacLean s'assit sur le banc. Après avoir demandé à Miss Marple la permission de fumer, il alluma sa pipe et tira quelques bouffées, tout en observant d'un œil critique les deux silhouettes blanches qui se déplaçaient devant lui. Enfin, il dit :

— Je ne vois pas pourquoi Addie se fait donner des leçons. Passe encore de jouer une partie. Moi-même j'y prends un immense plaisir. Mais pourquoi des leçons?

— Sans doute pour améliorer son jeu, commenta Sir Henry.

— Mais elle ne joue pas mal du tout, répliqua Hugo, pour ce qu'elle veut en faire... Que diable! Elle ne vise pas aux championnats de Wimbledon.

Pendant quelques instants, il garda le silence, puis demanda :

— Qui est ce Raymond? D'où vient ce professionnel? On dirait un Méridional.

— C'est un descendant des Starr du Devon, remarqua Sir Henry.

— Comment! Pas possible?

Visiblement, cette nouvelle déplut à Hugo MacLean. Renfrogné, il ajouta :

— Je ne comprends pas pour quelle raison Addie m'a fait venir ici.

« Cette affaire ne semble pas la tracasser beaucoup. Pourquoi m'avoir dérangé?

Sir Henry demanda :

— Quand vous a-t-elle prié de venir la rejoindre?

— Oh!... heu... quand ce crime a eu lieu.

— Comment avez-vous été prévenu? Par téléphone ou par télégramme?

— Par télégramme.

— Je serais curieux de savoir quand celui-ci a été envoyé.

— Ma foi, je ne saurais préciser.

— A quelle heure vous l'a-t-on remis?

— A la vérité, je ne l'ai pas reçu; on me l'a téléphoné.

— Pourquoi? Où étiez-vous?

— J'avais quitté Londres la veille pour me rendre à Danebury-Head.

— Comment? Si près d'ici?

— Oui, c'est drôle, n'est-ce pas? Le message m'est parvenu alors que je rentrais d'une partie de golf et, aussitôt, j'ai accouru au *Majestic*.

Miss Marple regarda d'un œil pensif l'amoureux mal à son aise. Elle lui dit :

— Il paraît que la vie est très agréable et bon marché à Danebury-Head.

— En effet, c'est un trou pas cher. Je n'aurais, du reste, pas les moyens de me payer des vacances coûteuses. Mais c'est un joli petit endroit.

— Il faudra m'y emmener un jour avec une voiture, dit Miss Marple.

— Quoi? Hein? Ah! oui, volontiers.

Il se leva.

— Je vais prendre un brin d'exercice pour m'exciter l'appétit, dit-il en s'éloignant d'un pas raide.

— Les femmes se montrent cruelles envers leurs fidèles admirateurs, conclut Sir Henry.

Miss Marple se contenta de sourire.

— Dites-moi, demanda Sir Henry, ce monsieur ne vous produit-il pas l'effet d'un parfait crétin? J'aimerais le savoir.

— Il doit avoir des idées étroites, répondit Miss Marple, mais il y a de l'étoffe en lui, je crois.

Sir Henry quitta son siège.

— Il est temps que je m'en aille. Voici justement Mrs. Bantry qui vient vous tenir compagnie.

. . .

Mrs. Bantry arriva, toute haletante, et s'assit en soupirant.

— J'ai parlé aux femmes de chambre, annonça-t-elle, mais sans aucun résultat. Croyez-vous que cette petite ait pu fréquenter un homme, à l'insu de tout le monde?

— Soyez certaine, chère amie, que si elle a eu un amoureux, quelqu'un le sait. Cependant, elle a dû s'entourer de toutes sortes de précautions.

L'attention de Mrs. Bantry se reporta sur les joueurs de tennis.

— Addie fait d'énormes progrès, dit-elle. Ce professeur de tennis est charmant. Addie est très jolie et conserve une forte séduction. Rien d'étonnant, si elle se remarie un de ces jours.

— Elle deviendra très riche à la mort de son beau-père, fit la vieille demoiselle.

— Oh! Jane, je vous en prie, ne voyez pas ainsi le mal partout! Pourquoi n'avez-vous pas encore éclairci le mystère? Nous n'avançons pas. J'espérais que vous découvririez le coupable sans tarder.

Le ton de Mrs. Bantry était chargé de reproches.

— Mais voyons, chère amie, je ne l'ai pas découvert tout de suite... il m'a fallu un peu de temps, certes.

Mrs. Bantry la considéra d'un œil surpris et incrédule.

— Vous savez donc qui a tué Ruby Keene?

— Ah! oui! je le sais!

— Eh bien, Jane, qui est-ce? Dites-le-moi tout de suite.

Miss Marple hocha la tête avec énergie et pinça les lèvres.

— Excusez-moi, Dolly, mais je ne le puis.

— Pourquoi?

— Parce que vous êtes trop indiscrète. Vous iriez le raconter à tout le monde... ou vous ne pourriez vous empêcher de faire des allusions.

— Je vous jure que non! Je n'en parlerai à âme qui vive!

— De telles promesses ne sont jamais tenues. Du reste, bien des points demeurent encore obscurs dans mon esprit. Vous rappelez-vous ce jour où je m'opposais tant à ce que Mrs. Partridge quêtât pour la Croix-Rouge sans pouvoir vous en expliquer la raison? Eh bien, voici! Son nez a remué tout comme celui de ma petite bonne, Alice, lorsque je l'envoyais régler les factures des fournisseurs. Elle payait toujours quelques shillings en moins, disant de les reporter sur le compte pour la semaine suivante. Mrs. Partridge s'est comportée un peu de la même manière, mais sur une plus vaste échelle, et elle a ainsi détourné soixante-quinze livres.

— Pour l'instant, ne nous occupons pas de Mrs. Partridge, fit Mrs. Bantry.

— Il me fallait vous fournir une explication. Et si vous y tenez, je vais vous donner un conseil : on a tort d'écouter tout le monde. Quand il se passe quelque chose de louche, je me refuse à croire ce qu'on me raconte, je connais trop la nature humaine.

Après un instant de silence, Mrs. Bantry prononça d'une voix tout à fait différente :

— Ne vous ai-je pas dit que je ne voyais pas pourquoi je me priverais du plaisir de m'occuper de cette affaire? Songez donc! Un crime chez soi, dans sa propre maison. Jamais je ne reverrai pareille chose!

— Je souhaite que non.

— Moi de même, en vérité. Une fois suffit. Mais c'est mon crime à moi, il m'appartient et je veux en profiter le plus possible!

Miss Marple lui lança un coup d'œil sceptique.

— Ne me croiriez-vous pas? demanda Mrs. Bantry, agressive.

— Mais si, répondit doucement la vieille fille. Puisque vous me le dites, Dolly.

— Oui, mais vous refusez, en principe, de croire les gens. Ne venez-vous pas de le dire? Après tout, vous avez peut-être raison.

D'un ton amer, Mrs. Bantry ajouta :

— Je ne suis tout de même pas une sotte! Sans doute pensez-vous, Jane, que j'ignore les racontars qui circulent dans St.Mary-Mead et dans tout le comté? On répète à satiété qu'il n'y a pas de fumée sans feu... que si le cadavre a été découvert dans la bibliothèque d'Arthur, celui-ci doit savoir quelque chose. On prétend que Ruby était sa maîtresse, ou sa fille légitime, qu'elle le faisait chanter, chacun dit ce qui lui passe par la tête. Et nous ne sommes pas au bout! Arthur n'y verra rien tout d'abord. Il est tellement bon, le cher homme, qu'il ne saurait s'imaginer qu'on pense tant de mal de lui. D'abord, on lui battra froid et on le regardera de travers. Peu à peu, la lumière se fera en lui et, rempli d'horreur, l'âme brisée, il se refermera comme un coquillage et rongera son frein dans la solitude.

« En prévision de ce qui pourrait lui arriver je suis venue ici afin de rechercher le moindre indice capable de contribuer à la découverte du coupable. Si le mystère n'est pas mis au jour, Arthur mènera une vie misérable et je ne le veux pas... à aucun prix!

Elle fit une légère pause et poursuivit :

— Je ne supporterai pas de voir ce cher homme souffrir comme un damné pour une faute qu'il n'a point commise. Voilà l'unique raison de mon séjour à Danemouth. J'ai laissé mon mari seul chez nous... pour déceler la vérité.

— Je le sais, ma chérie, dit Miss Marple. C'est aussi pourquoi je vous ai suivie.

17.

Dans une chambre très calme du *Majestic*, Edouard écoutait avec déférence Sir Henry Clithering.

— Je voudrais vous poser certaines questions, Edouard, mais tout d'abord, je désire vous expliquer mon rôle dans cette affaire. Autrefois, j'étais un personnage important à Scotland Yard. Maintenant, j'ai pris ma retraite et suis rentré dans la vie privée. Votre maître m'a prié de venir ici lorsque s'est produit ce drame et d'user de toute mon habileté et de mon expérience pour mettre à nu la vérité.

Sir Henry fit une pause. Edouard inclina la tête et le considéra de ses yeux pâles et intelligents.

— Je comprends, Sir Henry.

Clithering reprit, d'une voix lente et ferme :

— Dans toutes les enquêtes policières, les gens qu'on interroge gardent secrets bien des renseignements... pour diverses raisons... pour ne pas dévoiler un scandale de famille... parce que cela n'a aucun rapport avec le crime ou par crainte de gêner les parties intéressées.

— Je comprends, monsieur, répéta Edouard.

— J'espère, Edouard, que maintenant vous connaissez les points essentiels de l'affaire. La jeune victime allait devenir la fille adoptive de Mr. Jefferson, votre maître. Deux personnes avaient des raisons pour s'opposer à ce projet : Mr. Gaskell et Mrs. Jefferson.

Une lueur passa dans les yeux du valet de chambre, qui demanda :

— Puis-je savoir si on les suspecte?

— Ils ne sont pas menacés de la prison, si c'est cela qui vous inquiète. Mais la police se doit de les soupçonner et elle le fera tant que l'affaire ne sera pas tirée au clair.

— C'est pour eux une situation plutôt fâcheuse, monsieur.

— Très fâcheuse. Il importe donc de connaître, dans les moindres détails, les réactions, les paroles et les gestes de Mr. Jefferson, de son gendre et de sa belle-fille. Quels étaient leurs sentiments, leur attitude, leurs conversations? Je vous demande, Edouard, des renseignements intimes, que seul vous êtes à même de me fournir. Connaissant le caractère de votre maître, vous savez ce qui a pu provoquer ses sautes d'humeur. Je vous parle, non en tant que policier, mais comme ami de Mr. Jefferson. En d'autres termes, si vos réponses n'ont pas, à mon avis, un rapport direct avec le crime, je ne les transmettrai point à la police.

Il fit une pause et Edouard dit, très calme :

— Je vous comprends, monsieur, vous désirez de moi une grande franchise, vous voudriez connaître certains détails dont je me garderais de parler et que d'ailleurs vous ne voudriez pas écouter en d'autres circonstances.

— Vous avez parfaitement saisi, Edouard. Vous êtes très intelligent.

Après un moment de silence, Edouard commença :

— Evidemment, je connais bien Mr. Jefferson, après tant d'années passées à son service. Je le vois dans l'intimité, quand il ne s'observe pas. Parfois je me demande s'il est bon de lutter contre le sort comme le fait mon maître. Cette contrainte le fatigue énormément. Si, de temps à autre, il s'avouait vaincu et se résignait à n'être qu'un pauvre vieillard solitaire, brisé par la vie, cela vaudrait mieux en fin de compte. Mais il est trop fier et mourra sur la brèche.

« Ce combat incessant détermine de graves réactions nerveuses chez Mr. Jefferson. On le croirait doué d'une patience extraordinaire; cependant je l'ai vu entrer dans des rages folles et être incapable de prononcer un mot. La duperie le met hors de lui.

— Parlez-vous ainsi avec une idée derrière la tête, Edouard?

— Oui, monsieur. Vous m'avez demandé de parler franchement.

— En effet.

— Eh bien, Sir Henry, à mon avis la jeune personne dont mon maître s'était engoué n'en valait pas la peine. C'était une petite rouée qui n'avait aucune affection pour Mr. Jefferson. Ses paroles aimables et son attitude filiale n'étaient que simagrées. Non pas qu'elle fût méchante, mais elle était loin de répondre à l'idéal que s'en faisait mon maître. De sa part, je n'y comprends rien, car il est très perspicace et se laisse rarement tromper. Hélas! quand il s'agit d'une jeune demoiselle, le jugement d'un homme s'égare souvent! Voici quelle était la situation : la jeune Mrs. Jefferson, qui, jusque-là, lui avait témoigné une profonde amitié, changea brusquement d'attitude envers lui, cet été. Il l'aimait beaucoup, tandis que Mr. Mark lui était plutôt indifférent.

— Et pourtant Mr. Jefferson le voulait constamment près de lui! s'exclama Sir Henry.

— Oui, mais plutôt en souvenir de Miss Rosamund, la femme de Mr. Mark Gaskell. Sa fille lui était aussi précieuse que la prunelle de ses yeux. Il ne voyait en Mr. Mark que le mari de sa fille défunte.

— Et si Mr Mark s'était remarié?

— Mr. Jefferson en eût été furieux.

Sir Henry releva les sourcils :

— Tant que cela?

— Oh! il ne l'aurait pas laissé voir, il aurait seulement beaucoup souffert en secret.

— Et si Mrs. Jefferson s'était remariée?

— Mr. Jefferson ne l'eût pas mieux supporté, monsieur.

— Veuillez continuer, Edouard.

— Comme je vous le disais, monsieur, Mr. Jefferson s'engoua de cette jeune demoiselle. J'ai plusieurs fois vu ce cas se produire chez les maîtres que j'ai servis. Cela les prend comme une maladie. Ils veulent protéger une jeune fille, la combler de bienfaits et neuf fois sur dix la jeune personne est capable de se défendre elle-même et ne songe qu'à ses propres intérêts.

— Alors, selon vous, Ruby Keene était une rusée?

— Ma foi, Sir Henry, elle était encore trop jeune et trop inexpérimentée, mais elle en avait l'étoffe. Dans cinq ans elle serait devenue une spécialiste de ce petit jeu.

— Je suis très heureux de connaître votre opinion à son sujet. Elle m'est précieuse. Pourriez-vous à présent vous rappeler certaines discussions sur Ruby Keene entre Mr. Jefferson et les deux autres?

— Ils en discutaient très peu, monsieur. Mr. Jefferson exposait brutalement sa façon de penser et étouffait toute protestation. Il réduisait au silence Mr. Mark qui, lui non plus, ne mâchait pas ses mots. Mrs. Jefferson ne disait pas grand-chose... C'est une personne très calme. Seulement elle suppliait son beau-père de ne rien faire à la hâte.

— Et quelle était l'attitude de la jeune fille? demanda Sir Henry.

A contrecœur, le valet répondit :

— Elle paraissait jubiler, monsieur.

— Elle jubilait, dites-vous? Aviez-vous quelque raison de croire que... Sir Henry chercha une phrase pouvant convenir à Edouard... que... euh... son cœur était engagé ailleurs?

— Mr. Jefferson ne lui proposait nullement le mariage, monsieur. Il songeait à l'adopter.

— Allons droit au fait et répondez à ma question.

Le valet de chambre prononça lentement :

— Il s'est produit un incident, dont je fus par hasard le témoin.

— Voilà qui est intéressant. Continuez!

— Il est peut-être sans importance, monsieur. Un jour, la jeune fille ouvrant son sac à main en laissa échapper une photographie. Mr. Jefferson la ramassa vivement et lui demanda : « De qui est ce portrait, ma chère enfant? » C'était, monsieur, celui d'un jeune homme aux cheveux plutôt en désordre et à la cravate nouée avec négligence.

« Miss Keene fit l'étonnée et dit : « Je n'en ai aucune idée, Jeffie, absolument aucune. Je ne saurais expliquer comment cette photo se trouve dans mon sac. En tout cas, ce n'est pas moi qui l'y ai mise. »

« Cette histoire ne satisfit point Mr. Jefferson. Son visage refléta la colère, ses sourcils s'abaissèrent et d'une voix rauque il dit : « Allons, mon enfant, allons, vous savez fort bien qui c'est. »

« Vivement Miss Keene changea de tactique. Elle parut effrayée et déclara : « Ah! oui, je le reconnais à présent. Ce jeune homme vient parfois ici et j'ai dansé avec lui, mais j'ignore son nom. Cet imbécile a dû fourrer son portrait à mon insu dans mon sac. Ces jeunes gens modernes sont capables de toutes les bêtises. » Secouant la tête, elle éclata de rire et n'y pensa plus. Mais cette histoire était cousue de fil blanc, n'est-ce pas? Je ne pense pas que Mr. Jefferson y ait ajouté foi. Il regarda Ruby d'un œil sévère et, par la suite, lorsqu'elle s'absentait, il lui demandait où elle était allée.

— Avez-vous vu l'original de cette photo? demanda Sir Henry.

— Non, monsieur. Il est vrai que je ne descends pas souvent au salon ou à la salle à manger.

Sir Henry acquiesça de la tête et posa encore quelques questions à Edouard qui ne put l'éclairer davantage.

. . .

Au poste de police de Danemouth, Mr. Harper interrogeait Jessie Davis, Florence Small, Beatrice Henniker, Mary Price et Lilian Ridgeway.

A peu près toutes du même âge et de même mentalité, c'étaient des filles de fermiers ou de commerçants. Unanimes, elles racontèrent la même histoire. Pamela Reeves leur avait paru dans son état normal; elle leur avait seulement dit qu'elle se rendait chez Woolworth et rentrerait chez elle par l'autobus, un peu plus tard.

Dans un coin du bureau était assise une vieille dame. Les jeunes filles l'avaient à peine remarquée et ne s'inquiétaient nullement de sa présence. Elle n'appartenait, certes, pas à la police et les fillettes la prirent pour un témoin, attendant son tour.

La dernière jeune fille sortit du bureau. Le commissaire de police s'épongea le front et tourna vers Miss Marple un regard scrutateur, mais dénué d'espoir.

D'une voix sèche, Miss Marple lui dit :

— J'aimerais parler à Florence Small.

Harper leva les sourcils et pressa un bouton de sonnette. Un constable apparut.

— Faites venir Florence Small, dit Harper.

La jeune fille revint, introduite par le policeman. C'était la fille d'un riche fermier... Grande, les cheveux blonds, la bouche niaise et les yeux effarés, elle se tordait les mains d'un geste nerveux.

Le commissaire Harper interrogea du regard Miss Marple, qui fit un signe de tête. Harper se leva et dit à la jeune fille :

— Cette dame va vous poser quelques questions.

Puis il sortit et referma la porte derrière lui.

L'air gênée, Florence tournait vers Miss Marple des yeux semblables à ceux des veaux de sa ferme.

— Asseyez-vous, Florence, lui dit la vieille demoiselle.

Docile, l'interpellée s'exécuta. Elle se sentit aussitôt plus à l'aise. L'atmosphère de terreur que dégageait le bureau de police venait de se dissiper. Miss Marple lui parlait du ton doux, mais ferme, d'une femme habituée à donner des ordres :

— Florence, écoutez-moi bien. Il est essentiel que nous connaissions les faits et gestes de la malheureuse Pamela le jour de sa mort.

Florence murmura qu'elle le comprenait parfaitement.

— Et je suis certaine que vous ferez de votre mieux pour nous aider.

— Oui, mademoiselle, répondit Florence, méfiante.

— Garder pour soi un renseignement, si minime soit-il, constituerait une faute grave, observa la vieille fille.

De nouveau, la jeune fille se tordit nerveusement les mains et elle avala sa salive.

— Il est naturel que vous ayez été intimidée en présence de la police. Vous craignez, sans doute, qu'on ne vous reproche de n'avoir point parlé plus tôt... et peut-être aussi de n'avoir pas retenu Pamela. Mais soyez courageuse et déchargez votre conscience. Si vous refusez d'avouer, à présent, ce que vous savez, ce serait un parjure, une faute très grave... capable de vous conduire en prison, vous ne l'ignorez pas.

— Je... ne...

D'une voix rude, Miss Marple insista :

— Allons, soyez franche, racontez-moi tout. Pamela n'allait pas chez Woolworth, n'est-ce pas?

Passant sa langue sur ses lèvres, Florence jeta vers Miss Marple le regard suppliant d'une bête à l'abattoir.

— Elle voulait faire du cinéma, hein? demanda Miss Marple.

Soulagée d'un grand poids, Florence murmura :

— Oui, mademoiselle.

— Je m'en doutais! s'exclama la vieille fille. A présent, racontez-moi tout.

Florence débita d'un trait :

— Oh! si vous saviez comme j'étais ennuyée! J'avais promis à Pamela de n'en rien dire à personne. Et quand on l'a retrouvée carbonisée dans cette auto... c'était si horrible que j'ai cru en mourir... j'avais l'impression d'être responsable de sa mort. J'aurais dû la retenir à temps. Mais, pas une minute, je n'y ai vu aucun mal. On m'a demandé si, ce jour-là, Pamela s'était comportée comme d'habitude. J'ai répondu oui, sans prendre le temps de réfléchir. Ayant gardé le silence jusqu'ici, je n'osais plus rien dire. Après tout, je ne sais rien... Sauf ce que m'a confié Pamela.

— Et que vous a-t-elle dit?

— Tandis que nous nous dirigions vers l'autobus pour nous rendre au rallye, elle me demanda si j'étais capable de garder un secret. Sur ma réponse affirmative, elle me fit jurer de ne rien révéler de ce qu'elle allait me dire. Après notre fête, elle se rendrait à Danemouth pour faire un essai devant la caméra. Elle avait lié connaissance avec un cinéaste récemment arrivé d'Hollywood. Pamela répondait exactement au type d'artiste qu'il cherchait. Il la prévint de ne pas se forger d'illusions.

« On ne pouvait rien certifier, disait-il, avant de savoir si elle était photogénique. Les résultats pouvaient ne pas être concluants. Elle devait jouer le rôle d'une écolière qui, au pied levé, remplace une artiste dans une revue de music-hall et voit s'ouvrir devant elle une carrière magnifique. Pamela faisait du théâtre à la pension et nous l'admirions toutes. Le monsieur avait deviné son talent, mais il ajoutait qu'elle devrait beaucoup travailler. Tout ne marcherait pas comme sur des roulettes. De grandes difficultés l'attendaient. Irait-elle jusqu'au bout?

Florence Small reprit haleine. Miss Marple, écœurée, écouta cette histoire qui ressemblait à un ciné-roman. On avait dû recommander à Pamela de ne point parler dans la rue à des étrangers, mais la séduction irrésistible du cinéma lui avait fait oublier toute prudence.

— L'homme parlait très sérieusement, poursuivit Florence. Il disait que, si l'essai était satisfaisant, Pamela obtiendrait un contrat, mais comme elle était jeune et inexpérimentée, il lui conseilla de le soumettre à un homme de loi avant de le signer. Il s'inquiétait de savoir si sa famille y mettrait obstacle. Pamela ayant exprimé des craintes à ce sujet, l'homme la rassura : « C'est la difficulté que rencontrent les jeunes filles de votre âge, mais je suis persuadé que si on expliquait à vos parents que pareille occasion est inespérée et ne se représentera peut-être jamais, ils finiraient par comprendre. » Il ajouta qu'il était inutile de leur en parler avant de connaître les résultats de l'épreuve. Pamela ne devrait pas se décourager, si elle subissait un échec. Il lui parla alors d'Hollywood et de la fameuse star Vivian Leigh, qui avait subitement remporté, à Londres, un succès triomphal. Lui-même revenait d'Amérique pour travailler aux studios Lenville et stimuler un peu les compagnies anglaises de cinéma.

Miss Marple approuva de la tête et Florence poursuivit :

— Toutes les dispositions étaient donc prises, et Pamela se rendrait à Danemouth après le rallye pour rencontrer le cinéaste, à son hôtel. Il la conduirait aux studios... A Danemouth, il y avait, paraît-il, un petit studio où les débutantes passaient une épreuve. La séance terminée, Pamela rentrerait par l'autobus et dirait à ses parents qu'elle avait été chez Woolworth. Au bout de quelques jours, l'homme lui ferait savoir le résultat de son examen et, s'il était favorable, Mr. Harmsteiter, le directeur, viendrait parler à ses parents.

« Cette histoire était trop merveilleuse! J'en pâlissais d'envie. Pamela assista au rallye sans laisser rien deviner. Lorsqu'elle annonça son intention d'aller chez Woolworth, elle me lança un clin d'œil.

« Je la vis s'éloigner le long du sentier, fit Florence en pleurnichant. J'aurais dû l'arrêter... l'arrêter! C'était trop beau pour être vrai! J'aurais dû le savoir et me confier à quelqu'un. Mon Dieu, je voudrais être morte!

— Allons, allons, lui dit Miss Marple, lui tapotant l'épaule, vous n'êtes pas responsable. On ne vous reproche rien, Florence. Vous avez rempli votre devoir en me racontant toute l'histoire.

Elle s'évertua à consoler la jeune fille éplorée et cinq minutes plus tard elle répétait le récit de Florence au commissaire Harper.

Celui-ci prit un air sévère.

— Le bandit! Il apprendra à me connaître! Voilà qui éclaire le drame d'un jour nouveau.

— En effet.

Harper regarda de travers la vieille fille.

— Cela ne vous surprend pas, mademoiselle Marple?

— Je m'attendais à quelque aventure de ce genre.

— Pourquoi avez-vous interrogé particulièrement Florence Small? Toutes ces jeunes filles paraissaient épouvantées et je ne discerne pas les raisons de votre choix.

D'un ton aimable, Miss Marple répliqua :

— On voit bien que l'expérience ne vous a pas appris à deviner quand une jeune fille ment. Florence vous regardait droit dans les yeux et se tenait rigide, remuant les pieds tout comme les autres. Mais elle s'est détendue trop vite. Tout de suite, j'ai compris qu'elle cachait quelque chose. Elles sont toutes les mêmes. Lorsque ma petite bonne Janet m'expliquait d'un ton convaincant que les souris avaient mangé le reste d'un gâteau, elle se trahissait par ses sourires, en quittant la pièce.

— Je vous remercie infiniment, mademoiselle Marple, lui dit Harper.

Miss Marple se leva et prit congé :

— Excusez-moi, je suis pressée. Je suis heureuse d'avoir pu vous être utile.

— Rentrez-vous à l'hôtel?

— Oui, pour préparer ma valise. Je regagne St. Mary-Mead le plus tôt possible, car la besogne m'attend.

18.

Miss Marple sortit par la porte-fenêtre de son salon, descendit l'allée de son jardin bien entretenu, franchit la barrière et pénétra dans le jardin du presbytère. Elle gagna la porte-fenêtre du salon et frappa discrètement sur la vitre.

Le pasteur, dans son cabinet de travail, préparait son sermon dominical, et son épouse, une femme jeune et jolie, admirait les progrès de son rejeton allongé sur le tapis de foyer du salon.

— Puis-je entrer, Griselda?

— Je vous en prie, mademoiselle Marple. Regardez donc David. Il se met en colère, car il ne peut marcher qu'à reculons. Il voudrait attraper un objet et, malgré tous ses efforts, il recule vers le coffre à charbon.

— Quelle bonne mine il a!

— Il est assez fort, n'est-ce pas? fit l'heureuse maman, affectant l'indifférence. Je ne m'occupe pas beaucoup de lui. Les livres conseillent de laisser les enfants tranquilles autant que possible.

— Sage recommandation, ma chère, approuva la vieille fille, Hum!... je viens vous demander si, par hasard, à cette époque de l'année, vous n'organisez point de quêtes?

La femme du pasteur tourna vers Miss Marple des yeux étonnés :

— Nous avons toujours quelque chose en train, ma chère

demoiselle. Il y a la quête pour la restauration de la nef de notre église, pour la mission de St. Gilles, la vente de charité et, mercredi prochain, la quête pour les filles mères, les excursions des boy-scouts, l'ouvroir de la paroisse, la quête pour les marins, organisée par notre évêque, que sais-je encore?

— Je quêterai pour l'une de ces œuvres, du moins si vous me le permettez. Je ferai le tour du village avec un carnet à souches.

— Avez-vous une idée en tête, mademoiselle Marple? Je crois que oui. Vous me voyez trop heureuse de vous donner mon autorisation. Si vous quêtiez pour la vente de charité? Ce serait tellement mieux de récolter de l'argent que ces stupides sachets et essuie-plumes, ces tristes tabliers d'enfants et ces poupées de chiffon... Alors, vous refusez de me confier votre secret? ajouta Griselda, accompagnant sa visiteuse jusqu'à la porte-fenêtre.

— Plus tard, ma chère Griselda, dit Miss Marple, s'éloignant en hâte.

Avec un soupir, la jeune mère regagna le tapis et, oubliant ses théories, donna un petit coup de tête dans l'estomac du bébé qui s'agrippa aux cheveux de sa maman et tira dessus en poussant de joyeux cris. Tous deux roulèrent l'un sur l'autre en une masse confuse, lorsque la porte s'ouvrit et la servante du presbytère annonça au plus notable des paroissiens, qui n'aimait pas les enfants :

— Madame est au salon.

Aussitôt, Griselda se releva et s'efforça de prendre un air digne et mieux approprié à l'idée qu'on se fait de l'épouse d'un pasteur.

. . .

D'un pas alerte, Miss Marple, serrant dans sa main un petit carnet à couverture noire, traversa le village. Arrivée au carrefour, elle tourna à gauche, passa devant le *Sanglier bleu* et parvint à la villa *Chatsworth*, autrement dénommée « la nouvelle bâtisse de Mr. Booker ».

Elle franchit la barrière, gagna le perron et sonna.

La jeune femme blonde, qui répondait au nom de Dinah Lee, vint lui ouvrir. Moins bien maquillée que d'habitude, elle avait une mise plutôt négligée et portait un pantalon de toile grise avec un chandail vert émeraude.

— Bonjour, lui dit Miss Marple d'un ton enjoué. Puis-je entrer un instant?

Tout en parlant, elle avança, si bien que Dinah Lee, prise au dépourvu, n'eut pas le temps de réfléchir.

— Merci infiniment, dit Miss Marple, radieuse et s'asseyant dans un fauteuil de bambou moderne. Il fait chaud pour la saison, n'est-ce pas? ajouta-t-elle, le visage toujours rayonnant.

— Oui, en effet, il fait bon, dit Miss Lee.

En désespoir de cause, la jeune fille ouvrit une boîte de cigarettes et la tendit à la vieille fille.

— Une cigarette?

— Merci beaucoup, je ne fume pas. Je viens vous voir simplement pour vous demander si je puis vous compter au nombre de mes bienfaitrices pour la vente de charité qui doit avoir lieu la semaine prochaine?

— Une vente de charité? prononça Dinah Lee comme si elle répétait des mots d'une langue étrangère.

— Oui, au presbytère, mercredi prochain.

— Oh!...

Miss Lee demeura bouche bée un instant, puis ajouta :

— Je vous prie de m'excuser, mais je ne puis rien donner...

— Pas même une petite obole?... une demi-couronne, par exemple? dit Miss Marple en produisant son carnet.

— Oh! si, tout de même, je peux donner cette modique somme.

Soulagée, la jeune femme alla chercher son sac à main.

Le regard inquisiteur de Miss Marple fouilla la pièce.

— A ce que je vois, vous n'avez pas de tapis devant le foyer, observa-t-elle.

Se retournant, Dinah Lee la regarda, étonnée. Elle ne fut pas sans remarquer la curiosité qu'elle éveillait chez sa visiteuse et en éprouva un léger ennui.

Miss Marple s'en rendit parfaitement compte et ajouta :

— Je vous approuve. Ces devants de foyer sont dangereux. Des étincelles peuvent jaillir de la cheminée et y mettre le feu.

« Espèce de vieille pie! » pensa Dinah, mais elle prononça d'un ton aimable :

— Il y en avait un autrefois, mais je ne sais ce qu'il est devenu.

— C'était sans doute une de ces carpettes de laine épaisse?

— Oui, on aurait dit une peau de mouton, expliqua Dinah, amusée, cette fois, croyant avoir affaire à une folle.

Elle lui tendit une pièce d'une demi-couronne.

— Tenez, voilà, dit-elle.

Miss Marple prit l'argent et ouvrit son petit carnet :

— Merci, mademoiselle. Quel nom dois-je inscrire?

Dans les yeux gris de Dinah brilla soudain une lueur mauvaise. « Vieille fouine! songea-t-elle. Elle veut savoir ce qui se passe chez les autres pour aller le répéter ailleurs. »

D'une voix claire, avec un plaisir malicieux, elle répondit :

— Miss Dinah Lee!

Miss Marple la regarda fixement :

— Je suis pourtant bien ici chez Mr. Basil Blake, n'est-ce pas?

— Oui, et moi je suis Miss Dinah Lee! répliqua la jeune femme, d'un ton provocateur, la tête rejetée en arrière, ses yeux lançant des éclairs.

Très calme, Miss Marple la dévisagea :

— Me permettez-vous un petit conseil, même si vous le jugez impertinent?

— Je le juge impertinent, et je vous prie de le garder pour vous.

— Néanmoins, je parlerai, dit Miss Marple. Je vous engage vivement à cesser d'employer votre nom de jeune fille dans le village.

Dinah écarquilla les yeux et s'exclama :

— Quoi? Que dites-vous là?

D'un ton grave, Miss Marple ajouta :

— D'ici peu vous aurez peut-être besoin de toute la sympathie et de la bienveillance d'autrui. Il serait également très important pour votre époux qu'on ait de lui une meilleure opinion. Dans ces petits villages reculés il existe, en effet, des préjugés contre les gens qui vivent ensemble sans être mariés. Vous vous êtes amusés à ce petit jeu afin d'éloigner ce que vous appelez, sans doute, les « vieilles sorcières ». Cependant, elles ont leur utilité.

— Comment savez-vous que nous sommes mariés? demanda Dinah.

Avec un sourire méprisant, Miss Marple prononça :

— Ah! voilà...

— Je vous en prie, dites-moi d'où vous le tenez. Seriez-vous allée consulter les archives de l'état civil à Somerset-House?

Une lueur éphémère passa dans les yeux de Miss Marple.

— Somerset-House? Nullement! Il était facile de deviner. Dans un village, tout finit par se savoir. Le genre de querelles qui éclatent entre vous deux... ressemble trop à des brouilles de jeunes époux... et n'ont rien des discussions d'un faux ménage. On dit... et à juste raison, ce me semble... que seuls les gens mariés peuvent se lancer à la tête leurs quatre vérités. Quand un homme et une femme ne sont pas unis par un lien légal, ils sont plus circonspects. Ils doivent constamment se persuader qu'ils jouissent d'un parfait bonheur, afin de justifier, à leurs propres yeux, leur manière de vivre. Ils n'osent se chamailler! Les époux, au contraire, prennent plaisir à se chicaner et savourer la réconciliation appropriée, conclut la vieille demoiselle, en clignant de l'œil.

— Ma foi, je...

Dinah s'interrompit et éclata de rire. Elle s'assit et alluma une cigarette.

— Vous êtes admirable! ajouta-t-elle, mais pourquoi nous obligez-vous à crier sur les toits que nous menons une vie respectable?

— Parce que, d'une minute à l'autre, votre mari peut être arrêté pour meurtre.

. . .

Pendant un bref moment, Dinah regarda fixement Miss Marple. Incrédule, elle s'écria :

— Comment! Basil arrêté pour meurtre? Vous plaisantez!

— Pas le moins du monde. N'avez-vous donc pas lu les journaux?

Dinah en eut la respiration coupée :

— Vous voulez parler du meurtre de la jeune danseuse du *Majestic*? On soupçonnerait Basil de l'avoir tuée?

— Oui.

— Mais c'est stupide!

Du dehors leur parvint le vrombissement d'une auto et le claquement de la barrière. Basil ouvrit la porte toute grande et entra, les bras chargés de bouteilles, il annonça :

— J'apporte le genièvre et le vermouth. Et toi...

Il s'arrêta net pour dévisager la visiteuse assise, le buste droit et l'attitude compassée.

Haletante, Dinah éclata :

— Cette femme est folle! Elle prétend qu'on va t'arrêter pour le meurtre de la danseuse Ruby Keene.

— Mon Dieu! s'écria Basil Blake.

Les bouteilles s'échappèrent de ses bras et roulèrent sur le divan. D'un pas incertain, il alla vers un fauteuil, s'y laissa tomber et enfouit son visage entre ses mains.

— Oh! Mon Dieu! Mon Dieu! répéta-t-il.

Dinah se précipita vers lui et le prit par les épaules.

— Basil, regarde-moi. Voyons, ce n'est pas vrai? Je le sais et je n'en crois pas un mot!

— Dieu ait pitié de nous, ma chérie! fit-il en prenant les mains de sa femme.

— Mais pourquoi te soupçonnerait-on? Tu ne connais même pas cette fille, n'est-ce pas?

— Oh! si! Il la connaissait, intervint Miss Marple.

— Taisez-vous, vieille fée! s'écria Basil d'un air farouche... Écoute, Dinah, ma chérie. Je la connaissais à peine. Je l'ai vue une ou deux fois à l'hôtel *Majestic*. C'est tout, je te le jure...

Stupéfaite, Dinah reprit :

— En ce cas, je n'y comprends rien. Pourquoi te suspecterait-on?

Basil poussa un grognement, se couvrit les yeux et se balança dans son fauteuil.

Miss Marple lui demanda :

— Qu'avez-vous fait de votre devant de foyer?

Machinalement, l'homme répondit :

— Je l'ai jeté aux ordures.

La vieille fille fit claquer sa langue et protesta :

— C'est stupide... très stupide... On ne jette pas ainsi aux ordures une bonne carpette. Sans doute y restait-il des paillettes de sa robe?

— Oui, je n'ai pas pu les enlever entièrement.

Dinah s'écria:

— Hein? Que dis-tu là?

Revêche, son mari lui dit :

— Demande-le-lui plutôt. Elle semble tout savoir.

— Je vais vous raconter ce qui, selon moi, s'est passé, dit la vieille fille. Si je me trompe, monsieur Blake, vous pourrez rectifier. Après une violente querelle avec votre épouse, au cours d'une soirée, et, après avoir bu peut-être plus que de raison... vous arriviez ici en auto. Je ne sais au juste à quelle heure...

— A deux heures du matin, grommela Basil. J'avais d'abord l'intention de rentrer à Londres. En approchant de la banlieue, j'ai changé d'avis, pensant que Dinah viendrait me chercher ici. La villa était plongée dans l'obscurité et lorsque je tournai le commutateur en entrant dans le salon, j'aperçus...

Il avala sa salive et s'interrompit.

Miss Marple acheva :

— Vous avez aperçu le corps de la jeune fille gisant sur le devant du foyer... une jeune fille en robe de soirée blanche... étranglée. Je ne sais si à ce moment vous l'avez reconnue...

Basil Blake secoua violemment la tête.

— Oui, dès le premier coup d'œil, car je n'ai pu la regarder davantage. Son visage était bleui et enflé : elle était morte depuis quelque temps déjà et je la trouvai là... dans mon salon!

Il frémit d'horreur.

D'une voix douce, Miss Marple lui dit :

— Légèrement gris et très énervé, vous n'étiez pas dans votre état normal. Frappé de panique, vous ne saviez quel parti prendre...

— Je craignais de voir Dinah rentrer d'un moment à l'autre. Elle m'aurait surpris devant un cadavre... le cadavre d'une jeune inconnue... et elle m'aurait pris pour l'assassin. Alors une pensée m'est venue : « Et si je la portais dans la bibliothèque du père Bantry? Cette vieille baderne a toujours l'air de se moquer de moi et me traite d'artiste efféminé : ce serait un bon tour à lui jouer! Il en ferait une bobine en découvrant le cadavre d'une jolie blonde sur sa carpette! »

Basil expliqua d'une voix pathétique :

— En effet, j'étais un peu gris à ce moment-là. Je m'amusais à l'idée de Bantry se trouvant en face du corps de la jolie blonde.

— Oui, oui, fit Miss Marple. Le petit Tommy Bond avait eu à peu près la même idée. C'était un garçon sensible à l'excès et très timide. Il se plaignait que l'institutrice était toujours sur son dos. Il cacha une grenouille dans l'horloge et la bestiole sauta au nez de la maîtresse d'école. Vous avez fait comme lui, seulement les cadavres ne sont pas des grenouilles.

De nouveau, Basil grommela :

— Le lendemain matin, tout à fait dégrisé, je me rendis compte de mon acte et je pris peur. Alors, un policier est venu me relancer ici... un drôle de polichinelle, celui-là!... Son apparition me donna le trac et pour cacher mon trouble, je lui parlai cavalièrement. Au beau milieu de la discussion, Dinah arriva...

A cet instant, Dinah, qui était près de la fenêtre, dit brusquement :

— Une auto monte ici, il y a plusieurs hommes dedans.

— Sans doute est-ce la police, fit Miss Marple.

Basil Blake se leva, maintenant très calme et l'air décidé, et s'adressant à sa femme :

— Il faut que j'y passe. Dinah, garde ton sang-froid, chérie. Va trouver le vieux Sims, le notaire de la famille... et cours ensuite chez ma mère. Apprends-lui que nous sommes mariés... Elle ne te mangera pas. Tranquillise-toi. Je suis innocent. Tout s'arrangera, ne te tracasse pas, chérie!

On frappait à la porte. Basil répondit :

— Entrez!

L'inspecteur Slack pénétra au salon, accompagné d'un autre homme.

— Mr. Basil Blake? demanda-t-il.

— C'est moi, monsieur.

— Je porte sur moi un mandat d'arrêt, vous accusant du meurtre de Ruby Keene, survenu la nuit du 20 septembre dernier. Je vous préviens que tout ce que vous direz à partir de ce moment figurera à votre dossier. Veuillez me suivre. Toutes facilités vous seront accordées pour correspondre avec votre avocat.

Basil acquiesça de la tête. Il regarda longuement sa femme et lui dit :

— A bientôt, Dinah!

« Drôle de client! » pensa l'inspecteur Slack.

Ayant aperçu Miss Marple, il la salua d'un petit « Bonjour! » et se dit :

« Cette vieille chatte est déjà à l'affût! Heureusement, nous avons la carpette. Le gardien du parc d'autos nous a déclaré que cet individu avait quitté le studio à onze heures au lieu de minuit. Je ne pense pas que ses amis aient l'intention de porter un faux témoignage. Ils étaient éméchés et Blake leur a affirmé le lendemain qu'il avait quitté la réception à minuit et ils l'ont cru. Son compte est bon. C'est un cas de folie homicide qui lui vaudra la détention perpétuelle, mais pas la corde. D'abord Pamela Reeves. Il l'a probablement étranglée, l'a transportée en auto jusqu'à la carrière et est venu à pied à Danemouth. Là, il reprend sa voiture cachée dans un chemin creux, se rend à la soirée du studio, puis revient à Danemouth. Il va chercher Ruby Keene et la ramène ici. Il l'étrangle et se débarrasse du cadavre en le déposant dans la bibliothèque du colonel Bantry. Alors, pris de peur à la pensée de l'auto laissée dans la carrière, il retourne pour y mettre le feu et revient chez lui. Ce sont les crimes d'un sadique... Celle-ci a eu la veine d'y échapper! »

Demeurée seule avec Miss Marple, Dinah se tourna vers la vieille demoiselle :

— Je ne sais pas qui vous êtes, mais comprenez-moi bien : Basil n'est pas un assassin!

— Je vous crois, fit Miss Marple. Je connais le coupable. Mais les preuves seront difficiles à établir. Vos paroles de tout à l'heure peuvent m'aider à découvrir le rapport entre les deux crimes.

19.

— Me voici de retour, Arthur! s'écria Mrs. Bantry, d'un ton solennel en ouvrant, toute grande, la porte du cabinet de travail de son mari.

Immédiatement, le colonel Bantry se leva, embrassa sa femme et déclara, tout joyeux :

— A la bonne heure! C'est magnifique!

Malgré les paroles et l'attitude enjouées de son mari, cette épouse affectueuse ne s'y trompa point :

— Voyons, que se passe-t-il, Arthur?

— Rien, je t'assure, Dolly. Que veux-tu qu'il me soit arrivé?

— Je ne sais pas, répondit vaguement Mrs. Bantry. On voit de si drôles de choses en ce moment!

Tout en parlant, elle enleva son manteau. Le colonel Bantry le lui prit des mains et le déposa soigneusement sur le divan. Tout paraissait normal, et cependant Mrs. Bantry se rendait compte que son mari avait maigri et se voûtait plus que d'habitude. Il avait des poches sous les yeux et n'osait la regarder en face.

Il lui demanda, simulant la gaieté :

— Eh bien, t'es-tu amusée à Danemouth?

— Beaucoup! Tu aurais dû nous accompagner, Arthur.

— Je ne pouvais m'absenter, chérie. Trop d'occupations me retenaient ici.

— Le changement t'aurait été salutaire, d'autant plus que tu aimes bien les Jefferson.

— Oui, Conway est un excellent garçon. Je le plains de tout mon cœur.

— Qu'as-tu fait durant mon absence?

— Pas grand-chose. J'ai visité les fermes. J'ai promis aux Anderson de refaire entièrement leur toiture. On ne peut continuer indéfiniment à réparer l'ancienne.

— Comment s'est déroulée la réunion du conseil au comté de Radford?

— Ma foi... euh... le fait est que je n'y suis point allé.

— Pas possible! Ne devais-tu pas présider l'assemblée?

— En vérité, il y a erreur. On m'a demandé de céder la présidence à Thomson.

— Je comprends, fit Mrs. Bantry, en tirant un de ses gants, qu'elle jeta volontairement dans la corbeille à papier.

Son mari se précipita pour le prendre, mais elle l'arrêta d'une voix sèche :

— Laisse-le! Je déteste les gants.

Le colonel regarda sa femme, d'un air gêné.

— As-tu dîné chez les Duff jeudi? lui demanda-t-elle, sévère.

— Leur dîner a été remis. Leur cuisinière est tombée malade.

— Quels gens ridicules! s'écria Mrs. Bantry. Hier, es-tu allé chez les Naylor?

— Je leur ai téléphoné pour les avertir que je ne me sentais pas d'aplomb et les ai priés de m'excuser. Ils ont compris.

— Ah! Ils ont compris? Vraiment?

La mine renfrognée, Mrs. Bantry s'assit devant le bureau et, distraite, saisit une paire de ciseaux de jardin, à l'aide desquels elle coupa, un à un, les doigts de son second gant.

— Que fais-tu là, Dolly?

— Je me sens le besoin de détruire... Où passerons-nous la soirée, Arthur? Dans la bibliothèque?

— Ma foi... je n'y tiens guère. Nous serions tout à fait bien ici... ou dans le salon.

— Nous devrions plutôt aller nous asseoir dans la bibliothèque, déclara Mrs. Bantry, regardant son mari d'un œil calme.

Le colonel se redressa de toute sa hauteur. Une étincelle brilla dans son œil et il prononça :

— Tu as raison, ma chérie. Nous passerons donc nos soirées dans la bibliothèque.

. . .

Agacée, Mrs. Bantry reposa le récepteur du téléphone. Elle avait demandé la communication à deux reprises et chaque fois on lui avait répondu que Miss Marple était sortie.

L'esprit tenace, Mrs. Bantry ne s'avouait jamais vaincue. Elle appela, les uns après les autres, au téléphone, le presbytère, Mrs. Price Ridley, Miss Hartnell, Miss Wetherby et, en désespoir de cause, le marchand de poissons; en raison de la position avantageuse de sa boutique, au centre du village, cet honorable commerçant savait où se trouvait chacun. Il s'excusa de n'avoir pas remarqué Miss Marple ce matin-là. Elle n'avait pas dû faire sa tournée habituelle.

— Où peut-elle se fourrer? demanda tout haut Mrs. Bantry, impatiente.

Un toussotement discret se fit entendre derrière elle. Le maître d'hôtel Lorrimer murmura :

— Madame cherche Miss Marple? Je viens justement de la voir monter vers la maison.

Mrs. Bantry se précipita à la porte d'entrée, l'ouvrit toute grande et accueillit son amie avec empressement.

— D'où venez-vous, Jane? J'ai téléphoné de tous côtés pour savoir où vous étiez.

Elle regarda par-dessus son épaule : Lorrimer s'était retiré sans bruit.

— Tout va de mal en pis! Les gens commencent à nous battre froid. Arthur a vieilli de dix ans. Il faut absolument faire quelque chose, Jane!

— Ne vous alarmez point, Dolly, fit-elle d'un ton mystérieux.

Le colonel apparut sur le seuil de son bureau.

— Tiens, bonjour, mademoiselle Marple! Je suis heureux de votre visite. Ma femme ne cesse de vous téléphoner depuis ce matin. Elle en perd la raison.

— J'ai pensé bien faire en venant vous annoncer moi-même la nouvelle, dit Miss Marple en suivant Mrs. Bantry dans le cabinet de travail.

— La nouvelle?

— Basil Blake vient d'être arrêté pour avoir tué Ruby Keene.

— Basil Blake! s'écria le colonel.

— Mais ce n'est pas lui le criminel! affirma Miss Marple.

Le colonel ne fit aucun cas des paroles de la vieille fille.

— Vous voulez dire qu'il a étranglé cette danseuse et s'est débarrassé de son cadavre en le déposant chez moi... dans ma bibliothèque?

— Il l'a déposé, en effet, dans votre bibliothèque, mais il n'a pas commis le meurtre, insista Miss Marple.

— Cela ne tient pas debout! S'il a porté le corps de cette fille chez moi, c'est qu'il l'a tuée, sacrebleu! Les deux choses vont ensemble!

— Pas nécessairement. Il l'a trouvée morte dans sa propre villa.

— Quelle histoire de brigands! s'écria le colonel, incrédule. Quand on découvre un cadavre, on téléphone aussitôt à la police, si on est honnête homme.

— Ah! soupira Miss Marple. Tout le monde n'a pas, comme vous, des nerfs d'acier, colonel. Vous appartenez à la vieille école. La jeune génération est différente.

— Elle n'a pas de sang dans les veines, déclara le colonel, employant une expression populaire.

— Certains jeunes gens ont mené une vie dure, expliqua

Miss Marple. Je me suis renseignée sur Basil Blake. Il a travaillé tout jeune. A l'âge de dix-huit ans, il s'est engagé dans la Défense passive. Un jour, il a pénétré dans une maison en flammes et a ramené quatre enfants l'un après l'autre. Il est retourné chercher un chien, bien qu'on l'ait prévenu du danger qu'il courait. La maison s'est écroulée sur lui. On l'a retiré des décombres, la poitrine défoncée. Ensuite il dut rester trois mois dans le plâtre et pendant ce temps il se passionna pour le dessin.

Le colonel toussota et se moucha bruyamment.

— Je... euh... je ne connaissais pas cet exploit.

— Il n'en parle jamais.

— Très bien, très bien... il remonte dans mon estime. Il y a plus d'étoffe en lui que je ne le pensais et l'on a toujours tort de conclure trop vite, dit-il d'un air contrit. Mais, tonnerre, pourquoi a-t-il voulu me faire passer pour un assassin?

— Je ne crois pas qu'il ait eu des desseins aussi noirs. Il s'est amusé à jouer une farce, car il avait un peu trop bu ce soir-là.

— Il était donc ivre! s'exclama le colonel Bantry, avec l'indulgence que témoigne tout Anglais envers un ivrogne. On ne saurait juger un individu d'après les actes qu'il commet en état d'ébriété. Quand je faisais mes études à Cambridge, je me souviens d'avoir placé un certain ustensile... bah... peu importe! Mais cela en fit du scandale!

Il éclata de rire, puis s'arrêta net et considéra Miss Marple d'un œil futé.

— Alors, vous ne le croyez pas coupable? demanda-t-il.

— J'en réponds.

— Et vous connaissez le meurtrier?

Miss Marple acquiesça de la tête.

Mrs. Bantry, imitant le chœur antique des Grecs, semblait s'adresser à un monde invisible : « Elle est admirable! »

— Eh bien, qui est-ce?

— Je venais vous prier de m'aider. Nous ferions bien, ce me semble, de nous rendre à Somerset-House.

20.

La mine sombre, Sir Henry prononça :

— Cela me déplaît.

— Je le vois bien, dit Miss Marple. Ma requête est peut-être contraire aux usages, mais il importe que nous soyons sûrs. Si Mr. Jefferson partage notre façon de voir...

— Et Harper? Que fera-t-il?

— Il ne faut pas qu'il en sache trop long. Nous le chargerons de surveiller certains individus, de les filer...

Lentement, Sir Henry répondit :

— Oui, tout ira bien ainsi.

. . .

Le commissaire Harper regarda droit dans les yeux Sir Henry Clithering.

— Tirons la chose au clair. Vous ne me parlez pas ouvertement, Sir Henry.

— Je vous répète les paroles de mon ami Jefferson. Il m'a annoncé son intention de consulter un notaire à Danemouth dès demain pour rédiger un nouveau testament.

Le commissaire de police abaissa ses épais sourcils et dit :

— Mr. Conway Jefferson mettra-t-il au courant son gendre et sa bru?

— Il veut leur en parler dès ce soir.

— Je comprends, dit Harper, tapotant son bureau avec un porte-plume. Je comprends.

Les yeux perçants du commissaire de police se fixèrent une fois de plus sur ceux de son interlocuteur :

— Ainsi, l'arrestation de Basil Blake ne vous satisfait point?

— Et vous?

La moustache de Mr. Harper frémit et il demanda :

— Et Miss Marple, est-elle contente?

Les deux hommes se dévisagèrent.

— Fiez-vous à moi, déclara le commissaire. Mes hommes ouvriront l'œil et je vous promets que tout se passera dans l'ordre.

— Autre chose, dit Sir Henry. Regardez ceci.

Il déplia une feuille de papier et la poussa sur la table devant le commissaire de police. Cette fois, Harper perdit son flegme. Il sifflota :

— Ah! je comprends. Voilà qui jette un jour nouveau sur l'affaire. Comment êtes-vous parvenu à découvrir ce secret?

— Les femmes s'intéressent toujours aux questions matrimoniales.

— Particulièrement les vieilles filles, conclut le commissaire de police.

. . .

Conway Jefferson leva les yeux vers son ami qui entrait dans sa chambre. Son visage sombre se détendit en un sourire.

— Je leur ai parlé, annonça-t-il. Ils ont pris la chose du bon côté.

— Que leur avez-vous dit, Conway?

— Je leur ai fait savoir que, Ruby étant morte, je croyais de mon devoir de léguer les cinquante mille livres que je lui destinais à une œuvre qui perpétuerait sa mémoire. Cet argent servirait à la fondation d'un refuge pour les jeunes danseuses professionnelles de Londres. Drôle de façon de donner sa fortune! Je m'étonne de leur candeur. Comme si j'étais capable de faire une chose pareille!

Il ajouta d'un air pensif :

— En réalité, mon cher, j'ai agi comme un sot. Je dois devenir gâteux... A présent je m'en rends compte. C'était une jolie fille, mais je la parais de qualités qu'elle ne possédait pas. Je croyais retrouver en elle une autre Rosamund. A peu près le même physique, mais ni le même cœur, ni le même esprit. Passez-moi donc ce journal. Il contient un problème de bridge qui ne manque pas d'intérêt.

. . .

Sir Henry descendit au bureau de l'hôtel et posa une question au concierge.

— Mr. Gaskell, monsieur? Il vient de partir en auto. Il se rendait à Londres, répondit l'employé.

— Très bien, Mrs. Jefferson est-elle ici?

— Mrs. Jefferson, monsieur, vient de monter se coucher.

Sir Henry jeta un coup d'œil au salon et dans la salle de bal. Dans le salon, Hugo MacLean, le sourcil froncé, faisait des mots croisés. Dans la salle de bal, Josie souriait bravement à un gros monsieur, tout en sueur, et ses pieds légers évitaient adroitement les lourds souliers de son partenaire, qui prenait un plaisir visible à la danse. Raymond, gracieux malgré sa lassitude, entraînait dans la danse une jeune fille anémique, affligée de boutons, à la chevelure brune sans éclat et portant une robe de prix qui lui allait très mal.

Sir Henry murmura entre ses dents :

— Au lit! et il monta l'escalier.

. . .

Il était trois heures du matin. Le vent ne soufflait plus et la lune se reflétait sur une mer calme.

Dans la chambre de Conway Jefferson, on n'entendait d'autre bruit que sa propre respiration. Le corps de l'infirme était soutenu par des oreillers.

Aucune brise ne venait agiter les rideaux de la fenêtre et, cependant, ils remuaient. Bientôt ils s'écartèrent et une silhouette se dessina dans le clair de lune. Les rideaux retombèrent et tout devint silencieux, mais une autre personne se trouvait dans la pièce et s'approchait du lit. La lourde respiration de l'infirme ne s'interrompit point. Nul autre bruit... Un pouce et un index se disposaient à saisir un pli de l'épiderme du vieillard, et dans l'autre main une aiguille était toute prête, lorsque, brusquement, une main sortit de l'ombre et serra celle qui tenait l'aiguille dans un étau d'acier.

La voix implacable de la loi proféra :

— Halte-là! Donnez-moi cette aiguille!

La pièce s'éclaira et Conway Jefferson, le dos appuyé à ses oreillers, regarda fixement la meurtrière de Ruby Keene.

21.

Sir Henry Clithering dit :

— Comme je joue ici le rôle du détective Watson, je désire connaître vos méthodes, mademoiselle Marple.

— Et moi, déclara le commissaire Harper, je voudrais savoir ce qui vous a aiguillée sur cette piste.

Le colonel Melchett s'écria :

— Encore un succès à votre crédit, mademoiselle Marple. Racontez-nous toute l'histoire de A jusqu'à Z.

Miss Marple passa la main sur les plis de sa robe du soir en soie, rougit et sourit d'un air timide.

— Vous allez juger, je le crains, « mes méthodes », Sir Henry, tout juste dignes d'un amateur. Le fait est, expliqua-t-elle, que la plupart des gens, y compris les policiers, sont trop crédules. Ils croient tout ce qu'on leur raconte. Moi, pas. J'attends les preuves.

— C'est la marque d'un esprit scientifique, observa Sir Henry.

— Dans cette affaire, reprit Miss Marple, dès l'abord on s'est fié aux apparences, au lieu d'observer les faits. J'ai constaté par moi-même que la victime était très jeune, qu'elle se rongeait les ongles et que ses dents poussaient en avant — comme cela arrive lorsqu'on ne corrige pas ce défaut à temps au moyen d'un appareil — et encore les enfants ont-ils la détestable manie d'enlever leur appareil dès qu'on a le dos tourné.

« Mais je m'écarte du sujet. Où en étais-je? Ah! oui, j'examinais la morte et ce spectacle m'inspirait une profonde pitié. Il est toujours triste de voir disparaître un être si jeune et je songeais que l'assassin devait être bien mauvais. Comment se trouvait-elle là, dans la bibliothèque du colonel Bantry? C'était à n'y rien comprendre et cela ressemblait trop à un roman policier pour être vrai. Tout s'embrouillait. L'intention du meurtrier était de faire accuser Basil Blake... personnage plus accessible aux soupçons que le colonel... et le fait que Basil ait emporté le cadavre chez Mr. Bantry a singulièrement retardé l'enquête et causé de gros soucis au véritable assassin.

« Suivant le plan originel, Mr. Blake devait, dès le début, attirer sur lui les soupçons. On eût pris des renseignements à Danemouth et découvert qu'il connaissait la jeune danseuse, puis s'était attaché à une autre femme et on en aurait déduit que Ruby le menaçait de chantage, et qu'il l'avait étranglée dans un accès de colère. C'était là le crime banal, sordide, ce que j'appellerai un crime de boîte de nuit!

« Mais tout alla de travers et l'intérêt se concentra trop vite sur la famille Jefferson... pour le plus grand ennui d'une certaine personne.

« Comme je vous le disais tout à l'heure, j'ai l'esprit méfiant. Mon neveu Raymond me reproche de voir le mal partout, comme toutes les femmes de l'époque victorienne. A la vérité, notre génération connaît mieux les replis de l'âme humaine.

« Étant donné mes dispositions naturelles, je considérai l'affaire sous son aspect cynique. Deux personnes bénéficiaient de la mort de la danseuse... impossible de n'y point penser. Cinquante mille livres représentent une fortune, surtout quand on se débat dans des difficultés pécuniaires, comme dans le cas présent. Le gendre et la bru de Mr. Jefferson étaient fort aimables et sympathiques, impossible de les suspecter... Cependant...

« Prenons d'abord Mrs. Jefferson. Tout le monde l'aime, mais chacun remarqua que cet été elle ne pouvait tenir en place; elle était lasse de dépendre entièrement de son beau-père. Le médecin l'avait avertie de la mort prochaine de Mr. Jefferson et tout marchait à souhait — cyniquement parlant — ou plutôt tout aurait bien marché sans la venue de Ruby Keene. Mrs. Jefferson adore son enfant et certaines mères estiment qu'un crime, commis pour favoriser leurs rejetons, trouve lui-même sa justification. J'ai rencontré plusieurs cas de ce genre au village. On me disait : « Mais, mademoiselle, elle a agi ainsi pour sa petite Daisy! » et cela suffit pour absoudre la conduite la plus répréhensible. Quelle conscience élastique!

« Mr. Mark Gaskell me semblait plus suspect : il est joueur et sa moralité est sujette à caution. Pour certaines raisons, j'inclinais à voir dans ce crime la main d'une femme.

« Ne songeant qu'au mobile du meurtre, je fus très ennuyée de constater que ces deux personnes avaient des alibis pour l'heure où, suivant le médecin légiste, Ruby Keene avait trouvé la mort. Peu après survint la nouvelle de la découverte de l'auto en flammes renfermant le cadavre de Pamela Reeves. Alors, la vérité me sauta aux yeux. Les alibis n'offraient aucune valeur.

« J'avais en main les deux moitiés de l'affaire, mais elles ne s'accordaient pas. Le lien entre elles me manquait. La personne que je croyais impliquée dans le crime n'avait pas de mobile.

« Que j'étais donc stupide! déclara Miss Marple, pensive. Sans les paroles de Dinah Lee, je n'y aurais point songé. Les archives de Somerset-House! Les actes de l'état civil. Le registre des mariages! Il ne s'agissait pas seulement de Mr. Gaskell et Mrs. Jefferson. Si, par exemple, l'un des deux était remarié, ou sur le point de convoler en justes noces, l'autre conjoint pouvait être également suspect. Raymond, le danseur, guignait peut-être l'occasion d'épouser une femme riche. Il se montrait assidu auprès de la jeune veuve et je crus que ce charmant garçon avait contribué à redonner à Mrs. Jefferson le goût de la vie. Jusque-là, elle s'était comportée comme la vraie fille de Mr. Jefferson. Tout comme Ruth et Noémi... à cette différence près que Noémi prit la peine de trouver un époux convenable à Ruth.

« Outre Raymond, il y avait Mr. MacLean. Elle l'aimait beaucoup et tout laissait croire qu'en fin de compte elle finirait par l'épouser. Il n'était pas très riche et la nuit du meurtre il se trouvait à proximité de Danemouth. N'importe lequel de ces personnages aurait pu être le criminel. Mais, en mon for intérieur, je savais à quoi m'en tenir. Les ongles rognés de la morte me hantaient.

— Les ongles! s'écria Sir Henry. Mais elle s'en brisa un et coupa les autres.

— Erreur! fit Miss Marple. Ne confondons pas des ongles coupés court et des ongles rongés. Il suffit d'avoir observé les ongles des fillettes pour s'en rendre compte... de vilains ongles, mordillés, ainsi que je le répète souvent aux enfants du patronage. La seule vue de ces ongles me convainquit que le cadavre trouvé dans la bibliothèque du colonel Bantry n'était pas celui d'une danseuse.

« Cela nous conduit tout droit à la principale intéressée : Josie! Elle identifia le corps. Malgré ses affirmations, elle savait pertinemment que ce n'était point le cadavre de sa cousine. Elle n'en revenait pas de trouver le corps en cet endroit! Elle trahit même sa surprise. Pourquoi? Parce qu'elle savait mieux que personne où l'on aurait dû le découvrir! Dans la villa de Basil Blake. Qui attira notre attention sur Basil? Josie, en disant à Raymond que Ruby était peut-être partie avec le cinéaste. Auparavant, elle avait glissé une photographie de cet homme dans le sac à main de sa cousine. Josie! Josie, cette fille rusée, pratique, au cœur sec et ne songeant qu'à l'argent.

« Puisque ce cadavre n'était pas celui de Ruby Keene, il devait être celui de l'écolière disparue, Pamela Reeves. Ruby avait dix-huit ans, et Pamela seize. Toutes deux jouissaient d'une bonne santé; elles n'avaient pas encore acquis la plénitude de leurs formes, mais elles étaient solidement musclées. Pourquoi cette mystification? Une seule explication s'imposait à mon esprit : fournir un alibi à certaines personnes. Qui possédait des alibis pour l'heure de la mort de Ruby Keene? Mark Gaskell, Mrs. Jefferson et Josie.

« Je pris un vif intérêt à retracer le cours des événements pour voir comment le plan avait été exécuté. Bien que compliqué au premier abord, il était fort simple. En premier lieu, le choix de la pauvre petite Pamela... Pour l'attirer dans un guet-apens, on lui fait miroiter un engagement dans un studio de cinéma... elle ne peut résister à la tentation lorsque l'astucieux Mark Gaskell l'invite à subir une épreuve devant la camera... elle se rend à l'hôtel où il l'attend... il la fait entrer par la porte de côté et la présente à Josie... une spécialiste du maquillage. La pauvre enfant! J'en suis malade rien que d'y penser! Je la vois assise dans la salle de bain de Josie, tandis que celle-ci lui décolore les cheveux, lui compose un visage, lui vernit ses ongles des pieds et des mains. Au cours de l'opération on lui fait avaler un narcotique... dans une glace à la crème très probablement. Elle tombe dans le coma. J'imagine qu'on l'a transportée alors dans une des chambres vides du couloir. Si vous vous en souvenez, ces pièces ne sont nettoyées qu'une fois par semaine.

« Après dîner, Mark Gaskell sort en auto jusqu'à la grève, prétend-il. A ce moment, il emporte le cadavre de Pamela maquillé et revêtu d'une des vieilles robes de Ruby à la villa de Basil Blake et la dépose sur le devant de foyer. Elle est inconsciente, mais pas tout à fait morte et il l'étrangle en se servant de la ceinture de sa robe. Ah! ce devait être affreux, et je me plais à croire que la malheureuse enfant n'a rien su du sort qui l'attendait! Comme je me réjouis à la pensée que l'assassin se balancera bientôt au bout d'une corde!... Il devait être un peu plus de dix heures. Alors, à toute vitesse, Mark Gaskell revient à l'hôtel et reparaît au salon, où Ruby Keene, encore en vie, exécutait avec Raymond sa première danse-exhibition.

« J'imagine que Josie lui avait donné à l'avance ses instructions. Ruby avait coutume d'obéir aveuglément à sa cousine. Elle devait changer de toilette, se rendre dans la chambre de Josie et l'y attendre. Elle aussi était sous l'influence d'une drogue... avalée probablement dans une tasse de café, après dîner. Rappelez-vous qu'elle bâillait en dansant avec le jeune Bartlett.

« Josie monte précipitamment, suivie de Raymond, pour la chercher. Mais personne n'a pénétré chez Josie, sauf elle-même. Sans doute a-t-elle achevé la jeune fille à ce moment... soit par une piqûre, soit par un coup sur la tête. Elle redescend. Raymond et elle dansent... elle discute ensuite avec les Jefferson de la disparition de Ruby et enfin va se coucher. Aux premières heures du matin, elle revêt sa cousine du costume de Pamela, emporte le cadavre par l'escalier de côté et sort... C'est une femme très vigoureuse... Elle prend l'auto de George Bartlett, y dépose le cadavre de Ruby et parcourt trois kilomètres pour gagner une carrière. Là, elle arrose les coussins d'essence et y met le feu. Puis elle revient à l'hôtel, s'arrangeant pour y reparaître vers huit ou neuf heures... levée très tôt, et tourmentée au sujet de sa cousine.

— Voilà une intrigue bigrement compliquée, remarqua le colonel Melchett.

— Pas plus que les pas d'une danse, dit Miss Marple.

— Peut-être.

— Elle n'a négligé aucun détail, conclut Miss Marple. Elle a même prévu la différence entre les ongles... et fit en sorte d'accrocher un des ongles de sa cousine dans son châle. Cela expliquait pourquoi Ruby avait coupé ses ongles très court.

Harper dit :

— En effet, elle a pensé à tout. Et vous ne possédiez d'autre indice que les ongles rongés d'une écolière.

— Autre chose encore, dit Miss Marple. Les gens ne savent pas tenir leur langue. Mark Gaskell parle trop... A propos de Ruby, il a dit : « Ses dents rentrantes. » Or, le cadavre dans la bibliothèque du colonel Bantry avait des dents projetées en avant.

Conway Jefferson demanda à la vieille demoiselle :

— Et la dernière scène du drame est-elle de votre invention, mademoiselle Marple?

— Oui, on ne prend jamais trop de précautions. Il faut éviter toute erreur. On est si heureux de frapper à coup sûr!

— A coup sûr, voilà l'expression exacte, approuva Conway Jefferson.

— Comprenez bien, fit Miss Marple. Dès que les deux complices apprendraient votre intention de rédiger un nouveau testament, il leur faudrait agir. Pour avoir l'héritage, ils avaient déjà commis deux meurtres, ils ne reculeraient pas devant un troisième. Mark, afin de se préparer un alibi, s'est rendu à Londres, a dîné avec des amis au restaurant et a fini la soirée dans une boîte de nuit, Josie se chargeant de la besogne. La mort de Ruby étant imputée à Basil Blake, il importait que la mort de Mr. Jefferson fût attribuée à une crise cardiaque. La seringue contenait de la digitale; selon les dires du commissaire de police, et vu les circonstances, tout médecin aurait conclu à une mort naturelle. Josie avait descellé une des boules de pierre ornant le balcon et elle l'aurait fait choir, en sortant. Le bruit aurait censément provoqué chez Mr. Jefferson un choc mortel.

— Quelle ruse démoniaque!

— Ainsi la troisième victime eût été Conway Jefferson? demanda Sir Henry.

— Oui, répondit Miss Marple. En outre, ils auraient fait pendre Basil Blake, s'ils l'avaient pu.

— Ou condamner à la détention perpétuelle, conclut Sir Henry.

D'un pas léger, Adélaïde Jefferson entra dans la chambre, suivie d'Hugo MacLean. Celui-ci s'écria :

— On dirait que nous arrivons un peu trop tard. Je ne connais aucun détail. Quel lien existe-t-il entre Josie et Mark Gaskell?

— Josie était sa femme, répondit Miss Marple. Ils se sont mariés voilà un an, mais ils voulaient garder leur union secrète jusqu'après la mort de Mr. Jefferson.

Conway Jefferson grommela :

— Je savais bien que Rosamund avait épousé une fripouille. J'essayais de m'illusionner sur le compte de cet individu. Et dire qu'elle l'aimait! Elle aimait un assassin! Eh bien, il sera pendu haut et court, comme cette femme. Je me félicite qu'il se soit effondré et ait tout avoué.

— C'était elle l'instigatrice de toute l'affaire, dit Miss Marple. Elle le menait par le bout du nez. Le plus drôle, c'est qu'elle a attiré elle-même sa cousine ici, loin de s'imaginer que Conway Jefferson s'enticherait de cette petite et qu'elle bouleverserait tous ses plans.

Jefferson soupira :

— Pauvre enfant! Pauvre petite Ruby!

Adélaïde lui posa doucement la main sur l'épaule. Ce soir elle paraissait plus belle que jamais. Retenant son souffle, elle murmura :

— Je voudrais vous dire quelque chose, tout de suite, Jeff. Je vais épouser Hugo MacLean.

Conway Jefferson leva les yeux vers elle.

— Il est grand temps que vous songiez à vous remarier, dit-il, bourru. Mes félicitations à tous deux. A propos, Addie, demain je fais un nouveau testament.

— Oui, oui, je le sais.

Jefferson répliqua :

— Non, vous ne le savez pas! Je place à votre nom la somme de dix mille livres et le reste ira à Pierre après ma mort. Cela vous va-t-il, ma chère enfant?

— Oh! Jeff! comme vous êtes bon...

Sa voix se brisa.

— C'est un bon petit garçon. Je voudrais le voir souvent... pendant le temps qui me reste encore à vivre.

— Vous le verrez très souvent.

Mrs. Jefferson s'éloigna tout heureuse. Après avoir craint l'hostilité de son beau-père, elle venait de recevoir de lui le témoignage d'une affection et d'une générosité vraiment touchantes.

— Ce gamin a déjà un talent de détective, dit Conway Jefferson, pensif, à Miss Marple. Non seulement il a ramassé un ongle de la victime... ou plutôt d'une de ces victimes... mais il a eu la chance de recueillir un morceau de châle de Josie accroché par l'ongle. Il a également ainsi un souvenir de la criminelle. Et il s'en montre très fier!

Hugo et Adélaïde sortaient de la salle de danse. Raymond s'avança vers eux.

Adélaïde lui dit d'un ton bref :

— Je vais vous apprendre une nouvelle : nous allons nous marier.

Un bon sourire s'épanouit sur le visage de Raymond...

— J'espère, dit-il, feignant d'ignorer la présence d'Hugo et la regardant bien en face... j'espère que vous serez heureuse, très heureuse.

Ils s'éloignèrent et Raymond les suivit des yeux.

« Une femme admirable, soupira-t-il, et riche par-dessus le marché. Dire que j'ai pris tant de peine pour monter ce bateau des Starr du Devonshire! Tant pis! La chance m'échappe. Continue à danser, mon pauvre vieux! »

Et Raymond rentra dans la salle de bal.

Chapitre premier. Du travail pour Anthony Cade

— Anthony Cade! Vieux gentleman!

— Jimmy McGrath! Toi? Pas possible!

Les voyageurs de l'autocar Castle — sept dames exténuées et trois messieurs en sueur — observaient la scène avec le plus vif intérêt. Leur guide, Mr. Cade, avait, selon toute évidence, rencontré un vieil ami. Tous les voyageurs — et particulièrement les voyageuses — professaient la plus profonde admiration pour Mr. Cade, pour sa silhouette svelte et vigoureuse, son visage bronzé, sa façon d'exercer son métier de guide, de les amuser, de les distraire, d'apaiser leurs petites brouilles. Son ami, bien qu'aussi grand que lui, n'avait pas du tout la même allure. Épais, brutal, il semblait être un tenancier de bar ou quelque chose d'approchant. Un de ces hommes qu'on rencontre dans les romans d'aventures. Tant mieux! se disaient ces dames. Jusqu'à présent, leur voyage en autocar à Bulawayo avait été fatigant et ennuyeux. La chaleur était accablante, l'hôtel manquait de confort, et elles auraient sûrement commencé à protester ou à se quereller si Mr. Cade ne leur avait pas proposé d'envoyer des cartes postales à leurs amis d'Europe. Dieu merci, on ne manquait pas de cartes postales à Bulawayo!

Anthony Cade et son ami s'étaient écartés du groupe.

— Que diable fais-tu, mon vieux, avec ce troupeau de femmes? Tu te recrutes un harem?

— Un harem, avec ces mignonnes-là? Tu ne les as donc pas regardées?

— Si, mais c'est peut-être toi qui es devenu myope!

— Ne t'en fais pas, ma vue est aussi bonne que la tienne. Non, mon brave Jim, je suis ici en fonctions : les autocars Castle, c'est moi! Ou plutôt, c'est moi leur représentant local.

— Que vas-tu faire dans cette galère?

— Manger tous les jours, mon vieux. C'est une mauvaise habitude, j'en conviens, mais il est rudement difficile de s'en défaire. Si on pouvait se passer de dîner, je t'assure que je ne serais pas ici. Ce genre de travail ne convient pas à mon tempérament.

Jimmy ricana.

— Ton tempérament, si je ne me trompe, ne s'est jamais accommodé d'une besogne régulière!

Anthony dédaigna cette observation.

— Je suis certain, dit-il, que la chance me tirera bientôt de là. Elle le fait toujours.

Jimmy le regarda avec admiration.

— Évidemment! S'il se mijote quelque part une sale affaire, tu auras sûrement la chance d'y tremper. Et celle de t'en tirer sain et sauf! Tu passes entre les gouttes, toi! Dis donc, quand prend-on un verre ensemble?

Anthony soupira.

— Hélas! je dois encore conduire mon poulailler sur la tombe de Rhodes.

— Bravo! dit Jim.

Et il ajouta, en louchant du côté des voyageuses :

— Elles en reviendront fatiguées à mort et rêvant de se reposer. Ça leur apprendra à faire des voyages en Afrique! Et dès qu'elles seront couchées dans leurs petits lits blancs, nous nous retrouverons pour échanger nos souvenirs d'autrefois.

— Ça va. A tout à l'heure, Jimmy!

Anthony rejoignit son troupeau. Miss Taylor, la plus jeune et la plus coquette du groupe, s'attaqua immédiatement à lui.

— Oh! monsieur Cade, c'est un vieil ami que vous avez rencontré là?

— Un très vieil ami, mademoiselle Taylor. Un des compagnons de ma sage et candide jeunesse.

Miss Taylor poussa un petit gloussement.

— Il a une physionomie bien intéressante!

— Il en sera très flatté quand je le lui répéterai.

— Oh! monsieur Cade, vous n'avez pas honte? En voilà une idée! A propos, pourquoi vous a-t-il appelé « gentleman »?

— C'est un surnom qu'on m'a donné jadis.

— Tiens! Pourquoi ça?

— Probablement parce que je n'en suis pas un.

— Oh! monsieur Cade, comment pouvez-vous dire une chose pareille? Ce matin encore, mon père disait que vous aviez des manières de vrai gentleman!

— Monsieur votre père est trop bon, mademoiselle Taylor.

— Et nous sommes tous d'avis que vous êtes un gentleman dans toute l'acception du mot!

— Vous me comblez!

— Je vous assure que je pense ce que je dis.

— Un bon cœur vaut une couronne, déclara Anthony, sans trop savoir ce qu'il voulait dire par là.

— C'est un poète qui a dit cela, n'est-ce pas? C'est bien beau! Aimez-vous la poésie, monsieur Cade?

— Il est temps de déjeuner, déclara Anthony. Suivez-moi, mesdames et messieurs! Il y a un café excellent dans le voisinage.

— J'espère, dit Mrs. Caldicott de sa voix profonde, que le premier déjeuner est compris dans le prix global?

— Le premier déjeuner, madame Caldicott, répondit Anthony en reprenant son ton de guide professionnel, est considéré comme un extra.

— C'est du vol!

— On a de dures épreuves à subir dans la vie, madame Caldicott, soupira Anthony.

— En prévision de celle-ci, déclara majestueusement Mrs. Caldicott, j'ai versé un peu de thé dans ma bouteille thermos avant de partir, et j'ai emporté quelques tranches de pain. On ne va pas au café, John! Inutile de dépenser des sommes folles.

Mr. et Mrs. Caldicott tirèrent triomphalement leur bouteille thermos, et Anthony ne put s'empêcher de soupirer :

« Mon Dieu, les avez-vous vraiment créés à votre image? »

Au café, Miss Taylor reprit son interrogatoire :

— Y a-t-il longtemps que vous n'aviez vu votre ami?

— Sept ans, je crois.

— Vous l'avez connu en Afrique?

— Oui, mais pas dans cette région-là. La première fois que j'ai vu Jimmy McGrath, il était solidement ficelé et attendait le moment où les Noirs le mettraient au four pour le rôtir. Vous savez qu'il y a encore des tribus cannibales! Nous sommes arrivés juste à temps.

— Que s'est-il passé alors?

— Une bonne petite bagarre, pas autre chose. Nous en avons décollé quelques-uns, et les autres ont pris la poudre d'escampette.

— Oh! monsieur Cade, quelle jeunesse aventureuse vous avez dû avoir!

— Très paisible, au contraire, je vous assure.

Mais Miss Taylor n'en croyait pas un mot.

. . .

Il était près de dix heures du soir quand Anthony Cade entra dans la petite pièce de Jimmy McGrath, qui était en train de mélanger artistement des cocktails.

— Fais-m'en un fort, mon brave Jim! J'en ai besoin, je te le jure! Elles m'ont tué.

— Elles tueraient n'importe qui! Je ne me chargerais pas de ce travail-là pour un empire.

— Donne-m'en un autre, et je te promets que les autocars Castle ne me reverront plus!

McGrath, d'une main experte, prépara le cocktail, puis, lentement :

— Tu dis ça sérieusement?

— Quoi, ça?

— Que tu quitterais cet emploi si tu en trouvais un autre?

— Tu ne vas pas me dire que tu en as un pour moi?

— Ça se pourrait bien!

— Pourquoi ne le prends-tu pas toi-même?

— Il ne me convient guère, c'est pourquoi j'essaie de te le repasser.

Anthony le fixa d'un regard soupçonneux.

— Dis donc, tu ne vas pas me proposer d'enseigner dans une école du dimanche?

— Tu crois que quelqu'un pourrait me le proposer, à moi?

— Ma foi non, si ce quelqu'un te connaît.

— Crois-moi, c'est un travail tout à fait convenable, si l'on peut dire!

— Pas en Amérique du Sud, par hasard? J'ai déjà pensé à l'Amérique du Sud, figure-toi! Il y a une bonne petite révolution qui se prépare dans une de ces petites républiques.

— Tu as toujours aimé les révolutions, toi!

— Parce que je sens qu'elles peuvent développer mes possibilités! Je t'assure que je peux me rendre rudement utile, que ce soit à un parti ou à l'autre.

— Calme-toi, ce travail n'est pas en Amérique du Sud. Il est en Angleterre.

— En Angleterre? Retour du héros à sa terre natale après

de longues pérégrinations! Les créanciers peuvent-ils me poursuivre après des années d'absence, Jimmy?

— Je ne crois pas. En tout cas, ça te dit quelque chose?

— Ça me dit même beaucoup. Mais pourquoi diable ne t'en charges-tu pas toi-même?

— Je te le dirai, Anthony. Je crois avoir découvert une mine d'or, tout au fond du pays.

Anthony sifflota.

— Depuis que je te connais, Jimmy, tu es toujours sur le point de découvrir une mine d'or.

— Et je finirai par la découvrir, tu verras!

— A chacun son goût selon la nature. Moi, j'aime les bagarres, et toi les mines d'or.

— Je te raconterai toute l'histoire. Je suppose que tu as entendu parler de la Herzoslovaquie?

Anthony tressaillit.

— La Herzoslovaquie? dit-il, avec une vibration étrange dans la voix.

— Oui. Tu en sais quelque chose?

Il y eut un silence. Puis, lentement, Anthony dit :

— Ce que tout le monde en sait. Pas plus. C'est un des petits États balkaniques, n'est-ce pas? Capitale : Ekarest. Population composée de brigands pour la plupart. Ces derniers ont l'aimable habitude d'assassiner leurs rois et de faire des révolutions. Le dernier était Nicolas IV, n'est-ce pas? Assassiné il y a sept ans environ. Depuis, la Herzoslovaquie est une république. Tu aurais dû me dire tout de suite que ton affaire la concerne.

— Indirectement, mon vieux!

Anthony se croisa les bras.

— Mon vieux, au bon vieux temps, si tu avais raconté une histoire de cette façon-là, on t'aurait suspendu par les pieds ou donné cent coups de bâton! Tu ne pourrais donc pas dire carrément de quoi il s'agit?

Jimmy, nullement ému par ces reproches, poursuivit :

— As-tu entendu parler du comte Stylpitch?

— Dame! Même ceux qui ne savent pas l'existence de la Herzoslovaquie connaissent celle du comte Stylpitch! Le sauveur des Balkans! Le plus grand homme d'État de notre temps! La caricature de Talleyrand. Et caetera, et caetera, selon l'orientation des différents journaux qui en parlent. Mais sache bien, Jim, que l'on parlera encore du comte Stylpitch quand toi et moi ne serons plus que poussière. Tout ce qui s'est produit dans le Proche-Orient durant le dernier quart de siècle est dû entièrement ou en partie à son influence. Dictateur, patriote, homme politique, président du Conseil — et, par-dessus tout, roi de l'intrigue! Mais n'est-il pas mort?

— En effet. Il est mort à Paris il y a deux mois. Mais ce que je raconte s'est passé il y a quelques années.

— Ce que tu me racontes? Mais, enfin, que me racontes-tu?

Cette fois, Jimmy accepta le reproche et hâta son récit.

— C'était à Paris, il y a quatre ans. Je retournais chez moi, au milieu de la nuit, et je passais par un quartier désert, quand j'aperçus une demi-douzaine de brutes assaillant un vieux monsieur honorable. J'ai horreur des combats où les forces sont trop inégales; c'est pourquoi je me suis rué sur les bandits.

— Quel dommage de ne pas m'être trouvé là! murmura Anthony.

— Ce n'était pas grand-chose, dit modestement Jim. Ils n'avaient aucune idée de la boxe. Bref, ils ont fini par déguerpir. Et le vieux, bien que roué de coups, était encore assez lucide pour m'extorquer mon nom et mon adresse, et venir me remercier le lendemain. Il a été chic, je ne te dis que ça! C'est alors que j'ai appris qu'il n'était autre que le comte Stylpitch. Il avait un hôtel, avenue du Bois.

Anthony fit un signe affirmatif.

— Oui, il était venu habiter Paris après l'assassinat du roi Nicolas. Plus tard, on lui a proposé la présidence de la République, mais il a refusé. Il est resté fidèle jusqu'au bout à ses principes monarchistes — ce qui ne l'a pas empêché de tremper dans toutes les révolutions qui ont éclaté aux Balkans!

— Le roi Nicolas, c'est bien celui qui avait épousé une drôle de femme? demanda Jimmy.

— Mais oui, une petite danseuse de music-hall, impossible même pour une alliance morganatique! Mais Nicolas en était follement épris, et elle, ça la grisait de devenir une reine! C'est fantastique, mais ils y ont réussi! On lui a octroyé le titre de comtesse Popoffsky, en affirmant qu'elle avait du sang royal dans les veines, et Nicolas l'a épousée en grande pompe à la cathédrale d'Ekarest. Mais la reine Varaga — c'est le nom qu'on lui avait donné — a déplu à Sa Majesté le peuple. Ces braves gens, plus royalistes que le roi, voulaient une reine authentique! Il y a eu des révoltes, puis des mesures de répression violentes, puis, comme d'habitude, une révolution, et tout cela a fini par l'assassinat du roi et de la reine, par la proclamation de la République. Depuis, je crois, ils ont assassiné un président ou deux, pour se maintenir en forme... Mais revenons à nos moutons. Tu me disais donc que le comte Stylpitch te considérait comme son sauveur.

— En effet, et il tâchait de me le prouver! Mais bientôt après, j'ai quitté Paris pour regagner l'Afrique et je n'ai plus songé à cette affaire jusqu'au moment — il y a de cela exactement quinze jours — où j'ai reçu un étrange paquet qu'on m'a fait suivre à toutes mes adresses successives. Je savais par le journal que le comte Stylpitch était mort récemment à Paris. Eh bien, ce paquet contenait ses *Mémoires*. Parfaitement, les mémoires du comte Stylpitch, un manuscrit volumineux qu'il avait dû m'expédier peu avant sa mort, avec une lettre me signifiant que si je remettais le manuscrit ci-joint à une certaine maison d'édition à Londres, pas plus tard que le 13 octobre, je toucherais une somme de mille livres.

— Mille livres? Tu as bien dit mille livres, Jimmy?

— Parfaitement, mon vieux. J'espère que ce n'est pas une blague. « Méfiez-vous des politiciens », dit la sagesse des nations. Et pourtant, j'ai foi en celui-là. Il assure, dans sa lettre posthume, que les éditeurs me remettront la somme en échange du manuscrit. Ce dernier a voyagé si longtemps que, si je veux m'en charger, je n'ai pas de temps à perdre. Et pourtant, je préférerais me rendre immédiatement dans la région où se trouve ma mine d'or!

— Tu veux dire où elle ne se trouve pas!

— C'est bien ce doute qui m'a finalement décidé à me mettre en route pour l'Angleterre! Me voilà avec mon aller et retour dûment payé, prêt à m'embarquer à Cape Town — et tout à coup...

— Tout à coup, tu rencontres ce vieux Cade et tu te dis : « S'il allait en Angleterre à ma place pendant que je retourne à ma mine d'or? » Parlons sérieusement : si j'obtiens ces mille livres, combien toucherai-je là-dessus?

— Que dirais-tu du quart?

— Deux cent cinquante livres net?

— C'est bien cela.

— Entendu. Et, pour t'embêter, je te confierai que j'aurais accepté même si tu ne m'en avais proposé que cent! Toi, Jimmy McGrath, avec ta mine d'or, tu mourras un jour à l'hôpital!

— Alors, accepté?

— Je suis ton homme. A bas les autocars Castle!

Ils levèrent leurs verres et burent solennellement à la réussite de leur affaire commune.

Chapitre 2.
Au secours d'une femme

— Sur quel paquebot vais-je m'embarquer? demanda Anthony, en remettant son verre vide sur la table.

— Sur le *Granarth Castle.*

— Le ticket est à ton nom, n'est-ce pas? Je devrai donc personnifier James McGrath. Tu me donneras ton passeport.

— Bien sûr. Nous ne nous ressemblons pas le moins du monde, mais notre description rédigée par MM. les fonctionnaires doit être la même : taille, 1,85 m; cheveux châtains; yeux bleus, nez moyen, front moyen; menton moyen...

— Je ne suis pas si moyen que ça, s'il te plaît! Crois-tu que c'est pour rien que la direction des autocars Castle m'a choisi parmi plusieurs concurrents, grâce à mon physique agréable et à mes bonnes manières?

— Oui, oui, on te connaît! Tu as toujours fait le gentleman.

Anthony se leva et se mit à marcher de long en large dans la petite pièce. Ses sourcils étaient froncés, il méditait, et quelques minutes passèrent avant qu'il ouvrît la bouche.

— Jimmy, dit-il enfin, Stylpitch est mort à Paris. Pourquoi, avant de mourir, t'a-t-il envoyé ce manuscrit en Afrique au lieu de l'expédier directement à Londres?

Jimmy, perplexe, haussa les épaules.

— C'est ce que je me suis déjà demandé.

— Pourquoi ce détour? Je sais que les diplomates ont toujours toutes sortes de raisons pour faire les choses simples de la façon la plus difficile et la plus compliquée qui soit, mais pour qu'on envoie un manuscrit de Paris à Londres *via* Afrique, il doit quand même y avoir une raison plausible! Si le comte tenait uniquement à t'assurer une somme de mille livres, il aurait pu aussi bien te la léguer par testament! Ni toi ni moi ne sommes trop fiers pour dédaigner un legs. Stylpitch devait être gâteux.

— Tu crois ça, toi?

— Moi, je n'en sais rien. Mais toi qui l'as vu, quelle impression t'a-t-il faite?

— Le soir de la bagarre, il était un peu assommé, et aussi, inutile de le nier, un peu gris : les bandits en avaient certainement profité! Mais le lendemain, quand il est venu me voir, c'était un vrai grand seigneur qui disait de si belles phrases et me faisait tant de compliments que je ne savais plus où me mettre!

— Le crois-tu rancunier et vindicatif?

— Pourquoi me demandes-tu ça?

— Parce que je sais que bon nombre d'hommes politiques qui ont gardé toute leur vie un silence prudent prennent leur revanche en laissant des mémoires pleins d'indiscrétions posthumes. On dirait qu'ils prennent un malin plaisir à tourmenter les vivants du moment qu'eux-mêmes sont confortablement installés dans leurs tombes. As-tu lu le manuscrit?

— Lu un manuscrit, moi? Pour qui me prends-tu? Je m'endormirais à la troisième page!

— Il serait pourtant utile de le parcourir. Ça nous donnerait peut-être la clef du mystère. Mais dis-moi, le soir où il était gris, le comte n'a-t-il rien laissé échapper d'intéressant?

Jimmy réfléchit pendant quelques instants, faisant un effort de mémoire pour se rappeler cette lointaine soirée.

— Je crois, fit-il enfin, qu'il a dit : « Je sais où se trouve le Koh-i-Noor. »

— Ça, répliqua Anthony, nous le savons tous! Le fameux diamant est gardé à vue derrière des vitres et des grilles, par tout un bataillon! A-t-il dit autre chose encore?

— Il a murmuré, si je ne me trompe, qu'il savait fort bien qui étaient ses agresseurs : les hommes du roi Victor!

— Quoi?

Anthony se retourna brusquement.

McGrath éclata de rire.

— Ne t'échauffe pas, mon vieux! On dirait que ça t'excite, ma petite histoire?

— Ne fais pas l'idiot, Jim. Tu viens de dire, sans t'en douter, une chose très importante.

— Vraiment? Mais qui est ce roi Victor? Un autre souverain balkanique?

— Non, dit lentement Anthony. C'est un autre genre de monarque. Le roi Victor, Jimmy, est tout simplement le roi des gangsters. Un des plus fameux voleurs de bijoux du monde. Il a son quartier général à Paris, où on lui a donné ce surnom de « roi Victor ». On a réussi à le pincer et on l'a mis en tôle pour sept ans. On n'avait pas les preuves nécessaires pour le coffrer à perpète. Il sera bientôt en liberté — peut-être l'est-il déjà.

— Tu crois que le comte Stylpitch a aidé à le faire enfermer et qu'il y a eu vengeance?

— C'est très possible. Je ne crois pas que le roi Victor ait jamais volé les bijoux de la couronne herzoslovaque, mais, en tout cas, il doit y avoir quelque chose là-dessous. La mort de Stylpitch, les *Mémoires*, les bruits qui courent dans les journaux... Lis-tu les journaux, Jim?

— Ça m'arrive une fois par hasard, mais en général, je t'avoue que tout ce qu'ils racontent ne m'intéresse pas.

— Dieu merci, je suis plus civilisé que toi! Je lis les journaux tous les jours, et je sais qu'on parle obstinément, depuis quelque temps, d'une restauration de la monarchie en Herzoslovaquie.

— Nicolas IV n'a pas laissé de fils, n'est-ce pas? demanda Jimmy. Mais je suis sûr qu'il y a des neveux, et des petits-neveux, et des cousins germains, et des arrière-petits-cousins, qui courent le monde et ne demandent pas mieux que de grimper sur le trône de leurs aïeux!

— Autre chose encore, compléta Anthony. Il paraît qu'on a découvert en Herzoslovaquie des puits de pétrole... Les gens commencent à s'intéresser à ce petit pays!

— Quelles gens?

— Les gens de la haute finance, Jimmy. Américaine, juive, catholique, internationale...

— Mais tu n'es pas un financier, toi! Et même si le manuscrit, comme tu parais vouloir l'insinuer, contient des indiscrétions sur la Herzoslovaquie et autre chose, ça ne te regarde pas! Tu n'as qu'à remettre le paquet à l'éditeur, à empocher les mille livres et à filer.

— Parfait. Mais sais-tu où je filerai?

— En Amérique du Sud?

— Non, mon ami. En Herzoslovaquie. Je n'y aurais jamais pensé tout seul si tu ne m'en avais parlé. Mais maintenant la chose m'intéresse. Riche de mes deux cent cinquante livres, je pourrai me lancer dans la bataille! Je flaire qu'il s'y prépare quelque chose. Je crois que je vais me mettre du côté des républicains. Je finirai par être élu président, tu vas voir.

— Pourquoi pas roi, pendant que tu y es? Tu pourrais te faire passer pour le dernier rejeton de la dynastie des Obolovitch!

— Non, Jimmy. On est roi pour la vie. Mais on n'est président que pour quatre ou sept ans. Ça m'amuserait follement de gouverner un État comme la Herzoslovaquie pendant quatre ans.

— Si je ne me trompe, rectifia Jimmy, les rois, d'ordinaire, y restent encore moins...

— Plus j'y pense, Jimmy, plus cette idée me plaît! Voilà un peuple vivant et vigoureux, avec lequel on ne risque pas de se rouiller! Entendu : je passe une journée à Londres pour remettre le bouquin et recevoir la galette, je t'envoie tes sept cent cinquante livres (à moins que jusque-là tu n'aies découvert ta mine d'or; dans ce cas, j'investirai ton capital dans les pétroles herzoslovaques) et je file par le rapide balkanique!

— Un instant, mon vieux! Pas si vite! J'ai encore une petite commission pour toi à Londres.

Anthony se laissa tomber dans le fauteuil.

— Je savais bien, cachottier, qu'il y avait encore autre chose! Je te sentais venir. Allons, parle! Accouche! Autre mystère!

— Pas du tout. Il s'agit... heuh... Il s'agit d'une dame.

— Une fois pour toutes, James, je refuse d'intervenir dans tes histoires sentimentales.

— Ce n'est pas cela. Je n'ai jamais vu cette dame. Je te raconterai toute cette affaire.

— Si je dois écouter de nouveau toute une longue histoire, je réclame encore un cocktail pour me fortifier!

Son hôte se hâta de satisfaire à son exigence, puis commença :

— C'était il y a quelque temps, en Uganda. Il y avait là une espèce de bandit à qui j'avais sauvé la vie...

— Si j'étais toi, Jimmy, j'écrirais un livre intitulé : *Ceux à qui j'ai sauvé la vie*. Voilà déjà le deuxième!

— Ce n'est pas ma faute, je t'assure. Celui-là, je l'ai simplement tiré de la rivière. L'idiot ne savait pas nager! Au fond, j'aurais dû le laisser crever. Une rude crapule, je t'assure!

— Attends un instant. Cette histoire a-t-elle un rapport avec l'autre?

— Aucun. Sauf que — drôle de hasard, maintenant que j'y pense! — le type était Herzoslovaque. Un bandit de la plus sale espèce, mais personnellement je n'ai pas à m'en plaindre : après le sauvetage, il m'a été dévoué comme un chien. Bon. Six mois après, le voilà qui meurt de la malaria. Au moment de mourir — il m'avait fait appeler — il tire de dessous sa chemise un paquet cousu dans la toile cirée et me le fourre dans la main en chuchotant je ne sais quoi sur une mine d'or. L'instant d'après, il rend l'âme. Ma foi, je n'avais guère confiance en lui, mais que veux-tu, la chance est aveugle! Si par hasard il était tombé sur une mine d'or...

— Rien que cette pensée te faisait trépigner, hein? interrompit Anthony.

— Je te jure que de ma vie je n'ai été aussi dégoûté que quand j'ai décacheté son paquet. Une mine d'or, en effet! C'en était peut-être une pour ce misérable! Damnation! Sais-tu ce que c'était, Anthony? Des lettres de femme! Parfaitement, les lettres d'amour d'une dame anglaise... Dieu sait où il les avait volées, le pirate! Naturellement, il la faisait chanter, et il croyait que j'en ferais autant!

— Ta juste fureur me plaît, mon brave Jim, mais mets-toi à sa place. Tu lui avais sauvé la vie; pour te récompenser, il t'a offert un moyen de gagner de l'argent : que veux-tu, ta haute moralité n'entrait pas dans ses conceptions!

— Que diable devais-je faire de ces lettres? J'ai d'abord voulu les brûler, puis je me suis dit que la pauvre femme, ne sachant pas qu'elles ont été détruites, vivrait toujours dans la terreur de ce maître chanteur.

— Tu as plus d'imagination que je ne le croyais, Jimmy, observa Anthony en allumant une cigarette. J'admets que le cas est plus difficile qu'il ne le paraît au premier abord. Si on lui renvoyait ces lettres par la poste?

— Comme toutes les femmes, elle écrit sans date et sans adresse. Dans une de ses lettres seulement, elle dit qu'elle se trouve à Chimneys.

Anthony laissa tomber son allumette.

— Chimneys? fit-il. Pas possible!

— Comment, tu connais cet endroit?

— Mais, mon brave vieux, Chimneys est une des plus anciennes demeures seigneuriales d'Angleterre! Les rois et les reines y vont passer le week-end, et les diplomates y mijotent leurs petites affaires.

— Tiens, voilà une des raisons pour lesquelles je suis content que tu ailles en Angleterre à ma place, dit simplement Jimmy. Un pauvre diable comme moi, venu du fin fond du Canada, y ferait sûrement gaffe sur gaffe, tandis que toi, qui as fait tes études à Eton et à Harrow...

— A Eton seulement, mon vieux! Rien qu'à Eton.

— ... sauras mener heureusement la tâche à bout. Rends-toi compte : même si j'avais su l'adresse exacte, je ne lui aurais pas renvoyé les lettres. A en juger par ses missives, elle doit avoir un mari jaloux. S'il avait ouvert le paquet à sa place? Non, non, le seul moyen est de la retrouver et de les lui remettre en main propre.

Anthony jeta sa cigarette et donna à son ami une tape affectueuse sur l'épaule.

— Tu es un vrai chevalier, Jimmy. Le fin fond du Canada devrait être fier de t'avoir donné naissance. Je ne saurai jamais faire la chose avec tant d'allure.

— Mais tu la feras quand même?

— Bien entendu!

McGrath se leva et, s'approchant d'un tiroir, y prit un paquet de lettres.

— Tiens, jette un coup d'œil.

— Pour quoi faire?

— Tu y trouveras peut-être d'autres indications que Chimneys, qui te serviront à la repérer.

Ils relurent soigneusement les lettres, mais sans résultat. Anthony refit le paquet en murmurant :

— Pauvre petite! Ce n'est pas gai d'être mariée sans amour.

— Crois-tu que tu pourras la retrouver? demanda anxieusement Jim.

— Je ne quitterai pas l'Angleterre avant de l'avoir fait, sois tranquille. Cette inconnue t'intéresse donc tant, Jimmy?

— Que veux-tu, dit le Canadien, un peu confus, en indiquant du doigt la signature : elle a un si joli nom! *Virginie Revel.*

Chapitre 3.
De hauts personnages sont inquiets

— D'accord, mon cher, d'accord, dit Lord Caterham.

Il l'avait déjà dit trois fois, dans l'espoir de pouvoir mettre fin à l'entretien et de s'échapper. Il avait horreur de stationner sur le seuil de son club select à Londres et d'être obligé d'écouter les discours interminables de l'honorable George Lomax.

Clement Edward Alistair Brent, neuvième marquis de Caterham, était un petit bonhomme sans le moindre soupçon d'élégance et ne ressemblant à rien moins qu'à un marquis. Le malheur de sa vie était d'avoir succédé il y a quatre ans à son frère, le huitième marquis, ancien ministre des Affaires étrangères, connu dans toute l'Angleterre pour ses talents d'homme politique, sa diplomatie et son hospitalité. Admirablement secondé par sa femme, une fille du duc de Perth, il avait reçu à Chimneys, dans sa fameuse propriété de campagne, les plus hautes personnalités; des traités y avaient été élaborés, des pactes historiques conclus. Il n'y avait guère de personnage en Angleterre et même sur le continent qui n'eût passé un week-end à Chimneys.

Tout cela était fort bien. Le neuvième marquis de Caterham

avait le plus grand respect pour la mémoire de son frère. Henry avait fait admirablement son métier d'homme politique. Mais ce que le nouveau Lord Caterham n'admettait pas, c'est qu'on le forçât, lui, à suivre les traces de son frère, et que l'on considérât Chimneys comme un domaine national au lieu d'une propriété privée. Rien n'ennuyait Lord Caterham plus que la politique — sauf peut-être les politiciens. En ce moment, par exemple, l'éloquence de George Lomax, un gentleman vigoureux, penchant vers l'embonpoint, à la face rubiconde, aux yeux à fleur de tête, et pénétré de sa propre importance, le mettait en fureur.

— Vous vous rendez compte, Caterham? Un scandale en ce moment nous serait funeste! La situation est particulièrement délicate.

— C'est ce que les diplomates disent toujours, répondit Lord Caterham avec un soupçon d'ironie.

— Mais cette fois, mon cher, c'est sérieux, je vous assure! Cette affaire herzoslovaque est plus importante que vous ne le croyez. Il faut que la concession des pétroles soit accordée à une compagnie anglaise. J'espère que vous êtes d'accord?

— Sans doute, sans doute!

— Le prince Michel Obolovitch arrive à la fin de cette semaine, et l'on peut parfaitement organiser cette affaire à Chimneys sous le couvert d'une partie de chasse.

— Et moi qui comptais partir pour l'étranger cette semaine! dit Lord Caterham.

— Personne ne part pour l'étranger au commencement d'octobre, mon cher Caterham.

— Mais mon médecin trouve que j'ai justement besoin de repos, dit Lord Caterham en jetant un regard avide sur un taxi qui passait.

Mais Lomax, enrichi sans doute par une longue expérience, avait l'habitude de retenir les gens à qui il parlait par le pan de leur veston. Il avait fermement agrippé celui de Lord Caterham.

— Mon cher ami, vous vous devez de le faire. A l'heure de la crise nationale, où l'Angleterre tout entière...

Lord Caterham savait que quand George Lomax commençait un discours, il pouvait continuer vingt minutes sans s'arrêter.

— Bien, bien, dit-il hâtivement. Je consens. Chargez-vous de l'organisation.

— Mon cher, il n'y a rien à organiser. Chimneys est un endroit idéal pour ces sortes de choses. Je ne serai pas parmi vos invités, pour ne pas éveiller les soupçons, mais je passerai le week-end dans ma propriété d'Abbeys, à sept milles de la vôtre. Toutefois, il serait bon d'avoir un lien vivant entre nous, pour transmettre les messages éventuels. Que diriez-vous de Bill Eversleigh?

— Enchanté, déclara Lord Caterham avec plus de sincérité dans la voix qu'il n'en avait montré jusqu'alors. C'est un gentil garçon, et Chiffonnette a de la sympathie pour lui.

— A part lui, vous aurez donc le prince, sa suite, Herman Isaacstein...

— Qui ça?

— Isaacstein, le représentant du syndicat panbritannique dont je vous parlais tout à l'heure. Et, naturellement, quelques jeunes gens et jeunes femmes pour sauver les apparences. Demandez à Lady Eileen d'inviter des amis n'ayant rien à faire avec la politique.

— Bon. Chiffonnette s'en occupera. Au rev...

— Attendez, un instant encore. Je viens d'avoir une idée. Vous vous rappelez l'affaire dont je vous ai parlé tout à l'heure?

— Vous m'avez parlé de tant de choses à la fois!

— J'entends ce contretemps infortuné — Lomax baissa la voix — les *Mémoires* du comte Stylpitch!

— Vous avez tort de vouloir empêcher leur publication. Les révélations scandaleuses plaisent toujours au public. Je lis moi-même les *Mémoires* dès qu'ils paraissent, et je les trouve extrêmement amusants.

— Précisément, il ne faut pas qu'ils soient lus! Leur apparition au moment actuel pourrait détruire tous nos projets. Le peuple de Herzoslovaquie veut restaurer la monarchie, et il est prêt à offrir la couronne au prince Michel, qui est soutenu par le gouvernement de Sa Majesté...

— Et qui est prêt à accorder une concession sur les pétroles à Mr... Mr... Isaac Hermanstein, c'est-à-dire au syndicat panbritannique, en échange d'un emprunt de quelques millions pour le faire monter sur le trône...

— Caterham! Caterham! chuchota Lomax, angoissé. Pas si haut, pour l'amour de Dieu! Un peu de discrétion!

Mais Lord Caterham, enchanté d'ennuyer à son tour son interlocuteur, continua imperturbablement :

— La combinaison est parfaite, mais les *Mémoires* de Sylpitch peuvent vous jouer à tous un mauvais tour. Réminiscences de la tyrannie et de la débauche de la famille régnante, brusque revirement dans l'opinion publique, interpellations au Parlement : A quoi bon remplacer une forme de gouvernement démocratique par une despotie périmée? Politique dictée par les capitalistes, exploiteurs, profiteurs, etc.

Lomax fit un signe de tête affirmatif.

— Autre chose encore, dit-il. Si jamais on faisait la moindre allusion à... à... à cette disparition mystérieuse... Vous savez bien ce que je veux dire!

— Mais non, je ne sais pas! Quelle disparition?

— Vous en avez sûrement entendu parler. Cela s'est produit à Chimneys. Henry en était navré. Ça a failli ruiner sa carrière.

— Tiens, tiens, mais ça m'intéresse! Qui ou quoi a disparu? Expliquez-moi!

Lomax approcha sa bouche de l'oreille de Lord Caterham. Ce dernier recula vivement.

— Pour l'amour de Dieu, ne m'envoyez pas de postillons!

— Avez-vous entendu ce que j'ai dit?

— Oui, dit Lord Caterham, je me souviens maintenant vaguement en avoir entendu parler. C'est une affaire singulière. On ne l'a donc jamais retrouvé?

— Jamais. Nous avons dû évidemment procéder aux recherches avec une discrétion absolue. Il ne fallait pas que cela se propageât. Et je suis persuadé que Stylpitch en savait quelque chose. Pas tout peut-être, mais quelque chose. Nous étions en bisbille à ce moment-là au sujet de la Turquie. Supposez qu'il ait consigné toute l'affaire dans ses *Mémoires*, par pure malice. Le public se demanderait pourquoi on en a fait un secret.

— Et il aurait raison, dit Lord Caterham, qui commençait à s'amuser.

Lomax, qui avait involontairement élevé la voix, se maîtrisa.

— Il faut que je reste calme, murmura-t-il, il le faut! Mais dites-moi vous-même, mon cher : s'il n'y a rien de répréhensible dans ses *Mémoires*, pourquoi les a-t-il expédiées par une voie aussi singulière?

— En êtes-vous sûr?

— Absolument. Nous avons nos... hum... nos agents secrets à Paris. Les *Mémoires* ont été envoyés peu avant sa mort à un nommé James ou Jimmy McGrath, un Canadien habitant l'Afrique.

— Mais ça devient une affaire mondiale! dit gaiement Lord Caterham.

— Ledit McGrath doit arriver demain jeudi à bord du *Granarth Castle*.

— Et que comptez-vous faire?

— Nous comptons nous entretenir immédiatement avec lui, lui faire comprendre les conséquences graves que peut entraîner la publication, et le prier de la retarder au moins d'un mois, et aussi de soumettre les *Mémoires* à... hum... à une revision judicieuse.

— Et s'il vous dit « Non, monsieur » ou « Que le diable vous emporte! » ou autre chose d'aussi sympathique? demanda Lord Caterham.

— C'est bien ce que je crains! C'est pourquoi l'idée m'est venue de l'inviter, lui aussi à Chimneys. Il sera très flatté, bien entendu, de passer un week-end dans un château avec une Altesse, et il sera plus facile de l'embobiner...

— Non. Lomax, je ne veux pas de votre Canado-Africain chez moi! Je vois d'ici ce que c'est, et...

— Mais ce n'est pas vous, mon cher, qui aurez à vous en occuper! Il nous faudrait pour cela une femme. Oui, une femme qui manierait l'affaire avec tact et délicatesse, qui saurait lui en dire assez, mais pas trop... Je n'approuve pas l'activité féminine dans le domaine purement politique, mais dans leur sphère à elles, les femmes peuvent faire des miracles! Voyez Marcia, la femme de ce pauvre Henry : quelle maîtresse de maison, quelle diplomate, quelle admirable animatrice d'un salon politique!

— Vous n'allez pas me dire que vous voulez me faire inviter Marcia? s'exclama Lord Caterham, pâlissant à l'idée de revoir sa redoutable belle-sœur.

— Non, non, mon cher, vous ne m'avez pas compris. Je parlais de l'influence féminine en général. Pour cette fois, je proposerais plutôt une femme jeune, jolie, spirituelle, charmante...

— Vous parlez de Chiffonnette? Elle ne vous servirait à rien, mon pauvre ami! Ma fille est une socialiste effrénée! Elle se tordrait si vous lui proposiez cela.

— Non, je ne songeais pas à Lady Eileen. Elle est délicieuse, mais c'est une enfant. Trop jeune, beaucoup trop jeune! Il nous faut une femme ayant de l'expérience, du savoir-faire, une certaine allure mondaine... Mais voyons, c'est tout trouvé! Ma cousine Virginie.

— Mrs. Revel?

Le visage de Lord Caterham s'éclaircit. L'affaire commençait à l'intéresser.

— Une bonne idée que vous avez eue là, Lomax! C'est la plus charmante femme de Londres.

— Et n'oubliez pas qu'elle est au courant des affaires herzoslovaques. Son mari, comme vous le savez, était chargé d'affaires à la légation. Une femme d'un grand charme, vous l'avez dit.

— Exquise! murmura Lord Caterham.

— Alors, c'est entendu?

Mr. Lomax lâcha le pardessus de Lord Caterham, qui poussa un soupir de soulagement et s'élança vers un taxi.

— A bientôt, Lomax! Vous arrangerez tout cela, n'est-ce pas?

Lord Caterham détestait Lomax autant qu'un gentleman anglais peut en détester un autre. Il avait horreur de ses yeux bleus à fleur de tête, de sa face grave et rubiconde, de son importance essoufflée. Il soupira en songeant au week-end à Chimneys. Quelle corvée! Seule l'image de Virginie Revel le ragaillardissait un peu.

— Adorable! murmura-t-il. C'est le seul mot qui convienne : elle est adorable!

Chapitre 4.
Une femme charmante

George Lomax rentra immédiatement au ministère. Quand il ouvrit la porte de son bureau, il entendit quelqu'un changer précipitamment de place.

Mr. Bill Eversleigh classait avec application des lettres, mais il y avait encore un creux sur le siège du fauteuil placé devant la fenêtre.

— Richardson a-t-il présenté le rapport?

— Non, Sir. Dois-je aller le chercher?

— Pas tout de suite. Y a-t-il eu des appels téléphoniques?

— Miss Oscar les a notés, Sir. Rien d'important. Mr. Isaacstein demande si vous pouvez déjeuner avec lui demain au *Savoy*.

— Dites à miss Oscar de voir dans mon carnet. Si je n'ai pas d'autre rendez-vous, qu'elle accepte.

— Oui, Sir.

— En attendant, Eversleigh, demandez donc au téléphone Mrs. Revel, 487, Pont Street. Vous trouverez le numéro dans l'annuaire.

— Oui, Sir.

Bill saisit l'annuaire du téléphone, l'ouvrit au hasard, et, sans même y jeter un regard, se dirigea vers le téléphone. Puis, tout à coup, lâchant le récepteur :

— Je viens de m'en souvenir, Sir, ce n'est pas la peine de

lui téléphoner! J'ai voulu dire quelques mots à Mrs. Revel, il y a un instant, et son appareil ne fonctionne pas.

George Lomax fronça les sourcils.

— C'est ennuyeux, dit-il, très ennuyeux! Que faire?

— Si c'est important, Sir, peut-être vaudrait-il mieux que j'aille la voir? Elle est sûrement chez elle à cette heure-ci!

George Lomax hésita quelques instants.

— Bon, dit-il enfin. Prenez un taxi et demandez à Mrs. Revel si elle peut me recevoir cet après-midi à quatre heures, car il faut absolument que je lui parle d'une chose très importante.

— Bien, Sir.

Bill saisit son chapeau et disparut.

Dix minutes plus tard, un taxi le déposait devant le numéro 487, Pont Street. Il sonna et en même temps frappa gaiement à la porte. Un grave valet de chambre l'accueillit. Lui faisant signe comme à une vieille connaissance, Bill demanda :

— Mrs. Revel est-elle là, Chilvers?

— Elle allait justement sortir, monsieur.

— C'est vous, Bill? demanda une voix dans l'escalier. J'ai reconnu votre façon de frapper à la porte. Montez vite!

Bill leva les yeux vers le visage rieur qui se penchait au-dessus de la rampe et qui lui faisait — à lui et à beaucoup d'autres — perdre la tête comme à un collégien. Il monta l'escalier quatre à quatre et serra vigoureusement la main tendue.

— Bonjour, Virginie!

— Bonjour, Bill!

Le charme est une chose étrange. Des centaines de jeunes femmes, parfois plus belles que Virginie Revel, auraient pu dire « Bonjour, Bill » avec la même intonation, mais un tout autre résultat. Ces deux mots prononcés par Virginie enivraient Bill.

Virginie Revel avait vingt-sept ans. Elle était grande, d'une sveltesse admirablement proportionnée, avec des cheveux de nuance bronzée, un petit menton décidé, un joli nez, des yeux un peu obliques, d'un bleu intense, et une bouche indescriptible à l'arc de Vénus nettement tracé. Il y avait en elle une sorte de vitalité radieuse qui n'aurait permis à personne de passer devant elle sans la voir et sans en être attiré.

Elle fit entrer Bill dans un petit salon vert et or, qui la faisait ressortir comme un bluet dans un pré.

— Bill, mon petit, dit Virginie, comment avez-vous pu quitter le ministère aux heures de travail? Je croyais que les Affaires étrangères ne pouvaient pas se passer de vous!

— J'ai pour vous une commission du patron. A propos, Virginie, au cas où il en parlerait, rappelez-vous que votre appareil téléphonique ne marchait pas, ce matin!

— Mais il marche parfaitement!

— Je sais. Mais j'ai dit au patron qu'il ne marchait pas.

— Pourquoi? Expliquez-moi ce mystère diplomatique.

— Simplement pour qu'il m'envoie ici et que je puisse vous voir.

— Oh! Bill, que vous êtes donc touchant!

— Chilvers m'a dit que vous alliez sortir.

— Oui, je dois aller essayer une nouvelle ceinture.

— Une quoi?

— Une ceinture en caoutchouc, Bill. Un véritable instrument de supplice, destiné à dissimuler les hanches. Toutes les femmes ont des hanches, Bill, bien qu'elles prétendent le contraire. Et cette ceinture est censée y remédier!

— Quelle horreur! Pourquoi la portez-vous?

— C'est un sentiment ennoblissant que de me laisser martyriser pour ma silhouette. Pour être mince, il faut souffrir! Mais ne parlons plus de ma ceinture. Dites-moi ce que me veut George?

— Il demande si vous pouvez le recevoir cet après-midi à quatre heures.

— Non, je suis invitée. Pourquoi cette visite officielle? Est-ce pour une demande en mariage?

— Ça ne m'étonnerait pas!

— Si c'est bien cela, dites-lui que je préfère les hommes qui me demandent en mariage sous le coup de l'impulsion.

— Comme moi?

— Vous, Bill, ce n'est pas une impulsion. C'est une habitude.

— Virginie, ne pourrez-vous jamais...

— Non, non, non, Bill. Pas avant le déjeuner. Pensez à moi comme à une amie maternelle qui ne veut que votre bien.

— Je vous aime tant, Virginie!

— Je sais, Bill, je sais. Et j'aime qu'on m'aime! Ai-je tort? Je voudrais que tous les hommes gentils et sympathiques du monde soient épris de moi!

— La plupart le sont, dit mélancoliquement Bill.

— Pas George, j'espère. Je ne crois pas qu'il puisse s'éprendre d'autre chose que de sa carrière. Qu'a-t-il dit encore?

— Qu'il s'agissait d'une chose très importante.

— Tiens, ça commence à m'intriguer! Je vais renoncer à mon thé. Dites à George que je l'attendrai à quatre heures.

Bill jeta un regard sur son bracelet-montre.

— Ce n'est plus la peine de retourner au ministère avant midi. Si vous étiez un ange, vous viendriez déjeuner avec moi.

— Mais j'ai déjà promis à quelqu'un...

— Ça n'a pas d'importance. Venez quand même! Brûlez la politesse à l'autre!

— Vous croyez? dit Virginie en souriant.

— Virginie, vous êtes un amour! Dites-moi que je vous plais! Plus que d'autres!...

— Mon petit Bill, si tout cela se passait dans un conte de fées et si un méchant sorcier me disait : « Epousez quelqu'un ou mourez! » je vous choisirais le premier, ma parole d'honneur! Je dirais au sorcier : « Puisqu'il faut à tout prix que je me marie, appelez le petit Bill! »

— Eh bien, alors...

— Mais puisque je ne suis pas forcée d'épouser quelqu'un! Ça m'amuse tant d'être une veuve fatale!

— Vous resteriez entièrement libre. Vous feriez tout ce qui vous plairait. Je me ferais si petit que vous ne vous apercevriez même pas de ma présence.

— Il ne s'agit pas de cela, Bill. Je suis de celles qui se marient follement ou pas du tout. Si quelqu'un me faisait perdre la tête...

Bill poussa un soupir.

— Un de ces jours, je vais me suicider, annonça-t-il.

— Non, mon petit Bill. Vous allez faire la cour à une charmante jeune fille, comme vous l'avez fait hier soir.

Bill rougit.

— Écoutez, je... Comment, vous le savez déjà? Eh! bien, je vous assure... C'est une brave petite, nous sommes copains, et... Bref, il n'y a aucun mal à ça!

— Aucun, mon petit Bill! Je suis ravie que vous vous amusiez. Mais ne me dites pas que vous vous mourez d'amour!

Mr. Eversleigh retrouva sa dignité perdue.

— Vous ne comprenez pas, Virginie, dit-il sévèrement, que c'est votre faute! Vous me poussez à cela par votre dédain, quitte à me critiquer ensuite. Je voudrais voir le type qui vous plaira!

— Moi aussi, dit Virginie, je voudrais le voir! Et maintenant, Bill, si vous m'aimez vraiment, emmenez-moi vite déjeuner! Je meurs de faim!

Chapitre 5.
La première nuit à Londres

Les plans les mieux agencés ont souvent un point faible. Celui de George Lomax avait pour point faible Bill Eversleigh.

Bill était un charmant garçon. Il jouait fort bien au golf et au cricket, il avait bon caractère, il était bien élevé, mais son poste aux Affaires étrangères n'était dû qu'à ses relations. Jusqu'à présent, d'ailleurs, il s'était fort convenablement acquitté de ses fonctions de secrétaire de George Lomax. Il faisait les courses, répondait aux appels téléphoniques, recevait ou interviewait les gens peu importants que Lomax ne désirait pas voir lui-même. Quand son patron était absent, Bill s'étendait dans un grand fauteuil près de la fenêtre et lisait une revue sportive. Il ne faisait là d'ailleurs que continuer fidèlement les plus antiques traditions ministérielles.

Cette fois, Lomax avait envoyé Bill aux bureaux de la compagnie de navigation Castle pour se renseigner sur l'arrivée du *Granarth Castle*. Bill, comme beaucoup de jeunes Anglais, mâchait si élégamment les mots qu'on pouvait à peine les comprendre, surtout quand on n'y était pas habitué. Lorsqu'il demanda la date d'arrivée du *Granarth Castle*, l'employé, trompé par sa prononciation confuse, crut qu'il s'agissait du *Carnfrae Castle*, qui devait arriver le jeudi. Bill remercia et sortit. George Lomax reçut le renseignement et dressa là-dessus son plan de bataille. Il aurait donc été extrêmement étonné s'il avait su qu'au moment où il assaillait Lord Caterham en lui annonçant que James McGrath arriverait le lendemain, ce dernier avait débarqué la veille.

Le même jour, à deux heures de l'après-midi, Anthony Cade, voyageant sous le nom de Jimmy McGrath, descendit du train à la gare de Waterloo, héla un taxi et, après quelques instants d'hésitation, se fit conduire au *Ritz*.

« Il vaut mieux avoir ses aises, puisque les éditeurs paieront », se dit Anthony en regardant avec intérêt les rues animées à travers la vitre du taxi.

Il y avait exactement quatorze ans qu'il n'était pas venu à Londres.

Après avoir pris une chambre, il alla faire un petit tour en ville. Londres avait changé. Il ne retrouvait plus le petit restaurant où il avait jadis mangé, bu et discuté si souvent avec d'autres jeunes socialistes portant des cravates rouges. Jeunesse, socialisme, que c'était donc loin tout cela!

Au moment où il traversait la rue pour regagner son hôtel, un ouvrier trapu, épais, d'apparence étrangère, le poussa si fort qu'il faillit le renverser. Il murmura quelques mots d'excuses, fixant Anthony d'un regard perçant, puis disparut.

Anthony monta chez lui, se demandant pourquoi l'inconnu l'avait dévisagé ainsi. Son visage fortement hâlé détonnait-il parmi les pâles citadins? Anthony se regarda longuement dans la glace. Ses anciens amis le reconnaîtraient-ils? Quand il avait quitté Londres, jadis, il n'avait que dix-huit ans et n'était qu'un gamin au visage encore arrondi, à la peau blanche, au regard enthousiaste. Personne ne reconnaîtrait cet enfant en l'homme mince et vigoureux, au visage bronzé et à l'expression railleuse.

La sonnerie du téléphone retentit, et Anthony décrocha le récepteur.

— Allô!

C'était le bureau de l'hôtel.

— Mr. James McGrath?

— Lui-même.

— Un monsieur désire vous voir.

— Me voir, moi?

Anthony en fut très étonné. Quel pouvait être ce visiteur?

— Oui, monsieur. Un monsieur étranger.

— Comment s'appelle-t-il?

Il y eut une pause. Puis :

— Je vous ferai monter sa carte, monsieur, dit l'employé.

Anthony comprit le pourquoi de la pause quand le chasseur lui remit la carte sur laquelle était gravé ce nom :

Baron Lopretjzyl

Après avoir réfléchi quelques secondes, il dit :

— Faites entrer ce monsieur.

— Bien, monsieur.

Quelques minutes après, le baron Lopretjzyl, un homme de haute taille avec une grande barbe noire et une calvitie majestueuse, entra dans la pièce d'un pas militaire.

— Mr. McGrath! dit-il en saluant.

Anthony lui offrit une chaise.

— Je crois, monsieur, que je n'ai pas eu le plaisir de vous rencontrer jusqu'ici?

— Je le regrette, dit poliment le baron en s'asseyant.
— Moi aussi, répliqua Anthony sur le même ton.
— Maintenant, déclara le baron, parlons affaires. Je suis le représentant du parti monarchiste de Herzoslovaquie à Londres.
— Il n'en saurait trouver de plus digne, murmura Anthony.
Le baron s'inclina.
— Vous êtes trop aimable! Monsieur McGrath, je ne veux rien vous cacher. La Herzoslovaquie est actuellement à un tournant historique. L'heure a sonné de la restauration royaliste! Le peuple expiera le martyre sanglant de Sa Majesté le roi Stanislas IV, de glorieuse mémoire.
— *Amen*, murmura Anthony. Ou plutôt : Hip! Hip! Hourra!
— Son Altesse le prince Michel, qui est soutenu par le gouvernement britannique, montera sur le trône herzoslovaque.
— Très intéressant, dit Anthony. Je vous remercie de m'en faire part.
— Tout est organisé d'avance... et voilà que vous venez faire une révolution!
— Moi? s'exclama Anthony. Mais, baron...
Le baron le transperça d'un regard accusateur.
— Oui, monsieur, vous! Et vous savez parfaitement de quoi il s'agit. Vous avez sur vous les *Mémoires* de feu le comte Stylpitch.
— Quel rapport entre ces *Mémoires* et le prince Michel?
— Il y aura des révélations scandaleuses.
— Il y en a toujours, et ça n'empêche pas les gouvernants de continuer.
— Mais ici, monsieur, la situation est différente. Si l'opinion publique se tourne contre les Obolovitch, le gouvernement démocratique de Sa Majesté refusera son soutien au prince Michel.
— Il est possible, dit Anthony, que les Obolovitch, de temps en temps, aient poignardé leurs adversaires. Que voulez-vous, ils ont ça dans le sang! Mais les Européens n'attendent pas autre chose des Balkaniques. Ça ne les inquiétera pas.
— Vous ne comprenez pas l'importance de l'affaire, jeune homme, déclara le baron. Et mes lèvres, hélas! sont scellées.
— Mais que craignez-vous au juste?
Le baron soupira.
— Je vous le dirais si je pouvais lire ces *Mémoires*! Mais je suis certain qu'ils contiennent des indiscrétions. Ces grands diplomates sont terriblement bavards.
— Je pense, baron, que vous êtes trop pessimiste. Je connais les éditeurs : il se passera des mois et des mois, un an peut-être, avant la publication de ce gros manuscrit!

— Vous êtes bien naïf ou bien hypocrite, jeune homme! Ne savez-vous pas que dès la remise du manuscrit les *Mémoires* commenceront à paraître dans un grand quotidien?

— Oh! fit Anthony, un peu troublé.

Mais, immédiatement, il ajouta :

— S'il y a des choses désagréables, vous pourrez les nier?

Le baron secoua la tête.

— Non, non, n'essayez pas de me détourner de mon strict devoir. Parlons affaires! C'est bien mille livres que vous devez toucher? Vous voyez que je suis bien informé.

— Mes félicitations au service secret du parti monarchiste!

— Je vous en offre quinze cents.

Anthony le regarda, bouche bée. Puis, hochant mélancoliquement la tête :

— Je regrette, mais je ne puis accepter.

— Je vous en offre deux mille.

— Vous me tentez, baron, vous me tentez. Mais je n'accepte pas.

— Dites vous-même votre prix.

— Je crains que vous ne me compreniez pas tout à fait. Je suis prêt à croire que votre parti a raison et que les *Mémoires* ont tort et peuvent nuire à votre cause. Néanmoins, j'ai entrepris cette tâche et je dois la conduire jusqu'au bout. Je ne me laisserai pas soudoyer par le parti adverse, quelle que soit la somme qu'on me propose. Compris?

Le baron avait écouté très attentivement. A la fin du petit discours d'Anthony, il hocha la tête.

— Compris. Il y va de votre honneur de gentleman anglais.

— Je ne me serais pas exprimé aussi pompeusement, murmura Anthony, mais je crois qu'au fond c'est bien cela.

Le baron se leva.

— J'ai la plus haute estime, annonça-t-il, pour l'honneur britannique et ses courageux représentants. Nous devons donc recourir à d'autres moyens. Monsieur, je vous souhaite le bonjour.

Le baron salua militairement, tourna les talons et sortit de la chambre, droit comme une canne.

« Était-ce une menace? se demanda Anthony. Ce brave vieux baron ne me fait pas peur! »

Que ferait-il maintenant? Il restait encore une semaine jusqu'à la date de la remise du manuscrit. On était le 5 octobre. Anthony n'avait nullement l'intention de le remettre aux éditeurs avant le dernier instant. A vrai dire, il brûlait de lire lui-même ces fameux *Mémoires*. Il eût voulu le faire à bord du paquebot, mais, inopinément terrassé par la fièvre, il avait été incapable de déchiffrer les pattes de mouche du comte Stylpitch, car le manuscrit n'était pas dactylographié. A présent plus que jamais il voulait par lui-même se rendre compte de l'affaire.

En attendant, il fallait penser à son autre tâche.

Saisissant l'annuaire, il regarda, à la lettre « R », le nom « Revel ». Il y avait six Revel à Londres. Et peut-être la mystérieuse épistolière n'habitait-elle même pas la capitale! Anthony, avec un sourire, referma l'annuaire.

— Bah! fit-il, la chance me viendra en aide!

Si les hommes de ce genre ont toujours de la chance, c'est peut-être parce qu'ils y croient fermement eux-mêmes. Une demi-heure après, dans le hall de l'hôtel, en tournant les pages d'une revue illustrée, Anthony tomba sur la photographie des tableaux vivants qui avaient été présentés à un bal chez la duchesse de Perth. Sous la figure centrale, une femme en costume oriental, on lisait :

Mrs. Thimothy Revel,
née Virginie Cawthron,
fille de Lord Edgbaston,
dans le rôle de Cléopâtre.

Anthony contempla longuement la photographie, puis se mit à siffloter doucement. Finalement, il arracha la page et la mit dans sa poche. Ensuite, il remonta chez lui, tira le paquet de lettres et glissa la feuille arrachée sous la ficelle.

Tout à coup, se sentant observé, il se retourna brusquement. Un homme d'apparence sinistre, avec un crâne aplati et une bouche grinçante, se tenait sur le seuil.

— Que diable faites-vous là? demanda Anthony. Et qui vous a fait entrer ici?

— J'entre où je veux, déclara l'inconnu d'une voix gutturale, avec un fort accent étranger.

— Sortez! ordonna impérieusement Anthony.

— Je sortirai quand j'aurai trouvé ce qu'il me faut.

— Et que vous faut-il?

— Les *Mémoires* du comte Stylpitch, siffla l'autre.

Anthony haussa les épaules.

— Impossible de vous prendre au sérieux! Un vrai bandit d'Opéra-Comique! Est-ce le baron qui vous a envoyé?

— Le baron Lopretjzyl? Maudit soit-il!

L'homme cracha véhémentement par terre, et jeta sur la table une feuille de papier.

— Vois! chuchota-t-il. Vois et tremble, maudit Anglais!

Anthony examina avec intérêt, bien que sans trembler, le papier sur lequel était tracé au crayon rouge le contour d'une main.

— C'est le signe des camarades de la Main Rouge!

— Tiens! vous êtes un camarade de la Main Rouge? Et tous les autres vous ressemblent? Charmante perspective!

L'homme poussa un grognement furieux.

— Chien! siffla-t-il. Pire que chien! Esclave du régime capitaliste! Donne-moi les *Mémoires*, et je te ferai la grâce de te laisser ta peau.

— Vous êtes bien gentil, dit Anthony, mais vous ne savez peut-être pas que je suis chargé de remettre le manuscrit à une certaine maison d'édition, et non pas aux camarades de la Main Rouge.

— Tu crois vraiment qu'on te permettra d'entrer vivant dans les bureaux de cette maison? Assez parlé! Les papiers, ou je tire!

Mais il n'avait pas compté avec la rapidité d'action d'un Anthony Cade. Avant même que l'inconnu eût pu tirer le revolver de sa poche, Anthony, d'un coup bien assené, l'envoya rouler à terre, puis, du pied, le rejeta dans le corridor.

Se relevant péniblement, son adversaire fit quelques pas vers l'escalier. Anthony fit mine de le rejoindre, mais le camarade de la Main Rouge en avait assez : rassemblant ses forces, il s'élança dans l'escalier. Renonçant à le poursuivre, Anthony regagna sa chambre.

— Pittoresque, mais imprévoyant, murmura-t-il. Comment diable est-il entré chez moi? Le travail ne sera pas aussi facile que je l'imaginais! J'ai déjà reçu la visite des monarchistes et des révolutionnaires. Maintenant, je suppose, on va m'envoyer une délégation des libéraux de gauche et des radicaux indépendants. Quoi qu'il en soit, je me mets immédiatement à la lecture!

Anthony sonna pour se faire apporter le dîner, n'ayant nulle envie qu'on fouillât ses malles pendant que lui-même dînerait au grill-room. Il se fit apporter le menu, commanda deux plats et une bouteille de chambertin, et, dans l'attente du dîner, tira le manuscrit de la valise et le mit sur la table à côté des lettres. Quand le domestique entra, portant le plateau, Anthony se tenait devant la cheminée, en face de la glace, tournant le dos à la table. Jetant un regard négligent dans la glace, il put à peine retenir une exclamation.

Les yeux du domestique étaient rivés sur le manuscrit. Lançant des regards en coulisse du côté d'Anthony, il s'en approchait lentement, passant de temps en temps sa langue sur ses lèvres desséchées. C'était un grand garçon, souple comme tous les serveurs, avec une figure rasée et expressive.

Au moment critique, Anthony se retourna brusquement. Le domestique tressaillit, mais fit mine de s'occuper du couvert.

— Comment vous appelez-vous? demanda Anthony.

— Giuseppe, monsieur.

— Italien?

— Oui, monsieur.

Anthony lui adressa quelques paroles en italien, et l'autre lui répondit couramment. Finalement, il le congédia d'un signe de tête, mais tout en mangeant l'excellent repas servi par Giuseppe, il ne cessa de réfléchir.

Son imagination surexcitée lui jouait-elle des tours, ou le domestique était-il vraiment, lui aussi, à l'affût de ce maudit manuscrit?

Après dîner, il s'enferma à double tour et se mit à parcourir les *Mémoires*. L'écriture illisible du comte rendait la tâche difficile. Les bâillements d'Anthony se succédaient avec une rapidité et une fréquence extraordinaires. A la fin du quatrième chapitre, il renonça.

Jusqu'à présent, il avait trouvé les fameux *Mémoires* indiciblement ennuyeux, sans la moindre trace de scandale.

Il remit dans la valise le paquet de lettres, ainsi que le dossier dans lequel s'était trouvé le manuscrit, et la ferma à clef. Puis il vérifia la serrure de la porte, plaça devant la porte une chaise, et sur celle-ci un broc rempli d'eau.

Une fois dans son lit, il s'attaqua de nouveau aux *Mémoires* du comte Stylpitch; mais ses yeux se fermaient d'eux-mêmes, et sentant le sommeil le gagner, il glissa sous son oreiller le manuscrit aussi ennuyeux que fatal, éteignit l'électricité et s'endormit presque aussitôt.

Quelques heures plus tard, il se réveilla en sursaut. Etait-ce un bruit quelconque qui l'avait réveillé, ou simplement la conscience du danger, si développée chez les hommes qui ont mené une vie aventureuse?

Pendant quelques instants il resta immobile, tâchant de se rendre compte de la situation. Il entendait un très léger craquement, et finalement se rendit compte qu'entre lui et la fenêtre, sur le plancher, auprès de la valise, il y avait une forme humaine.

D'un seul bond, Anthony sauta à bas du lit et tourna le commutateur. Une silhouette agenouillée près de la valise se releva précipitamment. C'était Giuseppe, le laquais. Un couteau brillait dans sa main droite. Il se rua sur Anthony, qui n'avait même pas de revolver. Les deux hommes roulèrent par terre, dans un violent corps à corps. Anthony rassemblait toutes ses forces pour retenir dans une étreinte de fer le bras droit de Giuseppe, l'empêchant de se servir de son couteau. La main de l'Italien le saisit à la gorge, l'étranglant, l'étouffant. Mais, désespérément, haletant, ne respirant plus, Anthony continuait à lui tordre lentement le bras.

Avec un bruit métallique, le couteau, s'échappant de la main involontairement desserrée, tomba sur le parquet. Au même instant, l'Italien lâcha son adversaire et, se libérant adroitement de son étreinte, se remit debout. Anthony se releva en un clin d'œil, mais commit l'erreur de faire quelques pas vers la porte pour lui couper la retraite. Il s'aperçut trop tard que la chaise et le broc étaient toujours à leur place.

Giuseppe était entré par la fenêtre; il sortit par la même voie. Profitant du moment de répit causé par l'erreur tactique d'Anthony, il enjamba la croisée, atteignit le balcon voisin et disparut.

Anthony comprit qu'il serait inutile de le poursuivre. Il se contenta donc de refermer la fenêtre — avec plus de précautions, cette fois-ci — et s'approcha de nouveau de son lit. Heureusement qu'il avait mis les *Mémoires* sous l'oreiller et non pas dans la valise! Mieux valait n'y plus rien laisser. Il se pencha sur elle pour en tirer les lettres, et poussa involontairement un juron.

Les lettres n'y étaient plus.

Chapitre 6.
L'art du chantage

Il était quatre heures moins cinq quand Virginie Revel, qu'une saine curiosité rendait exacte, retourna dans sa maison de Pont Street. Elle ouvrit la porte avec sa clef, et fut accueillie dans le vestibule par l'impassible Chilvers.

— Pardon, madame, mais il y a un... un monsieur... non... un homme qui désire voir madame.

Sans faire attention, pour l'instant, à la distinction subtile de Chilvers, Virginie s'exclama :

— Sir Lomax? Déjà? Dans le salon?

Le ton de Chilvers était nuancé de reproche.

— Ce n'est pas un monsieur. C'est un homme que je n'aurais pas voulu laisser entrer, mais qui m'a dit que son affaire était très importante... qu'elle avait trait, si j'ai bien compris, à feu Mr. Revel. J'ai donc pensé que madame voudrait quand même le voir, et je l'ai introduit... hum... dans le studio.

Virginie réfléchit quelques instants. Elle était veuve depuis plusieurs années déjà, et le fait qu'elle parlait très rarement de son défunt époux semblait indiquer, pour certains, que la blessure, sous des dehors insouciants, saignait toujours, et, pour d'autres, que Virginie, en réalité, n'avait jamais aimé Tim Revel et ne tenait pas à afficher une douleur hypocrite.

— Cet homme, madame, ajouta Chilvers, est un étranger.

L'intérêt de Virginie s'accrut. Son mari avait été chargé d'affaires à la légation de Herzoslovaquie peu avant la révolution et l'assassinat du roi et de la reine. Cet homme était peut-être un Herzoslovaque, un ancien domestique en chômage à Londres.

— Vous avez bien fait, Chilvers! Où l'avez-vous introduit, dites-vous? Dans le studio?

Elle s'avança vivement de son pas ailé, et ouvrit la porte de la pièce contiguë à la salle à manger.

Le visiteur était assis dans un fauteuil devant la cheminée. A son entrée, il se leva et la regarda. Virginie avait la mémoire des visages, et elle était sûre de ne jamais l'avoir vu. Il était grand, brun, souple, du type espagnol ou italien, mais en tout cas pas slave. Ce n'était pas un Herzoslovaque!

— Vous voulez me parler? dit-elle. Je suis Mrs. Revel.

L'homme ne répondit pas tout de suite, mais l'observa d'abord avec une insolence voilée qu'elle sentit tout de suite.

— Vous avez bien fait de me recevoir, madame Revel. Autrement, comme je l'ai dit à votre domestique, j'aurais été obligé de parler à votre mari.

Virginie le regarda, étonnée, mais, instinctivement, retint la réponse qui lui montait aux lèvres. Elle se contenta de répondre froidement :

— C'eût été plus difficile que vous ne le croyez.

— Je ne crois pas. Je suis très obstiné. Mais parlons affaires. Reconnaissez-vous cela?

Il lui tendit un papier qu'elle considéra sans grand intérêt.

— Pouvez-vous me dire ce que c'est, madame?

— Une lettre, je crois, répondit Virginie, qui commençait à croire qu'elle avait affaire à un demi-fou.

— Adressée à qui, madame? dit-il d'un ton significatif, en approchant l'enveloppe de ses yeux. Le voyez-vous?

— Je sais lire, répondit gaiement Virginie, et je vois par conséquent qu'elle est adressée au capitaine O'Neill, 15, rue de Quenelles, à Paris.

L'homme sembla chercher avidement dans son regard quelque chose qui ne s'y trouvait pas, puis :

— Veuillez la lire!

Virginie tira un feuillet plié de l'enveloppe et se mit à le parcourir; mais dès les premières lignes elle se raidit et tendit la lettre à son étrange interlocuteur.

— C'est une lettre privée : je n'aurai pas l'indiscrétion de la lire!

L'homme éclata de rire.

— Vous êtes une actrice consommée, madame Revel! Toutes mes félicitations! Néanmoins, je ne crois pas que vous irez jusqu'à nier la signature?

— La signature?

Virginie tourna le feuillet... et resta stupéfaite. La lettre était signée : Virginie Revel. Étouffant une exclamation indignée, elle revint au début de la lettre et, cette fois, la lut attentivement du commencement à la fin. Son contenu, évidemment, rendait toute l'affaire très compréhensible.

— Eh bien, madame? dit l'homme. C'est votre nom, n'est-ce pas?

— En effet, dit Virginie. C'est mon nom.

« Mais, aurait-elle pu ajouter, c'est une très mauvaise imitation de mon écriture! »

Toutefois, elle ne l'ajouta pas, et se tourna avec un sourire amusé vers son interlocuteur.

— Asseyez-vous, dit-elle aimablement, et causons de tout cela!

Étonné et inquiet, il obéit. Mais ce n'est pas ce ton-là qu'il attendait d'elle. Son instinct lui disait qu'elle n'avait pas peur.

— Avant tout, je voudrais savoir comment vous avez réussi à me trouver?

— C'était facile.

Il tira de sa poche une page arrachée à une revue illustrée, et la lui tendit. Anthony Cade l'aurait reconnue.

Elle la lui rendit avec une petite grimace.

— C'était facile, en effet!

— Vous vous rendez compte, madame Revel, que ce n'est pas la seule lettre. Il y en a d'autres.

— J'ai donc été aussi indiscrète que cela? fit Virginie. Quelle imprudence!

Elle s'aperçut que son ton léger l'intriguait et le troublait. Cette fois, elle s'amusait réellement.

— En tout cas, dit-elle avec un sourire charmant, vous êtes bien gentil de me les rendre.

Il y eut un silence. L'homme toussa.

— Je suis pauvre, madame, dit-il finalement, sur un ton significatif.

— C'est ce qui vous permettra — du moins me l'a-t-on toujours dit — d'entrer dans le royaume des cieux.

— Je ne puis vous rendre ces lettres sans rien obtenir en échange.

— Ne croyez-vous pas que ces lettres appartiennent à la personne qui les a écrites?

— C'est la loi, madame — mais seriez-vous prête vous-même à recourir à la justice?

— Elle est sévère pour les maîtres chanteurs, lui rappela obligeamment Virginie.

— Voyons, madame Revel, je ne suis pas un enfant qu'on peut intimider. J'ai lu ces lettres — ce sont celles d'une femme qui aime et qui craint terriblement d'être démasquée par son époux légitime. Voulez-vous que je les montre à votre mari?

— Et si — car il y a quelques années, je crois, que ces lettres ont été écrites — mon mari était mort?

— Dans ce cas, si vous n'aviez rien à craindre, pourquoi me parleriez-vous en ce moment?

Virginie sourit.

— Quel est votre prix? demanda-t-elle, en adoptant l'attitude d'une femme d'affaires.

— Mille livres. Pour mille livres, je vous rendrai tout le paquet. C'est peu de chose, mais que voulez-vous, j'ai pitié de vous!

— Il ne me viendra même pas à l'idée de vous payer mille livres! déclara catégoriquement Virginie.

— Madame, je ne marchande jamais. Mille livres, et vous aurez vos lettres.

Virginie réfléchit.

— Laissez-moi réfléchir. Ce ne sera pas facile pour moi de rassembler une telle somme.

— Donnez-moi en attendant un petit acompte — mettons cinquante livres — et je reviendrai dans quelques jours.

Virginie jeta un regard sur l'horloge. Il était quatre heures cinq, et elle croyait avoir entendu un coup de sonnette.

— Bon, dit-elle. Revenez demain, un peu plus tard, vers six heures.

Elle s'approcha d'un petit bureau et prit dans un tiroir une liasse de billets de banque.

— Il y a là près de quarante livres. Pour le moment, ça vous suffira.

Il s'en saisit avidement.

— Et maintenant, partez, s'il vous plaît.

L'homme obéit sans rechigner. Par la porte ouverte, Virginie aperçut George Lomax, que Chilvers introduisait.

— Entrez, George! Chilvers, servez-nous le thé ici, s'il vous plaît!

Elle ouvrit les deux fenêtres toutes grandes, et, les cheveux au vent, le regard rieur, déclara à Lomax :

— Je vais les fermer dans un instant, George, mais je sentais la nécessité d'aérer! Avez-vous vu sortir le maître chanteur?

— Le quoi?

— Le maître chanteur, George. *Maître chanteur*. Celui qui fait chanter.

— Vous plaisantez, Virginie!

— Pas du tout!

— Mais qui voulait-il faire chanter?

— Moi, tout simplement!

— Qu'avez-vous donc fait, pour l'amour de Dieu?

— Rien du tout, mon cher! Le brave homme m'a prise pour quelqu'un d'autre.

— Vous avez téléphoné à la police, j'espère?

— Aurais-je dû le faire?

George réfléchit.

— Non, dit-il, vous avez eu raison de vous en abstenir. Vous auriez été mêlée à une affaire désagréable, vous auriez peut-être dû servir de témoin...

— Tiens! s'exclama Virginie, j'aurais trouvé cela très amusant! Prendre part à un vrai procès! L'autre jour, j'étais au commissariat au sujet de ma broche en diamants que j'ai égarée, et j'ai trouvé que l'inspecteur de police était charmant!

Dédaignant ces puérilités, George questionna :

— Mais qu'avez-vous donc fait de ce coquin?

— George, ne me grondez pas : je l'ai laissé faire.

— Quoi?

— Je lui ai permis de me faire chanter.

La physionomie de George était si expressive que Virginie se mordit les lèvres pour ne pas éclater de rire.

— Vous voulez dire — j'espère, toutefois, que je n'ai pas bien compris — que vous ne lui avez pas signifié que c'était une erreur?

Virginie secoua la tête en lui jetant un regard en coulisse.

— Mais, ma pauvre enfant, vous êtes folle!

— Peut-être. Mais ça m'amuse.

— Au nom du Ciel, pourquoi?

— D'abord, parce qu'il faisait si bien son métier de maître chanteur, en artiste consommé, que c'eût été dommage de l'interrompre et de le décevoir. Deuxièmement, parce qu'on ne m'a jamais fait chanter jusqu'à présent...

— Je l'espère bien!

— Et que cette sensation est neuve pour moi. Ça m'excite!

— Je ne vous comprends pas, Virginie!

— Je me doutais bien que vous ne comprendriez pas.

— J'espère au moins que vous ne lui avez pas donné d'argent?

— Rien qu'une bagatelle, dit Virginie sur un ton d'excuse.

— Combien?

— Quarante livres.

— Virginie!

— Mon cher George, ce n'est que le prix d'une robe du soir. Une nouvelle expérience vaut bien une robe neuve!

George Lomax ne fit que secouer la tête, et Chilvers, qui apparut avec le plateau et la théière, sauva la situation en empêchant le gentleman de donner libre cours à sa juste indignation. Quand Chilvers disparut, Virginie, en versant le thé dans les tasses, reprit la conversation :

— J'avais une autre raison, George, plus justifiée. J'ai voulu rendre service à une autre femme. Si j'avais déclaré que ce n'est pas moi, cet homme aurait cherché une autre Virginie Revel et l'aurait trouvée. Pauvre petite, elle avait une peur bleue de son mari en écrivant ces lettres. Le maître chanteur aurait trouvé en elle la proie rêvée. Moi, par contre, je me jouerai de lui, et, grâce à mon passé sans tache, je finirai par l'écraser.

— Cette affaire me déplaît, persista George.

— Eh bien, mon cousin, n'en parlons plus. Vous n'êtes pas venu ici pour parler de maîtres chanteurs. Au fond, pourquoi êtes-vous venu? « Pour vous voir! » vous exclamerez-vous, la main sur le cœur.

— Oui, dit gravement George, je suis venu pour vous voir. Et je suis heureux de vous trouver seule.

— Oh! George!

— J'ai une grâce à vous demander. Je vous ai toujours considérée, Virginie, comme une femme ayant un charme extraordinaire.

— George, vous me comblez!

— Et aussi comme une femme d'esprit!

— Décidément, cet homme me connaît!

— Ma chère Virginie, demain arrive en Angleterre un jeune Canadien du nom de McGrath, qui n'a probablement pas l'usage du monde et en particulier de la haute société anglaise. Je voudrais que vous lui fassiez apprécier le charme et la distinction d'une véritable lady.

— C'est moi la véritable lady?

— Précisément.

— Pourquoi?

— Pardon, vous dites?

— Je dis : pourquoi voulez-vous me faire séduire ce brave jeune homme? D'abord, je ne séduis pas par profession, vous savez! Et ensuite, je suis sûre que ce n'est pas par pur patriotisme que vous voulez faire apprécier à un Canadien le charme de la femme anglaise! En un mot, je ne puis m'engager à le séduire sans savoir d'abord le pourquoi de l'affaire.

— Ma chère Virginie, le secret diplomatique...

— Allons, George! Descellez vos lèvres!

— Écoutez-moi, mon enfant : l'Angleterre, actuellement, a certains intérêts en Herzoslovaquie, et il importe que ce Mr. McGrath se rende compte que la restauration de la monarchie herzoslovaque est nécessaire à la paix de l'Europe.

— La paix de l'Europe n'a rien à voir là-dedans, dit tranquillement Virginie, mais je suis d'accord pour la monarchie; un peuple aussi pittoresque que les Herzoslovaques a besoin d'un roi! Et quel roi, cher ami, lui proposez-vous?

Un peu ennuyé de voir Virginie prendre les choses à la légère, George, après quelque hésitation, répondit :

— Le prince Michel Obolovitch. Mais gardez-le pour vous!

— Les journaux, en tout cas, ne le gardent pas pour eux! Je lis tous les jours des articles sur la dynastie des Obolovitch, représentant feu Nicolas IV comme un saint et un martyr, au lieu d'un pauvre homme médiocre, enjôlé par une petite actrice de troisième ordre.

George frissonna. Virginie était terrible avec sa franchise! Décidément, il avait commis une erreur en s'adressant à elle! Il lui fallait une femme moins indépendante et moins clairvoyante. Il se leva.

— Vous avez raison, ma chère Virginie, dit-il. Je n'aurais pas dû vous faire cette proposition. Mais nous voudrions que nos colonies soient d'accord avec nous en ce qui concerne la question herzoslovaque, et McGrath est un journaliste qui a beaucoup d'influence là-bas. Comme vous connaissez bien la question, j'ai cru que vous pourriez l'influencer favorablement. Mais n'en parlons pas. Cet homme ne vous plairait pas.

— George, vous mentez très mal pour un diplomate. Si vous continuez à me cacher le mystère de Mr. McGrath, je l'apprendrai peut-être à Chimneys.

— Vous allez à Chimneys?

— Parfaitement. Chiffonnette m'a téléphoné ce matin pour m'inviter pour le week-end.

George fit un dernier effort.

— N'y allez pas, ma chère. Ce serait trop ennuyeux pour vous. Rien d'intéressant ni de mondain.

Virginie éclata de rire.

— Ne vous en faites pas, mon bon George! Je ne crains pas de m'ennuyer! Je serai sûrement à Chimneys et je mettrai en œuvre tout mon charme pour séduire le jeune Canadien. Car il y sera, n'est-ce pas? La vie est tout à coup devenue amusante! D'abord un maître chanteur, puis un cousin haut placé pris dans des difficultés diplomatiques. Que confiera-t-il à sa belle cousine? Rien? Tant pis, elle l'apprendra quand même! Au revoir, George. Non, non, il ne faut pas m'en vouloir. Je vous jure que je servirai de toutes mes forces la monarchie herzoslovaque!

Dès que George fut parti, Virginie courut au téléphone et demanda Lady Eileen Brent.

— C'est vous, Chiffonnette? Mon petit, je viendrai sûrement à Chimneys demain soir! Quoi? Ce sera ennuyeux? Pas autant que vous le croyez, mon petit! Sachez que si je ne viens pas, c'est qu'on m'aura retenue par la force des baïonnettes! A demain, chou!

Chapitre 7.
Mr. McGrath refuse une invitation

Les lettres n'y étaient plus!

Navré de cette découverte, Anthony se rendit compte que Giuseppe avait dû prendre le paquet de lettres pour les *Mémoires* de Stylpitch et l'emporter. Après s'être aperçu de son erreur, il tenterait sûrement une deuxième fois de s'emparer du manuscrit. Il s'agissait de parer à cette éventualité.

Quant aux lettres, Anthony décida d'insérer dans les journaux une annonce discrète promettant une petite récompense en échange des lettres. Que Giuseppe fût un émissaire des camarades de la Main Rouge ou du parti monarchiste, les lettres n'avaient pas d'intérêt pour lui et il serait heureux de gagner une petite somme en les rendant.

Le lendemain matin, Anthony demanda et obtint une interview avec le gérant du *Ritz*, un Français très courtois qui le reçut dans son bureau privé.

— Vous désirez me parler, monsieur McGrath?

— Parfaitement. Je suis descendu hier soir dans votre hôtel et j'ai été servi le soir dans ma chambre par un domestique nommé Giuseppe.

— Ah! oui? dit le gérant avec indifférence.

— La curiosité un peu excessive de cet homme me frappa, mais je n'y prêtai pas grande attention. Plus tard, dans la nuit, je fus réveillé par un léger bruit; j'allumai, et je vis ce même Giuseppe en train de fouiller ma valise.

L'indifférence du gérant s'était évanouie.

— Mais pourquoi ne me l'avez-vous pas fait savoir tout de suite? s'exclama-t-il.

— Cet homme était armé d'un couteau; nous avons eu un combat; finalement, il a réussi à s'échapper par la fenêtre.

— A-t-il emporté quelque chose, monsieur McGrath?

— Une seule chose, et n'ayant pas de valeur commerciale.

— Dieu merci! Mais pourquoi, monsieur McGrath, n'avez-vous pas poursuivi le voleur, réveillé tout le monde, mis l'hôtel sur pied?

Anthony haussa les épaules.

— En effet, du point de vue strictement judiciaire, il aurait fallu appeler la police...

— La police! répéta sans enthousiasme le gérant. La police dans un grand hôtel comme le nôtre, ça fait tout de suite des histoires dans la presse!

— D'autant plus, compléta Anthony, que moi aussi je préfère garder cette affaire pour nous, étant donné que le voleur a emporté un objet n'ayant pas de valeur commerciale, mais en ayant une pour moi : des lettres.

Avec cette expression de discrétion surhumaine que seuls savent assumer les Français quand il s'agit de lettres de femmes, le gérant murmura :

— Je comprends, monsieur. Ce n'est naturellement pas une affaire pour la police.

— Nous sommes d'accord. Mais vous comprendrez que j'aie l'intention de reconquérir ces lettres. Nous autres, dans les colonies, sommes habitués à faire les choses nous-mêmes. Mais il faut que vous me disiez tout ce que vous savez sur ce domestique, Giuseppe.

— Vous avez raison, monsieur McGrath. Veuillez revenir dans une demi-heure et je vous donnerai toutes les informations possibles.

Trente minutes plus tard, le gérant tendait à Anthony une feuille de papier avec la liste des restaurants et hôtels où Giuseppe Manelli avait servi. Il était employé au *Ritz* depuis trois mois (en Angleterre depuis cinq ans) et s'était révélé un domestique habile et expérimenté. Ses références étaient bonnes. Une seule chose frappa Anthony : à deux hôtels où Giuseppe avait servi, il y avait eu des vols. Nul n'avait songé à l'en accuser, mais le fait parut significatif à Anthony. Toutefois, il ne croyait pas qu'il s'agissait d'un vol vulgaire, et que Giuseppe avait emporté les lettres par hasard. Le regard qu'il avait jeté la veille sur le manuscrit était trop expressif. Il avait dû être soudoyé par un parti herzoslovaque. Peut-être, grâce aux renseignements du gérant, réussirait-il à trouver la trace du voleur. Il mit la feuille dans sa poche et se leva.

— Je vous remercie. Inutile de demander si Giuseppe est encore à l'hôtel.

Le gérant sourit.

— Son lit est intact, et tous ses effets sont restés là. Il doit avoir précipitamment quitté l'hôtel après l'attaque manquée. Je ne crois guère que vous puissiez le retrouver.

— Moi, j'y crois. J'ai toujours foi en ma chance!

Après avoir questionné sans grand résultat les autres domestiques, et envoyé son annonce dans les journaux, Anthony se prépara à sortir pour déjeuner dans le restaurant où Giuseppe avait servi auparavant. A cet instant, on l'appela au téléphone.

— Mr. McGrath? Ici, Messrs. Baderson et Hodgkins. Un instant, je vais vous passer Mr. Balderson.

« Nos dignes éditeurs s'éveillent! » songea Anthony.

— Allô! Mr. McGrath?

— Lui-même.

— Ici, Mr. Balderson, de la maison Balderson et Hodgkins. Avez-vous le manuscrit, monsieur McGrath?

— La date limite de la remise n'est pas encore arrivée, monsieur Balderson.

— Je sais que vous arrivez d'Afrique, monsieur McGrath. Vous ne comprenez donc pas la situation telle qu'elle se présente actuellement. Ce manuscrit a soulevé toute une tempête, monsieur McGrath. J'en viens à souhaiter quelquefois que nous n'en ayons pas la responsabilité.

— A ce point-là?

— Je vous assure que c'est ainsi! De toute façon, je voudrais avoir ce manuscrit au plus tôt, pour en tirer plusieurs copies. De la sorte, même si l'original est détruit, il n'y aura plus de danger. Cela vous paraîtra peut-être exagéré, monsieur McGrath, mais sachez qu'on vous empêchera d'entrer dans nos bureaux. Il y a neuf chances sur dix que vous n'arriviez pas jusque chez nous.

— J'en doute, dit Anthony. Quand je veux arriver quelque part, j'y parviens d'ordinaire.

— Mais, cette fois, vous avez affaire à des adversaires dangereux. Je ne l'aurais pas cru moi-même il y a un mois. Mais je vous assure, monsieur McGrath, qu'on a déjà tenté de nous soudoyer, de nous intimider à force de menaces, de nous supplier, de nous persuader... Je ne sais pas comment nous avons pu résister jusqu'ici. Je vous propose de ne pas même tenter d'apporter le manuscrit. Un homme de confiance viendra vous trouver à l'hôtel : remettez-lui le manuscrit.

— Et si on le lui vole? demanda Anthony.

— C'est nous qui en serons responsables, pas vous. Vous l'aurez délivré à notre représentant contre un reçu signé en bonne et due forme. Le chèque de mille livres que nous devons vous remettre ne peut être délivré, d'après les instructions du défunt auteur, que mercredi prochain, mais si vous le désirez, je vous enverrai par le messager un chèque sur mon compte personnel.

Anthony réfléchit quelques instants.

— *All right*, dit-il avec un petit soupir. Envoyez-moi votre homme de confiance. Et remettez-lui le chèque, je vous prie, car je ne compte pas, dans ce cas, rester en Angleterre jusqu'à mercredi prochain.

— Certainement, monsieur McGrath. Notre envoyé, Mr. Holmes, se présentera chez vous demain matin. Il vaut mieux ne pas l'envoyer directement du bureau. Il viendra de chez lui, avant de se rendre à son travail, et vous remettra un reçu. Entre-temps, je vous conseille de déposer un paquet truqué dans le coffre-fort du gérant, pour induire en erreur nos adversaires.

— Bon, je me conformerai à vos instructions.

Pensif, Anthony raccrocha le récepteur.

Ce jour-là, il ne réussit pas à apprendre quoi que ce soit sur Giuseppe, mais sa deuxième nuit à Londres se passa sans incidents.

Le lendemain à neuf heures, Mr. Holmes, de la maison Balderson et Hodgkins, petit employé calme et bien élevé, lui remit, en échange du manuscrit, un reçu et un chèque de mille livres. Mr. Holmes mit le manuscrit dans sa serviette, souhaita poliment le bonjour à Anthony et partit.

— Peut-être sera-t-il assassiné en route, murmura Anthony. Étrange, tout cela, plus qu'étrange...

L'accompagnant de quelques mots, il mit le chèque sous une enveloppe et la cacheta soigneusement. La somme que lui avait avancée Jimmy à Bulawayo était encore à peu près intacte.

« Jusqu'à présent, se dit Anthony, j'ai été roulé. Mais ça ne continuera pas. Pensons à notre deuxième mission. Je crois que je ferai bien de jeter un coup d'œil sur la maison de dame Revel, bien entendu, sous un déguisement. »

Il fit ses malles, paya l'addition, fit appeler un taxi et se pencha pour lui donner l'adresse au moment même où un petit chasseur le rejoignit, essoufflé, en lui tendant une lettre.

— Elle vient d'arriver à l'instant, monsieur.

Anthony lui mit un shilling dans la main et ouvrit la lettre dans le taxi. Il dut la relire quatre fois avant de comprendre de quoi il s'agissait. Elle était rédigée dans ce style officiel cher à l'administration, et plein de tournures de phrases excessivement compliquées. Mr. McGrath, qui, comme on le savait, arrivait le jour même d'Afrique, avec certain manuscrit à remettre à certaines personnes, était prié de n'en rien faire avant d'avoir eu un entretien confidentiel avec certains fonctionnaires dont l'anonymat dissimulait la haute importance. Mr. McGrath était également prié de se rendre le vendredi soir pour le week-end à Chimneys, en qualité d'invité de Lord Caterham.

Cette missive obscure et mystérieuse amusa beaucoup Anthony

— Brave vieille Angleterre! murmura-t-il. En retard de deux jours, comme d'habitude! Dommage, j'aurais aimé aller à Chimneys! Tant pis. Maintenant que j'ai remis le manuscrit, je ne peux plus profiter de l'hospitalité de ces bonnes gens, ce serait les duper. Mais s'il y a une auberge non loin de Chimneys, je pourrai peut-être m'y installer en qualité d'Anthony Cade, et voir un peu ce qui se passe au château.

Faisant stopper le taxi devant un obscur petit hôtel, Anthony prit une chambre plus que modeste, se fit inscrire au registre sous le nom d'Anthony Cade, tira de sa poche une feuille de papier à lettre avec l'en-tête du *Ritz*, et traça vivement quelques lignes.

Il expliqua qu'il avait débarqué l'avant-veille, qu'il avait déjà remis le manuscrit à la maison d'éditions Balderson et Hodgkins, et qu'il se voyait obligé, à son regret, de décliner l'aimable invitation de Lord Caterham, étant donné qu'il quittait l'Angleterre le jour même. Il signa : *James McGrath.*

— Et maintenant, dit Anthony en collant le timbre sur l'enveloppe, adieu Jimmy McGrath! A nous, Anthony Cade!

Chapitre 8.
Un cadavre

En revenant du tennis dans sa luxueuse limousine, Virginie Revel pensait avec un petit sourire singulier à l'homme qui viendrait la voir ce jour-là à six heures. Aujourd'hui, le maître chanteur ne trouverait pas une proie aussi facile qu'il était en droit de l'espérer!

Quand la voiture stoppa devant sa maison, elle s'adressa au chauffeur :

— Comment va votre femme, Walton? J'ai oublié de vous le demander avant.

— Un peu mieux, madame. Le médecin a dit qu'il viendrait à six heures et demie. Madame aura-t-elle encore besoin de moi, ce soir?

— Non, je pars pour le week-end. Je prends le train de six heures quarante à la gare de Paddington — mais je pourrai prendre un taxi pour y aller. J'aime mieux que vous parliez personnellement au médecin. Et s'il croit qu'un week-end à la campagne ferait du bien à votre femme, réalisons cela à mes frais.

Avec un signe de tête au chauffeur qui se confondait en remerciements, Virginie monta vivement les marches, chercha sa clef dans son sac, vit qu'elle l'avait oubliée, et sonna.

Pendant qu'elle attendait, un jeune homme en vêtements usés, une liasse de journaux à la main, monta les marches et lui tendit une feuille portant en grandes lettres :

Au secours des chômeurs!
Revue hebdomadaire vendue par les chômeurs.

— J'en ai déjà acheté un ce matin, déclara Virginie sur un ton d'excuse. Je vous en donne ma parole! Si encore il était bien écrit! Mais pourquoi les articles sont-ils si ennuyeux?

Le jeune homme rejeta la tête en arrière et éclata de rire. Virginie aussi. Jetant sur lui un regard négligent, elle constata que c'était le plus plaisant spécimen de l'espèce des chômeurs qu'elle eût vu jusqu'ici à Londres. Son visage bronzé, ses traits durs, son regard railleur lui plaisaient. Elle aurait voulu lui procurer du travail.

Mais à cet instant la porte s'ouvrit et Virginie oublia en un clin d'œil et le chômeur et le problème du chômage, car c'était Élise, sa femme de chambre, qui lui avait ouvert la porte.

— Où est Chilvers? demanda-t-elle, étonnée.

— Il est à Datchet, madame, avec les autres comme vous l'avez ordonné par votre dépêche.

— Ma dépêche! Mais je n'ai envoyé aucune dépêche!

— Comment, madame? Mais la voilà!

Élise lui tendit un télégramme adressé à Chilvers et portant :

Partez immédiatement avec personnel à mon cottage Datchet et préparez tout pour week-end. Prenez train 5 h 49.

C'était une dépêche comme elle en avait souvent envoyé quand elle avait décidé sous le coup d'une impulsion subite d'organiser un week-end dans son cottage de campagne. Elle emmenait généralement tout son personnel, laissant une vieille femme de ménage pour garder la maison. Chilvers n'avait rien vu de suspect dans ce message et, en maître d'hôtel stylé, avait exécuté ses ordres.

— Moi, j'ai préféré rester, expliqua Élise, pour faire les malles de madame.

— C'est une farce stupide que quelqu'un m'a jouée! s'exclama Virginie en jetant avec irritation la dépêche sur la table. Vous savez bien, Élise, que je suis invitée pour le week-end à Chimneys!

— Oui, madame, mais j'ai pensé que madame avait changé d'avis. Cela arrive quelquefois à madame.

Avec un demi-sourire, Virginie admit cette vérité. Il lui arrivait, en effet, assez fréquemment de changer d'avis. Mais pourquoi lui avait-on joué ce tour? Et qui?

— Mon Dieu! s'exclama tout à coup Élise. Et si c'étaient des voleurs, madame, des malfaiteurs? S'ils ont envoyé la dépêche pour que la maison reste vide et qu'ils puissent la piller?

— Ça se pourrait, dit Virginie, pensive.

— Sans doute, madame! On lit ces choses-là tous les jours dans les journaux! Il faut que madame téléphone à la police avant qu'ils soient venus nous assassiner!

— Calmez-vous, Élise. On ne viendra pas nous assassiner à six heures de l'après-midi.

— Madame, je vous en supplie, permettez-moi d'appeler un agent!

— En voilà une idée! Non, non, Élise. Allez d'abord faire mes malles pour le week-end. La robe du soir qu'on vient de m'envoyer de chez Premet, et celle d'après-midi en crêpe marocain blanc, et... celle en velours noir, n'est-ce pas? Elle est si diplomatique!

— Madame est ravissante en satin vert Nil, déclara Élise, dont les instincts professionnels prenaient le dessus.

— Non, non, pas le satin. Dépêchez-vous, Élise, nous avons juste le temps! Je vais envoyer une dépêche à Chilvers — une vraie — et je vais parler à l'agent du coin pour qu'il surveille la maison. Ne faites pas un visage aussi dramatique, Élise! On ne vous égorge pas encore.

Virginie se dirigea vers le studio pour donner un coup de téléphone au commissariat. La main sur le récepteur, elle s'arrêta, stupéfaite. Il y avait un homme dans le fauteuil, devant la cheminée. La dépêche truquée lui avait fait oublier son visiteur, qui avait dû s'endormir en l'attendant. Un sourire malicieux au coin des lèvres, elle s'approcha de lui. Comme elle se penchait vers la silhouette curieusement recroquevillée, son sourire s'évanouit.

Cet homme n'était pas endormi. *Il était mort.*

Elle s'en rendit compte instinctivement, avant même d'avoir aperçu le petit revolver sur le plancher, le petit trou noir juste au-dessus du cœur, avec la tache sombre tout autour, et la mâchoire pendante, horrible à voir.

Elle demeura immobile, figée. Tout à coup, au milieu du silence, elle entendit la voix d'Élise qui descendait l'escalier :

— Madame! Madame!

— Qu'y a-t-il?

Elle sortit rapidement, refermant la porte derrière elle. Il fallait à tout prix cacher l'événement à Élise, qui aurait sûrement une crise de nerfs; il lui fallait, au contraire, du calme et du silence pour réfléchir à tout cela.

— Madame, ne ferais-je pas mieux de verrouiller la porte? Ces malfaiteurs peuvent nous tomber dessus à n'importe quel moment!

— Bien, faites-le.

Elle entendit Élise pousser les verrous, puis remonter l'escalier, et poussa un soupir de soulagement.

Elle regarda l'homme dans le fauteuil, puis l'appareil téléphonique. Il fallait immédiatement téléphoner à la police.

Mais, au lieu de le faire, elle continua à réfléchir; les idées les plus inattendues et les plus horribles s'enchevêtraient dans son cerveau. La dépêche truquée! Quel rapport avait-elle avec l'assassinat? Si Élise n'était pas restée de son propre gré, si la maison avait été vide, elle, Virginie, serait entrée à l'aide de sa clef — on ne prévoyait pas qu'elle l'oublierait — et elle se serait trouvée en présence d'un homme assassiné, un homme qui, la veille, l'avait fait chanter, lui avait extorqué quarante livres. Évidemment, elle pourrait s'expliquer. Mais... trouverait-on l'explication vraisemblable? George n'y avait rien compris, et tous les gens de bon sens seraient sûrement de son avis. Ces lettres — elle ne les avait jamais écrites, mais pourrait-elle le prouver?

Elle pressa ses mains contre son front. Qu'allait-elle faire? Qui avait fait entrer cet homme? Élise? Sûrement pas! Elle le lui aurait immédiatement annoncé! Le mystère s'enchevêtrait de plus en plus. Téléphonerait-elle à George? Il lui fallait un homme pour l'aider et la diriger — un homme calme, énergique, lucide. Non, pas George! Il ne penserait qu'à une seule chose : sa carrière, et refuserait de se mêler à une affaire aussi obscure. Qui, alors? Soudain son visage s'éclaircit. Bill! Naturellement! Ce brave Bill!

Elle décrocha le récepteur et demanda Mr. Eversleigh. On lui répondit qu'il venait de partir pour Chimneys.

— Malheur! s'écria Virginie en jetant le récepteur.

C'était affreux d'être enfermée dans une chambre avec un cadavre sans pouvoir en parler à qui que ce soit.

A cet instant, la sonnette retentit.

Virginie bondit. Élise était en haut et n'entendait sûrement pas. S'élançant dans le vestibule, elle tira les verrous poussés par Élise, et ouvrit la porte toute grande. Sur le seuil se trouvait le chômeur.

Virginie poussa un « ouf » de soulagement.

— Entrez, dit-elle. Vous arrivez à un moment opportun. J'aurais peut-être du travail pour vous.

Elle le fit entrer dans la salle à manger, lui offrit une chaise, s'assit en face de lui et le regarda très attentivement pendant quelques instants.

— Excusez-moi, dit-elle, mais... Êtes-vous... Je veux dire...

— J'ai fait mes études à Eton et Oxford, dit le jeune homme. C'est bien cela que vous vouliez me demander?

— A peu près, reconnut Virginie.

— Déclassé et déchu uniquement à cause de mon entière inaptitude pour tout travail systématique et régulier. J'espère que la besogne que vous allez me proposer n'est pas régulière?

Un sourire apparut au coin de ses lèvres.

— Tout à fait irrégulière, soyez sans crainte.

— Parfait, dit le jeune homme d'un ton satisfait.

Virginie jeta un regard approbateur sur son visage bronzé et son corps mince et musclé.

— Comprenez-vous, dit-elle, je suis dans une situation difficile et inattendue, et la plupart de mes amis sont trop... trop haut placés. En se mêlant de cette affaire, ils peuvent nuire à leur réputation.

— Moi, je n'ai pas de réputation à perdre. Dites-moi donc carrément de quoi il s'agit.

— Il y a un cadavre dans la pièce à côté, dit Virginie. C'est un homme qu'on a assassiné, et je ne sais qu'en faire.

Elle annonça cela aussi ingénument qu'une petite fille, et le jeune homme monta immensément dans son estime en ne manifestant pas le moindre étonnement. On aurait dit qu'il entendait tous les jours des constatations de cet ordre.

— Parfait, dit-il. J'ai toujours eu envie de jouer les détectives amateurs. Dois-je aller examiner le cadavre, ou voulez-vous d'abord me renseigner sur les circonstances?

— Elles sont un peu singulières... Cet homme est venu ici hier pour la première fois. Il avait sur lui des lettres... des lettres d'amour... signées de mon nom...

— Mais ce n'est pas vous qui les avez écrites, dit calmement le jeune homme.

Virginie le regarda, étonnée.

— Comment le savez-vous?

— Une simple déduction. Vous n'êtes pas femme à aimer en cachette et à craindre des découvertes. Continuez.

— Il voulait me faire chanter, et... et... je ne sais si vous comprenez cela, mais... je l'ai laissé faire.

Il hocha la tête avec un sourire.

— Si, je comprends. C'était une sensation neuve, et vous vouliez savoir ce que vous éprouveriez.

— C'est précisément cela! Quel homme intelligent vous êtes!

— En effet, je suis très intelligent, dit modestement le jeune homme. Mais sachez bien que la plupart des gens ne comprendraient pas notre point de vue. Que voulez-vous, les gens n'ont pas d'imagination.

— Vous avez raison. J'ai dit à cet homme de revenir aujourd'hui, à six heures. Quand je suis rentrée chez moi — vous m'avez vue —, j'ai trouvé une dépêche truquée qui avait fait partir tout mon personnel à la campagne. Il ne reste que ma femme de chambre. Je suis entrée dans le studio, pour téléphoner à la police, et j'y ai trouvé cet homme assassiné.

— Qui l'a introduit?

— Je ne sais pas. Si c'était ma femme de chambre, elle me l'aurait dit.

Le jeune homme se leva.

— Voyons le corps. Ensuite, nous aviserons.

Virginie sortit la première, lui montrant le chemin. Sur le seuil du studio, elle s'arrêta.

— A propos, dit-elle, vous ne m'avez pas dit votre nom?

— Mon nom? Anthony Cade.

Chapitre 9.
Anthony le met dans une malle

Anthony suivit Virginie avec un léger sourire. Les événements avaient pris une tournure inattendue. Mais en se penchant sur le corps recroquevillé dans le fauteuil, il redevint grave.

— Il est encore tiède, dit-il. Cet homme a été tué il y a une demi-heure, moins peut-être.

— Juste avant ma rentrée?

— En effet. Votre femme de chambre n'est pas entrée ici, bien entendu?

— Non.

— Sait-elle que vous y étiez?

— Oui. J'en suis sortie pour lui dire quelques mots.

— Après avoir découvert le corps?

— Oui.

— Et vous ne lui en avez rien dit?

— Non. Elle aurait sûrement eu une crise de nerfs, et j'avais besoin de réfléchir tranquillement. Je vois que vous n'êtes pas d'accord. Pourquoi?

— Parce que si la femme de chambre avait découvert le corps en même temps, ou presque en même temps que vous, l'affaire aurait été simplifiée de beaucoup. On aurait eu une preuve que l'homme a été assassiné *avant* votre retour à la maison.

— Ah! Tandis que maintenant on peut prétendre qu'il a été assassiné *après!* Je comprends...

Il l'observa pendant qu'elle réfléchissait à cette difficulté nouvelle : décidément, elle était non seulement jolie, mais encore intelligente et courageuse.

— Comment se fait-il qu'Élise n'ait pas entendu la détonation? murmura-t-elle.

A travers la fenêtre ouverte, on entendit le bruit d'un pneu qui éclatait.

— Voilà la réponse, dit Anthony. A Londres, une détonation peut passer inaperçue.

Virginie se tourna vers l'homme avec un petit frisson.

— Il a le type italien, remarqua-t-elle.

— En effet, c'est un Italien. Garçon de restaurant et domestique d'hôtel de son métier. Maître chanteur de temps en temps seulement. Peut-être s'appelle-t-il Giuseppe.

— Ciel! s'écria Virginie. Êtes-vous Sherlock Holmes?

— Malheureusement non! Je vous expliquerai pourquoi je l'ai reconnu. Mais d'abord, dites-moi si vous avez réellement donné de l'argent à cet homme?

— Oui. Quarante livres.

— Mauvais, ça! dit Anthony sans manifester la moindre surprise. Maintenant, montrez-moi la dépêche.

Son visage devint plus grave encore pendant qu'il l'examinait.

— Où étiez-vous cet après-midi?

— Je jouais au tennis au Ranelagh.

— Et la dépêche a été expédiée du bureau de poste de Barnes, à côté. Vous auriez pu l'expédier vous-même.

Virginie, horrifiée, sentait le réseau mystérieux se resserrer autour d'elle.

Anthony tira son mouchoir et enveloppa ses doigts pour ramasser le revolver.

— Nous autres criminels, s'excusa-t-il, devons être prudents; il faut bien se garder des empreintes digitales!

Mais tout à coup il se raidit. Toute son attitude changea. D'une voix brève, il questionna :

— Madame Revel (elle l'écoutait avec tant d'anxiété qu'elle ne s'aperçut même pas qu'il l'appelait par son nom), avez-vous vu ce revolver avant?

— Non, jamais, dit-elle, étonnée.

— En êtes-vous sûre?

— Absolument sûre.

— Avez-vous eu un revolver jadis?

— Mais non!

— C'est certain?

— Sûr et certain!

— Alors, d'où ce jouet vient-il?

Et il lui tendit le revolver, sur lequel était gravé le mot : *Virginie*.

— Oh! mais c'est impossible! s'écria Virginie.

Son étonnement était si sincère qu'Anthony ne put croire à une feinte.

— Asseyez-vous, dit-il calmement. Cette affaire est plus compliquée encore que nous ne l'avions cru. D'abord, envisageons nos hypothèses. Il n'y en a que deux. La vraie Virginie — je veux dire celle qui a écrit les lettres — a pu découvrir la trace du maître chanteur, le tuer, laisser tomber son revolver, prendre les lettres et s'enfuir. Est-ce possible?

— Peut-être, murmura Virginie.

— L'autre hypothèse est plus intéressante. Ceux qui voulaient tuer Giuseppe voulaient en même temps vous incriminer. C'était peut-être même leur but principal. Ils auraient pu fort bien l'assassiner facilement ailleurs, mais ils ont fait des efforts extraordinaires pour l'occire précisément ici, chez vous! Et il est évident qu'ils en savaient long sur vous, sur votre cottage à Datchet, sur votre organisation domestique, et sur le fait que vous vous trouviez cet après-midi au tennis de Ranelagh. Avez-vous des ennemis, madame Revel?

— Mon Dieu, non! Je ne crois pas!

— Il s'agit d'établir, dit Anthony, ce que nous ferons maintenant. Deux plans s'offrent à nous : Plan A : téléphoner à la police, raconter toute l'histoire et avoir confiance en votre situation dans le monde et votre passé sans tache. Plan B : une tentative d'Anthony Cade de cacher le corps. Mes penchants naturels, bien entendu, me conseillent le plan B. J'ai toujours voulu savoir si j'avais l'habileté nécessaire pour effacer les traces d'un crime, mais un reste de sentimentalité m'a empêché de verser du sang. Néanmoins, j'estime que la première voie est plus raisonnable. Peut-être pourrait-on faire une sorte de compromis : téléphoner à la police, mais supprimer le revolver et les lettres... s'il les a encore sur lui!

Anthony fouilla rapidement les poches du mort.

— On lui a tout enlevé, annonça-t-il. Ces maudites lettres nous donneront encore du tracas! Il n'a plus rien sur lui... Tiens, qu'est-ce? Un bout de papier qui s'est accroché au bouton cousu à l'intérieur de la poche!

Il tira un bout de papier et l'examina à la lumière.

— Ce n'est qu'un fragment, malheureusement... *Chimneys, 11 h 45, jeudi...* On dirait un rendez-vous!

— Chimneys? s'exclama Virginie. C'est extraordinaire.

— Pourquoi extraordinaire? Un endroit trop aristocratique pour ce pauvre bougre?

— Je vais moi-même à Chimneys ce soir. Ou plutôt je devais y aller.

Anthony se tourna brusquement vers elle.

— Comment? Répétez ce que vous venez de dire.

— Je devais aller à Chimneys ce soir, répéta Virginie.

Anthony sifflota doucement.

— Cette fois, je commence à comprendre! Quelqu'un, peut-être, voulait à tout prix vous empêcher d'aller à Chimneys!

— Je sais que mon cousin George Lomax voulait m'en empêcher, dit Virginie avec un sourire. Mais je ne puis sérieusement le soupçonner d'avoir tué.

Anthony ne souriait pas. Il était abîmé dans ses réflexions.

— Si vous téléphonez à la police, vous ne pourrez certainement pas aller à Chimneys ce soir, ni même demain. Et je voudrais que vous y alliez. Je crois que cela vous aidera à découvrir nos amis inconnus. Madame Revel, voulez-vous remettre cette affaire entre mes mains?

— Nous suivrons donc le plan B?

— Parfaitement. Il faut avant tout nous débarrasser de votre femme de chambre. Est-ce possible?

— Naturellement!

Virginie sortit dans le hall et appela :

— Élise! Élise!

— Madame?

Anthony entendit un colloque rapide, puis la porte d'entrée s'ouvrit et se referma. Virginie revint dans le studio.

— Elle est partie. Je l'ai envoyée chercher un flacon de parfum en lui disant que le magasin en question était ouvert jusqu'à huit heures du soir. Bien entendu, il ne l'est pas, mais ça ne fait rien. Elle doit prendre le train pour Chimneys sans m'attendre et sans rentrer ici.

— Bon, dit Anthony avec un signe d'approbation. Maintenant, disposons du cadavre! Je me vois forcé de recourir à une méthode ancienne et banale : avez-vous une malle dans la maison?

— Sans doute. Venez au sous-sol.

Plusieurs malles s'y trouvaient. Anthony en choisit une très large et très profonde, d'aspect respectable.

— Je m'occuperai de cela tout seul, dit-il avec tact. En attendant, préparez-vous à partir.

Virginie obéit. Elle monta chez elle et se mit en tenue de voyage. Quand elle descendit, Anthony l'attendait dans le hall, avec une malle proprement ceinturée de courroies.

— J'aimerais vous raconter l'histoire de ma vie, dit-il, mais je crois que nous aurons une soirée trop mouvementée. Voilà ce que vous avez à faire : appelez un taxi et mettez-y vos bagages, y compris la malle. Allez à Paddington où vous la laisserez en consigne. Je serai sur le quai. En passant devant moi, laissez tomber votre récipissé. Je le ramasserai et ferai mine de vous le rendre, mais en réalité je le garderai. Allez à Chimneys et soyez tranquille : je me charge du reste.

— Je vous suis follement reconnaissante, dit Virginie. C'est impardonnable de ma part de vous mettre un cadavre sur le dos, sans même vous connaître!

— Ça m'amuse, répliqua nonchalamment Anthony. Si un de mes amis, Jimmy McGrath, était ici, il vous dirait que dès qu'il y a quelque part une sale affaire, j'en suis!

Virginie le regardait, bouche bée.

— Quel nom venez-vous de prononcer? Jimmy McGrath?

Anthony fixa sur elle un regard perçant.

— Oui. Pourquoi? Vous avez entendu parler de lui?

— Oui, tout récemment. Monsieur Cade, il faut que je vous parle : pouvez-vous venir à Chimneys?

— Vous me reverrez bientôt, madame Revel, je vous le promets. En attendant, sortons séparément : un des conspirateurs en cachette par l'escalier de service, l'autre fièrement par la grande porte, au-devant d'un taxi!

Le plan se développa selon les prévisions. Anthony, qui avait pris un deuxième taxi, attendit Virginie sur le quai et ramassa le récépissé. Puis il se rendit dans un garage voisin, loua une voiture modeste et, revenant à la gare, prit livraison de la malle.

La route qu'il suivit, et qui le menait à travers la banlieue de Londres, était sillonnée d'autos, et il était impossible qu'on y retrouvât des traces de pas ou de roues. A un certain endroit, Anthony s'arrêta, descendit, etc ommença par rendre invisible sous une traînée de boue le numéro de sa voiture. Puis, après s'être assuré qu'aucune auto n'arrivait il ouvrit la malle, en tira le corps de Giuseppe, le déposa dans le fossé au bord de la route, de façon que la lumière des projecteurs ne le révélât pas, remonta dans sa voiture et repartit.

Cela avait duré exactement une minute et demie. Il fit un détour à droite, revenant à Londres *via* Burnham Beeches. Là, il stoppa de nouveau et, choisissant un des arbres géants de la forêt, il y grimpa, non sans difficulté. Par bonheur, la route était déserte. Parmi les branches les plus élevées, il aperçut un creux dans l'écorce et y enfouit un petit paquet bien ficelé.

« Bonne idée de cacher le revolver ici, se dit Anthony. Tout le monde cherche toujours par terre, jamais en l'air! Et il y a bien peu de gens à Londres capables de grimper sur cet arbre. »

Revenu à la gare de Paddington, il remit de nouveau la malle en consigne — cette fois, dans une autre salle —, se munit d'essence, et partit pour Chimneys. Son estomac rêvait nostalgiquement d'un bon bifteck accompagné de frites, mais Anthony n'avait pas le temps de manger.

Il était dix heures et demie du soir quand il fit stopper sa voiture sur la route qui longeait le parc de Chimneys. Escaladant le mur, il traversa en courant les allées, plus longues qu'il ne l'avait cru, et s'arrêta à quelque distance du château dont les ailes se dressaient dans l'obscurité. Au loin, une horloge sonna les trois quarts.

Onze heures quarante-cinq. L'heure annoncée sur le bout de papier trouvé dans la poche du mort. Anthony était maintenant au pied de l'escalier, les yeux levés vers les fenêtres. Tout semblait dormir.

— Ils se couchent tôt, messieurs les diplomates, murmura Anthony.

Tout à coup, il entendit distinctement le bruit d'une détonation. Anthony se retourna vivement. On avait tiré à l'intérieur de la maison, il en était sûr. Il attendit quelques instants, mais le silence persista. Finalement, il s'approcha d'une des grandes fenêtres donnant sur la terrasse et essaya de l'ouvrir. Elle était fermée. Les autres aussi. Personne n'entendit ses tentatives. Tout semblait endormi. S'était-il trompé? Ou la détonation venait-elle quand même d'autre part? Vaguement inquiet, il abandonna ses investigations et revint sur la route.

A mi-chemin, il se retourna et contempla une fois de plus la maison. Tout à coup une des fenêtres du premier étage s'illumina. Mais, une seconde après, la lumière s'éteignit et Chimneys tout entier resta enveloppé, une fois de plus, dans une obscurité et un silence de mort.

Chapitre 10.
Chimneys

L'inspecteur Badgeworthy, grand, lourd, imposant, classait des papiers dans son bureau. Le constable Johnson le regardait respectueusement.

La sonnerie du téléphone retentit, et l'inspecteur décrocha lourdement le récepteur.

— Allô! Oui. Poste de police. Market Basing. Ici l'inspecteur Badgeworthy. Hein? Quoi?

Toute l'attitude de l'inspecteur changea. Son interlocuteur le dépassait comme lui dépassait son constable.

— Oui, mylord? Pardon, mylord? Qu'avez-vous dit, mylord?

Un long silence, au cours duquel l'inspecteur Badgeworthy

écoutait attentivement, changeant d'expression à tout instant. Finalement, il raccrocha, avec un bref : « Immédiatement, mylord ! »

Il se tourna vers Johnson, gonflé d'importance :

— Une communication de Lord Caterham, de Chimneys. Il y a eu un assassinat !

— Un assassinat ! murmura Johnson, impressionné.

— Oui, un véritable assassinat, répéta l'inspecteur avec satisfaction. Un des invités de Lord Caterham, un gentleman étranger, a été tué par un coup de revolver. On a trouvé le corps près d'une fenêtre ouverte. Il y a des empreintes de pas sur la terrasse et la pelouse. J'espère qu'on ne les effacera pas avant notre arrivée ! Partons, nous cueillerons en route le docteur Cartwright pour l'emmener à Chimneys.

Badgeworthy était au septième ciel ! Un assassinat ! A Chimneys ! Scandale ! Enquête ! Sensation ! L'inspecteur Badgeworthy est chargé de l'affaire. Il découvre des traces extraordinaires. Arrestation sensationnelle. Promotion dudit inspecteur.

« Encore faudrait-il, se dit l'inspecteur Badgeworthy, que Scotland Yard ne vienne pas m'enlever cette affaire ! »

Cette pensée paralysa son enthousiasme. Il n'était, hélas ! que trop vraisemblable que Scotland Yard se dérangerait, puisqu'il s'agissait de Chimneys !

Emmenant le docteur Cartwright, ils partirent pour Chimneys. En passant devant l'auberge *Aux Joueurs de Cricket*, le médecin remarqua un homme debout sur le seuil.

— Tiens ! un étranger, dit-il. Je ne l'ai pas vu hier, il a dû arriver le soir.

— Pas par le train, en tout cas, répliqua Johnson, toujours au courant des départs et des arrivées, car son frère était chef de gare.

— Qui se trouve maintenant à Chimneys ? demanda le docteur.

— Lady Eileen, qui est venue par le train de trois heures quarante, avec deux jeunes gens — un Américain et un officier, tous deux sans valets de chambre ! Mylord est venu à cinq heures quarante avec un monsieur étranger — la victime, peut-être ? — et son valet. Mr. Eversleigh est arrivé par le même train. Mrs. Revel est venue par celui de sept heures vingt-cinq, en même temps qu'un monsieur chauve avec un nez crochu, et la femme de chambre de Mrs. Revel, à huit heures cinquante-six.

Johnson s'arrêta, hors d'haleine.

— Et aucun voyageur n'est descendu à l'auberge ?

— Aucun.

— Il a dû venir en voiture, remarqua l'inspecteur. Renseignez-vous sur lui à l'auberge Johnson. Il est très bronzé, il m'a l'air, lui aussi, d'être un étranger. Avec ces gens-là, on ne sait jamais!

Et l'inspecteur hocha la tête avec l'air d'un homme qui ne se laisserait pas duper.

La voiture passa par le portail et traversa le parc de Chimneys. Inutile de décrire cette demeure seigneuriale, dont on trouvera la description exacte dans le guide *Châteaux historiques d'Angleterre*.

Ils furent reçus par un vieux domestique à cheveux blancs dont la physionomie, l'attitude et tous les gestes semblaient dire :

« Nous ne sommes pas habitués à des assassinats dans ces murs! Mais faisons face au désastre en rassemblant tout notre sang-froid. Mourons s'il le faut, mais faisons comme si de rien n'était! »

— Mylord vous attend, déclara-t-il. Par ici, s'il vous plaît.

Il les conduisit dans un petit boudoir où Lord Caterham fuyait le luxe trop seigneurial des grands salons, et les annonça :

— Monsieur le docteur Cartwright. Monsieur l'inspecteur de police.

Lord Caterham se promenait de long en large. Il était visiblement agité.

— Enfin vous voilà, inspecteur! Comment ça va, Cartwright? Que dites-vous de cette horrible affaire? Nous voilà dans une jolie situation!

Et Lord Caterham, passant continuellement la main dans ses cheveux ébouriffés, avait moins que jamais l'air d'un marquis.

— Où est le corps? demanda brièvement le docteur.

— Dans la salle du Conseil, là où je l'ai trouvé; je n'y ai pas touché.

— Très bien, mylord, approuva l'inspecteur en tirant un carnet et un crayon. Qui a découvert le corps? Vous-même?

— Dieu non, je ne me lève pas, d'ordinaire, à cette heure-ci! C'est une servante qui a appelé les autres. On m'a réveillé, je suis descendu et je vous ai téléphoné.

— Vous avez reconnu dans le cadavre un de vos invités?

— Oui, inspecteur.

— Quel est son nom?

Cette simple question sembla troubler Lord Caterham. Il ouvrit sa bouche, puis la referma. Enfin, il dit faiblement :

— Son nom?

— Oui, mylord.

— Son nom, dit Lord Caterham en traînant les syllabes, son nom, je crois... c'est-à-dire... oui, sans doute... son nom était Stanislas. Le comte Stanislas.

La réponse de Lord Caterham était si singulière que l'inspecteur le contempla bouche bée. Mais à cet instant, à la plus grande satisfaction du marquis embarrassé, une jeune fille entra dans la pièce.

Grande, mince, brune, avec un visage de gamine et une allure garçonnière, Lady Eileen Brent, dite Chiffonnette, fille aînée de Lord Caterham, avait un charme un peu rude, mais indéniable.

— J'ai téléphoné à George Lomax, père. Il va venir tout de suite. Il nous recommande « la discrétion la plus absolue ».

Son père poussa un grognement.

— Je me doutais bien qu'il recommanderait une idiotie quelconque! Dès qu'il sera là, je me laverai les mains de toute cette affaire! Donne des ordres, Chiffonnette, pour que tes petites sœurs ne descendent pas ce matin et restent en haut avec leur gouvernante.

— Bien, père. Ces gosses sont horriblement curieuses. Mais Mlle Brun y veillera!

— L'homme assassiné s'appelle bien comte Stanislas, n'est-ce pas? redemanda le médecin.

Le père et la fille échangèrent un regard, et ce dernier dit avec dignité :

— Mais oui. Je vous l'ai dit tout à l'heure.

— C'est que, repartit le docteur en clignant imperceptiblement de l'œil, vous n'en paraissez pas très sûr.

Lord Caterham le regarda avec reproche.

— Venez dans la salle du Conseil, docteur!

L'inspecteur les suivit, jetant des regards perçants autour de lui, comme pour découvrir des traces de l'assassin derrière les murs ou sur les cadres des tableaux.

Lord Caterham prit une clef dans sa poche et ouvrit la porte. La salle du Conseil, ornée de magnifiques meubles anciens et des portraits de tous les Caterham morts et vivants, avait trois grandes fenêtres donnant sur la terrasse.

A gauche, entre la porte et la fenêtre, gisait le corps d'un homme, les bras en croix.

Le docteur Cartwright s'agenouilla près du corps. L'inspecteur s'approcha des fenêtres. Il y avait des traces de pas sur la terrasse et sur l'escalier.

— Il devrait aussi y en avoir à l'intérieur, remarqua l'inspecteur. Elles seraient visibles sur le parquet.

— Peut-être sont-elles effacées, expliqua Chiffonnette, parce que la servante a astiqué une partie du parquet en entrant ici le matin. La pièce était obscure; elle est allée droit aux fenêtres, a tiré les rideaux et n'a pas vu le corps, dissimulé par la table du milieu. Elle ne l'a aperçu qu'en passant de l'autre côté de la table.

— Quand Sir Lomax viendra de Wyverne Abbey, inspecteur, déclara Lord Caterham, il pourra vous aider mieux que moi. Cette affaire le regarde, il vous en expliquera le comment et le pourquoi !

Et mylord battit en retraite sans attendre une réponse.

— Ce maudit Lomax ! Me mettre dans une situation pareille ! Qu'y a-t-il, Tredwell ?

Le domestique aux cheveux blancs s'inclina avec déférence.

— J'ai pris la liberté, mylord, d'avancer l'heure du déjeuner. Il est servi dans la salle à manger.

— Je suis trop ému pour manger, soupira Lord Caterham. Beaucoup trop ému.

Suivi de Chiffonnette, Lord Caterham cependant entra dans la salle à manger et jeta un regard sur la table couverte de plats appétissants.

— Quel malheur de ne pas avoir d'appétit ! gémit-il en se servant abondamment de jambon et de haddock, et en versant du café dans sa tasse. Le médecin me prescrit du calme, du calme et encore du calme... mais comment diable en avoir quand Lomax m'oblige à organiser un week-end politique avec assassinat ?

On entendit une voiture s'approcher de la maison.

— Lomax ! s'écria Chiffonnette en s'élançant au-devant de lui.

— Vous déjeunez avec nous, mon cher ? dit hospitalièrement Lord Caterham. Une omelette ? Du thé ?

George Lomax refusa d'un geste impatient.

— C'est une catastrophe épouvantable ! Épouvantable !

— Terrible, en effet ! Une tasse de café ?

— Non, non. Il faut étouffer l'affaire... à tout prix il faut l'étouffer ! C'est une calamité nationale... la concession des pétroles perdue... la Herzoslovaquie... L'Angleterre... la paix de l'Europe...

— Mon cher, ne vous essoufflez pas. Prenez votre temps et... votre déjeuner.

— Je n'en veux pas. J'ai autre chose à faire. Qu'allons-nous entreprendre ? Avez-vous mis quelqu'un au courant ?

— Rien que Chiffonnette et moi-même. Et la police locale. Et le médecin. Et tout le personnel.

George poussa un gémissement.

— Remettez-vous, mon pauvre ami ! Je vous assure que vous devriez prendre un verre pour vous réconforter ! Que voulez-vous, on étouffe une affaire, mais on n'étouffe pas un cadavre ! Il faut bien l'enterrer ! C'est malheureux, mais c'est ainsi.

— Vous avez raison, Caterham. La police locale, dites-vous? Ça ne suffira pas. Il nous faut Battle.

— Qui?

— Le superintendant Battle, de Scotland Yard. Un homme d'une discrétion absolue. Et d'une habileté remarquable. Il nous a sauvés au moment de cette malheureuse affaire des fonds du parti.

— Quels fonds?

Mais le regard de George Lomax s'arrêta à temps sur Chiffonnette. Il fallait user de discrétion à l'égard des femmes.

— Je vous raconterai cela une autre fois, mon cher. A présent, nous n'avons pas de temps à perdre. Je dois expédier plusieurs dépêches.

— Écrivez-les, et Chiffonnette les téléphonera au bureau de poste.

George Lomax tira un stylo et se remit à écrire avec une rapidité incroyable. Il remit la première à Chiffonnette, qui la lut avec intérêt.

— Bon Dieu! Quel nom! s'exclama-t-elle. Baron comment?

— Baron Lopretzyl.

— Pauvres employés du télégraphe!

George continua à écrire. Puis, remettant le fruit de ses travaux à Chiffonnette, il s'adressa au maître de la maison :

— Ce que vous pouvez faire de mieux, Caterham...

— Oui? demanda ce dernier avec inquiétude.

— C'est de remettre toute cette affaire entre mes mains.

— Bien certainement, répondit Lord Caterham avec alacrité. C'est justement ce que je pensais faire. Vous trouverez l'inspecteur de police et le docteur Cartwright dans la salle du Conseil. Mon cher Lomax, je mets Chimneys à votre disposition. Faites ce qu'il vous plaira!

Et Lord Caterham disparut par une petite porte. Chiffonnette, suivant sa retraite précipitée d'un regard d'affectueux mépris, se retourna vers Lomax.

— Si vous avez besoin de quoi que ce soit, Sir Lomax, dites-le-moi. Je m'en occuperai.

— Je vous remercie, Lady Eileen. En attendant, je vous demande d'expédier immédiatement ces télégrammes. Il faut que le surintendant Battle, de Scotland Yard, arrive au plus tôt! Qui est l'assassin? Qui a désorganisé les plans de la diplomatie anglaise et du syndicat panbritannique en s'attaquant à une aussi noble proie? Quelles sont, m'a-t-on dit, ces empreintes de pas sur la terrasse? La discrétion la plus absolue ne nous empêchera pas de retrouver et de châtier le malfaiteur qui a osé attenter aux intérêts de la Grande-Bretagne! La paix de l'Europe...

— Sir Lomax, dit Chiffonnette, notez donc tout cela pour votre prochain discours au Parlement! En attendant, voulez-vous me suivre dans la salle du Conseil? Le cadavre de qui vous savez se trouve là-bas.

Chapitre II. *Le surintendant Battle arrive*

C'est en vain que Lord Caterham espérait échapper aux griffes de George Lomax. Lorsqu'il revint, vers midi, d'une longue promenade, tâchant de passer inaperçu et de se réfugier dans sa chambre, il fut, pour ainsi dire, traîné de force par le grand diplomate dans la salle du Conseil où se trouvaient maintenant le colonel Melrose, chef constable, et un inconnu de taille moyenne, avec un visage si singulièrement neutre et dénué d'expression qu'il en devenait remarquable.

— Le surintendant Battle est arrivé il y a une demi-heure, expliqua Lomax. Il a tout examiné en compagnie de l'inspecteur Badgeworthy et du docteur Cartwright. Maintenant, il désire nous questionner.

Ils s'assirent tous, et George Lomax déclara :

— Inutile de vous dire, Battle, que c'est un cas particulier qui exige de votre part une discrétion absolue.

Le surintendant fit un léger signe affirmatif sous lequel, malgré sa courtoisie neutre et sèche, Lord Caterham sentit une ironie voilée qui lui rendit immédiatement plus sympathique l'as de Scotland Yard.

— *All right,* Sir Lomax. Pourvu que vous ne cachiez rien à la police. La victime, m'a-t-on dit, était connue du personnel sous le nom de comte Stanislas. Est-ce son vrai nom?

— Non.

— Et ce vrai nom, quel était-il?

— Prince Michel de Herzoslovaquie.

Battle ne manifesta aucun étonnement.

— Et quel était le but de sa visite à Chimneys? Une partie de chasse? Rien d'autre?

— Si, Battle, il y avait autre chose. Mais il faut que vous me juriez le secret...

— Oui, oui, Sir Lomax. C'est entendu.

— Sachez donc que le prince Michel se trouvait ici dans le dessein d'y rencontrer Mr. Herman Isaacstein. Il s'agissait d'un emprunt à accorder à certaines conditions.

— Lesquelles?

— C'est justement ce qu'il s'agissait de définir. Mais le prince Michel s'engageait, au cas où il monterait sur le trône, à octroyer certaines concessions pétrolifères aux compagnies représentées par Mr. Isaacstein. Le gouvernement anglais se déclarait prêt à seconder le prince Michel, étant donné ses sympathies anglophiles.

— Je comprends, dit le surintendant Battle. Le prince Michel voulait de l'argent. Mr. Isaacstein voulait les pétroles, et le gouvernement anglais était prêt à bénir cette sainte alliance. Rien qu'une question : Quelqu'un d'autre était-il à l'affût de ces concessions?

— Un groupe de financiers américains avait fait des propositions à Son Altesse.

— Mais sans succès?

— Les sympathies du prince Michel, répéta George Lomax, étaient pro-britanniques.

Le surintendant Battle n'insista pas.

— Lord Caterham, veuillez me dire si j'ai une notion exacte de ce qui s'est passé hier. Vous êtes allé quérir le prince Michel à Londres et êtes arrivé à Chimneys avec lui et son valet, un Herzoslovaque nommé Boris Anchoukoff. Son officier d'ordonnance, le capitaine Andrassy, est resté en ville. Le prince, en arrivant, a déclaré qu'il était très fatigué et s'est retiré dans son appartement où on lui a servi le dîner. Il n'a vu aucun des autres invités. Est-ce exact?

— Tout à fait exact.

— Ce matin, à peu près à huit heures moins le quart, une servante a découvert le corps. Le docteur Cartwright a examiné le cadavre et constaté que la mort avait été causée par une balle de revolver. L'arme n'a pas été retrouvée et personne dans la maison n'a entendu de détonation. Mais la montre-bracelet du mort, dont le verre s'est brisé lors de sa chute et qui est par conséquent arrêtée, marque minuit moins le quart : nous savons donc l'heure du crime. Mais à quelle heure vous êtes-vous couché vous-même?

— Très tôt, précisément. L'atmosphère n'y était pas, il n'y avait aucun entrain... Bref, nous nous sommes tous quittés vers dix heures et demie.

— Pourriez-vous, Lord Caterham, me décrire tous ceux qui se trouvent ici?

— Mais je croyais qu'il était clair que l'assassin était venu du dehors?

Le surintendant sourit.

— Sans doute, sans doute. Néanmoins, j'aimerais savoir qui se trouve dans la maison. Habitude professionnelle.

— Eh bien, il y avait le prince Michel et son valet, Mr. Herman Isaacstein, Mr. Eversleigh...

— Qui travaille sous mes ordres aux Affaires étrangères, remarqua George Lomax avec condescendance.

— Et qui savait la raison du séjour du prince Michel à Chimneys?

— Il s'en doutait peut-être vaguement, mais je n'ai pas jugé utile de le mettre entièrement dans le secret, répliqua majestueusement Lomax.

— Ensuite, Lord Caterham?

— Il y a... attendez... Mr. Hiram Fish.

— Qui est-ce?

— Un Américain qui m'a été recommandé par Mr. Lucius Gott, dont vous avez peut-être entendu parler?

Le surintendant sourit. Qui n'avait pas entendu parler du multimillionnaire Gott?

— Il avait grand-envie de voir ma collection d'autographes. Celle de Mr. Gott est insurpassable, mais j'ai moi-même quelques trésors, et Mr. Fisch brûlait d'envie de les admirer. Comme Sir Lomax m'a proposé d'inviter à ce week-end plusieurs personnes n'ayant aucun rapport avec la politique, pour déjouer les soupçons, j'ai profité de l'occasion pour faire venir Mr. Fish. Voilà pour les hommes. Quant aux dames, il n'y en a qu'une seule, Mrs. Revel, qui a amené, je crois, sa femme de chambre. A part les invités, il y a ma fille aînée, les deux petites, leur gouvernante et tout le personnel.

Lord Caterham s'arrêta pour reprendre son souffle.

— Je vous remercie, dit le détective. Ces renseignements sont malgré tout nécessaires.

— Il est hors de doute, n'est-ce pas, dit George, que l'assassin est entré par la fenêtre?

Battle réfléchit quelques instants, puis répondit lentement :

— Il y avait des traces de pas conduisant à la fenêtre, et d'autres s'en éloignant. On a vu une voiture stopper sur la route, devant le parc, hier à onze heures quarante. A minuit, un jeune homme en voiture est arrivé à l'auberge des *Joueurs de Cricket* et a pris une chambre. Il a mis ses souliers dehors pour les faire cirer; ils étaient trempés et couverts de boue, comme s'il avait passé par les sentiers détrempés du parc.

George se pencha avidement en avant :

— Ne peut-on comparer les souliers aux traces de pas?

— C'est déjà fait.

— Et alors?

— Ce sont les mêmes.

— L'assassin est trouvé! s'écria George. Ce jeune homme... A propos, comment s'appelle-t-il?

— Anthony Cade.

— Cet Anthony Cade doit être immédiatement poursuivi et arrêté!

— Inutile de le poursuivre, dit le surintendant.

— Pourquoi?

— Parce qu'il est encore là.

— Comment?

— C'est curieux, n'est-ce pas? Voilà un jeune homme qui, selon toute logique, devrait s'enfuir. Au lieu de cela, il reste dans le voisinage et nous laisse tout loisir de comparer ses souliers aux traces de pas.

— Qu'en pensez-vous? demanda le chef constable.

— Je ne sais qu'en penser, et c'est bien ce qui me tracasse.

— Croyez-vous..., commença le colonel Melrose.

Mais il s'interrompit, car on venait de frapper discrètement à la porte.

Tredwell, le laquais grand style, se tenait sur le seuil.

— Mylord, dit-il en s'adressant à son maître, un gentleman désire vous voir au sujet d'une affaire importante qui se rattache, si j'ai bien compris, à la catastrophe de ce matin.

— Quel est son nom? demanda soudain Battle.

— Son nom, monsieur, est Mr. Anthony Cade, mais il a dit que cela ne dirait rien à personne.

Cela, au contraire, semblait dire quelque chose à tous les assistants, qui se regardèrent avec étonnement.

— Tiens! fit Lord Caterham. Cette affaire commence à m'amuser. Faites-le entrer, Tredwell. Faites-le entrer sans retard.

Chapitre 12.
Anthony dit son mot

— Mr. Anthony Cade, annonça Tredwell.

— L'étranger suspect de l'auberge du village, ajouta Anthony.

Avec une sorte d'instinct rare chez les étrangers, il s'avança vers Lord Caterham. Un bref regard lui suffit pour classer dans son esprit les trois autres assistants : « I. Scotland Yard. II. Police locale. III. Gentleman harassé, menacé d'une attaque d'apoplexie, peut-être fonctionnaire du gouvernement. »

— Je vous dois des excuses, poursuivit Anthony, s'adressant toujours à Lord Caterham, pour m'être introduit chez vous avec un tel sans-gêne. Mais on m'a dit *Aux Joueurs de Golf* ou de je ne sais quoi qu'il s'était commis chez vous un assassinat, et je crois que je pourrai aider à éclaircir l'affaire.

Pendant quelques instants, personne ne parla. Le surintendant Battle, parce qu'il était un homme expérimenté qui préférait laisser parler les autres; le colonel Melrose, parce qu'il était taciturne de nature; George Lomax, parce qu'il était accoutumé à se faire présenter un rapport sur la question avant de prononcer un discours, et Lord Caterham parce qu'il ne savait que dire. Finalement, comme les autres gardaient le silence et que c'était à lui que s'adressaient les paroles de l'étranger, le maître de la maison fut obligé de répondre.

— Hum... Oui... En effet... dit-il. Veuillez... hum... veuillez vous asseoir.

— Je vous remercie, répondit Anthony en s'asseyant.

George Lomax toussa.

— Euh... Vous dites que vous pouvez éclaircir l'affaire... C'est-à-dire?...

— C'est-à-dire, expliqua Anthony, qu'hier, vers minuit moins le quart, je me suis permis d'entrer sans autorisation dans la propriété de Lord Caterham — qui, je l'espère, voudra bien me pardonner — et que j'ai entendu la détonation. Je puis en tout cas vous dire l'heure exacte du crime.

Il promena un regard circulaire sur les assistants et s'arrêta plus longuement sur Battle, dont la physionomie impassible semblait lui plaire.

— Mais je crois, ajouta-t-il doucement, que je ne vous apprends là rien de neuf.

— C'est-à-dire, monsieur Cade? demanda Battle à son tour.

— C'est-à-dire, expliqua de nouveau Anthony, que ce matin il s'est passé ceci : j'avais mis mes souliers devant la porte pour les faire cirer. Mais quand j'ai voulu les reprendre, ils n'y étaient plus. Un jeune constable les avait emportés. Alors, comme deux et deux font quatre, je me suis dépêché de venir ici pour me justifier, si possible.

— C'est agir fort raisonnablement, dit le surintendant Battle.

Anthony sourit.

— J'apprécie la réserve de votre réponse, inspecteur. C'est bien inspecteur, n'est-ce pas?

Lord Caterham, qui commençait à éprouver de la sympathie pour ce jeune homme, intervint.

— Surintendant Battle, de Scotland Yard. Colonel Melrose, notre chef constable. Sir Lomax.

Anthony regarda attentivement George.

— Sir George Lomax?

— Oui.

— J'ai eu l'honneur, Sir Lomax, dit Anthony, de recevoir hier une lettre de vous.

George le regarda froidement, souhaitant secrètement que sa secrétaire, Miss Oscar, qui rédigeait toutes ses lettres et qui savait de quoi elles traitaient et à qui elles étaient adressées, lui rappelât ce qu'il avait de commun avec cet individu. Un grand homme comme George ne pouvait se rappeler tous ces détails.

— Je crois, monsieur Cade, dit-il en détournant la conversation, que vous étiez sur le point de nous expliquer ce que vous faisiez hier, à minuit moins le quart, dans le parc de Lord Caterham?

— Oui, monsieur Cade, dites-nous ce que vous y faisiez, demanda Lord Caterham lui-même avec un vif intérêt.

— Je crains, dit Anthony, que ce ne soit une histoire un peu longue. Vous permettez?

Il tira son étui à cigarettes et en alluma une, se préparant à une longue épreuve.

Il se rendait parfaitement compte du danger qui le menaçait. Dans l'espace de vingt-quatre heures, il s'était trouvé mêlé à deux crimes différents. Après avoir disposé d'un cadavre et induit ainsi en erreur la justice, il était arrivé sur les lieux du deuxième crime exactement à l'instant où on le commettait. Pour un jeune homme aimant les bagarres, il était vraiment bien tombé.

« L'Afrique du Sud, se dit-il, n'est rien, comparée à notre bonne vieille Angleterre! »

Il était décidé à dire toute la vérité, avec seulement une petite modification et une grande omission.

— L'histoire commence, dit Anthony, il y a trois semaines, à Bulawayo, avant-poste de l'Empire. Sir Lomax, si je ne me trompe, a prononcé récemment un discours sur « la plus grande Angleterre » et sur nos colonies d'Afrique. J'y rencontrai un vieil ami à moi, Mr. James McGrath...

George Lomax bondit sur sa chaise avec une exclamation étouffée.

— A la suite de l'entretien que j'eus avec lui, il me chargea d'une petite commission en Angleterre, qu'il préférait ne pas exécuter lui-même. Comme le ticket était déjà acheté à son nom, je voyageai en qualité de James McGrath. Je me demande si c'est là un agissement contre la loi? Le surintendant Battle me le dira sûrement, et me mettra en prison ou à l'amende par la même occasion.

— Veuillez continuer votre histoire, monsieur, dit le surintendant Battle, dont l'impassibilité semblait cacher un sourire.

— Arrivé à Londres, je descendis au *Ritz*, toujours sous le nom de James McGrath. J'étais chargé de remettre à une maison d'édition certain manuscrit, mais avant d'avoir pu le faire, je reçus la visite des représentants de deux partis politiques d'un royaume étranger. Les méthodes de l'un étaient strictes et correctes, celles de l'autre ne l'étaient pas. Je tâchai de leur rendre la pareille. Mais la nuit même de mon arrivée, un des domestiques de l'hôtel s'introduisit dans ma chambre et tenta de me dévaliser.

— La police n'en a pas été avisée, dit le surintendant Battle.

— En effet, comme rien n'a pu être dérobé, j'ai préféré, d'accord avec le gérant, passer cet incident sous silence. Le gérant vous confirmera mon récit et vous dira que le domestique en question s'est enfui. Le lendemain, les éditeurs m'ont téléphoné et m'ont proposé de m'envoyer un de leurs employés afin que je lui remette le manuscrit. J'ai consenti, et le manuscrit a été remis le lendemain matin audit employé. Comme je n'en ai plus entendu parler, je suppose que les éditeurs sont heureusement en possession du manuscrit. Hier, toujours sous le nom de James McGrath, j'ai reçu une lettre de Sir George Lomax...

Anthony s'arrêta. Il commençait à s'amuser. George rougit.

— Oui, oui, murmura-t-il. Je m'en souviens maintenant. Vous savez, quand on a une correspondance si volumineuse... D'ailleurs, les noms étant différents, je ne pouvais vraiment savoir...

Ici, Sir George Lomax, sûr de sa moralité inattaquable, éleva la voix :

— Je me permets de vous déclarer à ce sujet, monsieur... Euh... Cade... que je considère cette mascarade comme hautement inconvenante. Vous n'avez pas le droit de vous approprier le nom d'autrui, et j'estime que vous méritez une réprimande sévère, sinon un châtiment, au nom de la justice.

— Dans cette lettre, continua tranquillement Cade, Sir Lomax faisait allusion au manuscrit qu'il croyait encore en ma possession. Il me transmettait également une invitation de la part de Lord Caterham de passer le week-end à Chimneys.

— Enchanté de vous voir, mon cher! dit le marquis. Mieux vaut tard que jamais!

George, scandalisé, fronça les sourcils.

Le surintendant Battle fixa son œil impassible sur Anthony.

— C'est ce qui explique votre présence ici hier soir, monsieur? demanda-t-il.

— Jamais de la vie! s'exclama Anthony. Quand je suis invité pour un week-end à la campagne, je n'ai pas l'habitude d'escalader le mur, de me glisser à travers le parc et d'essayer d'ouvrir les fenêtres du rez-de-chaussée. J'entre par la grande porte et j'essuie mes pieds sur le paillasson. L'invitation de Lord Caterham, quelque aimable et tentante qu'elle me parût, j'ai été obligé de la refuser, parce que j'avais déjà remis le manuscrit aux éditeurs. C'est ce que j'ai écrit à Sir Lomax! Mais, après lui avoir expédié ma réponse, je me suis rappelé autre chose.

Il s'arrêta un instant. Le moment critique était venu.

— Il faut vous dire qu'au cours de ma lutte nocturne avec le domestique du *Ritz*, Giuseppe, ce dernier a laissé échapper un bout de papier sur lequel étaient griffonnés quelques mots. Je n'y avais rien compris, mais l'invitation de passer le week-end à Chimneys me les rappela et éclaircit leur sens dans une certaine mesure. Voici ce bout de papier, messieurs, voyez vous-mêmes. Les mots que vous lirez sont : *Chimneys, jeudi 11 h 45*.

Battle examina attentivement le papier.

— Ce mot, continua Anthony, se rapportait peut-être à la demeure de Lord Caterham. Peut-être, et peut-être pas. Mais, quoi qu'il en soit, Giuseppe était un brigand et un voleur, et projetait peut-être quelque attentat. Je décidai donc de venir ici pour avertir Lord Caterham de se tenir sur ses gardes.

— Très gentil de votre part, dit Lord Caterham.

— Malheureusement, j'ai été retenu en ville et n'ai pu arriver que très tard. J'ai donc voulu constater par moi-même, avant de me rendre le lendemain matin chez Lord Caterham, que tout était en ordre. J'ai fait stopper ma voiture, j'ai escaladé le mur. et j'ai traversé le parc. Arrivé ici, j'ai vu la maison entière plongée dans les ténèbres et le silence. J'allais partir quand j'ai entendu une détonation. J'ai cru qu'elle venait de l'intérieur, je suis monté en courant sur la terrasse et j'ai essayé d'ouvrir les fenêtres. Mais elles étaient fermées, et aucun son ne me parvenait. J'ai attendu quelques moments, mais comme régnait un silence de mort, j'en ai conclu que je m'étais trompé et que ce devait être le coup de fusil d'un braconnier. Déduction naturelle dans ces circonstances.

— Tout ce qu'il y a de plus naturel, dit le surintendant Battle de sa voix neutre.

— Je suis allé à l'auberge, j'y ai dormi, et ce matin j'ai appris la nouvelle. Je me suis immédiatement rendu compte que j'étais suspect à la police — que je ne pouvais pas ne pas l'être — et je suis venu ici, espérant qu'on ne me passerait pas encore les menottes.

— Pas de menottes ce matin, dit Battle. Mais il y a une chose que je voudrais savoir.

— Laquelle?

— Qu'est-ce que ce manuscrit?

George toussa et répondit avec dépit :

— Les *Mémoires* du défunt comte Stylpitch. Comprenez-vous...

— Inutile de m'expliquer, dit Battle. Je comprends parfaitement.

Il se tourna vers Anthony.

— Savez-vous qui a été tué, monsieur Cade?

— *Aux Joueurs de football*, on m'a dit que c'était un comte Stanislas.

— Renseignez-le, dit Battle laconiquement à Lomax.

Ce dernier, bien que visiblement désireux de garder le silence, obéit :

— Le gentleman qui se trouvait incognito à Chimneys sous le nom de comte Stanislas était en réalité Son Altesse le prince Michel de Herzoslovaquie.

Anthony siffiota.

— Ça complique la situation! murmura-t-il.

Le surintendant Battle, qui l'observait de près, se leva.

— Je voudrais poser une question à Mr. Cade, dit-il. Puis-je l'emmener dans la salle du Conseil?

— Sans doute! fit Lord Caterham. Emmenez-le où il vous plaira.

Anthony et le détective sortirent ensemble.

Le corps avait été emporté, et seule une tache sombre sur le parquet rappelait la tragédie nocturne. Le soleil, entrant par les trois grandes baies, inondait la pièce.

— Croyez-vous que c'est dans cette pièce que l'on a tiré? demanda le surintendant.

— Voyons un peu.

Par la baie vitrée, Anthony sortit sur la terrasse et se tourna vers la maison.

— Oui, dit-il, ça doit être ici. Elle occupe toute la façade. Si le coup avait été tiré ailleurs, je l'aurais entendu de gauche, tandis qu'en réalité je l'ai entendu de derrière moi ou de droite. C'est pourquoi j'ai pensé à des braconniers. Car, comme vous le voyez, c'est ici l'extrémité de l'aile du château.

Il rentra dans la pièce et demanda :

— Pourquoi me demandez-vous cela? N'êtes-vous pas sûr qu'il ait été tué ici?

— Nous ne sommes jamais sûrs de rien comme nous voudrions l'être, répondit le surintendant. Vous avez dit aussi, je crois, que vous aviez essayé d'ouvrir les fenêtres?

— En effet. Elles étaient fermées du dedans.

— Combien de fenêtres avez-vous essayé d'ouvrir?

— Trois.

— Trois? Êtes-vous certain que c'est bien trois?

— Tout à fait certain. Pourquoi?

— C'est fort singulier, dit l'inspecteur.

— Qu'y a-t-il de singulier?

— Quand le crime a été découvert ce matin, une des fenêtres — celle du milieu — n'était pas fermée.

— Tiens, tiens! dit Anthony en se laissant tomber dans un fauteuil et en tirant son étui à cigarettes. Voilà qui présente le crime sous un aspect nouveau. Il y a deux hypothèses : ou bien il a été tué par quelqu'un qui se trouvait à l'intérieur de la maison, et qui a ouvert la fenêtre pour faire croire que c'était l'œuvre d'un étranger — la mienne, peut-être —, ou bien je mens. Vous penchez peut-être pour cette dernière solution, mais je vous donne ma parole d'honneur qu'elle est fausse.

— Personne ne quittera cette maison avant que j'aie donné ma permission, déclara le surintendant.

Anthony le regarda avec intérêt.

— Depuis quand soupçonnez-vous que le crime a été commis par quelqu'un de l'intérieur? demanda-t-il.

Battle sourit.

— J'en ai eu l'intuition depuis le commencement. La piste

qui menait à vous était trop facile, trop ostentatoire. Et dès que j'ai constaté que les traces de pas étaient les vôtres, j'ai conçu des soupçons ailleurs.

— Mes félicitations à Scotland Yard! dit Anthony.

Mais intérieurement, plus que jamais, il se tenait sur ses gardes. Le surintendant Battle, qui paraissait lui faire confiance, était un détective astucieux et habile. Il ne fallait pas commettre d'imprudence.

— C'est là qu'il a été trouvé? demanda Anthony en indiquant la tache sombre sur le parquet.

— Oui.

— Avec quoi l'a-t-on tué? Un revolver?

— Oui, mais nous ne saurons la marque que quand on aura retiré la balle à l'autopsie.

— On n'a donc pas retrouvé l'arme?

— Non.

— Aucun autre indice?

— Ceci.

Et le surintendant Battle tira de sa poche et tendit à Anthony une feuille de papier. Ce dernier, qui se sentait observé de près, examina le dessin tracé sur la feuille.

— Tiens! fit-il. Les camarades de la Main Rouge. Ils en ont également laissé un chez moi. Ils devraient le faire lithographier; ça leur prend trop de temps de les tracer à la main, s'ils continuent à en faire un usage aussi immodéré. Où a-t-on trouvé celui-ci?

— Sous le corps. Dans quelles circonstances l'avez-vous déjà vu, monsieur?

Anthony conta brièvement sa rencontre avec le représentant de cette association terroriste.

— Croyez-vous vraisemblable, monsieur, demanda Battle, que ce soient les camarades de la Main Rouge qui aient perpétré le crime?

— Théoriquement, oui, C'est conforme à leur propagande. Mais, en pratique, je crois qu'ils parlent de sang plus qu'ils n'en versent. D'ailleurs, je ne vois pas très bien un des leurs déguisé en invité : ils sont trop voyants! Il est vrai qu'on ne sait jamais.

— Vous l'avez dit, monsieur Cade. On ne sait jamais.

Anthony le regarda en souriant.

— Mon cher surintendant, je peux vous assurer d'une chose : qui que je sois, je ne suis pas un agent de la Main Rouge.

Le surintendant Battle sourit. Puis il joua son dernier atout.

— Je voudrais que vous voyiez le corps, dit-il soudainement. Avez-vous des objections?

— Aucune, répondit Anthony.

Battle prit une clef dans sa poche, précéda Anthony dans le corridor et, s'arrêtant devant une porte, l'ouvrit. C'était un des petits salons. Le corps, recouvert d'un drap, était étendu sur la table.

Le surintendant Battle attendit qu'Anthony fût à côté de lui, puis, subitement, souleva le drap.

Anthony poussa une exclamation de surprise.

En l'entendant, Battle se redressa et, d'une voix qu'il tâchait en vain, cette fois, de rendre complètement neutre :

— Vous le connaissiez donc, monsieur Cade?

— En effet, dit Anthony, se remettant de sa surprise. Je l'ai déjà vu auparavant. Mais pas sous le nom de prince Michel Obolovitch. Il s'est présenté chez moi comme messager de la maison d'éditions Balderson et Hodgkins, et s'est fait appeler Mr. Holmes.

Chapitre 13.
L'invité américain

Le surintendant Battle ramena le drap sur le cadavre avec la grimace un peu déçue de l'homme qui a joué son meilleur atout en vain. Anthony, debout, les mains dans les poches, demeurait pensif.

— Je comprends maintenant, murmura-t-il, ce que voulait dire le vieux baron en parlant de recourir à d' « autres moyens »!

— Vous dites, monsieur Cade?

— Rien du tout, mon cher surintendant. Excusez-moi. Je songeais seulement que celui dont vous voyez le corps m'a, de son vivant, très proprement dupé. Je lui ai remis ce manuscrit comme un pauvre innocent, et j'ai privé ainsi mon ami Jimmy McGrath des mille livres qui lui reviennent.

— Mille livres sont une somme rondelette, dit Battle.

— Tout n'est peut-être pas perdu. Si je réussis à mettre la main sur les *Mémoires* de feu Stylpitch avant mardi prochain, je gagnerai encore la partie.

— Voudriez-vous m'accompagner encore une fois à la salle du Conseil, monsieur Cade? Il y a une chose encore dont j'aimerais vous parler.

De retour dans la salle du Conseil, le détective s'approcha de la fenêtre du milieu.

— J'ai réfléchi, monsieur Cade. Cette fenêtre est très difficile à ouvrir; le crochet est, je crois, légèrement rouillé... Vous vous êtes peut-être trompé en croyant qu'il était tiré. La fenêtre était simplement fermée sans être verrouillée. Je pense — je suis presque sûr — que vous vous êtes trompé.

Anthony le regarda longuement.

— Et si je disais que je suis certain, au contraire, de ne pas m'être trompé?

— Une erreur n'est-elle pas toujours possible?

Anthony sourit.

— Puisque vous y tenez tellement, surintendant, je dirai, pour vous faire plaisir, que je crois m'être trompé.

— Je vois que vous me comprenez, monsieur! J'espère donc que vous le direz dans notre entourage, à un moment opportun, mais sans y insister trop, n'est-ce pas?

— Entendu. Je...

Il s'interrompit. Battle l'avait empoigné par le bras et s'était penché en avant, comme pour écouter.

Imposant d'un geste le silence à Anthony, il s'approcha de la porte sur la pointe des pieds, et l'ouvrit soudain toute grande.

Sur le seuil se trouvait un homme de grande taille, avec des cheveux noirs bien lissés, une raie au milieu, une figure large et placide, et des yeux bleu faïence candides comme ceux d'un enfant.

— Pardon, messieurs, dit-il d'une voix traînante avec un accent américain très prononcé; est-il permis d'inspecter les lieux du crime? Je crois parler à des fonctionnaires de Scotland Yard?

— Je n'ai pas cet honneur, dit Anthony. Mais le surintendant Battle, que voici, est en effet un des chefs de Scotland Yard.

— Enchanté de vous connaître, dit avec empressement le gentleman américain. Permettez-moi de me présenter. Hiram P. Fish, de New York.

— Que désirez-vous voir, monsieur Fish? demanda le détective.

L'Américain s'approcha de la tache sombre qui déshonorait le parquet de la salle du Conseil et la considéra avec intérêt.

— La criminologie, monsieur Battle, est une de mes passions. J'ai même fait une monographie, récemment, sur *La Dégénérescence et le Crime*.

Il promena sur la pièce un regard circulaire qui parut s'attacher un peu plus longuement à la fenêtre.

— Quels magnifiques portraits il y a dans cette salle! murmura-t-il. Quelles belles toiles! Un Holbein, un Van Dyck, et même, si je ne me trompe, un Vélasquez! Je m'intéresse beaucoup à la peinture, et plus encore aux autographes. C'est pour me permettre d'admirer sa collection d'autographes que Lord Caterham a eu l'amabilité de m'inviter.

Il soupira.

— Hélas! les circonstances ne s'y prêtent guère! Décemment, il faudrait que nous prenions congé...

— Au contraire, monsieur, dit le surintendant Battle. Il faut rester. Personne ne doit quitter la maison avant l'enquête.

— Tiens! Et quand aura-t-elle lieu?

— Peut-être demain, peut-être lundi. Il faut procéder à l'autopsie et consulter le coroner.

— Dans ces circonstances, dit Mr. Fish, le week-end ne sera pas gai!

Battle s'approcha de la porte.

— Partons, messieurs. Nous gardons encore cette pièce fermée à clef.

Il laissa passer les deux autres, tourna la clef dans la serrure et la mit dans sa poche.

— Je suppose, dit Mr. Fish, que vous cherchez des empreintes digitales? Et aussi des traces de pas! Par un temps aussi humide un intrus aurait dû en laisser.

— C'est ce qu'il a fait, dit Battle. Sur la terrasse, nous avons trouvé des traces de pas...

— Les miennes, expliqua gaiement Anthony.

Les yeux candides de Mr. Fish s'arrêtèrent sur lui.

— Jeune homme, dit-il, vous me surprenez.

Ils traversèrent le couloir et entrèrent dans le grand hall boisé de chêne, comme la salle du Conseil, et surmonté d'un balcon. A l'autre bout du hall, ils aperçurent deux silhouettes.

— Ah! fit Mr. Fish. Voici l'aimable marquis!

Cette définition convenait si mal à Lord Caterham qu'Anthony se détourna pour dissimuler un sourire.

— Et avec lui, continua l'Américain, la dame dont je n'ai pas saisi le nom hier soir, quand on m'a présenté à elle. Elle est charmante! Charmante, en vérité!

Lord Caterham était accompagné de Virginie Revel.

Anthony s'attendait à cette rencontre, mais sans savoir encore l'attitude qu'il allait adopter. Il se fiait à la présence d'esprit de Virginie. Peut-être jugerait-elle utile de faire mine de ne pas le connaître. Mais elle le détrompa bientôt à ce sujet.

— Tiens, monsieur Cade! s'écria Virginie en lui tendant les deux mains. Alors, vous avez quand même décidé de venir? J'en suis bien contente!

— Ma chère madame Revel, je ne me doutais pas que Mr. Cade était un de vos amis! s'exclama Lord Caterham.

— Un très vieil ami, dit Virginie avec un sourire malicieux. Je l'ai rencontré hier à Londres tout à fait par hasard, et je lui ai dit que j'irais le soir à Chimneys.

Anthony se montra un digne partenaire de la charmante comédienne.

— J'ai expliqué à Mrs. Revel, dit-il, que j'avais été obligé de refuser votre aimable invitation, puisqu'elle avait été adressée en réalité à mon ami Jimmy McGrath, dont je m'étais approprié le nom pour quelques jours. Et il me semblait par trop incorrect d'abuser de votre hospitalité sous un faux nom.

— Allons, allons, mon cher, dit Lord Caterham, tout cela est de l'histoire ancienne, n'en parlons plus! Je vais faire prendre vos bagages aux *Joueurs de Cricket*.

— Vous êtes trop aimable, Lord Caterham, mais...

— Pas de mais, il faut que vous veniez à Chimneys. Vous n'allez pas rester dans cette affreuse auberge, voyons! Ce n'est pas un endroit pour vous.

— Mais oui, monsieur Cade, il faut que vous veniez ici, dit doucement Virginie.

Anthony se rendit compte que l'atmosphère avait changé du tout au tout. Déjà Virginie avait beaucoup fait en sa faveur. Il n'était plus un étranger suspect, mais un ami de la charmante Mrs. Revel. La situation de celle-ci était tellement inattaquable, tellement au-dessus de tout soupçon, qu'il lui suffisait de favoriser quelqu'un pour que ce quelqu'un devînt immédiatement un intime. Il songea au revolver niché dans le creux du chêne de Burham Beeches et au cadavre de Giuseppe dans le fossé, et sourit.

— Dans les circonstances actuelles, dit Lord Caterham à Anthony, nous ne pouvons décemment pas organiser une partie de chasse. C'est vraiment dommage! Sans parler de Mr. Isaacstein, que Lomax m'a imposé et dont je ne sais que faire. Quelle affaire!

Le pauvre pair d'Angleterre soupira profondément.

— Puisque vous êtes désormais à Chimneys, monsieur Cade, fit Virginie, commencez par vous rendre utile! Emmenez-moi faire un tour en canot sur le lac. Là-bas, au moins, on n'entendra pas parler de crime! Pauvre Lord Caterham, un assassinat dans sa maison! C'est vraiment pour lui une épreuve terrible. Mais je vous assure, mon cher Lord Caterham, que ce n'est pas la faute de George.

— Si, si, c'est sa faute, dit sombrement Lord Caterham. Je n'aurais pas dû l'écouter.

— Impossible de ne pas l'écouter quand il vous retient par le pan du veston ou du pardessus!

— Heureusement que je ne serai plus seul à supporter son éloquence! déclara le lord. Je suis bien content que vous veniez chez nous, Cade! J'ai besoin d'un soutien.

— J'apprécie infiniment votre bienveillance, Lord Caterham, dit Anthony.

Et il ajouta en souriant :

— Je l'apprécie même d'autant plus que je n'ai pas encore cessé d'être suspect! Mais le fait que je viens à Chimneys servira grandement le surintendant Battle.

— En quel sens? demanda ce dernier.

— Il vous sera plus facile de me surveiller, expliqua doucement Anthony.

Et l'involontaire battement de cils du détective lui montra qu'il avait frappé juste.

Chapitre 14.
Finance et politique

Seul ce battement de cils à peine perceptible avait trahi durant une fraction de seconde le surintendant Battle, dont la physionomie demeurait toujours impassible. Si la scène qui venait d'avoir lieu entre Virginie Revel et Anthony Cade l'avait surpris, il ne le montra pas. Lui, Lord Caterham et Mr. Fish suivirent du regard les deux jeunes gens qui descendaient dans le parc.

— Charmant garçon! dit Lord Caterham.

— Quelle bonne surprise pour Mrs. Revel de rencontrer un vieil ami, murmura l'Américain. Il y a longtemps qu'ils se connaissent, je pense?

— On le dirait, répondit Lord Caterham. Mais elle ne nous en a jamais parlé. A propos, Battle, Sir Lomax vous réclame. Il est dans le salon bleu.

Battle trouva sans difficulté le chemin du salon bleu. Il connaissait déjà la topographie de la maison.

— Ah ! vous voilà enfin, Battle ! dit Lomax.

Il marchait impatiemment de long en large. Devant la cheminée était assis un homme de grande taille, très correctement vêtu, mais portant néanmoins une sorte de marque exotique ineffaçable. Ses grands yeux noirs, dans son visage blême, étaient aussi impénétrables que ceux d'un cobra. Il avait un grand nez aquilin et une mâchoire carrée puissante.

— Entrez, Battle, dit Lomax d'un ton irrité, et fermez la porte derrière vous. Mr. Isaacstein, je vous présente le surintendant Battle.

Battle s'inclina respectueusement. Bien que George Lomax marchât de long en large et parlât, et que le grand financier, lui, restât tranquille et silencieux dans son coin, Battle savait fort bien lequel d'entre eux représentait le pouvoir réel.

— Maintenant, dit Lomax, on peut parler plus librement que devant Lord Caterham et le colonel Melrose. Comprenez-vous, Battle ? Il ne faut pas faire courir de bruit.

— Malheureusement, il court quand même, murmura Battle.

Un soupçon de sourire parut pour un instant sur le visage blême du financier.

— Que pensez-vous de cet Anthony Cade ? demanda Lomax. Le croyez-vous innocent ?

Battle haussa légèrement les épaules.

— Son récit paraît vraisemblable. Nous pourrons en vérifier au moins une partie. Et je télégraphierai naturellement en Afrique du Sud pour me renseigner sur ses antécédents.

— Il n'est donc ni coupable ni complice ?

Battle leva sa main large et carrée.

— Pas si vite, Sir. Je n'ai jamais dit cela.

— Vous-même, surintendant Battle, que pensez-vous du crime ? demanda Isaacstein.

Sa voix était profonde et veloutée, riche en modulations. Elle l'avait bien servi, jadis, aux séances des comités financiers.

— Il est trop tôt pour penser, monsieur Isaacstein. J'en suis encore à me poser la première question.

— Laquelle ?

— La raison du crime. Qui pouvait avoir intérêt à la mort du prince Michel ?

— Le parti révolutionnaire herzoslovaque..., commença Lomax.

Battle balaya cette objection d'un geste plus irrespectueux que d'ordinaire.

— Non, non, Sir ! Ce n'étaient pas les camarades de la Main Rouge !

— Mais le papier avec le fameux dessin? La main sanglante?

— On l'a laissé exprès pour égarer nos soupçons.

— Je ne comprends pas, Battle, comment vous pouvez vous permettre d'affirmer cela aussi péremptoirement! s'exclama George Lomax, offensé.

— Voyons, Sir Lomax, rendez-vous compte : nous veillons sur le prince Michel depuis qu'il est en Angleterre, et nous n'avons jamais permis à un révolutionnaire de l'approcher. Nous savons tout sur la Main Rouge, c'est élémentaire! Nous ne serions pas la police si nous n'étions pas renseignés sur les organisations secrètes.

— Je suis d'accord avec le surintendant, dit Isaacstein. Nous devons chercher le meurtrier ailleurs.

— Voyez-vous, Sir, dit Battle, encouragé par cet appui, nous ne savons pas encore qui a gagné grâce à la mort du prince, mais nous savons qui a perdu!

— C'est-à-dire? demanda Isaacstein en fixant sur lui ses yeux de cobra.

— C'est-à-dire vous-même et Sir Lomax, sans parler du parti royaliste de Herzoslovaquie. Passez-moi le mot, messieurs, vous êtes dans le pétrin.

— Battle! s'exclama George Lomax, profondément choqué.

— Continuez, Battle, dit Isaacstein. « Dans le pétrin » est le mot. Nous y sommes, en effet. Vous êtes un homme intelligent.

— Vous avez perdu votre roi, continua Battle. Vous en avez besoin d'un autre, et ce n'est pas si facile à trouver. Je n'ai pas besoin de savoir les détails de votre projet, mais je suppose qu'il y va de gros intérêts?

— Très gros, confirma Isaacstein.

— Voilà qui m'amène à ma deuxième question. Qui est maintenant l'héritier du trône de Herzoslovaquie?

Isaacstein regarda Lomax. Ce dernier répondit, après quelques instants d'hésitation :

— Eh bien, c'est... c'est... le prince Nicolas.

— Ah! fit Battle. Et qui est-il?

— Un cousin germain du prince Michel.

— Et où se trouve-t-il actuellement?

— En Amérique, si je ne me trompe. Du moins, il y était encore récemment. Le prince Nicolas a toujours agi de la façon la moins conforme à son rang et à sa situation. Il fréquentait des républicains, des socialistes, et il a été exclu d'Oxford pour une escapade folle, je ne sais plus laquelle. Un bruit sur sa mort survenue au Congo a circulé il y a quelques années, mais c'était une fausse alerte. Il a reparu en Amérique il y a à peine quelques mois, quand on a commencé à parler de la restauration en Herzoslovaquie.

— En Amérique! dit Battle. Mais ce sont, si je ne me trompe, des financiers américains qui convoitent les concessions sur les pétroles?

Isaacstein fit un signe de tête affirmatif.

— En effet. Et le prince Nicolas leur a expliqué que si les Herzoslovaques voulaient de nouveau un roi, ils préféraient un prince aux idées modernes et démocratiques, c'est-à-dire lui-même, à un réactionnaire invétéré comme son cousin. Pour compenser l'appui politique et financier que lui prêterait l'Amérique, il était prêt à accorder à un groupe de financiers américains les concessions sur les pétroles.

Le surintendant Battle se départit de sa réserve habituelle pour siffloter doucement.

— Tiens, tiens, tiens, tiens! murmura-t-il. Maintenant, je comprends. Les Américains avaient leur prétendant, vous aviez le vôtre. Mais le parti royaliste herzoslovaque vous soutenait et vous étiez sûr du succès. Et voilà que tout à coup...

— Voyons, vous ne croyez pas sérieusement que..., commença Lomax.

— Mr. Isaacstein a dit que de gros intérêts étaient en jeu, interrompit Battle. Et si Mr. Isaacstein dit qu'ils sont gros, c'est qu'ils le sont!

— On réussit toujours à trouver des instruments dociles sans se salir les mains soi-même, dit calmement le financier. Pour le moment, Wall Street a gagné. Mais rira bien qui rira le dernier. Ouvrez l'œil, Battle!

— Il y a une chose dont nous devons faire état, dit le détective : il paraît que le roi Victor est en Angleterre.

— Le roi Victor? répéta Lomax.

— Le fameux voleur de bijoux français. La Sûreté nous a avertis.

— Je m'en souviens maintenant, s'exclama George. Le roi Victor! Mais c'est l'homme qui...

Il s'interrompit. Isaacstein, qui avait du flair, se leva.

— Vous n'avez plus besoin de moi, Lomax, n'est-ce pas?

— Non, mon cher. Je vous remercie.

— Puis-je retourner à Londres, Battle?

— Malheureusement non, monsieur, dit courtoisement le surintendant. Si vous partez, d'autres voudront partir aussi. Et nous voulons qu'ils restent.

— Bon. Je resterai donc pour le week-end. Bien qu'il n'y ait plus de traité à conclure!

Et le grand financier sortit.

— Quel homme! murmura Lomax.

— En effet, c'est une personnalité puissante, constata Battle.

George se mit de nouveau à marcher de long en large.

— Ce que vous dites là m'inquiète terriblement, commença-t-il. Le roi Victor! Je le croyais en prison?

— Il en est sorti il y a quelques mois. La police française, bien entendu, le surveillait de près; malgré cela, il a réussi à filer, on ne sait au juste où, mais on a des raisons de croire qu'il est en Angleterre.

— Qu'y ferait-il?

— C'est à vous de le savoir, Sir, dit le surintendant d'un ton significatif.

— Vous croyez?... Vous pensez que... Le défunt Lord Caterham m'avait conté toute l'histoire en détail... Quelle catastrophe! Le... Le...

Et comme George Lomax, suffoqué, cherchait le mot, Battle lui souffla obligeamment :

— Le Koh-i-Noor!

— Chut, Battle! Pas si haut! Si vous voulez en parler, dites simplement le K. Mais, au fait, pourquoi en parler? Vous ne croyez pas que le roi Victor trempe dans ce crime-ci?

— Qui sait? Il y a une possibilité. Rappelez-vous, Sir, que le... le visiteur royal a pu cacher le K. dans quatre endroits, dont l'un est Chimneys. Le roi Victor a été arrêté à Paris trois jours après la... mettons la disparition du K. Nous n'avons jamais cessé d'espérer qu'un jour il nous mettrait sur la piste du diamant.

— Mais on a fouillé Chimneys des dizaines de fois!

— Les perquisitions les plus minutieuses manquent souvent leur but. Il est possible que le roi Victor soit venu lui-même chercher le joyau, qu'il ait été surpris par le prince Michel et qu'il l'ait tué. Ce n'est qu'une hypothèse, contredite d'ailleurs par le fait que jusqu'à présent le roi Victor n'a jamais versé de sang. C'est un voleur, mais pas un assassin.

— Bah! un criminel dangereux peut devenir meurtrier d'un moment à l'autre.

— Ne croyez pas cela, Sir Lomax. Ces gens restent presque toujours fidèles à leurs principes. Néanmoins, j'aimerais poser quelques questions au valet du prince. Voulez-vous avoir l'obligeance, Sir, de le faire venir?

Lomax sonna et donna des instructions à Tredwell. Quelques minutes après, un homme de stature gigantesque, aux cheveux blonds, aux yeux bleus profondément enfoncés, aux pommettes saillantes, entra dans le salon.

— Vous vous nommez Boris Anchoukoff?

— Oui.

— Vous étiez le valet de chambre du prince Michel?

— Oui, j'étais le serviteur de Son Altesse.

L'homme parlait l'anglais assez bien, mais avec un fort accent.

— Vous savez que votre maître a été assassiné?

En réponse, Boris poussa un grondement de fauve. Lomax, prudemment, se retira à l'autre bout de la pièce.

— Quand avez-vous vu votre maître pour la dernière fois?

— Son Altesse s'est couchée à dix heures et demie. J'ai dormi, comme toujours, devant sa porte. Il a dû sortir par l'autre porte, celle qui donne sur le couloir. Ou peut-être ai-je été drogué. Je suis un mauvais serviteur, j'ai dormi pendant que mon maître veillait. Mais je le vengerai, je le jure! Je découvrirai son assassin et je lui enfoncerai mon couteau dans le cœur! Mais auparavant, je le ferai souffrir, le maudit, je lui couperai les oreilles, le nez, les doigts, je lui crèverai les yeux...

Haletant, il fixa d'un regard farouche les deux Anglais sidérés puis, leur tournant le dos, rejoignit en deux bonds la porte et disparut.

— Quelle race de brigands, ces Herzoslovaques! murmura Lomax en s'essuyant le front.

— Si cet homme n'est pas sincère, remarqua le surintendant Battle, il est le bluffeur le plus extraordinaire que j'aie jamais vu. Mais je le crois franc, et dans ce cas, si vraiment il met la main sur le meurtrier du prince Michel, que Dieu lui pardonne!

Chapitre 15.
Le Français

Virginie et Anthony suivirent le sentier qui conduisait au lac. Pendant quelques minutes, ils gardèrent le silence. Finalement, Virginie prit la parole et, avec un petit rire :

— J'ai tant de choses à vous dire et à vous faire dire que je ne sais par où commencer! Avant tout, — elle baissa la voix —, *qu'avez-vous fait du cadavre?* Mon Dieu, quelle horrible question! Je ne croyais jamais que je tremperais aussi profondément dans un crime!

— En effet, ce doit être pour vous une sensation nouvelle!

— Et pour vous?

— Quoi qu'il en soit, je n'ai jamais eu jusqu'à présent à disposer d'un cadavre!

Et Anthony lui conta brièvement ses exploits de la veille.

— Bravo! dit Virginie. Je reprendrai la malle à la consigne de Paddington quand je rentrerai. Mais si on vous demande ce que vous avez fait hier soir?

— J'expliquerai que je me suis attardé à louer une voiture pour aller à Chimneys, et que je me suis égaré en route. Personne ne songera à faire un rapprochement entre moi et la découverte d'un cadavre dans un fossé, sur une route tout à fait différente. Les médecins ne sont pas des magiciens, ils ne pourront certainement pas établir le moment exact de sa mort. D'ailleurs, on n'a dû le trouver que très tard, car il n'y a rien là-dessus dans les journaux du matin. Non, non, je ne crains rien de ce côté-là; il me faut plutôt songer à un alibi pour la nuit.

— Oui, Lord Caterham m'en a parlé. Mais il paraît que le bonhomme de Scotland Yard est sûr de votre innocence?

— Il le dit, répliqua lentement Anthony. Mais tout ce que dit le surintendant Battle n'est pas bon à croire. Il y a bien des choses qu'il ne dit pas. Pour le moment, il est frappé par le manque apparent de motif.

— Apparent? s'écria Virginie. Dites plutôt réel! Quelle raison auriez-vous pu avoir de tuer un comte étranger absolument inconnu?

Anthony la regarda.

— Vous avez séjourné en Herzoslovaquie, n'est-ce pas? demanda-t-il.

— Oui. J'y ai passé deux ans avec mon mari, qui était chargé d'affaires à la légation.

— Avez-vous connu le prince Michel Obolovitch?

— Comment donc! Le plus antipathique des don Juan balkaniques! Il m'a proposé de l'épouser morganatiquement!

— Et qu'avez-vous répondu à cette charmante proposition?

— Pas tout à fait ce que j'aurais voulu, car il fallait être diplomate. Mais j'ai réussi à lui faire honte quand même, à ce petit prince! Dites-moi pourquoi il vous intéresse.

— Parce que le comte Stanislas, qui vient d'être assassiné à Chimneys, était en réalité le prince Michel.

Virginie poussa une exclamation.

— Et vous croyez qu'il s'est retiré si tôt le soir parce qu'il préférait ne pas me voir?

— Parfaitement. Voyez-vous, si vraiment on voulait à tout prix vous empêcher de venir cette fois à Chimneys, c'est parce que vous connaissiez la Herzoslovaquie. Vous rendez-vous compte que vous êtes la seule qui ait connu personnellement le prince Michel?

— Et vous en déduisez?

— J'en déduis que vous feriez bien de jeter un coup d'œil sur le cadavre. La chambre est fermée, je sais, mais...

— Mais Lord Caterham l'ouvrira pour moi, si je le lui demande. Voyons, monsieur Cade, pourquoi cette mesure? Croyez-vous que l'homme assassiné était un imposteur?

— C'est possible. Heureusement, nous avons le moyen de nous en assurer immédiatement.

— Il a été tué à minuit moins le quart, dit Virginie, pensive. L'heure marquée sur le bout de papier de Giuseppe. C'est terriblement compliqué et mystérieux!

— Cela me rappelle autre chose. Dites-moi, cette fenêtre au premier étage — l'avant-dernière à l'extrémité de la maison — est-elle celle de votre chambre?

— Non, ma chambre est dans l'autre aile du château. Pourquoi?

— Parce qu'à minuit, quand j'étais sur le point de quitter la maison, après avoir entendu la détonation, j'ai vu cette fenêtre s'éclairer tout à coup pendant quelques instants.

— Ah! je questionnerai Chiffonnette pour savoir qui occupe cette chambre. Peut-être la personne en question a-t-elle entendu la détonation?

— Dans ce cas, pourquoi n'a-t-elle rien dit? J'ai d'ailleurs appris par Battle que personne dans la maison n'avait entendu la détonation.

Ils étaient arrivés au lac. Anthony détacha le canot.

— Sur l'eau, dit-il, nous serons à l'abri des agents de Scotland Yard, des invités américains et des domestiques curieux.

— Lord Caterham m'a vaguement expliqué votre histoire, dit Virginie, mais il s'est un peu embrouillé. Dites-moi tout! Et d'abord : qui êtes-vous en réalité : Anthony Cade ou Jimmy McGrath?

Pour la deuxième fois ce jour-là, Anthony conta l'histoire des dernières six semaines de sa vie, cette fois sans omissions. Il relata, pour finir, comment il avait reconnu « Mr. Holmes » dans le cadavre du prince Michel.

— A propos, madame Revel, finit-il, je ne vous ai pas encore remerciée pour votre pieux mensonge! Me voilà classé comme vieil ami!

— Mais vous l'êtes! s'écria Virginie. Croyez-vous que je vous aie chargé d'un cadavre pour dire ensuite que je ne vous connaissais pas?

— Pourquoi, demanda-t-il, avez-vous paru si surprise, hier, quand j'ai mentionné le nom de Jimmy McGrath? L'aviez-vous déjà entendu?

— Oui, Sherlock Holmes! Je l'avais entendu. George, mon cousin George Lomax, que vous connaissez déjà, était venu la veille me proposer une chose niaise, comme lui seul peut en imaginer. Il s'agissait de venir passer le week-end à Chimneys et de mettre en œuvre tout mon charme pour éblouir un certain McGrath et lui extorquer les *Mémoires*. Evidemment, George ne m'a pas dit cela comme je vous le répète : il me l'a servi avec une sauce de sa fabrication, en énonçant des tas de bêtises sur la distinction de la lady anglaise et la nécessité de gagner nos coloniaux à la juste cause... J'ai tellement plaisanté qu'il a pris peur et qu'il a essayé de se débarrasser de moi, mais il était trop tard!

— Quoi qu'il en soit, son projet s'est réalisé, remarqua Anthony. Me voilà à Chimneys, moi qu'il prenait pour James McGrath, et vous voilà effectivement en train de me séduire.

— Oui, mais les *Mémoires*? Perdus pour ce pauvre George! A propos de documents, moi aussi je veux vous poser une question. Quand je vous ai dit que je n'avais pas écrit ces lettres compromettantes, vous m'avez répondu que vous en étiez sûr; d'où vient cette certitude, s'il vous plaît?

Anthony sourit.

— Il suffit d'être tant soit peu psychologue pour comprendre qu'une femme comme vous ne s'abaisse pas à aimer en cachette et à se laisser intimider par n'importe qui. La Virginie Revel des lettres vivait dans une peur atroce. Jamais vous n'auriez vécu comme cela. On vous sent trop droite et trop franche.

— Je me demande où elle est et ce qu'elle fait, cette pauvre Virginie Revel. J'ai la sensation d'avoir un double quelque part.

Anthony alluma une cigarette.

— Savez-vous qu'une de ses lettres était datée de Chimneys? demanda-t-il.

— Quoi?

Virginie se redressa.

— Ce n'est pas possible! Quand a-t-elle été écrite?

— Il y a quelques années, je suppose. Mais la date exacte n'y était pas. Curieux, n'est-ce pas?

— Je suis sûre et certaine, monsieur Cade, qu'il n'y a jamais eu d'autre Virginie Revel en visite à Chimneys! Lord Caterham ou Chiffonnette m'aurait parlé de cette coïncidence!

— Oui, c'est très singulier. Savez-vous, madame Revel, que je commence à ne plus croire en cette autre Virginie Revel?

— Elle paraît un peu fantastique, murmura Virginie.

— Tout à fait fantastique même! Je commence à penser que la personne qui a écrit ces lettres les a signées exprès de votre nom.

— Mais pourquoi? s'exclama Virginie. Pourquoi?

— C'est bien ce qu'il s'agit de trouver! Il nous faut découvrir le pourquoi de pas mal de choses.

— Mettons-nous à l'œuvre, dit Virginie. Je vois Lord Caterham et Chiffonnette qui se promènent au bord du lac. Il faut avant tout établir si le mort est le prince Michel ou un imposteur.

Anthony rama vers le rivage, et quelques minutes plus tard ils rejoignirent Lord Caterham et sa fille.

— Le déjeuner est en retard, dit le marquis mélancoliquement. Les fonctionnaires de Scotland Yard ont sûrement terrorisé le cuisinier.

— Chiffonnette, je vous présente mon ami, Mr. Cade, dit Virginie. Soyez gentille pour lui.

Chiffonnette regarda gravement Anthony pendant quelques instants, puis, s'adressant à Virginie comme si le jeune homme n'était pas présent :

— Où trouvez-vous des cavaliers d'allure aussi chevaleresque, Virginie? Vous avez de la chance!

— Prenez-le, dit généreusement Virginie. Je préfère Lord Caterham!

Elle glissa son bras sous celui du gentilhomme flatté et partit avec lui.

— Parlez-vous, monsieur Cade? demanda Chiffonnette. Ou bien vous contentez-vous d'être l'homme fort, bronzé et silencieux?

— Si je parle! se récria Anthony. Non seulement je parle, mais encore je pose des questions!

— Par exemple?

— Par exemple : qui occupe l'avant-dernière chambre à gauche à l'extrémité de cette aile du château?

— Quelle singulière question! Vous m'intriguez. Cette chambre est celle de Mlle Brun, la gouvernante française de mes deux petites sœurs, Chiffon et Griffon, d'insupportables gamines!

— Y a-t-il longtemps que Mlle Brun occupe ce poste?

— Bientôt deux mois. Êtes-vous détective, monsieur Cade? Je regrette que vous ne soyez plus l'étranger suspect pour lequel on vous prenait d'abord! J'ai toujours eu envie de faire la connaissance d'un assassin! Nous n'avons jamais eu de meurtre dans la maison, auparavant; c'est plus passionnant qu'un roman policier! Dieu! qu'est-ce encore?

Anthony tourna la tête et vit arriver un taxi dont descendirent un homme âgé, chauve, portant une barbe noire majestueuse, et un autre, plus jeune, au visage barré d'une moustache de jais.

— Si je ne me trompe, remarqua Anthony, c'est mon vieil ami, le baron Lo... Lopré... bref, le baron!

— Ah! oui. Ce matin, j'ai expédié une dépêche de la part de Lomax à un baron herzoslovaque au nom abracadabrant... Je suis sûre qu'on m'obligera à l'entretenir tout l'après-midi, et j'ai déjà dû passer ma matinée avec Isaacstein! Peste soit de Lomax et de ses invités politiques! Excusez-moi, monsieur Cade, je dois courir au secours de mon pauvre père qui aura ces deux nouveaux personnages à subir!

Chiffonnette retourna en hâte vers la maison.

Anthony la suivit du regard. Il allait, lui aussi, quitter le rivage, lorsqu'il entendit un bruit léger derrière le débarcadère. Il s'en approcha vivement sur la pointe des pieds, et aperçut un homme agenouillé dans l'herbe, qui se leva précipitamment. Il était grand, maigre, âgé d'une trentaine d'années, peut-être même plus; il avait une barbiche noire, portait un lorgnon et semblait assez respectable.

— Que faites-vous là? demanda Anthony, sûr que ce n'était pas là un invité de Lord Caterham.

— Pardon, monsieur, dit l'homme avec un accent français

très marqué, je voudrais retourner à l'*Auberge des Joueurs de Cricket* et je me suis égaré. Quel chemin dois-je suivre?

— Contournez le lac et là-bas — juste au milieu — vous trouverez un sentier qui vous y mènera directement. Ici, c'est une propriété privée.

— Excusez-moi, mais je ne connais pas du tout cette région. Vous êtes bien aimable, monsieur, je vous remercie.

— De rien, de rien! J'espère que vous ne vous êtes pas refroidi.

— Pardon, monsieur?

— On s'enrhume si facilement en s'agenouillant sur le sol humide! Je crois que je vous ai entendu éternuer. Faites attention, soignez-vous! Bonjour, monsieur.

Et Anthony s'éloigna en songeant :

« Deuxième étranger suspect de l'auberge du village! Qui peut-il être? On le prendrait pour un voyageur de commerce français. Une gouvernante française occupe l'avant-dernière chambre à gauche. Un Français mystérieux rôde dans le parc. Singulière coïncidence! »

Sur la terrasse, Anthony rencontra Lord Caterham, plus mélancolique que jamais et flanqué de ses deux nouveaux invités. A la vue d'Anthony, sa physionomie s'éclaircit.

— Ah! vous voilà! dit-il. Je vous présente au baron Lo... Lo... et au capitaine Andrassy. Mr. Anthony Cade.

Le baron fixa sur Anthony un regard soupçonneux.

— Mr. Cade? dit-il froidement. Dites plutôt Mr. McGrath!

— Quelques mots en particulier, baron! pria Anthony. Je vous expliquerai tout.

Le baron s'inclina, et les deux hommes descendirent dans le jardin.

— Baron, dit Anthony, je dois vous avouer que je me suis présenté à vous pour la première fois sous un nom qui n'était pas le mien. En exécutant la commission dont était chargé mon ami McGrath, j'ai cru devoir m'approprier son nom. Vous admettrez que le délit n'est pas grave. L'homme que vous vouliez voir était celui qui avait en sa possession les *Mémoires*. J'étais cet homme. Je ne le suis plus. Vous ne le savez que trop bien! Un truc très adroit, baron, très adroit!

— Son Altesse elle-même en avait eu l'idée. Et elle a insisté pour l'exécuter en personne.

— En vrai comédien! dit Anthony avec admiration. Je n'aurais jamais songé à prendre ce Holmes pour un étranger.

— Le prince a été élevé en Angleterre, expliqua le baron. C'est la coutume en Herzoslovaquie.

— Puis-je demander, sans indiscrétion, ce que sont devenus les *Mémoires?*

— Entre gentlemen..., commença le baron.

— Trop aimable, baron! De ma vie je n'ai été appelé gentleman aussi fréquemment que dans le courant de ces quarante-huit heures.

— Pour répondre à votre question, monsieur... euh... Cade, je crois que ces *Mémoires* ont été brûlés.

— Vous le croyez, mais vous n'en êtes pas sûr?

— Son Altesse les a gardés. Elle avait l'intention de les lire et ensuite de les brûler.

— Vous savez, les réminiscences du comte Stylpitch n'étaient pas une de ces vies romancées qu'on parcourt en une demi-heure!

— On ne les a pas retrouvés parmi les effets de mon pauvre maître. Je les crois donc brûlés.

— Je vous pose ces questions, baron, parce que je suis moi-même, comme on a dû vous l'expliquer, indirectement mêlé au crime. Il faut que je me libère de tout soupçon!

— Votre honneur l'exige, dit le baron.

— C'est cela. Vous exprimez fort bien ce genre de choses. Vous comprendrez donc que j'ai intérêt à découvrir le véritable assassin et que cette question des *Mémoires* est très importante. Peut-être n'a-t-on tué le prince que pour s'en emparer! Je dois vous avertir, baron, que j'ai toujours l'intention de les remettre aux éditeurs mardi prochain, 13 octobre.

— Mais puisque vous ne les avez plus!

— Nous sommes aujourd'hui vendredi. J'ai encore cinq jours.

— Mais s'ils sont brûlés?

— J'ai de bonnes raisons pour ne pas le croire.

Une silhouette massive avança vers eux. Anthony, qui n'avait pas encore vu le grand Isaacstein, le considéra avec intérêt.

— Ah! baron, fit le financier sans lâcher le gros cigare qu'il fumait, quelle affaire! Quelle mauvaise affaire!

— Mon cher monsieur Isaacstein! s'écria le baron. Mon pauvre ami! Tout notre noble édifice de pétroles et de royauté est en ruine!

Anthony se retira discrètement, laissant les deux gentlemen à leurs lamentations. Il passa devant une haie d'ifs et vit une mince spirale de fumée en sortir soudain.

Il se retourna vivement : Isaacstein et le baron lui tournaient le dos. Lord Caterham et le capitaine Andrassy avaient quitté la terrasse. Il se baissa et se fraya péniblement un chemin à travers la haie. Ou plutôt à travers la moitié de la haie, car juste au milieu serpentait un étroit sentier. L'entrée se trouvait à l'autre bout. Il n'y avait là rien de mystérieux, on trouvait souvent de ces doubles haies dans les jardins, mais, vue de la terrasse, celle-ci n'en faisait qu'une seule. On ne se serait jamais douté qu'il y avait un espace au milieu.

Entre les ifs taillés, sur une chaise basse, un cigare à moitié éteint entre les doigts, un gentleman semblait dormir.

« Hum! songea Anthony. Mr. Hiram Fish doit aimer se reposer dans l'ombre! Décidément, Chimneys est plein de surprises : les haies d'ifs, les débarcadères... Quand on a quelque chose à se dire, il vaut mieux ne le faire qu'au milieu du lac! »

Chapitre 16.
Une tasse de thé chez la gouvernante

— Le déjeuner est servi, mylord, annonça Tredwell.

— Enfin! dit Lord Caterham en retrouvant son sourire.

A cet instant, deux jeunes personnes âgées de dix et douze ans firent irruption dans le hall et exécutèrent devant les invités une sorte de danse indienne. C'étaient Chiffon, et Griffon les deux filles cadettes du marquis.

— Que faites-vous là, toutes seules? Où est Mademoiselle? demanda leur aînée, horrifiée.

— Elle a la migraine, la migraine, la migraine! chantonna Chiffon.

— Hourra! On est libre! ajouta triomphalement Griffon.

— Décidément, murmura Anthony, Mademoiselle est invisible! Mais je réussirai à la voir, quand même!

Virginie, qui descendait à l'instant, s'approcha de lui et, prenant son bras pour entrer dans la salle à manger, chuchota :

— Votre supposition n'était pas fondée. Le cadavre est celui du prince Michel.

— Oh! fit Anthony, profondément chagriné.

Le déjeuner fut une dure épreuve. Même la gaieté de Chiffonnette ne réussit pas à donner de l'entrain à l'assemblée hétérogène. Le baron et Andrassy étaient corrects et solennels comme s'ils déjeunaient dans un mausolée. Lord Caterham était léthargique et déprimé. Bill Eversleigh lançait des regards langoureux et nostalgiques à Virginie. George, plein d'un tact surhumain, conversait tantôt avec le baron, tantôt avec Mr. Isaacstein. Chiffon et Griffon, folles de joie d'avoir eu un assassinat dans la maison et d'être provisoirement libérées de leur gouvernante, lançaient des remarques déplacées. Mr. Hiram Fish mastiquait interminablement. Le surintendant Battle avait disparu on ne sait où.

— Dieu merci que ce soit fini! murmura Chiffonnette à Anthony quand ils se levèrent. George emmène les gentlemen étrangers chez lui pour tout l'après-midi. Ils y discuteront des secrets d'État.

— Ça nous permettra de parler entre nous! répondit Anthony.

— Pourquoi regardez-vous Virginie en disant cela?

— Mais non, je ne la regarde pas!

— Si, vous la regardez! D'ailleurs, tout le monde la regarde! Ce n'est pas ce qu'elle dit ni ce qu'elle fait qui attire les gens, ce n'est même pas sa figure, c'est un je-ne-sais-quoi. Mais, pour le moment, détournez vos regards! Elle m'a demandé d'être gentille pour vous et je le serai — de force, s'il le faut!

— Inutile, je suis prêt à accepter votre gentillesse avec reconnaissance. Mais, si vous n'y voyez pas d'inconvénient, j'aimerais mieux que vous soyez gentille sur l'eau, dans un canot.

— L'idée n'est pas mauvaise! dit Chiffonnette.

Ils descendirent vers le lac, et lorsqu'ils se furent un peu éloignés du rivage, Anthony, tout en ramant doucement, demanda :

— Lady Eileen, j'aimerais vous poser une question.

— Sur quelle chambre du château voulez-vous être renseigné? demanda patiemment Chiffonnette.

— Aucune. Mais je voudrais savoir d'où vous vient votre gouvernante française.

— D'une agence, tout simplement. Je la paie cent livres par an; son prénom est Geneviève et elle arrive plus ou moins à mater Chiffon et Griffon. Autres renseignements désirés?

— A-t-elle des références?

— Bien entendu! De tout premier ordre! Elle a passé dix ans chez la comtesse de Machin-Chose.

— La comtesse de...?

— La comtesse de Breteuil, château de Breteuil, Dinard.

— Avez-vous vu la comtesse elle-même? Ou tout s'est-il passé par correspondance?

— Par correspondance.

— Hum! fit Anthony.

— Vous m'intriguez, monsieur Cade. Pourquoi cet intérêt pour Mlle Brun? Amour ou crime?

— Probablement ni l'un ni l'autre. Rien qu'une fausse supposition. N'en parlons plus.

— « N'en parlons plus », dites-vous négligemment, après m'avoir extorqué tous les renseignements qu'il vous fallait. Monsieur Cade, qui soupçonnez-vous? Dans les romans, on soupçonne toujours le personnage le moins capable d'avoir commis le crime. Dans ce cas, je soupçonne Bill Eversleigh.

— Pourquoi pas vous-même?

— Des aristocrates anglais alliés aux camarades de la Main Rouge! Quel titre pour un article sensationnel!

Anthony se mit à rire. Chiffonnette l'amusait, bien qu'il craignît un peu sa perspicacité malicieuse.

— Prenez garde aux gamines, dit-elle. Voyez, elles guettent notre retour sur le débarcadère. Si vous ne vous esquivez pas à temps, vous tomberez dans leurs griffes.

— Je ne demande pas mieux. J'adore les enfants. Je pourrai leur apprendre un jeu bien sage, tranquille et intellectuel.

Il fut reçu par des acclamations.

— Savez-vous jouer aux Indiens? demanda sévèrement Chiffon.

— Et comment! dit fièrement Anthony. Je sais hurler comme pas un quand on me scalpe!

Il poussa un hurlement inhumain.

— Pas mal! fit Griffon. Savez-vous pousser le cri de guerre?

Anthony se distingua une fois de plus. L'instant d'après, les buissons retentissaient de clameurs sauvages. Mr. Cade jouait aux Indiens avec ses nouvelles amies.

Une heure plus tard, ils étaient devenus si intimes qu'ils décidèrent de prendre le thé ensemble dans l'appartement de ces demoiselles.

La gouvernante, surprise par cette intrusion, fit contre mauvaise fortune bon cœur. Anthony crut même sentir qu'elle n'était pas fâchée de bavarder avec un jeune homme présentable. Mais, hélas! son physique ne correspondait pas le moins du monde à l'image de l'aventurière qui s'était formée dans son esprit. Mlle Brun était petite, maigre, fagotée autant qu'on pouvait l'être, avec un visage hâve, des cheveux grisonnants et un soupçon de moustache!

« J'ai fait de nouveau fausse route! » soupira à part lui Anthony.

Néanmoins, il tint son rôle jusqu'au bout et charma Mademoiselle par son amabilité et les élèves par son entrain.

En sortant de l'appartement des enfants, il alla retrouver le surintendant Battle et lui déclara sans préambule :

— Battle, j'ai besoin de faire un petit voyage. Est-ce possible?

Fidèle à ses principes, le surintendant ne manifesta ni surprise ni émotion. Sa réponse fut calme, comme toujours :

— Cela dépend, monsieur, de l'endroit où vous désirez vous rendre.

— Je désire aller à Dinard, au château de la comtesse de Breteuil.

— Quand, monsieur Cade?

— Mettons demain, après l'enquête. Je pourrais être de retour dimanche soir.

— Je vois, dit le surintendant avec son flegme habituel.

— Eh bien?

— Pour ma part, je n'ai rien contre ce projet, à condition que vous alliez où vous dites et que vous en reveniez directement et immédiatement.

— Battle, vous êtes admirable! Me donnez-vous cette autorisation par astuce diabolique ou par sympathie personnelle?

Battle sourit.

— Vous m'avez fait une impression favorable, monsieur Cade. A l'encontre de certains de mes collègues, j'aime avoir à mes côtés un détective amateur. Surtout quand il a accès à une intimité où le policier, malgré son expérience, ne pourrait jamais pénétrer. Si vous pouvez m'aider dans cette affaire, tant mieux. Car c'est dans cette intention, je suppose, que vous allez à Dinard?

— Vous l'avez deviné. Mais il y a plusieurs questions qui me tourmentent particulièrement.

— Par exemple?

— Qui succède au prince Michel comme héritier du trône?

Le surintendant Battle eut un petit sourire sec.

— Tiens, vous y avez songé aussi! C'est son cousin, le prince Nicolas Obolovitch.

— Et où se trouve-t-il en ce moment? demanda Anthony en se détournant pour allumer une cigarette. Ne dites pas que vous ne savez pas, Battle, parce que je ne vous croirai pas.

— Nous avons des raisons de croire qu'il se trouve aux États-Unis. Du moins, il y était tout récemment. Et il avait réussi à y obtenir de l'argent.

Anthony poussa une exclamation d'étonnement. Puis, après avoir réfléchi quelques instants :

— Je crois comprendre la combinaison! Michel était soutenu par les Anglais, Nicolas par les Américains. Dans ces deux pays, il y avait des financiers désireux d'obtenir les concessions sur les pétroles. Le parti royaliste a adopté pour candidat Michel. Maintenant qu'il est mort, ils doivent en chercher un autre. Nicolas a des espérances. Isaacstein et Lomax grincent des dents. Wall Street jubile.

— Pas mal, dit le surintendant Battle. Pas mal pour un détective amateur. Continuez dans le même esprit, monsieur Cade!

Ce soir-là, au moment où Anthony, retiré dans la jolie chambre que lui avait destinée la maîtresse de maison, allait se coucher, on frappa à la porte et on l'ouvrit sans attendre la réponse. Un homme de haute taille, aux larges épaules, aux pommettes saillantes, aux yeux rêveurs et fanatiques, était debout sur le seuil.

— Qui diable êtes-vous? demanda Anthony stupéfait.

— Boris Anchoukoff.

— Le valet de chambre du prince Michel?

— Oui. J'ai servi mon maître. Il est mort. Maintenant, c'est vous que je sers.

— Vous êtes bien bon, dit Anthony. Mais je n'ai pas besoin d'un domestique.

— C'est vous maintenant qui êtes mon maître. Je vous servirai fidèlement.

— Mais voyons — comprenez-moi bien, mon ami —, il m'est impossible de vous prendre à mon service; je ne puis me payer le luxe d'engager un valet de chambre.

Boris le regarda avec un soupçon de mépris.

— Je ne vous demande pas d'argent. J'ai servi mon maître, je vous servirai aussi. Jusqu'à la mort!

Il salua profondément Anthony et disparut aussi soudainement qu'il était entré.

Anthony, sidéré, le regarda partir.

Incroyable! murmura-t-il. Quel bouledogue que cet homme! Un grand chien fidèle. Un flair véritablement canin!

Et, se déshabillant machinalement, il grommela :

— Voilà un serviteur gratuit qui, pour le moment, risque plutôt de me desservir!

Chapitre 17.
Aventure nocturne

L'enquête eut lieu le lendemain matin. Elle ne ressemblait pas le moins du monde aux enquêtes décrites dans les romans policiers. Elle omit si délicatement de poser la moindre question épineuse, que même Sir George Lomax en fut satisfait. Le surintendant Battle, le coroner et le chef constable travaillèrent avec une discrétion sans pareille.

Immédiatement après l'enquête, Anthony partit.

Son départ fut la seule éclaircie de la journée pour Bill Eversleigh. George Lomax, obsédé par la crainte d'une indiscrétion capable de nuire aux Affaires étrangères et d'entraver sa carrière, avait été insupportable. Toute la journée, Bill avait dû porter et rapporter d'interminables messages, déchiffrer des télégrammes et écouter les discours de son patron.

Samedi soir, quand il se coucha, il était exténué, sombre et révolté. Non seulement Lomax l'avait fait travailler toute la journée sans lui laisser la possibilité de parler à Virginie, mais cette dernière avait passé le plus clair de son temps à causer et à canoter avec ce quidam des colonies. Dieu merci, il était enfin parti, et lui, Bill, tâcherait demain de rattraper le temps perdu!

Sur cette pensée consolante, il s'endormit et rêva que Virginie lui avait accordé sa main. Le mariage allait être célébré dans cinq minutes, mais — horreur! — il s'apercevait qu'il portait un pyjama! Il essayait de s'échapper pour changer de costume, mais Virginie le retenait par le bras et, le secouant de plus en plus fort, criait : « Bill, oh! Bill, réveillez-vous, levez-vous! »

Entrouvrant les yeux, Bill se rendit compte qu'il se trouvait dans sa chambre à coucher de Chimneys. Mais son rêve, en partie du moins, était vrai : Virginie penchée sur lui, répétait :

— Réveillez-vous, Bill! Pour l'amour de Dieu, réveillez-vous!

— Hein? Quoi? fit Bill en se redressant. Qu'est-ce qui se passe?

Virginie poussa un soupir de soulagement.

— Dieu merci! Je croyais que vous ne vous réveilleriez jamais! Bill, il se passe quelque chose d'extraordinaire!

— Quoi donc?

— Eh bien, comme un fait exprès, je ne pouvais pas m'endormir, et tout à coup, j'ai cru entendre au-dessous de ma chambre un glissement de pas et le bruit d'une porte qu'on ouvrait doucement. Je suis descendue et j'ai regardé par le trou de la serrure : ce que j'ai vu était si singulier que j'ai envie d'en voir davantage, mais je sens que j'aimerais auparavant avoir à mes côtés un brave garçon solide et vigoureux — vous en un mot!

— Hum, dit Bill. Vous voulez donc que j'aille me battre avec ces brigands?

— Ce ne sont pas des brigands. Ce sont... Mais ne perdons pas de temps en paroles. Levez-vous vite, Bill! Plus vite que ça!

— Laissez-moi le temps au moins de mettre mes souliers et une robe de chambre! Quel joli peignoir vous avez, Virginie!

— Ce n'est pas le moment de me faire la cour, Bill! Dépêchez-vous!

Bill saisit le tisonnier — arme menaçante — et tous deux se glissèrent dans le couloir et descendirent l'escalier.

— Chut! murmura Virginie. Qu'on ne nous entende pas dans la salle du Conseil. Bill, expliquez-moi pourquoi les voleurs enlèvent une à une les pièces de l'armure du mannequin.

— Probablement parce qu'ils ne peuvent pas l'emporter tel quel. Ils le disloquent pour l'emballer ensuite.

Virginie secoua la tête.

— Pourquoi voleraient-ils une vieille armure rouillée, quand Chimneys est plein de trésors beaucoup plus faciles à emporter, ne fût-ce que les tableaux?

— Combien sont-ils? demanda Bill, serrant son tisonnier dans son poing.

— Je n'ai pas pu le voir à travers le trou de la serrure. D'ailleurs, ils n'ont naturellement pas éclairé, ils n'avaient qu'une lampe de poche.

Bill et Virginie se glissèrent silencieusement le long du mur et s'arrêtèrent devant la porte de chêne massif. Ils n'entendirent rien, mais une lueur illumina soudain le trou de la serrure.

Bill s'agenouilla et appliqua son œil contre l'orifice. De vagues silhouettes, dont il distinguait à peine les contours, se dressaient près du mur sous le portrait de Holbein. Un instant encore, et elles disparurent de son champ visuel. Il entendit un léger bruit, comme si on frappait doucement contre la boiserie.

Bill se releva et chuchota :

— Ecoutez-moi, Virginie. Nous ouvrirons la porte aussi doucement que possible. Vous savez où est le commutateur?

— Oui. A côté de la porte.

— Restez-y, la main sur le bouton. Moi, j'entrerai. Je crois qu'il n'y en a que deux. Un seul, peut-être. Impossible de distinguer, parce qu'ils ont dirigé la lumière sur l'endroit qui les intéresse, l'armure ou la boiserie, que sais-je, et qu'eux-mêmes sont dans l'obscurité. Quand je vous crierai : « Allez! » vous allumerez l'électricité. Compris?

— Oui.

— Et, surtout, ne criez pas et ne vous évanouissez pas. Personne ne vous fera de mal, je m'en charge.

— Jeune héros! murmura Virginie.

Gonflé d'orgueil, Bill appuya doucement sur la poignée de la porte. Elle céda sans bruit. Bill sentait Virginie étroitement pressée contre lui. Ils entrèrent ensemble à pas de loup.

A l'autre bout de la salle, un rayon de lumière éclairait le portrait de Holbein. Silhouettée sur ce fond clair-obscur, apparaissait l'ombre d'un homme qui, debout sur sa chaise, leur tournait le dos. Il était en train de tapoter doucement le cadre du tableau.

A cet instant, Bill accrocha une chaise. L'homme se retourna brusquement, dirigeant sur eux la lanterne dont la lumière subite les aveugla.

Bill n'hésita pas.

— Allez! cria-t-il à Virginie.

Et il se lança sur l'homme, tandis que Virginie appuyait docilement sur le commutateur.

Mais au lieu d'être inondée de lumière, la salle resta dans l'obscurité. On n'entendit que le petit bruit sec du commutateur.

Bill poussa un juron formidable. L'instant d'après, des halètements, des grognements, des râles remplirent l'air. La lanterne, tombée à terre, s'était éteinte. Virginie entendait, sentait la lutte désespérée entre les deux hommes dans l'obscurité. Y en avait-il d'autres encore dans les ténèbres? Que faire? Désobéissant aux instructions de Bill, elle se mit à pousser des cris perçants.

Elle entendit des portes s'ouvrir au-dessus, et vit un rayon de lumière pénétrer du hall et de l'escalier. Si seulement Bill pouvait tenir jusqu'à ce qu'on lui vînt en aide!

Mais, tout à coup, terrifiée, elle entendit un fracas épouvantable. Ils avaient dû heurter une des armures, car elle s'écroula avec un tapage assourdissant. Virginie entrevit vaguement une silhouette s'élançant vers la fenêtre et entendit Bill pousser des jurons et se débarrasser des pièces de l'armure tombées sur lui.

Pour la première fois, elle quitta son poste et s'élança sauvagement à la poursuite du fuyard. Mais la fenêtre n'était pas fermée. L'intrus n'avait eu qu'à ouvrir la croisée sans le moindre effort et à sauter sur la terrasse. Elle sauta, elle aussi, et l'aperçut qui descendait au galop l'escalier. Elle galopa à sa suite. Jeune, sportive et entraînée, elle l'aurait peut-être rejoint si elle n'était tombée tout à coup dans les bras d'un homme sorti d'une petite porte du rez-de-chaussée. Il la retint énergiquement et ne la remit en liberté qu'après l'avoir reconnue.

— Diable! s'écria-t-il. C'est Mrs. Revel! Je vous demande bien pardon! Je vous prenais pour une criminelle voulant échapper à la justice!

C'était Mr. Hiram Fish.

— Il vient de passer par là, s'exclama Virginie, haletante. Tâchons de le rattraper!

Mais déjà elle savait que ce serait inutile. L'homme, maintenant, avait disparu dans le parc et la nuit était noire comme l'enfer. Ils revinrent dans la salle du Conseil. Elle était vide. Sur le seuil se tenaient Lord Caterham, Chiffonnette et les domestiques effrayés.

— Que diable se passe-t-il? demanda Chiffonnette. Des voleurs? Que diable faites-vous là avec Mr. Fish, Virginie? Une promenade nocturne?

Virginie conta brièvement ce qui venait de se passer.

— Ça devient passionnant! fit Chiffonnette. Un assassinat et un vol la même semaine! Mais pourquoi l'électricité ne fonctionne-t-elle pas? Il n'y a de panne nulle part.

Ce mystère fut facilement expliqué. On avait tout simplement dévissé les lampes. Elles gisaient près du mur. Montant sur une échelle, Tredwell, majestueux même en pyjama, fit la lumière.

— Si je ne me trompe, dit de sa voix triste Lord Caterham, en jetant un regard circulaire, cette salle a été le lieu d'une activité quelque peu violente.

En effet, le plancher était couvert de pièces d'armure disloquées, de chaises renversées et de débris de vases de porcelaine.

— Un seul, je crois, dit Virginie. Bien que...

Elle s'arrêta, se rappelant qu'elle avait cru entendre un vague bruissement quelque part dans la salle. Peut-être le deuxième s'était-il échappé par la porte? Ou peut-être ce bruit avait-il été un résultat de son imagination surexcitée?

Bill, pantelant, apparut à la fenêtre.

— Maudite canaille! s'exclama-t-il, furieux. J'ai couru partout. Pas de trace du fuyard. Il a réussi à s'échapper.

— Ne vous tourmentez pas, Bill, dit Virginie. Vous aurez plus de chance la prochaine fois!

— Et que ferons-nous maintenant? demanda Lord Caterham.

Je crois qu'il ne nous reste qu'à nous coucher. A cette heure-ci, je ne vais pas faire venir la police! Tredwell, vous savez sûrement ce qu'il faut faire : veillez-y!

— Bien, mylord.

Avec un soupir de soulagement, Lord Caterham battit en retraite.

— Il a de la chance, Isaacstein! soupira-t-il avec envie. Tout ce potin aurait dû le réveiller, mais non : il dort comme une marmotte! Et vous, monsieur Fish, vous avez été réveillé en sursaut, comme nous tous?

Il jeta un regard sur l'Américain.

— Tiens, vous avez même pris le temps de vous vêtir!

— J'ai enfilé en hâte mes vêtements, répondit celui-ci.

— Vous avez bien fait! dit Lord Caterham. J'ai horriblement froid dans mon pyjama. Je sens que je vais m'enrhumer.

Il bâilla. Et tous, à la suite de Sa Seigneurie, allèrent se coucher.

Chapitre 18.
Nouvelle aventure nocturne

Lorsque Anthony, le lendemain après-midi, descendit du train, la première personne qu'il aperçut sur le quai fut le surintendant Battle. Il éclata de rire.

— Je rentre comme convenu! dit-il. Êtes-vous venu vous en assurer?

Battle secoua la tête.

— J'ai confiance en vous, monsieur Cade. Je suis là parce que je vais à Londres.

— Tiens! Je me demande ce que vous allez y faire.

Le détective ne répondit pas.

— Vous êtes bon causeur, Battle, dit Anthony. Vous aimez bavarder! C'est ce qui me plaît en vous.

L'ombre d'un sourire parut sur la physionomie impassible de Battle.

— Et vous-même, monsieur Cade? Avez-vous eu du succès à Dinard?

— Aucun, Battle. Pour la deuxième fois, j'ai suivi une fausse piste. Décidément, je ne me distingue pas comme détective amateur!

— Quel était votre but, monsieur, sans indiscrétion?

— Je soupçonnais la gouvernante française, Battle. Primo, parce que j'avais aperçu sa fenêtre illuminée la nuit du crime; secundo, parce que j'avais vu un Français suspect espionner Chimneys. Vous l'avez déjà repéré, je suppose?

— L'homme qui se fait appeler M. Chelles? Et qui est descendu à l'*Auberge des Joueurs de Cricket*? Un représentant en soieries?

— Ce doit être lui, en effet. Qu'en pense Scotland Yard?

— Il a certainement agi de façon à éveiller les soupçons, répondit Battle, impassible.

— Et quels soupçons! J'ai donc supposé que la gouvernante française était secrètement alliée à ce compatriote, et après avoir appris de Lady Eileen qu'elle n'avait engagé Mlle Brun qu'il y a deux mois, je me suis rendu chez son ancienne employeuse, la comtesse de Breteuil. Mais j'ai eu tort, Battle. Au lieu d'apprendre, comme je m'y attendais, qu'une demoiselle Brun n'avait jamais existé, je me suis laissé dire qu'elle avait été la main droite de la comtesse pendant dix ans. Je dois avouer que mes soupçons avaient déjà diminué de beaucoup lors de ma rencontre personnelle avec cette digne pédagogue. Elle a le type de la gouvernante!

Battle hocha la tête.

— Cela ne prouve rien, monsieur Cade. Les femmes peuvent entièrement changer d'allure grâce à un maquillage habile. J'ai vu un jour une jolie fille teindre ses cheveux, se faire un fond de teint livide, rougir légèrement ses paupières et mettre des vêtements démodés : neuf sur dix de ses connaissances ne l'auraient pas reconnue. Les hommes ont la tâche plus difficile. Mais on peut changer la ligne des sourcils, et puis il y a les fausses dents qui transforment entièrement l'expression. Néanmoins, il reste les oreilles... Impossible de changer les oreilles, monsieur Cade!

— Ne regardez donc pas les miennes, Battle! Vous me faites peur!

— Je ne parle pas des fausses barbes et du maquillage vulgaire, continua le surintendant. C'est bon pour les romans! Il y a bien peu d'hommes qui aient réellement le génie du déguisement. Un d'eux est le roi Victor. Connaissez-vous le roi Victor, monsieur Cade?

Cette question fut posée avec tant de soudaineté et de brutalité qu'Anthony retint les mots qui lui montaient aux lèvres et, après avoir réfléchi un instant, dit lentement :

— Le roi Victor? Oui, je crois avoir entendu ce nom.

— Un des plus célèbres voleurs de bijoux dans le monde. De père irlandais et de mère française. Parle au moins cinq langues. A fait sept ans de prison, mais en est sorti, il y a quelques mois.

— Et où est-il maintenant?

— C'est ce que nous aimerions savoir, monsieur Cade!

— Peut-être nous fera-t-il l'honneur de surgir ici! Mais s'il ne s'intéresse qu'aux bijoux, des *Mémoires* politiques ne l'attireront pas!

— On ne sait jamais, monsieur Cade. Peut-être est-il déjà là.

— Déguisé en laquais? Bravo! Vous le reconnaîtrez grâce à ses oreilles et vous vous couvrirez de gloire!

— Pas facile, monsieur Cade, de découvrir l'identité d'un homme! A propos, que pensez-vous de l'affaire de Staines?

— Staines? Que s'est-il passé à Staines?

— C'était relaté dans les journaux. Vous l'avez peut-être lu. On a trouvé dans un fossé le cadavre d'un homme tué par une balle de revolver.

— Ce n'est pas un suicide?

— Non. L'arme n'y était plus. Jusqu'à présent, on n'a pas encore identifié la victime.

— Cette affaire semble vous intéresser. Se rattache-t-elle à l'assassinat du prince Michel?

Anthony souriait calmement. Le regard du surintendant Battle était rivé à lui.

— J'espère que non, dit Battle. C'est une véritable épidémie!

Le train de Londres entra en gare et le surintendant appela un porteur. Avec un soupir de soulagement, Anthony s'éloigna.

Pensif, il traversa le parc de Chimneys et prit un sentier de traverse pour s'approcher de la maison du même côté que lors de la fameuse nuit de jeudi. Les yeux fixés sur les fenêtres du premier étage, il s'aperçut qu'au coin de la maison il y avait un petit renfoncement percé d'une fenêtre; de l'endroit où il était, cette fenêtre-là était la dernière à l'extrémité de la façade; celle immédiatement au-dessus de la salle du Conseil était l'avant-dernière, et celle de Mlle Brun n'était plus que l'avant-avant-dernière. Mais il suffisait de faire quelques pas à droite pour que le renfoncement devînt invisible et que l'on comptât la fenêtre de la gouvernante comme l'avant-dernière. Où se trouvait-il donc exactement quand la fenêtre avait été éclairée?

Il essaya de s'en souvenir, mais c'était impossible. La différence était si insignifiante! Quoi qu'il en fût, il était fort possible que la fenêtre qu'il avait vue illuminée fût non pas celle de Mlle Brun, mais celle de son voisin. Qui était-il? Anthony décida de l'apprendre au plus tôt. La chance lui sourit, car le premier qu'il rencontra dans le hall fut Tredwell. Il y était seul.

— Bonjour, Tredwell, dit Anthony. Pourriez-vous me dire une chose? Qui occupe la troisième chambre au premier étage, en comptant à partir de l'extrémité de la façade, au-dessus de la salle du Conseil?

Tredwell réfléchit quelques instants.

— C'est le gentleman américain, monsieur, Mr. Fish.

— Ah! Merci, Tredwell!

— De rien, monsieur.

Tredwell s'apprêta à sortir, mais, pausant un instant (car le désir d'être le premier à raconter une nouvelle rend humains même les maîtres d'hôtel majestueux) :

— Avez-vous entendu parler, monsieur, de ce qui s'est passé cette nuit?

— Mais non! Que s'est-il passé?

— Une tentative de vol, monsieur!

— Pas possible! A-t-on emporté quelque chose?

— Heureusement non, monsieur! Les voleurs étaient en train d'enlever une à une les pièces de l'armure du mannequin dans la salle du Conseil quand ils ont été surpris en flagrant délit. Mais ils ont réussi à s'échapper.

— De nouveau la salle du Conseil! Et comment y sont-ils entrés?

— On pense qu'ils ont forcé la fenêtre, monsieur.

Content d'avoir intéressé Anthony, Tredwell s'apprêta de nouveau à sortir, mais heurta de front Mr. Isaacstein.

— Je vous demande pardon, monsieur! Je ne vous avais pas vu entrer.

— Il n'y a pas de mal, mon brave! Il n'y a pas de mal!

Tredwell se retira, avec une expression de mépris souverain pour ce parvenu qui l'appelait « mon brave ». Isaacstein se laissa tomber dans un fauteuil.

— Tiens, Cade, vous revoilà! On vous a déjà dit ce qui s'est passé?

— Un week-end excitant, n'est-ce pas?

— Trop excitant, même. Pourquoi nous retient-on encore ici? L'enquête est terminée depuis hier. Le cadavre du prince sera transporté ce soir à Londres, où l'on annoncera qu'il est mort d'une crise cardiaque. Et cependant on ne nous laisse pas encore partir. Sir Lomax n'en sait pas plus long que moi. Il me dit de m'adresser au surintendant Battle.

— Battle doit avoir un plan, dit Anthony, pensif. Et ce plan exige notre présence à tous.

— Mais vous-même, monsieur Cade, vous venez de faire un voyage !

— Avec un fil à la patte ! Je suis certain d'avoir été filé de la première à la dernière minute. Si j'avais été le coupable et si j'avais eu à me débarrasser du revolver, je n'en aurais pas eu la possibilité.

— Ah ! oui, le revolver, dit Isaacstein. On ne l'a pas retrouvé, je crois ?

— Pas encore.

— Peut-être le meurtrier, en s'enfuyant, l'a-t-il jeté dans le lac ?

— C'est possible ?

— Où est le surintendant Battle ? J'aimerais lui parler !

— Je viens de le rencontrer à la gare. Il est allé à Londres.

— Vraiment ?

Le ton d'Isaacstein était presque menaçant.

— Et quand revient-il ?

— Demain matin, je crois.

Virginie entra en compagnie de Lord Caterham et de Mr. Fish. Elle sourit à Anthony.

— Vous revoilà, monsieur Cade ! Vous a-t-on déjà conté notre aventure nocturne ?

— Figurez-vous, monsieur Cade, dit Hiram Fish, que j'ai pris Mrs. Revel pour un des coupables !

— Et pendant ce temps, le coupable...

— A pris la poudre d'escampette, termina tristement Mr. Fish.

Après le thé, Virginie et Anthony, en compagnie de Bill, qui luttait vaillamment contre ce qu'il appelait à part lui « l'invasion coloniale », descendirent vers le lac et, une fois de plus, décidèrent que pour se parler confidentiellement, on était le mieux sur l'eau, loin des rivages.

Bill et Virginie contèrent en détail leur aventure à Anthony Cade.

— Singulière affaire, opina celui-ci. Qu'en pensez-vous, madame Revel ?

— Je pense, répondit-elle vivement, que ce n'étaient sûrement pas des voleurs ! Du moins pas des voleurs ordinaires ! Ils cherchaient quelque chose qu'ils croyaient caché sous l'armure du mannequin. Mais pourquoi frapper contre la boiserie ?

Y aurait-il un escalier secret? Je vais le demander à Lord Caterham?

— Ce n'était sûrement pas les *Mémoires* qu'ils cherchaient, dit Anthony. C'est un énorme paquet impossible à dissimuler aussi facilement. Ce doit être un objet plus petit.

— George doit le savoir, murmura Virginie. Je me demande si je peux le lui faire dire! J'ai toujours senti qu'il y avait dans cette affaire des dessous qu'on nous cachait.

— Vous dites qu'il n'y avait qu'un seul homme, poursuivit Anthony; néanmoins, il y en avait peut-être un deuxième, puisque vous avez cru entendre un bruissement près de la porte au moment où vous vous élanciez vers la fenêtre.

— Je n'en jurerais pas. C'était peut-être mon imagination.

— Peut-être, et peut-être pas. Dans le deuxième cas, cette autre personne doit demeurer dans la maison. Il y a une chose qui m'étonne...

— Laquelle?

— La rapidité avec laquelle Mr. Hiram Fish revêt son complet avec col, cravate, etc., au moment où les autres, entendant crier au secours, accourent en pyjama et en robe de chambre!

— J'y ai déjà pensé, fit Virginie. Et Mr. Isaacstein qui dort comme une marmotte sans entendre tout ce tapage? N'est-ce pas suspect?

— Il y a peut-être du Herzoslovaque là-dedans, dit Bill. Ce serviteur du prince Michel a l'air d'un vrai brigand!

— Chimneys regorge de gens suspects! déclara Virginie. Les autres, probablement, en disent tout autant de nous! Je regrette que le surintendant Battle soit allé à Londres. Je trouve cela stupide de sa part. A propos, monsieur Cade, j'ai vu une ou deux fois ce Français qui demeure à l'auberge rôder autour du parc.

— C'est une véritable course aux obstacles! soupira Anthony. On en rencontre chaque fois de nouveaux. Moi-même, je viens de faire une démarche vaine. Je me suis de nouveau fourvoyé! Actuellement, voilà ce que je voudrais savoir : les voleurs ont-ils trouvé cette nuit ce qu'ils cherchaient?

— Sûrement pas!

— Dans ce cas, je suis certain qu'ils reviendront! Ils savent, ou sauront bientôt, que Battle est à Londres. Ils courront le risque de revenir cette nuit.

— Vous croyez?

— Je l'espère. En tout cas, formons à nous trois un petit syndicat. Eversleigh et moi, nous nous cacherons, avec toutes les précautions nécessaires, dans la salle du Conseil...

— Et moi? interrompit Virginie.

— Ce n'est pas un travail de femme, déclara Bill. Soyez sage, Virginie, et...

— Ne soyez pas idiot, Bill. Je ne suis jamais sage. Je fais partie du syndicat, moi aussi. Un point, c'est tout.

Après avoir établi leur plan, les membres du nouveau syndicat retournèrent dans le château. Lorsque toute la maisonnée se fut couchée, ils sortirent sans bruit de leurs chambres et se glissèrent vers la salle du Conseil, armés de lanternes électriques. Anthony, lui, avait un revolver.

Il était certain, pour sa part, qu'on entrerait non pas par la fenêtre, mais par la porte, et que Virginie, la veille, ne s'était pas trompée en supposant qu'un des voleurs demeurait dans la maison. C'est pourquoi, tapi dans une encoignure, caché par un vieux bahut, il tenait les yeux fixés sur la porte. Virginie était accroupie derrière un mannequin figurant un chevalier des Croisades, et Bill à côté de la fenêtre.

Les minutes passaient, interminables. Une heure sonna, puis une heure et demie, deux heures, deux heures et demie. Les trois conspirateurs, engourdis, en venaient à conclure qu'ils s'étaient trompés et que les malfaiteurs n'oseraient pas reparaître.

Tout à coup, Anthony se raidit : il avait entendu des pas sur la terrasse. Un craquement léger, un grattement à la poignée de la fenêtre. Cette dernière s'ouvrit. Un homme l'enjamba et entra.

Il resta immobile quelques instants, comme pour s'assurer que tout était en ordre. Puis, satisfait, il alluma sa lanterne électrique et s'approcha de la boiserie, à l'endroit même qu'il avait examiné la veille.

Soudain Bill, accroupi dans son coin, eut conscience d'une chose épouvantable : il allait éternuer! La course nocturne de la veille à travers le parc humide lui avait donné le rhume. Il avait déjà éternué toute la journée. Il éternuerait maintenant. Rien au monde ne l'empêcherait d'éternuer.

Faisant des efforts tragiques, Bill mordit sa lèvre supérieure, avala sa salive, rejeta la tête en arrière et regarda le plafond. Finalement, il saisit son nez entre les doigts et le pinça de toutes ses forces. En vain. Il éternua.

Un éternuement étouffé, étranglé, mais qui résonna distinctement dans le silence de mort.

L'étranger bondit, mais au même instant Anthony, allumant avec une rapidité d'éclair sa lanterne électrique, se rua sur lui. Tous deux roulèrent par terre.

— De la lumière! cria Anthony.

Virginie tourna le commutateur. Cette fois, on n'avait pas enlevé les lampes. La salle fut inondée de clarté. Anthony, haletant, maintenait sa victime au-dessous de lui. Bill s'élança pour lui prêter secours.

— Et maintenant, dit Anthony, voyons un peu qui vous êtes, mon garçon!

C'était l'étranger de l'*Auberge des Joueurs de Cricket.*

— Bien travaillé, dit une voix paisible.

Ils se retournèrent tous, stupéfaits. L'épaisse silhouette du surintendant Battle se dressait sur le seuil.

— Je vous croyais à Londres, surintendant! dit Anthony. Battle cligna de l'œil.

— Vraiment, monsieur? Je me disais précisément qu'il serait bon qu'on me crût à Londres!

— Vous avez eu raison, dit Anthony en considérant son ennemi étendu sur le parquet.

A sa surprise, il vit un sourire sur le visage du Français.

— Puis-je me lever, messieurs? demanda-t-il. Vous êtes trois contre un.

Anthony l'aida avec indulgence à se remettre sur pied. L'étranger boutonna son veston, remit son col en place et regarda Battle.

— Pardon, messieurs, dit-il, mais j'ai cru comprendre que vous étiez le représentant de Scotland Yard?

— C'est exact.

— Dans ce cas, permettez-moi de vous remettre mes lettres de créance. J'aurais été mieux inspiré de le faire avant.

Il tira de sa poche plusieurs papiers qu'il remit au détective de Scotland Yard. En même temps, il lui montra un insigne épinglé au revers de son veston.

Battle poussa une exclamation d'étonnement. Puis, après avoir soigneusement plié les papiers, il les rendit à l'étranger en s'inclinant poliment.

— Je regrette, monsieur, que vous ayez été... hum... boxé, mais avouez que c'est votre propre faute!

Et comme les autres les regardaient, ahuris, il expliqua en souriant :

— Je vous présente un collègue que j'attends déjà depuis quelque temps. M. Lemoine, de la Sûreté.

Chapitre 19.
Histoire secrète

Virginie se tourna vers Battle.

— Savez-vous ce que je pense, surintendant Battle?

— Que pensez-vous, madame Revel?

— Je pense que le temps est venu de nous éclairer un peu.

— Vous éclairer? Je ne comprends pas très bien, madame Revel.

— Si, vous comprenez parfaitement, mon cher surintendant! Je sais que Sir Lomax vous a fait jurer le secret — c'est ce que mon brave cousin fait toujours — mais il vaut vraiment mieux nous expliquer les faits que nous laisser les découvrir par nous-mêmes et intervenir maladroitement dans votre jeu. Monsieur Lemoine, n'êtes-vous pas de mon avis?

— Entièrement, madame! déclara le Français en s'inclinant.

— Dans certaines circonstances, il est nettement impossible de garder un strict secret, je l'ai dit à Sir Lomax, dit Battle. D'ailleurs, Mr. Eversleigh est le secrétaire de Sir Lomax et peut tout savoir. Quant à Mr. Cade, il a été entraîné malgré lui dans cette affaire, et j'estime qu'il a le droit d'apprendre la vérité. Mais...

Virginie sourit.

— Les femmes sont si indiscrètes, n'est-ce pas? C'est mon cousin George qui vous l'a dit?

Lemoine avait observé attentivement Virginie.

— Madame, si je ne me trompe, porte le nom de Revel?

— Parfaitement.

— Votre mari était chargé d'affaires à la légation d'Angleterre en Herzoslovaquie?

— Oui, c'est cela.

— Et vous étiez à Ekarest avec lui, avant l'assassinat du roi et de la reine?

— En effet.

Lemoine se tourna vers son collègue de Scotland Yard.

— Je crois que madame a le droit de tout entendre. D'ailleurs, cette affaire la concerne indirectement. Et puis — il cligna légèrement de l'œil — madame a la réputation, dans les milieux diplomatiques, d'être très discrète.

Virginie se mit à rire.

— J'espère pouvoir justifier mon renom!

— Où la conférence aura-t-elle lieu? demanda Anthony. Ici?

— Oui, je préfère ne pas quitter cette pièce jusqu'à l'aube, dit le surintendant. Vous comprendrez pourquoi quand vous aurez entendu l'histoire.

Bill et Anthony se rendirent au garde-manger et en rapportèrent un plateau chargé de siphons, de bouteilles, de verres et de sandwiches.

Le syndicat, qui comptait maintenant cinq membres, s'installa confortablement autour d'une grande table en chêne.

— Il va de soi, commença Battle, que tout notre entretien sera strictement confidentiel. Mais il était impossible de garder ce secret pour nous seuls, je l'ai toujours dit à Sir Lomax. L'affaire a commencé il y a sept ans. L'Angleterre était sur le point de s'entendre sur divers points avec la Herzoslovaquie, avec l'aide, naturellement, du comte Stylpitch. Le roi et la reine de Herzoslovaquie, séjournant en Angleterre, furent invités à passer un week-end à Chimneys. C'est alors que disparut un objet extrêmement précieux; pour expliquer cette disparition incroyable, il faut admettre *a priori* deux choses : premièrement, que le voleur était un personnage royal; deuxièmement, qu'il était un professionnel des plus adroits. M. Lemoine vous expliquera comment les deux sont possibles.

Le Français s'inclina et reprit le fil du récit :

— En Angleterre, la plupart des gens n'ont même pas entendu parler du fameux roi Victor. Nul ne connaît son vrai nom, mais tous en France savent que c'est un voleur de bijoux d'une audace et d'une habileté inouïes, passé maître dans l'art du déguisement, linguiste accompli, né de père anglais ou irlandais, mais travaillant presque toujours à Paris. Il y a huit ans, il y exécuta une série de vols sensationnels sous le nom et le déguisement du capitaine O'Neill.

Virginie poussa une exclamation involontaire. M. Lemoine lui lança un regard compréhensif.

— Je crois savoir ce qui a ému madame! Ce capitaine O'Neill, dont elle doit déjà avoir entendu prononcer le nom, n'était autre que le roi Victor; la Sûreté le savait, mais n'en avait aucune preuve. Elle se doutait aussi que Victor O'Neill avait une complice habile en la personne d'une jeune comédienne des Folies-Bergère, Angèle Mory, mais tous deux travaillaient si adroitement qu'il était impossible de prouver quoi que ce soit.

« A ce moment, Paris se préparait à accueillir le jeune roi de Herzoslovaquie, Nicolas IV. La Sûreté, chargée de veiller sur lui, avait pris des mesures contre les attentats éventuels de l'organisation révolutionnaire dite « La Main Rouge ». Les camarades de la Main Rouge, sûrs de ne pouvoir approcher eux-mêmes le roi, ont promis à Angèle Mory — nous ne l'avons, hélas! appris que plus tard — une très grosse somme, en la chargeant de séduire le roi et de l'entraîner dans un guet-apens. Angèle Mory se laissa soudoyer et promit à son tour aux camarades tout ce qu'ils voulurent.

« Mais, en réalité, cette jeune femme était beaucoup plus maligne et ambitieuse qu'ils ne s'en doutaient. Elle réussit à séduire le roi, qui s'éprit follement d'elle et l'inonda de bijoux. C'est alors qu'elle conçut l'idée de devenir non pas une favorite, mais une reine! Comme le monde entier le sait, ce projet fantastique réussit. On la présenta à la cour sous le nom de comtesse Popoleffsky, descendante d'une famille royale, et quelques mois plus tard elle devint la reine Varaga. Pas mal pour une petite actrice! J'ai toujours entendu dire qu'elle jouait ce rôle admirablement. Mais ni le peuple ni les révolutionnaires ne l'entendaient de cette oreille. Furieux d'avoir été trahis, les camarades de la Main Rouge attentèrent deux fois à sa vie. Finalement, la révolution éclata, et elle fut assassinée en même temps que le roi. Leurs corps, mutilés et méconnaissables, furent retrouvés dans le palais.

« Mais une chose paraît certaine : c'est qu'au cours de ces brèves années de royauté, la reine Varaga, ci-devant Angèle Mory, était demeurée en rapports avec son ancien ami, le roi Victor — souveraineté d'un tout autre genre! Elle correspondait avec lui par messages chiffrés. Pour s'assurer l'impunité, elle écrivait ses lettres en anglais et les signait du nom d'une dame de la légation anglaise. Si on avait découvert les lettres et si la dame en question avait démenti sa signature, on ne l'aurait pas crue, car ces messages étaient, extérieurement, des lettres d'amour adressées au capitaine O'Neill. C'est votre nom, madame Revel, qu'on trouve au bas de ces missives.

— Je sais, dit Virginie, qui avait tour à tour rougi et pâli en écoutant ce récit. Voilà donc l'explication de l'énigme! Depuis qu'on m'a montré ces lettres, je l'ai cherchée en vain.

— Quelle infamie! s'écria Bill, indigné.

— Le vrai but de ces lettres, déclara le surintendant Battle, était de fournir au roi Victor des bijoux à bon compte. Après l'assassinat du roi et de la reine, on découvrit que la plupart des joyaux de la couronne avaient été remplacés par des imitations. Maintenant, vous comprendrez comment un personnage royal peut être en même temps un voleur expert. Nicolas IV et la reine Varaga passèrent le week-end chez le défunt marquis de Caterham, alors ministre des Affaires étrangères. La veille de leur départ pour Chimneys, on constata la disparition de... hum... d'un objet très précieux, gardé dans un palais de Londres. Il était remplacé par une imitation, merveilleuse en vérité, et telle que l'auteur ne pouvait en être que le roi Victor. Naturellement, l'affaire fut étouffée, mais Scotland Yard ne chôma pas; il organisa une surveillance si serrée qu'il fut absolument impossible à Sa Majesté la reine de remettre le joyau à son complice ou de l'emporter en Herzoslovaquie. Varaga-Angèle a dû le cacher à Chimneys, et je ne serais pas étonné — le surintendant Battle jeta un regard autour de lui — qu'il se trouve quelque part dans cette pièce.

— Quoi? Après tant d'années? s'exclama Anthony, incrédule.

— Mais oui, monsieur, fit Lemoine, puisque les souverains de Herzoslovaquie ont été assassinés trois semaines après, et qu'en même temps la Sûreté a réussi à mettre la main sur O'Neill et à le faire condamner à sept ans de prison pour une affaire de moindre envergure. Nous espérions trouver chez lui les lettres chiffrées, mais elles avaient été emportées par un Herzoslovaque qui servait de postillon à la reine. Cet homme s'était vanté devant plusieurs personnes de posséder ces précieux messages, et nous l'avons fait rechercher longtemps, mais sans succès.

— Je crois que vous l'auriez trouvé, dit Anthony, si vous aviez cherché en Afrique. Il gardait précieusement le paquet de lettres, comme une mine d'or qu'il se réservait d'exploiter en cas de nécessité. Mais il est mort de la malaria avant de pouvoir le faire. Ne me regardez pas de cette façon, messieurs : je ne suis pas voyant. Je vous expliquerai après comment je suis au courant.

— Une chose, encore, reste inexpliquée, dit Virginie. Les *Mémoires*. Il doit y avoir un lien entre le manuscrit et toute cette affaire?

— Bien entendu, madame! dit Lemoine. Le comte Stylpitch accompagnait Leurs Majestés lors de leur séjour en Angleterre; il était donc parfaitement au courant de cette affaire, et il peut en avoir parlé dans ses réminiscences.

— Savait-il, demanda Anthony, où la reine avait caché le joyau?

— Je ne le crois guère! Il la détestait cordialement et avait tout fait pour empêcher cette mésalliance. Elle ne lui a sûrement pas fait de confidences!

— Mais peut-être, persista Anthony, l'a-t-il découvert de son côté. C'était un homme si rusé! Dans ce cas, qu'aurait-il fait, selon vous?

— Gardé la chose pour lui, fit Battle, car rendre la pierre anonymement eût été trop difficile. D'ailleurs, le fait même de savoir où elle se trouvait lui donnait un pouvoir énorme — et cet homme aimait par-dessus tout le pouvoir! Il en jouissait en artiste. D'ailleurs, il possédait une des plus belles collections de secrets scandaleux au monde. Il les collectionnait comme d'autres collectionnent des timbres. Il s'en est vanté plus d'une fois. De là l'épouvante générale à l'annonce de la publication de ses *Mémoires*!

— La police française, ajouta Lemoine, avait l'intention de s'en saisir, mais le comte prit la précaution de les expédier ailleurs avant sa mort. Néanmoins, je ne vois pas pour quelle raison vous croyez qu'il connaissait ce secret-là.

— Il l'a dit lui-même, répliqua Anthony calmement.

— Quoi?

Les deux détectives le regardèrent, stupéfaits.

— Quand Mr. McGrath me remit ce manuscrit pour le porter aux éditeurs, il me conta les circonstances dans lesquelles il avait connu le comte Stylpitch. C'était à Paris, la nuit, dans une rue déserte. Le comte avait été attaqué par une bande d'apaches, et Mr. McGrath l'a tiré de leurs griffes. Le comte, un peu gris ce soir-là, et d'ailleurs un peu abruti par les coups reçus, a murmuré, comme dans le délire, deux remarques auxquelles mon ami n'a pas prêté grande attention. Il a dit d'abord qu'il savait où se trouvait le Koh-i-Noor, et ensuite que ses assaillants étaient des complices du roi Victor. Après tout ce que je viens d'apprendre, ces deux remarques me paraissent fort significatives.

— Grand Dieu! s'exclama le surintendant Battle. Même le meurtre du prince Michel prend un tout autre aspect!

— N'oubliez pas, lui rappela le Français, que le roi Victor n'a jamais tué.

— Et s'il a été surpris à l'improviste par le prince, au moment où il cherchait le joyau?

— Vous l'avez donc laissé filer en Angleterre, monsieur? dit Anthony avec reproche au détective de la Sûreté.

— Hélas! monsieur, nous l'avons fait surveiller, mais il nous a glissé entre les doigts, la canaille! Et savez-vous où il est allé d'abord?

— Où?

— En Amérique, monsieur! Aux États-Unis! Et il y a joué le rôle du prince Nicolas de Herzoslovaquie!

— Quoi! s'exclamèrent en même temps Anthony et Battle.

— Ma parole! C'était un bluff phénoménal. Le prince Nicolas étant mort au Congo il y a plusieurs années, le roi Victor en profite pour se proclamer successeur du trône et réussit à obtenir, comme acompte des futures concessions sur les pétroles, pas mal de dollars américains. Mais au dernier moment, grâce à un pur hasard, on le démasque, et il file en Angleterre, où il se trouve maintenant. C'est pourquoi je suis ici. Tôt ou tard, il viendra à Chimneys. S'il n'y est pas déjà!

— Hum! dit Battle. La tentative de la nuit dernière...

— Ah! oui. Je vous donnerai des explications à ce sujet.

— Et pourquoi, demanda le surintendant, n'avez-vous pas communiqué plus tôt avec moi, mon cher confrère? On m'a écrit de la Sûreté il y a déjà plusieurs jours que M. Lemoine était parti pour travailler avec moi, et je ne comprenais pas pourquoi il n'apparaissait pas!

— Je vous dois mes excuses, admit Lemoine. Comprenez-moi : je suis arrivé le lendemain de l'assassinat. Je me suis dit qu'il vaudrait peut-être mieux pour moi, dans ces circonstances, enquêter isolément sans me poser comme un personnage officiel. Je savais que je me rendrais suspect, mais c'était un moyen de plus de ne pas mettre les autres sur leurs gardes. Je vous assure que j'ai vu bien des choses intéressantes ces derniers jours.

— Mais en somme, demanda Bill, que s'est-il passé la nuit dernière?

— Je vous ai fait faire de l'exercice, cher monsieur!

— Comment? C'était vous?

— Oui. Je montais la garde, convaincu que le secret se rattachait à cette pièce, puisque c'est là que le prince avait été tué. J'étais sur la terrasse. Tout à coup, j'ai entendu un glissement de pas à l'intérieur, et j'ai vu la lueur d'une lanterne. J'ai ouvert sans bruit la fenêtre, qui n'était pas verrouillée, et j'ai réussi à me glisser dans la pièce et à me cacher dans une encoignure. Je ne voyais pas l'homme, car il me tournait le dos, mais j'observais tous ses gestes. Il a commencé par enlever une à une les pièces de l'armure du mannequin, en les examinant soigneusement. Ensuite, il a inspecté les toiles et les cadres. Puis il s'est mis à frapper doucement sur la boiserie. A cet instant, vous avez fait irruption...

— Nous avions de bonnes intentions, dit Virginie, pensive, mais, au fond, nous avons tout gâché!

— Hélas! oui, madame. L'homme a allumé sa lanterne, et comme je ne tenais pas à révéler mon identité, je me suis sauvé par la fenêtre. Mr. Eversleigh, me prenant pour son agresseur, a couru après moi.

— Moi aussi, dit Virginie. J'ai même été la première à vous poursuivre.

— Et l'autre a eu le bon sens de rester coi et de se glisser silencieusement par la porte. Comment n'a-t-il pas rencontré Lord Caterham et les autres?

— S'il les avait rencontrés, il leur aurait simplement déclaré qu'il était descendu, lui aussi, pour voir ce qui se passait!

— Vous croyez vraiment, demanda Bill, que cet Arsène Lupin est dans la maison?

— Pourquoi pas? dit Lemoine. Il se fait peut-être passer pour un domestique!

— Ce Boris Anchoukoff, avec sa face de bandit..., dit Bill.

— Vous l'avez pris à votre service, n'est-ce pas, monsieur Cade? demanda Battle.

— Chapeau bas, Battle! Vous savez tout. Mais, à vrai dire, ce n'est pas moi qui l'ai pris à mon service, c'est lui qui m'a pris comme maître.

— Et pourquoi cela, monsieur Cade?

— Ma foi, je n'en sais rien! Peut-être mon visage lui plaît-il? Drôle de goût! Ou peut-être croit-il que c'est moi qui ai tué son maître et veut-il être bien placé pour exécuter sa vengeance?

Il se leva et s'approcha de la fenêtre.

— L'aube, dit-il avec un léger bâillement. Plus rien à attendre.

Lemoine se leva aussi.

— Je vous laisse, dit-il. Nous nous reverrons peut-être dans la journée.

Après s'être courtoisement incliné devant Virginie, il enjamba la fenêtre.

— Au lit! dit Virginie en bâillant. C'était passionnant, mais maintenant il est temps de dormir! Allons, Bill, couchez-vous comme un petit garçon sage.

Anthony, debout à la fenêtre, suivait des yeux la silhouette de M. Lemoine.

— On ne le dirait pas, remarqua Battle, mais c'est le détective le plus intelligent de France!

— Si, on le dirait! répliqua Anthony. Il vous a de ces intonations!

— Je lui demanderai peut-être conseil au sujet d'une autre affaire. Vous souvenez-vous de cet homme qu'on a trouvé dans un fossé, sur la route de Staines?

— Oui. Et alors?

— On l'a identifié, c'est tout. Il s'appelait Giuseppe Manuelli, et il était domestique au *Ritz*, à Londres. Curieux, n'est-ce pas?

Chapitre 20.
Anthony se confesse à Battle

Anthony ne dit rien. Il continua à regarder par la fenêtre. Le surintendant Battle contempla pendant quelques instants son dos immobile.

— Allons, bonne nuit, monsieur, dit-il finalement.

Et il se dirigea vers la porte.

Anthony se retourna.

— Un instant, Battle!

Le surintendant s'arrêta docilement. Anthony quitta la fenêtre. Il tira une cigarette de son étui et l'alluma. Puis, entre deux aspirations, il dit :

— Cette affaire de Staines vous intéresse?

— Elle me paraît singulière.

— Croyez-vous que cet homme a été tué à l'endroit où il a été trouvé?

— Non. Je crois qu'il a été tué ailleurs et qu'on a apporté son cadavre en voiture.

— Je le crois aussi! dit Anthony.

Le détective le regarda fixement.

— On dirait que vous en êtes sûr! Savez-vous, par hasard, qui l'y a apporté?

— Oui, dit Anthony. C'est moi.

Le calme de Battle l'agaça un peu.

— Vous n'en paraissez pas autrement ému, Battle!

— « Ne manifestez jamais d'émotion », m'a-t-on dit une fois dans ma jeunesse; je me suis toujours appliqué à suivre cette règle.

— Et vous y avez admirablement réussi! Quoi qu'il en soit, voulez-vous entendre toute l'histoire?

— Je vous en prie!

Les deux hommes s'assirent, et Anthony conta en détail tout ce qui s'était passé le jeudi soir.

Quand il termina, l'ombre d'un sourire passa sur la physionomie de Battle.

— Un de ces jours, monsieur Cade, dit-il, vous n'en mènerez pas large!

— Alors, pour la deuxième fois, vous me ferez la grâce de passer outre?

— Mon principe est de laisser de la corde..., dit Battle.

— Aux condamnés, termina Anthony. Délicate attention de votre part, Battle!

— Mais pourquoi, monsieur, avez-vous fini par me confesser cela? demanda Battle.

— C'est que j'ai une très haute opinion de vos capacités, surintendant. Quand le moment vient, vous êtes là. Comme cette nuit. Ayant appris l'identité du cadavre, vous auriez pu retrouver la piste. J'ai préféré vous dire tout moi-même, d'autant plus que, grâce aux révélations de M. Lemoine, Mrs. Revel est enfin au-dessus de tout soupçon. Maintenant qu'il est définitivement prouvé que ces lettres n'ont aucun rapport avec elle, toute idée de complicité devient absurde. Peut-être ai-je eu tort de ne pas lui faire appeler la police, mais j'ai pensé que personne ne croirait qu'elle avait donné de l'argent à un maître chanteur par pur caprice. Et pourtant, c'est un fait.

— Que voulez-vous, dit Battle,les jurés n'ont pas d'imagination.

— Mais vous-même? dit Anthony en le regardant avec curiosité. Vous ne paraissez pas mettre en doute l'acte fantaisiste de Mrs. Revel!

— C'est que je connais un peu les gens du monde, monsieur Cade, je veux dire les aristocrates. Voyez-vous, la plupart des gens pensent toujours à ce que penseront leurs voisins. Il n'y a que deux sortes de personnages qui se moquent absolument du qu'en-dira-t-on : ce sont les vagabonds et les grands seigneurs. Je ne parle pas des richards ordinaires, mais des vrais aristocrates, de ceux qui sont habitués depuis des siècles à penser qu'aucune opinion ne compte, sauf la leur. Ceux-là, je les ai toujours trouvés pareils : courageux, francs et souvent absurdes.

— Vous aussi, Battle, vous devriez écrire vos *Mémoires*. Ils vaudront la peine d'être lus.

Le détective sourit, mais resta muet.

— Dites-moi, continua Anthony, pourquoi, dès le début, avez-vous deviné que j'étais mêlé à l'affaire de Staines?

— Intuition. Mais sans preuves concrètes. Vous vous êtes d'ailleurs très bien conduit, monsieur Cade. Votre intelligence n'était pas surfaite.

— Je sentais que vous me dressiez continuellement des pièges. Je n'y suis pas tombé, mais la tension nerveuse a été considérable.

Battle eut un sourire singulier.

— C'est de cette façon-là qu'on prend les criminels, monsieur. On les laisse apparemment en liberté, tout en resserrant moralement le réseau et en les obligeant à parer à de petites attaques continuelles. En fin de compte, ils n'y tiennent plus; c'est la crise nerveuse et la confession.

— Vous êtes encourageant, Battle! Quand me prendrez-vous, moi?

— Laissons de la corde, monsieur, laissons de la corde!

— Et en attendant, je reste toujours le détective amateur, auxiliaire de Scotland Yard? Comme dans un roman policier?

— Les romans policiers, dit tranquillement Battle, sont la plupart du temps du bluff. Mais ils amusent le monde, et souvent ils nous sont utiles.

— En quoi? demanda avec curiosité Anthony.

— En encourageant l'idée universellement admise que la police est incapable. Quand nous tombons sur un crime perpétré par un dilettante, un assassinat par exemple, cela nous est très utile.

Anthony le regarda en silence pendant quelques minutes. Battle restait immobile, avec à peine quelques battements de cils, et pas le soupçon d'une expression intelligente sur sa large face placide. Finalement, il se leva.

— Ce n'est plus la peine de se coucher, dit-il. J'attendrai le lever de Lord Caterham, à qui je voudrais dire quelques mots. Ceux qui veulent quitter Chimneys maintenant ont le droit de le faire. Mais en même temps, je serai très obligé à Lord Caterham de prier tous les invités de prolonger leur séjour. Vous voudrez bien accepter cette invitation, de même que Mrs. Revel. J'aurai probablement besoin de son aide. Vous ne vous en êtes peut-être pas aperçu, monsieur Cade, mais cette dame a une sorte de fascination particulière qui agit sur les hommes.

— Figurez-vous que je m'en suis déjà aperçu, mon cher surintendant!

— Ceux qui ont délibérément usé ou plutôt abusé de son nom pour signer les messages chiffrés devaient lui en vouloir et être heureux de lui jouer un tour pendable en même temps que de sauvegarder leur incognito. Vous m'avez dit, n'est-ce pas, qu'il y a une lettre datée de Chimneys? C'est sans aucun doute la dernière, celle qui contient les instructions relatives à la cachette du diamant! Le roi Victor devait être furieux de ne plus l'avoir en sa possession! Mais maintenant...

— Eh bien? Maintenant? demanda Anthony. Vous croyez qu'il l'a reconquise?

— C'est ce que je pense. Le nommé Giuseppe Manuelli était un bandit professionnel, c'est hors de doute. Il devait être affilié, du moins ces derniers mois, à la bande du roi Victor, et ce dernier l'avait chargé de vous voler les *Mémoires*, espérant y trouver quelque indication relative au diamant. Au lieu des *Mémoires*, Giuseppe a trouvé les lettres — mais, ne connaissant pas leur portée, il les a prises pour des lettres d'amour authentiques et a décidé de celer sa trouvaille à ses employeurs et d'en profiter pour lui-même. Mais le roi Victor ou ses acolytes l'ont fait filer et ont découvert chez lui la fameuse correspondance tant convoitée.

— Quelle coïncidence inouïe! murmura Anthony. C'est par un vrai miracle que ces lettres sont tombées entre mes mains d'abord, et entre celles d'un complice du roi Victor ensuite, pour retourner à leur destination — si toutefois votre hypothèse est exacte!

— Je crois qu'elle l'est. Elle seule explique logiquement les faits. Je poursuis : le roi Victor ou ses acolytes découvrent donc les messages chiffrés chez Manuelli, qui refuse de les rendre, espérant en tirer une fortune. On le suit jusque chez Mrs. Revel, on envoie la dépêche truquée, on grave sur un revolver le nom « Virginie », bref, on prépare l'assassinat de façon que tout le soupçon retombe sur Mrs. Revel.

— Mais tout à l'heure, si je ne me trompe, Lemoine et vous-même avez répété que le roi Victor, jusqu'à présent, n'avait jamais tué!

— C'est vrai. Et c'est même ce qui me tracasse le plus. Mais je suppose qu'il doit avoir des complices moins scrupuleux que lui. Ce sont eux, sans doute, qui ont tué ou fait tuer le prince Michel et Giuseppe Manuelli.

— Mais, dans ce cas, le roi Victor est en possession de la lettre, il doit l'avoir déchiffrée, et il sait où trouver le diamant!

— Il ne l'a pas encore trouvé, monsieur Cade. Et il ne le trouvera pas si facilement. C'est moi qui vous le dis.

— Et les *Mémoires*? murmura Anthony. Seraient-ils également en sa possession? Dans ce cas, il ne les gardera pas, car j'ai l'intention de les remettre aux éditeurs le 13 octobre!

— Vous joueriez ce tour au baron? Lui qui a pour vous une

telle estime! Il m'a parlé de vous dans des termes positivement enthousiastes.

Anthony se mit à rire.

— J'espère pouvoir justifier sa confiance! En attendant, Battle, il se fait tard, les domestiques vont bientôt se lever. Nous ferions bien d'aller prendre un bain avant le déjeuner!

Il monta vivement l'escalier et, sifflotant gaiement, se dévêtit, passa un peignoir de bain et se tourna vers la table de toilette pour prendre quelques flacons.

Mais, à la vue d'un objet qui reposait au milieu de la table, devant le miroir, il ouvrit démesurément les yeux et resta immobile, figé.

Pendant quelques instants, il n'en crut pas ses yeux. Finalement, il prit l'objet entre les mains, l'examina de près. Oui, pas de doute. Pas d'erreur possible.

C'était le paquet de lettres signées Virginie Revel. Elles étaient intactes. Il n'en manquait aucune.

Anthony se laissa tomber dans un fauteuil, les lettres à la main.

— Ma tête éclate! murmura-t-il. Je ne comprends pas la moitié de ce qui se passe dans ce damné Chimneys! Pourquoi ces lettres reparaissent-elles chez moi tout à coup? Qui les a mises sur ma table de toilette? Et pourquoi?

Mais à toutes ces questions il n'y avait pas de réponse.

Chapitre 21.
La valise de Mr. Isaacstein

— Madame Revel, dit le surintendant Battle à Virginie, au moment où elle descendait de la terrasse après le premier déjeuner, j'aimerais vous demander quelques renseignements.

— Sur?...

— Sur Mr. Cade.

Virginie le regarda, frappée.

— Mais... quels renseignements?

— Je voudrais savoir où vous l'avez rencontré pour la première fois, depuis quand vous le connaissez, etc.

— C'est un peu difficile à expliquer, surintendant. Il m'a rendu une fois un très grand service, et...

Battle l'interrompit.

— Avant de poursuivre, madame Revel, il faut que vous sachiez que cette nuit, après votre départ et celui de M. Lemoine et de Mr. Eversleigh, Mr. Cade m'a dit toute la vérité au sujet des lettres et de l'homme que vous avez trouvé mort dans votre appartement.

— Oh! s'exclama Virginie. Il vous a tout dit?

— Oui, et il a bien fait. Son explication éclaircit une foule de malentendus. Mais il a omis de me dire depuis quand il vous connaissait. Et j'ai comme une intuition que le jour où il a sonné à votre porte, à un moment aussi opportun pour vous, il ne vous avait encore jamais vue. Ah! je vois que j'ai raison. C'est ainsi, vous ne vous connaissiez pas auparavant.

Virginie resta muette. Pour la première fois, elle avait peur de cet homme épais à la physionomie impassible. Elle commençait à comprendre Anthony, qui l'estimait tant.

— Vous a-t-il jamais parlé de son passé? interrogea le détective. Avant d'aller en Afrique du Sud, où était-il? Au Canada? Au Soudan? Et son enfance, ne vous l'a-t-il pas racontée?

Elle secoua la tête.

— Et pourtant, il doit avoir quelque chose à dire! On lit sur son visage toute une vie d'exploits et d'aventures.

— Pourquoi ne télégraphiez-vous pas à son ami Mr. McGrath? demanda Virginie.

— C'est fait. Mais il est dans le fin fond du pays, impossible de le retrouver si vite. Il était bel et bien à Bulawayo quand Mr. Cade y était, et ils s'y sont rencontrés; sur ce point, l'histoire est exacte. Mais Mr. Cade n'était employé aux autocars Castle que depuis un mois. Qu'avait-il fait auparavant?

Il y eut un silence.

— Il est temps que je parte, dit Battle. Sir Lomax m'attend chez lui, à Wyvers Abbey.

Virginie le regarda partir sans se lever. Elle demeura sur le banc où ils s'étaient assis, espérant qu'Anthony viendrait la rejoindre. Mais à sa place parut Bill Eversleigh.

— Dieu merci! Enfin, je vous trouve seule!

— Ménagez-moi ce matin, mon petit Bill. On vient de me parler d'une façon terrible, qui m'a mise toute sens dessus dessous.

— Qui ça? Battle?

— Oui Battle. Il est effrayant! On dirait qu'il voit à travers vous!

— Vous voyez bien, ma petite Virginie, qu'il vous faut un homme fort pour vous protéger! Je vous aime tant, si vous saviez...

— Non, Bill, non. Pas maintenant. Je ne suis pas assez forte. Et je vous ai toujours dit que les gens bien élevés ne faisaient pas de demandes en mariage avant le repas de midi.

— Moi, dit Bill, je pourrais vous en faire avant même le premier déjeuner!

Virginie frissonna.

— Bill, tempérez vos élans. Vous êtes trop jeune pour moi. Je suis une veuve respectable. Éprenez-vous d'une jeune fille pure et candide.

— Virginie chérie... Nom d'une pipe, voilà cette espèce de détective qui vient encore nous embêter!

En effet, c'était M. Lemoine, très correct, avec sa barbiche noire encore plus pointue que d'habitude.

— Bonjour, madame. Pas trop fatiguée, j'espère?

— Pas le moins du monde.

— Très bien! Aimeriez-vous faire quelques pas dans le parc?

— Pourquoi pas? Venez, Bill!

— *All right*, dit l'infortuné jeune homme.

Tous les trois suivirent l'allée à pas lents. Virginie, avec son adresse souriante, faisait parler le détective qui leur racontait des anecdotes sur le roi Victor et la lutte sans merci entre la Sûreté et le fameux voleur. Mais en dépit du talent de causeur du détective, Virginie sentait vaguement que son vrai but n'était pas une simple promenade et une conversation amusante. Il se dirigeait, sans en avoir l'air, vers un endroit précis.

Tout à coup, il s'interrompit et jeta un regard sur la route. Ils étaient arrivés à l'endroit où celle-ci traversait le parc, avant de passer à un tournant abrupt caché par un bouquet d'arbres. Lemoine regardait fixement un véhicule venant de Chimneys.

Virginie regarda dans la même direction.

— C'est la camionnette, dit-elle, qui emporte à la gare les bagages de Mr. Isaacstein.

— Ah! fit Lemoine.

Il regarda sa montre.

— Déjà si tard? Et moi qui devais me rendre dans le village! Mille pardons, madame! J'ai oublié l'heure en votre charmante compagnie! Peut-être la camionnette m'emmènera-t-elle au village?

Il avança sur le bord de la route et fit signe au chauffeur. Après quelques mots d'explication, ce dernier le fit monter. Lemoine grimpa vivement et, se retournant, salua poliment Virginie.

Cette dernière, étonnée, suivait du regard la camionnette.

Au tournant, une valise, tout à coup, dégringola dans la poussière.

— Parions, dit Virginie, que cette valise n'est pas tombée par hasard ! On l'a jetée.

— Personne ne l'a remarqué, fit Bill.

Tous deux coururent sur la route vers la valise. Au même instant, Lemoine, essoufflé, parut au tournant.

— J'ai été obligé de revenir, dit-il. J'avais oublié quelque chose.

C'était une belle valise en peau de porc, avec les initiales « H. I. » gravées sur le couvercle.

Sans un mot, Lemoine se pencha sur la valise. Quelque chose scintillait entre ses doigts. Un geste, et la serrure céda.

D'une voix totalement différente, brève et impérieuse, il dit :

— La voiture arrivera dans quelques instants. La voit-on déjà?

Virginie jeta un regard du côté du château.

— Pas encore.

— Bon.

D'une main experte, il fouilla le contenu de la valise : flacons, pyjamas de soie, chaussettes. Tout à coup, avec une exclamation étouffée, il tira un petit paquet de linge et le défit vivement.

Bill poussa une exclamation. Au milieu du paquet se trouvait un grand revolver.

— J'entends le klaxon, dit Virginie.

Vif comme un éclair, Lemoine rejeta tout, sauf l'arme, dans la valise, referma la serrure, mit le revolver dans sa poche après l'avoir enveloppé dans un mouchoir de soie, et se tourna vers Bill.

— Prenez la valise, vous et madame. Faites stopper le chauffeur. Expliquez que la valise est tombée de la camionnette. Ne parlez pas de moi.

Bill s'avança vivement sur la route au moment où la camionnette qui emportait Isaacstein à la gare apparaissait. Le chauffeur ralentit, et Bill hissa la valise auprès de lui.

— Elle est tombée de la camionnette, expliqua-t-il. Nous étions justement là et nous l'avons vue tomber sur la route.

Il aperçut derrière la vitre le visage blême du financier, qui le regardait de ses yeux de cobra. La voiture repartit.

Virginie et Bill rejoignirent Lemoine, qui les attendait derrière le bouquet d'arbres. Il rayonnait de joie.

— Ce n'était qu'une supposition, dit-il, mais elle s'est admirablement justifiée.

Chapitre 22.
Le signal rouge

Le surintendant Battle, debout, attendait la réponse de Sir George Lomax à son rapport bref, mais explicite. Sur la table de travail du haut fonctionnaire se trouvait le paquet de lettres qu'Anthony, la veille, avait trouvées chez lui.

— Je n'y comprends rien, rien de rien, gémit George. Elles sont chiffrées, me dites-vous?

— Oui, Sir Lomax.

— Et c'est sur sa table de toilette qu'il les a trouvées?

Battle répéta mot pour mot le récit que lui avait fait de sa trouvaille Anthony Cade.

— Mais qui peut les avoir mises dans sa chambre? Tout cela me paraît suspect, terriblement suspect! Que savons-nous de ce Cade? Moi, personnellement, je trouve son genre très vulgaire. Une assurance facile de commis voyageur. Pour ce qui est des lettres, il faut immédiatement prendre des mesures! Immédiatement!

Battle ouvrit la bouche, mais le grand homme ne le laissa pas parler.

— Pas de retard, Battle! Il s'agit de déchiffrer ces lettres le plus tôt possible. Il y a un expert qui s'est occupé du déchiffrage de nos lettres pendant la guerre. Où est ma secrétaire, Miss Oscar? Elle doit savoir son nom. Quelque chose comme Win... Win...

— Professeur Wynood, dit Battle.

— Parfaitement! Je m'en souviens maintenant. Il faut lui télégraphier.

— C'est fait, Sir Lomax. Il arrivera par le train de douze heures dix.

— Ah, bon! Très bien! Un souci de moins pour moi. J'ai à faire en ville cet après-midi. Pouvez-vous vous passer de moi?

— Je crois que oui, Sir Lomax.

— Faites pour le mieux, Battle, faites pour le mieux. A propos, pourquoi n'avez-vous pas amené aussi Mr. Eversleigh?

— Il dormait encore, Sir. Nous avons veillé toute la nuit.

— Oui, oui, c'est vrai. Je veille moi-même très souvent jusqu'à l'aube. Faire un travail de trente-six heures en vingt-quatre, voilà ma tâche quotidienne! Envoyez-moi Mr. Eversleigh dès que vous retournerez à Chimneys, Battle.

— Bien, Sir.

— Je comprends que vous ayez dû tout lui dire! Mais était-ce vraiment nécessaire de mettre dans le secret ma cousine, Mrs. Revel?

— Étant donné qu'on a abusé de son nom, Sir, et qu'elle est indirectement mêlée à l'affaire...

— Quelle duperie inouïe! murmura George en regardant les lettres. Je me souviens du défunt roi de Herzoslovaquie. Un charmant garçon, mais faible, lamentablement faible, un instrument docile entre les mains d'une aventurière sans scrupules. Mais si les lettres, comme vous le supposez, sont de nouveau tombées entre les mains du destinataire, pourquoi les aurait-il restituées à Mr. Cade?

— Parce que, dit Battle, le roi Victor sait parfaitement que la salle du Conseil, maintenant, est gardée à vue, et qu'il n'a aucune chance d'y pénétrer seul. Il préfère donc nous donner les lettres, nous les faire déchiffrer, et attendre que nous trouvions nous-mêmes la cachette et le diamant. Ensuite...

— Il tentera de nous le dérober?

— Oui, mais nous sommes là, Lemoine et moi!

— Vous avez un plan?

Mais Battle n'avait pas l'intention de raconter ses plans à Sir Lomax. Il prit poliment congé et rentra à Chimneys. En traversant le parc, il fit stopper la voiture, car il avait aperçu de loin, parmi les arbres, Mrs. Revel flanquée de ses deux cavaliers, Anthony Cade et Bill Eversleigh.

— Monsieur Eversleigh, dit Battle en s'approchant d'eux, Sir Lomax vous prie de le rejoindre sur-le-champ à Wyvern Abbey, pour l'accompagner à Londres.

Bill fit la grimace et s'éloigna en maugréant intérieurement contre son patron qui lui occasionnait du surmenage et contre les coloniaux qui venaient faire la cour aux jolies femmes de Londres au lieu de rester dans leurs colonies.

— M. Lemoine vous attend, monsieur Battle! annonça Virginie au détective. Il a des nouvelles intéressantes à vous raconter.

Elle avait déjà mis Anthony au courant de la dernière découverte, et le jeune homme était encore plus ahuri que la veille.

— On n'y comprend plus rien! murmura-t-il. Que vient faire Isaacstein dans cette galère? Quel intérêt pouvait-il avoir à supprimer le prince Michel? Dire qu'il me paraissait le seul homme au-dessus de tout soupçon! Je...

— Chut! fit Virginie. On vous appelle.

Anthony se retourna. La haute silhouette de Boris, le domestique herzoslovaque, se dressait parmi les arbres.

— Excusez-moi, dit Anthony à la jeune femme. Il faut que je parle à mon chien.

Il s'approcha de Boris.

— Eh bien, qu'y a-t-il? Que me voulez-vous?

— Maître! dit Boris.

— Mais, mon pauvre garçon, même si vous m'avez pris pour maître, ce n'est pas une raison pour me suivre partout! Ça provoque des soupçons.

Sans un mot, Boris tira de sa poche un petit bout de papier souillé, arraché évidemment à une enveloppe, et le tendit à Anthony.

— Qu'est-ce? demanda celui-ci.

Il n'y avait qu'une adresse griffonnée à la hâte, rien de plus.

— Il l'a laissée tomber, dit Boris. Je l'ai apportée au maître.

— Qui, il?

— Le gentleman étranger.

— Mais pourquoi me l'avoir apportée?

Boris le regarda avec un reproche muet.

— En tout cas, maintenant, partez, dit Anthony. Je suis occupé.

Boris s'inclina et partit docilement. Anthony, après avoir mis le papier dans sa poche, rejoignit Virginie.

— Que voulait-il? demanda-t-elle, curieuse. Et pourquoi l'appelez-vous votre chien?

— Parce qu'il se conduit comme un caniche. Il vient de m'apporter un bout de papier qu'a laissé tomber un gentleman étranger. Je pense qu'il entend par là Lemoine.

— Ou Isaacstein, qui sait? Lui aussi a l'air d'un étranger.

— Que d'étrangers dans cette affaire!

— Regrettez-vous, monsieur Cade, d'y être mêlé bon gré mal gré?

— Ma foi non! Vous savez bien que dès qu'il y a quelque part une sale affaire, j'en suis! Cette fois, évidemment, je suis trop bien servi!

— Mais il n'y a plus de danger pour vous personnellement, dit Virginie, un peu surprise par sa gravité inaccoutumée.

— Vous croyez?

Ils marchèrent en silence pendant quelques minutes.

— Il y a des hommes, dit Anthony en rompant le silence, qui n'obéissent pas aux signaux. Une locomotive ordinaire bien réglée stoppe ou ralentit à la vue d'un signal rouge. Moi, au contraire, j'accélère! Ce n'est pas ma faute, je suis né comme cela.

— Je pense, dit Virginie, que vous avez couru bien des dangers?

— Tous... excepté le mariage.

— Quel cynisme!

— Pas le moins du monde. Mais je considère que le mariage — tel que je l'imagine — est l'aventure la plus folle qui soit.

— J'aime cette idée! Le mariage de convenance, le mariage diplomatique tel qu'on le conçoit dans notre monde est bien moins tentant, déclara franchement Virginie, les joues envahies par un flot de sang.

— Il y a une seule femme que j'aimerais épouser, mais son monde n'est pas le mien. Que faire? Mènera-t-elle ma vie, où mènerai-je la sienne?

— Si elle vous aime...

— Sentimentalité, madame Revel. Quand le roi épouse la bergère, il faut savoir ce qu'ils en pensent un an après. La bergère ne regrette-t-elle pas ses champs et sa liberté? Et si le roi avait renoncé à sa couronne, il aurait fait, j'en suis sûr, un mauvais berger. Et sa bergère l'aurait méprisé, car aucune femme ne respecte un homme quand il fait mal son métier.

— Êtes-vous épris d'une bergère, monsieur Cade? demanda doucement Virginie.

— Non, madame Revel. D'une reine. Mais la situation est la même.

— Et... il n'y a pas d'issue?

— Il y a toujours une issue. Je suis certain qu'on peut toujours obtenir ce qu'on veut, si on consent à payer le prix. Pour gagner la femme que j'aime, je... je... j'irais jusqu'à faire un travail régulier!

Virginie éclata de rire.

— On m'a élevé pour faire un certain métier, savez-vous? continua Anthony.

— Et vous l'avez abandonné?

— Oui.

— Pourquoi?

— Par principe.

— Oh!

— Quelle femme extraordinaire vous faites! dit tout à coup Anthony en la regardant.

— Pourquoi?

— Parce que vous ne posez pas de questions.

— C'est-à-dire que je ne vous demande pas quel était votre métier?

— Précisément.

De nouveau, ils firent quelques pas en silence. Ils s'approchaient maintenant de la maison, et le suave parfum du parterre de roses flattait leurs narines.

— Vous comprenez tout, n'est-ce pas? demanda Anthony. Vous vous en moquez probablement, mais bon Dieu! que j'aimerais donc vous forcer à m'aimer!

— Le pourriez-vous? chuchota Virginie.

— Je n'en sais rien, mais sapristi, je tâcherais!

— Regrettez-vous de m'avoir rencontrée?

— Jamais de la vie! Quand je vous ai vue pour la première fois devant votre maison, à Pont Street, j'ai senti tout de suite que vous me feriez souffrir. Il y a en vous une magie, un charme, une vibration. Logiquement, vous devez épouser quelqu'un de haut placé et de respectable... et moi, retourner à ma vie de vagabond... mais avant de le faire, je vous embrasserai, je le jure!

— Pas tout de suite, dit doucement Virginie. Le surintendant Battle nous observe par la fenêtre de la bibliothèque.

Anthony la regarda longuement.

— Vous êtes un démon, Virginie, dit-il d'un ton calme. Un démon adoré!

Puis il fit signe de la main, nonchalamment, au surintendant Battle.

— Mis la main sur des criminels, Battle?

— Pas encore, monsieur Cade!

— Mais il y a de l'espoir?

Battle, avec une agilité surprenante chez un homme si épais, enjamba la fenêtre de la bibliothèque et les rejoignit sur la terrasse.

— Il y a là le professeur Wynwood, chuchota-t-il, qui vient d'arriver. Il est en train de déchiffrer les lettres.

Ils s'approchèrent de la fenêtre et y jetèrent un regard prudent. Devant le bureau, sur lequel étaient étalées les lettres, se trouvait un petit homme roux, d'âge moyen. Griffonnant rapidement sur une feuille de papier, il ne cessait de grommeler on ne sait quoi.

— Tiens, vous voilà, Battle? Vous n'avez pas honte? Me faire venir pour déchiffrer ce bavardage? Mais c'est un jeu d'enfant, malheureux! Un collégien pourrait le faire! Vous appelez ça un message chiffré? Mais ça saute aux yeux!

— J'en suis heureux, professeur. Mais nous ne sommes pas tous aussi habiles que vous!

— Pas besoin d'habileté! C'est un travail routinier. Ça ne demande que de l'application. Voulez-vous vraiment que je déchiffre tout cela? Je vous assure que je n'en ai pas le temps.

J'ai transcrit la lettre datée de Chimneys, qui est, m'avez-vous dit, la plus importante. Laissez-moi emporter le reste, un de mes assistants le fera. J'ai des choses plus intéressantes à faire, moi!

— Si vous avez déchiffré cette missive-là, professeur, cela suffit. Je vous remercie. Mais vous n'allez pas partir? Lord Caterham vous prie de rester à déjeuner.

— Déjeuner est un préjugé. Une mauvaise habitude, pas plus. Une banane et un biscuit, voilà tout ce que mange à midi un homme sain et bien portant.

Et le professeur, saisissant son pardessus, sortit accompagné de Battle. Quelques minutes plus tard, Anthony et Virginie entendirent le ronflement d'un moteur.

Battle rentra, portant avec précaution la feuille de papier que lui avait donnée le professeur.

— Voilà, dit-il, le message de Sa Majesté!

Virginie le saisit entre les doigts, et Anthony, se penchant, lut par-dessus son épaule. Ç'avait été, il s'en souvenait fort bien, une longue épître pleine de passion et de désespoir. Le génie du professeur Wynwood l'avait tranformée en une sorte de télégrammes d'affaires :

Réussi cacher pierre, mais S... m'a espionné et l'a tirée de sa cachette. Fouillé sa chambre. Rien. Trouvé papier relatif peut-être à la nouvelle cachette :

« RICHMOND SEPT DROITE HUIT GAUCHE TROIS DROITE. »

— S...? dit Anthony. Il s'agit, bien entendu, de Stylpitch. Vieux renard! Il a trouvé la cachette et transporté la pierre ailleurs.

— Richmond, répéta Virginie pensive. Le diamant serait-il caché à Richmond?

Battle secoua la tête.

— Je crois plutôt que ce nom a trait à un endroit à Chimneys même.

— Trouvé! s'écria Virginie.

Les deux hommes se tournèrent vers elle.

— Le portrait de Holbein dans la salle du Conseil. Ils frappèrent la boiserie juste en dessous. Et c'est un portrait du comte de Richmond!

— Bravo! dit Battle avec une animation inusitée. Je suis

certain que les bandits n'en savent pas plus long que nous! Ils ont bel et bien déchiffré la lettre — dame! puisqu'ils en avaient la clef! — mais ils n'ont rien compris à l'indication du comte Stylpitch. Ils s'en remettent à nous, qui connaissons mieux qu'eux la maison. Quand la salle du Conseil n'était pas encore gardée — la nuit où vous les avez surpris pour la première fois, et peut-être même avant —, ils ont cherché dans les pièces de l'armure des deux mannequins, et dans d'autres endroits. Puis ils ont pensé à un escalier secret ou un panneau tournant. En savez-vous quelque chose, madame Revel?

— Non, mais Chiffonnette, que voilà, le saura sûrement!

Chiffonnette les salua de la main.

— Je vais en ville après déjeuner, dans ma Panhard, annonça-t-elle, Qui de vous emmènerai-je? Voulez-vous venir, monsieur Cade? Nous serons de retour pour le dîner.

— Non, merci, dit Anthony. J'ai à faire ici.

— Vous avez peur de moi? demanda Chiffonnette. Est-ce de la façon dont je conduis ma voiture, ou de mon charme fatal?

— De ce dernier, bien entendu!

— Chiffonnette, intervint Virginie, parlons sérieusement : y a-t-il un passage secret conduisant de la salle du Conseil dans un autre endroit?

— Oui, mais il est bloqué. On ne peut faire que cent pas, c'est tout. Celui de la Galerie Blanche est beaucoup plus long et aussi plus pittoresque.

— Le point de vue artistique ne nous intéresse pas. Il s'agit d'autre chose. Comment accède-t-on à celui de la salle du Conseil?

— Par un panneau mobile. Je vous le montrerai après le déjeuner, si vous voulez.

— Sans faute! insista Battle.

Chiffonnette lui lança un regard soupçonneux.

— Encore vos histoires de voleurs?

Tredwell parut sur la terrasse.

— Milady est servie! annonça-t-il.

Chapitre 23.
Devant le parterre de roses

— Ne croyez pas, dit Chiffonnette au surintendant Battle, à M. Lemoine, à Anthony Cade et à Virginie, qui attendaient avec impatience qu'elle leur montrât le panneau tournant, ne croyez pas que l'assassin du prince Michel soit sorti par là! Je suis certaine que le passage est bloqué.

— Il ne s'agit pas de cela, dit vivement Lemoine; nous cherchons autre chose.

— Pas le diamant historique, par hasard? demanda Chiffonnette. Celui qui a été volé et caché il y a je ne sais combien d'années?

— Qui vous a dit cela, Lady Eileen? demanda Battle.

— C'est un laquais, quand j'avais douze ans.

— Comment? C'est un des secrets diplomatiques de George? Pauvre homme, il devrait pourtant savoir que les domestiques sont toujours au courant.

Elle s'approcha du portrait de Holbein, appuya sur un ressort caché derrière la toile, et déclara dramatiquement, montrant le panneau qui avait glissé de côté et révélé une ouverture sombre :

— Entrez, mesdames et messieurs! Les mystères de Chimneys!

Lemoine et Battle s'étaient munis de lanternes électriques. Suivis par les trois autres, ils entrèrent. Au bout de cent pas, comme Chiffonnette le leur avait dit, ils se heurtèrent contre un immense bloc de pierres et de briques qui barrait le passage, et furent obligés de retourner. Rien, dans le couloir secret, ne semblait suspect. Revenu au portrait de Holbein, Battle déclara :

— Nous ne sommes allés la première fois qu'en éclaireurs. Maintenant, il s'agit de faire du travail sérieux. Comptons les pas à partir du portrait du comte de Richmond : sept droit devant nous, huit à gauche, trois à droite.

Il mesura soigneusement sept pas et se pencha sur le sol.

— Je crois que nous ne nous sommes pas trompés : on dirait qu'il y a une trace de craie sur le sol. Maintenant, huit à gauche. Cette fois, il ne s'agit plus de pas! Le couloir est juste assez large pour qu'on puisse y passer à la file indienne.

— Huit briques, peut-être? demanda Anthony.

— Tiens, c'est possible! Huit briques à partir du haut ou du bas sur le côté gauche. Essayons d'abord à partir du haut, c'est plus facile.

Il compta huit briques.

— Ça devient passionnant! murmura Chiffonnette.

Le surintendant Battle, de la pointe de son couteau, souleva la brique. Si elle n'avait pas été enlevée et replacée jadis, elle n'aurait certes pas cédé aussi facilement. Deux minutes après, il plongea sa main dans la cavité béante qu'avait obstruée la brique.

Les assistants retenaient leur souffle.

Battle retira sa main avec une exclamation de surprise et de colère.

Il tenait une petite reproduction du portrait de Richmond, à laquelle étaient épinglés un ruban rose et un ruban rouge.

— Mon Dieu! s'exclama le Français, c'est trop fort!

— Mais qu'est-ce que cela signifie? demanda Virginie, stupéfaite.

— Cela signifie, répliqua Anthony, que feu le comte Stylpitch avait un certain genre d'humour que nous ne goûtons pas beaucoup! Il a dû s'apercevoir qu'on avait volé son mémorandum, et il a changé la cachette une deuxième fois. Quand les voleurs sont revenus, ils n'ont trouvé que cette devinette.

— Signifie-t-elle quelque chose?

— J'en suis certain. Si le comte avait simplement voulu les taquiner, il aurait plutôt laissé une carte avec l'annonce « vendu » ou quelque chose dans ce genre-là.

— Un ruban rose, un ruban rouge et une carte postale! répéta Chiffonnette.

— C'est inouï! siffla Lemoine.

— Le professeur Wynwood ne pourrait-il pas déchiffrer cela? murmura Anthony.

— Quand est-on entré dans ce couloir pour la dernière fois, Lady Eileen? demanda le Français à Chiffonnette.

— Il y a deux ans, je suppose. Quand on montre Chimneys aux touristes en notre absence, on ne les fait entrer que dans le passage secret de la Galerie Blanche.

— C'est curieux, murmura le Français.

— Pourquoi?

— Parce que — et Lemoine lui tendit une allumette qu'il venait de ramasser — il n'y a sûrement pas deux ans qu'on a laissé tomber cela! Pas même deux jours!

Battle examina l'allumette. Elle était en bois rose, avec une tête jaune.

— Quelqu'un de vous, mesdames et messieurs, l'a-t-il par hasard laissée tomber? demanda-t-il.

Tous hochèrent négativement la tête.

— Dans ce cas, dit le surintendant, nous n'avons plus rien à voir ici. Sortons.

Le panneau s'était refermé derrière eux, mais Chiffonnette leur montra le ressort placé à l'intérieur. Elle appuya dessus, tourna sans bruit et sauta sur le parquet de la salle du Conseil.

— Mille tonnerres! s'écria Lord Caterham, qui, entré pendant ce temps sans se douter de rien, s'était assoupi dans un fauteuil.

— Mon pauvre vieux père! fit Chiffonnette. Je vous ai réveillé en sursaut?

— Je ne comprends pas, dit Lord Caterham, pourquoi les gens, de nos jours, ne se reposent plus après le repas. C'est un art dont on a perdu le secret. Dieu sait si Chymneys est grand, et pourtant il n'y a pas une seule pièce où je puisse être sûr qu'on me laissera tranquille. Bon Dieu! combien êtes-vous donc? Tout un régiment!

— Ne vous fâchez pas, mon cher ami, dit Virginie en lui tapotant affectueusement la tête. Nous avons simplement exploré le couloir secret, c'est tout.

— D'où vient cet intérêt général pour les couloirs secrets? grommela Lord Caterham, encore offensé. J'ai dû les montrer tous ce matin à Mr. Fish!

— A quelle heure? demanda vivement Battle.

— Avant le déjeuner.

Anthony posa sa main sur le bras de Lemoine et l'emmena sur la terrasse.

— Monsieur Lemoine, dit-il en lui montrant un bout de papier taché sur lequel était griffonnée une adresse, est-ce vous qui avez laissé tomber ce papier?

— Ce n'est pas moi, dit Lemoine en examinant le papier. Je ne l'ai jamais vu.

— Tiens! Et Boris qui m'a dit que le « gentleman étranger » l'avait laissé tomber!

— Peut-être s'est-il échappé de la valise de Mr. Isaacstein? Interrogez encore Boris! Mais, au fait, que savez-vous de ce garçon-là?

Anthony haussa les épaules.

— Rien, sauf qu'il était le valet et l'homme de confiance du prince Michel.

— Qui sait si le roi Victor ne se cache pas là-dessous !

— Quoi ! Vous pensez vraiment...

Lemoine l'interrompit :

— Cher monsieur, voulez-vous que je vous le dise franchement ? Je vois le roi Victor partout. C'est une obsession. En ce moment même, je me demande : l'homme à qui je parle, ce Mr. Cade, n'est-il pas, par hasard, le roi Victor ?

— Mais il vous a ensorcelé ! dit Anthony en souriant.

— Que m'importe le diamant ? Que m'importe l'assassin du prince Michel ? Tout cela ne regarde que mon collègue de Scotland Yard. Moi, je ne suis venu en Angleterre que dans le dessein de surprendre le roi Victor en flagrant délit et de l'arrêter.

— Pensez-vous y réussir ?

— Qu'en sais-je ? répliqua Lemoine d'un ton découragé.

— Je vous avoue qu'à votre place j'aurais noté l'adresse que je vous ai donnée tout à l'heure. Peut-être ne signifie-t-elle rien, et peut-être a-t-elle, au contraire, une certaine importance ?

Lemoine le regarda fixement. Puis, avec un sourire, il releva sa manche gauche et montra, sur la manchette, tracée au crayon : *Hurstmere, Langly Road, Douvres.*

— Mes excuses, dit Anthony. Vous êtes un artiste, monsieur Lemoine.

— Et vous-même, monsieur Cade ?

— Que voulez-vous dire ?

Lemoine, sans mot dire, tira une feuille de papier et la lui tendit : Anthony lut :

Ne perder pas de vu Mr. Cade. Il né pa ce qu'ilparai.

— C'est Mr. Battle qui a reçu cette missive anonyme, expliqua Lemoine.

— Je dois avoir des ennemis parmi les domestiques, dit en riant Anthony. Ne me perdez pas de vue, monsieur Lemoine ! Il a raison, je ne suis pas ce que je parais. Je suis peut-être un roi incognito, qui sait ?

Sifflotant légèrement, il suivit du regard M. Lemoine qui s'éloignait. Puis son regard s'arrêta sur le parterre de roses.

— Sacrebleu ! s'exclama-t-il tout à coup. Comment n'y ai-je pas pensé tout de suite ? La rose !

Il s'élança vers le parterre, mais se trouva nez à nez avec Mr. Hiram Fish qui s'approchait de l'autre côté.

— Je ne savais pas que vous aimiez les roses, monsieur Fish, dit doucement Anthony.

— J'adore les roses, monsieur Cade, répliqua l'Américain.

Ils se regardèrent longuement en silence, comme deux adversaires qui mesurent leurs forces.

— Moi aussi, je les adore, dit Anthony.

— Vraiment?

Avec un soupçon de sourire, ils se penchèrent tous deux sur les rosiers.

— Voyez, dit Mr. Fish en indiquant une fleur magnifiquement épanouie, c'est une Madame Abel Chatenay. Quelle splendeur! Mais, pour ma part, j'ai toujours eu un faible pour les roses de France. Aimez-vous les roses rouges, monsieur Cade? Leur parfum...

Une jeune voix impérieuse interrompit l'accent traînard de Mr. Fish.

— Hello, messieurs! Allez-vous en ville? Je vais partir.

— Je vous remercie, Lady Eileen, répondit l'Américain. Je suis très bien ici. L'air y est plus pur qu'à Londres.

Anthony hocha négativement la tête. Chiffonnette disparut.

— J'aime mieux dormir, dit Anthony en bâillant. J'avoue que j'ai un peu sommeil. Je vais me retirer dans ma chambre.

Il tira une cigarette.

— Auriez-vous une allumette, monsieur Fish?

L'Américain lui tendit une boîte. Anthony en tira une allumette et lui rendit la boîte en le remerciant.

— Les roses, dit-il, sont très belles. Mais, cet après-midi, je ne me sens pas l'âme d'un horticulteur.

Un vrombissement assourdissant se fit entendre.

— Elle en fait du bruit, sa voiture! remarqua Anthony. La voilà qui part!

Ils suivirent du regard l'auto filant sur la route.

Anthony, retenant à peine un bâillement, rentra dans la maison.

Mais à peine eut-il refermé la porte derrière lui qu'il sembla transformé en vif-argent. Il traversa le hall en courant, enjamba une des fenêtres, sauta dans le parc et se mit à galoper dans la direction de l'enceinte. Chiffonnette, il le savait, devait faire un grand détour par le village.

Il courait désespérément. Au moment où il atteignait le mur, il entendit le klaxon, grimpa avec une agilité de chat et se laissa glisser dans la poussière.

— Hello! Hello! cria-t-il.

Chiffonnette, stupéfaite, lâcha un instant le volant, et la voiture vira violemment, risquant de s'écraser contre le mur. Heureusement, elle freina à temps. Anthony la rejoignit vivement, ouvrit la portière et monta auprès d'elle.

— Je vous accompagne à Londres, dit-il. J'avais tout le temps l'intention de le faire.

— Vous êtes extraordinaire! s'exclama Chiffonnette. Pourquoi ce mystère! Et que tenez-vous là dans la main?

— Rien qu'une allumette, dit Anthony.

Il la regarda pensivement. Elle était rose, avec une tête jaune. Il jeta sa cigarette sans l'allumer et mit soigneusement l'allumette dans sa poche.

Chapitre 24.
La maison de Douvres

Lorsque Chiffonnette, après une course effrénée — Anthony comprenait maintenant pourquoi Lord Caterham refusait toujours énergiquement de se laisser emmener en voiture par sa fille —, stoppa, sur sa demande, devant Hyde Park, il lui lança :

— Merci mille fois! A bientôt! Je ne sais pas trop quand, mais je reviendrai!

Un taxi l'emmena à la gare de Victoria, où il se renseigna sur le train pour Douvres. Malheureusement, ce départ venait de s'effectuer, et Anthony dut se résigner à attendre une heure.

Le voyage se passa sans incidents. En sortant de la gare, Anthony demanda à un agent où se trouvait Langly Road.

C'était une route conduisant en dehors de la ville. Anthony la suivit d'un pas rapide. Elle était longue, mais il avançait gaiement, les yeux brillants, comme s'il apercevait au bout le signal rouge.

Hurstmere — un passant le renseigna là-dessus — était la dernière maison sur la route, entourée d'un grand jardin négligé. Elle semblait inhabitée depuis longtemps.

— Un endroit désert, murmura Anthony, certainement bien choisi!

Il jeta un regard autour de lui. Personne. La nuit était tombée, et on n'entendait que le craquement des feuilles qui se détachaient et glissaient sur le sol. Ce bruissement léger, dans le silence absolu, était presque lugubre.

Anthony tâta avec précaution la poignée de la porte de fer

rouillée. Elle était fermée. S'assurant encore une fois qu'il n'était pas observé, Anthony s'approcha de la grille et l'escalada prestement; heureusement elle n'était pas surmontée de pointes.

Après quelques instants d'hésitation, il avança à pas de loup vers la maison. Tout à coup, caché derrière un arbre, il s'arrêta. Il avait entendu un bruit de pas. Une silhouette masculine parut à l'angle de la maison. Elle ne s'arrêta pas, mais continua son chemin, contourna la maison et disparut à nouveau.

— Une sentinelle, murmura Anthony.

Et il profita de son absence pour rejoindre en quelques pas la porte. Cette fois, elle n'était pas fermée. Il eut le temps de la repousser sans bruit derrière lui avant la réapparition de la sentinelle, et de s'avancer doucement, revolver en main, dans l'entrée obscure. Un rayon de lumière filtrait sous une porte, à droite de l'escalier conduisant au premier étage. Tapi dans l'ombre, il prêta l'oreille. Des voix d'hommes lui parvenaient distinctement.

— Tu n'as pas entendu comme un bruit de pas?

Instinctivement, Anthony serra son revolver.

— Mais si! C'est Carlo qui monte la garde devant la maison.

— N'empêche qu'on est rudement mal ici! Il serait grand temps de filer, on risque de découvrir le pot aux roses d'un moment à l'autre.

— Espérons que le patron viendra bientôt.

— S'il ne vient pas, mon vieux, je te préviens que je file!

— Je ne te le conseille pas! Le roi Victor n'aime pas les désobéissants!

Un grognement mécontent lui répondit.

Puis la première voix reprit :

— Je n'en sais rien. Il est revenu à lui hier. Le coup de poing qu'on lui a assené sur la tête ne lui a pas fait trop de mal.

« Quels idiots! songea Anthony. Ils se fient à leur sentinelle aveugle et discutent leurs affaires à haute voix! Et, par-dessus le marché, ils s'insurgent déjà contre leur maître! Vraiment, ils méritent une bonne leçon. Qu'ils comptent sur moi pour la leur donner! »

Les hommes avaient cessé de parler. Dans le silence, un gémissement étouffé se fit entendre. Il semblait venir d'en haut. Sans hésiter, Anthony se glissa dans l'escalier qu'il monta quatre à quatre. Sur le palier du premier étage, il s'arrêta. Un nouveau gémissement parvint à ses oreilles. Il venait nettement de derrière la porte à gauche. Anthony ouvrit cette porte. Dans l'obscurité, il vit vaguement les contours d'un lit sur lequel était étendu un homme.

Allumant sa lanterne électrique, il la dirigea sur le blessé. Un bandage entourait son visage blême. Il avait les pieds et les mains liés. Aveuglé par la lumière subite, il ferma les yeux.

Anthony se pencha sur lui. Mais au même instant, il entendit un bruit sec derrière lui, et une voix impérieuse retentit :

— Haut les mains! Vous ne vous attendiez pas à me voir ici, n'est-ce pas? Mais j'ai eu la chance de prendre le même train que vous à la gare Victoria.

Sur le seuil de la chambre se tenait Mr. Hiram Fish. Il souriait, et d'une main ferme, tenant un grand automatique bleu, visait Anthony.

Chapitre 25.
Virginie s'en va

Lord Caterham, Virginie et Chiffonnette étaient assis dans la bibliothèque après dîner. Plus de vingt-quatre heures s'étaient écoulées depuis le départ plutôt dramatique d'Anthony.

Pour la dixième fois au moins, Chiffonnette répétait à Virginie les derniers mots d'Anthony, lorsqu'il était descendu de l'auto : « Je ne sais pas trop quand, mais je reviendrai! »

— Puisqu'il a laissé toutes ses affaires ici, dit Virginie, c'est qu'il pensait malgré tout revenir bientôt!

— Et il ne vous a pas dit où il allait?

— Non, dit Chiffonnette sans regarder ses interlocuteurs, il ne m'a rien dit.

Il y eut un silence. Lord Caterham fut le premier à le rompre :

— En somme, dit-il, il vaut mieux diriger un hôtel qu'une maison de campagne. A l'hôtel, au moins, on est tenu de prévenir avant midi quand on a l'intention de partir. Je suis peut-être très démodé, et il est maintenant du meilleur goût d'aller et venir comme dans un hôtel, d'autant plus qu'on n'a même pas d'addition à payer...

— Tu n'as pas honte de grogner tout le temps, papa? dit Chiffonnette. Tu nous as près de toi toutes les deux, que veux-tu de plus?

— Rien de plus, rien de plus! affirma Lord Caterham. Au contraire, je suis émerveillé de ma chance! Voilà vingt-quatre heures qu'on a la paix dans la maison, qu'il ne s'est rien passé, ni vols ni assassinats, ni détectives ni Américains! J'en aurais joui encore plus si je ne m'étais pas dit à tout instant : « Ça ne peut pas durer : il va se produire quelque chose! Un d'eux va revenir m'empoisonner la vie! »

— Jusqu'à présent, aucun n'est revenu, dit Chiffonnette. Cette disparition de Fish est étrange : ne vous a-t-il rien dit?

— Rien du tout. Je l'ai encore aperçu hier dans l'après-midi, marchant de long en large devant le parterre de roses et fumant un de ses affreux cigares, et puis finish! On dirait qu'il est rentré sous terre!

— Et si on l'a enlevé? dit Chiffonnette.

— Un de ces jours, déclara Lord Caterham, les agents de Scotland Yard repêcheront son cadavre au fond du lac. C'est bien fait pour moi! A mon âge, j'aurais dû tranquillement partir pour l'étranger et m'occuper de ma santé, au lieu de consentir aux projets diplomatiques de George Lomax. Je...

Il fut interrompu par Tredwell.

— Eh bien! qu'est-ce encore? demanda-t-il, irrité.

— C'est le détective français, mylord, qui demande l'autorisation de vous parler.

— Que vous disais-je? C'était trop beau pour durer! Faites-le entrer.

Le Français entra d'un pas rapide et léger. Sa démarche, plus que son visage, révélait une animation inaccoutumée.

— Bonsoir, Lemoine, dit Lord Caterham, voulez-vous un verre de liqueur?

— Non, merci.

Lemoine salua courtoisement les dames.

— Lord Caterham, j'ai le plaisir de vous annoncer que j'ai enfin fait une découverte importante au cours de ces vingt-quatre heures.

— Je savais bien qu'il se passerait quelque chose! soupira Lord Caterham.

— Hier, un de vos invités a quitté la maison plutôt brusquement. Je dois vous avouer que dès le début je l'ai soupçonné. Voilà un homme surgi on ne sait d'où. Il y a deux mois, il était en Afrique. Et auparavant?

Virginie se mordit violemment les lèvres. Un instant, le Français la regarda fixement, puis il continua :

— Nul ne connaît son passé. Et c'est précisément un homme comme lui que je cherche, un aventurier plein d'audace, gai, insolent, capable de n'importe quoi. Je fais tout pour obtenir des renseignements sur lui, mais la seule chose que je réussis à apprendre, c'est qu'il y a dix ans il était au Canada. Mes soupçons se confirment. Enfin, il y a deux jours, je ramasse un bout de papier qu'on a laissé échapper par hasard — à un endroit où Cade vient de passer — et j'y trouve l'adresse d'une maison de Douvres. Le même jour, je laisse, moi aussi, échapper ce papier, et du coin de l'œil je vois ce Boris, cet Herzoslovaque, le ramasser et le porter à son maître. Pourquoi le valet du prince Michel est-il devenu le serviteur de cet étranger? Ne l'était-il pas toujours? N'était-il pas acheté par lui pour espionner le prince? Suspect, très suspect!

« Néanmoins, j'ai moi-même été presque désarmé, car Anthony Cade m'a rapporté ce papier en me demandant si je ne l'avais pas laissé tomber. Cela veut-il dire qu'il est innocent — ou qu'il est d'une habileté rare? Naturellement, j'ai déclaré que je voyais ce papier pour la première fois de ma vie. Mais en même temps j'ai fait prendre des renseignements, et j'ai appris que cette maison a été précipitamment abandonnée, mais qu'hier encore il s'y cachait une bande d'étrangers. Sans nul doute, c'était l'état-major du roi Victor! Rendez-vous compte! Hier, dans l'après-midi, Mr. Cade quitte cette maison avec une hâte singulière, et le même jour la maison de Douvres, dont il a eu la malchance de me livrer l'adresse, est abandonnée! Je suis certain que Mr. Anthony Cade ne reviendra pas ici, du moins pas sous ce nom : mais connaissant le roi Victor, je suis certain qu'il fera encore une tentative désespérée pour trouver le diamant. C'est alors que je mettrai la main sur lui! »

Virginie se leva soudain et, d'une voix métallique, déclara :

— Vous oubliez une chose, monsieur! Mr. Cade n'est pas le seul invité qui ait disparu hier d'une façon singulière. Il y a Mr. Fish!

— Mr. Fish! Voyons, madame...

— Parfaitement, Mr. Fish! Ne nous avez-vous pas dit que le roi Victor est venu d'Amérique? Eh bien, Mr. Fish est venu d'Amérique! Il est muni, il est vrai, d'une lettre de recommandation émanant d'un Américain influent, mais cela ne prouve rien. Ce détail devait être facilement réglé par un homme comme lui. Il n'est certainement pas ce qu'il dit être. Lord Caterham nous a appris que lorsqu'il est question d'autographes, il écoute toujours, mais ne parle jamais, ce qui prouve qu'il ne connaît pas son sujet. La nuit du meurtre, sa fenêtre était éclairée. Le soir où nous avons surpris les voleurs dans la salle du Conseil, quand je l'ai rencontré sur la terrasse, il était entièrement vêtu. Hier encore, dans la matinée, il a exploré les passages secrets.

C'est peut-être lui qui a laissé tomber le papier en question. Vous n'avez pas vu de vos yeux Mr. Cade laisser échapper ce feuillet avec l'adresse de la maison suspecte. Peut-être Mr. Cade est-il en effet allé à Douvres, mais c'est pour faire une enquête! On l'y a peut-être emprisonné? J'estime que Mr. Fish est beaucoup plus suspect que Mr. Cade!

— De votre point de vue, madame, j'admets que vous avez raison, répondit sans se troubler le Français. Mr. Fish n'est certainement pas ce qu'il paraît.

— Mais alors?

— Il y a un détail, madame, que vous ne connaissez pas. Sachez que Mr. Fish, lui aussi, est un détective.

— Quoi! s'exclama Lord Caterham.

— Oui, Lord Caterham. La police américaine, s'étant rendu compte que le roi Victor avait joué à New York le rôle du prince Nicolas de Herzoslovaquie et avait réussi de cette façon à empocher de fortes sommes, a envoyé ici un détective très habile pour capturer le bandit. Le surintendant Battle et moi étions au courant.

Virginie ne dit rien. Lentement, elle se rassit. Ces quelques mots bouleversaient tout l'échafaudage qu'elle avait soigneusement édifié.

— Nous savions tous, continua Lemoine, que le roi Victor viendrait un jour ou l'autre à Chimneys. C'était le seul endroit où nous étions sûrs de le prendre.

Virginie, soudain, se mit à rire et lui lança un regard singulier.

— Vous ne l'avez pas encore pris!

— Non, madame. Mais nous y réussirons.

— Il a beaucoup de charme, dit Lord Caterham, beaucoup de charme et d'esprit. C'est vraiment dommage... Mais, voyons, Virginie, n'est-il pas un vieil ami à vous?

— C'est pourquoi, dit Virginie, qui avait repris son calme, je pense que M. Lemoine est dans l'erreur.

Son regard rencontra celui du détective, qui demeura parfaitement maître de lui.

— Qui vivra verra, madame! dit-il.

— Vous croyez, demanda-t-elle, que c'est lui qui a tué le prince Michel?

— Sans doute.

Virginie secoua la tête.

— Oh! non, fit-elle. Oh! non. Cela, j'en suis complètement et absolument certaine. Anthony Cade n'a pas tué.

— Peut-être avez-vous raison, madame, répondit lentement Lemoine. Peut-être est-ce le Herzoslovaque, Boris, qui a outrepassé ses ordres et tiré sur le prince. Qui sait? Ce dernier a pu le surprendre en flagrant délit. Ou bien le prince avait-il offensé Boris, et le serviteur a-t-il voulu se venger. Peut-être est-ce par vengeance qu'il s'est rangé du côté du roi Victor. Tout cela s'expliquera encore. Mais, de toute façon, Lord Caterham, j'ai estimé nécessaire de vous mettre au courant.

— Je vous en remercie, dit Lord Caterham. Un petit verre de liqueur? Non? Comme vous voudrez. Bonsoir, Lemoine.

— J'ai horreur de cet homme avec sa petite barbiche noire et son lorgnon! s'exclama Chiffonnette dès que la porte se fut refermée derrière lui. J'espère qu'Anthony le fera déchanter! Que pensez-vous de tout cela, Virginie?

— Je ne sais pas, dit Virginie. Je suis lasse. Je vais me coucher.

— Bonne idée, approuva Lord Caterham. Il est onze heures et demie.

En traversant le hall, Virginie aperçut au loin un dos large qui semblait vouloir s'effacer discrètement derrière une petite porte.

— Surintendant Battle! appela-t-elle d'une voix impérieuse.

Le surintendant s'avança vers elle sans enthousiasme.

— Madame Revel?

— J'ai vu M. Lemoine tout à l'heure. Il dit... Surintendant Battle, est-il vrai que Mr. Fish est un détective américain?

— Oui, c'est vrai.

— Vous le saviez depuis quelque temps déjà?

— Oui.

Virginie se détourna.

— Je comprends. Merci.

S'asseyant dans sa chambre, elle se força à regarder la question en face. Chaque phrase d'Anthony lui revint à la mémoire, chargée d'un sens nouveau.

Quel était ce « métier » dont il avait parlé?

Ce métier auquel il avait renoncé? Mais alors...

Un bruit étrange interrompit ses méditations. Elle leva brusquement la tête. Sa petite montre en or marquait une heure. Elle avait réfléchi pendant une heure et demie.

De nouveau, il y eut un bruit sec, comme si on frappait à sa fenêtre. Elle s'en approcha vivement. En bas, sur la pelouse, se dressait une haute silhouette. Une main tendue lançait une poignée de gravier contre la vitre.

Un instant, le cœur de Virginie battit plus vite; puis elle

reconnut les larges épaules et la forme massive de Boris, le serviteur herzoslovaque.

Elle ouvrit la fenêtre et demanda à voix basse :

— Qu'y a-t-il?

— Je viens de la part du maître, répondit-il, également à voix basse, mais très distinctement. Il m'envoie vous chercher.

— Me chercher?

— Oui, je dois vous ramener. Il m'a donné une lettre. Je vais vous la lancer.

Virginie s'écarta de la fenêtre, et un feuillet de papier attaché à un gros caillou tomba à ses pieds. Elle le déplia et lut :

Virginie chère,

Je suis dans une situation très difficile, mais je gagnerai la bataille. Voulez-vous avoir confiance en moi et venir me rejoindre?

Pendant deux longues minutes, Virginie demeura immobile, lisant et relisant ces mots.

Puis elle leva la tête et contempla d'un regard nouveau sa chambre à coucher confortable et luxueuse.

Finalement, se rapprochant de la fenêtre, elle demanda :

— Que dois-je faire?

— Les détectives sont à l'autre bout de la maison, devant la salle du Conseil. Descendez l'escalier et sortez par la petite porte de côté. Je vous attendrai. Une auto stationne sur la route.

Avec une rapidité inouïe, Virginie changea de robe, mit un manteau de voyage et enfonça un petit bonnet de cuir.

Puis, avec un petit sourire, elle traça à la hâte sur un bout de papier quelques lignes adressées à Chiffonnette et les épingla à l'oreiller.

Se glissant doucement dans l'escalier, puis vers la petite porte, elle poussa sans bruit le verrou. Sur le seuil, elle s'arrêta et hésita un quart de seconde; puis, rejetant la tête en arrière, du même geste intrépide et insouciant qu'avaient eu jadis les chevaliers ses aïeux s'embarquant pour les grandes croisades, elle passa le seuil.

Chapitre 26.
Le 13 octobre

Mercredi 13 octobre, à dix heures du matin, Anthony Cade remettait sa carte de visite au domestique de Mr. Herman Isaacstein.

Après quelques minutes d'attente, il fut reçu par un secrétaire très courtois.

— Vous vouliez voir Mr. Isaacstein, monsieur? Il est malheureusement très occupé ce matin : conférences, rendez-vous d'affaires, etc. Puis-je vous être utile?

— Il faut que je lui parle personnellement, dit Anthony, et il ajouta : Je viens de Chimneys.

— Ah! fit le jeune homme, frappé, de Chimneys?

— Parfaitement. Dites-lui que c'est très important et que ça se rapporte à Chimneys. De toute façon, il faut que je parle d'urgence à Mr. Isaacstein.

Deux minutes plus tard, Anthony entrait dans le sanctuaire du grand financier.

Mr. Isaacstein se leva pour lui serrer la main.

— Excusez-moi de vous déranger de cette façon, dit Anthony. Je sais que vous êtes occupé et je vous prendrai aussi peu de temps que possible. Il s'agit d'une petite affaire que je veux vous soumettre.

Isaacstein le fixa attentivement de ses yeux de cobra pendant quelques instants.

Puis, subitement, il lui tendit une boîte ouverte.

— Cigare?

— Volontiers! dit Anthony en en prenant un. Il s'agit de cette affaire herzoslovaque. Le meurtre du prince Michel a dérangé vos projets, n'est-ce pas?

— Hum, dit vaguement le financier.

— Si l'on accordait les concessions sur les pétroles à une autre compagnie, vous n'en seriez pas content, n'est-ce pas?

— Que me proposez-vous? demanda Mr. Isaacstein en le regardant fixement.

— Un successeur du prince Michel, animé de sympathies anglophiles.

— Où est-il?

— C'est mon affaire.

Isaacstein eut un petit sourire, mais son regard était devenu dur comme l'acier.

— Un successeur authentique et légitime? Pas d'imposteur?

— Tout ce qu'il y a de plus authentique, avec preuves documentaires.

— Juré?

— Juré.

— Je vous crois sur parole, monsieur Cade.

— Vous semblez vite convaincu, dit Anthony, en le regardant avec curiosité.

Herman Isaacstein sourit.

— Je ne serais pas où je suis si je n'avais pas appris à distinguer si un homme dit ou non la vérité! répliqua-t-il simplement. Quelles sont vos conditions?

— Le même emprunt, aux mêmes conditions, que vous avez offert au prince Michel.

— Et pour vous-même?

— Rien pour l'instant, sauf que je vous demande de venir ce soir à Chimneys.

— Non, dit énergiquement Isaacstein. Pas cela. Je n'en ai pas le temps.

— Cependant, il le faut... pour vous-même.

— Que voulez-vous dire?

Anthony le regarda pendant quelques instants, puis, lentement :

— Savez-vous où l'on a retrouvé le revolver avec lequel a été tué le prince Michel? Dans votre valise.

— Quoi?

Isaacstein bondit.

— Comment? Quoi? Que dites-vous?

Anthony lui expliqua dans quelles circonstances on avait trouvé le revolver. L'autre, devenu blême, s'épongeait le front.

— Mais c'est faux! s'exclama-t-il avec épouvante. C'est de la folie! C'est un complot!

— Eh bien, prouvez-le!

— Mais comment?

— Si j'étais vous, dit doucement Anthony, je viendrais à Chimneys ce soir.

— Vraiment, vous me le conseillez?

Anthony se pencha vers lui et chuchota quelques mots. L'autre se rejeta en arrière, le contemplant avec une stupéfaction incrédule.

— Est-ce possible?

— C'est même vrai. Et c'est pourquoi il est indispensable que vous y soyez vous-même, ainsi que le baron Lopretjzil et le capitaine Andrassy. Je leur ai écrit, mais je vous serai reconnaissant de leur confirmer l'invitation.

— Eh bien, c'est entendu. Mais croyez bien, monsieur Cade, qu'il ne m'arrive pas si souvent de croire les gens sur parole!

Chapitre 27.
Le 13 octobre
(suite)

L'horloge dans la salle du Conseil sonna neuf heures.

— Cette fois, dit Lord Caterham à voix basse à sa fille, ça dépasse les bornes! Non seulement on va et on vient dans ma maison comme on veut, mais on se permet d'inviter des gens chez moi sans même me prévenir! Regardez ce vieux tableau qui trône solennellement devant la cheminée comme si c'était sa place légitime!

Et le marquis fixa sans aménité le baron Lopretjzyl.

— Tu es injuste pour lui, père, protesta Chiffonnette. Il vient de me dire qu'il te considérait comme un modèle de l'hospitalité de la haute noblesse britannique.

— Il dit toujours des phrases de ce genre, c'est horriblement fatigant. Quant à l'hospitalité, parlez-m'en! Jamais je n'inviterai plus de monde à Chimneys! Pourquoi Lomax ou Cade — puisque ce jeune homme dont vous êtes toutes toquées s'en mêle lui aussi — ne louent-ils pas *Les Tilleuls*, ou *Beauregard*, ou une autre villa de ce genre, pour y organiser leurs réceptions?

— L'atmosphère n'est pas la même! soupira Chiffonnette. Ici, les grands souvenirs historiques...

La porte s'ouvrit et Tredwell annonça :

— Sir George Lomax. Mr. Eversleigh.

Tandis que George Lomax saluait pompeusement le maître de maison, le baron et le capitaine Andrassy, Bill demandait fiévreusement à Chiffonnette :

— Qu'est-ce que j'entends? Est-ce possible? Virginie est partie au milieu de la nuit? On l'a enlevée?

— Oh ! non, dit Chiffonnette, elle m'a laissé un mot épinglé à son oreiller.

— Mais pourquoi ? J'espère qu'elle ne s'est pas enfuie avec ce type des colonies ! Il ne m'a jamais plu, et d'après tout ce que j'entends, on est presque sûr que c'est lui le criminel ! Mais je ne crois quand même pas cela possible.

— Pourquoi ?

— Parce que le roi Victor est Français, et Cade Anglais... Cela, c'est hors de doute !

— N'avez-vous pas entendu dire que le roi Victor est un polyglotte accompli, et qu'à part cela il est à moitié Irlandais ?

— Bon Dieu ! tout cela s'explique ! C'est pourquoi il a disparu.

— Pour reparaître ! Ce matin, nous avons reçu de lui une dépêche nous avertissant qu'il viendrait ce soir à neuf heures, et nous priant d'inviter Sir Lomax. Tous les autres ont aussi été invités par lui.

— Quelle assemblée ! dit Bill en jetant un regard circulaire. Un détective français à la fenêtre, un détective anglais près de la porte ! Et l'Américain ?

— Disparu ! De même que Virginie. Mais j'espère quand même que le mystère va s'éclaircir dès qu'Anthony Cade paraîtra.

— Il ne paraîtra jamais, dit Bill.

— Alors, pourquoi cette réunion ?

— Pour nous obliger à rester ici tandis que lui-même est ailleurs. Vous ne pensez pas sérieusement qu'il viendra dans une maison pleine de détectives et de hauts fonctionnaires ?

— Vous ne connaissez pas le roi Victor. Il adore se jeter dans la gueule du loup.

Mr. Eversleigh secoua la tête.

— Imagination romanesque ! Je vous dis qu'il ne viendra jam...

La porte s'ouvrit et Tredwell annonça :

— Mr. Cade.

Anthony s'avança vers le maître de la maison.

— Lord Caterham, dit-il, je vous dérange terriblement, j'en suis confus et désolé. Mais je crois que ce soir, vraiment, le mystère sera définitivement éclairci.

Lord Caterham, qui avait toujours eu un faible inavoué pour Anthony, parut adouci.

— Mais non, mais non, dit-il cordialement, vous ne me dérangez pas du tout.

— Je vous remercie de tout cœur, dit Anthony. Nous sommes tous réunis, je vois. On peut commencer.

— Je ne comprends pas, dit George Lomax pompeusement. Je ne comprends pas le moins du monde. Votre procédé, monsieur Cade, me paraît très étrange, pour ne pas dire plus. La situation est très difficile et très délicate. Je suis d'avis...

Son éloquence fut interrompue par le surintendant Battle qui lui chuchota quelques mots. Haussant les épaules, le grand homme déclara :

— Comme vous voudrez, Battle. Eh bien, dans ce cas, monsieur Cade, nous vous écoutons.

Anthony, sans prêter attention à son ton condescendant, expliqua gaiement :

— C'est une petite idée que j'aie eue, voilà tout. Vous connaissez tous le bref mémorandum chiffré de feu le comte Stylpitch. Deux rubans, un rose et un rouge, épinglés à la reproduction du portrait du comte de Richmond. Eh bien, dans les *Mémoires* du comte Stylpitch — que j'ai eu l'avantage de lire — il parle à un certain moment d'une biographie de Richmond qu'il a lue à Chimneys, et mentionne le fait qu'elle a une couverture rouge. Les chiffres du mémorandum se rapportent, sans doute, aux rayons et aux volumes de la bibliothèque. Je suis certain qu'en faisant faire des recherches, on trouvera le... l'objet que nous cherchons dans une cachette quelconque, derrière le volume en question.

Et Anthony leva modestement les yeux vers l'assemblée, comme pour quêter des applaudissements.

— Tiens, tiens! c'est très ingénieux, dit Lord Caterham.

— Très ingénieux, dit George avec condescendance. Reste à savoir...

— Si c'est exact? termina Anthony. Eh bien, allons dans la bibliothèque.

Et il se leva avec vivacité. Mais M. Lemoine, quittant son poste, lui barra la route.

— Un instant, monsieur Cade. Vous permettez, Lord Caterham?

Il s'approcha du bureau, traça à la hâte quelques lignes, puis appuya sur la sonnette. Tredwell parut. Lemoine lui remit le billet.

— Faites-le porter immédiatement, dit-il. Sans retard.

— Bien, monsieur, dit Tredwell, et il se retira avec sa dignité habituelle.

Anthony s'était rassis.

— Quel est ce manège, Lemoine? demanda-t-il doucement.

Tous les assistants sentirent qu'il y avait de l'orage dans l'air.

— Si le bijou se trouve là où vous dites, il y est depuis sept ans, qu'il y reste un quart d'heure de plus !

— Pour quoi faire ?

— Pour ne pas permettre à des personnes ayant des antécédents douteux de s'en approcher !

Anthony leva les sourcils et alluma une cigarette.

Lemoine continua :

— Il y a deux mois, monsieur Cade, vous étiez en Afrique. Où étiez-vous auparavant ?

Anthony, se rejetant dans son fauteuil, fumait nonchalamment.

— Au Canada.

— Êtes-vous sûr que vous n'étiez pas en prison ? A la Santé, pour tout dire ?

Automatiquement, le surintendant Battle fit un pas vers la porte comme pour couper la retraite, mais Anthony ne bougea pas. Il éclata de rire :

— Mon pauvre Lemoine ! C'est une véritable obsession ! Vous voyez partout le roi Victor ! Vous me prenez pour lui, maintenant ?

— Vous le niez ?

— C'est trop ridicule pour prendre la peine de le nier !

— Vous croyez ?

Le Français se pencha vers lui.

— Et si je vous dis, monsieur, si je vous dis que cette fois je suis sûr de mon fait ? Je suis venu de France pour prendre le roi Victor, et je le prendrai !

— Vous avez déjà essayé bien des fois, Lemoine, et il vous a glissé entre les doigts !

— Cette fois, il ne glissera pas, je le jure ! dit farouchement le Français.

Les assistants retenaient leur souffle. Le duel entre les deux hommes devenait de plus en plus violent. Le détective était d'une gravité terrible. Anthony, au contraire, restait calme et moqueur.

— Si j'étais vous, Lemoine, dit-il en envoyant en l'air des ronds de fumée bleuâtre, je me surveillerais de près, je serais beaucoup plus prudent. Vous êtes très habile, mais une erreur est toujours possible.

— Cette fois, dit Lemoine, il n'y aura pas d'erreur. Vous avez vu le billet que j'ai écrit tout à l'heure ? Il est adressé à mes hommes de l'*Auberge des Joueurs de Cricket*. Hier, j'ai reçu de France les empreintes digitales et les mesures Bertillon du roi Victor, dit capitaine O'Neill. On me les apportera dans quelques minutes. Nous saurons alors qui vous êtes!

— Ah! bon. Je suppose que vous m'obligerez à plonger les doigts dans l'encre, que vous mesurerez mes oreilles, etc., et que vous comparerez ensuite les résultats. S'ils sont identiques?...

— Eh bien, dit Lemoine. S'ils sont identiques...

— Finissez, dit doucement Anthony. Vous êtes vraiment très habile. S'ils sont identiques?...

— Eh bien, s'ils le sont, s'exclama le détective, que l'attitude d'Anthony semblait étonner et inquiéter, j'aurai prouvé que vous êtes le roi Victor!

— Et sous quel prétexte m'arrêteriez-vous? Le roi Victor a été légalement remis en liberté et n'a commis depuis aucun crime!

— Pardon! Pardon! Il s'est fait passer, en Amérique, pour le prince Nicolas Obolovitch!

— Mais je puis prouver, à grand renfort de témoins et de documents, que j'étais à ce moment-là en Afrique!

— C'est à voir!

— Je crains que vous ne soyez déçu! Voyez-vous, je...

Lemoine l'interrompit avec une férocité soudaine.

— Trêve de paroles! Vous croyez pouvoir me duper, mais vous vous trompez, mon garçon! Il y a autre chose encore contre vous. Un meurtre! Oui, un meurtre! L'assassinat du prince Michel! Il vous a pris en flagrant délit, la nuit où vous cherchiez le diamant!

— Vous devriez savoir mieux que moi, Lemoine, que le roi Victor n'a jamais tué!

— Eh bien, alors, cria Lemoine, dites-moi qui a tué. Dites-le-moi!

A peine eut-il prononcé ces mots que, sur la terrasse, un coup de sifflet retentit, déchirant le silence. Anthony bondit. Toute sa nonchalance disparut.

— Vous me demandez qui a tué le prince Michel? s'écria-t-il. Je ne vous le dirai pas... je vous le montrerai! Suivez-moi! Ce coup de sifflet était le signal que j'attendais. Le meurtrier du prince Michel est dans la bibliothèque!

Il sauta par la fenêtre, Lemoine et Battle sur ses talons. Les autres suivirent. Il se glissa le long du mur jusqu'à l'autre bout de la terrasse et s'approcha de la dernière fenêtre de la bibliothèque. Très doucement, il appuya sur la croisée : elle céda. Écartant silencieusement l'épais rideau de velours il indiqua du doigt aux assistants une silhouette sombre, debout devant la bibliothèque, retirant et replaçant des volumes, si absorbée dans sa tâche qu'aucun son du dehors ne lui parvenait.

Tout à coup, comme ils observaient en silence son travail, tâchant de l'identifier, quelqu'un passa parmi eux et bondit dans la pièce avec un hurlement de fauve.

La lanterne électrique que tenait à la main l'inconnu tomba et se brisa, et le bruit épouvantable d'une lutte corps à corps emplit la pièce. Lord Caterham s'élança dans la pièce et tourna le commutateur.

A la lumière électrique, on aperçut deux corps luttant férocement. Et presque au même instant, avant qu'on eût pu s'en approcher, le bruit sec d'une détonation retentit, et la silhouette la plus petite s'écroula. L'autre se tourna vers eux : c'était Boris, écumant de rage.

— C'est elle qui a tué mon maître, hurla-t-il. Cette fois, elle voulait tirer sur moi. Je l'aurais étranglée, la misérable, si son revolver n'était pas parti de lui-même pendant la lutte. Saint Michel a visé : l'horrible femme est morte!

— Une femme? s'écria George Lomax.

Ils se penchèrent tous sur le corps inerte. Le revolver à la main, la bouche tordue par un rictus sinistre de haine, gisait la gouvernante, Mlle Brun.

Chapitre 28.
Le roi Victor

— Je l'ai soupçonnée dès le début, expliqua Anthony. Sa fenêtre était éclairée le soir du crime. Je suis allé à Dinard spécialement pour demander des renseignements sur elle, et, comme ils étaient satisfaisants, j'ai cru m'être trompé. La comtesse de Breteuil avait effectivement employé pendant de longues années une demoiselle Brun, personne fort honorable, mais l'idée ne m'était pas venue que ladite demoiselle avait été enlevée et emprisonnée alors qu'elle faisait route pour son nouvel emploi, et qu'on lui avait substitué une autre personne. N'ayant pas songé à cette possibilité, je détournai mes soupçons de la gouvernante et je les dirigeai sur Mr. Fish. Lui, à son tour, me soupçonnait d'être le roi Victor. C'est pourquoi il m'a suivi à Douvres, et là seulement nous nous sommes expliqués. En apprenant que Mr. Fish était détective, j'ai de nouveau pensé à Mlle Brun, car j'étais sûr qu'il devait y avoir un complice du roi Victor dans la maison.

« Une chose était certaine : on avait tout fait pour empêcher Mrs. Revel de venir passer le week-end à Chimneys. Le surintendant Battle vous le confirmera. C'était un véritable complot. Pourquoi? Evidemment, parce que la présence de Mrs. Revel entraverait certains projets des bandits. Lesquels? Il y avait du Herzoslovaque dans cette affaire. Mrs. Revel était la seule ayant passé quelque temps en Herzoslovaquie et par conséquent la seule susceptible de reconnaître des personnes qu'elle avait vues là-bas et qui ne désiraient pas être reconnues. J'ai pensé d'abord qu'un imposteur jouait le rôle du prince Michel, mais j'étais dans l'erreur : Mrs. Revel l'a identifié, c'était vraiment lui. D'ailleurs, le baron était là, lui aussi, pour le reconnaître, Quelle autre personne pouvait avoir un intérêt à tenir Mrs. Revel éloignée? Je me suis souvenu que lorsqu'elle a réussi, malgré tous les efforts des conspirateurs, à arriver à Chimneys, Mlle Brun a prétexté des migraines et des maladies pendant trois jours pour ne pas quitter son appartement et n'être vue par personne. Logiquement, j'en ai déduit son identité.

— Qui était-elle? demanda Lord Caterham. Une personne que Mrs. Revel avait connue en Herzoslovaquie?

— Précisément, dit Anthony. Je crois que le baron pourra nous le dire.

— Moi?

Et le baron, stupéfait, fixa le corps immobile.

— Regardez bien, dit Anthony. De plus près encore. Ne vous laissez pas tromper par le maquillage. Rappelez-vous qu'elle était jadis actrice.

Le baron tressaillit, examina longuement la figure du cadavre, puis, tout à coup, s'exclama :

— Dieu du ciel! c'est impossible.

— Qu'est-ce qui est impossible? demanda George. Qui est cette dame? Vous la reconnaissez, baron?

— Non, non, ce n'est pas possible! gémit celui-ci. Elle a été tuée. Ils ont été tués tous les deux. On a retrouvé son corps sur les marches du palais.

— Mutilée et méconnaissable, rappela Anthony. Elle a réussi cette dernière mise en scène pour s'enfuir en Amérique où elle s'est cachée pendant toutes ces années. Elle avait une peur folle des camarades de la Main Rouge. Dès que le roi Victor a été remis en liberté, il est allé la rejoindre, et ils ont décidé de récupérer le diamant. Elle se livrait la nuit à des investigations secrètes, et elle était précisément en train de fouiller la salle du Conseil quand le prince Michel, dont elle n'avait pu empêcher la malencontreuse visite, l'a surprise à l'improviste. Autrement, elle se serait arrangée pour ne pas le rencontrer, comme elle l'a fait pour Mrs. Revel. Mais, se trouvant tout à coup face à face avec lui et craignant la honte de la découverte, elle a tiré. C'est elle qui a placé le revolver dans la valise d'Isaacstein pour embrouiller la piste, c'est elle aussi qui m'a rendu les lettres chiffrées.

Lemoine s'avança vers lui.

— Tout cela est fort plausible, mais où est son complice? Où est le roi Victor? Vous nous dites une partie de la vérité, vous ne la dites pas toute!

Anthony soupira.

— Mon cher Lemoine, je vous le répète, vous commettez une erreur. J'ai en main un atout que vous ne soupçonnez pas.

Mais George, lent à saisir les choses, l'interrompit :

— Je dois dire que je suis encore dans l'incertitude. Qui est cette personne, baron? Vous l'avez reconnue?

Le baron, tout à coup, se redressa et se raidit.

— Vous vous trompez, Sir Lomax. Je ne l'ai jamais vue. C'est une étrangère.

— Mais...

George le regardait, la bouche ouverte.

Le baron le prit par le bras et l'emmena à l'écart pour lui chuchoter quelques phrases à l'oreille. Anthony, non sans satisfaction, vit Lomax s'empourprer comme un homard; ses yeux sortaient de leur orbite; il semblait sur le point de succomber à une attaque d'apoplexie. D'une voix défaillante, il murmura :

— Sans doute... Sans doute... A personne... sous aucun prétexte... Situation compliquée... Discrétion absolue...

— Ah! — Lemoine donna un coup de poing sur la table — J'en ai assez! Tout cela ne me regarde pas. Le meurtre du prince Michel ne concerne pas la Sûreté. Je veux le roi Victor!

Anthony hocha doucement la tête.

— C'est bon, Lemoine. Vous l'aurez. Je le regrette pour vous. Mais vous m'obligez à sortir mon atout.

Il se leva et appuya sur la sonnette. Tredwell parut.

— Un gentleman est arrivé ce soir avec moi, Tredwell.

— Oui, monsieur. Un gentleman étranger.

— Voulez-vous le prier de descendre?

— Oui, monsieur.

Tredwell se retira.

— Entrée de l'atout, du mystérieux Mister X..., annonça Anthony. Qui est-il?

— A en juger par vos allusions de ce matin, et par votre attitude de ce soir, dit Herman Isaacstein, ce doit être le prince Nicolas de Herzoslovaquie.

— Vous le croyez aussi, baron?

— Oui. A moins que vous n'ayez amené un autre imposteur. Mais je ne le crois pas. Votre conduite à mon égard a toujours été des plus honorables.

— Je vous remercie, baron. Je n'oublierai pas ces mots. Vous êtes donc tous d'accord?

Il jeta un regard circulaire sur les visages tendus. Seul Lemoine se mordait farouchement les lèvres.

Des pas retentirent au-dehors. Anthony s'approcha de la porte.

— Et pourtant, dit-il avec un sourire singulier, ce n'est pas ce que vous croyez.

Il ouvrit la porte toute grande. Un homme de taille moyenne, avec une barbiche noire, un lorgnon et un bandage autour du front, se tenait sur le seuil.

— Permettez-moi de vous présenter le vrai M. Lemoine, de la Sûreté!

Le double de Lemoine, d'un seul bond, se précipita vers la fenêtre. Mais il tomba entre les bras d'un homme qui montait la garde sur la terrasse et qui, après une lutte brève, lui passa les menottes; la voix nasillarde et traînante de Mr. Fish s'éleva :

— Non, non, mon petit, pas de ça! Tu croyais pouvoir t'échapper par la fenêtre, comme la première fois? Mais je suis là! J'y suis resté toute la soirée dans le dessein exprès d'empêcher ta fuite éventuelle, et pour plus de sûreté, je te visais, comme maintenant, de mon automatique. Je suis venu de New York pour te prendre, et je t'ai pris... mais j'avoue que ça n'a pas été facile! Tu n'es pas le premier bandit venu. Mes respects!

Chapitre 29.
Les pétroles rentrent en scène

— Vous nous devez une explication, monsieur Cade, dit Herman Isaacstein, une demi-heure plus tard.

— Il n'y a pas grand-chose à expliquer, dit modestement Anthony Cade. Je suis allé à Douvres et Fish m'a suivi, croyant que j'étais le roi Victor. Nous y avons trouvé un prisonnier mystérieux, et dès que nous avons entendu son histoire, nous avons tout compris. De même qu'on a emprisonné la vraie Mlle Brun pour faire jouer son rôle par... une autre, de même on a enlevé le vrai Lemoine pour le remplacer par le roi Victor lui-même. Mais il paraît que Battle s'est déjà douté de quelque chose — son collègue lui inspirait des soupçons — et il a télégraphié à Paris pour avoir ses empreintes digitales et autres moyens d'identification.

— Ah! s'écria le baron, les mesures Bertillon dont a parlé ce coquin?

— Il l'a fait avec tant d'aplomb, dit Anthony, que je n'ai pas voulu nier d'emblée. Mon attitude l'intriguait et l'étonnait beaucoup. Il croyait que j'allais prendre peur et nier désespérément, comme c'eût été naturel. Mais j'avais mon plan. Dès que je lui ai donné le tuyau concernant le livre de Richmond et la cachette du diamant, il s'est empressé de le communiquer à sa complice, et de nous retenir en même temps dans la pièce. Son billet était adressé en réalité à Mlle Brun. Il a ordonné à Tredwell de le porter immédiatement au destinataire, et Tredwell, bien entendu, l'a fait. Lemoine m'a accusé d'être le roi Victor pour détourner l'attention et empêcher qui que ce soit de quitter la pièce. Pendant ce temps, il espérait que mademoiselle trouverait le diamant, et que lorsque nous nous rendrions à notre tour dans la bibliothèque, il n'y serait plus.

George toussa.

— Je suis forcé de déclarer, monsieur Cade, que je considère votre manière d'agir comme follement imprudente. Si vos plans n'avaient pas réussi, une de nos possessions nationales aurait disparu sans espoir de retour. Quelle imprudence, monsieur Cade!

— Vous n'avez pas tout à fait saisi, Sir Lomax, intervint Mr. Fish. Ce diamant historique ne se trouve pas dans la bibliothèque et ne s'y est jamais trouvé.

— Mais alors?

— J'ai inventé toute cette histoire sur *La Vie du Comte de Richmond* et la couverture rouge, dit Anthony, pour pouvoir surprendre la criminelle en flagrant délit et pour donner au faux Lemoine l'occasion de se compromettre. Mr. Fish et moi avions réussi à emprisonner ses complices dans la maison de Douvres et à les empêcher de communiquer avec leur maître. Le roi Victor leur avait envoyé l'ordre de quitter immédiatement la maison, et nous lui avons télégraphié que c'était fait. Il ne se doutait donc de rien et comptait gagner du temps en me dénonçant.

— Et le diamant?...

Anthony sourit.

— Mr. Fish et moi avons résolu tous les deux, hier encore, le petit problème du comte Stylpitch. La reproduction du portrait de Richmond avec les rubans rose et rouge signifiait : rose-rouge-Richmond. Si l'on descend de la terrasse et si l'on fait sept pas droit devant soi, huit à gauche et trois à droite, on se trouve devant un arbuste magnifique de roses rouges, dites Richmond. La maison a été fouillée de la cave au grenier pour retrouver le diamant, mais personne n'a songé à chercher dans le jardin. Je propose de creuser demain la terre sous l'arbuste.

— Bravo, dit gaiement Lord Caterham. Tous les mystères sont heureusement éclaircis.

— Tous, sauf un, dit Mr. Isaasctein.

— Lequel?

Le grand financier regarda fixement Anthony.

— Pourquoi m'avez-vous invité ce soir à Chimneys, monsieur Cade? Rien que pour assister en qualité de spectateur intéressé à une scène hautement dramatique?

Anthony hocha la tête.

— Non, monsieur Isaacstein. Vous êtes un homme occupé, et pour vous, le temps c'est de l'argent. Pourquoi êtes-vous venu à Chimneys la première fois?

— Pour traiter des conditions d'un emprunt.

— Avec qui?

— Avec le prince Michel de Herzoslovaquie.

— Parfaitement. Le prince Michel est mort. Êtes-vous prêt à offrir le même emprunt aux mêmes conditions à son cousin Nicolas?

— Oui, s'il existe. Mais je le croyais tué au Congo?

— En effet. C'est moi qui l'ai tué. Non, non, je ne suis pas un assassin. Quand je dis que je l'ai tué, j'entends par là que c'est moi qui ai répandu la nouvelle de sa mort. Je vous ai promis un prince, monsieur Isaacstein. Vous conviendrai-je?

— Vous?

— Oui, moi, prince Nicolas Obolovitch. Un nom un peu trop retentissant pour la vie que j'avais envie de mener. C'est pourquoi j'ai fait un plongeon au Congo pour en sortir sous le nom d'Anthony Cade.

Le petit capitaine Andrassy bondit.

— Mais c'est incroyable! s'exclama-t-il. Incroyable! Pensez à ce que vous dites, monsieur!

— J'ai toutes les preuves, dit calmement Anthony. Et je suis sûr de pouvoir persuader le baron.

Le baron leva la main.

— J'examinerai vos preuves, monsieur, mais je n'en ai pas besoin pour vous croire. Votre parole me suffit. D'ailleurs, vous avez une grande ressemblance avec la princesse anglaise, votre mère. J'ai toujours dit que vous deviez être d'origine noble.

— Vous avez toujours eu confiance en ma parole, baron, dit Anthony. Je ne l'oublierai pas.

Puis il regarda le surintendant Battle, dont la physionomie était restée impassible.

— Vous devez comprendre, dit-il avec un sourire, que ma situation était très précaire. En ma qualité de successeur du prince Michel, on aurait pu facilement me soupçonner de l'avoir tué. J'ai toujours eu peur de la perspicacité de Battle. Je sentais qu'il me soupçonnait, mais qu'il se demandait pour quelle raison j'aurais pu perpétrer le crime.

— Mon intuition m'a toujours dit, monsieur, que vous étiez innocent du crime, dit Battle. Mais je sentais que vous cachiez un secret, et je me demandais lequel. Si j'avais su qui vous étiez, je vous aurais peut-être arrêté.

— Je suis heureux d'avoir réussi à vous cacher au moins un de mes coupables secrets, Battle. Vous m'avez extorqué tous les autres. Vous connaissez votre métier : j'aurai toujours de l'estime pour Scotland Yard.

— Mais... mais... mais c'est incroyable! murmura George. C'est la chose la plus inouïe que j'aie jamais entendue. Êtes-vous bien sûr, baron, que...

— Mon cher Sir Lomax, dit Anthony froidement, je n'ai pas l'intention de solliciter la confiance du ministère des Affaires étrangères d'Angleterre sans lui soumettre des preuves formelles. Pour le moment, je vous propose d'ajourner l'examen des preuves jusqu'à demain et de discuter des conditions de l'emprunt avec Mr. Isaacstein, le baron et moi-même.

Le baron se leva et, se redressant militairement :

— Le jour où vous monterez sur le trône de Herzoslovaquie, monsieur, sera le plus beau de ma vie!

— A propos, baron, dit Anthony en passant négligemment son bras sous le sien, j'ai oublié de vous dire une chose : je suis marié.

— Dieu du ciel! s'exclama le baron en reculant de deux pas. Je savais bien qu'il y aurait une entrave. Il a épousé une négresse en Afrique!

Anthony se mit à rire.

— Ne craignez rien, baron. Ce n'est pas si terrible que cela. Elle est blanche... extérieurement et intérieurement.

— Bien. Dans ce cas, on peut en faire un mariage morganatique acceptable.

— Pas le moins du monde. Si je deviens roi, elle deviendra reine. Ce n'est pas la peine de secouer la tête, baron. Sachez qu'elle est de la plus haute noblesse britannique, fille d'un pair d'Angleterre dont la famille remonte au Conquérant. Actuellement, les mariages entre princes du sang et aristocrates se portent beaucoup. A part cela, elle connaît très bien la Herzoslovaquie.

— Grand Dieu! s'écria George Lomax, sortant de sa réserve prudente. Ce n'est pas... ce n'est pas Virginie Revel?

— Elle-même, dit Anthony.

— Mon cher, s'exclama Lord Caterham, c'est-à-dire Sire, je vous félicite de tout mon cœur. C'est une femme exquise.

— Exquise et plus qu'exquise, dit Anthony. Je vous remercie, Lord Caterham.

Mais Mr. Isaacstein le regardait avec curiosité.

— Me permettrai-je de demander à Votre Altesse, sans indiscrétion, quand ce mariage a eu lieu?

Anthony sourit.

— Virginie Revel et moi, dit-il, nous nous sommes mariés ce matin.

Chapitre 30.
Le nouveau métier d'Anthony

— Si vous voulez passer dans le salon, messieurs, je vous suivrai dans quelques instants, dit Anthony.

Il attendit que tous les assistants fussent sortis, puis, se tournant vers le surintendant Battle, perdu dans la contemplation d'un tableau :

— Eh bien, Battle, vous vouliez me demander quelque chose?

— En effet, Sire. Vous avez toujours fait preuve d'intuition. Je suppose que la personne qui maintenant est morte était la reine Varaga?

— C'est exact, Battle. Mais j'espère qu'on étouffera l'affaire. Vous devez vous douter qu'elle ne m'est pas particulièrement agréable.

— Je comprends, Sire. Fiez-vous à Sir Lomax. Personne ne le saura. Ou plutôt, beaucoup de gens le sauront, mais le grand public ne l'apprendra pas.

— Vouliez-vous me demander autre chose?

— Si ce n'était pas trop indiscret, je me permettrais de vous demander, Sire, pourquoi vous avez renoncé à votre nom.

— Je vais vous le dire. Je me suis tué par principe, Battle. Ma mère était Anglaise, j'avais été élevé en Angleterre, et je me sentais plus Anglais que Herzoslovaque. Je n'avais pas la moindre envie de continuer à courir le monde en portant le fardeau d'un titre d'opéra-comique. Quand j'étais très jeune, Battle, j'étais socialiste. Je croyais aux idéals et à l'égalité, et pas du tout aux rois et aux princes.

— Et depuis, Sire? demanda malicieusement Battle.

— Depuis, j'ai voyagé et vu le monde, et constaté qu'il y a bien peu d'égalité. Je crois toujours à la démocratie, mais je pense que l'évolution de l'humanité durera encore dix mille ans, sinon plus... et qu'en attendant on peut obtenir des résultats plus ou moins appréciables par une dictature raisonnable.

— Très intéressant, Sire, dit Battle avec une ombre de sourire. Je suis certain que vous ferez un roi démocratique excellent.

— Merci, Battle, dit Anthony avec un soupir.

— Cela ne vous tente pas, Sire?

— Si, peut-être. Mais c'est un travail régulier, et je l'ai toujours évité jusqu'à présent.

— Mais vous considérez que c'est votre devoir, Sire?

— Mon Dieu, non! Cherchez la femme, Battle. Je deviendrai roi pour elle. Le baron veut son souverain; Isaacstein, ses pétroles; ils auront tous deux ce qu'il leur faut. Moi, je l'aurai, elle! Battle, avez-vous jamais été amoureux?

— Je suis très dévoué à Mrs. Battle, Sire.

— Très dévoué à... Mon Dieu! cet homme ne sait pas de quoi il parle!

— Veuillez m'excuser, Sire, mais votre serviteur vous attend devant la fenêtre.

— Ah! Boris! Quel merveilleux instinct l'a conduit vers moi! Je suis heureux que ce revolver se soit déchargé par accident, autrement Boris aurait étranglé cette femme, et vous auriez voulu le pendre. Eh bien, mon cher chien fidèle, qu'y a-t-il?

— Maître, on vous attend dans le jardin.

Anthony le suivit jusqu'à un banc où deux silhouettes étaient assises au clair de lune.

L'une d'elles était Virginie. L'autre...

— Jimmy McGrath! s'écria Anthony, au comble de l'étonnement. Comment diable es-tu là, mon vieux?

— Eh bien, figure-toi que je n'ai pas trouvé ma mine d'or et que je suis revenu dans les parages de Bulawayo. Plusieurs métèques m'ont espionné et m'ont proposé de me racheter le manuscrit. Un d'eux a failli m'enfoncer un poignard dans le dos. Alors, j'ai compris que je t'avais chargé d'une commission plus difficile que je ne croyais, et je t'ai suivi par le prochain paquebot pour te venir en aide.

— N'est-il pas magnifique? s'écria Virginie. Si, Jimmy, si! Vous êtes un vrai chevalier. Je ne vous ai pas encore assez remercié pour ces fameuses lettres!

— Si j'avais su avant qu'elle était si simple et si charmante, je serais venu moi-même au lieu de les confier à Anthony. Je te cherchais partout, vieux gentleman, et j'ai fini par tomber sur elle.

— Je suis heureux que vous vous entendiez si bien, dit Anthony en souriant.

— Oui, elle m'a tout raconté. Alors, plus rien à faire pour moi, mon vieux?

— Si, dit Anthony. Attends une minute.

Il disparut dans la maison et revint quelques instants après avec un gros paquet qu'il tendit à Jimmy.

— Cours au garage, prends ma voiture et file à Londres,

17, Everdean Square. C'est l'adresse privée de Mr. Balderson, l'éditeur. Il te remettra en échange mille livres.

— Mais je croyais le manuscrit brûlé!

— Pour qui me prends-tu? Dès qu'on m'a eu téléphoné de la part des éditeurs, je leur ai retéléphoné moi-même pour savoir si la communication émanait vraiment d'eux. Ayant appris que non, j'ai fait un faux paquet et je l'ai remis au soi-disant employé; quant au vrai, je l'ai laissé à la garde du gérant du *Ritz*, dans le coffre-fort de l'hôtel. Je l'y ai repris aujourd'hui.

— Bravo, mon vieux! s'écria Jimmy.

— Oh! Anthony, s'exclama Virginie, effrayée, vous les laisserez publier?

— Sans doute, puisque je l'ai promis à ce vieux camarade de Jimmy! Mais ne craignez rien. Je les ai lus consciencieusement d'un bout à l'autre, et j'ai compris pourquoi l'on dit que les grands personnages n'écrivent pas eux-mêmes leurs *Mémoires*, mais confient cette tâche à des mercenaires. Ceux du comte Stylpitch sont horriblement ennuyeux, sans traces de scandale. Sa passion du mystère a tenu jusqu'au bout. Il n'y a là que des ratiocinations politiques, mais pas la moindre anecdote scabreuse. J'ai téléphoné aujourd'hui à Balderson et je lui ai promis de lui livrer le manuscrit avant minuit. Puisque Jimmy est là, qu'il le fasse lui-même!

— Avec plaisir, dit Jimmy. Ces mille livres me sourient... d'autant plus que j'y avais déjà renoncé! Je file.

— Une seconde, dit Anthony. J'ai quelque chose à vous confesser, Virginie. Quelque chose que tout le monde sait déjà, mais que je ne vous ai pas dit encore.

— Peu importent les femmes que vous avez aimées jadis, pourvu que vous ne m'en parliez pas!

— Il ne s'agit pas de femmes, dit Anthony avec une indignation vertueuse. Que Jimmy vous dise en compagnie de quelles femmes je me trouvais quand il m'a vu la dernière fois.

— La plus jeune, dit solennellement Jimmy, avait quarante-cinq ans.

— Merci, Jimmy, dit Anthony. Tu es un véritable ami. Non, c'est bien pire encore. Je vous ai trompée. Je vous ai caché mon vrai nom.

— Oh! dit Virginie avec intérêt. J'espère que vous ne vous appelez pas Smith? Ce serait curieux d'être appelée Mrs. Smith.

— Vous pensez toujours du mal de moi! dit Anthony.

— J'avoue que j'ai pensé à un certain moment que vous étiez le roi Victor, mais ça n'a pas duré longtemps.

— A propos de roi, Jimmy, je crois que j'ai du travail pour toi : des mines en Herzoslovaquie!

— Des mines d'or? demanda Jim avec ardeur.

— Sans doute! La Herzoslovaquie est un pays splendide.

— Alors, mon vieux, tu suis mon conseil et tu y vas?

— Oui, dit Anthony. Ton conseil valait plus que tu ne croyais. Allons, le moment est venu d'avouer. Ça a l'air bêtement romanesque, mais je suis obligé de confesser qu'en réalité je suis le prince Nicolas de Herzoslovaquie.

— Oh! Anthony! s'exclama Virginie. Quelle nouvelle ébouriffante! Et moi qui vous ai épousé! Qu'allons-nous faire?

— Nous irons en Herzoslovaquie et nous jouerons au roi et à la reine. Jimmy McGrath m'a dit un jour que les souverains n'y restaient sur le trône que trois ou quatre ans, pas plus. Qu'en dites-vous?

— Je dis que ça me plaît follement!

— Quelle femme extraordinaire! murmura Jimmy avec admiration.

Et il s'effaça discrètement, disparaissant dans l'obscurité. Quelques minutes plus tard, on entendit le ronflement d'un moteur qui s'éloignait.

— Brave garçon, on a réussi à se débarrasser de lui, dit Anthony avec satisfaction. Depuis que nous sommes mariés, je ne suis pas resté seul avec vous pendant trois secondes.

— Nous nous amuserons beaucoup, dit Virginie. Nous apprendrons aux brigands à ne plus faire de brigandages, aux assassins à ne plus assassiner, et en général nous civiliserons les Herzoslovaques.

— J'aime entendre ces projets idéalistes, dit Anthony. Ils me prouvent que mon sacrifice n'a pas été vain.

— Ce n'est pas un sacrifice, dit calmement Virginie. Vous serez très content d'être roi! Vous avez ça dans le sang.

— Si j'étais monarque sérieux, je serais en conférence, actuellement, avec ce brave baron et Isaacstein. Ils veulent parler de pétroles! De pétroles! Mon Dieu! quand vous êtes là! Qu'ils attendent mon bon plaisir royal. Virginie, vous rappelez-vous qu'un jour, ici même, je vous ai juré que je vous embrasserais?

— Je me souviens, dit doucement Virginie. Mais le surintendant Battle nous regardait par la fenêtre.

— Maintenant, dit Anthony, il ne nous regarde plus!

Et il la saisit dans ses bras.

Chapitre 31.
Plus de secrets à Chimneys

Chimneys. Onze heures du matin.

Johnson, constable de la police, creuse la terre à l'endroit du jardin où s'élève le bel arbuste de roses rouges, dites Richmond.

On se croirait à un enterrement. Johnson creuse une tombe, et les amis et parents assistent aux funérailles.

George Lomax ressemble à l'héritier. Le surintendant Battle, impassible, à l'entrepreneur des pompes funèbres. Lord Caterham a la mine solennelle et scandalisée que prennent toujours les Anglais quand ils assistent à un office religieux.

Mr. Fish fait moins bien dans le tableau. Il n'est pas assez grave.

Johnson s'arrête de creuser. Un petit frisson passe dans l'assistance.

— Ça va, mon ami, dit Mr. Fish. Nous terminerons nous-mêmes.

Johnson se retire. Mr. Fish s'accroupit et tire des flancs de la terre un petit paquet dans de la toile cirée. Il le tend au surintendant Battle. Ce dernier, à son tour, le remet à George Lomax. L'étiquette est fidèlement observée.

George Lomax déballe le petit paquet et, pendant un instant, tient dans sa paume un gros caillou scintillant, pour le remettre vivement dans son enveloppe de coton hydrophile et refaire soigneusement le paquet.

— A cet instant solennel..., commence-t-il avec le geste éloquent d'un orateur consommé.

Lord Caterham bat précipitamment en retraite. Dans le salon, il trouve Bill Eversleigh, qui fait une cour effrénée à Chiffonnette.

— Ma fille, ta voiture est-elle en ordre?

— Oui. Pourquoi?

— Emmène-moi immédiatement à Londres. Je pars pour l'étranger. Aujourd'hui. Tout de suite.

— Mais...

— Pas d'objection! George Lomax, en arrivant ce matin, m'a déclaré qu'il désirait me parler en privé d'une question extrêmement délicate. Il a ajouté que le roi de Tombouctou arriverait ces jours-ci à Londres. Je ne passerai pas de nouveau un week-end semblable, tu m'entends, Chiffonnette? Cinquante George Lomax ne m'y obligeraient pas! Si Chimneys est tellement indispensable à la nation, qu'elle l'achète! Autrement, je le vendrai à un syndicat et qu'ils en fassent un hôtel!

— Où est le grand homme en ce moment? demande Chiffonnette, s'élevant à la hauteur de la situation.

— Il est en train, dit Lord Caterham en regardant sa montre, de prononcer un discours sur la grandeur de l'Empire, et il en a au moins pour quinze minutes.

Un quart d'heure plus tard, George Lomax terminait son discours :

— Les conceptions toutes modernes et démocratiques du jeune prince, alliées à une énergie vibrante et à un esprit distingué, la beauté, le charme, la discrétion, la noble origine et la haute moralité de la future reine garantissent l'heureux avenir de ce pays aux possibilités insoupçonnées. L'union entre un Obolovitch et une descendante du Conquérant symbolisent l'alliance indéfectible entre la Grande-Bretagne et la Herzoslovaquie, cimentée par la restitution d'un de nos trésors nationaux, par les légitimes concessions sur les pétroles et par la collaboration industrielle et intellectuelle, anglophile et pétrolifère entre les deux pays! Il ne nous reste qu'à remercier de sa large, compréhensive et généreuse hospitalité l'aimable marquis de Caterham, hôte de Chimneys, splendide demeure historique, qui, après tant d'autres traités diplomatiques bienfaisants, a consacré celui-ci, gage de la paix et de la prospérité des peuples!

Les vacances d'Hercule Poirot

Evil under the sun
Traduit de l'anglais
par Michel Le Houbie

Chapitre premier

I.

Quand, en l'an 1782, le capitaine Roger Angmering fit construire dans l'île de la baie de Leathercombe, on considéra que c'était là le comble de l'excentricité. Un homme de sa condition se devait de posséder une demeure décorative, posée dans un cadre de vastes prairies, autant que possible agrémentées d'une aimable petite rivière.

Mais le capitaine Roger Angmering n'avait qu'un amour au cœur : la mer. Aussi bâtit-il sa maison — et solide, ainsi qu'il convenait — sur un promontoire battu par le vent que les mouettes hantaient en tout temps et qui, à marée haute, se trouvait coupé de la terre.

Le capitaine mourut célibataire et la maison passa, avec l'île, à un de ses lointains cousins, que cet héritage laissa indifférent. Ses propres descendants ne l'apprécièrent guère plus, leur domaine s'amenuisa et ils s'acheminèrent d'un pas régulier vers la pauvreté.

En 1922, quand s'instaura définitivement le culte des vacances au bord de la mer, quand il fut acquis que la chaleur estivale était très supportable sur les côtes du Devon et de la Cornouailles, Arthur Angmering s'aperçut que la maison, trop vaste et dépourvue de confort, n'était pas vendable, mais qu'il pouvait retirer un bon prix de l'ensemble de la propriété acquise par son ancêtre le navigateur.

Il vendit. Des agrandissements et des embellissements furent apportés à la vieille bâtisse. Une digue en ciment relia la terre ferme à l'île, qui se couvrit de promenades abondant en « sites pittoresques ». On vit apparaître deux courts de tennis. Destinées aux amateurs de bains de soleil, des terrasses s'étagèrent au-dessus de la petite baie, qui s'orna de plongeoirs et de radeaux. Tout cela préludant à la naissance de l'*Hôtel du Joyeux Roger*, île des Contrebandiers, baie de Leathercombe.

De juin à septembre, avec une courte saison à Pâques, l'hôtel était généralement bourré jusqu'aux mansardes. En 1934, agrandi encore et modernisé, il s'enrichit d'un bar, d'une immense salle à manger et de quelques salles de bain supplémentaires. Les prix grimpèrent...

— Vous connaissez la baie de Leathercombe? disait-on à Londres. Il y a là un hôtel épatant, dans une espèce d'île. On y est magnifiquement bien. Pas de trains de plaisir, pas de campeurs, une excellente cuisine, et tout, et tout! Vous devriez y aller...

Et, souvent, le conseil était suivi.

Un personnage très important — c'était du moins son opinion personnelle — comptait au nombre des pensionnaires du *Joyeux Roger* : Hercule Poirot.

Installé sur une des terrasses qui s'intercalaient entre l'hôtel et la mer, resplendissant dans son blanc costume de flanelle, le bord de son panama rabattu sur les yeux, les moustaches effilées à miracle, Hercule Poirot, allongé dans un transatlantique perfectionné, suivait du regard le spectacle de la plage à l'heure du bain. Il y avait un tremplin de plongeon, trois radeaux, des périssoires, des canots, des jouets de caoutchouc, et quelques baigneurs, les uns dans l'eau, les autres paressant au soleil, certains fort occupés à s'enduire le corps d'huiles « brunissantes ».

Sur la terrasse la plus rapprochée de la mer, ceux qui ne se baignaient pas bavardaient, échangeant des commentaires sur ce qui se passait devant eux, sur le temps, sur les nouvelles publiées par les journaux du matin, sur cent autres sujets encore.

A la gauche de Poirot, des propos ininterrompus fleurissaient, assez monotones, sur les lèvres de Mrs. Gardener, qui n'en continuait pas moins à faire cliqueter des aiguilles alertement maniées. A côté d'elle, couché plutôt qu'assis dans un fauteuil de plage, son mari, Odell C. Gardener, son chapeau sur le nez, intervenait de temps à autre dans la conversation. Mais seulement quand il était sollicité, et par une courte phrase.

Miss Brewster, une jeune femme d'allure sportive, sympathique, avec ses cheveux grisonnants et son visage tanné par le vent, était à la droite de Poirot. Elle parlait peu et toujours d'un ton

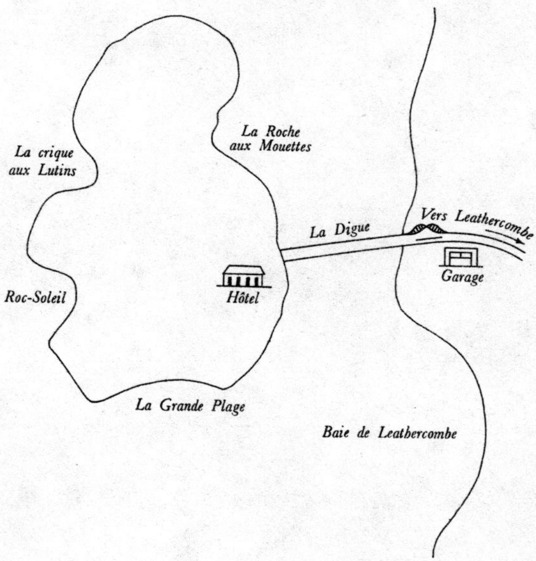
La Roche
aux Mouettes
La crique
aux Lutins
La Digue
Vers Leathercombe
Garage
Hôtel
Roc-Soleil
La Grande Plage
Baie de Leathercombe

bourru. On eût dit un chien de berger interrompant de ses rauques aboiements les jappements incessants d'un loulou.

— Alors, expliquait Mrs. Gardener, j'ai dit à mon mari : « Les paysages, c'est très joli et j'adore voir tout ce qu'il y a à voir dans un pays. Mais, après tout, nous avons déjà fait toute l'Angleterre, ou à peu près. Ce que je voudrais, maintenant, c'est un petit coin tranquille au bord de la mer, un endroit où je pourrais me détendre. » C'est bien ce que j'ai dit, n'est-ce pas, Odell? Un endroit où je pourrais me détendre. C'est bien ça, Odell?

Sous son chapeau, Mr. Gardener articula un « oui, ma chérie! » qui constituait pour Mrs. Gardener l'encouragement attendu.

— Alors, poursuivit-elle, j'ai vu Mr. Kelso, à l'agence Cook. C'est lui qui a établi notre itinéraire et il nous a rendu service de bien des façons. A la vérité, je ne sais pas ce que nous serions devenus sans lui. Bref, je l'ai vu, je lui ai expliqué la chose et il m'a dit que nous ne pouvions pas mieux faire que de venir ici. C'est un endroit très pittoresque, m'a-t-il assuré, un coin tout à fait retiré du monde, où l'on est très bien et qui ne ressemble à rien de ce que vous connaissez. Là, Mr. Gardener est intervenu pour demander certains petits détails... Parce que, vous n'allez pas me croire, monsieur Poirot, et pourtant, c'est la vérité, une sœur de Mr. Gardener s'en est allée comme ça faire un séjour dans une pension de famille située dans un de ces endroits retirés du monde et qui ne ressemblent à rien de ce que vous connaissez. C'était très bien pour tout... sauf pour les cabinets : une infection! Depuis ce temps-là, mon mari se méfie des coins retirés du monde. N'est-ce pas, Odell?

— Certainement, chérie, fit le chapeau.

— Heureusement, Mr. Kelso nous rassura tout de suite. Il nous dit que les installations sanitaires du *Joyeux Roger* étaient absolument « dernier cri » et la cuisine remarquable. Je dois reconnaître que c'est la vérité pure. Et puis, ce qui me plaît, ici, c'est qu'on est entre soi. Vous voyez ce que je veux dire? L'endroit est petit, alors tout le monde se parle et tout le monde se connaît. Je le dis toujours, s'il y a quelque chose qu'on peut reprocher aux Anglais, c'est de mettre deux ans à se dégeler. Après, ils sont charmants. Mr. Kelso nous dit aussi que venaient ici des gens extrêmement intéressants, et là encore il avait raison. Il y a vous, monsieur Poirot, il y a Miss Darnley... Vous ne saurez jamais, monsieur Poirot, ce que cela m'a fait quand j'ai découvert que vous étiez ici. J'ai été transportée de joie... et dévorée de curiosité. N'est-ce pas, Odell?

— Oui, ma chérie. On ne saurait mieux dire.

Miss Brewster, intervenant dans la conversation, constata avec une franchise un peu rude que Poirot était « la grande attraction de la plage ». Les deux mains levées dans un geste de protestation, le détective s'en défendit. Mais avec plus de politesse que de conviction. Cependant, de la même voix tranquille, Mrs. Gardener poursuivait :

— Vous comprenez, monsieur Poirot, j'avais beaucoup entendu parler de vous. Surtout par Cornelia Robson. Mr. Gardener et moi, nous étions à Bade, au mois de mai, en même temps que Cornelia. Et, naturellement, elle nous a tout raconté, de cette affaire qui s'est passée en Égypte et de l'assassinat de Linet Ridgway. Il paraît que vous fûtes littéralement merveilleux... et je mourais d'envie de vous connaître. N'est-ce pas, Odell?

— Tout à fait exact, chérie.

— Pour Miss Darnley, c'est autre chose. Imaginez-vous que je suis une cliente fidèle de *Rose Mond*. Or, je ne le savais pas, *Rose Mond*, c'est elle. Tout ce qu'elle fait est d'un chic fou. Elle a le sens de la ligne. La robe que je portais hier soir vient de chez elle. Et, avec ça, une femme délicieuse...

Le major Barry, qui, assis à côté de Miss Brewster, suivait de ses gros yeux exorbités les ébats des baigneurs, réussit à placer un mot, déclarant que Miss Darnley avait « beaucoup d'allure », mais déjà Mrs. Gardener enchaînait :

— Je dois reconnaître, monsieur Poirot, que, lorsque j'ai appris que vous seriez ici, ça m'a donné un coup. Bien sûr, l'idée de vous rencontrer me ravissait, Mr. Gardener pourra vous le dire. Mais, d'un autre côté, je me demandais si vous ne veniez pas ici... professionnellement. Vous saisissez? Alors, comme je suis très impressionnable, mon mari est là pour le dire, la pensée que je pourrais être mêlée à une affaire criminelle... Vous comprenez, monsieur Poirot...

Mr. Gardener se racla la gorge et dit :

— Mrs. Gardener, monsieur Poirot, est très, très impressionnable.

— Permettez-moi de vous dire, chère madame, fit Poirot, que je suis venu ici dans les mêmes intentions que vous : pour prendre des vacances et me reposer. S'il y a des gens à qui je ne pense pas actuellement, ce sont messieurs les assassins!

— On ne trouve pas de corps dans l'île des Contrebandiers, lança Miss Brewster de sa voix gutturale.

— Voilà qui n'est pas tout à fait exact, fit remarquer Poirot, montrant la plage du geste. Regardez devant vous! Toutes ces formes allongées sur le sable, qu'est-ce? Des hommes et des femmes? Peut-être... Mais si totalement anonymes que ce ne sont, au vrai, que des corps. Pas autre chose!

Connaisseur, le major Barry intervint :

— Possible. Mais, encore qu'ils soient peut-être un peu maigrichons pour mon goût, il y en a là-dedans qui ne sont pas si désagréables à contempler!

Poirot protesta avec énergie :

— Ce n'est pas mon avis! Il leur manque le mystère! Je suis peut-être de la vieille école, parce que âgé, mais, de mon temps, c'était autre chose! Une cheville aperçue dans le bouillonnement d'une jupe, le galbe aimable d'une cuisse deviné sous la robe, un genou entrevu dans le froufrou de dessous enrubannés...

— Vous êtes terriblement dévergondé, fit observer le major en riant.

— En tout cas, déclara Miss Brewster, nous nous habillons aujourd'hui de façon rationnelle. C'est beaucoup mieux.

— Incontestablement, décida Mrs. Gardener. Voyez-vous, monsieur Poirot, les jeunes gens d'aujourd'hui mènent une vie libre et saine. On ne sépare plus les filles des garçons, ils jouent ensemble et...

Elle rougit légèrement, embarrassée.

— Et, reprit-elle, après une courte hésitation, ça ne leur donne pas de mauvaises idées...

— C'est bien ce que je dis, fit Poirot. C'est lamentable...

— Lamentable?

Mrs. Gardener était choquée, mais Poirot demeurait imperturbable.

— Mais oui, lamentable! Vous avez tué le mystère, vous avez tué le romanesque. Aujourd'hui, tout est « standard », même l'amour... Et tous ces corps exposés me font songer à la Morgue...

— Monsieur Poirot!

Mrs. Gardener n'était plus choquée, mais scandalisée.

— Disons à un étal de boucher, si vous préférez.

— Dites-moi que vous plaisantez, monsieur Poirot.

— Puisque cela doit vous faire plaisir, je le veux bien, fit Poirot.

— Merci, fit Mrs. Gardener, reprenant son ouvrage avec une énergie nouvelle. Il y a un point sur lequel je suis d'accord avec vous : les filles ne devraient pas s'étendre comme cela au soleil, ça leur fait pousser du poil sur les bras et sur les jambes... Je le dis tous les jours à Irène... C'est ma fille... « Irène, lui dis-je, si tu continues à te vautrer au soleil comme tu le fais, tu t'apercevras un beau jour que tu as une toison sur les bras, des cheveux sur les jambes et une tignasse sur l'estomac! De quoi auras-tu l'air, je te le demande? » Je le lui répète matin et soir, n'est-ce pas, Odell?

— Oui, chérie.

Les autres se taisaient, essayant peut-être de se représenter la pauvre Irène telle qu'elle serait après la catastrophe.

Mrs. Gardener roula son tricot et dit :

— Je crois qu'il serait temps...

— Oui, chérie, dit Mr. Gardener.

Il s'arracha à son transatlantique, prit l'ouvrage et le livre de sa femme et, tourné vers sa voisine, demanda :

— Venez-vous vous rafraîchir avec nous, mademoiselle Brewster?

— Non, merci, pas maintenant, répondit-elle.

Les Gardener s'éloignèrent vers l'hôtel.

— Les maris américains sont des types magnifiques, dit Miss Brewster.

2.

Les Gardener furent bientôt remplacés par le révérend Stephen Lane.

De haute taille et solidement bâti, Mr. Lane était un clergyman d'une cinquantaine d'années au visage hâlé. Il portait un pantalon de flanelle fatigué.

— Quel beau pays! dit-il avec un enthousiasme sincère. Je suis allé par la falaise de la baie à Hartford et retour...

— Une corvée que de se promener par une chaleur pareille! dit le major Barry, qui ne marchait jamais.

— Un exercice excellent, rectifia Miss Brewster. Pour moi, je vais aller faire un peu de canot. Rien de meilleur pour les abdominaux...

Hercule Poirot glissa un œil chagrin sur son ventre arrondi. Miss Brewster s'en aperçut et dit gentiment :

— Si vous ramiez un peu tous les jours, monsieur Poirot, vous auriez vite fait de *le* faire tomber!

— Je vous remercie, mademoiselle. Mais j'ai horreur des bateaux!

— Pas des petits?

— Des petits comme des grands! La mer, ça remue... et je n'aime pas ça!

— Mais regardez-la, la mer! Elle est calme comme un lac...

— Une mer calme, dit Poirot d'un ton définitif, est une chose qui n'existe pas. La mer, ça bouge toujours. Toujours!

— Si vous voulez mon avis, fit le major Barry, je vous dirai que le mal de mer est surtout une question d'imagination.

Le clergyman sourit et dit :

— Un marin vous parle. N'est-ce pas, major?

— Je n'ai été malade en mer qu'une fois. Et c'était en traversant la Manche!... Ne pensez pas au mal de mer, voilà ma devise!

— A vrai dire, fit Miss Brewster, le mal de mer est quelque chose de très curieux. Pourquoi certaines personnes y sont-elles sujettes et d'autres pas? Ça ne paraît pas juste. D'autant que la santé des gens ne fait rien à l'affaire. Il y a des gens qui n'ont pas deux sous de vitalité et qui ont le pied marin. On prétend que c'est une question de moëlle épinière. Dans le fond, c'est aussi inexplicable que le vertige. J'y suis un peu sujette, mais pas autant que Mrs. Redfern. L'autre jour, dans le sentier qui suit la falaise pour aller à Hartford, la tête lui a tourné et il a fallu qu'elle se cramponne à mon bras! Elle m'a raconté qu'une fois, à Milan, visitant la cathédrale, elle avait dû s'arrêter, à peu près étourdie, en descendant les escaliers extérieurs. La montée s'était bien passée, parce qu'elle ne pensait pas au vertige. Mais, au retour, tout s'était gâté...

— Mrs. Redfern fera bien de ne pas se risquer sur l'échelle qui donne accès à la crique aux Lutins, fit remarquer le clergyman.

Miss Brewster eut une grimace significative.

— Elle me fait peur, cette échelle! Ça va bien pour les jeunes — les petits Cowan et les Masterman s'amusent follement avec — mais, pour moi, merci!

— Voici Mrs. Redfern, justement, qui revient de son bain, dit Lane.

— M. Poirot devrait la féliciter : elle ne prend pas de bains de soleil.

La jeune Mrs. Redfern retirait son bonnet de caoutchouc et s'ébrouait. Elle avait de beaux cheveux blond cendré et une peau blanche et délicate.

— Vous ne trouvez pas, fit le major Barry, qu'au milieu de tous ces corps recuits, elle fait un peu cru?

Enveloppée dans son long peignoir de bain, Christine Redfern traversait la plage et montait l'escalier conduisant à la terrasse. Elle était jolie, avec un visage sérieux, manquant peut-être un peu d'expression. Ses extrémités étaient petites et fines.

Elle sourit au groupe et, serrant son peignoir autour d'elle, s'assit par terre.

— Sachez, ma chère, dit Miss Brewster, que vous avez toute l'estime de M. Poirot. Il n'aime pas les gens qui se dorent la peau au soleil. Si j'ai bien compris, il dit qu'ils ressemblent à de la viande de boucherie...

Christine Redfern eut un sourire navré.

— Hélas! Je voudrais bien prendre des bains de soleil. Malheureusement, je ne brunis pas. J'attrape des cloques, des brûlures, et mes bras se couvrent d'horribles taches de rousseur!

— C'est moins grave que d'y voir pousser des cheveux, ce qui arrive, paraît-il, à la petite Irène Gardener, fit Miss Brewster.

En réponse au coup d'œil interrogateur de Christine, elle ajouta :

— Mrs. Gardener était en grande forme, aujourd'hui. Le « permanent » dans toute sa splendeur. « N'est-ce pas, Odell! » « Oui, chérie! »... J'espérais que M. Poirot allait la faire marcher un peu, mais il ne l'a pas voulu. Pourquoi ne lui avez-vous pas dit, monsieur Poirot, que vous veniez ici pour enquêter sur un meurtre épouvantable et que l'assassin, un odieux maniaque, était certainement un des pensionnaires de l'hôtel?

— Mais, dit Poirot, parce que je pensais qu'elle m'aurait cru.

— Soyez-en sûr, fit le major.

— N'en croyez rien, riposta Emily Brewster. Un crime ici, Mrs. Gardener n'y aurait pas cru. Ce n'est pas dans les coins comme celui-ci qu'on ramasse des corps!

Poirot s'agita dans son fauteuil.

— Et pourquoi ça? demanda-t-il. Pourquoi ne trouverait-on pas des corps, comme vous dites, dans l'île des Contrebandiers?

— Je ne sais pas, répondit Emily Brewster. Il me semble qu'il y a des endroits qui, pour ce genre de découvertes, sont plus indiqués que d'autres. Et j'ai idée qu'ici...

Elle laissa sa phrase en suspens, trouvant quelque difficulté à expliquer sa pensée.

— Je vous l'accorde, fit Poirot, le coin est charmant. Le paysage reposant, le soleil brille et la mer est bleue. Mais vous oubliez, mademoiselle Brewster, que le mal se trouve partout sous le soleil...

Le clergyman regarda Poirot avec intérêt.

— Je le sais très bien, dit Miss Brewster. Mais tout de même...

— Tout de même, il vous semble que l'endroit serait mal choisi pour commettre un crime. Eh bien! vous oubliez de tenir compte d'une chose...

— La nature humaine, sans doute?

— Oui, si vous voulez. Elle compte toujours. Mais ce n'est

pas ce que j'allais dire. Ce que j'allais vous faire remarquer, c'est qu'ici tout le monde est en vacances.

Emily Brewster considéra Poirot avec un étonnement visible et avoua qu'elle ne comprenait pas.

Hercule Poirot lui sourit et, soulignant d'un index qui s'agitait dans l'espace, les différents points de son discours, dit :

— Supposons que vous ayez un ennemi. Si vous décidez d'en finir avec lui dans son appartement, dans son bureau ou dans la rue, il vous faudra rendre compte de votre présence, expliquer *pourquoi* vous vous trouviez là. Ici, au bord de la mer, inutile de donner des raisons! Vous êtes au *Joyeux Roger*. Pourquoi? Mais c'est tout simple! Nous sommes en août, n'est-ce pas? En août, on va au bord de la mer, on est en vacances. Il est tout à fait naturel que vous soyez ici, ainsi que Mr. Lane, et le major Barry, et aussi Mrs. Redfern et son mari! C'est absolument normal. En août, les Anglais vont au bord de la mer...

— Soit, fit Miss Brewster. C'est un point de vue très original. Mais *quid* des Gardener, qui sont Américains?

— Mais Mrs. Gardener nous l'a dit : elle éprouve le besoin de se détendre. Visitant l'Angleterre, elle vient passer quinze jours au bord de la mer, en simple touriste. C'est une raison très suffisante. Elle adore voir vivre les gens...

— Vous aussi, sans doute? dit Mrs. Redfern à mi-voix.

— C'est mon péché mignon, j'en fais l'aveu.

— Et je suis sûre que vous voyez beaucoup de choses, murmura-t-elle, comme pour elle-même.

3.

Il y eut un silence. Puis, Stephen Lane se racla la gorge et dit, avec un soupçon de suffisance :

— J'ai été très intéressé, monsieur Poirot, par quelque chose que vous avez déclaré, il y a un instant. Vous avez dit que le mal est partout sous le soleil. C'est presque une citation de l'Ecclésiaste...

Il marqua une courte pause et, comme en extase, transfiguré soudain, rappela les paroles de l'Ecclésiaste :

— En vérité, le péché est dans le cœur des fils des hommes et la folie est dans leur cœur aussi longtemps qu'ils sont sur la terre.

Il s'interrompit une seconde fois et reprit :

— Oui, j'ai été heureux de vous entendre dire cela. Aujourd'hui, nul ne croit plus au péché. On le tient, au pis aller, pour la négation du bien. Le mal, disent les gens, on le fait par ignorance, parce qu'on ne sait pas... et on est plus à plaindre qu'à blâmer. Or, monsieur Poirot, le Mal existe! *Le Mal est un fait!* Je crois au Mal, comme je crois en Dieu! Il existe! Il est puissant! Il conduit le monde!

Le souffle commençait à lui manquer. Il se tut, passa son mouchoir sur son front et s'excusa :

— Je vous demande pardon. Je m'emballe...

— Je vous comprends fort bien, dit Poirot avec douceur, et jusqu'à un certain point je suis d'accord avec vous. Le Mal gouverne le monde, c'est à peu près indiscutable!

— A ce propos, fit le major Barry, je puis vous dire qu'aux Indes les fakirs...

Il y avait assez longtemps que le major avait pris pension au *Joyeux Roger* pour que chacun connût sa redoutable propension à s'embarquer dans d'interminables souvenirs rapportés des Indes. On se méfiait et Miss Brewster et Mrs. Redfern parlèrent en même temps.

— N'est-ce pas votre mari qui nage là-bas? demanda Miss Brewster. Son crawl est vraiment magnifique! Quel splendide nageur!

De son côté, Mrs. Redfern disait :

— Qu'est-ce que ce charmant petit bateau à voiles rouges qu'on voit là-bas? N'est-ce pas celui de Mr. Blatt?

Le petit bateau à voiles rouges traversait la baie, très loin.

— Des voiles rouges! Drôle d'idée! grommela le major.

La menace des fakirs était écartée...

Hercule Poirot regardait avec une curiosité sympathique l'homme qui venait de prendre pied sur la plage. Patrick Redfern était un beau spécimen d'humanité. Grand, les épaules larges et la taille bien prise, il donnait une impression de force et de santé allègre. On ne résistait pas à sa bonne grâce naturelle.

De loin, il adressa à sa femme un joyeux salut de la main.

Elle lui répondit du geste et l'appela.

— J'arrive, cria-t-il.

Il fit quelques pas sur la plage, pour aller ramasser sa serviette où il l'avait laissée.

Et c'est alors que, venant de l'hôtel et se dirigeant vers la mer, une femme passa sur la terrasse, près du groupe.

Son arrivée eut toute l'importance d'une « sensationnelle » entrée en scène.

Elle s'en rendait fort bien compte, mais rien dans son apparence ne le laissait deviner. Habituée aux mouvements de curiosité que sa présence ne manquait jamais de provoquer, elle affectait de les ignorer.

Grande et mince, elle portait un costume de bain d'une blancheur éclatante, échancré dans le dos jusqu'aux reins. Sa peau avait la patine d'un bronze doré, celui d'une admirable et parfaite statue. Ses cheveux, d'un « auburn » aux reflets flamboyants, descendaient sur sa nuque en ondes harmonieuses. Son visage était légèrement marqué par la trentaine, mais ce qui frappait en elle, c'était pourtant une jeunesse radieuse et comme triomphante. Elle avait de grands yeux bleus et ses traits conservaient une immobilité quasi orientale. Elle portait un chapeau de carton immense, amusante fantaisie d'un vert jade résolument excentrique.

Il émanait d'elle quelque chose de vainqueur. Sur la plage, les autres femmes devinrent soudain des êtres falots et insignifiants. Quant aux hommes, leurs regards se portèrent sur elle et ne la quittèrent plus.

Les prunelles de Poirot s'ouvrirent toutes grandes et ses moustaches accordèrent à la dame l'hommage d'un frémissement. Le major Barry bomba le torse et ses yeux exorbités se projetèrent un peu plus avant. Le révérend Stephen Lane avala sa salive et son masque se durcit.

— C'est Arlena Stuart, dit le major à mi-voix. Elle s'appelait comme ça, du moins, avant son mariage avec Marshall. Je l'ai vue dans *Suivez-moi, jeune homme!* Depuis, elle a quitté le théâtre. Un joli morceau à contempler, hein?

Christine Redfern dit, d'une voix glacée :

— Elle est bien. Mais elle a l'air d'une bête nuisible.

Plus nette encore, Emily Brewster ajouta :

— Vous parliez du Mal tout à l'heure, monsieur Poirot. Eh bien! cette femme représente, pour moi, l'incarnation même de l'Esprit du Mal. Mauvaise cent pour cent! Et il se trouve que j'en sais assez sur elle pour pouvoir l'affirmer...

Le major Barry se lançait dans des souvenirs :

— Elle me fait penser, dit-il, à une femme que j'ai connue à Simla. Une rousse, elle aussi, qui était mariée à un sous-officier. Elle a mis la garnison sens dessus dessous. Les hommes étaient fous d'elle. Les femmes lui auraient arraché les yeux. Et pas sans raisons, car elle a brisé là-bas je ne sais combien de ménages...

Il hocha la tête et dit encore :

— Le mari était un petit bonhomme tranquille, qui aurait baisé la terre sous ses pas. Il ne s'est jamais douté de rien. En tout cas, il ne l'a jamais laissé voir...

A voix basse, mais avec fermeté, Stephen Lane dit :

— De telles femmes sont une menace... une menace...

Il s'interrompit.

Arlena Stuart était arrivée au bord de l'eau. Deux jeunes gens, des enfants presque, s'étaient précipités à sa rencontre. Elle se tenait debout entre eux, souriante.

Seulement, ce n'était pas à eux qu'elle souriait, mais, pardessus leurs épaules, à Patrick Redfern, qui passait à quelque distance.

L'image d'une boussole s'imposa soudain à l'esprit d'Hercule Poirot. Patrick Redfern, brusquement, changeait de route. L'aiguille aimantée, qu'elle le veuille ou non, obéit aux lois magnétiques et se tourne vers le nord. Patrick Redfern allait vers Arlena Stuart.

Elle l'attendait, souriant toujours. Puis, elle fit quelques pas. Les vagues venaient mourir à ses pieds. Patrick marcha à son côté.

Et quand elle s'étendit à l'ombre d'un rocher, Patrick Redfern s'assit près d'elle, sur les galets.

Sans un mot, Christine Redfern se leva et rentra à l'hôtel.

4.

Après son départ, il y eut un moment de silence et de gêne.

Emily Brewster fut la première à parler.

— C'est vraiment lamentable, dit-elle. C'est une charmante petite femme et ils ne sont mariés que depuis un an ou deux!

— La femme dont je parlais tout à l'heure, fit le major, celle de Simla, a fait divorcer quelques couples qui étaient parfaitement heureux.

— Je crois, dit Emily Brewster, que certaines femmes prennent plaisir à jeter la discorde dans les ménages unis.

Un peu plus tard, elle ajouta :

— Patrick Redfern est un imbécile!

Hercule Poirot ne disait rien. Évitant de porter ses regards sur Patrick Redfern et Arlena Stuart, il contemplait la plage.

Miss Brewster se souvint de sa partie de canot et s'éloigna.

Alors, travaillé par la curiosité, le major Barry tourna vers Poirot ses gros yeux, qui faisaient irrésistiblement songer à d'énormes groseilles à maquereau.

— Alors, Poirot, demanda-t-il, qu'en dites-vous? Vous n'ouvrez pas la bouche! Votre opinion sur la jolie sirène? Une pièce de choix, hein?

— Possible, répondit Poirot, je n'en sais rien.
— Allons, soyez sincère! On les connaît, les Français!
— Je ne suis pas Français, dit Poirot, un peu sèchement.
— Mais vous n'allez pas me raconter que vous êtes incompétent quand il s'agit d'apprécier une jolie fille! Voyons, Poirot, qu'est-ce que vous pensez d'elle?
— Eh bien! elle n'est plus toute jeune.
— Quelle importance? Une femme a l'âge qu'elle paraît. Et le sien me semble encore très avouable...
— Elle est jolie, soit! fit Poirot. Mais la beauté n'est pas tout. Ce n'est pas à cause de sa beauté que toutes les têtes, sauf une, se sont tournées vers elle à son arrivée sur la plage...
— C'est parce qu'elle a « quelque chose », hein?... Le « je ne sais quoi », c'est bien ça?
Poirot ne répondait pas. Le major suivit son regard et demanda :
— Qu'est-ce qui vous intéresse tellement par là?
— L'exception, fit Poirot, l'homme qui n'a pas bougé la tête quand elle est passée.
C'était un homme d'une quarantaine d'années : des cheveux blonds, une peau cuite au soleil. Assis dans le sable, il fumait sa pipe en lisant le *Times*.
— Mais, s'exclama le major, c'est le mari! C'est Marshall!
— Je sais, dit Poirot.
Le major émit un petit rire qui ressemblait à un gloussement. Célibataire, il classait les maris en trois catégories. L'obstacle, le gêneur ou le paravent.
— Il n'a pas l'air méchant, conclut-il. Le genre tranquille. Je me demande si mon *Times* est arrivé...
Il se leva et partit vers l'hôtel.
Poirot tourna la tête vers Stephen Lane. Le clergyman regardait Arlena Marshall et Patrick Redfern. Ses yeux rencontrèrent ceux de Poirot.
— Cette femme est une créature du diable, dit-il. Vous ne croyez pas?
— Il est difficile d'en être sûr, dit lentement Poirot.
Une lueur mystique brûlait dans les yeux de Stephen.

Chapitre 2.

1.

Quand Rosamund Darnley vint s'asseoir près de lui, Hercule Poirot ne chercha pas à dissimuler sa satisfaction.

Ainsi qu'il devait en convenir plus tard, il avait pour Rosamund Darnley plus d'admiration que pour aucune autre femme au monde. Il aimait sa distinction naturelle, la grâce de sa silhouette, son port de tête altier, les vagues ordonnées et luisantes de sa belle chevelure brune et le charme de son malicieux sourire.

Elle portait une petite robe bleu marine, avec des touches de blanc, très simple, mais d'une coupe qui laissait deviner qu'elle avait coûté très cher. Rosamund Darnley, sous la firme *Rose Mond Ltd*, était une des premières couturières de Londres.

— Je n'ai pas l'impression que je me plais ici, dit-elle. Je me demande bien pourquoi j'y suis!

— Vous y êtes pourtant déjà venue?

— C'est vrai. Il y a deux ans, à Pâques. Mais il y avait moins de monde...

Hercule Poirot, l'ayant dévisagée, dit avec douceur :

— Il y a quelque chose qui ne va pas. Est-ce que je me trompe?

De la tête, elle fit « non ». Puis, les paupières baissées, son regard suivant l'extrémité de sa jambe droite qui se balançait sur son genou gauche, elle dit :

— J'ai rencontré un fantôme. Voilà ce que j'ai!

— Un fantôme?

— Oui.

— Mais un fantôme de quoi? Ou de qui?

— Le mien.

— Ah! fit Poirot.

Puis, gentiment, il demanda :

— Et il vous a fait de la peine?

— Énormément. Ces retours sur le passé, vous savez...

Elle se tut, perdue dans ses pensées. Puis elle dit :

— Songez à ce que fut mon enfance! Bien sûr, vous ne pouvez guère l'imaginer, parce que vous n'êtes pas Anglais...

— Tout de même, fit Poirot. Est-ce que ce fut une enfance très... très anglaise?

— Plus que vous ne pouvez croire. La campagne, une grande vieille maison, des chevaux, des chiens, des promenades sous la pluie, le feu de bois dans la cheminée, les pommes dans le verger, pas beaucoup d'argent, des petites robes de rien du tout, des toilettes de soirée qu'on prolongeait d'année en année, un jardin négligé...

— Et vous voudriez retourner en arrière?

Elle secoua la tête.

— On ne peut pas retourner en arrière. Jamais! Non, j'aurais voulu simplement avoir pris une autre route...

— Voilà qui m'étonne, dit Poirot.

— Et qui m'étonne, moi aussi, admit-elle en riant.

Il rit avec elle, puis dit :

— Quand j'étais jeune — il commence à y avoir de ça un joli bout de temps —, il existait un jeu assez amusant. On vous demandait : « Si vous n'étiez vous-même, qui voudriez-vous être? » On écrivait la réponse sur les albums des dames, de beaux albums reliés en cuir bleu, avec des tranches dorées. Et, cette réponse, elle était bien difficile à trouver!

— Je n'en doute pas, dit Rosamund. On ne peut guère souhaiter d'être un dictateur ou une princesse de sang royal. Quant à ses amis, on les connaît trop! Je me souviens d'avoir, un jour, rencontré un couple délicieux. Des gens qui, après des années de mariage, semblaient s'adorer. Ils avaient l'un pour l'autre toutes les prévenances, toutes les attentions et j'ai envié le sort de cette femme heureuse. Si la chose avait été possible, j'aurais changé avec elle, de grand cœur. Depuis, j'ai appris qu'à l'époque il y avait onze ans déjà que, chez eux, cet homme et cette femme ne se parlaient plus.

Elle rit et conclut :

— Moralité : n'enviez personne!

Après un temps, Poirot dit :

— Pourtant, mademoiselle, il doit y avoir beaucoup de gens qui vous envient.

— Naturellement, fit-elle.

Puis, après un court instant de réflexion, un sourire ironique courant sur ses lèvres, elle ajouta :

— Évidemment, je suis le type accompli de la femme qui a réussi. J'ai toutes les satisfactions intellectuelles de l'artiste créateur, puisque j'adore imaginer des modèles, et toutes les satisfactions financières de la femme d'affaires. Je gagne de l'argent, je ne suis pas laide et je n'ai pas trop mauvaise langue...

Elle s'interrompit quelques secondes, son sourire s'accentua et elle reprit :

— Bien sûr, je n'ai pas de mari! De ce côté-là, j'ai fait faillite...

— Si vous ne vous êtes pas mariée, fit galamment Poirot, c'est parce que les hommes ne savent pas dire ce qu'ils ressentent. C'est par choix, et non par force, que vous êtes restée célibataire.

— Vous dites cela et, pourtant, comme tous les hommes vous pensez, dans le fond de votre cœur, qu'une femme ne peut être heureuse que si elle a un époux et des enfants.

— Avoir un mari et faire des enfants, dit vivement Poirot, c'est le lot commun de toutes les femmes. Mais se faire un nom, se créer une situation, il n'y a pas une femme sur cent, une sur mille même, pour y parvenir!

Elle fit la moue.

— Ça n'empêche pas que je ne suis qu'une infortunée vieille fille! Aujourd'hui, ça m'ennuie. Je serais plus heureuse avec quarante sous par an, une grande brute de mari et une nuée de gosses pour me courir dans les jambes! Ce n'est pas votre avis?

Poirot s'inclina devant elle.

— Puisque c'est votre avis, c'est également le mien.

Elle éclata de rire, son bel équilibre soudain retrouvé.

— En tout cas, dit-elle, allumant une cigarette, vous savez, monsieur Poirot, comment il faut parler aux femmes. Je me sens maintenant tout à fait disposée à défendre, contre vous si vous voulez, le point de vue de la femme qui travaille. Dans le fond, vous avez raison! J'ai de la chance... et je le sais bien!

— Alors, tout est pour le mieux sur la plus belle des plages!

— C'est vrai!

Poirot prit dans son étui une de ces longues cigarettes qu'il affectionnait, l'alluma et, suivant du regard un filet de fumée, dit :

— Ainsi, Mr.... non, le capitaine Marshall est un vieil ami à vous?

Elle le regarda, stupéfaite.

— Comment le savez-vous? C'est Ken qui vous l'a dit?

Il secoua la tête.

— Personne ne m'a rien dit. Après tout, je suis détective. La conclusion s'imposait.

— Je ne vous suis pas.

— Mais, réfléchissez!

Les mains du petit homme devenaient éloquentes.

— Réfléchissez! Vous êtes ici depuis huit jours, gaie, sans soucis, heureuse de vivre. Aujourd'hui, d'un seul coup, vous vous mettez à parler de fantôme et du bon vieux temps! Que s'est-il passé? Il n'y a pas eu de nouvelles arrivées à l'hôtel ces jours derniers, sauf hier soir, celle du capitaine Marshall, de sa femme et de sa fille. Immédiatement, en ce qui vous concerne, changement à vue. Ça n'est pas clair?

— Oui, reconnut Rosamund Darnley, Kenneth Marshall et moi, avons été plus ou moins élevés ensemble. Nos parents habitaient porte à porte et Kenneth était très gentil avec moi. Avec un brin de condescendance, bien entendu, parce que mon aîné de quatre ans. Je ne l'avais pas revu depuis très longtemps. Une quinzaine d'années, pour le moins...

— Longtemps, en effet, fit Poirot.

Il y eut un silence, que Poirot rompit :

— Il est sympathique?

La réponse vint, immédiate. Et chaleureuse.

— Ken est un être adorable. Un des meilleurs que je connaisse. Il est très calme, très réservé. On ne peut lui reprocher qu'une chose : c'est de faire des mariages impossibles!

— Ah! fit Poirot.

— Quand il s'agit de femmes, reprit Rosamund, Kenneth ne sait plus raisonner! Vous vous souvenez de l'affaire Martingdale?

Poirot fronça le sourcil.

— Martingdale?... Ce n'est pas une histoire d'arsenic?

— Oui. Il y a dix-sept ou dix-huit ans. La femme était accusée d'avoir tué son mari...

— Et elle a été acquittée, après avoir prouvé qu'elle ne l'avait pas empoisonné du tout?

— Exactement... Eh bien! après son acquittement, Ken l'a épousée. Il fait des coups comme ça!

— Mais, fit Poirot, si elle était innocente?

Rosamund Darnley eut un petit geste agacé.

— Elle était innocente. Enfin, on le suppose... Mais n'y a-t-il pas de par le monde assez de femmes à marier pour qu'il faille aller en chercher une qui vient d'être poursuivie pour assassinat?

Poirot ne répondit pas. Il savait qu'il lui suffirait de se taire pour que Rosamund Darnley continuât.

Ce qu'elle fit.

— Évidemment, reprit-elle, il était très jeune — à peine vingt et un ans — et très amoureux d'elle. Elle mourut à la naissance de Linda, un an après leur mariage. Je crois que Kenneth en eut beaucoup de chagrin. Il a fait la noce, un peu. Pour oublier, sans doute...

Elle se tut un instant.

— Et puis, il y eut Arlena Stuart. En ce temps-là, elle jouait dans une revue et, à cause d'elle, Lord Codrington était en train de divorcer. Il était terriblement entiché d'elle et on pensait qu'ils se marieraient dès que la chose serait possible. Lord Codrington divorça, mais le mariage n'eut pas lieu. Elle le poursuivit en rupture de promesse de mariage, l'affaire fit scandale... et, finalement, cet imbécile de Ken s'amena et l'épousa! Ce n'est pas idiot?

— Une folie, sans doute, dit Poirot, d'une voix douce. Mais il a des excuses : elle est très jolie.

— Personne n'a jamais dit le contraire. C'était bien aussi, je suppose, l'avis de Sir Roger Erskine. A sa mort, il y a trois ans, il lui a laissé jusqu'à son dernier sou. Un aimable scandale. J'aurais pensé que cela ouvrirait les yeux à Ken, mais il ne semble pas qu'il en ait rien été. Je ne l'ai pas vu depuis très longtemps, mais on m'a dit qu'il a pris cela le mieux du monde! Pourquoi? C'est ce que j'aimerais savoir. Je suppose que, quand il s'agit d'elle, il est complètement aveugle...

— Il peut y avoir d'autres raisons.

— L'orgueil? On tient la tête haute, quoi qu'il arrive... C'est possible. En réalité, je ne sais pas ce qu'il pense d'elle, je ne sais pas s'il l'aime... et personne ne le sait!

— Et elle? demanda Poirot.

— Elle?

Rosamund eut un petit sourire triste et dit :

— Elle! C'est la femme la plus intéressée que je sache! La première « chercheuse d'or » du monde! Ce qui ne l'empêche pas de collectionner les sensations! Qu'un homme à peu près possible se trouve dans un rayon de cent mètres et elle entre en campagne... Voilà son genre!

— Je m'en suis aperçu, fit Poirot. Cette femme-là ne voit sur terre que les hommes.

— Aujourd'hui, elle a jeté son dévolu sur Patrick Redfern. Une proie facile : un beau garçon, pas compliqué, amoureux de sa femme, pas coureur. Je ne raffole pas de Mrs. Redfern, bien qu'elle me plaise assez par ce qu'elle a de propre et de net, mais j'en suis tout de même navrée pour elle : contre Arlena, elle n'a pas l'ombre de la moitié d'une chance!

— Je le crois, dit Poirot, d'un air sombre.

— Christine était autrefois professeur dans un collège, continua Rosamund. Elle fait partie de ces gens qui croient à la primauté de l'esprit. J'ai peur qu'elle ne tombe de haut!

Poirot hocha la tête, en signe d'assentiment.

— C'est dégoûtant, conclut Rosamund, se levant. Et vraiment dommage que personne n'y puisse rien!

2.

Sans la moindre indulgence, Linda Marshall examinait son visage dans le miroir de sa chambre à coucher. Sa figure, décidément, ne lui plaisait guère. Des os trop saillants et des taches de rousseur, c'est tout cela qu'elle se découvrait dans la figure. Tout cela aussi peu sympathique que ses cheveux, souples sans doute, mais toujours en broussaille, aussi décourageant que ses yeux, dont la couleur noisette lui semblait ridicule, ou que son menton, d'une longueur vraiment agressive. Sa bouche et ses dents n'étaient pas trop laides. Mais, des dents, est-ce que ça compte? Et n'allait-elle pas avoir un bouton sur le nez?

Elle constata avec soulagement qu'il ne s'agissait pas d'un bouton, mais n'en conclut pas moins qu'avoir seize ans était quelque chose d'odieux.

Odieux, parfaitement.

Qu'est-ce qu'on est, à seize ans? Personne n'en sait rien. Maladroite comme un jeune poulain et hargneuse comme un chien de garde, Linda souffrait de sa gaucherie et plus encore du fait qu'elle n'était ni une femme, ni une petite fille. En classe, ça pouvait aller encore. Mais elle avait quitté le collège et personne ne semblait avoir la moindre idée de ce qu'on allait faire d'elle. Son père parlait de l'envoyer à Paris, l'hiver prochain, mais le projet ne lui souriait guère. Il est vrai qu'elle ne tenait pas non plus à rester à la maison. Cela, il n'y a pas très longtemps qu'elle s'en rendait compte, mais c'était indiscutable, parce qu'elle détestait Arlena.

Ses traits se durcirent et elle dit à mi-voix :

— C'est une sale bête!... Une sale bête!

Tout le monde disait qu'il n'y avait rien de pire que d'avoir une belle-mère. Et c'était vrai! Sans doute, Arlena ne se montrait pas désagréable avec elle. Non, elle l'ignorait. Mais, quand elle paraissait s'apercevoir de l'existence de Linda, on lisait toujours, dans son regard, dans le timbre de sa voix, une sorte de mépris amusé. De toute sa grâce, de tout son chic, elle écrasait la pauvre Linda. Devant elle, impossible de ne pas se sentir gauche et ridicule!

Et puis, il y avait encore autre chose...

Quoi? C'était assez difficile à définir. Analyser ses émotions, les cataloguer, c'était un exercice où Linda n'excellait pas. Ses sourcils se fronçaient.

— Elle est mauvaise, voilà, dit-elle. Elle est mauvaise...

Mauvaise, oui, bien sûr. Mais cela ne suffisait pas. C'était autre chose. Quelque chose qu'elle faisait aux gens. Papa, par exemple. Eh bien! papa, maintenant, n'était plus comme autrefois...

Curieux problème. Elle revoyait des images d'hier : son père venant la chercher au collège, son père l'emmenant en croisière. Et puis, à la maison, avec Arlena. Il était là, pareil à ce qu'il avait toujours été. Et pourtant, tout autre...

« Et ça continuera, songeait Linda. Des jours et des jours, des mois entiers... Non, je ne supporterai pas ça! »

La vie s'étendait devant elle, interminable, et elle ne voyait que des jours noirs, empoisonnés par la présence d'Arlena. Étant trop près encore de l'enfance pour avoir un sens exact de la durée, une année lui semblait une éternité.

Elle comprit qu'elle haïssait Arlena.

« Je la tuerai, pensa-t-elle. Je voudrais qu'elle fût morte! »

Par-dessus la glace, elle regarda la mer.

L'endroit semblait décidément agréable. Ou plutôt, il aurait pu l'être, avec ses plages, ses criques et ses gentils petits sentiers. Il y avait des tas de choses à explorer. Même des grottes. Elle ne les avait pas vues, mais les petites Cowan assuraient qu'elles existaient.

« Si Arlena s'en allait, soupira-t-elle, on pourrait être heureux ici! »

Elle revoyait le soir de leur arrivée. La mer recouvrait la digue et il avait fallu venir en bateau. De loin, l'hôtel était merveillleux, extraordinaire, Et puis, sur la terrasse, une grande femme brune s'était précipitée vers eux, en s'écriant :

— Kenneth! Pas possible!

Et son père, très surpris, avait dit :

— Rosamund!

Linda avait examiné et étudié Rosamund avec toute la sévérité d'un juge de seize ans.

Elle en conclut que Rosamund était une femme très bien, au visage souriant. Sa coiffure lui allait bien, alors que la plupart des femmes sont mal coiffées parce qu'elles ne se préoccupent pas de ce qui leur convient.

Ensuite Rosamund s'était montrée très gentille avec elle, ne la traitant pas en gamine, ne lui disant rien de désagréable, la considérant comme un être humain.

Aussi lui en témoignait-elle de la reconnaissance.

Papa, de son côté, paraissait très content de cette rencontre et semblait rajeuni, il riait comme un enfant.

Cette constatation fit que Linda s'aperçut qu'elle n'avait entendu rire son père que bien rarement.

« Je me demande, se dit-elle, comment était papa à mon âge?... »

Le problème était trop difficile. Elle l'abandonna.

Une autre idée venait de la frapper. Que la vie aurait été agréable, ici, si l'on n'y avait été que tous les trois, papa, Miss Darnley et elle! Des images heureuses passèrent devant ses yeux : papa et Miss Darnley se poursuivant en riant, le bain, les grottes...

Et puis, son visage s'assombrit de nouveau.

Il y avait Arlena. Pouvait-on être heureux avec Arlena dans le voisinage? Impossible. Au moins pour Linda. On ne peut pas être heureux près de quelqu'un que l'on hait. Or, c'était indiscutable, elle haïssait Arlena.

Elle la haïssait.

Linda fut surprise de voir dans la glace son visage tout pâle, avec des yeux d'une fixité étrange.

Elle s'aperçut que ses ongles s'enfonçaient dans ses paumes...

3.

Kenneth Marshall frappa à la porte de sa femme. Quand elle eut répondu, il ouvrit et entra.

Arlena finissait de s'habiller. Prise dans une robe verte aux reflets chatoyants, assise devant sa coiffeuse, fort occupée à enduire ses cils de rimmel.

— C'est toi? fit-elle.

— Oui. Je viens voir si tu es prête.

— J'en ai pour une minute.

Il alla à la fenêtre et regarda la mer. Son visage, comme toujours, était impassible et calme.

— Arlena? dit-il, se retournant au bout d'un instant.

— Oui?

— Redfern, tu l'avais déjà rencontré?

— Bien sûr, répondit-elle avec infiniment de bonne grâce. A un cocktail, je ne sais plus où. Il m'avait paru très gentil.

— Tu savais qu'il était ici, avec sa femme?

Elle ouvrit de grands yeux.

— Bien sûr que non, chéri! J'ai été très surprise de le voir!

— J'aurais cru, dit-il tranquillement, que c'était sa présence qui t'avait attirée ici. Tu avais tellement envie d'y venir!

Elle posa sa boîte de rimmel et, tournée vers lui, dit dans un sourire :

— Je ne sais plus qui m'a parlé de cette plage. Je crois bien que ce sont les Ryland. Ils disaient que le coin était merveilleux, pas gâté encore... Tu ne t'y plais pas?

— Je n'en suis pas bien sûr.

— Voyons, chéri, c'est de la folie! Tu adores te baigner, tu adores lézarder au soleil. Je suis sûre que tu te plais ici.

— Je vois surtout que tu es bien résolue à t'y plaire!

Elle ne répondit pas et posa sur lui de grands yeux étonnés.

— La vérité, reprit-il, c'est que tu as dit au jeune Redfern que tu venais ici.

Elle s'indigna :

— Mon petit Kenneth! Comment peux-tu dire des horreurs pareilles?

— Je te connais, Arlena, fit-il avec le plus grand calme, et je sais ce dont tu es capable. Les Redfern forment un couple heureux. Il est très épris de sa femme. Est-il bien nécessaire que tu ailles brouiller leur ménage?

— Tu n'es pas juste, Kenneth, et je ne vois pas pourquoi tu t'en prends à moi. Je n'ai rien fait. Rien! Ce n'est pas ma faute si...

— Si quoi?

Ses paupières battirent et, embarrassée, elle dit :

— Eh bien! si les gens me courent après! Je n'y peux rien. Ils sont comme ça!

— Tu admets donc que le jeune Redfern te fait la cour?

— Il a bien tort!

Elle vint vers lui.

— Voyons, Kenneth, ne sais-tu pas que je n'aime que toi?

Elle le regardait et ses yeux, ombrés de cils immenses, étaient admirables. Des yeux auxquels peu d'hommes pouvaient résister.

Kenneth Marshall la considéra longuement. Son visage restait grave et d'une voix posée il lui dit :

— Je te connais bien, Arlena...

4.

Au sud de l'hôtel, des terrasses descendaient vers la plage. Là, s'amorçait également un sentier qui courait sur le haut de la falaise, sur toute la côte sud-ouest de l'île. De ce sentier partaient, à un certain endroit, des escaliers conduisant à des plates-formes taillées dans le roc, portées sur les cartes sous le nom de « Bancs de Soleil ». On trouvait là de petites niches naturelles, pourvues de sièges confortables.

C'est dans une de ces retraites que Patrick Redfern et sa femme étaient venus s'installer après le dîner. La nuit était claire et les reflets de la lune jouaient sur la mer.

— Quelle magnifique soirée! dit Patrick, au bout d'un instant. N'est-ce pas, Christine?

— Oui.

Le ton était tel qu'il se sentit mal à l'aise. Il se tut et regarda devant lui.

— Est-ce que tu savais que cette femme serait ici? demanda Christine, après un moment de silence.

Il se tourna vers elle et répondit :

— Je ne vois pas ce que tu veux dire.

— Tu le sais fort bien!

— Écoute, Christine! Je ne sais pas ce qu'il t'est arrivé...

Elle lui coupa la parole. Sa voix tremblait très légèrement.

— Ce qui m'est arrivé? Disons, veux-tu, ce qu'il t'est arrivé, à toi!

— Il ne m'est rien arrivé.

— Si, Patrick. Tu voulais venir ici, tu as insisté tellement que j'ai cédé. Moi, je voulais retourner à Tintagel, où... où nous avons passé notre lune de miel. Tu t'es buté. Il fallait qu'on vienne ici...

— Est-ce que le coin n'est pas charmant?

— Peut-être. Mais c'est parce qu'elle venait ici que tu entendais y venir!

— Elle? Qui, elle?

— Mrs. Marshall... Tu es amoureux d'elle!

— Pour l'amour de Dieu, Christine, ne dis pas de pareilles sottises! Est-ce que ça te ressemble, de jouer les femmes jalouses?

Son indignation sonnait faux. Elle avait quelque chose de forcé.

— Nous avons été si heureux, dit Christine.

— Heureux? Bien sûr, que nous avons été heureux! Nous sommes heureux! Mais nous ne le serons plus longtemps si tu me fais des scènes chaque fois que j'adresse la parole à une femme!

— Tu sais bien qu'il n'est pas question de ça!

— Pardon! Il faut comprendre qu'on peut être marié et continuer à avoir de bonnes relations avec les gens. Il ne faut pas voir le mal partout. Si je ne puis plus parler à une jolie femme sans que tu bondisses à cette conclusion que je suis amoureux d'elle...

Il ne finit pas sa phrase, remplaçant le reste par un frémissement qui voulait être comique.

— Tu es amoureux d'elle, dit Christine simplement.

— Ne dis donc pas de bêtises! Je lui ai à peine parlé!

— C'est faux.

— Tu ne vas tout de même pas te mettre à être jalouse de n'importe quelle jolie femme que nous rencontrerons!

— Elle n'est pas n'importe quelle jolie femme!... C'est une créature dangereuse. Je sais ce que je dis. Elle te fera du mal, Patrick. Je t'en supplie, ne t'occupe plus d'elle et allons-nous-en!

Patrick serrait les dents.

— Ne sois pas ridicule, Christine, dit-il enfin. Et ne nous querellons pas, veux-tu?

— Je ne tiens pas à me disputer.

— Alors, conduis-toi comme une personne raisonnable. Viens, nous allons rentrer.

Il se leva.

Après un instant d'hésitation, elle se décida à le suivre.

— Très bien, dit-elle, se mettant en route.

Sur la plate-forme voisine, Hercule Poirot hocha la tête, d'un air désolé.

Il avait tout entendu. Il y a des gens qui se seraient écartés pour ne pas écouter une conversation d'ordre intime, mais Hercule Poirot était imperméable à des scrupules de ce genre.

— Au surplus, devait-il expliquer plus tard à son ami Hastings, il s'agissait d'un meurtre.

— Mais, lui objecta ce jour-là Hastings, ce meurtre n'avait pas été commis encore.

— Non, avait admis Poirot. Mais déjà il était écrit.

— Alors, pourquoi ne l'avez-vous pas empêché?

Et Hercule Poirot, avec un soupir, avait dû expliquer, comme déjà une fois en Égypte, que, lorsque quelqu'un est décidé à tuer, il n'est pas facile de le faire revenir sur sa résolution.

Sa conscience ne lui reprochait rien. On ne va pas contre l'inévitable.

Chapitre 3.

1.

Rosamund Darnley et Kenneth Marshall étaient assis dans l'herbe, en haut de la falaise surplombant la roche aux Mouettes. C'était sur la côte est de l'île, un coin où les gens venaient se baigner le matin, quand ils voulaient être tranquilles.

— On se sent loin de tout, dit Rosamund. C'est bien agréable!

— Oui, fit Kenneth, d'une voix à peine distincte.

Allongé sur le sol, il humait l'herbe rase.

— Ça sent bon, dit-il. Vous vous rappelez les dunes, à Shipley?

— Je pense bien!

— C'était le bon temps!

— Oui.

— Vous savez, Rosamund, que vous n'avez pas beaucoup changé?

— Oh! si, j'ai changé. Enormément.

— Vous avez réussi, fait fortune, vous êtes quelqu'un, mais vous restez toujours la même Rosamund!

— Je voudrais bien!

— Que signifie ce soupir?

— Oh, rien! Simplement qu'il est dommage qu'on perde ses illusions en cours de route et qu'on ne demeure pas dans la vie les braves petites natures qu'on était quand on était gosse!

— Mais, ma chère enfant, vous n'étiez pas du tout, autant que je m'en souvienne, une bonne petite nature! Vous piquiez des colères terribles et, un jour, dans une crise de rage, vous m'avez à moitié étranglé!

Elle rit.

— Vous vous rappelez, demanda-t-elle, le jour où nous avons emmené Toby chercher des rats d'eau?

Pendant quelques minutes, ils évoquèrent le souvenir de leurs vieilles aventures, puis la conversation tomba. Les doigts de Rosamund jouaient avec la fermeture de son sac.

— Kenneth? dit-elle enfin.

Marshall, le visage de nouveau enfoui dans l'herbe, répondit par un grognement.

— Kenneth, reprit-elle, si je vous disais quelque chose de terriblement impertinent, est-ce que vous me parleriez encore?

Il se tourna sur le dos et s'assit avant de répondre.

— Je ne vois pas bien comment, venant de vous, quelque chose pourrait me paraître impertinent. Vous comprenez, nous sommes de vieux complices...

La phrase lui fit plaisir, mais elle n'en laissa rien voir.

— Kenneth, demanda-t-elle, pourquoi ne divorcez-vous pas?

Marshall changea de visage. Ses traits se durcirent, l'expression heureuse qu'il avait tout à l'heure disparut. Il tira sa pipe de sa poche et, sans répondre, commença à la bourrer.

— Je vous demande pardon de vous avoir blessé, dit-elle.

— Vous ne m'avez pas blessé, fit-il doucement.

— Alors?

— Alors, vous ne pouvez pas comprendre...

— Vous... Vous l'aimez tellement?

— Ce n'est pas ça. Mais... je l'ai épousée.

— Je sais. Mais... elle avait un passé.

Avec soin, il tassait le tabac dans le fourneau de sa pipe.

— Peut-être, fit-il.

— Vous pourriez divorcer facilement, Ken.

— Ma chère enfant, vous n'avez pas le droit de dire ça. Elle fait tourner les têtes, c'est possible. Ça ne prouve pas qu'elle perde la sienne!

Rosamund retint la réplique qui lui venait à l'esprit et dit seulement :

— Il vous serait facile, si vous préférez voir les choses autrement, de faire en sorte que ce soit elle qui demande le divorce.

— Je n'en doute pas.

— C'est ce que vous devriez faire, Ken. Vraiment... Il y a l'enfant.

— Linda?

— Oui, Linda.

— Qu'est-ce que Linda a à voir là-dedans?

— Réfléchissez, Ken. Une enfant *sent* bien des choses.

Kenneth approcha une allumette de sa pipe et aspira quelques bouffées avant de répondre.

— Oui, bien sûr, vous n'avez pas tout à fait tort. Il se peut que Linda et Arlena ne s'entendent pas très bien et j'admets que, pour Linda, j'aimerais peut-être une autre influence. Cela me tracasse depuis longtemps...

— J'aime beaucoup Linda, fit Rosamund. Il y a chez cette enfant quelque chose de très bien. Oui, de très bien.

— Elle ressemble à sa mère. Comme Ruth, quand elle entreprend quelque chose elle ne renonce pas.

Il y eut un nouveau silence.

— Alors, reprit Rosamund, vous ne croyez pas que vous devriez vous séparer d'Arlena?

— Arranger un divorce?

— Oui. Ça se fait tous les jours...

— Exactement, s'écria Kenneth Marshall, avec une soudaine violence. Et c'est justement de ça que j'ai horreur!

Elle le regarda, surprise.

— De ça, quoi?

— Eh bien! l'attitude des gens d'aujourd'hui. On entreprend quelque chose et, à la première occasion, on la laisse tomber pour tâter d'autre chose! Cela m'exaspère! Il y a une chose qui s'appelle la bonne foi. Quand on a épousé une femme, quand on s'est engagé à assurer son existence, il faut le faire! Jusqu'au bout! C'est une question d'honnêteté! Ce qu'on a commencé, il faut le finir! Des mariages bâclés et des divorces express, nous en avons trop vu! Arlena est ma femme, un point, c'est tout!

Rosamund se pencha vers lui et dit à voix basse :

— Alors, avec vous, c'est « jusqu'à ce que la mort nous sépare »?

— Exactement.

Elle se leva et dit :

— J'ai compris.

2.

Revenant vers la baie de Leathercombe par une petite route en lacet, Mr. Horace Blatt, à un détour du chemin, faillit écraser Mrs. Redfern.

Elle s'aplatit contre la haie, cependant que Mr. Blatt, donnant un vigoureux coup de frein, arrêtait sa voiture.

Il la salua d'un « Hello! » cordial.

Mr. Blatt était un homme de forte corpulence, avec un visage rougeaud et une couronne de cheveux roux, autour d'une calvitie étincelante.

Il avait l'ambition avouée d'apporter la vie et la bonne humeur partout où il passait. Le *Joyeux Roger*, c'était son opinion et il n'en faisait pas mystère, manquait de gaieté. Il s'étonnait seulement de la façon curieuse dont les gens disparaissaient quand lui-même entrait en scène.

— Un peu plus, dit-il joyeusement, je vous mettais en marmelade!

— Il s'en est fallu de peu, en effet, fit Christine Redfern.

— Montez à côté de moi.

— Non, merci. Je préfère rentrer à pied.

— Vous voulez rire! A quoi serviraient les voitures?

Christine renonça à discuter et s'installa auprès de Mr. Blatt, qui, la voiture repartie, se tourna vers sa voisine.

— Et qu'est-ce que cette façon de se promener toute seule? Une jolie femme comme vous!

— J'aime la solitude...

Mr. Blatt lui donna dans les côtes un magistral coup de coude, rétablit en hâte la voiture qui s'en allait tout droit dans la haie et dit :

— Toutes les femmes disent ça, mais elles ne le pensent pas. Ce *Joyeux Roger*, voyez-vous, a besoin qu'on l'anime un peu. Il n'a rien de joyeux. Ce qu'il lui faudrait, c'est un peu de vie. La clientèle, d'ailleurs, n'a rien d'emballant. Il y a trop de gosses pour commencer, et trop de vieux jetons. Comme, par exemple, le vieux crampon anglo-hindou, le révérend père, ces Américains qui nasillent tout le temps et cet autre étranger avec sa moustache... Celui-là, il fait ma joie, avec ses petites bacchantes. C'est un coiffeur, probable!

— Pas du tout, fit Christine. C'est un détective.

Une fois encore, Mr. Blatt faillit jeter la voiture dans la haie.

— Un détective? fit-il. C'est pour ça qu'il est déguisé!

Christine ne put s'empêcher de sourire.

— Mais il n'est pas déguisé du tout, rectifia-t-elle. Il est comme ça, au naturel. Il s'appelle Hercule Poirot et vous devez avoir entendu parler de lui.

— On m'avait dit son nom, mais je n'avais pas bien compris. Bien sûr, que je le connais! Mais je le croyais mort... Il devrait être mort. Qu'est-ce qu'il cherche par ici?

— Rien. Il est en vacances.

Mr. Blatt, sceptique, cligna de l'œil.

— Je le crois, puisque vous le dites. Il a assez l'air d'un faiseur d'embarras, hein?

— Non, répondit Christine, après une légère hésitation. Un peu original, voilà tout.

— Mon opinion là-dessus, fit Mr. Blatt, c'est que Scotland Yard vaut toutes les polices du monde. Ma devise, c'est : Achetez anglais! »

On approchait de la mer et, accompagnée d'une triomphale fanfare de klaxon, la voiture entrait dans le garage du *Joyeux Roger* qui, pour des raisons en relation avec les hauteurs de marée, était situé sur la terre ferme, juste en face de l'hôtel.

3.

Linda Marshall se trouvait dans la petite boutique qui subvenait aux besoins variés des touristes en promenade aux alentours de la baie. Tout un de ses côtés était couvert de rayons supportant des livres qu'on pouvait emprunter pour quelques sous. Les plus récents étaient vieux de dix ans, mais d'autres de vingt et même plus.

Linda prenait un livre, puis un autre, hésitant à fixer son choix. Elle décida qu'elle ne pouvait décemment pas lire *Les Quatre Plumes* ou *Vice versa*. Elle prit un petit volume, assez épais, relié en veau et se mit à le parcourir.

Le temps passa...

Et, soudain, une voix — celle de Christine Redfern — la fit tressaillir. Elle remit vivement le livre à sa place.

— Qu'est-ce que tu lis, Linda? demandait Christine.

— Rien, répondit-elle vivement. Je cherche un livre...

Au hasard, elle en prit un sur les rayons et, *Le Mariage de William Ashe* à la main, elle s'en fut au comptoir.

— Mr. Blatt m'a ramenée, lui dit Christine. Il m'avait presque écrasée auparavant et je n'ai pas pu faire autrement que de revenir avec lui. Mais je ne me suis pas senti le courage de parcourir la digue avec lui. Alors, j'ai prétexté des achats... et me voici!

— Il est odieux, n'est-ce pas? dit Linda. Il faut qu'il étale son argent et qu'il fasse des calembours!

— Pauvre type! Je le plains un peu...

— Pas moi! fit Linda.

Elle sortirent de la boutique et se dirigèrent vers la digue.

Pendant un bon moment, elles ne parlèrent pas. Linda était perdue dans ses pensées. Elle aimait bien Christine Redfern. Avec Rosamund Darnley, c'était dans l'île la seule personne qu'on pût supporter. Elle était intelligente. La preuve, c'est qu'elle ne se croyait pas toujours obligée de parler quand on était à côté d'elle. A quoi bon jacasser quand on n'a rien à dire?

D'autres pensées lui venaient.

— Madame Redfern, demanda-t-elle tout à coup, il ne vous a jamais semblé que le monde était si méchant, si terrible, si effrayant qu'on voudrait... qu'on voudrait le voir éclater?

Les mots étaient comiques, mais le visage de Linda, tendu et anxieux, ne l'était pas. Christine la regarda longuement, lut dans ses yeux et n'y vit rien qui prêtât à rire.

Elle hésita avant de répondre.

Puis, gravement, elle dit :

— Oui, Linda. C'est une impression que j'ai déjà ressentie...

4.

— Alors, dit Mr. Blatt, c'est vous le fameux détective?

Ils étaient dans le bar américain, un des repaires favoris de Mr. Blatt.

Hercule Poirot inclina la tête en signe d'assentiment. L'adjectif ne froissait pas sa modestie.

— Et qu'est-ce que vous faites, ici? reprit Mr. Blatt. Vous travaillez?

— Non, je me repose. Je suis en vacances.

Mr. Blatt prit un air malin.

— Évidemment, vous ne pouvez pas répondre autre chose!

Sur une protestation de Poirot, il ajouta :

— Notez qu'avec moi vous n'auriez rien à craindre. Je ne suis pas un de ces types qui répètent tout ce qu'on leur raconte. J'ai appris à tenir ma langue. Et il y a belle lurette! Je n'aurais pas fait le chemin que j'ai fait si je n'avais pas su me taire. Vous savez comment sont les gens — dès qu'il leur tombe quelque chose dans l'oreille, ils vont le claironner à tous leurs amis et connaissances — et, naturellement, vous vous méfiez. Et c'est pourquoi vous êtes bien forcé de prétendre que vous êtes ici en vacances!

— Mais pourquoi ne serait-ce pas vrai? demanda Poirot.

Un clin d'œil préluda à la réponse.

— Voyez-vous, fit Mr. Blatt, j'ai beaucoup roulé et je sais lire les vêtements des gens. A ce moment-ci de l'année, un homme comme vous est à Deauville, au Touquet ou à Juan-les-Pins. C'est là qu'il trouve... comment dit-on? son « climat ».

Poirot alla jeter un coup d'œil par la fenêtre. Il pleuvait et l'île était noyée dans la brume.

— Vous avez peut-être raison, dit-il.

Il poussa un soupir et ajouta :

— Là-bas, au moins, par un temps pareil, j'aurais de quoi me distraire!

— Le casino, hein?... Je pense comme vous. Il a fallu que je travaille dur pendant une bonne partie de mon existence et je n'ai guère eu le temps de prendre des vacances et de faire la noce. Je voulais arriver et je suis arrivé. Mais, maintenant, je fais ce qu'il me plaît! Mon argent vaut celui de n'importe qui et je me suis payé du bon temps en ces dernières années, c'est moi qui vous le dit!

— Vraiment?

— C'est si vrai que je me demande bien ce que je suis venu faire ici!

— Ça m'étonnait aussi.

— Comment ça?

La main de Poirot s'agita dans l'espace.

— C'est que, moi aussi, dit-il, je suis assez observateur. Je vous verrais à Deauville ou à Biarritz bien plutôt qu'ici!

— Et, en fin de compte, nous sommes ici tous les deux!

Il rit, d'un rire de gorge épais, puis reprit :

— Ce qui m'a amené dans ce coin, je n'en sais rien, mais c'est peut-être tout bonnement le nom de l'hôtel. *Hôtel du Joyeux Roger*, île des Contrebandiers! C'est romantique, ça! Ça parle à l'imagination! On se rappelle le temps où on était môme, quand on jouait aux pirates, aux contrebandiers...

Ces souvenirs l'amusaient.

— Quand j'étais jeune, continua-t-il, j'ai beaucoup navigué à la voile. Pas par ici, d'ailleurs... Et, c'est curieux, cette passion-là ne m'a pas quitté. Je pourrais m'offrir un yacht qui vous en mettrait plein la vue, mais je n'en ai pas envie. Je préfère être secoué dans une petite yole de rien du tout. Redfern est comme moi : il adore la voile et nous sommes sortis ensemble une fois ou deux. Seulement, maintenant, on ne peut plus lui mettre la main dessus! Il est tout le temps fourré dans les jupes de la femme de Marshall...

Il baissa un peu la voix.

— Il est vrai que, dans cet hôtel où tout le monde est à peu près desséché, cette femme-là est la seule à avoir l'air vivant! J'ai même l'impression que Marshall doit avoir du travail pour la tenir en main. Elle a eu pas mal d'aventures, quand elle était au théâtre... et même après. Elle affole les hommes... et vous verrez qu'un de ces jours ça finira par faire du vilain!

— Du vilain, dans quel sens?

— Ça dépend. Je croirais volontiers, à voir Marshall, qu'il a un drôle de caractère. Et j'en suis même sûr, parce qu'on m'a parlé de lui. Tranquille, calme et tout. Mais les bonshommes de cette espèce-là, je les connais. Avec eux on ne sait jamais... et, à la place de Redfern, je me méfierais!

Il changea brusquement de sujet : Redfern entrait dans le bar.

— Bref, la voile sur les côtes, c'est ce que je connais de plus épatant!

Il fit mine d'apercevoir Redfern.

— Hello, Redfern! Qu'est-ce que vous prenez? Un Martini sec? Parfait! Et vous, monsieur Poirot?

Le détective remercia, déclinant l'invitation.

— Je suis de votre avis, Blatt, dit Redfern en s'asseyant. La voile est le plus beau sport du monde et j'aimerais en faire plus!

Mon grand plaisir, quand j'étais gosse, c'était de me promener sur la côte, tout près d'ici, avec mon petit canot...

— Alors, fit Poirot, nous sommes dans une région que vous connaissez bien?

— Plutôt! Je venais ici avant qu'il n'y eût un hôtel. Il n'y avait que quelques cabanes de pêcheurs, près de la baie de Leathercombe, et, dans l'île, une vieille maison décrépite, dont les portes et les fenêtres étaient toujours fermées.

— Elle occupait l'emplacement de l'hôtel?

— Oui, mais inhabitée depuis des années et elle tombait en ruine. On racontait que, par des passages secrets, elle communiquait avec la grotte aux Lutins. Ce que nous avons pu passer de temps à le chercher, ce souterrain!

Horace Blatt renversa son verre, jura et, tout en épongeant son pantalon, demanda :

— Qu'est-ce que c'est que cette grotte aux Lutins?

— Comment, vous ne savez pas? répondit Patrick. Elle se trouve près de la crique aux Lutins et l'entrée, cachée dans les rochers, est assez difficile à trouver. C'est une sorte de fissure étroite, par laquelle on peut tout juste se glisser. A l'intérieur, elle s'élargit et on se trouve dans une grotte de dimension assez vaste. Vous imaginez la joie d'un gosse entrant là-dedans! Cette grotte, c'est un vieux pêcheur qui me l'avait montrée, mais je crois qu'aujourd'hui les pêcheurs eux-mêmes ne la connaissent plus. L'autre jour, j'ai demandé à l'un d'eux pourquoi l'endroit s'appelait la crique aux Lutins, il n'a pas pu me le dire.

— Et qu'est-ce que c'est que ces lutins? demanda Poirot.

— N'oubliez pas, monsieur Poirot, répondit Patrick, que nous sommes dans le Devon. C'est un pays de légendes. Il y a une autre grotte aux Lutins à Sheepstor. Quand on y va, avant de partir, il faut y laisser une épingle, en hommage aux lutins, qui sont les petits génies de la lande.

— Très curieux, fit Poirot.

— Quant aux histoires de lutins et de farfadets, elles sont innombrables dans la région. On vous montrera les tertres où ils tiennent conseil et, quand les fermiers rentrent chez eux après une nuit trop bien employée, ils vous racontent sans rire qu'ils ont été taquinés en route par les lutins.

— Ce qui veut dire, je pense, corrigea Horace Blatt, qu'ils ont bu un coup de trop!

Patrick sourit et dit :

— C'est l'explication prosaïque.

Ayant regardé sa montre, Blatt se levait.

— Vous m'excuserez, dit-il, je vais dîner. Après tout, Redfern, ce qui m'intéresse, moi, c'est les pirates et pas les lutins!

— Allez! fit Redfern. J'espère que les lutins se vengeront et que, cette nuit, ils viendront vous tirer par les pieds!

Blatt parti, Poirot dit :

— Pour un homme en proie au démon des affaires, Mr. Blatt me paraît avoir une imagination bien romanesque.

— Cela tient sans doute, répondit Redfern avec le plus grand sérieux, à ce que son esprit n'est pas encore développé. C'est l'opinion de ma femme. Songez que voilà un homme qui ne lit que des romans policiers et des histoires du Wild West!

— Vous considérez qu'il a la mentalité d'un enfant de douze ans?

— Ce n'est pas votre avis?

— Je le connais si peu!

— Je dois dire, observa Redfern, que je ne le connais guère plus. Je suis sorti en mer avec lui une fois ou deux, mais je me suis aperçu que, sur l'eau, il n'aime pas avoir quelqu'un avec lui. Il préfère être seul.

— C'est assez curieux. A terre, il a des goûts tout différents!

— On peut le dire, fit Redfern en riant. Nous avons toutes les peines du monde à nous défendre contre ses entreprises. Si on l'écoutait, l'endroit deviendrait vite un compromis entre Margate et Le Touquet.

Poirot se tut un instant. Il étudiait le visage de son compagnon. C'était celui d'un homme heureux.

Et, soudain, de la façon la plus inattendue, il dit :

— J'ai l'impression, monsieur Redfern, que vous trouvez que la vie est belle!

Surpris, Patrick le regarda.

— Bien sûr, répondit-il. Ne l'est-elle pas?

— Si! Et vous avez bien raison d'en jouir. Je vous félicite.

— Merci, fit Patrick avec un sourire.

Poirot prit un temps, puis dit :

— Cela posé, étant un vieil homme, infiniment plus vieux que vous, je voudrais vous donner un conseil.

— Je vous écoute.

— Voici. Un de mes amis, un policier plein de sagesse et de bon sens, m'a dit un jour, il y a bien longtemps : « Mon cher Hercule, si tu veux vivre heureux, évite les femmes! »

— J'ai peur, fit Redfern, que la mise en garde n'arrive bien tard : je suis marié!

— Je sais. Vous avez une femme charmante, et qui vous aime beaucoup.

— Je le lui rends bien.

— Je suis ravi de vous l'entendre dire.

Patrick fronça les sourcils et dit :

— Mais où voulez-vous en venir, monsieur Poirot?

Renversé dans son fauteuil, le petit homme fermait les yeux.

— Les femmes, dit-il, je commence à les connaître. Elles sont capables de vous compliquer l'existence jusqu'à vous la rendre odieuse et, avec elles, les Anglais se conduisent comme des enfants. Monsieur Redfern, s'il fallait que vous veniez ici, pourquoi avez-vous amené votre femme?

— Je ne vous comprends pas, fit Patrick, d'un ton acerbe.

— Ça m'étonnerait, dit Poirot avec calme. Mais je n'insiste pas. Je ne suis pas assez fou pour discuter avec un homme amoureux. Je lui glisse un conseil, mais je m'en tiens là.

Patrick Redfern, cependant, se défendait.

— Je vois, monsieur Poirot, que vous avez écouté les ragots de Mrs. Gardener et de la Brewster! Faire marcher leur langue, fabriquer des scandales, c'est leur occupation favorite d'un bout à l'autre de la journée. Des chipies qui déverseront des tombereaux d'ordures sur une femme, simplement parce qu'elle est jolie!

Poirot se leva et dit simplement :

— Il n'est pas possible que vous soyez si jeune que ça!

Puis, hochant la tête, il sortit.

Patrick le regarda partir. Il était furieux.

5.

Hercule Poirot, quittant la salle à manger, s'arrêta dans le hall. Un souffle d'air frais entrait par les portes ouvertes. La pluie avait cessé, la brume s'était levée. La nuit était belle. Il sortit.

Sur la falaise, il trouva Mrs. Redfern assise sur son banc favori.

— Vous allez prendre froid, lui dit-il. Vous ne devriez pas rester ici. Vous allez attraper un rhume, c'est sûr.

— Mais non, fit-elle. Et d'ailleurs, qu'est-ce que ça peut faire?

— Voyons, dit doucement Poirot. Vous n'êtes plus une enfant, vous portez des robes longues. Il faut essayer de raisonner comme une grande personne...

— Puisque je vous dis que je ne m'enrhume jamais!

— Écoutez-moi, dit Poirot. La journée a été mouillée, nous avons eu du vent, de la pluie, du brouillard. Maintenant, la nuit est calme, le ciel est clair et étoilé. Eh bien! ça, c'est l'image de la vie.

A voix basse, avec une sorte de fureur contenue, elle dit :

— Savez-vous, monsieur Poirot, ce qui m'exaspère le plus ici?

— Non, madame.

— Eh bien! c'est la pitié!

Le mot claqua comme un coup de fouet.

— Croyez-vous que je ne me rends pas compte? poursuivit-elle. Que je ne vois rien? Les gens disent : « Pauvre Mrs. Redfern! Pauvre petite femme!... » Je ne suis ni pauvre, ni petite, mais ils disent ça parce qu'ils me plaignent! Eh bien! je n'en veux pas, de leur pitié, je n'en veux pas!

Poirot étendit avec soin son mouchoir sur le banc et s'assit.

— Il y a du vrai dans ce que vous dites, fit-il.

— Cette femme...

— Voulez-vous me permettre, dit Poirot, voyant qu'elle n'achevait pas la phrase commencée, voulez-vous me permettre de vous dire quelque chose? En ce monde, les Arlena Stuart, les Arlena Marshall ne comptent pas.

— On dit ça!

— C'est la pure vérité. Leur triomphe est éphémère, il ne dure pas. Pour compter, pour compter vraiment, il faut qu'une femme ait du cœur ou qu'elle soit intelligente.

— Vous croyez que les hommes s'occupent de ça?

— J'en suis sûr.

Elle eut un petit rire amer.

— Je ne suis pas de votre avis.

Poirot dit lentement :

— Votre mari vous aime, madame.

— Qu'en savez-vous?

— Je le sais. J'ai vu comment il vous regardait.

Soudain, elle fondit en larmes et sa tête vint se poser sur l'épaule accueillante de Poirot.

— Je n'en peux plus, dit-elle entre deux sanglots. Je n'en peux plus!

Poirot lui administra sur le bras de petites tapes gentilles, disant doucement :

— Soyez patiente, petite madame, soyez patiente!

Elle se ressaisit, pressa son mouchoir sur ses yeux et dit, d'une voix presque assurée :

— Ça va mieux maintenant. C'est fini. Je vais vous demander de me laisser. J'aimerais être seule...

Il se leva et, l'ayant saluée, s'éloigna par le petit sentier conduisant à l'hôtel.

Il était presque arrivé quand il entendit des voix, très proches, de l'autre côté de la haie qui bordait le sentier.

Il s'arrêta et, par une brèche ouverte dans les arbustes, aperçut Arlena Marshall et, près d'elle, Patrick Redfern.

Il parlait, et sa voix trahissait une profonde émotion.

— Arlena, disait-il, je vous aime et cet amour me rend fou! Dites-moi que vous m'aimez un peu! Dites-le!

Poirot regardait le visage d'Arlena. L'expression d'un bonheur complet, « animal » plutôt qu'humain, se lisait sur ses traits.

— Mais oui, grand fou, dit-elle amoureusement, je vous aime. Vous le savez bien!

Poirot, pour une fois, n'écouta pas plus avant. Il se remit en route.

Bientôt quelqu'un le rejoignait. C'était le capitaine Marshall.

— Belle soirée, dit Marshall, regardant le ciel. J'ai l'impression qu'il fera beau demain.

Chapitre 4.

I.

Le matin se leva sur le 25 août. Un ciel pur et sans nuages. Un de ces matins qui décident le paresseux le plus endurci à sortir de son lit.

Aussi bien, les pensionnaires du *Joyeux Roger* furent-ils nombreux à se lever tôt, ce matin-là.

Il était huit heures à peine quand Linda, assise devant sa coiffeuse, interrompit sa lecture et posa son livre sur la table : un petit volume relié, assez épais.

Elle se regarda dans la glace.

Son visage était comme crispé. Elle serrait les lèvres et ses yeux ne bougeaient pas.

— Il faut le faire, murmura-t-elle, et je le ferai!

Elle quitta son pyjama, mit son maillot de bain, jeta un peignoir sur ses épaules, enfila ses sandales et sortit.

Au bout du couloir, un balcon conduisait à un escalier extérieur par lequel on descendait directement sur les rochers. Une petite échelle métallique s'accrochait dans le roc. La mer était en bas. Le chemin était familier aux hôtes du *Joyeux Roger* qui, le matin, pour le bain qui précédait leur petit déjeuner, préféraient cette petite plage, vite atteinte, à la plus grande, plus éloignée.

Linda s'engageait sur l'escalier quand elle vit son père qui montait.

— Déjà debout? fit-il. Tu vas te baigner?

Elle fit oui de la tête.

En fait, au lieu de descendre sur les rochers, elle prit sur la gauche, longeant l'hôtel pour gagner le petit sentier conduisant à la digue reliant l'île à la terre. La mer était haute et la digue disparaissait sous l'eau. Mais la barque réservée aux pensionnaires du *Joyeux Roger* était à sa place. En l'absence du passeur, Linda sauta dans l'embarcation, défit elle-même les amarres, puis se mit à ramer.

Arrivée de l'autre côté, elle monta la petite rampe passant devant le garage, et se rendit à la boutique.

La tenancière venait d'enlever ses volets et balayait le magasin.

— Vous êtes matinale, mademoiselle, dit-elle, en apercevant Linda.

La jeune fille fouillait dans la poche de son peignoir et prenait son argent...

2.

Quand Linda regagna sa chambre, elle y trouva Christine Redfern.

— Vous voilà, fit la jeune femme. Je me disais bien que vous ne pouviez pas être déjà levée pour de bon!

— Non, répondit Linda. Je suis simplement allée me baigner.

Christine remarqua que la jeune fille tenait un paquet à la main.

— Tiens, fit-elle, le facteur est déjà passé?

Linda rougit. Et, dans son trouble, maladroite comme toujours, elle laissa tomber le paquet, qui s'ouvrit en arrivant au sol.

— Pourquoi diable avez-vous acheté des bougies? demanda Christine.

Heureusement, elle posait la question sans attendre de réponse. Avant que Linda ait eu le temps de parler, elle ajoutait :

— Je venais vous demander si ça vous amuserait de m'accompagner ce matin à la roche aux Mouettes. Je vais dessiner là-bas.

Linda accepta avec empressement.

Les jours précédents, elle avait plusieurs fois déjà suivi Christine dans ses expéditions picturales.

Christine était une artiste médiocre, mais la jeune fille avait de l'amitié pour elle. Et puis, absorbée par sa peinture, elle parlait peu. Linda avait soif de solitude, mais une compagnie silencieuse lui était agréable. Surtout celle de Christine. Elle ne soupçonnait pas qu'il y avait entre elles le lien subtil d'une sympathie fondée sur une haine commune.

— Je joue au tennis à midi, dit Christine. Nous ferions bien de partir tôt. Dix heures et demie, ça vous va?

— Entendu, répondit Linda. Je serai prête. Je vous attendrai dans le hall.

3.

Sortant de la salle à manger après un petit déjeuner tardif, Rosamund Darnley fut littéralement tamponnée par Linda, qui dévalait l'escalier en courant.

Linda s'excusa.

— Belle matinée, n'est-ce pas? fit Rosamund. Après une journée comme celle d'hier, on a peine à y croire!

— C'est vrai, répondit Linda. Je vais à la roche aux Mouettes, avec Mrs. Redfern. Nous avons rendez-vous à dix heures et demie. Je dois être en retard.

— Du tout. Il n'est pas plus de vingt-cinq.

— Tant mieux!

Elle soufflait un peu.

— Vous n'avez pas un peu de fièvre, Linda? lui demanda Rosamund, après l'avoir regardée avec attention.

— Non, répondit Linda. Je n'ai jamais de fièvre.

— Il fait si beau aujourd'hui, reprit Rosamund, que je me suis levée pour le petit déjeuner. Généralement, je le prends dans mon lit. Mais, aujourd'hui, je suis descendue et je me suis expliquée avec des œufs et du bacon, tout comme un homme!

Linda revenait à sa promenade :

— Je vais m'enduire d'huile et je rentrerai toute noire. Le matin, la roche aux Mouettes est un coin merveilleux.

— Oui. Et on y est tellement plus tranquille qu'à la plage!

— Venez avec nous, proposa Linda, d'une voix timide.

— Je voudrais bien, mais, ce matin, j'ai autre chose à faire.

Christine Redfern descendait l'escalier.

Elle portait un pyjama de plage, d'un modèle très ample et très original, avec de vastes manches et un pantalon remarquablement large. Des motifs jaunes tranchaient sur le vert du tissu.

Rosamund se sentit des démangeaisons dans la langue. Elle aurait aimé dire à Christine que ce jaune et ce vert étaient les couleurs les moins indiquées pour une blonde.

« Si je m'occupais d'elle, songeait-elle, son mari ne serait pas long à se dire : « Mais, qu'est-ce qui se passe? » Arlena est ce qu'elle est, mais elle sait s'habiller. Tandis que cette pauvre Christine a l'air d'une laitue! »

Elle garda tout cela pour elle et dit tout haut :

— Au revoir, amusez-vous bien! Moi, je vais lire sur la falaise de Roc-Soleil...

4.

C'est dans sa chambre, comme chaque matin, que Poirot prit son petit déjeuner : du café et des tartines.

Mais il faisait si beau que, contrairement à son habitude, il décida de sortir tôt. Il était en avance de près de trente minutes sur son horaire de tous les jours quand, sur le coup de dix heures, il descendit à la grande plage.

Elle était déserte.

Ou peu s'en fallait : il n'y avait là que la seule Arlena Marshall.

Arlena, moulée dans son costume de bain blanc, son étonnant chapeau de carton vert jade sur la tête, essayait de mettre à flot une petite périssoire blanche. Galamment, Poirot vint à son aide, au grand détriment de ses chaussures de daim blanc, qui sortirent de l'aventure complètement trempées.

Elle le remercia, avec un charmant sourire de coin.

Puis, comme l'embarcation s'éloignait, elle l'appela :

— Monsieur Poirot!

Il vint tout au bord de l'eau.

— Madame?

— Voulez-vous me faire plaisir?

— Je ne demande que ça!

— Eh bien! ne dites pas que vous m'avez vue. On va me chercher et, justement, j'ai envie d'être seule!

Elle lança à Poirot un dernier sourire et s'éloigna à grands coups d'aviron.

Poirot remonta sur la plage.

— Voilà vraiment, se dit-il à lui-même, quelque chose à laquelle je ne m'attendais pas!

Il lui était difficile d'admettre qu'Arlena Stuart, pour lui donner son nom de théâtre, souhaitât être seule, fût-ce pour la première fois de sa vie.

Au surplus, il connaissait trop l'humanité pour être dupe : Arlena avait un rendez-vous et il savait bien avec qui.

En quoi il se trompait.

Car la périssoire était à peine hors de vue que Patrick Redfern faisait son apparition sur la plage, suivi à quelques pas de Kenneth Marshall.

— Bonjour, Poirot, dit Marshall. Vous n'avez pas aperçu ma femme?

La réponse de Poirot fut d'un diplomate.

— Mrs. Marshall serait déjà levée? fit-il.

— En tout cas, elle n'est plus dans sa chambre, répondit son mari.

Il examina le ciel.

— Belle journée, décidément! Je vais prendre mon bain tout de suite. Après, j'irai taper à la machine. J'ai à répondre à du courrier urgent...

Moins expansif, Patrick Redfern inspectait la plage du regard. Il s'assit près de Poirot, qui comprit qu'il attendait la dame de ses pensées.

— Et Mrs. Redfern? fit Poirot au bout d'un instant. Elle n'est pas encore debout?

— Mais si, répondit Patrick. Elle est allée faire des croquis. Elle s'est découvert une âme d'artiste...

Sa voix était brève et il était évident qu'il avait l'esprit ailleurs. A mesure que le temps passait, son impatience devenait de plus en plus manifeste. Chaque fois qu'un pas s'entendait sur la plage, il se retournait pour voir qui venait de l'hôtel.

Et, chaque fois, il était déçu.

Mr. et Mrs. Gardener arrivèrent les premiers, avec leurs livres et l'ouvrage de Madame.

Miss Brewster vint ensuite.

Sans perdre de temps, Mrs. Gardener s'installa. Deux minutes plus tard, tout en tricotant avec énergie, elle commençait à parler.

— Alors, monsieur Poirot? La plage a l'air bien vide, ce matin. Où sont les gens?

Poirot répondit que les Masterman et les Cowan, deux familles riches en enfants, étaient partis pour toute la journée. Ils faisaient un tour en mer.

— Ça explique tout, fit Mrs. Gardener. Ça fait bien du bruit en moins sur la plage! Et il n'y a qu'un baigneur, le capitaine Marshall!

Marshall sortait de l'eau. Il vint vers eux, sa serviette à la main.

— La mer est bonne, fit-il, et je regrette bien d'avoir tant à faire. J'aurais bien prolongé ma baignade.

— Je vous comprends, capitaine, fit Mrs. Gardener. Aller

s'enfermer par une journée comme celle-ci, c'est bien dommage! Quel changement avec hier, hein?... Hier soir, je disais à Mr. Gardener que, si ce temps continuait, nous n'avions plus qu'une chose à faire : nous en aller. Il n'y a rien de triste comme une île dans le brouillard! Pour quelqu'un qui, comme moi, est très sensible à ces questions d'atmosphère, c'est terrible! Il me semble que je vais rencontrer des fantômes, des esprits et, pour un peu, je crierais! Je me souviens que, toute petite, j'étais déjà très impressionnable et que ça donnait beaucoup de tracas à mes parents. Heureusement, ma mère était une femme adorable, et elle disait à mon père : « Sinclair, si cette enfant est comme ça, c'est que c'est dans sa nature. Elle crie? Laissons-la crier! » Mon père, naturellement, disait oui. Il adorait ma mère et faisait ses quatre volontés. C'était un couple parfait et je suis sûre que c'est l'opinion de Mr. Gardener. N'est-ce pas, Odell, que c'était un ménage étonnant?

— Oui, chérie, fit Mr. Gardener.

— Qu'avez-vous fait de votre fille, ce matin, capitaine?

— Linda? répondit Marshall. Je ne sais pas ce qu'elle est devenue. Je suppose qu'elle rôde quelque part dans l'île.

— Vous savez, capitaine, que cette enfant n'a pas l'air très bien portante? On dirait qu'elle ne mange pas assez et qu'elle a besoin d'affection.

— Linda se porte le mieux du monde, répondit Marshall d'un ton bref.

Ayant dit, il se leva et prit le chemin de l'hôtel.

Patrick Redfern, cependant, ne paraissait pas songer à son bain. Il restait là, taciturne et muet.

Miss Brewster, par contre, était d'excellente humeur.

La conversation ressemblait à celle de tous les jours : un flot de paroles de Mrs. Gardener et de courtes interventions de Miss Brewster.

Comme quelqu'un avait prononcé le mot d' « excursion », Mrs. Gardener dit :

— Pas plus tard que ce matin, je disais à mon mari que nous devrions aller faire un tour à Dartmoor. C'est tout près et le seul nom de Dartmoor est associé à tant d'aventures romanesques! J'aimerais tellement voir les forçats de près!... Si on arrangeait ça tout de suite et si on y allait demain? Qu'en pensez-vous, Odell?

— Tout à fait d'accord, dit Mr. Gardener.

S'adressant à Miss Brewster, Hercule Poirot lui demanda si elle se baignait.

— J'ai déjà pris un bain ce matin, répondit-elle, et, en descendant à la plage, j'ai failli recevoir une bouteille sur la tête. Cadeau de quelqu'un qui la jetait par une fenêtre de l'hôtel!

— Voilà vraiment, dit Mrs. Gardener, quelque chose à ne pas faire! Je me souviens qu'un de mes amis a été très grièvement blessé par une brosse à dents. Il passait tranquillement dans la rue et la brosse tombait du trente-cinquième étage! Il a été très sérieusement touché et il a obtenu des dommages-intérêts importants...

Elle s'interrompit pour entreprendre d'urgentes recherches dans ses pelotons de laine.

— Dites-moi, Odell, il me semble que je n'ai pas ma pelote rouge. Elle est dans le deuxième ou le troisième tiroir de la commode...

— Bien, chérie, fit Mr. Gardener.

Il se leva et partit en direction de l'hôtel.

Déjà, Mrs. Gardener abordait un nouveau sujet.

— Il y a des jours, disait-elle, où je me demande si nous n'allons pas un peu loin. Toutes ces grandes découvertes, n'ont-elles pas pour nous un côté dangereux? Ces ondes radio-électriques, tenez, qui courent dans l'atmosphère... Qui nous prouve qu'elles ne nous rendent pas nerveux? Pour moi, je le crois et il me semble que l'heure du nouveau Messie est arrivée. Vous êtes-vous jamais intéressé aux prophéties des Pyramides, monsieur Poirot?

— J'avoue que non.

— C'est dommage, car elles sont extrêmement curieuses. Moscou est exactement à un millier de milles au nord de... je ne suis pas sûre du nom de la ville, mais ce doit être Ninive. Convenez que c'est stupéfiant! Tracez autour des Pyramides un cercle qui a exactement un millier de milles de rayon et vous découvrez des choses surprenantes. C'est tout de même curieux! Il faut bien admettre que les habitants de l'ancienne Egypte avaient des connaissances qui nous échappent et, comme ils ne pouvaient pas les avoir trouvées tout seuls, on se demande d'où ils les tenaient. Ou de qui? La théorie des nombres et de leur répétition, c'est bouleversant. Et j'ajouterai que, pour moi, ces choses-là ne peuvent même pas se discuter!

Elle se tut, attendant, sûre d'elle-même, une réplique qui ne vint pas. Hercule Poirot et Miss Brewster n'étaient pas disposés à contester ce point.

Poirot considérait d'un air navré ses chaussures maculées.

— Vous avez pataugé, monsieur Poirot, remarqua Miss Brewster.

— Que voulez-vous, répondit-il, je suis toujours trop pressé!

Elle se pencha vers lui et dit à mi-voix :

— Et notre « vamp », monsieur Poirot, où est-elle passée, ce matin? Elle est en retard...

Délaissant son ouvrage pour un instant, Mrs. Gardener regardait Patrick Redfern, qui s'était levé pour faire quelques pas sur la plage.

— Il a l'air d'une humeur de dogue, dit-elle tout bas.

Et, sans élever la voix, elle ajouta :

— Toute cette histoire est bien triste. Je me demande ce qu'en pense le capitaine Marshall. Un homme si gentil! Très Anglais, très réservé... On ne sait jamais ce qu'il a dans la tête...

Patrick continuait à marcher de long en large.

— Un tigre en cage, murmura Mrs. Gardener.

Ils étaient trois à suivre du regard ses allées et venues, et cette triple surveillance agaçait Patrick, qui se sentait les nerfs à fleur de peau.

Dans le silence, un carillon tinta, très loin, du côté de la terre.

— Le vent vient de l'est, fit Miss Brewster. Quand on entend cette cloche, c'est bon signe. Il fera beau...

Personne ne parla plus jusqu'au retour de Mr. Gardener, qui revint porteur d'un gros écheveau de laine écarlate.

— Eh bien! dit Mrs. Gardener, tu as pris ton temps!

— Je suis navré, ma chérie, mais ce n'est pas ma faute. Ta laine n'était pas du tout dans la commode, mais dans le placard!

— Ça, par exemple, c'est extraordinaire! J'aurais juré que je l'avais rangée dans le deuxième tiroir! Heureusement que je n'ai pas été appelée à témoigner en justice! Avec une mémoire aussi capricieuse, mon cas pourrait devenir vite pendable!

— Mrs. Gardener est une femme pleine de scrupules, dit Mr. Gardener.

5.

Cinq minutes plus tard, Patrick Redfern demandait à Emily Brewster si elle verrait quelque inconvénient à ce qu'il l'accompagnât dans sa quotidienne partie de canot.

Elle accepta avec joie.

— Alors, fit-il, je vous propose de faire le tour de l'île.

— Aurons-nous le temps? demanda-t-elle.

Sa montre consultée, elle ajouta :

— On peut essayer. Il n'est pas encore onze heures et demie. Seulement, il faut partir tout de suite.

Ils descendirent ensemble vers la plage.

Patrick prit les avirons le premier. Sa nage était puissante et le canot filait rapidement.

— Reste à savoir, dit Emily en riant, si vous tiendrez cette allure-là longtemps!

Il était de meilleure humeur. Il rit, lui aussi, et répondit :

— J'aurai probablement récolté des ampoules au retour! Mais aucune importance.

Tirant sur les rames, il se renversait en arrière.

— Quelle splendide journée! s'exclama-t-il. Une vraie journée d'été en Angleterre, on ne trouve mieux nulle part!

— Pour moi, il n'y a qu'un pays au monde où il soit possible de vivre : l'Angleterre!

— Pleinement d'accord.

Naviguant à l'ouest, ils contournèrent la pointe de la baie et passèrent le long des falaises.

— Je me demande, dit Patrick, s'il y a quelqu'un, ce matin, à Roc-Soleil.

Bientôt, la petite plage, dominée par la falaise, fut en vue.

— Oui, fit-il alors, répondant à sa propre question. J'aperçois un parasol. Qui ça peut-il bien être?

— Ne cherchez pas, répondit Emily. C'est Miss Darnley. Je reconnais son parasol japonais...

Ils passèrent devant la plage.

— Nous aurions dû faire le tour dans l'autre sens, dit Miss Brewster. Dans celui-ci, nous avons le courant contre nous.

— Il n'est pas fort, répondit Patrick. J'ai nagé par ici sans seulement m'apercevoir de son existence. D'ailleurs, nous ne pouvions pas prendre dans l'autre sens : la digue n'est pas recouverte...

— C'est vrai. J'oubliais l'heure de la marée. Nous approchons de la crique aux Lutins. Il paraît qu'il est assez dangereux de se baigner par là...

Patrick continuait à ramer vigoureusement, tout en scrutant la falaise des yeux.

« Il cherche Arlena Marshall, pensa Emily, et c'est pour ça qu'il a voulu venir avec moi. On ne l'a pas vue ce matin et il se demande ce qu'elle fabrique. Elle a sans doute fait exprès de ne pas se montrer. Un vieux truc, pour l'aguicher un peu... »

Ils contournèrent la pointe qui s'avançait dans la mer au sud de la crique aux Lutins. C'était, cette crique, une toute petite baie, une plage minuscule, prise dans un cadre de rochers aux formes fantastiques. La falaise s'avançait en surplomb sur un de ses côtés. L'endroit était de ceux où les hôtes du *Joyeux Roger* venaient volontiers prendre le thé, mais on y voyait rarement quelqu'un le matin : avant le milieu de l'après-midi, la plage, orientée au nord-ouest, manquait de soleil.

Pourtant, ce matin-là, il y avait quelqu'un.

— Qui est-ce qu'on aperçoit là-bas? demanda Patrick d'un ton qui voulait être indifférent.

— On dirait Mrs. Marshall, fit Emily Brewster, un peu sèchement.

— Mais en effet, c'est bien elle!

En même temps, il se mettait à ramer vers la plage.

Emily protesta, mais il répondit qu'ils avaient bien le temps, et il la regarda bien en face. Et il y avait dans son regard une prière si ardente, il avait l'air si malheureux qu'elle ne se sentit pas le courage de discuter.

« Pauvre garçon, se dit-elle. Il est terriblement chipé! »

Rapidement, le bateau approchait de la plage.

Arlena Marshall était couchée sur les galets, sur le ventre, et les bras allongés. Sa petite périssoire blanche était à quelques pas.

Quelque chose intriguait Miss Brewster. Il y avait, dans le spectacle qu'elle avait sous les yeux, quelque chose d'anormal. Quoi? Elle eût été incapable de le dire. Mais il y avait quelque chose, elle en était sûre.

Et bientôt, elle comprit.

L'attitude d'Arlena n'avait rien d'extraordinaire. Bien souvent, on l'avait vue ainsi étendue sur la plage de l'hôtel, exposant aux rayons du soleil son beau corps bronzé, la tête et la nuque protégées par son immense chapeau.

Mais il n'y avait pas de soleil à la crique aux Lutins, et il n'y en aurait pas avant plusieurs heures.

Emily se sentit vaguement inquiète.

La coque racla sur les galets.

Patrick appela Arlena.

Les appréhensions de Miss Brewster se transformèrent en angoisse : Arlena ne répondait pas et ne bougeait pas.

Ils sautèrent hors du canot, l'amenèrent sur le rivage et coururent vers le corps étendu au pied de la falaise.

Patrick, précédant de peu Emily, arriva le premier.

Comme en un rêve, elle vit les membres dorés, le costume de bain largement échancré dans le dos, les boucles d'acajou qui s'échappaient du chapeau vert jade.

Et elle remarqua la position curieuse de l'un des bras.

Elle comprit sur-le-champ que ce corps ne s'était pas allongé sur la plage, mais qu'on l'y avait jeté.

Elle entendit une voix blanche, qui murmurait quelque chose. Patrick, agenouillé, touchait un bras, une main...

— Elle est morte, dit-il dans un souffle.

Soulevant légèrement le grand chapeau de carton, il regarda la nuque.

— Mon Dieu! s'écria-t-il. Elle a été étranglée!... On l'a assassinée!

6.

Un moment suivit, de ceux durant lesquels le temps semble suspendre sa course.

Emily avait l'impression d'être hors du réel. Elle s'entendait dire des choses comme : « Il ne faut toucher à rien jusqu'à l'arrivée de la police! » A quoi, comme un automate, Patrick répondait : « Bien sûr! Bien sûr! »

— Qui a pu faire cela? dit-il enfin. Qui? Il n'est pas possible qu'on l'ait tuée! Dites-moi que ce n'est pas vrai!

Emily Brewster hochait la tête, ne sachant que répondre.

Sur un autre ton, il dit, d'une voix très basse, mais résolue :

— Si jamais je mets la main sur la crapule qui a fait ça!...

Elle eut le sentiment confus d'un danger. Elle imaginait le meurtrier aux aguets, quelque part dans le voisinage. Elle dit :

— Il faut prévenir la police.

Puis, après une hésitation, elle ajouta :

— Peut-être que l'un de nous devrait rester auprès... auprès du corps.

Il dit :

— Je resterai.

Emily se sentit soulagée. Elle n'était pas de celles qui admettent qu'il leur est arrivé d'avoir peur, mais au fond d'elle-même, elle se félicitait de ne pas avoir à demeurer sur la plage, avec peut-être un criminel rôdant dans les environs.

— Entendu, dit-elle. Je ferai aussi vite que possible. Je retournerai par la mer, car je ne tiens pas à grimper le long de cette échelle. J'irai tout droit à la police de Leathercombe...

L'esprit ailleurs, il dit :

— Oui... Oui... Faites ce que vous croirez bon!

Tandis que, tirant vigoureusement sur les avirons, elle s'éloignait du rivage, elle vit Patrick s'agenouiller auprès de la morte, la tête dans les mains. Il y avait dans son attitude une telle détresse que, malgré elle, elle eut pitié de lui.

Pourtant, son robuste bon sens lui disait que l'événement n'était pas tellement déplorable.

« C'est, songeait-elle, ce qu'il pouvait lui arriver de mieux, à lui, à sa femme et à l'enfant. Seulement, bien sûr, il ne voit pas ça comme ça! »

Emily Brewster était de ces femmes qui ne perdent leur bon sens en aucune circonstance.

Chapitre 5.

1.

Adossé à la falaise, l'inspecteur Colgate attendait que le médecin légiste en eût fini avec l'examen du corps. Patrick Redfern et Emily Brewster se tenaient non loin de lui, un peu à l'écart.

D'un alerte mouvement, le docteur se remit sur ses pieds.

— Vilaine affaire! dit-il. Elle a été étranglée, et par une paire de mains puissantes! Il ne semble pas qu'elle se soit débattue. Elle a dû être prise par surprise.

Emily Brewster, après un rapide coup d'œil sur la morte, avait détourné son regard. Le visage d'Arlena, pourpre, boursouflé, était horrible à voir.

— La mort remonte à quelle heure? demanda l'inspecteur.

— Pour se prononcer avec certitude, répondit le médecin, avec un soupçon d'agacement dans la voix, il faudrait mieux connaître la victime. Toutes sortes de facteurs entrent en ligne de compte. Voyons... Il est une heure moins le quart. A quelle heure avez-vous trouvé le corps?

Patrick Redfern, à qui la question s'adressait, répondit :

— Un peu avant midi, c'est tout ce que je peux dire.

Emily Brewster donna la précision demandée :

— Il était exactement midi moins le quart.

— Quelle heure était-il quand, de votre canot, vous avez aperçu le corps?

Emily réfléchit.

— Nous avons dû passer l'éperon de rochers, au sud de la crique, cinq ou six minutes plus tôt. Vous êtes d'accord, Redfern?

— Oui, fit-il, d'un ton las. Ça doit être ça!

Le docteur Neasdon s'approcha de l'inspecteur pour lui demander à voix basse « si c'était là le mari ».

Renseigné, il murmura :

— On pouvait s'y tromper! Il a l'air tellement désemparé!

Puis, à haute voix, reprenant un ton officiel, il dit :

— Disons, voulez-vous, qu'il était midi moins vingt. Elle ne peut pas avoir été tuée beaucoup plus tôt que ça. Disons donc entre onze heures, onze heures moins le quart, extrême limite, et midi moins vingt.

L'inspecteur ferma son carnet.

— Merci, dit-il. Voilà qui devrait nous aider considérablement, car ces limites ne nous donnent pas beaucoup de battement. Une heure, en somme...

Il se tourna vers Miss Brewster.

— Résumons-nous, fit-il. Vous êtes Miss Brewster et monsieur est Mr. Patrick Redfern. Vous résidez tous deux à l'*Hôtel du Joyeux Roger* et vous identifiez la victime comme étant une des pensionnaires de l'hôtel, la femme d'un certain capitaine Marshall?

Emily Brewster fit un signe d'approbation.

— Eh bien! c'est parfait, conclut l'inspecteur. Il ne nous reste plus qu'à aller à l'hôtel.

Il appela un agent :

— Hawkes, vous resterez ici et vous empêcherez qui que ce soit de venir dans cette crique. Philipps viendra vous relever...

2.

— Mais je ne me trompe pas, s'écria le colonel Weston, c'est Poirot! Quelle surprise de vous rencontrer ici!

Hercule Poirot répondit au chef de la police du comté sur le ton qui convenait.

— Des années que nous ne nous sommes vus! dit-il. En fait, depuis l'affaire de St. Loo!

— Je ne l'ai pas oubliée, fit Weston. Vous m'avez donné là la plus grande surprise de ma vie et je me souviendrai toujours de la façon dont vous êtes venu à bout de cette énigme. Ah! vos méthodes n'avaient rien d'orthodoxe!

— D'accord, mon colonel. Mais convenez qu'elles se sont révélées efficaces!

— Euh... Peut-être... Mais sans doute serions-nous arrivés au même résultat par des procédés plus classiques.

— C'est très possible, fit Poirot avec diplomatie.

— Et nous re-voici embarqués dans un nouveau crime! Vous avez des idées sur cette nouvelle affaire?

— Non, rien de précis, dit lentement Poirot. Mais elle me semble intéressante.

— Vous allez nous donner un coup de main?

— Vous me le permettriez?

— Mais, mon cher ami, je serais ravi de travailler avec vous! Je n'en sais pas encore assez pour dire si l'affaire est du ressort de Scotland Yard ou non. A première vue, il semble que le meurtrier ne peut être cherché que dans un domaine très limité. Mais, d'un autre côté, tous les gens qui sont ici sont étrangers à la région et des renseignements sur eux, et sur leurs mobiles possibles, nous ne pouvons les avoir qu'à Londres.

— C'est exact, dit Poirot.

— Pour commencer, poursuivit Weston, il nous faut établir quelle est la dernière personne qui a vu Arlena Marshall vivante. La femme de chambre lui a porté son petit déjeuner à neuf heures. La jeune fille du bureau l'a vue traverser le hall de l'hôtel et sortir vers dix heures...

— Ne vous fatiguez pas, fit Poirot. J'ai idée que je suis l'homme que vous cherchez.

— Vous l'avez vue ce matin? A quelle heure?

— A dix heures cinq. J'étais sur la plage de l'hôtel et je l'ai aidée à mettre à l'eau sa périssoire.

— Elle est partie avec?

— Oui.

— Seule?

— Seule.

— Avez-vous vu dans quelle direction?

— Je l'ai vue contourner les rochers, au bout de la plage.

— Elle allait dans la direction de la crique aux Lutins?

— C'est bien ça.

— Et il était quelle heure, alors?

— Disons que, quand je l'ai perdue de vue, il pouvait être dix heures et quart.

— Les heures concorderaient, dit Weston, après un temps de réflexion. Combien de temps estimez-vous qu'elle a pu mettre pour aller jusqu'à la crique?

— Mon cher ami, je ne suis pas compétent. Je ne vais pas en bateau et je ne me risque pas en périssoire. Une demi-heure, peut-être?

— C'est ce que je pensais. Rien ne la pressait, j'imagine. Si elle est arrivée là-bas vers onze heures moins le quart, nos heures collent!

— Quelle aurait été l'heure de la mort, d'après le médecin légiste?

— Neasdon est un homme prudent, qui ne se compromet pas. Onze heures moins le quart, au plus tôt.

— Un point que je dois mentionner, fit Poirot, c'est celui-ci : en s'éloignant, Mrs. Marshall m'a demandé de ne dire à personne que je l'avais vue.

— Curieux, fit Weston, surpris. C'est une indication, vous ne trouvez pas?

— C'est ce que je crois.

Le colonel tirailla sa moustache.

— Dites-moi, Poirot, fit-il enfin. Vous connaissez la vie... et les gens. Mrs. Marshall, quel genre de femme était-ce?

Un léger sourire passa sur les lèvres de Poirot.

— On ne vous l'a pas encore dit? fit-il.

— Je sais ce que les femmes disent d'elle, répondit Weston, mais je me méfie. Qu'y a-t-il de vrai dans tout ça? Est-ce qu'il y avait réellement quelque chose entre elle et ce jeune Redfern?

— Je crois qu'on peut répondre oui, sans hésiter.

— Il était venu ici pour elle?

— On a des raisons de le supposer.

— Et le mari? Il était au courant? Quels étaient ses sentiments à l'égard de sa femme?

— Il est bien difficile, dit Poirot, de savoir ce que pense, ou ce que ressent, le capitaine Marshall. C'est un homme qui ne se livre pas.

— Ça ne l'empêche pas d'avoir des sentiments, fit Weston.

— En effet, dit Poirot, approuvant du chef. Il est très possible qu'il en ait.

3.

Le colonel Weston faisait appel à toutes les ressources de sa diplomatie pour interroger Mrs. Castle.

Directrice et propriétaire de l'*Hôtel du Joyeux Roger*, Mrs. Castle était une dame distinguée, un peu au-delà de la quarantaine, avec une poitrine généreuse, des cheveux teints au henné et une élocution d'un raffinement quasi provocant.

— Il est inconcevable, disait-elle, qu'une chose pareille ait pu se produire dans mon hôtel! Songez, colonel, que cette île est l'endroit le plus tranquille de la terre. Nous n'avons ici que des gens bien, si vous voyez ce que je veux dire. La clientèle, ici, n'est pas mélangée comme dans les grands hôtels de St. Loo.

— Je sais, déclara le colonel. Mais, que voulez-vous, un accident peut arriver dans l'établissement le mieux tenu!

— Je suis sûre que l'inspecteur Colgate confirmera mes dires, reprit Mrs. Castle, avec un coup d'œil vers le policier, qui conservait une impassibilité très professionnelle. Je me montre très scrupuleuse quant au respect des règlements de police et je me flatte de n'avoir jamais toléré la moindre irrégularité.

— Je n'en doute pas, fit Weston. Et, d'ailleurs, nous ne vous reprochons absolument rien.

— Non, bien sûr. Mais une histoire de ce genre est toujours très fâcheuse pour un établissement. Je ne puis songer sans appréhension à la bruyante curiosité de la foule. Sans doute, nul n'est autorisé à venir dans l'île, à l'exception des pensionnaires de l'hôtel. Mais cela n'empêchera rien : *ils* resteront sur la côte et jacasseront de là-bas...

Son buste imposant se gonfla pour un puissant soupir.

L'inspecteur Colgate profita de l'occasion pour entrer dans la conversation.

— A propos de ce point que vous venez de soulever, madame, une petite question. Comment vous y prenez-vous pour empêcher les gens de venir sur l'île?

— C'est une chose à quoi je fais très, très attention.

— D'accord. Mais quelles mesures avez-vous prises pour interdire l'accès de l'île? Je sais ce que sont les foules du dimanche. Elles se glissent partout...

— C'est la faute des cars. Songez que j'en ai vu jusqu'à dix-huit garés sur la place de Leathercombe!! Dix-huit!

— C'est beaucoup, en effet. Mais qu'est-ce qui empêche les gens de venir sur l'île?

— Il y a des écriteaux. D'autre part, quand la mer est haute, nous sommes coupés de la terre.

— Oui, mais à marée basse?

Mrs. Castle expliqua qu'il y avait une grille au bout de la digue, du côté de l'île. Une pancarte avisait les promeneurs que cette voie privée était réservée aux pensionnaires de l'hôtel. C'était là le seul chemin possible et il ne serait venu à l'idée de personne d'escalader les rochers qui, à droite et à gauche, plongeaient, abrupts, dans la mer.

— Mais, objecta l'inspecteur, ne peut-on pas prendre un bateau et aller atterrir sur une des plages? Vous ne pouvez pas vous y opposer. Les abords de la côte sont propriété de l'État et tout le monde a le droit de se promener sur les plages à marée basse...

Mrs. Castle en convint, ajoutant toutefois qu'il était rare qu'il y eût dans l'île des visiteurs indésirables. On louait bien des barques à Leathercombe, mais du port à l'île le trajet était long et rendu difficile par un courant assez fort qui passait juste à l'extrémité de la baie.

Enfin, il y avait des écriteaux à la roche aux Mouettes et à la crique des Lutins et, à la grande plage, George et William étaient toujours sur le qui-vive.

— Qui sont George et William?

— George est le maître nageur. C'est lui qui s'occupe des plongeoirs et des radeaux. William est mon jardinier. Il entretient les sentiers, nettoie et marque les tennis...

Le colonel Weston commençait à s'impatienter.

— Tout cela me paraît très clair, dit-il. On ne peut pas affirmer que personne n'est venu de l'extérieur, mais, si quelqu'un l'a fait, c'est certainement au risque d'être vu. Nous interrogerons George et William tout à l'heure.

— Voyez-vous, colonel, dit Mrs. Castle, j'ai horreur de la foule du dimanche. Elle se compose de gens bruyants et sans soin, qui laissent des peaux d'orange et des papiers gras sur la digue et sur les rochers. Pourtant, je ne crois pas qu'on y rencontre des assassins! Vraiment, tout cela me dépasse. Une dame comme Mrs. Marshall assassinée, et, ce qui est plus horrible encore, c'est... c'est...

Les mots lui manquaient. Elle les remplaça par un soupir plein d'éloquence.

— Il faut reconnaître, dit l'inspecteur, que voilà une bien fâcheuse affaire.

— Sans compter que les journaux vont s'en emparer et qu'ils parleront de l'hôtel!

Colgate grimaça une sorte de sourire.

— Bah! Dans un sens, ça vous fera de la publicité!

Mrs. Castle sursauta, avec un mouvement du buste si violent qu'on entendit crier les baleines de son corset.

— Sachez, monsieur Colgate, lâcha-t-elle d'un ton glacé, que je ne veux pas de cette publicité-là!

Le colonel Weston jugea le moment propice pour intervenir :

— Madame Castle, pourrais-je jeter un coup d'œil sur la liste de vos pensionnaires?

— Mais certainement, colonel.

Elle se fit apporter le registre de l'hôtel et le remit à Weston, qui l'ouvrit, disant à Poirot, qui avait assisté sans mot dire à la conversation, tenue dans le bureau directorial :

— C'est ici, Poirot, que vous allez pouvoir nous être utile.

Il lut quelques noms, puis dit :

— Avez-vous un état du personnel?

Mrs. Castle lui tendit une liste toute préparée.

— Nous avons ici, dit-elle, quatre femmes de chambre, un maître d'hôtel et trois garçons. Le barman, Henry, une cuisinière, avec deux femmes pour l'aider, et William, qui fait les chaussures.

— D'où viennent les garçons?

— Avant de servir ici, Albert, le maître d'hôtel, était au *Vincent*, à Plymouth, où il est resté pendant plusieurs années. Deux des garçons sont ici depuis trois ans, le troisième depuis quatre. Ils sont tous très bien, sous tous les rapports. Quant à Henry, il est là depuis l'ouverture de l'hôtel. C'est un peu une institution.

— Parfait, fit Weston. Naturellement, Colgate vérifiera tout ça. Je vous remercie, madame Castle.

— Vous n'avez plus besoin de moi?

— Non, madame, pas pour le moment.

Mrs. Castle quitta la pièce en faisant crier ses bottines.

— La première chose à faire, maintenant, dit Weston, c'est de voir le capitaine Marshall.

4.

Le capitaine Marshall répondait d'une voix tranquille aux questions qu'on lui posait. Son visage, grave et tendu, ne manifestait aucune nervosité. C'était un homme distingué et sympathique, avec des traits réguliers, une bouche ferme et bien dessinée, des yeux d'un bleu limpide, une voix grave et agréable.

— Je me rends très bien compte, dit le colonel Weston, du coup terrible que le destin vient de vous porter, mais vous comprenez, je pense, que je tienne à faire toute la lumière sur cette tragique affaire...

— Je comprends parfaitement. Continuez!

— Mrs. Marshall était votre seconde femme?

— Oui.

— Vous étiez mariés depuis combien de temps?

— Un peu plus de quatre ans.

— Et, avant son mariage, Mrs. Marshall s'appelait?

— Helena Start. Au théâtre, Arlena Stuart.

— C'était une actrice?

— Elle jouait dans les revues et au music-hall.

— Avait-elle abandonné la scène après son mariage?

— Non. Elle a continué à jouer et c'est seulement il y a un an et demi qu'elle a quitté le théâtre.

— Avait-elle, pour renoncer à la scène, quelque raison particulière?

Kenneth réfléchit un instant avant de répondre :

— Non. Le théâtre ne l'amusait plus, voilà tout.

— Ce n'est pas pour répondre à vos vœux qu'elle l'abandonna?

— Nullement.

— Il ne vous déplaisait pas qu'elle eût continué de jouer après votre mariage?

— Sans doute, dit-il, j'aurais mieux aimé qu'elle quittât la scène, mais je n'accordais pas à la chose une importance essentielle.

— Vous n'aviez point de discussions avec elle à ce sujet?

— Du tout. Ma femme était libre et faisait ce qu'il lui plaisait.

— Et... votre union était heureuse?

— Certainement.

Le ton était froid. Le colonel Weston attendit un instant, puis dit :

— Capitaine Marshall, soupçonnez-vous quelqu'un de l'assassinat de votre femme?

La réponse vint, immédiate et catégorique :

— Non.

— Avait-elle des ennemis?

— Peut-être...

— Ah! fit Weston.

— Comprenez-moi bien, colonel, reprit Marshall avec vivacité. Arlena était une actrice et une très jolie femme. Deux raisons d'être enviée et jalousée. Ses rôles lui faisaient des ennemies, sa beauté également. Les femmes, entre elles, sont rarement charitables et je croirais volontiers que certaines haïssaient Arlena cordialement. Ce qui ne signifie pas qu'elles eussent été jusqu'à la tuer.

— En somme, monsieur, dit Poirot, qui parlait pour la première fois, vous considérez que Mrs. Marshall n'avait que des *ennemies*. Des femmes, uniquement.

— C'est bien cela, dit Marshall.

— Vous ne voyez, demanda Weston, aucun homme qui eût eu quelque raison d'en vouloir à Mrs. Marshall?

— Aucun.

— Avant de venir ici, connaissait-elle quelqu'un parmi les pensionnaires de cet hôtel?

— Je crois qu'elle rencontra Mr. Redfern à une « cocktail-party ». A ma connaissance, c'est la seule personne de l'hôtel qu'elle avait vue avant d'arriver ici.

Weston hésita un moment, se demandant s'il allait poursuivre sur ce sujet. Il y renonça et, passant à autre chose, dit :

— Parlons maintenant de ce matin. A quel moment avez-vous vu Mrs. Marshall pour la dernière fois?

— Je suis entré dans sa chambre avant de descendre prendre mon petit déjeuner...

— Je vous demande pardon. Vous occupiez des chambres séparées?

— Oui.

— Et vous êtes entré dans la sienne à quelle heure?

— Il devait être autour de neuf heures.

— Que faisait-elle?

— Elle ouvrait son courrier.

— Vous a-t-elle dit quelque chose?

— Rien de spécial. Nous nous sommes dit bonjour, elle a remarqué qu'il faisait un temps magnifique... Enfin, rien de particulier.

— Son attitude vous a paru normale?

— Absolument normale.

— Elle ne vous a pas semblé nerveuse? Ou déprimée?

— Pas le moins du monde.

— A-t-elle fait allusion, demanda Poirot, au contenu des lettres qu'elle était en train d'ouvrir?

— Autant que je me souvienne, répondit Marshall avec un pauvre sourire, elle m'a dit qu'il s'agissait uniquement de factures.

— Mrs. Marshall prenait son petit déjeuner au lit?

— Oui.

— Toujours?

— Toujours.

— Et, demanda Poirot, à quelle heure descendait-elle, d'ordinaire?

— Entre dix et onze. Généralement, plutôt vers onze heures.

— Si elle était descendue à dix heures juste, reprit Poirot, la chose vous eût paru surprenante?

— Sans aucun doute. Elle descendait rarement si tôt que cela.

— C'est pourtant ce qu'elle a fait ce matin. Pourquoi? Pouvez-vous nous le dire?

Marshall répondit sans émotion apparente :

— Je n'en ai pas la moindre idée. Peut-être avait-elle voulu profiter de cette belle journée...

— Vous êtes-vous aperçu de son absence?

— Mon petit déjeuner pris, je suis remonté chez elle. J'ai été surpris de trouver la chambre vide.

— Ensuite, vous êtes descendu sur la plage et vous m'avez demandé si je l'avais vue?

— Exactement.

Puis, détachant les mots pour leur donner de l'importance, Marshall ajouta :

— Et vous m'avez dit que vous ne l'aviez pas vue.

Poirot ne broncha pas. Un air de parfaite innocence répandu sur son visage, il caressait d'une main douce sa jolie moustache.

— Aviez-vous, demanda Weston, quelque raison particulière de chercher votre femme, ce matin?

— Non. Je me demandais ce qu'elle était devenue, voilà tout...

Weston déplaça légèrement sa chaise, se rassit, puis, d'un ton légèrement différent, dit :

— Il y a un instant, capitaine, vous nous avez dit que votre femme connaissait Mr. Redfern avant de venir ici. Pouvez-vous nous donner à ce sujet quelques précisions?

— Vous permettez que je fume? demanda Marshall.

Il fouilla dans ses poches, constata avec ennui qu'il avait égaré sa pipe, accepta de Poirot une cigarette, qu'il alluma, puis répondit :

— Vous parliez de Redfern. Ma femme m'a dit l'avoir rencontré dans une « cocktail-party », un point c'est tout.

— Il semble, cependant, reprit Weston avec un léger embarras, qu'ils étaient devenus assez liés.

La voix de Marshall se fit coupante.

— Il vous semble? Et peut-on savoir sur quoi se fonde cette impression?

— Disons, si vous voulez, que c'est une rumeur qui court l'hôtel.

Kenneth Marshall tourna vers Poirot des yeux chargés de reproches muets.

— Les cancans qu'on entend dans les halls d'hôtel sont généralement de vulgaires mensonges.

— C'est possible. Il semble, cependant, que Mr. Redfern et Mrs. Marshall donnaient aux langues quelques raisons de marcher.

— Comment cela?

— N'étaient-ils pas tout le temps ensemble?

— Et après?

— Vous ne niez pas le fait?

— C'est possible. Je n'ai pas fait attention...

— Je m'excuse, capitaine, mais il faut que je pose la question. Vous ne trouviez rien à redire à cette amitié de Mr. Redfern pour votre femme?

— Il n'entrait pas dans mes habitudes de critiquer la conduite d'Arlena.

— Vous ne lui aviez jamais fait d'observations à ce sujet?

— Certainement pas.

— Et il vous était indifférent que les relations de votre femme et de Mr. Redfern devinssent un sujet de scandale?

— Je m'occupe de ce qui me regarde, dit froidement Kenneth Marshall, et je souhaite que tout le monde fasse comme moi. Je ne me soucie pas des ragots.

— Vous ne contestez pas que Mr. Redfern témoignait beaucoup d'admiration pour votre femme?

— Je n'y songe pas. Beaucoup d'hommes étaient dans son cas. Arlena, je le répète, était une très jolie femme.

— Cette amitié ne vous a jamais paru... excessive, suspecte?

— Je ne puis que vous redire que je ne me suis jamais posé la question.

— Et si un témoin certifiait que les relations de Mrs. Marshall et de Mr. Redfern avaient un caractère d'intimité très accentué?

Le visage de Marshall se départit de son impassibilité ordinaire. De nouveau, ses yeux bleus se posèrent sur Poirot, hostiles et un peu méprisants.

— Si vous voulez écouter ces histoires, écoutez-les! Ma femme est morte, elle ne se défendra pas!

— Vous voulez dire que, vous, vous n'y croyez pas!

De petites perles de sueur apparaissaient sur le front de Marshall.

— Non, je n'y crois pas. Et j'ai l'impression que vous êtes bien loin de l'affaire. Vous êtes là, à me demander ce que je crois ou ne crois pas! Qu'est-ce que cela a à voir avec l'assassinat de ma femme! Arlena a été tuée, voilà le fait!

Avant que les autres eussent pu répondre, Hercule Poirot prenait la parole.

— Vous ne nous comprenez pas, capitaine Marshall, déclara-t-il. On ne peut pas considérer un assassinat comme un fait en soi. Un meurtre s'explique, neuf fois sur dix, par le caractère de la victime, par sa personnalité. *C'est parce qu'elle était tel ou tel genre de personne qu'elle est devenue la victime.* Aussi longtemps que nous ne saurons pas très exactement qui était Arlena Marshall, *quel genre de personne elle était*, nous resterons incapables de définir exactement *le genre de personne qui a pu la tuer*, incapables de situer l'assassin. D'où les questions, indispensables, que nous vous posons.

Marshall se tourna vers le chef de la police.

— C'est également votre opinion?

Weston hésita légèrement.

— C'est-à-dire, fit-il, que... jusqu'à un certain point...

Marshall émit un petit rire.

— Je me doutais bien, dit-il, que vous ne seriez pas tout à fait d'accord. J'imagine que cette histoire de personnalités, de caractères, est une spécialité de Mr. Poirot.

— En tout cas, fit Poirot, avec un sourire, vous pourrez vous flatter de n'avoir rien fait pour m'aider!

— Que voulez-vous dire?

— Qu'est-ce que vous nous avez appris, concernant votre femme? Exactement rien. Vous nous avez dit ce que tout le monde sait, qu'elle était belle et admirée. Rien d'autre!

Kenneth Marshall haussa les épaules et dit :

— Vous déraisonnez!

Puis, se tournant vers Weston, appuyant avec intention sur le « vous » :

— Y a-t-il encore, colonel, quelque chose que je puisse *vous* dire?

— Certainement, capitaine. J'aimerais que vous me parliez de votre matinée.

Marshall attendait la question depuis le début de l'entretien.

— J'ai pris mon petit déjeuner en bas vers neuf heures, comme d'habitude. Après, j'ai lu les journaux, puis, comme je vous l'ai dit, je suis monté à la chambre de ma femme, pour m'apercevoir qu'elle était sortie. Je suis allé à la plage, j'ai vu M. Poirot et je lui ai demandé s'il avait vu Arlena. J'ai pris un bain, assez court, et je suis rentré à l'hôtel. Il devait être, à ce moment, onze heures moins vingt... Réflexion faite, il était onze heures moins vingt. J'ai remarqué l'heure à la pendule du hall. Je suis monté à ma chambre, mais la femme de chambre était en train de faire le ménage. Je lui ai demandé d'en finir rapidement, car j'avais quelques lettres à taper et je ne voulais pas manquer la levée. Je suis redescendu, j'ai échangé quelques mots au bar avec Henry, puis j'ai regagné ma chambre. Il était onze heures moins dix. J'ai tapé mes lettres et je suis resté à ma machine à écrire jusqu'à midi moins dix. J'ai changé de vêtements, pour mettre un costume de tennis. J'avais rendez-vous pour jouer à midi. Nous avions retenu le court...

— « Nous », qui, s'il vous plaît?

— Mrs. Redfern, Miss Darnley, Mr. Gardener et moi. Je suis descendu à midi juste. Au tennis, j'ai retrouvé Miss Darnley et Mr. Gardener. Mrs. Redfern est arrivée quelques minutes plus tard. Nous avons joué pendant une heure. Quand nous sommes revenus à l'hôtel, j'ai... j'ai appris l'horrible nouvelle.

— Je vous remercie, capitaine Marshall. Puis-je, simple formalité, vous demander si quelqu'un peut certifier le fait que vous avez tapé à la machine dans votre chambre de... onze heures moins dix à midi moins dix?

— Vous vous imaginez, peut-être, dit Kenneth Marshall avec un sourire ironique, que j'ai tué ma femme?... Voyons... La femme de chambre travaillait à l'étage. Elle a dû entendre le cliquetis de ma machine. D'autre part, il y a les lettres elles-mêmes. J'ai été si bouleversé que je ne les ai pas mises à la boîte. Elles constituent, je pense, un témoignage qui en vaut un autre...

Tirant de sa poche trois lettres non timbrées, il ajouta :

— Leur contenu est assez confidentiel, mais je suppose que je dois m'en remettre à la discrétion de la police. Vous trouverez à l'intérieur de longues listes de chiffres, avec quelques notes financières, et je pense que, si vous chargez un de vos hommes d'en prendre copie, il ne lui faudra pas loin d'une heure pour le faire.

Il se tut quelques secondes et dit :

— J'espère que vous êtes satisfaits?

— Dites-vous bien, répondit le colonel Weston de son ton le plus aimable, que nous ne vous soupçonnons nullement. Tous les habitants de l'île devront, comme vous, justifier de ce qu'ils ont fait, ce matin, entre onze heures moins le quart et midi moins vingt.

— Je comprends, fit Kenneth Marshall.

— Une chose encore, capitaine, dit Weston. Savez-vous si votre femme a disposé des biens qu'elle pouvait posséder, et comment?

— Je ne crois pas qu'elle ait fait de testament.

— Vous n'en êtes pas sûr?

— Vous aurez une certitude en vous adressant à ses hommes d'affaires : Barkett, Markett et Appleton, Bedford Square. Ils s'occupaient de ses contrats et de tous ses intérêts. Mais je suis à peu près certain qu'elle n'a pas fait de testament. Je me souviens qu'elle m'a dit un jour que la seule idée de rédiger ses dernières volontés lui donnait froid dans le dos!

— S'il n'y a pas de testament, c'est vous, son mari, qui hériterez de ses biens?

— Je le pense.

— Elle n'avait pas de proches parents?

— Je ne sais pas. En tout cas, si elle en avait, elle ne parlait jamais d'eux. Son père et sa mère sont morts quand elle était enfant, elle n'avait ni frères ni sœurs.

— Au surplus, elle n'avait peut-être pas grand-chose à laisser?

— Bien au contraire, fit Kenneth Marshall, avec flegme. Il y a deux ans, Sir Robert Erskine, un vieil ami à elle, lui a légué en mourant la plus grande partie de sa fortune. Quelque chose, je crois, comme cinquante mille livres.

L'inspecteur Colgate, qui n'avait pas soufflé mot durant toute la conversation, parut se réveiller.

— Mais alors, capitaine Marshall, demanda-t-il, votre femme était réellement riche.

— C'est bien mon avis.

— Et, si riche que ça, vous nous dites qu'elle n'aurait pas fait de testament?

— Elle était superstitieuse et je vous dis ce que je crois, mais c'est à ses hommes d'affaires qu'il faut poser la question.

Il y eut un long silence.

— Vous ne voyez plus rien à me demander? s'enquit-il.

Weston secoua la tête et consulta Colgate du regard avant de répondre non.

Puis, se levant, il dit :

— Permettez-moi, capitaine, de vous renouveler l'expression de mes très sincères condoléances.

Un peu surpris, Marshall remercia d'un mot et sortit.

5.

Après son départ, les trois hommes s'entre-regardèrent.

— Drôle de client, dit Weston. Il ne se livre pas. Qu'en pensez-vous, Colgate?

— Difficile à dire, répondit l'inspecteur. Il est du genre flegmatique. Ces gens-là font toujours mauvaise impression quand ils déposent et on n'est pas toujours juste avec eux. Ils auraient des choses à dire, mais elles ne sortent pas. C'est plus fort qu'eux. C'est comme ça que Wallace s'est fait condamner. Il n'y avait pas de preuves, mais les jurés n'ont jamais voulu admettre qu'un homme puisse perdre sa femme et parler de la chose aussi calmement qu'il le faisait.

Weston se tourna vers Poirot, sollicitant son opinion.

— Que vous dire? fit Poirot, écartant les mains dans un geste d'impuissance. On se croirait devant un coffre-fort. Il a choisi son rôle : il n'a rien vu, rien entendu et il ne sait rien!

— Pour les mobiles, dit Colgate, nous avons le choix. La jalousie, d'une part, l'argent de l'autre. Evidemment, le mari est suspect. C'est forcément à lui qu'on pense d'abord. S'il est prouvé qu'il était au courant des relations de sa femme avec l'autre type...

Poirot ne le laissa pas achever.

— Je crois, dit-il, qu'il était au courant.

— Qu'est-ce qui vous fait croire ça?

— Eh bien! voilà. Hier soir, après avoir bavardé sur la falaise avec Mrs. Redfern, je revenais vers l'hôtel quand j'ai aperçu Mrs. Marshall et Patrick Redfern. Deux minutes plus tard, Marshall m'a rejoint. Il ne m'a rien dit et il avait, comme toujours, son visage de bois. Mais il était d'une pâleur significative. Soyez-en sûrs, il savait.

Colgate laissa entendre un grognement qui prouvait qu'il n'était pas convaincu.

— Si vous le croyez...

— Je ne le crois pas, je suis sûr. Mais qu'est-ce que ça nous donne? Rien. Ce qu'il faudrait connaître, ce sont les sentiments de Kenneth Marshall pour sa femme.

— Sa mort ne semble pas l'avoir trop affecté, dit le colonel.

Poirot hocha la tête, en signe de doute.

— Ces gens très calmes, dit l'inspecteur, sont quelquefois, en dessous, des passionnés. Il se peut fort bien que cet homme-là ait été follement amoureux de sa femme et follement jaloux. Seulement, il n'est pas de l'espèce de ceux qui le laissent voir!

— C'est possible, fit Poirot. En tout cas, sa personnalité m'intéresse beaucoup. Et son alibi également.

— L'alibi par la machine à écrire, dit Weston, avec un gros rire. Qu'est-ce que vous en pensez, Colgate?

— Eh bien! répondit l'inspecteur, c'est un alibi qui ne me déplaît pas. Ce qu'il a de sympathique, à mon sens, c'est qu'il n'est pas trop bon. Il est... comment dire?... *naturel*. Il fait vrai, pas fabriqué. Si nous trouvons que la femme de chambre était bien dans le voisinage et qu'elle a entendu la machine, je crois bien que nous serons là en présence d'un alibi indiscutable et qu'il nous faudra chercher ailleurs.

— Ailleurs, oui, fit le colonel Weston, mais où?

6.

La question les tint tous trois silencieux pendant quelques instants.

L'inspecteur Colgate fut le premier à parler.

— Le problème, dit-il, se résume à ceci : l'assassin est-il venu du dehors ou est-ce un des pensionnaires de l'hôtel? Je ne mets pas absolument les domestiques hors de cause, bien entendu, mais je suis persuadé que l'affaire s'est passée en dehors d'eux. Non, c'est un pensionnaire de l'hôtel ou quelqu'un de l'extérieur. Cela posé, les mobiles. Il y a l'argent. La seule personne qui se trouve bénéficier de la mort de la dame, c'est son mari. Au moins, à ce qu'il me semble. Autres mobiles possibles? Je n'en vois guère qu'un : la jalousie. J'ai idée ue, si nous nous sommes jamais trouvés en présence d'un crime passionnel, c'est aujourd'hui.

Poirot, les yeux au plafond, dit à mi-voix :

— Il y a tant de passions différentes en ce bas monde!

L'inspecteur Colgate poursuivit :

— Le mari ne veut pas admettre qu'elle ait eu des ennemis, j'entends de vrais ennemis. C'est un point sur lequel je ne peux pas être d'accord avec lui : une femme comme ça a nécessairement beaucoup d'ennemis. Vous ne croyez pas?

La question s'adressait à Weston, mais ce fut Poirot qui répondit :

— Ça ne fait aucun doute : il y a des gens qui détestaient Arlena Marshall. Seulement, à mon avis, ça ne nous avance pas de le savoir. Car ces gens qui détestaient Arlena Marshall, ce sont des femmes. Ce qu'elle avait, c'était des *ennemies*!

Le colonel Weston grogna et dit :

— Il y a du vrai là-dedans. J'ai bien l'impression qu'elle avait toutes les femmes contre elle.

— Or, poursuivit Poirot, il est à peu près impossible que le crime ait été commis par une femme. Que dit le rapport médical?

Un nouveau grognement de Weston préluda à la réponse.

— Neasdon, dit-il, est à peu près sûr qu'elle a été étranglée par un homme. De larges mains qui ont serré avec une étonnante vigueur... Il faut compter avec l'hypothèse possible de la femme athlète, mais elle est bien invraisemblable.

Poirot approuva.

— Parfaitement, fit-il. Un peu d'arsenic dans une tasse de thé, une boîte de chocolats empoisonnés, voilà des crimes féminins. J'admets encore, à la rigueur, le couteau ou le revolver, mais pas la strangulation. Non, c'est un homme que nous cherchons et cela complique le problème. Car s'il y a ici deux personnes avec de sérieuses raisons de souhaiter la disparition d'Arlena Marshall, ce sont deux femmes...

— Dont, je pense, Mrs. Redfern, dit Weston.

— Oui, Mrs. Redfern aurait fort bien pu se mettre en tête de tuer Arlena Marshall. Elle avait pour cela de très bonnes raisons et je la crois fort capable de commettre un meurtre. Seulement, pas un meurtre comme celui-là. Elle est malheureuse, jalouse, mais ne se laisse pas emporter par ses passions. En amour elle doit être sincère, loyale, mais un peu froide. Et puis, comme je le disais, il y a un instant, quelques gouttes d'arsenic, d'accord, mais la strangulation, non. De plus, physiquement, elle est incapable d'avoir étranglé Arlena Marshall. Elle a les mains très petites, d'une taille sensiblement au-dessous de la moyenne.

Weston acquiesça.

— Il ne s'agit pas d'un crime de femme. Le coupable est un homme.

L'inspecteur Colgate toussota, puis dit :

— Je voudrais vous proposer une hypothèse. Supposons qu'avant de rencontrer ce Mr. Redfern, la dame ait eu une autre aventure avec un inconnu que nous appellerons X... Elle lâche ledit X... pour Redfern. X..., ivre de rage et de jalousie, la suit ici, s'installe quelque part sur la côte, s'introduit dans l'île en douce et lui fait son affaire. Tout ça, je crois, n'a rien d'impossible.

— Certes, admit Weston. Et si vous avez deviné juste, la preuve doit être facile. Votre homme est-il venu dans l'île à pied ou en bateau? Je penche pour le bateau. Ce bateau, il a bien fallu qu'il le loue quelque part. Une enquête rapide doit nous apprendre où.

Poirot se taisait. Weston se décida à lui demander ce qu'il pensait de la théorie de Colgate.

— A mon avis, dit lentement Poirot, elle laisse une trop grande part au hasard : l'assassin aurait pris trop de risques. Et puis, il y a là-dedans quelque chose qui ne colle pas! J'ai beau faire, je ne vois pas l'homme... cet homme ivre de rage et de jalousie...

— Ce ne serait pas le premier qu'elle aurait rendu maboule, dit Colgate. Regardez Redfern...

— Je sais, fit Poirot. Pourtant...

— Pourtant?

Poirot fit la grimace, fronça le sourcil et dit :

— Il y a dans toute cette affaire quelque chose qui nous échappe...

Chapitre 6.

I.

Le colonel Weston donnait à haute voix lecture à ses deux compagnons de la liste des noms portés sur le registre de l'hôtel :

— Le major Cowan et Madame, Miss Pamela Cowan, Mr. Robert Cowan, Mr. Evan Cowan, Rydal's Mount, Leatherhead.

« Mr. et Mrs. Masterman, Mr. Edward Masterman, Miss Jennifer Masterman, Mr. Roy Masterman, Mr. Frédérick Masterman, 5, Marlborough Avenue, Londres, N. W.

« Mr. et Mrs. Redfern, Crossgates, Seldon, Princes Risborough.

« Le major Barry, 18 Cardon Street, Saint-James, Londres, S. W. I.

« Mr. Horace Blatt, 5 Pickersgill Street, Londres, E. C. 2.

« M. Hercule Poirot, Whitehaven Mansions, Londres W. I.

« Miss Rosamund Darnley, 8 Cardigan Court, Londres, W. I.

« Miss Emily Brewster, Southgates, Sunbury-on-Thames.

« Le révérend Stephen Lane, Londres.

« Le capitaine Marshall, et Madame, Miss Linda Marshall, 73 Upcott Mansions, Londres, S. W. 7.

La lecture terminée, il attendit.

Colgate parla le premier.

— Je crois que nous pouvons liquider tout de suite les deux familles du début. D'après Mrs. Castle, les Masterman et les Cowan viennent ici chaque été, avec leur ribambelle d'enfants. Ce matin, ils ont emporté leurs repas et sont partis en mer pour une excursion qui doit durer toute la journée. Leur départ a eu lieu vers neuf heures. Leur pilote s'appelle Andrew Baston. Nous pourrons l'interroger, mais je suis sûr que nous pouvons dès à présent les laisser de côté.

— D'accord, fit Weston. Eliminons tout ce que nous pouvons ! Voudriez-vous, Poirot, nous donner quelques renseignements sur les autres?

— Volontiers. Nous commencerons, dans l'ordre, par les Gardener. Ce sont des gens rassis, pas désagréables, et qui voyagent beaucoup. C'est la dame qui fait la conversation. Le mari se contente d'approuver. Il joue au tennis et au golf et il témoigne, lorsqu'il est seul — je veux dire sans sa femme — d'un humour à froid qui n'est pas dépourvu de charme.

— Très bien!

— Ensuite, viennent les Redfern. Le mari est jeune et séduisant. Nageur magnifique, bon joueur de tennis et danseur accompli. De la femme, je vous ai déjà parlé. Elle ne fait pas de bruit et elle est assez jolie, d'un genre effacé. Je crois qu'elle aime son mari. J'ajoute qu'elle a quelque chose qui manquait à Arlena.

— Et quoi donc?

— Elle est intelligente.

— En amour, fit Colgate, l'intelligence ne compte guère!

— C'est une opinion, répliqua Poirot. Pourtant, je crois que, si épris qu'il ait pu être de Mrs. Marshall, Redfern aime sa femme.

— Ça se peut fort bien! J'ai déjà vu des cas analogues...

— L'ennui, observa Poirot, c'est que vous pouvez aller raconter ça à une femme : elle ne vous croira pas!

Il jeta un coup d'œil sur le registre et reprit :

— Le major Barry. Ancien officier de l'armée des Indes. Grand admirateur des dames. Raconte des histoires longues et ennuyeuses.

— N'insistez pas, dit Colgate. Nous connaissons le modèle.

— Mr. Horace Blatt. Selon toute vraisemblance, un homme riche. Il parle beaucoup... et surtout de Mr. Blatt. Il veut être l'ami de tout le monde et c'est assez fâcheux, car personne ne recherche sa compagnie. Autre point à signaler : Mr. Blatt, hier soir, m'a posé un tas de questions. Il avait l'air ennuyé et, de son côté, il y a certainement quelque chose qui ne va pas.

Il prit un temps, puis, d'une voix très différente, continua :

— Passons à Miss Rosamund Darnley. Elle dirige une grande maison de couture : *Rose Mond Ltd.* Que vous dire d'elle? Elle est célèbre, intelligente, elle a autant de charme que de chic et n'est pas du tout désagréable à regarder. C'est une très vieille amie du capitaine Marshall.

— Tiens, tiens! fit Weston, intéressé.

— Oui. Ils se sont retrouvés ici après s'être perdus de vue pendant des années.

— Savait-elle qu'elle le rencontrerait ici?

— Elle dit que non.

Il jeta un nouveau regard sur le registre.

— Vient ensuite Miss Brewster. C'est une femme un peu bizarre. Au moins, à mon avis... Elle a une voix d'homme, ses manières sont assez rudes, mais je lui crois un cœur excellent.

Elle fait du canot et, au golf, son handicap est de quatre.

— Reste le révérend Stephen Lane, fit Weston. Qui est le révérend Stephen Lane?

— Tout ce que je puis vous dire, c'est qu'il est d'une nervosité presque maladive. Pour le reste, je ne sais rien de lui. Je dirai pourtant que je le crois très sectaire.

— Encore une espèce connue, dit Colgate.

Weston ferma le registre.

— Ainsi donc, fit-il, voilà tout notre monde!... Qu'est-ce qu'il se passe, Poirot? Vous paraissez songeur?

— C'est vrai, reconnut Poirot, et voici pourquoi. Ce matin, lorsque Mrs. Marshall me demanda de ne pas dire que je l'avais vue, j'avais immédiatement bondi sur quelques conclusions. Je pensais que ses relations avec Patrick Redfern lui avaient valu quelque scène avec son mari, qu'elle allait retrouver Redfern quelque part, ce pourquoi elle me demandait de ne pas parler à son mari de notre rencontre.

« Or, je me trompais. En effet, le mari est bien arrivé sur la plage quelques minutes après son départ, mais il était suivi de peu par Patrick Redfern, qui très visiblement était à la recherche d'Arlena. Alors, je me pose la question : *qui Mrs. Marshall allait-elle retrouver?*

L'inspecteur Colgate triomphait.

— Voilà, dit-il, qui confirme ma théorie. Elle allait retrouver mon Mr. X..., venu de Londres ou d'ailleurs.

Poirot fit non de la tête.

— Mon cher ami, fit-il, dans votre hypothèse, Arlena a rompu avec votre Mr. X... Pourquoi, dans ces conditions, prendrait-elle la peine d'aller le retrouver?

— Alors, comment expliquez-vous...

— Justement! s'exclama Poirot, je ne m'explique pas! Nous venons de passer en revue les pensionnaires de l'hôtel. Tous sont des gens d'un certain âge et pas particulièrement amusants. Y en a-t-il un, dans le nombre, que Mrs. Marshall pouvait préférer à Patrick Redfern? Réponse : non, certainement pas. Et pourtant, il n'y a pas à dire, elle est allée retrouver quelqu'un... et quelqu'un qui n'était pas Patrick Redfern!

— Peut-être avait-elle l'intention de passer la matinée toute seule? suggéra Weston.

Poirot balaya l'hypothèse d'un grand geste de la main.

— On voit bien, répliqua-t-il, que vous n'avez jamais vu Arlena Marshall. Un de vos compatriotes a écrit un jour un essai dans lequel il montrait combien une peine d'emprisonnement dans une cellule individuelle eût été plus cruelle pour un Brummel que pour un Newton. Enfermée seule, mon cher ami, Arlena Marshall aurait cessé d'exister. Elle ne pouvait vivre qu'entourée d'une cour d'admirateurs. C'est pourquoi je suis sûr que, ce matin, Arlena Marshall allait retrouver quelqu'un. Le problème est de savoir *qui était ce quelqu'un...*

2.

— Laissons cela, dit le colonel Weston, après un moment de réflexion, nous construirons des théories plus tard. Finissons-en avec nos interrogatoires. Il faut absolument que ces gens-là me disent — et pas à peu près, mais exactement — où ils étaient, ce matin, aux heures qui nous intéressent. Il me semble que nous pourrions commencer par la petite Marshall. Elle peut avoir à nous raconter des choses susceptibles de nous être utiles.

Linda buta dans l'encadrement de la porte et fit dans la pièce une entrée timide et gauche. Très émue, rougissante, elle ouvrait de grands yeux et semblait à peine oser respirer.

Plein de paternelle sympathie pour cette enfant — car ce n'était qu'une enfant — qu'il lui fallait bien entendre, si pénible que cela fût, le colonel Weston, qui s'était levé pour l'accueillir, lui avança un siège et s'efforça de la rassurer.

— Je suis navré, dit-il, de vous imposer cette épreuve, mademoiselle Linda. C'est bien Linda, n'est-ce pas?

— Oui, Linda.

La voix était fraîche et mal posée. Une voix d'écolière, songea Weston, qui regardait les mains de Linda, de grosses mains, rouges et osseuses. Des mains d'écolière, elles aussi.

— Il ne faut pas avoir peur, dit-il avec douceur. Je voudrais simplement vous demander quelques petits renseignements.

— A propos... A propos d'Arlena?

— Oui. Est-ce que vous l'avez vue, ce matin?

— Non, fit-elle, secouant la tête. Arlena descendait toujours très tard. Elle prenait son petit déjeuner au lit.

— Et vous, mademoiselle Linda? demanda Poirot.

— Oh! moi, je me lève toujours! Le petit déjeuner au lit, ça vous gonfle!

Réprimant un sourire, Weston dit :

— Voulez-vous me dire ce que vous avez fait ce matin?

— Pour commencer, j'ai pris un bain. Après, j'ai déjeuné. Puis, je suis allée à la roche aux Mouettes, avec Mrs. Redfern.

— A quelle heure avez-vous quitté l'hôtel?

— Nous avions rendez-vous dans le hall à dix heures et demie. J'avais peur d'être en retard, mais, en fin de compte, je suis arrivée un peu en avance. Mrs. Redfern était déjà là et nous nous sommes mises en route deux ou trois minutes avant la demie.

— Et, demanda Poirot, qu'avez-vous fait à la roche aux Mouettes?

— Mrs. Redfern a dessiné. Moi, je me suis enduite d'huile et j'ai pris un bain de soleil. Après, je me suis mise à l'eau, tandis que Christine s'en allait pour rentrer à l'hôtel. Elle devait se changer pour aller jouer au tennis.

— Quelle heure pouvait-il être? demanda Weston, avec une indifférence affectée.

— Quand Mrs. Redfern est repartie pour l'hôtel? Midi moins le quart.

— Midi moins le quart, vous êtes sûre?

— Absolument sûre. J'ai regardé ma montre.

— Celle que vous avez là?

Linda avança le poignet.

— Celle-là.

— Vous voudriez me la faire voir?

Linda tendit le bras au-dessus du bureau. Weston constata que sa montre-bracelet marquait très exactement la même heure que sa propre montre, la même heure également que l'horloge de l'hôtel.

Il sourit, remercia Linda et reprit ses questions.

— Donc, vous avez pris un bain?

— Oui.

— Ensuite, vous êtes revenue à l'hôtel. Vers quelle heure?

— Il était à peu près une heure... et c'est en arrivant que j'ai appris... pour Arlena...

Sa voix s'altérait.

— Est-ce que vous vous entendiez bien avec votre belle-mère? demanda Weston, non sans quelque embarras.

La réponse tarda.

— Oui, fit-elle enfin.

Poirot insista :

— L'aimiez-vous?

— Oui. Elle était très gentille avec moi.

— En somme, fit Weston avec une bonne humeur forcée, ce n'était pas l'odieuse belle-mère des journaux illustrés?

— Non, dit-elle sans sourire.

— Parfait, reprit le colonel. Je vous demande ça, voyez-vous, parce qu'il y a parfois, dans les familles, de petites rivalités, souvent inconscientes, des frictions qui rendent la vie difficile. Un père, par exemple, est le camarade de sa fille. Elle peut très bien être un peu jalouse de sa nouvelle maman... C'est un sentiment que vous n'avez pas éprouvé?

Linda l'écoutait avec une visible surprise et le « non » qu'elle prononça avait l'accent de la sincérité.

Weston ne se sentait pas à l'aise. Cet interrogatoire lui était pénible. Son devoir lui commandait de poser des questions. Il les posait. Mais c'est dans des moments comme ceux-là qu'il se demandait pourquoi diable il était entré dans la police! Le métier le dégoûtait.

Sans enthousiasme, il poursuivit :

— Naturellement, votre père ne voyait que par Mrs. Marshall?

— Je ne sais pas.

— Voyons... Comme je le disais tout de suite, il peut y avoir, dans les familles, des discussions, des querelles... et, quand les parents ne vivent pas en bonne intelligence, la situation des enfants n'est pas toujours facile. Vous n'avez jamais eu cette impression?

— Est-ce que vous voulez dire par là, demanda Linda, que papa et Arlena se querellaient?

— Euh... oui!

— Eh bien, non! fit-elle nettement. Papa, d'ailleurs, ne se querelle avec personne. Ce n'est pas son genre.

— Maintenant, mademoiselle Linda, dit Weston, je vais vous prier de faire bien attention. Soupçonnez-vous quelqu'un d'avoir tué votre belle-mère? Avez-vous vu ou entendu quelque chose qui pourrait nous donner une indication utile sur le meurtrier?

Linda garda le silence une bonne minute. Elle réfléchissait, soucieuse de ne pas répondre trop vite à une question délicate.

— Non, finit-elle par dire, je ne vois pas qui pouvait avoir eu envie de tuer Arlena. Sauf, bien entendu, Mrs. Redfern...

— Vous croyez que Mrs. Redfern voulait tuer Mrs. Marshall? Pourquoi?

— Parce que son mari était amoureux d'Arlena. Je ne crois pas qu'elle voulait vraiment la tuer, mais elle aurait été contente de la voir morte. Ce n'est pas la même chose...

— Il y a plus qu'une nuance, dit doucement Poirot.

— Et, de toute façon, continuait Linda, Mrs. Redfern ne pourrait tuer personne. Elle a horreur de la violence. Vous voyez ce que je veux dire?

— Certainement, fit Poirot, et je suis tout à fait de votre avis. Mrs. Redfern n'est pas de ces gens qui sont capables de « voir rouge » comme on dit...

Il se renversa en arrière, fermant les yeux comme pour mieux choisir ses mots.

— Non, poursuivit-il, je ne la vois pas remuée par une tornade de sentiments passionnés... effrayée devant sa vie gâchée, à l'horizon bouché... Je ne la vois pas non plus regardant avec des yeux de haine un visage détesté... une nuque blanche... serrer les poings jusqu'à s'en faire mal aux ongles... et se répéter que, ces ongles, il serait bien doux de les sentir s'enfoncer dans de la chair...

Il se tut.

Linda s'agitait nerveusement sur sa chaise et, d'une voix qui tremblait un peu, demanda « si c'était fini et si elle pouvait s'en aller ».

Weston répondit qu'ils en avaient terminé, la remercia et, se levant, la reconduisit jusqu'à la porte.

Revenu à la table, il alluma une cigarette et soupira avec ostentation.

— Drôle de métier, que celui qu'on nous fait faire! dit-il. Je ne vous cacherai pas que, durant tout cet interrogatoire, je me suis fait l'effet d'un mufle de la plus belle espèce. Joli travail, vraiment, que de demander à une gamine ce qu'elle sait des relations de son père et de sa belle-mère! En somme, j'ai fait ce que j'ai pu pour que cette petite passe elle-même la corde autour du cou de son papa. Fichu boulot! Et, pourtant, il faut le faire! Un crime est un crime... et cette enfant est mieux placée que personne pour savoir quelque chose. Ce qui n'empêche que je suis assez content qu'elle n'ait rien eu à nous apprendre!

— Je me doutais que ça vous ferait plaisir, fit Poirot.

Weston dit, après avoir toussoté pour dissimuler son embarras :

— A ce propos, je trouve, Poirot, que vous avez été un peu fort, avec votre histoire d'ongles qu'on aimerait sentir s'enfoncer dans la chair! Est-ce que ce sont là des idées à mettre dans la tête d'une fillette?

— Ah! fit Poirot, avec un demi-sourire. Vous croyez que j'ai cherché à lui mettre des idées dans la tête?

— C'est bien ce que vous avez fait.

Poirot allait répliquer, mais Weston passait à autre chose.

— Au total, cette enfant ne nous a rien appris, sinon que Mrs. Redfern possède un alibi plus ou moins valable. Si elles sont vraiment restées ensemble de dix heures et demie à midi moins le quart, Christine Redfern est hors de cause. Sortie de femme jalouse...

— Il y a de meilleures raisons de la tenir pour innocente, fit Poirot. Je suis convaincu qu'il lui serait physiquement et moralement impossible d'étrangler qui que ce soit. Son tempérament, calme et froid, s'y oppose. Elle est capable d'aimer profondément, capable de s'attacher, mais il ne faut pas attendre d'elle un coup de passion, non plus qu'une action commise sous l'empire de la colère. Et puis, je vous l'ai déjà dit, ses mains sont trop petites et trop frêles.

— Je suis d'accord avec M. Poirot, fit l'inspecteur Colgate. Elle est sûrement hors du coup. Le docteur Neasdon est formel : la dame a été étranglée par une paire de battoirs, grand module.

— Eh bien! dit Weston, nous allons continuer. Il me semble que nous pourrions maintenant prendre les Redfern. J'espère qu'il est remis de ses émotions...

3.

Patrick Redfern était redevenu lui-même. Il était un peu pâle, peut-être, mais il avait retrouvé une parfaite maîtrise de soi et paraissait très calme.

— Vous êtes, dit Weston, Mr. Patrick Redfern, de Crossgates, Seldon, Princes Risborough?

— Oui.

— Depuis combien de temps connaissiez-vous Mrs. Marshall?

Patrick hésita et dit :

— Trois mois.

— Le capitaine Marshall nous a dit que vous avez fait la connaissance de Mrs. Marshall par hasard, au cours d'une « cocktail-party ». C'est exact?

— Oui.

— Le capitaine Marshall nous a donné à entendre que, jusqu'à ce que vous veniez ici, Mrs. Marshall et vous, vous vous connaissiez assez peu. Est-ce la vérité?

De nouveau, Patrick Redfern hésita.

— Pas tout à fait, dit-il enfin. Au vrai, Mrs. Marshall et moi, nous nous étions rencontrés assez souvent.

— Sans que le capitaine Marshall en fût averti?

— Je ne saurais le dire.

Il avait rougi légèrement.

— Et, demanda vivement Poirot, est-ce que Mrs. Redfern était au courant de ces rencontres?

— Je crois que je lui ai dit que j'avais rencontré la célèbre Arlena Stuart.

— Oui, fit Poirot, conciliant, mais tenace. Mais lui avez-vous dit que vous la voyiez souvent?

— Peut-être que non...

Ce résultat acquis, Weston reprit son interrogatoire.

— Est-ce que vous vous étiez arrangés, Mrs. Marshall et vous, pour vous retrouver ici?

Redfern, cette fois, ne répondit pas. Il attendit un bon moment. Puis, après un long débat intérieur, il se décida.

— Après tout, dit-il d'une voix basse, il faudra que ça se sache! Alors, inutile de jouer au plus fin avec vous! Vous le savez sans doute, j'aimais cette femme. Quand je dis que je l'aimais, je suis au-dessous de la vérité. Je l'adorais, j'étais fou d'elle... Elle m'a demandé de venir ici. J'ai résisté un peu... Et puis, j'ai accepté!... Que voulez-vous? Elle m'aurait demandé n'importe quoi, je l'aurais fait! C'est idiot, je veux bien, mais c'est comme ça!

— Circé, dit Poirot à mi-voix.

— Eh oui! Circé. Je suis bien obligé de le reconnaître! Je n'en suis pas fier, mais qu'est-ce que vous voulez que j'y fasse?

Après un moment de silence, il reprit :

— Je veux être franc avec vous, messieurs. A quoi bon vous cacher quelque chose? J'étais éperdument amoureux de cette femme. M'aimait-elle? Je n'en sais rien. Elle le prétendait, mais je crois qu'elle appartenait à cette catégorie de femmes qui cessent de s'intéresser à l'homme qu'elles ont conquis. J'étais à elle corps et âme. Et elle le savait! Ce matin, quand je l'ai trouvée morte sur les galets, ce fut comme si je recevais un coup de poing entre les deux yeux. Tout s'est mis à tourner autour de moi... Un véritable knock-out!

— Et maintenant? fit Poirot.

Le regard de Patrick ne se déroba pas.

— Maintenant? Je vous ai dit toute la vérité et ce que je voudrais savoir, c'est *dans quelle mesure tout cela doit être rendu public?* Tout cela est sans rapport aucun avec la mort d'Arlena. Est-il bien nécessaire de le publier? Si je le demande, c'est moins pour moi que pour ma femme. Pour elle, le coup sera terrible...

Les yeux au sol, il poursuivit :

— Oh! je sais, vous me direz que j'aurais pu penser à elle plus tôt! Vous aurez raison. Vous me traiterez d'hypocrite, et pourtant, c'est la vérité vraie, j'aime ma femme. Je l'aime énormément. Arlena, c'était une aventure, un de ces coups de folie comme les hommes en ont quelquefois !... Christine, *c'est ma vraie femme !* Je me suis mal conduit avec elle, mais, même dans les pires moments, il n'y a jamais eu qu'elle qui comptait !

Il soupira et dit :

— Je dis la vérité... et je voudrais pouvoir vous convaincre !

Il y avait dans le ton, dans toute son attitude, une sincérité évidente.

— Je tiens à vous dire, fit Poirot, que je vous crois.

Patrick mit son regard droit dans les yeux du petit homme et dit simplement :

— Merci.

Cependant, après s'être laborieusement éclairci la voix, le colonel Weston expliqua la situation :

— Tenez pour assuré, monsieur Redfern, que nous ne retiendrons que ce qui peut intéresser la cause. Si les sentiments que vous portiez à Mrs. Marshall n'ont joué aucun rôle dans l'affaire, nous les laisserons de côté et il n'en sera pas parlé. Malheureusement, ce dont vous ne paraissez pas vous rendre compte, c'est que... l'intimité de vos relations avec Mrs. Marshall a probablement eu une influence directe sur sa destinée. Peut-être, en effet, explique-t-elle le *mobile* du crime.

— Le mobile ?

— Mais oui, monsieur Redfern, le mobile. Le capitaine Marshall, dites-vous, ne savait rien. Supposez que, d'un seul coup, il ait tout découvert...

— Vous ne voulez pas dire qu'averti de mes relations avec elle, il aurait tué sa femme ?

— L'hypothèse ne vous était pas venue à l'esprit ?

Le ton était sévère. Redfern baissa la tête.

— Non, répondit-il, ça ne m'est pas venu à l'idée. Marshall est un homme d'un calme si extraordinaire que... Non, voyez-vous, ça ne me paraît pas possible !

Weston posait une nouvelle question.

— Quelle était l'attitude de Mrs. Marshall à l'égard de son mari ? Redoutait-elle qu'il vînt à entendre parler de vos relations ? Ou la chose lui était-elle indifférente ?

— Elle tenait beaucoup à ce qu'il ne se doutât de rien.

— Avait-elle peur de lui ?

— Peur ?... Certainement pas !

Poirot intervint :

— Je vous demande pardon, monsieur Redfern. La question est un peu indiscrète, mais utile. Vous n'avez jamais songé au divorce ?

— Jamais. Comme je vous l'ai dit, j'aime Christine. Quant à Arlena, c'est une idée, j'en suis sûr, qui ne l'a jamais effleurée. Son mariage lui avait apporté des satisfactions auxquelles elle n'eût pas voulu renoncer. Marshall est... comment dire?... « quelqu'un ». Il est noble et il a de l'argent...

Un sourire amer passa sur son visage.

— Moi je n'étais pour elle qu'un pantin qui venait après beaucoup d'autres... Un moyen d'occuper agréablement quelques heures, pas autre chose! Je l'ai compris dès le premier jour et, pourtant, c'est étrange, ça n'a rien changé à mes sentiments...

Il se tut, songeur...

Weston, bientôt, le rappela à la réalité.

— Monsieur Redfern, aviez-vous ce matin un rendez-vous avec Mrs. Marshall?

La question surprit Patrick.

— Non, répondit-il, se ressaisissant. Généralement, nous nous retrouvions sur la plage, à l'heure du bain.

— Vous avez été étonné, ce matin, de ne pas la voir?

— Très étonné, en effet. Je ne comprenais pas.

— Comment vous êtes-vous expliqué son absence?

— Je ne savais que penser. Je suis resté là, m'imaginant sans cesse qu'elle allait venir.

— Si elle avait rendez-vous ailleurs avec quelqu'un d'autre, voyez-vous qui pouvait être ce quelqu'un?

Il fit non de la tête.

— Quand vous aviez rendez-vous avec Mrs. Marshall, où vous retrouviez-vous?

— Le plus souvent, à la roche aux Mouettes. L'endroit est tranquille et, l'après-midi, il y a de l'ombre.

— Jamais ailleurs? A la crique aux Lutins, par exemple?

— Non. La plage de la crique aux Lutins est... très indiscrète : on la voit admirablement quand on se promène en barque. Or, nous cherchions à ne pas attirer l'attention. Le matin, nous n'avions jamais de rendez-vous. L'après-midi, c'est un peu différent. Les gens font la sieste, ils se dispersent de droite et de gauche, nul ne sait où sont les autres, ni ce qu'ils font. Après dîner, quand la nuit était belle, il nous arrivait d'aller nous promener dans quelques coins de l'île...

— Je sais, fit Poirot, presque malgré lui.

— Bref, conclut Weston, vous ne pouvez rien nous dire des raisons qui, ce matin, ont conduit Mrs. Marshall à la crique aux Lutins.

— Je n'en ai pas la moindre idée. Cette sortie matinale, c'était si peu dans ses habitudes!

— Avait-elle des amis dans la région?

— Pas que je sache. Je suis même sûr que non.

— Maintenant, monsieur Redfern, je vous demande de rappeler vos souvenirs. Vous avez fréquenté Mrs. Marshall à Londres. Vous avez donc rencontré quelques-uns de ses amis. Savez-vous si l'un d'eux avait contre elle quelque grief? Quelqu'un, par exemple, que vous auriez supplanté dans ses bonnes grâces?

Patrick réfléchit un instant.

— Honnêtement, je ne vois personne.

Les doigts du colonel tambourinaient sur le bureau.

— Eh bien! voilà, fit-il. Nous restons, semble-t-il, en présence de trois possibilités. Celle d'un assassin inconnu... un maniaque, peut-être... qui s'est trouvé dans le voisinage... Évidemment, c'est un peu dur à admettre...

— Et pourtant, dit vivement Redfern, c'est l'explication la plus plausible!

— Je l'envisage, sans toutefois croire au crime crapuleux. L'endroit est d'accès assez difficile. Ou l'homme est arrivé par la digue, passant devant l'hôtel, traversant l'île et descendant à la crique par l'échelle. Ou bien il est venu en bateau. Mais, d'une façon ou de l'autre, il ne s'est pas trouvé là par hasard, il y a eu préméditation.

— Vous parliez, dit Redfern, de trois possibilités?

— Euh... oui. Parce que, n'est-ce pas, il y avait deux personnes dans l'île qui pouvaient avoir une raison de tuer Arlena Marshall. Son mari d'abord. Et puis, votre femme...

Redfern sursauta sur sa chaise.

— Ma femme? Vous ne voulez pas dire que Christine serait mêlée à l'affaire?

Il s'était levé. L'émotion le faisait bégayer.

— C'est... c'est de la folie!... Christine! Mais c'est impossible! Inimaginable! Plus exactement, c'est risible!

— Pourtant, dit Weston, la jalousie est un mobile sérieux. Les femmes jalouses ne se dominent plus...

Avec chaleur, Redfern prenait la défense de sa femme.

— Les autres, peut-être, mais pas Christine! Si malheureuse qu'elle soit, elle n'est pas femme à... Non, elle n'est pas femme à commettre un acte de violence!

Hercule Poirot nota avec satisfaction que ce mot de « violence » tout à l'heure venu tout naturellement aux lèvres de Linda pour parler de Christine, Redfern l'employait, lui aussi. Et, comme tout à l'heure, il trouva qu'il était bien choisi.

— Non, poursuivait Redfern, avec une ardente conviction, la

supposition est absurde. Arlena était physiquement deux fois plus forte que Christine. Je ne crois pas que Christine réussirait à étrangler un petit chat et je suis bien sûr qu'elle n'a pu étrangler une créature comme Arlena, qui était vigoureuse et tout en nerfs! D'autre part, jamais Christine n'aurait pu descendre l'échelle menant à la crique. La tête lui aurait tourné au deuxième échelon. Non, tout ça ne tient pas debout!

D'un geste machinal, le colonel Weston se tirait sur le lobe de l'oreille.

— En effet, dit-il, vue sous cet angle, l'hypothèse, je vous l'accorde, se heurte à de sérieuses difficultés. Mais, n'est-ce pas, le mobile est la première chose que nous devons considérer...

Se levant pour reconduire Redfern, il ajouta :

— Le mobile et la possibilité matérielle.

4.

Redfern sorti, Weston sourit et dit :

— Je n'ai pas cru devoir lui dire que sa femme avait un alibi. Je voulais voir sa réaction. Il était plutôt secoué, hein?

— Les arguments qu'il a fait valoir, répondit Poirot, me paraissent plus convaincants que le meilleur des alibis.

— Oh! fit Weston, je ne crois pas à la culpabilité de la femme! Elle ne peut pas avoir tué. Impossibilité physique, vous l'avez dit. Marshall, lui, *pourrait* être coupable. Mais, apparemment, il ne l'est pas.

L'inspecteur Colgate toussa pour attirer l'attention.

— J'ai réfléchi à son alibi, dit-il. S'il avait préparé son coup, n'est-il pas possible que ses lettres aient été tapées *à l'avance*?

— L'idée n'est pas mauvaise, fit Weston. Il faudra voir ça...

Il s'interrompit brusquement : on faisait entrer Christine Redfern.

Elle était, comme toujours, très calme, avec un rien d'affectation. Elle portait une jupe de tennis blanche, avec une veste bleu ciel qui soulignait la pâleur de son teint de blonde. Elle paraissait frêle, mais ses traits étaient ceux d'une femme décidée, pleine de courage et de bon sens.

« Une gentille petite femme, pensa le colonel. Un peu fade, peut-être, mais en tout cas bien trop bonne pour son coureur de mari. Enfin, il est jeune, il s'amendera. On a bien le droit de faire l'imbécile une fois dans sa vie! »

Il pria Mrs. Redfern de s'asseoir et dit :

— Nous sommes obligés, madame, de nous conformer à une certaine routine policière et les exigences de l'enquête veulent que nous demandions à chacun ce qu'il a fait ce matin. Je m'en excuse...

— Je comprends fort bien, fit Christine, d'une voix douce et posée. Où faut-il commencer?

Ce fut Poirot qui répondit.

— Aussi tôt que possible. Qu'avez-vous fait ce matin, en vous levant?

— Voyons. Avant de descendre pour prendre mon petit déjeuner, je me suis arrêtée dans la chambre de Linda Marshall et nous avons pris rendez-vous pour aller ensemble dans la matinée à la roche aux Mouettes. Nous décidâmes de nous retrouver dans le hall à dix heures et demie.

— Vous ne vous êtes pas baignée avant le petit déjeuner? demanda Poirot.

— Non, je ne le fais que rarement.

Souriante, elle expliqua :

— J'aime que la mer soit bien chauffée quand j'entre dans l'eau. Je suis plutôt frileuse.

— Votre mari, lui, prend un bain dès qu'il sort de son lit?

— Oui, presque toujours.

— Est-ce aussi l'habitude de Mrs. Marshall?

— Oh non! Mrs. Marshall était de ces gens qui ne font leur apparition que vers le milieu de la matinée!

La voix était devenue froide et acide. Poirot, simulant la confusion, s'excusait :

— Pardonnez-moi de vous avoir interrompue, madame. Vous disiez que vous étiez allée dans la chambre de Linda Marshall. Quelle heure était-il?

— Voyons... Huit heures et demie... Non, un peu plus tard.

— Miss Marshall était debout?

— Oui. Elle rentrait.

— Comment cela? demanda Weston.

— Elle m'a dit qu'elle était allée se baigner.

Hercule Poirot remarqua que la réponse avait été donnée avec une certaine hésitation.

— Ensuite? fit Weston.

— J'ai pris en bas mon petit déjeuner.

— Puis?

— Je suis remontée. J'ai préparé mes affaires de dessin, mon carnet de croquis. Puis, nous sommes parties.

— Linda Marshall et vous?

— Oui.

— Quelle heure était-il?

— Il devait être dix heures et demie.

— Et où êtes-vous allées?

— A la roche aux Mouettes. Une petite plage sur la côte est de l'île. Nous nous sommes installées là. J'ai dessiné et Linda a pris un bain de soleil.

— A quelle heure avez-vous quitté la roche aux Mouettes?

— A midi moins le quart. Je jouais au tennis à midi et il fallait que je me change.

— Vous aviez votre montre?

— Non. J'ai demandé l'heure à Linda.

— Et ensuite?

— Eh bien! j'ai plié bagage et je suis rentrée à l'hôtel.

— Et Miss Linda? demanda Poirot.

— Linda? Elle est allée se mettre à l'eau.

— Vous étiez-vous installées loin de la mer?

— Nous étions très au-dessus du niveau de l'eau, au pied de la falaise. Je m'étais mise à l'ombre et Linda en plein soleil.

— Miss Linda était-elle dans l'eau quand vous avez quitté la plage? demanda Poirot.

Christine plissa le front, faisant effort pour se rappeler.

— Voyons... Elle courait sur la plage tandis que je fermais ma boîte à dessin... Oui, je l'ai entendue se jeter dans les vagues au moment où je prenais le sentier qui monte sur la falaise.

— Vous en êtes sûre, madame? Vous l'avez bien vue dans l'eau?

— Oui, fit-elle.

L'insistance de Poirot sur ce point de détail l'étonnait, comme elle étonnait Weston.

— Continuez, madame Redfern, dit le colonel.

— Je suis revenue à l'hôtel, je me suis changée et j'ai rejoint les autres au tennis.

— Les autres, qui étaient?

— Le capitaine Marshall, Mr. Gardener et Miss Darnley. Nous avons joué deux sets. Nous allions commencer le troisième quand nous avons appris la nouvelle de... de la mort de Mrs. Marshall.

De nouveau, Poirot intervint :

— Et qu'avez-vous pensé, madame, en apprenant cette nouvelle?

— Ce que j'ai pensé?

Son visage disait clairement que la question lui déplaisait. Poirot insistait :

— Oui, qu'avez-vous pensé?

— Mon Dieu! dit lentement Christine, j'ai pensé que... que c'était une mort horrible!

— Oui, bien entendu... Mais cela, c'est la réaction commune... Une mort pareille, ça révolte tout le monde!... Ce que je souhaiterais connaître, c'est votre réaction personnelle, votre réaction *à vous*.

Comme elle ne semblait pas comprendre, la regardant bien en face, il ajouta :

— Je fais appel, madame, à votre intelligence, à votre bon sens et à votre jugement. Durant votre séjour ici, vous vous êtes certainement formé une opinion sur Mrs. Marshall, sur le genre de femme qu'elle pouvait être?

Elle répondit avec prudence :

— Mon Dieu, quand on vit dans le même hôtel...

— C'est tout à fait naturel, dit Poirot. Et c'est pourquoi je vous demande, madame, si la façon même dont est morte Arlena Marshall vous a réellement surprise?

— Je crois, dit lentement Christine, que je vois ce que vous désirez savoir. Eh bien! non, je n'ai pas été vraiment surprise. J'ai éprouvé comme un sentiment de dégoût. Mais elle était de ces femmes qui...

Poirot finit la phrase pour elle :

— Elle était de ces femmes qui peuvent rencontrer un tel destin. C'est là, madame, la chose la plus vraie qui ait été dite ce matin dans cette pièce. Cela posé, pouvez-vous, faisant abstraction de vos sentiments personnels, nous dire ce que vous pensiez de Mrs. Marshall?

— Est-ce bien nécessaire maintenant?

— Peut-être...

— Alors, que vous dirais-je?

Elle restait calme, mais ses joues se coloraient d'un rose léger et il y avait dans son allure quelque chose de changé. Une sorte de détente. Elle était moins « femme du monde » et beaucoup plus « femme ».

— Eh bien! c'était pour moi une créature méprisable. Elle n'avait aucune raison d'être. Pas de cœur, pas de cerveau! Elle ne pensait à rien, sinon à sa toilette, aux hommes et à l'admiration dont ils l'entouraient. Elle était inutile, totalement. Séduisante, bien sûr, très séduisante, mais menant une vie creuse, une vie sans objet, une de ces vies qui peuvent mal finir... voilà pourquoi sa fin ne m'a pas surprise! Chez tous ceux qu'elle approchait, elle réveillait les pires instincts... Elle était de ces femmes qui n'aiment dans la vie que ce qu'il y a de vil et de bas, de ces femmes qu'on trouve toujours mêlées à de sordides histoires de chantage, de jalousie et de crimes...

Elle se tut, un peu hors d'haleine, ses lèvres pincées exprimant son dégoût et son écœurement. Le colonel pensait qu'il eût été difficile de trouver femme plus différente d'Arlena, mais aussi que, marié à une Christine Redfern, il aurait sans doute éprouvé le besoin de changer d'air et qu'à ce moment une Arlena Marshall lui serait apparue parée de mille séductions.

Cependant, dans tout ce qu'avait dit Christine, un mot l'avait frappé.

Il posa les coudes sur le bureau et dit :

— Madame Redfern, comment se fait-il qu'à propos d'Arlena Marshall vous ayez prononcé le mot de *chantage*?

Chapitre 7.

1.

Un peu surprise, Christine regarda Weston, comme si elle n'avait pas compris du premier coup le sens de sa question.

— Je suppose, répondit-elle après quelques secondes, que c'est parce qu'on la faisait chanter. Ce qui n'a rien de bien étonnant, d'ailleurs.

— Précisons, dit Weston. Cela, vous le savez de façon certaine?

Elle rougit légèrement et répondit, d'un ton assez embarrassé :

— En fait, il se trouve que oui. J'ai... entendu une conversation.

— Voudriez-vous nous donner quelques détails?

Les joues de Christine tournèrent carrément au rouge.

— Cette conversation, je ne l'ai pas surprise exprès et c'est tout à fait par hasard que je l'ai entendue. C'était il y a deux jours... Non, il y a trois jours, dans la soirée. Nous jouions au bridge. Vous vous souvenez, monsieur Poirot? J'étais associée à mon mari et vous étiez le partenaire de Miss Darnley. Il faisait dans la pièce une chaleur étouffante et, à un certain moment, comme j'étais le mort, je suis sortie pour prendre l'air. J'ai fait quelques pas vers la plage et, tout à coup, j'ai entendu des voix.

La première — c'était celle d'Arlena Marshall, je l'ai reconnue tout de suite — disait : « Inutile d'insister! Je ne peux pas me procurer plus d'argent maintenant. Mon mari se douterait de quelque chose. » L'autre voix, une voix d'homme, répondit : « Pas d'histoires! Il faut les lâcher! » Alors, Arlena a dit : « Sale maître chanteur! » Et l'homme a répondu : « Maître chanteur ou pas, il faut payer, ma petite dame! » Un peu plus tard, Arlena m'a dépassée. Elle marchait très vite et avait l'air bouleversée.

— Et l'homme? Qui était-ce?

— Je l'ignore. Il parlait si bas que je l'entendais à peine.

— Sa voix ne vous a rappelé aucune voix que vous connaissiez?

— Non. Elle m'a semblé rude et profonde... Elle n'avait rien de très caractéristique.

— Je vous remercie, dit le colonel Weston.

2.

Quand la porte se fut refermée sur Christine Redfern, l'inspecteur Colgate dit, d'un ton satisfait :

— Enfin, maintenant, nous allons quelque part!

— Vous croyez? fit Weston.

— Ça ne fait pas de doute, répondit l'inspecteur, il me semble difficile de dire le contraire. Il y a dans l'hôtel quelqu'un qui faisait chanter la dame!

— Mais, dit doucement Poirot, ce n'est pas le maître chanteur qui est mort, c'est sa victime.

— Je reconnais que c'est assez gênant, admit Colgate. Les maîtres chanteurs n'ont pas l'habitude de trucider ceux qui les engraissent. Quoi qu'il en soit, nous savons maintenant pourquoi Mrs. Marshall est sortie ce matin et pourquoi elle tenait à se cacher de son mari et de Redfern. Elle avait rendez-vous avec le type qui la faisait chanter.

— Je crois, dit Poirot, que nous pouvons considérer cela comme acquis.

— Réfléchissez d'ailleurs à l'endroit du rendez-vous, reprit Colgate. Un coin idéal pour une entrevue de ce genre. La dame s'en va en périssoire. Ça n'a rien de suspect. Elle le fait tous les jours. Et elle va à la crique aux Lutins où, le matin, il n'y a jamais personne. C'est magnifique : on sera tranquille pour parler...

— Oui, fit Poirot, ça m'avait frappé, moi aussi. Le lieu est vraiment bien choisi pour une conversation qui n'a pas besoin de publicité. Il n'y a jamais un chat et, du côté des terres, on ne peut y accéder qu'en descendant une échelle métallique qui se dresse à la verticale et c'est une gymnastique qui n'est pas à la portée de tout le monde. De plus, la falaise étant en surplomb, une grande partie de la plage est invisible. Enfin, autre avantage, il y a là une espèce de grotte, dont l'entrée est assez difficile à trouver mais où l'on peut attendre sans être vu.

— Oui, fit Weston, la grotte aux Lutins, je me souviens d'avoir entendu parler de ça!

— Moi aussi, dit Colgate, mais il y a bien longtemps. Il sera peut-être bon d'y aller faire un tour. On ne sait jamais!

— Bref, conclut Weston, vous avez raison, Colgate : nous avons résolu la moitié du problème, *nous savons pourquoi Mrs. Marshall est allée à la crique aux Lutins*. Reste la seconde moitié : *Qui allait-elle y retrouver?* Probablement quelqu'un de l'hôtel. Comme amoureux, aucun pensionnaire ne pouvait être notre homme. Comme maître chanteur, c'est autre chose et il faut voir!

Il reprit le registre de l'hôtel.

— Laissons de côté les domestiques, que je ne vois pas bien dans une affaire comme celle-là, qui avons-nous? L'Américain Gardener, le major Barry, Mr. Horace Blatt et le révérend Stephen Lane.

— Je crois, dit Colgate, que nous pouvons encore restreindre le champ. On peut retirer l'Américain. Il a été sur la plage toute la matinée. C'est exact, n'est-ce pas, monsieur Poirot?

— Oui. Il ne s'est absenté que quelques instants, pour aller chercher une pelote de laine pour sa femme.

— *Quid* des trois autres? demanda Weston.

— Le major Barry est sorti ce matin à dix heures et n'est revenu qu'à une heure et demie. Le révérend Lane a été plus matinal : il a déjeuné à huit heures, en annonçant qu'il allait faire une longue promenade. Quant à Mr. Blatt, il est parti en bateau à neuf heures et demie, comme tous les jours, ou presque. Ils ne sont encore rentrés, ni l'un ni l'autre.

Weston réfléchissait.

— Vous dites, fit-il, qu'il est parti en bateau?

— Oui. Peut-être que ça pourrait coller...

Weston approuva du menton et dit :

— Eh bien! nous verrons ce que ces gens-là ont dans le ventre!... Qui reste-t-il encore? Ah! Rosamund Darnley! Et puis, cette Miss Brewster, qui a retrouvé le corps avec Redfern... A quoi ressemble-t-elle, Colgate?

— Ça a l'air d'une femme intelligente et qui ne dit pas de bêtises.

— Elle vous a dit ce qu'elle pensait du crime?

— Non. Et je ne crois pas qu'elle ait grand-chose à nous apprendre. Il faut tout de même s'en assurer... On pourrait commencer par les Américains, je sais qu'ils sont là.

— Allons-y! fit Weston. Il faut que nous voyions tout le monde, et le plus tôt possible. On ne sait jamais, ils nous apprendront peut-être quelque chose. Quand ce ne serait que sur cette histoire de chantage...

3.

Mr. et Mrs. Gardener comparurent ensemble.

Mrs. Gardener était à peine assise qu'elle parlait.

— J'espère, colonel Weston... C'est bien Weston, n'est-ce pas?

Rassurée sur ce point, elle reprit :

— J'espère, colonel, que vous comprendrez pourquoi mon mari m'accompagne. Cette histoire m'a bouleversée et Mr. Gardener, qui veille de très près sur ma santé...

— Mrs. Gardener est très impressionnable, glissa rapidement Mr. Gardener.

— Mr. Gardener m'a dit : « Naturellement, Carrie, j'irai avec toi! » Ce n'est pas, croyez-le bien, que je n'aie la plus grande admiration pour les méthodes de la police britannique. Au contraire! J'ai toujours entendu dire qu'elle agissait avec tact et délicatesse et je sais que c'est vrai. Quand mon bracelet a disparu, au *Savoy*, le jeune homme qui a fait l'enquête a été tout simplement adorable. Remarquez que mon bracelet, en fin de compte, ne m'avait pas été volé. Je l'avais égaré. Ce qui n'a rien de surprenant. On est quelquefois tellement bousculé qu'on est bien excusable de manquer de mémoire...

Elle s'interrompit pour souffler un peu et repartit :

— Ce que je veux dire, et Mr. Gardener est pleinement d'accord avec moi, c'est que nous ferons tout ce que nous pourrons pour aider la police britannique dans sa tâche. Posez-moi toutes les questions que vous voudrez, j'y répondrai volontiers...

Le colonel Weston ouvrit la bouche pour parler, mais il dut différer de quelques secondes sa première question. Mrs. Gardener s'était tournée vers son mari pour solliciter son indispensable témoignage :

— C'est bien là ce que nous pensons, Odell?

— Oui, ma chérie, dit Mr. Gardener.

Le colonel Weston ne perdit pas de temps :

— Je crois, madame Gardener, que vous étiez sur la plage, ce matin, avec Mr. Gardener?

Par exception, Mr. Gardener répondit le premier.

— C'est exact.

— Parfaitement exact, précisa Mrs. Gardener. La matinée était délicieuse. Une matinée comme toutes les autres et rien, vraiment, ne permettait de supposer qu'un horrible drame se déroulait si près de nous!

— Aviez-vous vu Mrs. Marshall ce matin?

— Non. J'avais même dit à Odell : « Mais comment se fait-il qu'on ne voie pas Mrs. Marshall? » D'autant plus que son mari la cherchait, et aussi ce jeune Mr. Redfern, qui est si distingué et qui ne tenait pas en place! Il guettait de tous les côtés, l'air ennuyé et je me disais que c'était vraiment dommage de voir un homme qui a une épouse si charmante, une si gentille petite femme, courir après une horrible créature comme celle-là. Car, en ce qui concerne Mrs. Marshall, c'est mon opinion, et depuis le premier jour. N'est-ce pas, Odell?

— Oui, chérie.

— Comment un homme aussi bien que le capitaine Marshall a pu épouser une femme pareille, c'est ce que je ne comprendrai jamais! Surtout étant donné qu'il a une charmante fillette, qui commence à grandir et qui a l'âge où il est important d'être placé sous de bonnes influences! Mrs. Marshall, qui n'avait aucune éducation et qui était d'une nature vulgaire, était la dernière personne à qui le capitaine aurait dû songer. S'il avait eu un peu de bon sens, il aurait épousé Miss Darnley, une femme délicieuse et d'une distinction exceptionnelle! Je dois dire que j'admire beaucoup la façon dont elle s'est lancée dans les affaires pour construire de ses mains, c'est le mot, une maison de tout premier ordre. Pour réussir ça, il faut un cerveau... Mais il n'y a qu'à regarder Miss Darnley pour se rendre compte qu'elle est furieusement intelligente... Voilà une femme qui pourrait mettre sur pied n'importe quoi!... Vraiment, j'ai pour elle plus d'admiration que je ne puis dire. Et, si j'affirme que Mr. Marshall aurait dû l'épouser, c'est que, comme je le disais l'autre jour à Mr. Gardener, elle a pour lui une profonde affection. J'irai plus loin : elle est amoureuse de lui, ça se voit! N'est-ce pas, Odell?

— Oui, ma chérie.

— Je crois qu'ils se sont connus étant enfants... Et en somme, maintenant que cette femme n'est plus là, ça pourrait fort bien finir le mieux du monde! Voyez-vous, colonel Weston, j'ai l'esprit large et je n'ai rien contre les gens de théâtre. J'ai de très bonnes amies qui sont comédiennes. Mais, comme je l'ai toujours dit à Mr. Gardener, il y avait dans cette femme quelque chose de mauvais. Et, vous le voyez, les événements m'ont donné raison!

Elle se tut, triomphante et contente d'elle-même.

Poirot, qui s'amusait, échangea un sourire malicieux avec Mr. Gardener.

Un peu abasourdi, le colonel Weston remerciait Mrs. Gardener.

— Je pense, fit-il que vous n'avez rien remarqué d'autre qui puisse nous intéresser. Vous non plus, monsieur Gardener?

— Non, répondit l'Américain. Je sais que Mrs. Marshall passait le plus clair de son temps avec le jeune Redfern, mais cela, c'est de notoriété publique.

— Que pensez-vous du mari? Croyez-vous qu'il fermait les yeux volontairement?

Mr. Gardener s'en tint à une réponse pleine de circonspection.

— Le capitaine Marshall est un homme très réservé.

Jugement immédiatement confirmé par Mrs. Gardener :

— Oui, le capitaine Marshall est terriblement Anglais.

4.

Des sentiments divers et contradictoires se laissaient deviner sur le visage légèrement apoplectique du major Barry. Il essayait de paraître écœuré, mais il était clair que cette affaire passionnante lui procurait des joies secrètes dont il avait un peu honte.

— Je serai heureux de vous être utile, commença-t-il, de sa voix rauque et enrouée. Évidemment, je ne sais pas grand-chose... Et même, rien du tout!... Je ne connais pas les intéressés. Mais j'ai pas mal roulé ma bosse, en mon temps... J'ai longtemps vécu en Orient et je peux vous dire que quand on a passé des années aux Indes, dans un poste perdu dans les collines, on en sait assez long sur la nature des hommes pour pouvoir affirmer que ce qu'on ne sait pas ne vaut pas la peine d'être connu!

Après une courte pause, qui lui permit de reprendre haleine, il poursuivit :

— Cette histoire me rappelle une affaire analogue qui s'est déroulée à Simla. Le type s'appelait Robinson... A moins que ce ne soit Falconer... En tout cas, il était de Manchester... Ou de Belfast, je ne sais plus bien... D'ailleurs, ça ne change rien à l'affaire. C'était un bonhomme du genre tranquille et qui lisait beaucoup. La crème des hommes... Un beau soir, il est rentré chez lui... Il habitait un petit « bungalow »... Et il a essayé d'étrangler sa femme! Il avait entendu dire qu'elle couraillait un peu, de droite et de gauche... et un peu plus elle y passait! Il s'en est fallu d'un rien... Nous en avons tous été extrêmement surpris! Jamais nous n'aurions cru ça de ce petit bonhomme!

— Et, demanda Poirot, vous voyez quelque analogie entre cette tentative d'assassinat et la mort de Mrs. Marshall?

— Dame! C'est la même chose!... Il a cherché à l'étrangler. L'intention y était... Le type, tout d'un coup, avait vu rouge...

— Vous croyez donc, dit Poirot, qu'il en est allé de même avec le capitaine Marshall?

La rouge figure du major tourna à l'écarlate.

— Je n'ai pas dit ça. Je n'ai pas parlé de Marshall, que je tiens pour un type très bien. Comprenez bien que je ne voudrais rien dire contre lui!

— Pardon, fit Poirot, est-ce que vous ne venez pas de faire allusions aux réactions naturelles d'un mari?

— Ce que je voulais surtout montrer, répliqua le major avec plus de chaleur que de bonne foi, c'est que cette femme jouait avec le feu! Elle avait complètement affolé le jeune Refdern! Et il n'était sans doute pas le premier! Le curieux, c'est que les maris ne voient rien. C'est stupéfiant, mais je l'ai remarqué bien souvent. Ils se rendent compte qu'un homme est amoureux de leur femme, mais ils ne s'aperçoivent jamais qu'elle est amoureuse de lui! J'ai vu un cas comme ça à Poona. La femme était très, très jolie. Elle menait son mari par le bout du nez et...

Le colonel Weston, que l'agacement gagnait, intervint :

— Excusez-moi, major Barry, mais pour le moment ce sont les faits que nous voudrions établir. Savez-vous quelque chose de l'affaire? Avez-vous personnellement vu ou remarqué quelque chose qui pourrait nous être utile?

Il cligna de l'œil et ricana.

— Un après-midi, je les ai aperçus tous les deux, Arlena Marshall et le jeune Redfern, à la roche aux Mouettes. Ils n'étaient pas autrement désagréables à regarder, mais ce n'est pas là-dessus que vous recherchez des témoignages, n'est-ce pas?

— Vous n'avez pas vu Mrs. Marshall, ce matin?

— Ce matin, je n'ai vu personne. Je suis allé à St. Loo. C'est d'ailleurs bien ma veine! Je suis dans un trou où il ne se passe jamais rien et, le jour où il se passe quelque chose, je ne suis pas là!

Il y avait dans sa voix comme un regret.

— Donc, vous êtes allé à St. Loo?

— Oui, j'avais quelques coups de téléphone à donner. L'hôtel n'a pas le téléphone et la cabine publique de Leathercombe est terriblement indiscrète!

— Vos communications exigeaient un tel secret?

— Oui et non, répondit le major avec bonne humeur. Je voulais appeler un de mes amis pour le prier de mettre de l'argent sur un cheval. Par un coup de malchance, je n'ai, du reste, pas pu le joindre...

— D'où l'avez-vous demandé?

— Du bureau de poste de St. Loo. En revenant, je me suis égaré dans leurs satanées petites routes, qui font trente-six tours sur elles-mêmes, et j'ai bien perdu une heure! Le réseau routier de la région, je m'en souviendrai! Grâce à lui, je ne suis rentré qu'il y a une demi-heure!

— A St. Loo, avez-vous rencontré quelqu'un? Parlé à quelqu'un?

— Si je vous comprends bien, vous me demandez si j'ai un alibi, fit le major avec un rire un peu forcé. Ma foi, je n'en suis pas sûr! J'ai vu cinquante mille personnes à St. Loo, mais ça ne veut pas dire qu'elles se rappelleraient m'avoir vu!

Le colonel s'excusa.

— Ce sont, dit-il, des questions que nous sommes obligés de poser.

— C'est tout naturel, répondit le major, et je reste à votre disposition. Faites-moi signe à n'importe quel moment, j'accours, heureux si je peux vous rendre service! La victime était une femme très captivante et je serais content de vous aider à coffrer l'assassin. « Le meurtre de la crique », je vous parie que c'est comme ça que les journaux appelleront l'affaire! Quand j'étais aux Indes...

Cette fois, ce fut l'inspecteur Colgate qui, d'une brève remarque, trancha net le fil des souvenirs que le vieux bavard s'apprêtait à dévider. Il intervint avec fermeté et, deux minutes plus tard, il refermait lui-même la porte sur le major Barry.

— Difficile, au beau milieu de la saison, de vérifier quoi que ce soit à St. Loo! dit-il en regagnant son siège.

— C'est malheureusement vrai, fit Weston. Nous attendrons pour rayer le major de notre liste. Encore que je ne le croie pas coupable!... Des vieux crampons comme lui, il y en a des douzaines en circulation et j'en ai connu pas mal, quand j'étais dans l'armée. Ils sont plus bêtes que méchants. Quoi qu'il en soit, il faudra vous occuper de lui, Colgate. Voir à quelle heure il a sorti sa voiture, combien il avait d'essence, etc. Il peut fort bien avoir garé son auto dans un coin désert et être revenu à la crique. Matériellement, c'est possible. Mais c'est peu probable. Les risques d'être vu auraient été trop grands.

— D'accord, dit Colgate. Pourtant, par ce beau temps, il y a beaucoup d'autocars dans la région. Ils commencent à arriver vers onze heures et demie. La marée, ce matin, était à sept heures. La mer était donc basse vers une heure de l'après-midi. A ce moment-là, il devait y avoir pas mal de monde sur la digue et sur la plage...

— Évidemment, admit Weston, avec la foule, les risques sont moindres. Mais il lui eût fallu passer devant l'hôtel.

— Pas exactement. En prenant par le petit sentier qui grimpe vers le haut de l'île...

— Je ne prétends pas, reprit Weston, précisant sa pensée, qu'il ne peut pas être revenu sans être vu. Pratiquement, tous les pensionnaires de l'hôtel se trouvaient sur la grande plage, à l'exception de Mrs. Redfern et de la petite Linda qui étaient à la roche aux Mouettes. Le sentier commence près de l'hôtel, mais il y a peu de chances pour que quelqu'un se mette à la fenêtre au bon moment. J'irai plus loin : je crois qu'un homme peut très bien, à l'heure qui nous intéresse, monter à l'hôtel, traverser le hall et sortir de l'autre côté sans être vu. Mais, ce que je dis, *c'est que cet homme ne peut pas compter qu'il ne sera pas vu.*

— Et si le major était allé là-bas par mer? suggéra l'inspecteur.

— Ça serait plus plausible. S'il tenait son bateau prêt quelque part, il pouvait quitter sa voiture, gagner la crique aux Lutins à la rame ou à la voile, tuer Arlena Marshall, retourner à son auto et revenir ici pour nous raconter qu'il est allé à St. Loo et qu'il s'est égaré en retour. Une histoire dont il sait bien que nous aurons toutes les peines du monde à prouver qu'elle est fausse...

— C'est indiscutable.

— Donc, Colgate, conclut le chef de la police, vous voyez tout ça de près. Passez le secteur au peigne fin! Vous savez aussi bien que moi ce qu'il y a à faire! En attendant, nous allons entendre Miss Brewster.

5.

Emily Brewster répéta ce qu'elle savait. Elle ne devait rien leur apprendre qu'ils ne connussent déjà.

— Vous ne voyez rien à ajouter qui pourrait nous être de quelque utilité? demanda Weston quand elle eut terminé.

— Il me semble que non. C'est une vilaine affaire et j'espère simplement que vous l'aurez vite tirée au clair.

— Croyez bien que je l'espère aussi, dit Weston.

— Ça ne doit pas être tellement difficile!

Le colonel tiqua sur cette affirmation, dont le ton lui avait paru un peu sec.

— Que voulez-vous dire, mademoiselle?

— Pardonnez-moi, colonel, fit-elle vivement. Je ne songeais nullement à critiquer vos méthodes et je n'ai pas l'intention de vous apprendre votre métier! Je voulais simplement dire qu'avec une femme de cette espèce l'enquête doit être assez facile.

— C'est votre avis, mademoiselle? dit Poirot.

— Certainement. Il ne faut pas dire du mal des morts, c'est entendu. Mais, tout de même, les faits sont les faits. Cette femme ne valait absolument rien. C'est peu engageant, sans doute, mais il n'y a qu'à fouiller dans son passé!

— Vous ne l'aimiez pas? demanda Poirot de sa voix la plus douce.

— Je la connaissais trop.

Répondant à la question muette de trois paires d'yeux, elle expliqua :

— Un de mes cousins a épousé une Erskine. Vous savez probablement que cette femme avait réussi à persuader le vieux Sir Robert, à peu près tombé en enfance, de lui léguer la plus grosse partie de sa fortune, au détriment de sa famille...

— Laquelle, ajouta Weston, a trouvé la chose plutôt saumâtre.

— Naturellement. Leur liaison était déjà un scandale. Par là-dessus, il lui laisse cinquante mille livres! Voilà, je crois, qui en dit long sur la moralité de la dame. Je manque peut-être de charité, mais j'estime que les Arlena Stuart ne méritent aucune sympathie.

Après une courte pause, elle reprit :

— Et ce n'est pas tout! Je connais un garçon — un peu « tête brûlée », mais pas mauvais — qu'elle a rendu complètement fou et qui, par sa faute, a accumulé les bêtises. Parce qu'il lui fallait de l'argent pour le gaspiller en son honneur, il a fait en Bourse des opérations assez louches et ce n'est que de justesse qu'il a échappé aux poursuites! Cette femme salissait tout ce qu'elle touchait, abaissait tous ceux qu'elle rencontrait! Regardez sur quelle pente elle poussait le jeune Redfern! Non, sincèrement, je ne peux pas regretter sa mort. Tout ce que je peux admettre, c'est qu'il eût mieux valu qu'elle se noyât ou qu'elle tombât du haut de la falaise! Mourir étranglée, c'est tellement horrible!

— Et vous croiriez, demanda Weston, que le meurtrier serait quelqu'un qu'elle a connu autrefois?

— Je le crois.

— Quelqu'un qui serait venu dans l'île sans qu'on le voie ?

— Pourquoi l'aurait-on vu? Nous étions tous sur la plage, sauf la petite Marshall et Christine Redfern, qui étaient à la roche aux Mouettes, et le capitaine Marshall, enfermé dans sa chambre. Personne ne pouvait le voir. Excepté, peut-être, Miss Darnley...

— Où se trouvait-elle?

— Elle était assise, dans la brèche de la falaise, à Roc-Soleil. Nous l'avons aperçue, Mr. Redfern et moi, en partant pour le tour de l'île.

— Vous avez peut-être raison, mademoiselle Brewster, déclara le colonel, sans trop de conviction.

Elle rectifia, et son ton était définitif :

— J'ai sûrement raison. Quand une femme est ce qu'était Mrs. Marshall, les meilleures indications qu'on puisse trouver sur les causes de sa mort, c'est elle-même qui les donne! Ce n'est pas votre avis, monsieur Poirot?

Les yeux d'Hercule Poirot rencontrèrent le regard gris d'Emily Brewster.

— C'est mon avis, dit-il. Je suis pleinement d'accord avec vous là-dessus. Le meilleur indice que nous puissions recueillir, le seul peut-être, c'est Arlena Marshall elle-même.

— Vous voyez! dit Miss Brewster, tournée vers Weston.

— Soyez sûre, mademoiselle, dit le colonel, que nous ferons dans le passé de Mrs. Marshall toutes les investigations nécessaires.

6.

Après le départ de Miss Brewster, Colgate dit, songeur :

— Elle a plutôt l'air de savoir ce qu'elle veut! Et elle ne pouvait pas sentir la victime!

Après quelques secondes de méditation, il ajouta :

— Dommage qu'elle ait un alibi incontestable! Vous avez vu ses mains? Des mains d'homme!... Avec ça, elle est taillée! Le genre costaud... Plus solide que bien des hommes, même!

Il tourna vers Poirot des yeux qui imploraient.

— Vous êtes vraiment sûr, monsieur Poirot, qu'elle n'a pas quitté la plage ce matin?

Poirot eut un geste désolé.

— Mon cher inspecteur, elle était sur la plage bien avant

que Mrs. Marshall ne fût arrivée à la crique aux Lutins, et je l'ai eue sous les yeux jusqu'à ce qu'elle parte en bateau avec Redfern.

— Oui, dit Colgate, elle ne peut pas être dans le coup.

Visiblement, il le regrettait.

7.

C'est comme toujours avec un vif plaisir que Poirot vit apparaître Miss Darnley.

Dans cette enquête, où il n'était question que des circonstances d'un crime horrible, elle apportait une note de distinction particulièrement sympathique.

Elle s'assit en face du colonel Weston, tournant vers lui son fin visage grave.

— Vous voulez, dit-elle, mon nom et mon adresse? Rosamund Anne Darnley. Je dirige une maison de couture, connue sous le nom de *Rose Mond Ltd*, 622 Brook Street, à Londres.

— Merci, mademoiselle Darnley. Pouvez-vous nous donner quelque renseignement qui pourrait nous servir?

— Je ne le pense pas.

— Voyons... Qu'avez-vous fait ce matin?

— J'ai déjeuné vers neuf heures, je suis remontée à ma chambre, j'ai pris des livres et mon parasol et je suis allée m'installer à Roc-Soleil. Il devait être environ dix heures vingt-cinq. Je suis rentrée à l'hôtel à midi moins dix, je suis allée dans ma chambre chercher ma raquette et je me suis rendue au court de tennis, où j'ai joué jusqu'à l'heure du déjeuner.

— Vous êtes restée à Roc-Soleil de dix heures et demie environ à midi moins vingt?

— Oui.

— Aviez-vous vu Mrs. Marshall ce matin?

— Non.

— Avez-vous aperçu son canot en mer, se dirigeant vers la crique aux Lutins?

— Non. Elle devait déjà être passée quand je suis arrivée à Roc-Soleil.

— Avez-vous vu un bateau quelconque?

— Il ne me semble pas, mais je ne puis rien affirmer. Je lisais, ne levant les yeux de mon livre que de temps en temps. Autant que je me souvienne, chaque fois que j'ai regardé la mer, il n'y avait rien en vue.

— Vous n'avez pas vu passer non plus Miss Brewster et Mr. Redfern?

— Non.

— Vous connaissiez Mrs. Marshall?

— Le capitaine Marshall est un vieil ami de ma famille, qui habitait auprès de la sienne. Nous nous sommes retrouvés ici. Nous nous étions perdus de vue depuis très longtemps, depuis quelque chose comme une douzaine d'années.

— Et Mrs. Marshall?

— Avant de la rencontrer ici, je n'avais pas échangé dix mots avec elle.

— Autant que vous sachiez, le ménage était uni?

— Ils s'entendaient assez bien, je pense.

— Le capitaine aimait sa femme?

— C'est possible, mais je ne saurais en jurer. Le capitaine ne se flatte pas d'avoir des idées modernes.... Le mariage est pour lui quelque chose de sérieux. Il a le respect des engagements pris, de la parole donnée...

— Aviez-vous de la sympathie pour Mrs. Marshall?

— Aucune.

Le mot fut dit sans animosité, mais avec une tranquille assurance. C'était la constatation d'un fait, sans plus.

— Et pourquoi?

L'ombre d'un sourire courut sur les lèvres de Rosamund.

— Vous avez déjà découvert, j'imagine, que les femmes en général n'aimaient pas Arlena Marshall. Pour sa part, elle les détestait et ne s'en cachait pas. Malgré ça, j'aurais eu plaisir à l'habiller, car elle avait du goût et savait mettre ses toilettes en valeur. Oui, j'aurais aimé l'avoir comme cliente.

— Elle dépensait beaucoup d'argent pour sa toilette?

— C'est possible. Elle en avait personnellement les moyens et le capitaine a de la fortune.

— Avez-vous entendu dire — ou savez-vous — que Mrs. Marshall était victime d'un maître chanteur?

Une expression de stupeur se peignit sur le visage de la jeune femme.

— On la faisait chanter? Arlena?

— La chose paraît vous étonner?

— Mon Dieu, oui!... C'est tellement inattendu!

— Mais, cependant, possible?

— Tout est possible, n'est-ce pas? La vie nous l'enseigne. Mais je me demande sous quel prétexte on pouvait faire chanter Arlena!

— Il y avait peut-être des choses dont Mrs. Marshall aimait mieux qu'elles ne vinssent pas aux oreilles de son mari.

— Oui, fit-elle.

Le ton manquait de conviction. Avec un demi-sourire, elle expliqua pourquoi :

— Je suis sceptique, dit-elle, parce que la conduite d'Arlena était assez connue. Elle ne posait pas à l'honnête femme.

— Vous croyez que son mari n'ignorait rien de... de son comportement?

Il y eut un silence. Rosamund, sourcils froncés, réfléchissait. Elle dit enfin, d'une voix lente, avec des hésitations :

— A la vérité, je ne sais que penser. J'ai toujours cru que Kenneth Marshall prenait sa femme pour ce qu'elle était, sans se faire beaucoup d'illusions sur son compte. Mais peut-être en allait-il autrement...

— Ce qui voudrait dire qu'il aurait eu en elle la plus entière confiance?

Rosamund Darnley s'anima.

— Les hommes sont si bêtes! s'exclama-t-elle. Kenneth, sous ses dehors avertis, ne connaît rien de la vie! Il est très possible qu'il ait eu en elle une confiance aveugle. Il peut avoir pensé que les... adorateurs de sa femme se contentaient de l'admirer!

— Connaissez-vous quelqu'un qui aurait pu en vouloir à Arlena Marshall?

Elle sourit.

— Je ne pourrais guère citer que des femmes jalouses. Or, comme elle a été étranglée, je présume que c'est un homme qui l'a tuée.

— C'est exact.

Elle réfléchit encore et dit :

— Non, décidément, je ne vois personne. Mais j'étais mal placée pour être au courant. Il faudrait demander à ceux qui l'ont beaucoup fréquentée...

— Je vous remercie, mademoiselle Darnley.

Elle se tourna un peu sur sa chaise, pour s'adresser à Poirot :

— Monsieur Poirot n'a pas de questions à me poser?

Elle lui dédiait un sourire légèrement ironique.

Il fit non de la tête et lui retourna son sourire, disant :

— Je n'en vois pas.

Rosamund Darnley se leva et quitta la pièce.

Chapitre 8.

I.

Ils étaient dans la chambre qui avait été celle d'Arlena Marshall.

Deux larges baies ouvraient sur un balcon, d'où l'on apercevait la grande plage et, plus loin, la mer. Le soleil inondait la pièce, faisant scintiller l'étonnant assortiment qui s'entassait sur la coiffeuse. Il y avait là toutes les variétés de crèmes, de fards et d'onguents qui font la fortune des instituts de beauté. Décor féminin où trois hommes s'activaient de leur mieux...

L'inspecteur Colgate ouvrait et fermait des tiroirs. Un grognement annonça qu'il venait de découvrir quelque chose : un paquet de lettres, dont il entreprit l'examen avec le colonel Weston.

Hercule Poirot, cependant, étudiait l'armoire aux vêtements. Après avoir passé en revue un lot impressionnant de robes diverses et de costumes de sport, il consacra quelques instants à des rayons sur lesquels s'empilaient de soyeuses lingeries. Il passa ensuite au compartiment des chapeaux. Il y avait là deux immenses chapeaux de plage en carton, l'un d'un beau rouge laqué, l'autre d'un jaune pâle, un grand chapeau de paille hawaïen, un chapeau de feutre bleu marine, trois ou quatre petits « bibis » absurdes, dont chacun représentait un nombre appréciable de guinées, une sorte de béret bleu foncé, un coussin de velours violet — impossible de l'appeler autrement — et, enfin, un turban d'un gris tendre.

Poirot examina avec soin tout cet arsenal et ses lèvres s'entrouvrirent pour un vague sourire, tandis qu'il murmurait :

— Ah! les femmes!

Le colonel Weston remettait en liasse les lettres trouvées par Colgate.

— Il y en a trois du jeune Redfern, annonça-t-il. Ce pauvre écervelé apprendra peut-être un jour qu'il ne faut pas écrire aux femmes. Elles gardent vos lettres, tout en jurant qu'elles les ont brûlées! Et puis, il y a cette lettre, qui me paraît provenir d'un jeune crétin de la même couvée!

Il tendit la lettre à Poirot, qui lut :

Mon Arlena adorée,

Dieu, que j'ai le cafard! S'en aller en Chine et se dire qu'on ne se verra pas peut-être pendant des années! Je ne savais pas, vois-tu, qu'il fût possible d'aimer une femme comme je t'aime! Merci pour le chèque.

Je ne serai pas poursuivi, mais je l'aurai échappé belle!... Que veux-tu? Il me fallait de l'argent, beaucoup d'argent... et c'est pour toi, mon amour, qu'il me le fallait! Pourras-tu me pardonner? J'aurais voulu mettre des diamants à tes oreilles — tes adorables petites oreilles que j'aime — et glisser autour de ton cou un collier de perles magnifiques. Ou, plutôt, puisqu'il paraît qu'il n'y a plus de belles perles en ce monde, t'offrir quelque émeraude fabuleuse... C'est cela! Une émeraude! Verte, froide et brûlant d'un feu caché... Je te demande de ne pas m'oublier, mais je sais que tu ne m'oublieras pas. Tu es mienne pour toujours!

Au revoir! Au revoir! Au revoir!

J. N.

— Il serait intéressant de savoir, dit l'inspecteur Colgate, si J. N. est réellement allé en Chine. Sinon, il pourrait bien être celui que nous cherchons. Il est éperdument amoureux de la dame, il se fait d'elle une image idéale et puis, un beau jour, il s'aperçoit qu'elle se moque de lui! Est-ce que ce ne serait pas le type dont nous parlait Miss Brewster? Oui, j'ai nettement l'impression que cette lettre nous sera utile.

— Elle est certainement importante, dit Poirot. Très importante.

Il promena de nouveau les yeux autour de la pièce, son regard s'arrêtant successivement sur les flacons de la coiffeuse, sur l'armoire ouverte et sur une poupée de chiffon — un Pierrot — qui s'étalait insolemment sur le lit.

Ils passèrent dans la chambre voisine, celle de Marshall. Les deux pièces ne communiquaient pas. Les fenêtres étaient plus petites que dans l'autre chambre, avec la même vue, et il n'y avait pas de balcon. Un miroir au cadre doré était accroché au mur entre les deux fenêtres. Près de celle de droite, on remarquait une table de coin, avec des brosses à cheveux à garniture d'ivoire, une brosse à habit et un flacon de lotion capillaire. Près de l'autre fenêtre, une table servait de bureau. A côté de la machine à écrire, découverte, des papiers bien rangés s'entassaient.

Colgate les parcourut rapidement et dit :

— Rien de suspect dans tout cela. Voici la lettre dont il a parlé ce matin. Datée du 24, donc d'hier. Et voici l'enveloppe, oblitérée à Leathercombe aujourd'hui. Tout ça me paraît régulier. Nous verrons à la lecture s'il lui était possible de préparer sa réponse à l'avance...

— Nous vous laisserons pour un instant à cette intéressante occupation, décida Weston. Nous allons jeter un coup d'œil dans les autres chambres. J'ai fait interdire l'accès du couloir jusqu'à maintenant, mais la mesure est assez impopulaire : on commence à protester...

Le colonel entra, avec Poirot, dans la chambre de Linda. Orientée à l'est, elle dominait les rochers descendant dans la mer.

— Je ne pense pas qu'il y ait grand-chose à voir ici, dit Weston, mais, si Marshall avait quelque chose à cacher, il n'est pas impossible qu'il l'ait mis dans la chambre de sa fille. Ce n'est pas comme s'il s'agissait d'une arme dont il aurait fallu se débarrasser...

Tandis que Weston conduisait de rapides recherches, Poirot, resté en arrière, portait son attention sur le foyer de la cheminée. On y avait récemment brûlé quelque chose. Il s'agenouilla et aligna ses trouvailles sur une feuille de papier. C'étaient une assez grosse plaque de cire de bougie fondue, de forme irrégulière, des morceaux de papier et de carton, épargnés par le feu et semblant provenir d'un calendrier — sur une feuille, il y avait un gros 5 et, sur une autre, un bout de ligne imprimée, où se lisaient les mots « *...nobles actions* » — une épingle ordinaire et quelque chose qui ressemblait à des cheveux consumés.

Poirot considéra le tout longuement et murmura :

— « Tes nobles actions, accomplis-les, ne te contente pas de les rêver ». Est-ce que ce serait ça? Possible. Mais que conclure de cet assortiment extraordinaire? Il est plutôt décevant!

Il ramassa l'épingle et l'examina de ses yeux aigus. Un éclair s'alluma dans son regard.

— Sacrédié! fit-il. Serait-ce possible?

Il se remit debout. Son visage avait pris une expression grave et sévère.

Il y avait, à gauche de la cheminée, un rayon chargé de livres. Il s'approcha et lut les titres : une Bible, un exemplaire fatigué du théâtre de Shakespeare, *Le Mariage de William Ashe*, de Mrs. Humphry Ward; *La Jeune Belle-Mère*, par Charlotte Young; *Le Gars du Shropshire*, *Meurtre dans la Cathédrale*, d'Eliot; la *Sainte Jeanne*, de Bernard Shaw; *Autant en emporte le vent*, de Margaret Mitchell, et un roman policier de John Dickson Carr.

Il prit deux de ces livres, *La Jeune Belle-Mère* et *Le Mariage de William Ashe*, et examina les tampons apposés sur les pages de garde. Il se disposait à les remettre en place quand il aperçut un volume dissimulé derrière les autres. C'était un petit livre relié, presque aussi large que haut et assez épais.

Il le prit et, l'ayant ouvert, hocha lentement la tête.

— *Ainsi, j'avais raison*, murmura-t-il. J'avais raison. Mais, l'autre, alors?... Ça serait possible aussi? Non, ça ne se peut pas!... A moins que...

Il restait là, immobile, tiraillant sa moustache, tandis que son esprit retournait le problème en tous sens.

A mi-voix, il répéta :

— *A moins que...*

2.

Le colonel Weston apparut dans l'encadrement de la porte.

— Alors, Poirot, toujours là?

— J'arrive, cria Poirot, j'arrive!

Il se hâta vers le couloir et rejoignit Weston dans la chambre voisine, celle des Redfern.

Il l'examina des yeux, relevant presque inconsciemment les traces de deux tempéraments différents : une netteté soigneuse évidemment imputable à Christine et un désordre pittoresque, dont Patrick portait seul la responsabilité. Exception faite de ces aperçus originaux sur la personnalité de ses occupants, la pièce ne l'intéressa pas.

Dans la chambre qu'ils visitèrent ensuite, Hercule Poirot s'attarda presque par plaisir : c'était celle de Rosamund Darnley et, là encore, les choses reflétaient une personnalité. Il nota les livres posés sur la table de chevet, la sobriété élégante des objets de toilette et ses narines furent aimablement chatouillées par le parfum subtil et coûteux dont usait Rosamund Darnley.

Près de la chambre de la jeune femme, à l'extrémité nord du couloir, une porte-fenêtre ouvrait sur un balcon, d'où un escalier extérieur descendait sur les rochers.

— C'est par là, dit Weston, que les pensionnaires de l'hôtel vont à la mer avant le petit déjeuner... Quand ils vont se baigner là, en bas, comme ils le font presque tous.

Poirot, intéressé, s'avança sur le balcon et se pencha sur le vide.

Au pied de l'escalier, s'amorçait un sentier, conduisant à des marches taillées dans le roc, descendant en zigzag vers la mer. Un autre sentier contournait l'hôtel, sur la gauche.

— On pourrait, observa Poirot, descendre cet escalier, prendre à gauche et rejoindre le chemin qui part de la digue pour aller dans l'île.

Weston ne se contenta pas d'approuver.

— On pourrait même, dit-il, filer vers l'île sans passer par l'hôtel. C'est tout au plus si on risquerait d'être vu des fenêtres...

— Quelles fenêtres?

— Les deux fenêtres des salles de bain réservées aux pensionnaires de l'hôtel — elles donnent sur le nord —, la fenêtre de la salle de bain du personnel et, au rez-de-chaussée, celles du vestiaire et de la salle de billard.

— Oui, fit Poirot, mais, à l'exception de la dernière, elles ont toutes des vitres de verre dépoli. Et, par ce beau temps, on ne joue guère au billard le matin.

— C'est juste, admit Weston.

Après un temps, il dit :

— S'il a fait le coup, c'est par là qu'il est parti.

— Qui? Marshall?

— Oui. Chantage ou pas chantage, je continue à trouver que tout le désigne comme le coupable. D'autre part, son attitude... Non, son attitude n'est pas très heureuse.

— Peut-être, fit Poirot un peu sèchement. Mais on peut se comporter de façon bizarre sans être pour autant un criminel!

— Alors, vous croyez à son innocence?

— Je ne voudrais pas l'affirmer.

— Nous verrons, conclut Weston, ce qu'il restera de son alibi dactylographique quand Colgate l'aura examiné de près. En attendant, nous pourrions entendre la femme de chambre. Bien des choses peuvent dépendre de son témoignage.

La soubrette était une femme d'une trentaine d'années, à l'intelligence assez vive. Ses réponses venaient facilement.

Le capitaine Marshall était remonté un petit peu après dix heures et demie. Elle finissait de faire sa chambre et lui avait demandé d'en terminer aussi vite que possible. Elle ne l'avait pas vu revenir ensuite, mais elle avait un peu plus tard entendu le tac-tac-tac de la machine à écrire. Il devait être environ onze heures moins cinq et elle se trouvait, à ce moment-là, dans la chambre de Mr. et Mrs. Redfern. Ensuite, elle était allée dans celle de Miss Darnley, au bout du couloir. De là-bas, elle ne pouvait plus entendre le bruit de la machine. Autant qu'elle pouvait être sûre, elle était chez Miss Darnley tout de suite après onze heures. Elle se souvenait d'être entrée dans la chambre juste comme l'église de Leathercombe sonnait onze heures. A onze heures et quart, elle était descendue pour prendre une tasse de thé et manger un morceau. Ensuite, elle était allée reprendre son travail dans l'autre aile du bâtiment.

Sur une question de Weston, elle précisa qu'elle avait fait les chambres de l'étage dans l'ordre suivant : celle de Miss Linda d'abord, puis les deux salles de bain communes, puis la chambre de Mrs. Marshall, celle du capitaine, celle de Mr. et Mrs. Redfern et, enfin, celle de Miss Darnley. Toutes ces chambres comportaient des salles de bain; sauf celles du capitaine Marshall et de sa fille. Naturellement, elle les avait faites aussi.

Non, pendant qu'elle était dans la chambre de Miss Darnley, elle n'avait entendu personne passer dans le couloir ou descendre l'escalier extérieur. Mais elle ne pensait pas qu'elle aurait entendu quelqu'un marchant doucement.

Les questions de Weston portèrent ensuite sur Mrs. Marshall.

Non, elle n'avait pas l'habitude de se lever tôt et Gladys Narracott — ainsi s'appelait la soubrette — avait été surprise de trouver sa porte ouverte et de constater que Mrs. Marshall était descendue un tout petit peu après dix heures. C'était tout à fait exceptionnel.

— Mrs. Marshall, demanda Weston, prenait toujours son petit déjeuner au lit?

— Oui, monsieur, toujours. Et il n'était pas très « conséquent » : une tasse de thé, un peu de jus d'orange et une biscotte. Comme beaucoup de dames, elle suivait un régime pour maigrir...

Non, elle n'avait rien remarqué d'anormal dans les manières de Mrs. Marshall. Elle était comme les autres jours.

Poirot intervint :

— Qu'est-ce que vous pensiez d'elle? demanda-t-il d'une voix insinuante.

Elle le regarda, étonnée et gênée.

— Mais, monsieur, dit-elle d'un ton embarrassé, est-ce bien à moi de le dire?

— Certainement, il faut le dire. Nous sommes curieux, très curieux, d'avoir votre impression.

Gladys tourna des yeux suppliants vers le chef de la police, qui s'efforça d'avoir l'air d'approuver, encore qu'il trouvât assez singulières les méthodes d'approche de son collègue étranger.

— Mais oui, Gladys, fit-il, ça nous intéresse. Allez-y!

Pour la première fois, Gladys Narracott semblait intimidée. Ses doigts tripotant nerveusement le tissu de sa robe imprimée, elle dit :

— Eh bien! Mrs. Marshall... n'était pas vraiment une dame, si vous voyez ce que je veux dire. Elle ressemblait plutôt à une actrice.

— Mais, fit Weston, c'était une actrice.

— C'est ce que je dis, monsieur. Elle faisait toujours ce dont elle avait envie. Si ça ne lui disait rien d'être polie, eh bien! elle ne se donnait pas la peine de l'être. Ça ne l'empêchait pas d'être tout sourires deux minutes après! Mais, si quelque chose n'allait pas, si on n'avait pas répondu tout de suite à son coup de sonnette, si son linge n'était pas revenu du blanchissage, elle devenait mauvaise et mal embouchée. On ne peut pas dire que les domestiques l'aimaient. Mais elle avait de belles toilettes et elle était très jolie. Alors, on l'admirait...

— Je regrette d'avoir à vous le demander, mais il s'agit d'une chose importante : comment s'entendait-elle avec son mari?

Gladys Narracott hésita et répondit par une question :

— Vous ne pensez pas... que c'est *lui* qui l'a tuée?

— Et vous? dit vivement Poirot.

— Oh! jamais de la vie! C'est un monsieur tellement bien! Le capitaine Marshall? Faire un coup comme ça? Il ne pourrait jamais! Ça, j'en suis sûre!

— Oui, mais vous n'en êtes pas *absolument* sûre! Je l'entends à votre voix...

— Je sais bien, dit-elle avec embarras, qu'on voit des choses comme ça dans les journaux. Les drames de la jalousie, qu'on appelle... Il y avait quelque chose, bien sûr, entre elle et Mr. Redfern, ça faisait jaser! Mrs. Redfern est une si bonne personne qu'on peut dire que c'était bien malheureux. Sans compter que Mr. Redfern est bien gentil, lui aussi!... Seulement, voilà! On dirait que les hommes ne se connaissent plus quand ils rencontrent une dame comme Mrs. Marshall!... Ah! elle savait ce qu'elle voulait! Les femmes, elles, passent sur beaucoup de choses...

Elle soupira, hésita et dit enfin :

— Mais si le capitaine Marshall a découvert ce qu'il en était...

— Eh bien?

— J'ai, en effet, souvent pensé que Mrs. Marshall avait peur qu'il n'apprenne.

— Qu'est-ce qui vous fait dire ça?

— Oh! rien de précis! C'est une impression, voilà tout! Il m'a quelquefois semblé qu'elle avait... oui, qu'elle avait peur de lui. C'était un homme très doux, mais il n'est pas... il n'est pas, comme on dit, facile à conduire!

— C'est une impression. Mais elle n'est pas fondée sur des faits déterminés.

Elle secoua la tête négativement.

— Venons-en, dit Weston, après un soupir, venons-en aux lettres que Mrs. Marshall a reçues ce matin. Combien y en avait-il?

— Cinq ou six, monsieur, je ne peux pas dire au juste.

— C'est vous qui les lui avez remises?

— Oui, monsieur. On me les avait données au bureau, comme d'habitude, et je les avais posées sur le plateau du petit déjeuner.

— Avez-vous vu à quoi elles ressemblaient?

— C'étaient des lettres ordinaires. Il devait y avoir dedans des factures. Et aussi des prospectus, car j'en ai retrouvé, roulés en boule sur le plateau.

— Que sont-ils devenus?

— Je les ai jetés dans la boîte à ordures. Un de ces messieurs de la police était en train d'y regarder tout à l'heure.

— Au fait, demanda Weston, qu'est-ce qu'on a fait du contenu des corbeilles à papier?

— Il a dû aller aussi dans la boîte à ordures.

— Bon.

Il réfléchit et dit, interrogeant Poirot du regard :

— Eh bien! il me semble que je ne vois plus rien à vous demander...

Poirot fit un pas.

— Quand vous avez fait la chambre de Miss Linda, ce matin, vous êtes-vous occupée du foyer de la cheminée?

— Ça n'était pas la peine, monsieur. On n'y avait pas fait de feu.

— Et il n'y avait rien dans le foyer?

— Non, monsieur, il était propre.

— A quelle heure avez-vous fait cette chambre?

— Vers neuf heures un quart, monsieur, pendant que Miss Linda prenait son petit déjeuner dans la salle à manger.

— Est-elle revenue après?

— Oui, monsieur, elle est montée à 10 heures moins le quart environ.

— Est-elle restée dans sa chambre un moment?

— Il me semble, monsieur. En tout cas, je l'ai vue ressortir un petit peu avant dix heures et demie. Même qu'elle avait l'air pressée!

— Vous n'êtes pas retournée dans sa chambre?

— Non, monsieur. Je n'avais plus rien à y faire.

Poirot réfléchit quelques secondes.

— Il y a, dit-il, autre chose que je voudrais vous demander. Quels sont les pensionnaires de l'hôtel qui se sont baignés ce matin, avant leur petit déjeuner?

— Pour ceux de l'autre aile et de l'étage au-dessus, je ne sais pas. Je ne suis au courant que pour ceux de cet étage-ci.

— Ça me suffira.

— Eh bien! monsieur, je crois que, ce matin, ils n'ont été que deux : le capitaine Marshall et Mr. Redfern. C'est un bain qu'ils ne manquent jamais...

— Vous les avez vus?

— Non, monsieur, mais leurs affaires de bain étaient à sécher sur la rampe du balcon, comme d'habitude.

— Miss Linda ne s'est pas baignée ce matin?

— Non, monsieur. J'ai vu ses maillots, ils n'étaient pas mouillés.

— Ah! fit Poirot. C'est ce que je voulais savoir.

— Pourtant, ajoutait Gladys Narracott, elle prend son bain tous les matins.

— Et les trois autres, Miss Darnley, Mrs. Redfern et Mrs. Marshall?

— Mrs. Marshall ne s'est jamais baignée à cette heure-là. Miss Darnley, une fois ou deux. Quant à Mrs. Redfern, elle ne se baignait pas souvent avant le déjeuner. Il fallait qu'il fasse très chaud. En tout cas, elle n'a pas pris de bain ce matin.

Poirot approuva du chef.

— Encore autre chose, fit-il. Je me demande si, dans une des chambres dont vous vous occupez dans cette aile de l'hôtel, il ne manque pas une bouteille.

— Une bouteille, monsieur? Quel genre?

— Malheureusement, je n'en sais rien. Mais, si elle manquait, vous l'auriez remarqué ou vous seriez capable de le remarquer?

— Je crois...

Mais, soucieuse de franchise, elle ajouta tout de suite :

— Sauf, bien entendu, dans la chambre de Mrs. Marshall. Il y en a tellement!

— Mais dans les autres chambres?

— Chez Miss Darnley, je n'en suis pas tout à fait sûre non plus, car elle en a pas mal aussi. Mais, dans les autres chambres, ça ne fait pas de doute. A condition, naturellement, que je regarde. Je veux dire... que je regarde exprès, en faisant attention.

— Jusqu'ici, vous n'avez pas remarqué, donc, qu'une bouteille ait disparu?

— Non, mais je ne cherchais pas.

— Eh bien! si vous alliez voir?

— Si vous voulez, monsieur.

Dès qu'elle fut sortie, Weston se tourna vers Poirot, lui demandant « ce que tout cela signifiait ».

— Mon cher ami, répondit Poirot, vous savez que mon esprit est épris d'ordre et qu'un petit rien suffit à le contrarier. Ce matin, avant le petit déjeuner, Miss Brewster se baignait près des rochers et elle nous a dit qu'une bouteille jetée d'en haut était passée tout près d'elle. Eh bien! je veux savoir qui a jeté cette bouteille et pourquoi on l'a jetée.

— Mais, mon bon Poirot, tout le monde est capable de flanquer une bouteille par la fenêtre!

— Pas du tout! Pour commencer, il est évident que cette bouteille ne peut avoir été jetée que d'une des fenêtres situées sur la façade est de l'hôtel, par conséquent d'une des chambres que nous venons de visiter. Quand vous avez une bouteille vide, inutilisable, dans votre salle de bain, qu'en faites-vous? Je vous le demande et je réponds : vous la jetez dans la corbeille à papier. Vous ne vous donnerez pas la peine d'aller sur le balcon pour l'expédier dans la mer. D'abord, parce que vous risqueriez de blesser quelqu'un, ensuite parce que c'est un dérangement inutile. Si vous en jugez autrement, *c'est que vous avez des raisons spéciales pour que cette bouteille disparaisse de la circulation.*

Weston, vraiment très surpris, dit en souriant :

— Je sais que Japp, l'inspecteur principal avec qui j'ai travaillé il n'y a pas très longtemps, disait volontiers que vous aviez l'esprit compliqué. Est-ce que vous songeriez à prétendre maintenant qu'Arlena Marshall n'a pas été étranglée le moins du monde et qu'elle a été empoisonnée avec une drogue mystérieuse, provenant d'une non moins mystérieuse bouteille?

— Nullement, car je ne pense pas qu'il y avait du poison dans cette bouteille.

— Alors, qu'est-ce qu'elle contenait?

— Je n'en sais rien, et c'est ce que j'aimerais savoir.

Gladys Narracott revenait, légèrement essoufflée.

— Je regrette, monsieur, dit-elle, mais il me semble qu'il ne manque rien. J'en suis absolument sûre pour la chambre du capitaine Marshall, pour celle de Miss Linda, pour celle de Mr. et Mrs. Redfern, et à peu près sûre pour celle de Miss Darnley. Pour celle de Mrs. Marshall, je ne peux rien dire. Comme je vous ai dit, il y en a tellement!

Poirot haussa les épaules.

— Tant pis, dit-il, n'en parlons plus!

Gladys Narracott, ses regards allant successivement de Poirot à Weston et de Weston à Poirot, demanda si l'on avait encore besoin d'elle. Weston, le premier, répondit non. Poirot l'imita.

Mais aussitôt, il ajoutait :

— Vous êtes sûre, n'est-ce pas, absolument sûre, de nous avoir tout dit, absolument tout? Vous n'avez rien oublié?

— A propos de Mrs. Marshall, monsieur?

— A propos d'elle ou d'autre chose. Il ne s'est rien passé aujourd'hui qui vous ait paru inhabituel... extraordinaire, pas banal, singulier, curieux... rien qui vous aurait amenée à vous dire ou à dire à vos collègues : « Tiens, c'est drôle! »

Les trois mots prenaient dans sa bouche une intonation comique, qui fit sourire Weston.

— En réalité, dit Gladys, ce n'est pas grand-chose. J'étais en bas quand j'ai entendu qu'on vidait une baignoire. Alors, j'ai fait remarquer à Elsie que c'était drôle, quelqu'un qui prenait un bain à peu près sur le coup de midi.

— Ce quelqu'un, qui était-ce?

— Ça, je n'en sais rien, monsieur. C'était dans cette aile-ci, nous avons bien entendu l'eau dans le tuyau de descente, mais c'est tout ce que je peux dire.

— Vous êtes sûre qu'il s'agissait bien d'un bain? Ce n'était pas, par exemple, un lavabo qui se vidait?

— Oh non! monsieur. Une baignoire, quand ça se vide, ça se reconnaît.

Sur quoi, Poirot ne croyant pas devoir la retenir plus longtemps, Gladys Narracott reçut permission de se retirer.

Weston se tourna vers Poirot.

— Je suppose, dit-il, que vous n'attachez pas d'importance à cette histoire de baignoire. Elle ne peut pas intéresser notre affaire. Notre meurtrier n'avait pas de taches de sang à faire disparaître. C'est là...

Il s'interrompit brusquement, mais Poirot acheva la phrase commencée :

— C'est là, ainsi que vous alliez le dire, l'avantage de la strangulation. Pas de taches de sang et pas d'armes, donc rien à faire disparaître! Elle ne réclame que de la force physique et *une mentalité d'assassin.*

Il s'aperçut qu'il s'échauffait, et c'est sur un ton plus calme qu'il poursuivit :

— Non, vous avez raison, cette histoire de baignoire n'a probablement aucun intérêt. Tout le monde peut prendre un bain, même sur le coup de midi. Mrs. Redfern, avant d'aller au tennis, le capitaine Marshall, Miss Darnley, n'importe qui. Non, il n'y a pas grand-chose à tirer de ça!

On frappa à la porte et un agent de police passa la tête dans l'entrebâillement.

— C'est Miss Darnley, monsieur. Elle vous prie de la recevoir un petit instant. Elle dit qu'il y a quelque chose qu'elle a oublié de vous dire.

— C'est bon, fit Weston. D'ailleurs, nous descendions.

3.

La première personne qu'ils rencontrèrent, ce fut Colgate. Il était sombre.

Dans le bureau de l'hôtel, où il les accompagna, il fit son rapport.

— Avec Heath, dit-il, j'ai examiné l'histoire de la machine à écrire. Aucun doute, il ne peut pas avoir tapé ce qu'il a tapé en moins d'une heure. Il lui a même fallu plus s'il s'est arrêté de temps en temps pour réfléchir. Pour moi, cette affaire-là est réglée. Et puis, il y a cette lettre...

Il avait tiré de sa poche une lettre dont il lut le commencement à haute voix :

— « Mon cher Marshall, je suis désolé de venir interrompre tes vacances, mais la situation se présente maintenant de façon toute nouvelle en ce qui concerne les contrats Burley et Tender... », etc., La lettre est datée du 24, c'est-à-dire d'hier. Sur l'enveloppe, oblitération de Londres E.C.1, en date d'hier, et de Leathercombe, en date de ce matin. L'enveloppe et la lettre ont été tapées sur la même machine et le texte prouve que Marshall n'a pas pu préparer sa réponse à l'avance. D'ailleurs, il fait état dans sa réponse de chiffres que lui communiquait son correspondant. Il s'agit d'une affaire extrêmement embrouillée...

— Bien, fit Weston, assez déçu. Tout cela semble bien mettre Marshall hors du débat. Il faudra que nous cherchions ailleurs. Avant tout, je vais recevoir Miss Darnley, que nous sommes en train de faire attendre...

Rosamund entra. Elle paraissait nerveuse.

— Je vous prie de m'excuser, colonel, dit-elle avec un sourire charmant, et d'autant plus que je vous dérange peut-être pour quelque chose qui n'en vaut pas la peine.

— De quoi s'agit-il, mademoiselle Darnley? fit Weston, lui désignant un siège du geste.

Elle le remercia, mais resta debout.

— Inutile que je m'assoie pour si peu, dit-elle. J'en ai pour une minute. Je vous ai dit tout à l'heure que j'avais passé toute la matinée à Roc-Soleil. Or, ce n'est pas tout à fait exact. J'ai oublié de vous dire que je suis revenue à l'hôtel pour retourner là-bas ensuite.

— Vers quelle heure, cela?

— Il devait être environ onze heures moins le quart.

— Vous dites que vous êtes revenue à l'hôtel?

— Oui. J'avais oublié mes lunettes de soleil. D'abord, j'ai cru pouvoir m'en passer, mais mes yeux se sont fatigués très vite et je me suis résignée à venir les chercher.

— Vous êtes montée directement à votre chambre et repartie tout de suite?

— Oui. Ou, plutôt, non. Je suis passée chez Ken... chez le capitaine Marshall. J'avais entendu le bruit de sa machine à écrire et je m'étais dit qu'il était vraiment stupide de sa part de rester ainsi enfermé par une matinée si splendide. Je voulais lui demander de m'accompagner.

— Et que vous a répondu le capitaine Marshall?

Elle eut un petit sourire dépité.

— Eh bien! quand j'ai ouvert la porte, il tapait avec une telle ardeur, il avait l'air tellement absorbé par ce qu'il faisait que je n'ai pas voulu le déranger et que je me suis retirée tout doucement. Je ne pense même pas qu'il m'ait vue...

— Et cela se passait à quelle heure, mademoiselle Darnley?

— Vers onze heures vingt. J'ai regardé l'heure à l'horloge du hall, en m'en allant...

4.

— Ça me paraît définitif, dit l'inspecteur Colgate, après le départ de la jeune femme. Gladys Narracott l'a entendu taper jusqu'à onze heures cinq et Miss Darnley l'a vu à onze heures vingt. A midi moins le quart, Mrs. Marshall était morte. Or, il dit qu'il a passé cette heure à taper à la machine et il semble bien que ce soit la vérité. Il me paraît tout à fait hors de cause maintenant...

Tourné vers Poirot, il ajouta :

— M. Poirot a l'air plongé dans de profondes réflexions.

— Je me demandais, dit lentement Poirot, pourquoi Miss Darnley est venue de son propre mouvement nous apporter ce témoignage complémentaire.

L'inspecteur projeta d'un coup sec son menton en avant.

— Vous pensez que ça n'est pas très catholique? Qu'il ne s'agit peut-être pas d'un oubli comme elle le prétend?

Il se tut un instant, réfléchissant lui aussi, puis dit :

— Voici comment je verrais la chose. Supposons que, contrairement à ce qu'elle nous a déclaré, Miss Darnley n'ait pas été à Roc-Soleil. Après nous avoir raconté son histoire dans laquelle il n'y a pas un mot de vrai, elle découvre que quelqu'un l'a vue ailleurs ou — autre hypothèse — que quelqu'un est allé à Roc-Soleil, où il ne l'a naturellement pas rencontrée. Que fait-elle? Vite, elle imagine une nouvelle fable et, prenant les devants, elle s'empresse de venir nous la servir. Vous remarquerez qu'elle a bien pris soin de nous dire que le capitaine Marshall ne l'a pas *vue* quand elle a glissé un œil dans sa chambre...

— Ça ne m'avait pas échappé, dit Poirot.

Weston demeurait sceptique.

— Est-ce que vous chercheriez à nous faire croire que Miss Darnley serait coupable? demanda-t-il. Laissez-moi vous dire que ça ne tient pas debout! Quel intérêt aurait-elle eu à supprimer Arlena Marshall?

Colgate répondit sans attendre :

— Quel intérêt? Mais rappelez-vous ce que nous a déclaré Mrs. Gardener. Elle nous a très clairement laissé entendre que Miss Darnley avait pour le capitaine ce que j'appellerai un sérieux penchant. Est-ce que ce n'est pas là un mobile?

— Arlena Marshall, répliqua Weston avec impatience, n'a pas été tuée par une femme. C'est un homme que nous cherchons et c'est des hommes que nous devons nous occuper!

L'inspecteur Colgate rendit les armes.

— Vous avez raison, dit-il. C'est toujours là que nous en revenons!

Weston reprit :

— Il faudrait qu'un de vos agents me fasse un peu de chronométrage. Je veux savoir combien il faut de temps pour aller, en traversant l'île, de l'hôtel au sommet de l'échelle de la crique aux Lutins. Qu'il fasse le trajet une fois en se promenant et une fois en courant. Qu'il voie aussi combien il faut de temps pour descendre le long de cette échelle. Il faudrait aussi prendre le temps nécessaire pour aller en barque de la grande plage à la crique.

— Je vais mettre un homme là-dessus, dit Colgate.

— Et maintenant, poursuivit le chef de la police, je vous propose d'aller là-bas. Je voudrais savoir si Philipps a trouvé quelque chose et visité cette grotte dont on nous a parlé. Si un homme a attendu là, il peut avoir laissé des traces. Qu'en pensez-vous, Poirot?

— C'est très possible.

— N'est-ce pas? fit Weston. Pour quelqu'un venu de la terre, cette grotte aurait été la cachette idéale. Évidemment, il fallait savoir qu'elle existe. Mais les gens du pays la connaissent...

— Je n'en suis pas tellement sûr, dit Colgate, au moins en ce qui concerne les jeunes. Depuis la création de l'hôtel, les plages sont propriété privée. On n'y vient guère de la côte. Il y a longtemps que les pêcheurs n'abordent plus dans l'île. Quant aux gens de l'hôtel, ils ne sont pas de la région. Mrs. Castle est de Londres.

— J'ai envie d'emmener Redfern, dit Weston. Il nous a parlé

de la grotte. Bien entendu, Poirot, vous venez avec nous?

Hercule Poirot se montrait indécis.

— Moi, vous savez, fit-il, je suis comme Miss Brewster et comme Mrs. Redfern, ça ne me dit rien d'aller faire de l'alpinisme sur une échelle verticale!

— Alors, allez là-bas par la mer...

Poirot poussa un soupir.

— En bateau, c'est mon estomac qui proteste!

— Vous plaisantez! Il fait une journée magnifique, la mer est comme un lac. Et vous n'avez moralement pas le droit de nous laisser tomber!

Hercule Poirot hésitait encore sur la façon dont il allait répondre à cette exhortation quand, par la porte entrouverte après trois petits coups discrets, Mrs. Castle insinua d'abord l'échafaudage compliqué de sa coiffure, puis son visage si parfaitement « comme il faut ».

— Je vous demande infiniment pardon de vous déranger, dit-elle, mais Mr. Lane, le clergyman, vient de rentrer et j'ai pensé que vous aimeriez le savoir.

— Je vous remercie, madame Castle. Nous allons le voir tout de suite.

Mrs. Castle avança d'un pas.

— Et puis, reprit-elle, je ne sais pas si c'est la peine d'en parler, mais, comme je me suis laissé dire que les faits les plus insignifiants en apparence étaient capables de vous intéresser...

— Oui, oui, fit Weston, agacé. Alors?

— Alors voici. Il y a un monsieur et une dame qui sont venus à l'hôtel, vers une heure. Ils arrivaient de la côte et ils voulaient déjeuner. Je leur ai appris qu'il y avait eu un accident et qu'en conséquence nous ne faisions pas restaurant aujourd'hui...

— Qui étaient ce monsieur et cette dame?

— Je l'ignore, car naturellement, ils n'ont pas donné leur nom et je ne le leur ai pas demandé. Ils ont exprimé leur désappointement et manifesté une certaine curiosité quant à la nature de l'accident. Je me suis gardée évidemment de rien leur dire. Je suppose que ce sont des estivants de la meilleure société...

Weston mit brutalement fin à ce discours.

— Très bien, dit-il, je vous remercie. C'est probablement sans importance, mais vous avez parfaitement raison de... tout remarquer.

— Mais, monsieur, répondit-elle, c'est tout naturel. Je suis de ces femmes qui tiennent à faire leur devoir.

— Bien entendu, madame Castle, et je vous en félicite. Voudriez-vous prier Mr. Lane de venir nous trouver?

5.

Stephen Lane entra dans la pièce d'un pas décidé.

— Monsieur Lane, lui dit Weston, je suis le chef de la police du comté. Je pense qu'on vous a dit...

— Oui. On m'a mis au courant dès mon retour... C'est affreux!

D'une voix sourde, son corps par instants secoué de frémissements, il continua :

— C'est affreux, mais, à dire vrai... depuis mon arrivée ici... j'ai le sentiment... l'intime conviction... que nous sommes ici entourés de forces mauvaises...

Une flamme brûlait dans ses yeux. Tournant son regard perçant vers Poirot, il ajouta :

— Vous vous rappelez, monsieur Poirot?... Notre conversation de l'autre jour?... Ce que je vous ai dit sur la réalité du Mal?

Weston examinait Mr. Lane. Cette longue et frêle silhouette, ce visage ardent et émacié le laissaient perplexe. Il éprouvait quelque difficulté à « situer » le personnage.

Lane ramena son regard vers lui et dit, avec un curieux sourire :

— Je sais, monsieur, que la chose vous paraîtra fantastique et pourtant elle est. Notre époque a cessé de croire au Mal! Elle a aboli le feu de l'Enfer! Elle conteste l'existence du Malin! Or, Satan et ses démons n'ont jamais été plus puissants, plus redoutables qu'ils le sont aujourd'hui!

— Euh... oui, peut-être, fit Weston. Mais cela, monsieur Lane, c'est, si j'ose dire, votre département. Le mien est plus terre à terre : j'ai à tirer au clair une affaire de meurtre!

Lane tressaillit.

— Quel mot horrible! Un meurtre!... Un des tout premiers péchés qui aient fait leur apparition sur la terre!... Le sang innocent d'un frère répandu sans merci ni pitié!

Il se tut, ferma les yeux, puis, d'une voix toute différente de sa voix ordinaire, demanda :

— En quoi puis-je vous être utile?

— D'abord, monsieur Lane, en nous disant ce que vous avez fait aujourd'hui.

— Très volontiers. Je suis parti très tôt, ce matin, pour une de ces longues promenades qui sont dans mes habitudes. J'adore marcher et j'ai rayonné dans toute la région. Aujourd'hui, je suis allé à St. Petrock. C'est à quelque sept milles d'ici. Une promenade ravissante, par de petits sentiers serpentant à travers les collines et les vallées du Devon. J'avais emporté quelques provisions et je les ai dévorées au milieu des bois. A St. Petrock, j'ai visité l'église, intéressante par quelques fragments de vitraux — des fragments seulement, hélas! — et par une fresque assez curieuse.

— Merci, monsieur Lane. Avez-vous rencontré quelqu'un en cours de route?

— Personne à qui parler. Une voiture m'a dépassé, j'ai croisé quelques cyclistes, des troupeaux... Au surplus, si vous doutez de mon témoignage, j'ajoute que j'ai signé le registre des visiteurs déposé à l'église. Vous pourrez y relever mon nom.

— A l'église même, vous n'avez vu personne? Le curé? Ou le bedeau?

— Non, il n'y avait personne et j'étais le seul touriste. Il faut savoir que St. Petrock est un petit trou perdu et que le village proprement dit est à près de cinq cents mètres de l'église.

— N'allez pas croire, dit le colonel avec bonne humeur, que nous mettions votre parole en doute. Seulement, nous devons contrôler tous les témoignages, sans exception. La routine policière l'exige... et il faut bien, surtout dans les affaires importantes, que nous nous y conformions!

— C'est une chose très compréhensible, dit aimablement Stephen Lane.

— Passons à un autre point, reprit Weston. Savez-vous quoi que ce soit qui pourrait nous être de quelque utilité? Savez-vous quelque chose sur la victime? Avez-vous une idée qui pourrait nous mettre sur la piste? Avez-vous vu ou entendu quoi que ce soit qui puisse se rapporter à l'affaire?

— Non, déclara Stephen Lane. Mais je puis vous dire ceci : dès que j'ai vu Arlena Marshall, j'ai compris d'instinct, j'ai senti de façon profonde que je me trouvais en présence d'une créature du Démon!! Elle était le Péché! le Mal personnifié. Si la femme peut être le bon génie de l'homme qu'elle aide et qu'elle inspire, elle peut aussi être l'artisan de sa perte et de sa déchéance! Elle peut ravaler la créature de Dieu au niveau de la bête! La victime était de celles qui réveillent en l'homme les instincts les plus bas. C'était une autre Jézabel et c'est pour les innombrables péchés qu'elle a commis ou provoqués qu'elle a été frappée!

— Non pas « frappée », rectifia Poirot, mais *étranglée!* Etranglée, monsieur Lane, par une paire de mains humaines.

Les mains du clergyman tremblaient et ses doigts se contractaient comme s'ils allaient se tordre.

D'une voix blanche, il dit :

— Je le sais... Mais c'est affreux! Pourquoi le dire si crûment?

— Mais, répondit Poirot, simplement parce que c'est la

vérité. Ces mains, qui ont étranglé, à qui pouvaient-elles appartenir? Avez-vous une idée là-dessus?

Lane baissait la tête.

— Je ne sais pas...

Weston adressa un coup d'œil à Colgate, qui lui répondit avec la même discrétion. Les deux hommes se levèrent.

— Maintenant, annonça Weston, en route pour la crique aux Lutins!

Se tournant vers lui, Lane demanda :

— C'est là-bas que c'est arrivé?

Puis, sur la réponse muette de Weston :

— Pourrais-je y aller avec vous?

Le colonel ouvrait la bouche pour refuser d'un ton sec, mais Poirot le devança et dit :

— Mais certainement, monsieur Lane. Vous me tiendrez compagnie dans le bateau. Venez, nous partons!

Chapitre 9.

I.

Pour la seconde fois ce jour-là, Patrick Redfern ramait vers la crique aux Lutins. Les autres passagers du bateau étaient Hercule Poirot, très pâle et une main sur l'estomac, et Stephen Lane. Le colonel Weston faisait le trajet par les terres. Retardé en route, il arriva sur la plage au moment même où la coque du canot entrait en contact avec les galets du rivage. Un agent en uniforme et un autre en civil étaient allés au-devant du chef de la police dès qu'ils l'avaient aperçu. Weston les questionnait déjà quand les navigateurs rejoignirent le petit groupe.

— Je crois qu'il n'y a pas un centimètre carré de la plage que je n'aie inspecté, déclarait l'agent Philipps.

— Bien. Et qu'est-ce que vous avez trouvé?

— Tout est là, à côté, monsieur. Si vous voulez bien venir voir...

L'agent avait délicatement étalé ses trouvailles sur un rocher plat. Collection hétéroclite, où figuraient une paire de ciseaux, un paquet de cigarettes vide, cinq capsules de fer-blanc, trois bouts de ficelle, quelques bouts d'allumettes, un vieux journal, un fragment de pipe cassée, quatre boutons dépareillés, un pilon de poulet et une bouteille ayant contenu de l'huile « solaire ».

Weston jeta un coup d'œil sur l'ensemble et dit :

— Maigre butin, si l'on considère que nous vivons à une époque où les gens prennent les plages pour des dépôts d'ordures ! Si j'en juge par l'état de son étiquette, cette bouteille vide a passé ici un certain temps... et le reste aussi ! Les ciseaux, pourtant, ont l'air neufs. Ils brillent. Ils n'ont certainement pas reçu la pluie d'hier. Où les avez-vous trouvés ?

— Juste au pied de l'échelle, monsieur... Le morceau de pipe également...

— Ce sera tombé de la poche de quelqu'un, soit en montant, soit en descendant. Rien qui indique à qui cela peut appartenir.

— Non, monsieur. C'est une paire de ciseaux à ongles ordinaire. La pipe était en bruyère de bonne qualité. Une pipe cher...

— Il me semble me souvenir, dit Poirot, que le capitaine Marshall nous a dit avoir égaré la sienne.

— Marshall n'est plus en question, répliqua Weston. Il n'est pas seul au monde à fumer la pipe !

Du coin de l'œil, Poirot guettait le révérend père Lane, qui, par deux fois, venait de mettre sa main dans sa poche et de l'en retirer.

— Vous fumez la pipe également, n'est-ce pas, monsieur Lane ? demanda-t-il.

Le ton n'avait rien d'agressif, mais la question n'en parut pas moins déplaire au clergyman, qui répondit :

— Oui. Ma pipe est une vieille et fidèle amie...

En même temps, sa main, plongeant une fois encore dans sa poche, en ramenait une pipe, qu'il bourra.

Hercule Poirot fit quelques pas, allant rejoindre Redfern, qui restait immobile, les yeux fixes, l'air absent.

— Je suis content, lui glissa-t-il tout bas, qu'ils l'aient enlevée.

On eût dit que le jeune homme n'entendait pas.

— Où a-t-elle été trouvée ? demanda Stephen Lane.

— Juste où vous êtes, monsieur, répondit l'agent d'une voix enjouée.

Lane fit un saut de côté.

— Compte tenu de l'heure de la marée, dit l'agent, l'endroit où le canot avait été laissé semble bien confirmer que la victime est arrivée vers dix heures quarante-cinq.

Weston, après s'être assuré qu'avant d'emporter le corps on avait pris des photographies, interpella Redfern.

— Et maintenant, jeune homme, si vous nous montriez l'entrée de la grotte ?

Il sursauta et dit :

— C'est par ici...

Montrant le chemin, il se dirigea vers un pittoresque amoncellement de roches entassées au pied de la falaise. Il alla directement à une sorte de fissure étroite, une brèche entre deux énormes blocs.

— C'est l'entrée, fit-il.

— On ne dirait guère qu'on peut se glisser là-dedans, remarqua Weston.

— Ça trompe, vous savez. C'est très faisable...

De profil, Weston s'engagea dans la brèche. Elle était en fait moins étroite qu'il ne semblait et s'élargissait presque immédiatement en une sorte de réduit assez vaste pour qu'on pût s'y tenir debout et s'y mouvoir.

Hercule Poirot et Stephen Lane suivirent le colonel, les autres restant à l'extérieur. L'endroit était fort sombre, mais Weston disposait d'une lampe électrique puissante, dont il promena la lumière alentour.

— Il y a de la place, constata-t-il. On ne se douterait pas de ça du dehors...

Le rond lumineux de la lampe courait sur le sol.

Hercule Poirot reniflait.

Weston s'en avisa et dit :

— L'atmosphère est très respirable et l'air ne sent ni le poisson, ni le varech. Il est vrai que nous sommes très au-dessus du niveau de la mer...

Pour l'odorat subtil de Poirot, l'air n'était pas seulement frais, mais aussi légèrement parfumé. Et ce parfum délicat, il le connaissait bien : deux personnes de sa connaissance en usaient...

La lampe ne bougeait plus.

— Il me semble qu'il n'y a rien ici d'anormal, dit Weston.

Poirot lui désigna du doigt, assez haut sur la paroi, une sorte de corniche.

— On pourrait peut-être, dit-il, voir s'il n'y a pas quelque chose là-dessus.

— Pour qu'il y ait quelque chose, il faudrait qu'on l'y ait mis. Malgré ça, on peut toujours regarder...

Fort de cette approbation, Poirot se tourna vers Lane.

— Monsieur Lane, vous qui êtes grand, voudriez-vous vous assurer qu'il n'y a rien sur cette espèce de tablette?

Agrippé d'une main au rebord de la roche, le pied posé sur une saillie de la paroi, Lane obéit.

Sa main, bientôt, rencontra un objet dur : c'était une boîte...

Deux minutes plus tard, ils étaient dehors, examinant la trouvaille.

— Manipulez ça avec précaution, recommanda Weston. Il peut y avoir des empreintes...

C'était une boîte de fer-blanc, sur la peinture verte de laquelle se lisait le mot : « Sandwiches ».

— Sans doute un souvenir de pique-nique, dit l'agent Philipps.

Il plaça son mouchoir sur la boîte et enleva délicatement le couvercle.

L'intérieur contenait deux petites boîtes plates, également en fer-blanc et évidemment destinées à recevoir des sandwiches, et trois autres, plus petites, marquées « sel », « poivre » et « moutarde ».

Philipps ouvrit la boîte marquée « sel ». Elle était pleine jusqu'aux bords.

Il passa à la seconde et s'étonna.

— Tiens, fit-il, ils mettaient aussi du sel dans la boîte à poivre!

C'est du sel encore qu'il trouva dans la troisième.

Il fit sauter le couvercle d'une des deux boîtes plates. La poudre blanche qu'elle contenait, l'agent ne songeait déjà plus à l'appeler du sel. Il posa le doigt à la surface et le porta à sa langue.

Il se tourna vers Weston.

— Ce n'est pas du sel, monsieur. Il s'en faut! C'est amer comme tout et je croirais plutôt que c'est une espèce de drogue!

2.

Le colonel Weston émit un grognement qui en disait assez sur ses sentiments et résuma la situation en disant :

— Ce n'est pas encore ça qui simplifie les choses!

Ils étaient de retour à l'hôtel.

— S'il se trouve qu'une bande de trafiquants de drogue est mêlée à l'affaire, poursuivit Weston, plusieurs possibilités sont à envisager. La première, c'est que la victime ait fait partie de la bande. Qu'en pensez-vous, Poirot?

— C'est possible, répondit Poirot prudemment.

— La seconde, qu'elle se soit donnée aux stupéfiants.

De la tête, Poirot fit signe qu'il n'était pas d'accord.

— C'est plus que douteux, expliqua-t-il. Arlena Marshall était une femme équilibrée, resplendissante de santé, et vous n'avez pas trouvé la moindre trace de piqûre sur son corps. Je sais que ça ne prouve rien, puisqu'elle aurait pu priser. Mais, croyez-moi, elle ne se droguait pas.

— Alors, reprit Weston, il se peut qu'elle soit entrée en contact avec la bande tout à fait par hasard et que ceux qui conduisent l'affaire aient jugé qu'il était indispensable de s'assurer de son silence. Nous saurons bientôt de quelle drogue il s'agit. Neasdon s'occupe, en ce moment, de le rechercher. Ce qu'il y a de certain, c'est que, si nous avons vraiment affaire à une bande, ça nous promet du plaisir. Ces gens-là ne s'embarrassent pas de préjugés...

Il s'interrompit brusquement, la porte s'étant ouverte pour livrer passage à Mr. Horace Blatt, qui faisait dans la pièce une entrée tumultueuse.

Mr. Blatt était en nage, il se tamponnait le visage avec son mouchoir, mais sa voix généreuse n'avait rien perdu de sa puissance.

— J'arrive à l'instant, fit-il avant que personne eût pu placer un mot, et j'apprends la nouvelle. C'est vous le chef de la police? On m'avait dit que je vous trouverais ici. Je m'appelle Blatt, Horace Blatt. Est-ce que je peux vous être utile?

Sans attendre, il ajoutait :

— Je ne crois pas. Je suis dans mon bateau depuis ce matin. Je suis parti très tôt et naturellement j'ai tout manqué. Pour une fois qu'il arrive quelque chose dans le patelin, je ne suis pas là! C'est la vie...

Il aperçut Poirot.

— Tiens, Poirot! Je ne vous avais pas vu! Alors, vous êtes sur l'affaire, vous aussi? C'était fatal! Sherlock Holmes contre la police locale, le coup est régulier! Et c'est le colonel qui joue Lestrade! Eh bien! ça me plaît! Je serai ravi, Poirot, de connaître votre numéro de détective amateur!

Il s'étala dans un fauteuil, tira son étui à cigarettes et le présenta, ouvert, à Weston.

Le colonel dit, avec un léger sourire :

— Merci, non! Je suis un fumeur de pipe invétéré.

— Moi aussi! Je ne déteste pas la cigarette, mais rien ne vaut une bonne pipe!

— Alors, fit Weston, la voix aimable, ne vous gênez pas pour nous!

— Je n'ai pas ma pipe sur moi.

Il alluma sa cigarette et reprit :

— Mais ce n'est pas tout ça! Racontez-moi ce qui s'est passé!

Tout ce que je sais jusqu'ici, c'est que Mrs. Marshall a été trouvée assassinée sur une des plages de l'île.

— La crique aux Lutins, précisa Weston.

Il guettait la réaction de Blatt, mais son attente fut déçue.

— Etranglée, à ce qu'il paraît?

— Etranglée.

— Moche, ça, terriblement moche! Notez que, dans le fond, elle a couru après! Plutôt cascadeuse, la dame... Hein, Poirot? Qui a fait le coup? Aucune idée, ou bien s'il ne faut pas le demander?

Weston sourit.

— En principe, voyez-vous, dit-il doucement, c'est nous qui sommes censés poser les questions.

Mr. Blatt esquissa un geste d'excuse.

— Pardonnez-moi, je ne recommencerai plus. Envoyez les questions!

— Vous êtes allé en mer aujourd'hui. A quelle heure êtes-vous parti?

— A dix heures moins le quart.

— Accompagné?

— Du tout! Il n'y avait à bord que Mr. Blatt et moi-même.

— Où êtes-vous allé?

— Sur la côte, dans la direction de Plymouth. J'avais emporté mon déjeuner. Il y avait peu de vent et je ne suis pas allé bien loin.

Weston posa encore deux ou trois questions sur le même sujet, puis passa à autre chose.

— Vous connaissiez les Marshall, dit-il. Voyez-vous, à leur propos, quelque chose qui pourrait nous aider?

— Je vous ai déjà donné mon opinion : crime passionnel! Tout ce que je peux vous dire, c'est que ce n'est pas moi! La belle Arlena n'avait pas d'emploi à me donner. Sa troupe était complète. Elle avait un beau jeune premier aux grands yeux bleus... Et, si vous voulez mon avis, c'est ça qui n'a pas plu à Marshall!

— Vous pourriez le prouver?

— J'ai vu, une fois ou deux, Marshall regarder le jeune Redfern d'un œil noir, c'est tout. Un drôle de corps, Marshall, vous savez! Il a l'air doux et tranquille, à moitié endormi même la plupart du temps, mais pour y croire il ne faut pas connaître la réputation qu'il a en Bourse! On m'a raconté deux ou trois histoires qui signifient quelque chose. Une fois, ça s'est bel et bien terminé en bagarre. Il faut dire que le type lui avait joué un sale tour. Marshall lui avait fait confiance et le gars n'avait pas été régulier. Une sale histoire, à ce qu'il paraît. Toujours est-il que Marshall est allé le trouver et qu'il l'a laissé sur place à moitié mort! Le type n'a pas porté plainte, m'a-t-on dit, parce qu'il avait bien trop peur que la police ne mette le nez dans ses affaires. Je vous donne l'histoire pour ce qu'elle vaut...

— Ainsi, dit Poirot, vous croyez qu'il est possible que le capitaine Marshall ait étranglé sa femme?

— Minute! Je n'ai pas dit ça! J'ai dit simplement que Marshall est de ces gars qui, à l'occasion, peuvent devenir mauvais, ce n'est pas la même chose!

Il y eut un silence.

— Monsieur Blatt, reprit Poirot, nous avons des raisons de penser que Mrs. Marshall est allée ce matin à la crique aux Lutins pour rencontrer quelqu'un. Avez-vous une idée possible de ce quelqu'un?

Mr. Blatt cligna de l'œil.

— Ce n'est pas une possibilité, c'est une certitude : Redfern.

— Ce n'était pas Mr. Redfern.

Mr. Blatt parut stupéfait.

— Alors, je ne vois pas, dit-il d'un ton hésitant. Vraiment, je ne vois pas...

Puis, reprenant de l'assurance, il ajouta :

— Ce que je sais, mais je vous l'ai déjà dit, c'est que ce n'était pas moi! Je n'ai pas de ces chances-là! Je ne crois pas non plus que ce soit Gardener. Sa femme ne le quitte pas de l'œil! Alors? Ce vieil imbécile de Barry? Ça serait quand même dommage! Reste le pasteur... Ça serait cocasse!

Il rit bruyamment.

Puis, sur une question de Weston qui, impassible, lui demandait un peu froidement « s'il ne voyait rien d'autre », il dit :

— Non, j'ai beau réfléchir, je ne vois plus rien. J'ai idée que cette histoire-là va faire un certain raffut. La presse va se précipiter là-dessus comme sur des petits pains et j'ai l'impression que ça rabattra le caquet à ces messieurs-dames du *Joyeux Roger*. Ils en ont besoin! Car on peut dire qu'ils sont un peu crâneurs et beaucoup moins rigolos que l'enseigne ne le promet!

— Vous n'êtes pas satisfait de votre séjour? demanda doucement Poirot.

— Oui et non. Question mer, paysage, service, nourriture, il n'y a rien à dire! Mais la clientèle, zéro! Ça manque de cordialité! Vous voyez ce que je veux dire? Mon argent vaut le leur, n'est-ce pas, et nous sommes tous ici pour nous distraire et nous amuser... Alors, pourquoi ne pas le faire? Les petits clans, les gens qui n'ont jamais à vous dire autre chose que « bonjour », « bonsoir » et « joli temps », tous ces empaillés qui n'ont pas l'air heureux d'être sur terre, non, je ne les encaisse pas!

Il se tut, plus rouge que jamais.

Il s'épongea le front et dit, en manière d'excuse :

— Ne faites pas attention à ce que je raconte! Ce soir, je suis esquinté!

3.

— Alors, demanda Poirot, quand il fut sorti, qu'est-ce que vous pensez de Mr. Blatt?

Le colonel Weston fit la grimace et répliqua :

— C'est à vous de nous dire ce que vous pensez de lui, vous le connaissez mieux que nous!

— Eh bien! fit Poirot, vous avez, en anglais, bien des façons de le décrire. Un diamant brut, un *self-made-man*, un parvenu! Il est, au choix, émouvant, ridicule ou assommant. Une question d'opinion personnelle. Pour moi, il est encore autre chose...

— Et quoi donc?

Poirot leva les yeux vers les moulures du plafond et dit :

— Je crois surtout qu'il est *inquiet*.

4.

— Nous avons pris les temps, dit l'inspecteur Colgate. De l'hôtel à l'échelle qui descend à la crique, trois minutes. Cela en marchant aussi longtemps qu'on est en vue de l'hôtel et en courant ventre à terre ensuite.

— C'est moins que je n'aurais pensé, dit Weston.

— Du haut de l'échelle, jusqu'à la plage, une minute quinze. Pour remonter, deux minutes. Cela pour l'agent Flint, qui est une sorte d'athlète. Pour aller là-bas, descente de l'échelle comprise si on ne se presse pas, il faut compter pas bien loin d'un quart d'heure.

— Il y a autre chose dont il faut s'occuper, dit Weston. La pipe...

— C'est fait, répondit Colgate. Blatt fume la pipe. Mr. Marshall et Mr. Lane également. Redfern fume la cigarette, l'Américain préfère le cigare. Le major Barry ne fume pas. Il y a une pipe dans la chambre de Marshall, deux dans celle de Blatt, une dans celle de Lane. Gladys Narracott dit que Marshall a deux pipes, l'autre femme de chambre, qui n'est pas d'une intelligence particulièrement vive, ne sait pas combien les deux autres ont de pipes. Elle se souvient seulement d'en avoir vu deux ou trois dans leurs chambres...

— Bien, fit Weston. Rien d'autre?

— Je me suis inquiété des mouvements du personnel ce matin. Rien de suspect de ce côté-là. Henry, le barman, n'a pas bougé de son bar. Son témoignage confirme les dires de Marshall : il a vu le capitaine vers onze heures moins dix. William a passé presque toute la matinée à réparer une échelle. George a marqué le court de tennis, puis s'est occupé des plantes vertes et des fleurs de la salle à manger. Ils ne pouvaient, ni l'un ni l'autre, voir si quelqu'un prenait la digue pour venir dans l'île.

— A quelle heure la digue a-t-elle été découverte?

— Vers neuf heures et demie.

Weston, du pouce, lissait sa moustache.

— Il est possible, dit-il, que quelqu'un soit arrivé par là. C'est que nous avons maintenant à envisager les choses sous un angle nouveau...

Rapidement, il mit l'inspecteur au courant de la trouvaille faite à la grotte aux Lutins.

5.

On frappa à la porte.

— Entrez! dit Weston.

C'était le capitaine Marshall.

Il désirait savoir s'il lui était possible de prendre des dispositions pour les obsèques.

— Certainement, répondit Weston. Vous pouvez compter que l'enquête aura lieu après-demain.

L'inspecteur Colgate s'avança. Il tenait à la main les trois lettres que Marshall lui avait confiées.

— Voulez-vous, dit-il, me permettre de vous rendre ceci?

Kenneth Marshall prit les lettres et remercia avec un sourire désabusé.

— J'imagine, ajouta-t-il, que vous avez vérifié ma vitesse de frappe et j'espère que l'épreuve a été concluante.

— Oui, fit le colonel sur le mode léger, et je puis vous délivrer le plus rassurant des bulletins de santé. Il nous a fallu presque une heure pour recopier vos textes. D'autre part, la femme de chambre a entendu le cliquetis de votre machine jusqu'à onze heures moins cinq. Enfin, un autre témoin vous a vu à onze heures vingt...

— Eh bien! dit Marshall, tout ça me paraît excellent, en effet.

— Oui, poursuivit Weston. Miss Darnley a ouvert la porte de votre chambre à onze heures vingt. Vous étiez tellement pris par votre tâche que vous ne l'avez pas vue entrer...

Pas un muscle du visage de Marshall n'avait bougé.

— C'est ce que vous a dit Miss Darnley? fit-il d'un ton calme. En fait, elle se trompe. *Je l'ai parfaitement vue*, bien qu'elle ne s'en doute pas. Je l'ai vue dans la glace.

— Cependant, fit observer Poirot, vous n'avez pas cessé de taper?

— Non. Je voulais finir.

Il demanda si l'on avait encore des questions à lui poser, puis, Weston lui ayant répondu que non, il adressa aux trois hommes un petit salut courtois et se retira.

Weston poussa un soupir navré.

— Et voilà, dit-il. Notre plus beau suspect s'en va! Innocenté!

Le docteur Neasdon arriva peu après. Il avait l'air très surexcité.

— On pourrait, dit-il dès le seuil, expédier pas mal de gens dans l'autre monde avec ce que vous m'avez envoyé!

— Qu'est-ce que c'est?

— Ce que c'est? Du chlorhydrate de diacétylmorphine. Ce qu'on appelle vulgairement de l'héroïne.

L'inspecteur Colgate émit un petit sifflement joyeux.

— Cette fois, dit-il, nous voici sur la bonne voie! Croyez-moi, cette histoire de drogue est à la base de toute l'affaire!

Chapitre 10.

I.

Une petite foule sortait de l'*Auberge du Taureau écarlate*, dans une salle de laquelle l'enquête venait d'avoir lieu. L'audience, très courte, avait pris fin sur un renvoi à quinzaine.

Rosamund Darnley rejoignit le capitaine Marshall.

— Eh bien! Ken? lui souffla-t-elle. Ça ne s'est pas trop mal passé...

Il ne répondit pas. Peut-être parce qu'il avait conscience que ces villageois, qui le regardaient de tous leurs yeux, se retenaient à grand-peine de le montrer du doigt en disant : « C'est lui! C'est le mari de la victime! » Le murmure de leurs voix n'était pas tel qu'il lui parvînt aux oreilles, mais il ne l'entendait pas moins. C'était là la forme moderne du pilori.

Avec la presse : des jeunes gens, pleins d'autorité et d'audace, qui s'étaient montrés aptes à renverser les murailles de silence derrière lesquelles il tentait de s'abriter. Il les avait vus à l'œuvre la veille. A leurs questions, il avait répondu : « Je n'ai rien à dire! » et les monosyllabes auxquels il s'était tenu, persuadé que de la sorte on ne trahirait pas sa pensée, il les avait retrouvés dans les journaux du matin, transformés en longues phrases et dénaturés. « Interrogé sur le point de savoir s'il considérait que la mort mystérieuse de sa femme pouvait s'expliquer autrement que par l'intervention d'un criminel venu spécialement dans l'île, le capitaine Marshall a déclaré... »

Les photographes avaient opéré sans répit et, à cette minute encore, le déclic d'un appareil lui fit tourner la tête. Un jeune homme blond, ravi de son cliché, le remercia d'un sourire. Miss Darnley murmura :

— Légende : après l'enquête, le capitaine Kenneth Marshall quitte le *Taureau écarlate*, en compagnie d'une de ses amies.

Marshall fronça le sourcil.

— A quoi bon vous fâcher, Ken? dit-elle. Il faut en prendre votre parti. Je ne parle pas seulement de la mort d'Arlena, mais de tout ce qui en découle : les yeux braqués sur vous, les chuchotements sur votre passage, les interviews ineptes des journaux, etc. Le seul moyen de tout supporter, c'est de trouver ça drôle! Ne vous laissez pas abattre par ces idioties et acceptez-les avec un sourire ironique!

— C'est votre genre, hein?

— Oui. Je sais bien que ce n'est pas le vôtre. Vous croyez à la vertu du vernis protecteur. On ne réagit pas, on reste impassible et on s'évade dans les lointains... Oui, mais ici il n'y a pas moyen! Il n'y a pas de lointains. Vous êtes au milieu de la scène, bien en vue et bien éclairé. Un tigre avec ses rayures sur un fond de toile blanche! *Le mari de la femme assassinée!*

— Rosamund, je vous en prie!

— Mais, mon cher Ken, c'est votre bien que je veux!

Ils firent quelques pas en silence, puis il dit, et sa voix était profondément sincère :

— Je le sais, et je vous en suis infiniment reconnaissant.

Ils sortaient du village. Les curieux les regardaient encore, mais de loin. Rosamund, dans des termes à peine différents, reprit sa remarque initiale :

— En somme, les choses n'ont pas été trop mal. Qu'en pensez-vous?

Il prit un temps pour répondre.

— Je n'ai pas d'opinion, dit-il enfin.

— Qu'en pense la police?

— Elle se montre très réservée.

Il y eut un silence, puis elle dit :

— Ce petit bonhomme, Poirot... Il s'occupe de l'affaire activement?

— On croirait qu'il a élu domicile dans la poche du chef de la police. Il ne le quitte pas.

— Je sais. *Mais fait-il quelque chose?*

— Comment le saurais-je?

Elle réfléchit.

— Il est déjà vieux, dit-elle ensuite. Un peu gâteux, j'imagine...

— C'est possible.

Ils arrivaient à la digue. En face d'eux, l'île semblait dormir au soleil.

— C'est curieux, dit Rosamund, comme parfois les choses ont l'air irréel. En ce moment, j'ai l'impression que j'ai rêvé et qu'il ne s'est rien passé...

— Je vois ce que vous voulez dire, fit-il. La Nature est indifférente. Une fourmi de moins, est-ce que ça compte?

— C'est cela, dit-elle. Et c'est comme ça qu'il faut voir les choses!

Il lui jeta un coup d'œil rapide et dit, très bas :

— Ne soyez pas inquiète, Rosamund. Il n'y a aucune raison... Aucune raison!

2.

Dévalant la digue, Linda courait à leur rencontre.

Elle s'arrêta devant eux, hors d'haleine. Rosamund la trouva nerveuse. Beaucoup trop. Ses lèvres étaient sèches et, sous ses yeux, des cernes sombres gâtaient son visage enfantin.

— Alors? demanda-t-elle.

— L'enquête est ajournée à quinze jours, répondit Marshall.

— Ça veut dire qu'ils n'ont rien décidé?

— Exactement. Ils ont besoin de nouveaux témoignages.

— Mais... qu'est-ce qu'ils pensent?

Malgré lui, Marshall sourit.

— Mon pauvre petit, dit-il, comment veux-tu qu'on le sache? Et, d'abord, qui entends-tu par « ils »? Le procureur du roi, les jurés, la police, les journalistes ou les pêcheurs de Leathercombe?

L'enfant dit, comme à regret :

— La police.

— La police! fit Marshall. Quoi qu'elle pense, tu te doutes bien qu'elle ne va pas le crier sur les toits!

On arrivait à l'hôtel. Il y entra sans ajouter un mot.

Comme Rosamund le suivait, Linda la rappela :

— Rosamund!

La jeune femme se retourna. Elle vit un pauvre petit visage si malheureux, il y avait tant de détresse dans les yeux de Linda, qu'elle revint sur ses pas. Elle glissa son bras sous celui de l'enfant et, l'entraînant loin de l'hôtel, dans un petit sentier qui conduisait à l'autre extrémité de l'île, elle lui parla.

— Ce qu'il faut, Linda, lui dit-elle avec une douceur quasi maternelle, c'est ne plus penser à tout ça! Je sais que c'est terrible, que tu as reçu un coup, et je me doute de tout ce que tu peux me dire. Mais à quoi bon rêver continuellement à ces horreurs? Pourquoi ne penser qu'à ça, puisque, dans le fond, tu n'aimais pas Arlena?

— Ça c'est vrai! s'exclama l'enfant d'une voix frémissante. Je ne l'aimais pas!

— Alors? reprit Rosamund. Avoir du chagrin à cause de quelqu'un qu'on aime, c'est différent! On ne peut pas dire : « Je ne veux plus avoir de chagrin! »... Mais, quand il s'agit seulement d'une impression, si horrible soit-elle, il n'y a qu'à le vouloir, à le vouloir bien, et on n'y pense plus!

— Vous ne me comprenez pas, fit Linda.

— J'ai idée, au contraire, que je te comprends fort bien.

Linda secoua la tête.

— Non, vous ne me comprenez pas... Pas du tout, même!

Et Christine, c'est pareil! Vous êtes toutes les deux très gentilles avec moi, mais vous ne me comprenez pas! Vous croyez toutes les deux que c'est des idées que je me fais, que c'est une question d'imagination... Mais ce n'est pas ça... Et si vous saviez ce que je sais!

La jeune femme eut un sursaut et s'immobilisa net. Elle dégagea son bras de celui de Linda et, raidie dans l'effort qu'elle faisait pour demeurer calme, elle demanda :

— Qu'est-ce que tu sais?

Les yeux de Linda fuyaient les siens.

— Rien, murmura-t-elle, le front baissé.

Rosamund lui emprisonna les coudes dans ses mains et, plantant son regard dans le sien, dit lentement :

— Fais attention, Linda! Je t'en supplie, pour l'amour de Dieu, fais attention!

L'enfant était devenue d'une pâleur mortelle.

— *Je fais attention*, dit-elle. Tout le temps!

— Écoute-moi bien, reprit Rosamund, d'une voix qui était une ardente prière. Ce que je t'ai dit tout à l'heure, je te le répète... Mais c'est encore cent fois plus nécessaire que je ne croyais! *Chasse toute cette histoire de ton esprit et n'y pense plus!... Oublie!...* Si tu le veux, tu le peux... et il le faut!... Arlena est morte et rien ne la fera revenir!... Alors, oublie... et songe à l'avenir! Et, par-dessus tout, *tiens ta langue!*

Linda tremblait. Dans un souffle elle murmura :

— On dirait que vous savez tout!

— Je ne sais rien, dit Rosamund avec une énergie farouche. *Rien du tout*, tu entends? Pour moi, l'assassin, c'est un maniaque, un fou, venu d'on ne sait où!... C'est l'hypothèse la plus plausible, et il faudra bien, en fin de compte, que la police l'accepte! *C'est ce qui a dû arriver, et c'est sûrement ce qui est arrivé!*

— Si papa...

— Tais-toi!

— Je voudrais vous dire une chose. Maman...

— Quoi, maman?

— Elle avait bien été poursuivie pour meurtre?

— Oui.

— Et papa l'a épousée après. C'est bien la preuve, n'est-ce pas, que papa trouve qu'il n'est pas mal de tuer?... Enfin, pas toujours...

— Ne dis pas ces choses-là, Linda. Même à moi... La police n'a rien contre ton père. Il a un alibi... Un alibi inattaquable. Il ne risque rien...

— Ils ont donc pensé que papa...

— Est-ce que je sais ce qu'ils ont pensé! L'important, c'est qu'ils savent maintenant qu'il ne peut pas l'avoir tuée! Tu comprends? *Il ne peut pas l'avoir tuée!*

Il y avait dans sa voix une autorité extraordinaire, l'accent sincère d'une conviction qu'elle était anxieuse de faire partager à l'enfant.

Linda était bouleversée. Des frémissements nerveux secouaient son corps.

— N'aie pas peur! reprit Rosamund. Bientôt, tu pourras partir d'ici et tu oublieras toutes ces vilaines choses!

Avec une violence soudaine, Linda cria :

— *Non! Non, je n'oublierai jamais!*

Elle s'arracha à l'étreinte de la jeune femme et, courant à toutes jambes, s'enfuit vers l'hôtel.

Rosamund, stupéfaite, demeura comme clouée sur place.

3.

— Il y a, chère madame, quelque chose que je voudrais vous demander.

Christine Redfern tourna les yeux vers Poirot, mais sa pensée était visiblement ailleurs.

— Oui? dit-elle.

Hercule Poirot s'aperçut bien qu'elle pensait à autre chose. Il avait remarqué que, depuis un bon moment déjà, le regard de la jeune femme ne quittait pas la silhouette de son mari, qu'on apercevait là-bas, sur la terrasse, faisant les cent pas devant le bar. Mais, pour l'instant, les problèmes conjugaux ne l'intéressaient pas. Ce qu'il voulait, c'était des informations.

— Il s'agit d'une phrase que vous avez dite, l'autre jour, et qui a retenu mon attention.

Christine, dont les yeux s'étaient remis à suivre Patrick, paraissait absente.

Poirot, cependant, poursuivit.

— Vous répondiez à une question du chef de la police. Vous disiez comment, le matin du crime, vous étiez allée dans la chambre de Linda Marshall, vous nous aviez expliqué que la chambre était vide et que Linda, qui était sortie, était revenue alors que vous vous y trouviez encore. Weston vous a alors demandé où Linda avait été?

Avec un peu d'impatience dans la voix, Christine dit :

— Et j'ai répondu qu'elle était allée se baigner. C'est bien ça?

— Oui, mais ce n'est pas tout à fait cela que vous avez dit. Vous n'avez pas dit : « Elle était allée se baigner. » Mais : « Elle m'a dit qu'elle était allée se baigner. »

— C'est la même chose.

— Non, et il s'en faut de beaucoup! La forme même de votre réponse donne certaines indications intéressantes sur le fond même de votre pensée. Linda Marshall entre dans la chambre, elle est enveloppée dans son peignoir de bain et, pourtant, pour une certaine raison, il ne vous semble pas tout de suite qu'elle a été se baigner. C'est ce que prouve la tournure que vous employez : « *Elle m'a dit qu'elle était allée se baigner.* » Ce que j'aimerais savoir, c'est pourquoi vous avez été surprise de lui entendre dire qu'elle sortait de l'eau. Est-ce son attitude qui vous a étonnée? Est-ce ce qu'elle vous a dit? Est-ce quelque chose qu'elle portait? Pouvez-vous me le dire?

Christine ne s'occupait plus de Patrick. La chose, évidemment, l'intéressait.

— Eh bien, monsieur Poirot, dit-elle, ça, c'est très fort! Car vous avez raison!... Comme vous le dites, j'ai été un peu surprise, je m'en souviens maintenant, quand Linda m'a dit qu'elle avait été se baigner.

— Surprise, mais pourquoi?

— C'est ce que j'essaie de me rappeler... Ce doit être... Oui, c'est sûrement à cause du paquet qu'elle tenait à la main.

— Elle portait un paquet?

— Oui.

— Savez-vous ce qu'il contenait?

— Je le sais... parce que la ficelle a cassé et parce que le paquet était fait comme ils les font au village, c'est-à-dire fort mal. En tombant par terre, il s'est ouvert. Il contenait des bougies, et nous les avons ramassées ensemble.

— Tiens, tiens, fit Poirot. Des bougies...

Christine le regardait, surprise.

— Ça a l'air de vous intéresser, monsieur Poirot. On peut savoir pourquoi?

Il répondit par une question.

— Linda vous a-t-elle dit pourquoi elle avait acheté ces bougies?

— Il ne me semble pas, fit-elle, après un court moment de réflexion. Peut-être la lumière électrique ne lui permettait-elle pas de lire dans son lit aussi bien qu'elle le désirait...

— Ce n'est certainement pas ça. Il y a une lampe à la tête de son lit, et elle fonctionne parfaitement.

— Alors, je ne sais pas ce qu'elle pouvait bien vouloir en faire!

Après un silence, Poirot demanda :

— Quand son paquet s'est ouvert sur le plancher, quelle a été son attitude?

— Elle a paru... gênée... embarrassée...

— Autre question, dit Poirot. Dans sa chambre, avez-vous remarqué un calendrier?

— Un calendrier? De quel genre?

— Un de ces calendriers qu'on accroche au mur et qu'on effeuille. Celui-là devait être vert...

Christine fit un effort de mémoire. Son front se plissa.

— Un calendrier vert, dit-elle au bout d'un instant, il me semble que j'en ai vu un récemment. Mais où, je ne m'en souviens pas! Il était vert clair... C'est peut-être dans la chambre de Linda, mais je n'en suis pas sûre.

— En tout cas, vous en avez vu un?

— Ah, ça certainement!

Après un moment de silence, elle dit :

— Maintenant, monsieur Poirot, dites-moi ce que tout cela signifie. Où voulez-vous en venir?

Pour toute réponse, Poirot tira de sa poche un petit volume à la reliure de cuir.

— Vous avez déjà vu ça? demanda-t-il.

— J'en ai un peu l'impression... Attendez donc... Oui, je me souviens... C'était chez le libraire du village, l'autre jour... Linda l'avait entre les mains. Elle l'a vivement refermé quand elle m'a aperçue et elle l'a remis en place. Je me suis demandé ce que ça pouvait être. Et puis, je n'y ai plus pensé!

Poirot lui montra le titre : *Histoire des sorcières et de la sorcellerie, suivie d'un traité sur la fabrication des poisons.*

Christine leva vers Poirot des yeux étonnés.

— Qu'est-ce que ça veut dire?

— Ah, chère madame, fit gravement Poirot, ça peut vouloir dire beaucoup de choses!

Elle allait l'interroger de nouveau, mais il ne lui en laissa pas le temps.

— Une dernière question. Ce matin-là, avant d'aller jouer au tennis, avez-vous pris un bain dans votre chambre?

Elle le regardait avec une sorte de stupeur.

— Un bain?

— Oui, un bain.

— Eh bien! non... Je n'aurais pas eu le temps. Et, de toute

façon, je ne me serais pas baignée avant d'aller jouer au tennis. Après, peut-être, mais avant, certainement pas.

— En revenant du tennis, vous êtes allée dans votre salle de bain?

— Oui. Mais simplement pour me passer la figure et les mains à l'eau.

— Vous ne vous êtes pas servie de votre baignoire?

— Ça, certainement pas, j'en suis sûre.

— Merci, dit Poirot.

Dix secondes plus tard, avec un sourire aimable, il ajoutait :

— D'ailleurs, ça n'a aucune importance.

4.

Hercule Poirot se tenait debout auprès de la table sur laquelle Mrs. Gardener avait étalé un « puzzle » contre lequel elle luttait avec acharnement.

L'apercevant, elle sursauta.

— Ah! monsieur Poirot! Vous êtes arrivé si doucement que je ne vous ai pas entendu! Vous revenez de l'enquête probablement?... Moi, la seule idée que cette enquête avait lieu aujourd'hui m'avait tellement retournée que je me suis sentie incapable de rien faire et que je me suis attaquée à ce « puzzle ». Je n'avais même pas envie d'aller m'asseoir sur la plage comme d'habitude. Mr. Gardener vous le dirait, quand j'ai les nerfs dans cet état-là, il n'y a rien de tel qu'un de ces « puzzles » pour les calmer... Mais où est-ce que cette pièce peut bien aller? Elle fait sûrement partie du tapis de fourrure... et elle ne s'adapte nulle part!

Poirot prit délicatement le petit morceau de bois entre deux doigts et dit, l'examinant :

— Cette pièce va quelque part, chère madame, mais non où vous voulez la placer. Elle fait partie du chat!

— Mais ce n'est pas possible! C'est un chat noir!

— C'est un chat noir, mais il se trouve que ce chat noir a le bout de la queue blanc. Regardez vous-même.

— C'est pourtant vrai!... Vous êtes formidable, monsieur Poirot! Mais avouez que les gens qui fabriquent ces « puzzles » ont l'esprit bien contrariant. On croirait qu'ils font exprès d'inventer des pièges pour induire les joueurs en erreur!

Elle plaça une autre pièce et reprit :

— Vous savez, monsieur Poirot, que je vous observe depuis quarante-huit heures? Depuis mon arrivée ici, je souhaitais avoir l'occasion de vous voir débrouiller une affaire criminelle... N'allez pas croire pour ça que je suis un être sans cœur et que je ne plains pas cette pauvre femme qui est morte. Au contraire, chaque fois que je pense à elle, j'en ai le frisson... Je le disais encore à Mr. Gardener ce matin, il faut absolument que nous nous en allions d'ici, sinon je tomberai malade... Il m'a répondu que c'était possible, maintenant que l'enquête est terminée. De sorte que nous partirons sans doute demain... Et je ne regretterai rien, vous pouvez le croire!... Mais, à propos de police, je serais si heureuse de savoir comment on trouve un coupable. Vous me feriez tellement plaisir, monsieur Poirot, si vous vouliez bien m'expliquer vos méthodes!

— Mon Dieu, fit Poirot, une enquête, c'est un peu comme votre « puzzle ». On réunit des pièces et on tâche de les arranger ensemble. C'est une sorte de mosaïque... On a de petits éléments de couleurs diverses et de formes variées... et, si bizarre que soit le dessin d'une pièce, il faut qu'elle trouve sa place dans l'ensemble!

— C'est merveilleux, monsieur Poirot, et vous expliquez ça magnifiquement!

— Quelquefois, poursuivit-il, on rencontre une pièce comme celle que vous aviez tout à l'heure. On a disposé avec méthode tous les morceaux du « puzzle », on a bien trié les couleurs... et il y a une pièce qui ne veut rentrer nulle part! C'est parce qu'on croit qu'elle va dans le tapis de fourrure blanc alors qu'elle appartient au chat noir!

— C'est passionnant! Avez-vous déjà réuni beaucoup de pièces, monsieur Poirot?

— Pas mal. Tout le monde, dans cet hôtel, m'en a donné. Même vous, chère madame...

— Moi? dit Mrs. Gardener, dans un petit cri aigu.

— Mais oui! Une remarque que vous avez faite m'a beaucoup servi. Je peux dire qu'elle a été pour moi un trait de lumière.

— C'est palpitant! Continuez, monsieur Poirot, je vous en prie!

— Je regrette, chère madame, mais le reste, je le garde pour le dernier chapitre.

— Comme c'est dommage! dit Mrs. Gardener, sincère.

5.

Hercule Poirot frappa doucement à la porte du capitaine Marshall. On entendait, à travers la cloison, le bruit de la machine à écrire.

Une voix brève ayant répondu, Poirot entra.

Assis à une petite table placée entre les deux fenêtres, le capitaine tapait à la machine. Il tournait le dos à Poirot, mais ses yeux rencontrèrent ceux du visiteur dans la glace qui se trouvait juste en face de lui.

— Que désirez-vous? demanda-t-il d'un ton rogue.

— Je vous demande pardon de vous déranger, capitaine. Vous êtes occupé?

— On le dirait!

— Je n'ai qu'une toute petite question à vous poser.

— Je suis fatigué de répondre à des questions! s'exclama Marshall. J'ai répondu à celles de la police, et je ne me sens pas d'humeur à répondre aux vôtres!

— Je n'en ai qu'une et elle est si simple!... Voici : le matin du crime, quand vous avez eu fini de taper à la machine, avant d'aller au tennis, avez-vous pris un bain?

— Un bain?... Bien sûr que non! Je m'étais baigné une heure avant!

— Je vous remercie. C'est tout ce que je voulais savoir.

— Mais, dites-moi, pourquoi...

Il se ravisa, haussa les épaules et renonça à sa question.

Poirot sortit, fermant délicatement la porte derrière lui.

— Ce type-là est complètement cinglé, dit Kenneth Marshall en se réinstallant devant son clavier.

6.

C'est devant le bar que Poirot rencontra Mr. Gardener. L'Américain, un cocktail dans chaque main, s'en allait évidemment rejoindre son épouse, toujours aux prises avec son laborieux « puzzle ».

Il sourit aimablement à Poirot et lui offrit un cocktail. Le détective refusa avec un mot gentil.

— Qu'est-ce que vous pensez de cette enquête? demanda-t-il ensuite.

Mr. Gardener posa ses verres sur une table et baissa la voix pour répondre :

— J'ai l'impression que ces gens-là ne savaient pas bien où ils voulaient en venir. En outre, il m'a semblé que la police gardait quelque chose dans sa manche.

Poirot admit que c'était possible.

Sur un ton plus confidentiel encore, Mr. Gardener ajouta :

— Entre nous, je suis content de pouvoir emmener Mrs. Gardener loin d'ici. C'est une femme très, très impressionnable, et les événements de ces derniers jours l'ont fâcheusement ébranlée. Elle a les nerfs à vif...

Poirot écoutait, mais suivait son idée.

— Puis-je vous poser une question? demanda-t-il.

— Dix, si vous voulez. Je serais ravi de vous rendre service...

— Merci. Monsieur Gardener, vous avez l'expérience de la vie, je connais la sûreté de votre jugement. Voudriez-vous, en toute franchise, me dire ce que vous pensez de feu Mrs. Marshall?

Très surpris, l'Américain, avant de répondre, jeta alentour quelques regards prudents. Il dit ensuite, dans un murmure à peine audible :

— J'ai entendu raconter sur elle beaucoup de choses. Des ragots, colportés principalement par des femmes. Mais, si vous voulez mon avis, mon opinion sincère, c'est que cette femme-là était surtout une sotte. ..

— Merci, dit Poirot. Voilà qui me paraît extrêmement intéressant.

7.

— Alors, c'est mon tour? dit Rosamund Darnley en riant.

— Pardon?

— L'autre jour, expliqua la jeune femme, c'est le chef de la police qui interrogeait. Vous l'assistiez. Aujourd'hui, vous opérez vous-même. Enquête personnelle, en marge de la police officielle. Je vous surveille depuis un moment. Vous avez commencé par Mrs. Redfern. Continué par Mrs. Gardener. Par la fenêtre du hall, je vous ai entrevu, la confessant tandis qu'elle pâlissait sur son horrible « puzzle ». Alors, je dis : « Maintenant, c'est mon tour! »

Ils étaient assis côte à côte sur la falaise, à Roc-Soleil. A leurs pieds, la mer était d'un vert glauque. Au large, elle apparaissait d'un bleu éblouissant.

— Vous êtes très intelligente, mademoiselle, répondit Poirot, et je m'en suis aperçu dès le jour de mon arrivée. C'est pourquoi j'aimerais causer de cette affaire avec vous.

— Vous voulez savoir ce que j'en pense?

— Ça m'intéresserait.

Elle attendit quelques secondes, puis elle dit :

— Eh bien, tout cela me paraît assez simple. La solution est dans le passé de la femme.

— Dans son passé, vous croyez?

— Oh! il ne s'agit pas nécessairement d'un passé très ancien!...

Voici comment je vois les choses. Arlena était belle, très belle. Et, pour les hommes, très attirante.

« Mais j'imagine qu'elle se fatiguait d'eux assez rapidement. Parmi ses... disons « ses admirateurs »... il s'en est trouvé un qui n'a pas accepté son congé. Comprenez-moi bien, surtout, je ne dis pas que vous le rencontrerez dans un rayon d'un mille! C'est probablement un petit homme, vaniteux et susceptible, ayant de lui-même une excellente opinion. Je pense qu'il l'a suivie ici, qu'il a attendu l'occasion et qu'il l'a tuée.

— Ce serait donc, dit Poirot, quelqu'un venu de la côte?

— Oui. Il se sera caché dans la grotte jusqu'au moment d'agir.

Poirot hocha la tête.

— Serait-elle allée retrouver un homme tel que celui que vous venez de décrire? J'en doute. Elle aurait ri de ses prétentions et n'aurait pas bougé.

— Il est possible qu'elle n'ait pas su que c'était lui qu'elle allait retrouver. Il peut lui avoir fait tenir un message signé d'un nom d'emprunt.

— C'est possible, en effet. Seulement, vous oubliez une chose : un homme qui songe à tuer ne peut pas risquer de se montrer en plein jour sur la digue et de passer ensuite devant l'hôtel. On pouvait le voir.

— C'était une chance à courir. Il me semble très possible qu'il soit venu dans l'île sans que personne l'ait remarqué.

— C'est possible, je vous l'accorde. Mais il ne pouvait pas savoir d'avance qu'il ne serait pas vu, *il ne pouvait pas compter là-dessus*.

— Est-ce que vous n'oubliez pas le temps, monsieur Poirot?

— Le temps?

— Oui. Le jour du crime, il faisait un temps magnifique, mais, la veille, rappelez-vous, nous avions eu de la pluie et du brouillard. N'importe qui pouvait entrer dans l'île sans être vu! Il aurait suffi à l'homme de venir par la plage et de passer la nuit dans la grotte.

Poirot la dévisagea longuement et dit :

— Vous savez qu'il y a beaucoup de possibilités dans ce que vous venez de dire?

Rougissant, elle répondit :

— Ce n'est qu'une théorie, et je vous la donne pour ce qu'elle vaut. A vous, maintenant, de me parler de la vôtre!

Il réfléchit un instant, les yeux perdus sur la mer.

— Soit, dit-il enfin. Je ne suis pas un esprit compliqué et je suis toujours porté à croire que le coupable est celui qui paraît le plus capable, sur les simples apparences, d'avoir commis le crime. Dès le début, j'ai eu l'impression que quelqu'un se trouvait clairement désigné par tout ce que je voyais...

— Continuez, dit-elle d'une voix où perçait l'inquiétude.

— Seulement, il y a une difficulté : ce quelqu'un, il semble matériellement impossible qu'il ait fait le coup!

Elle se sentit un peu soulagée.

— Alors? fit-elle.

Il leva les épaules.

— Alors, que faisons-nous? C'est tout le problème!

Il y eut un long silence.

— M'autorisez-vous, dit-il, à vous poser une question?

— Faites!

Elle s'était mise sur la défensive et le regardait, l'esprit tendu. Mais la question n'était pas de celles qu'elle attendait.

— Pouvez-vous me dire, demanda Poirot, si le jour du crime, quand vous êtes rentrée pour vous changer avant d'aller au tennis, vous avez pris un bain?

— Un bain? fit-elle interloquée. Que voulez-vous dire?

— Il me semble que je m'exprime clairement! Un bain. On a une sorte de cuve de porcelaine, on tourne des robinets, l'eau coule, on se plonge dedans, on sort et, faisant glou-glou-glou, l'eau descend dans les conduites...

— Est-ce que vous perdriez la tête, monsieur Poirot?

— Moi? Je suis parfaitement sain d'esprit.

— Si vous en êtes sûr... Eh bien non, je n'ai pas pris de bain.

— Ah! fit Poirot. Alors, personne n'a pris de bain. C'est extrêmement intéressant.

— Mais, dit-elle, pourquoi quelqu'un aurait-il pris un bain?

— Oui, au fait, pourquoi?

Agacée, elle dit :

— Je suppose que c'est là, dans votre travail, la note Sherlock Holmes?

Il sourit, puis renifla avec ostentation.

— Voulez-vous me permettre de risquer une impertinence?

— Je ne crois pas que ce vous soit possible, monsieur Poirot.

— C'est gentil à vous, mademoiselle Darnley, de me faire si largement crédit. Laissez-moi donc vous dire que vous avez un parfum délicieux... Il est subtil, discret, grisant...

Ses mains dessinaient dans l'air de capricieuses arabesques. Sa voix changea de ton.

— Et j'ajoute que c'est du « Gabrielle nº 8 ».

— Vous vous y connaissez. Je lui suis fidèle depuis des années.

— Comme feu Mrs. Marshall. Il est coûteux mais il a de la classe.

Rosamund souriait.

— Le matin du crime, reprit-il, vous étiez assise ici où nous sommes. Vous étiez ici... ou, plutôt, votre parasol y était, qui fut aperçu de la mer par Miss Brewster et Mr. Redfern. Etes-vous sûre que, ce matin-là, vous n'êtes pas allée à la crique aux Lutins, sûre que, là-bas, vous n'êtes pas entrée dans la grotte, la fameuse grotte aux Lutins?

Elle tourna la tête vers lui et, le regardant bien dans les yeux, dit d'une voix calme :

— Est-ce que vous demandez si j'ai tué Arlena?

— Non, mais simplement si vous êtes allée à la grotte aux Lutins.

— Je ne sais même pas où elle est! Et qu'est-ce que j'aurais été y faire?

— Le jour du crime, dit lentement Poirot, quelqu'un qui se servait de « Gabrielle n° 8 » est entré dans la grotte.

— Vous venez de dire à l'instant, monsieur Poirot, que c'était le parfum d'Arlena Marshall. Elle était sur la plage ce jour-là... On peut bien penser qu'elle soit entrée dans la grotte.

— Qu'aurait-elle été y faire? Il y fait noir, on y est à l'étroit, l'endroit manque de confort...

— Ne me demandez pas de raisons! dit-elle avec impatience. Puisque Arlena était sur la plage, elle est bien la personne la plus susceptible d'être entrée dans la grotte! Pour moi, je vous l'ai déjà dit, je n'ai pas bougé d'ici!

— Sauf, fit remarquer Poirot, pour retourner à l'hôtel et entrer dans la chambre du capitaine Marshall.

— C'est vrai. Je n'y pensais plus...

— Et, à ce propos, je puis vous apprendre que vous vous trompiez quand vous vous imaginiez que le capitaine ne vous avait pas vue.

Elle dit, incrédule :

— Il m'aurait vue?... C'est lui qui vous l'a dit?

— Oui, répondit Poirot. Il vous a aperçue dans la glace accrochée au mur, juste devant sa table.

Une ombre passa sur le visage de la jeune femme.

Poirot, depuis un moment, avait cessé de contempler la mer. Ses yeux ne quittaient pas les mains de Rosamund Darnley, de belles mains bien modelées, aux doigts fins et allongés.

Surprenant la direction de ses regards, elle dit, d'une voix sèche :

— Mes mains vous intéressent?... Est-ce que vous pensez que... que...

— Est-ce que je pense... quoi?

— Rien, fit-elle.

8.

Une heure plus tard, Hercule Poirot arrivait en haut du sentier conduisant à la roche aux Mouettes.

Il y avait quelqu'un sur la plage. Une petite silhouette en chemise rouge et short bleu marine.

Lentement, à cause de ses souliers si fins qu'ils étaient toujours un peu étroits, Poirot descendit le sentier pierreux.

Linda, entendant marcher, tourna la tête. Le reconnaissant, elle tressaillit.

Il vint s'asseoir à côté d'elle, sur les galets.

Elle le regardait, et ses yeux, vifs et méfiants, étaient ceux d'un animal traqué. Il se sentit ému de la faiblesse de son adversaire. Une enfant. Facile à duper, et si vulnérable!

— Que me voulez-vous? dit-elle.

— L'autre jour, répondit-il, vous avez dit au chef de la police que vous aimiez votre belle-mère et qu'elle était gentille avec vous.

— Oui. Et après?

— Eh bien, ce n'était pas vrai, voilà tout.

— Si, c'était vrai!

— Qu'elle n'ait pas été positivement méchante avec vous, reprit Poirot avec douceur, je vous l'accorde. Mais vous ne l'aimiez pas... Je dirai même que vous la détestiez. Ça se voyait.

— Je ne l'aimais peut-être pas beaucoup, dit Linda. Mais, quand une peısonne est morte, on n'a pas le droit de parler ainsi. Ça serait manquer de respect à sa mémoire.

— J'imagine que c'est en classe qu'on vous a appris ça?

— Peut-être bien!

— Seulement, quand il s'agit de quelqu'un qui a été assassiné, il est plus important de dire la vérité que de manquer de respect à sa mémoire.

— Je me doutais que vous diriez quelque chose comme ça!

— Il faut bien!... Vous comprenez, il faut absolument que je trouve qui a tué Arlena Marshall.

— Je veux oublier tout, fit-elle très bas. C'est trop horrible!

Il prit sa voix la plus douce pour dire :

— Oui. *Seulement, vous ne pouvez pas l'oublier, n'est-ce pas?*

— Je crois qu'elle a été tuée par un fou.

— Non. Je ne pense pas que ça s'est passé tout à fait ainsi...

Linda se sentait oppressée.

— Vous parlez... *comme si vous saviez*? dit-elle avec effort.

— Peut-être est-ce parce que je sais.

Quelques secondes passèrent.

— Mon enfant, reprit-il, vous avez de gros soucis. Voulez-vous me faire confiance et me permettre de vous aider?

Elle se leva d'un bond.

— Non, répondit-elle, criant presque. Je ne suis pas ennuyée du tout et vous ne pouvez rien pour moi. Et puis, d'abord, je ne sais pas de quoi vous parlez!

— *Je parle de bougies,* dit-il doucement.

Une expression de terreur déforma les traits de la jeune fille.

— Je ne veux pas vous écouter, cria-t-elle, je ne veux pas!

Elle lui tourna brusquement le dos et se mit à courir vers le sentier.

Poirot hocha la tête. Il avait l'air grave et troublé.

Chapitre 11

1.

Ecouté avec attention par le chef de la police, l'inspecteur Colgate faisait son rapport.

— Je crois, monsieur, disait-il, que j'ai mis la main sur quelque chose d'assez sensationnel. Il s'agit de la fortune de Mrs. Marshall. J'ai vu ses hommes d'affaires, que sa fin tragique a fortement surpris, et je crois avoir la preuve qu'elle était bien la victime d'un maître chanteur. Vous vous souvenez que le vieil Erskine lui a laissé cinquante mille livres? Eh bien! de ces cinquante mille livres, il n'en reste plus guère qu'une quinzaine!

Weston émit un petit sifflement admiratif.

— Bigre! Et qu'est-il advenu du surplus?

— C'est justement le point intéressant. Elle a vendu des valeurs, de temps à autre, et chaque fois elle s'est fait remettre l'argent en billets. Ce qui revient à dire que cet argent allait en fin de compte à quelqu'un dont elle ne voulait pas qu'on pût trouver trace. C'est bien la preuve du chantage.

— C'est bien mon avis, fit Weston. J'ajoute que le maître chanteur est ici, dans cet hôtel. Autrement dit, c'est un des trois hommes dont nous avons à nous occuper. Rien de neuf, de ce côté?

— Rien de bien convaincant. Le major Barry est bien, comme il le prétend, un officier en retraite. Il vit dans un petit appartement, il a sa pension et quelques valeurs. *Mais*, chose curieuse, il a déposé en banque des sommes assez considérables au cours de l'année dernière.

— Ça m'a l'air assez intéressant. Comment explique-t-il la chose?

— Il dit qu'il a gagné aux courses. Il est exact qu'il assiste à toutes les grandes réunions. Exact aussi qu'il joue. Et ça ne laisse pas de traces!

— C'est juste. Quoi qu'il en soit, nous retiendrons ça, le cas échéant.

Colgate reprit :

— Ensuite, je me suis occupé du révérend père Stephen Lane. Il a une bonne réputation. Il habitait Whiteridge, dans le Surrey, mais il en est parti, il y a plus d'un an, pour raisons de santé. Exactement, il est entré dans une maison de repos, où l'on traite les maladies mentales. Il y est resté plus d'un an.

— Bon à savoir, fit Weston.

— J'ai essayé de connaître l'opinion des médecins à son sujet, mais vous connaissez les toubibs : difficile de leur extraire un renseignement utile. D'après les demi-confidences que j'ai tout de même réussi à leur soutirer, il semble que le bonhomme se classait parmi les obsédés. Il voyait le Démon partout. Déguisé en femme. La femme fatale, la prostituée de Babylone!

— C'est à retenir aussi, dit Weston. Des obsessions de ce genre-là peuvent mener au crime. Il y a des précédents.

— Stephen Lane est à tout le moins un coupable possible. Avec ses cheveux rouges, Mrs. Marshall était un assez beau spécimen de ce qu'un clergyman peut appeler « la prostituée de Babylone », la femme de perdition. Il n'est pas impossible qu'il se soit dit que sa mission était de la supprimer. Cela, bien entendu, si nous admettons qu'il est réellement dérangé.

— Rien qui indiquerait qu'il ait pu la faire chanter?

— Rien. Sous ce rapport, il est évidemment blanc comme neige. Il a de petits revenus et son compte en banque n'a pas grossi de façon suspecte en ces derniers temps.

— Vous avez vérifié l'histoire de sa promenade, le jour du crime?

— J'ai essayé, mais les résultats ne sont pas fameux. Personne ne se souvient d'avoir rencontré un clergyman dans les bois. Quant au registre de l'église, personne ne l'avait ouvert depuis une quinzaine, et le dernier touriste de passage l'avait signé trois jours plus tôt. Lane pourrait très bien avoir été à St. Petrock la veille, ou même l'avant-veille, et s'être inscrit à la date du 25.

— En effet. Passons à Horace Blatt.

— Celui-là, autant vous dire tout de suite qu'il ne me paraît pas très catholique. Les sommes qu'il paie au titre de l'impôt sur le revenu dépassent de beaucoup celles qu'il gagne dans le commerce de la quincaillerie. Avec ça, c'est un de ces clients qui vous glissent entre les doigts. Naturellement, son boniment est prêt. Il vous racontera qu'il joue à la Bourse, ce qui est vrai, et qu'il a des intérêts dans deux ou trois affaires. C'est peut-être très plausible, mais ça n'empêche pas qu'il a fait pas mal d'argent depuis quelques années, sans qu'on puisse savoir exactement comment.

— En fait, dit Weston, vous avez l'impression que Mr. Horace Blatt est un maître chanteur professionnel, dont les affaires ne marchent pas mal?

— C'est ça, monsieur, ou la drogue. J'ai vu l'inspecteur en chef Ridgeway, qui s'occupe de la chasse aux trafiquants de stupéfiants, et mon histoire l'a terriblement intéressé. Il y a pas mal d'héroïne sur le marché depuis quelque temps. La brigade de Ridgeway surveille les petits distributeurs, elle sait plus ou moins pour qui ils travaillent, mais elle n'a aucune idée de la façon dont la drogue entre en Angleterre.

— Si la mort de Mrs. Marshall, dit Weston, est le résultat de ses relations, innocentes ou non, avec une bande de trafiquants de drogue, le mieux que nous ayons à faire, c'est de passer l'affaire à Scotland Yard. C'est son gibier, et pas le nôtre. Qu'en pensez-vous?

— J'ai bien peur que vous n'ayez raison, dit l'inspecteur, une nuance de regret dans la voix. La drogue, ça concerne nécessairement Scotland Yard.

Weston réfléchit un instant.

— Je crois que c'est la véritable explication, dit-il, enfin.

— C'est probable, fit sombrement l'inspecteur. L'innocence de Marshall ne fait pas de doute, bien que j'aie récolté une information qui aurait pu nous servir si son alibi n'avait pas été de première qualité. Son affaire est en très mauvaise posture. Pas par sa faute, ni par celle de son associé. Non. Simple conséquence de la crise de l'an dernier et du marasme actuel. Il pouvait compter que la mort de sa femme lui rapporterait cinquante mille livres. Cinquante mille livres, c'est une somme. Et elle arriverait au bon moment!

Il poussa un soupir.

— Ça fait mal au cœur, dit-il, de voir un homme qui a deux excellentes raisons d'être le coupable et de constater, on ne peut pas faire autrement, qu'il n'est pas dans le coup!

— Ne vous frappez pas, Colgate, dit Weston en souriant. Il nous reste encore une chance de nous distinguer. Il y a cette histoire de chantage et le clergyman maboul. Mais, personnellement, j'avoue que mes préférences me portent vers l'autre solution. C'est une affaire de drogue...

Après un silence, il ajouta :

— Et puis, si ce sont des trafiquants de drogue qui l'ont nettoyée, nous aurons tout de même donné à Scotland Yard un sérieux coup de main. Regardez l'affaire comme vous voudrez, Colgate, vous serez obligé de conclure que nous avons travaillé!

Colgate se força à sourire et dit :

— Je crois que je n'ai rien oublié.

Il réfléchit et reprit :

— Si, pourtant! Je me suis aussi occupé de la lettre que nous avons trouvée dans la chambre. Celle qui est signée J. N... Ça ne donne rien. Le type est bel et bien en Chine. C'est celui dont Miss Brewster nous avait parlé. Une sorte d'hurluberlu. Je me suis également renseigné sur les autres amis de Mrs. Marshall. Rien d'intéressant de ce côté. Cette fois, je crois que c'est tout.

— Maintenant, fit Weston, à nous de nous débrouiller!... Au fait, pas de nouvelles de notre collègue belge?... Est-il au courant de tout ce que vous venez de me raconter?

Colgate fit la grimace.

— C'est un drôle de petit bonhomme, répondit-il. Savez-vous ce qu'il m'a demandé avant-hier? De lui procurer une documentation sur les affaires d'étranglements de ces trois dernières années!

— Tiens, tiens! fit Weston, très surpris. Je me demande bien...

Il s'interrompit et demanda, après une bonne minute de réflexions :

— A quelle époque le révérend père Lane est-il entré dans cette maison de santé?

— Il y a eu un an à Pâques, monsieur.

Le colonel s'absorba de nouveau dans ses pensées.

Il dit ensuite :

— Vous souvenez-vous, Colgate, de cette jeune femme qu'on a ramassée morte dans les bois, quelque part près de Bagshot? Elle était partie retrouver son mari et elle n'est jamais arrivée. Et puis il y a eu ce que les journaux ont appelé « le mystère du

Grand Fourré ». Ces deux affaires-là se sont passées dans le Surrey.

Ses yeux rencontrèrent ceux de l'inspecteur.

— C'est juste, fit Colgate. Ma parole, ça pourrait coller! Je me demande bien...

2.

Hercule Poirot était assis sur le gazon, au sommet de l'île.

A quelque distance sur sa gauche, il apercevait le haut de l'échelle métallique descendant à la crique aux Lutins. Encore fallait-il être averti de son existence, des roches énormes s'amoncelant autour de l'endroit où s'accrochaient les derniers échelons.

De la plage, Poirot ne voyait presque rien, la falaise étant en surplomb.

Hercule Poirot était grave.

Les pièces de son « puzzle » s'ordonnaient peu à peu...

Mentalement, il les passait en revue, les examinant les unes après les autres.

Il y avait, d'abord, cette matinée passée sur la grande plage, quelques jours avant la mort d'Arlena Marshall. Il avait, ce jour-là, noté une... deux... trois... quatre... cinq réflexions.

Il y avait, ensuite, cette soirée où il avait joué au bridge. Patrick Redfern et Rosamund Darnley n'avaient pas bougé de la table, mais Christine Redfern, après avoir étalé son jeu, s'était absentée un instant et avait entendu une certaine conversation. Qui y avait-il encore dans le hall à ce moment-là? Et qui était absent?

Il y avait aussi la conversation qu'il avait eue avec Christine sur la falaise.

La courte scène dont il avait été le témoin en rentrant vers l'hôtel...

Et bien d'autres éléments.

Le « Gabrielle nº 8 ».

Une paire de ciseaux.

Un morceau de pipe cassée.

Un calendrier vert.

Un paquet de bougies.

Une glace et une machine à écrire.

Un écheveau de laine rouge.

Le bracelet-montre de Linda.

L'eau d'un bain se précipitant dans le tuyau de descente.

Tout cela devait trouver sa place dans le « puzzle ». Sans exception.

Et puis, quand tout serait en place, il faudrait passer du concret à l'abstrait : expliquer.

Oui, il en était sûr, un souffle mauvais avait passé sur l'île. Le Malin...

Il jeta les yeux sur des feuilles de papier qu'il tenait à la main. C'était un texte dactylographié.

« *Nellie Parsons. — Trouvée étranglée dans un fourré près de Chobdam. — Aucun indice n'a permis d'identifier l'assassin.* »

Nellie Parsons?

Il poursuivit sa lecture.

« *Alice Corrigan...* »

Très attentivement, Hercule Poirot se renseigna sur les circonstances de la mort d'Alice Corrigan.

3.

Hercule Poirot était toujours assis sur son rocher quand l'inspecteur Colgate vint le trouver.

Poirot avait de la sympathie pour l'inspecteur. Il aimait son visage rude, ses petits yeux fouineurs, ses manières placides.

L'inspecteur s'assit et, jetant les yeux sur les feuillets dactylographiés, dit :

— Vous avez pu en tirer quelque chose?

— Je les ai étudiés, fit Poirot, et je crois pouvoir vous répondre oui.

Colgate se leva, alla inspecter les environs et revint s'asseoir en disant :

— Avec tous ces rochers, il vaut mieux se montrer prudent...

— Vous êtes un sage, fit Poirot.

Il y eut un silence.

— Je ne vous cacherai pas, monsieur Poirot, déclara Colgate, que ces deux affaires m'ont vivement intéressé, bien qu'il soit certain que je n'aurais jamais pensé à elles si vous ne m'en aviez pas parlé. Il y en a une qui m'a semblé particulièrement digne d'attention.

— L'affaire Corrigan?

— Oui. Je suis même allé demander des renseignements à la police du Surrey, histoire de connaître les tenants et les aboutissants de l'affaire.

— Racontez-moi ça! Vous m'intéressez prodigieusement.

— Ça ne m'étonne pas!... Alice Corrigan a été trouvée étranglée dans un taillis, sur les hauteurs de Blackridge, à moins de dix milles des bois de Marley, où Nellie Parsons fut découverte, également étranglée. Ces deux points sont à moins de douze milles de Whiteridge, où Mr. Lane était vicaire.

— Parlez-moi, dit Poirot, de la mort d'Alice Corrigan.

— La police du Surrey n'a pas songé tout de suite à établir une relation entre son assassinat et celui de Nellie Parsons. Cela parce qu'elle s'était mis dans la tête que c'était le mari qui avait fait le coup. Pourquoi la police était-elle partie sur cette idée fausse? On ne sait pas. Probablement parce que l'homme était ce que les journalistes appellent parfois un « chevalier du mystère ». On ne savait pas trop qui il était, ni d'où il venait. Alice l'avait épousé contre la volonté de ses parents. Elle avait un peu d'argent et elle n'avait rien eu de plus pressé que de contracter une assurance sur la vie au profit de son mari. Tout ça, c'était plus qu'il n'en fallait pour éveiller les soupçons. C'est bien votre avis?

Poirot acquiesça du chef.

— Mais, poursuivit Colgate, quand on en vint à examiner les faits, le mari disparut du tableau. Le corps avait été découvert par une campeuse, une jeune femme répétitrice dans un collège du Lancashire, qui était vraiment le témoin idéal, celui qui sait la valeur d'une heure exacte et d'un détail précis. Elle avait noté l'heure où elle avait trouvé le cadavre : quatre heures un quart; elle déclarait qu'à ce moment-là la victime ne devait pas être morte depuis plus de dix minutes, ce que devaient confirmer les conclusions du médecin légiste qui examina le corps vers six heures moins le quart. Elle s'était gardée de toucher à rien et elle avait gagné à travers champs le commissariat de police de Bagshot. On s'aperçut bientôt que, de trois heures à quatre heures dix, le mari, Edward Corrigan, était dans le train, revenant de Londres où ses affaires l'avaient appelé pour la journée. Il y avait quatre personnes dans son compartiment. A la gare, il avait pris, avec deux d'entre elles, un autocar qui l'avait déposé à l'*Auberge du Grand Pin*, où il avait rendez-vous avec sa femme, pour le thé. Il était cinq heures moins le quart. Il commanda deux thés, disant qu'il ne faudrait les servir qu'à l'arrivée de sa femme, puis il alla l'attendre dehors. A cinq heures, comme elle n'était toujours pas là, il commença à s'inquiéter, se demandant si elle ne s'était pas fait une entorse ou quelque chose de ce genre. Il avait été convenu que, du village où ils villégiaturaient, elle viendrait par les bois le rejoindre au *Grand Pin* et qu'ils rentreraient ensemble avec le car. On supposa que, se trouvant en avance, elle s'était assise pour se reposer un brin, et qu'un fou ou un vagabond, la rencontrant par hasard, lui était tombé dessus. Le mari hors de cause, on pensa à rapprocher l'affaire de celle de Nellie Parsons, une petite servante d'auberge, pas très sérieuse, qu'on avait trouvée étranglée dans les bois de Marley. La police décida que les deux crimes avaient été commis par le même individu, mais elle ne put jamais lui mettre la main dessus. On peut même dire qu'elle n'a jamais eu à suivre ce qu'on peut appeler une piste...

Après un silence, il ajouta :

— Et maintenant, nous voici avec une troisième femme étranglée... Et nous avons dans le secteur un certain gentleman que je ne nommerai pas...

Ses petits yeux perçants interrogeaient Poirot.

Les lèvres de Poirot remuèrent. Colgate se pencha pour entendre, car c'est un murmure à peine distinct qui sortait de la bouche de Poirot.

— Le difficile, disait-il, c'est de distinguer les pièces qui vont dans le tapis de fourrure de celles qui appartiennent à la queue du chat!

Colgate fronça le sourcil.

— Je vous demande pardon? fit-il.

— Excusez-moi! répondit Poirot. Je suivais ma pensée...

— Qu'est-ce que c'est que ce tapis de fourrure et cette queue de chat?

— Rien, dit Poirot. Rien du tout...

Il réfléchit en silence.

— Dites-moi, inspecteur, fit Poirot, au bout d'un instant. Si vous soupçonniez quelqu'un de vous avoir dit de nombreux mensonges et si vous n'aviez pas la preuve que ce quelqu'un vous a menti, comment vous y prendriez-vous pour le confondre?

L'inspecteur considéra le problème pendant quelques secondes.

— C'est difficile, dit-il enfin. Mais il me semble que, si quelqu'un ment souvent, il est forcé à la longue de se trahir.

— C'est assez mon avis, fit Poirot. L'ennui, c'est que ces mensonges auxquels je fais allusion ne sont peut-être tels que dans mon imagination. *Je crois* que ce sont des mensonges, mais *je ne sais pas* de science certaine que ce sont des mensonges. Peut-être pourrait-on tenter une expérience, portant sur un petit mensonge caractéristique. La preuve faite pour ce petit mensonge, on serait fixé pour les autres.

L'inspecteur écoutait avec un intérêt non dissimulé.

— Votre cerveau, dit-il, travaille d'une drôle de manière,

n'est-ce pas, monsieur Poirot? La façon de calculer n'est peut-être pas orthodoxe, mais les résultats sont justes. A propos, j'aimerais savoir ce qui vous a amené à me demander une documentation sur les affaires d'étranglement de ces dernières années...

— C'est très simple, répondit Poirot. Devant ce crime, j'ai eu l'impression très nette que ce n'était pas là du travail d'amateur. J'en ai conclu que l'assassin n'en était probablement pas à son coup d'essai...

— Je vois...

— Et je me suis dit qu'en passant en revue les crimes du même genre commis en ces dernières années j'en trouverais peut-être un rappelant d'assez près celui qui nous occupe... et que, si cela était, nous tiendrions peut-être une piste intéressante.

— Par « crimes du même genre », vous entendez des crimes accomplis selon les mêmes méthodes?

— Non! non! Je donne aux mots un sens beaucoup plus étendu. La mort de Nellie Parsons, par exemple, ne m'apprend rien. Celle d'Alice Corrigan, au contraire... Dites-moi, inspecteur, avez-vous remarqué, entre cet assassinat et celui de Mrs. Marshall, une analogie frappante?

Colgate tourna et retourna le problème dans son esprit.

— Non, finit-il par dire, je ne vois rien. Sinon le fait que, dans un cas comme dans l'autre, le mari a un alibi inattaquable.

— Tiens, tiens, fit Poirot, vous avez remarqué ça!

4.

— Ah! voici l'homme que j'attendais! Entrez donc! Je suis ravi de vous voir!

Poirot s'assit en face du chef de la police, qui lui offrit une cigarette avant d'en allumer une lui-même.

— Mon cher ami, dit Weston entre deux bouffées, j'ai pris une décision. Mais, avant qu'elle ne devienne définitive, j'aimerais avoir votre avis.

— A votre service!

— J'ai décidé d'appeler Scotland Yard et de lui passer l'affaire. Nous avons eu quelques bonnes raisons de suspecter deux ou trois personnes, mais, en fin de compte, j'ai l'impression que nous sommes en présence d'une affaire qui repose tout entière sur une histoire de trafic de drogue. Il me semble incontestable que la grotte aux Lutins servait... d'entrepôt provisoire.

— Aucun doute là-dessus.

— Et je suis à peu près certain que je connais un des trafiquants : Horace Blatt.

— D'accord là-dessus aussi.

— Je vois, dit Weston, que nos raisonnements ont suivi des voies parallèles. Blatt s'en va souvent en mer dans son petit yacht. Il lui arrive d'inviter des gens à l'accompagner, mais en général il est seul. Il a des voiles rouges terriblement voyantes, mais nous avons découvert à son bord un rechange de voiles blanches. Je pense qu'à certains jours il se rend à un point convenu où il rencontre quelque autre bateau — à voile ou à moteur je n'en sais rien — et que c'est là qu'on lui remet la marchandise. Il cingle alors vers la crique aux Lutins, s'arrangeant pour y arriver à une heure favorable.

— Vous pouvez préciser, dit Poirot avec un sourire. Disons une heure et demie. C'est l'heure sacro-sainte du déjeuner, et, à ce moment-là, toute l'Angleterre est à table. L'île est propriété privée. Aucun risque, donc, de se cogner dans des amateurs de pique-nique. Les pensionnaires de l'hôtel vont quelquefois à la crique, mais c'est généralement dans l'après-midi, quand elle est ensoleillée. Quand ils veulent déjeuner sur l'herbe, ils ne restent pas dans l'île et s'en vont sur la côte, à des milles d'ici...

— D'accord sur tous les points, fit Weston. Donc, Blatt accostait à la crique et déposait sa camelote sur cette espèce de rayon que nous avons vu dans la grotte. Quelqu'un de la bande venait la chercher là en temps voulu...

— Vous souvenez-vous, demanda Poirot, de ce couple qui, le jour du crime, se présenta à l'hôtel pour déjeuner? Je verrais assez bien ces gens-là dans le rôle de collecteurs. On est en pension dans la région et, de St. Loo ou d'ailleurs, on vient en excursion à l'île des Contrebandiers. On passe à l'hôtel pour annoncer qu'on déjeunera et, auparavant, on va faire le tour de l'île. On descend à la crique, on ramasse la boîte aux sandwiches, qu'on glisse dans le sac de la dame, par exemple... et on revient à l'hôtel pour déjeuner. On est un peu en retard, sans doute. On arrive à... mettons deux heures moins dix... Mais c'est qu'on a tellement goûté la promenade... pendant que tout le monde était à table!

— Les choses pouvaient fort bien se passer comme cela, dit Weston. Pour le reste, nous savons qu'on ne plaisante guère dans le milieu des trafiquants de drogue. Que quelqu'un vienne à découvrir par hasard des choses qu'il est malsain de savoir et son compte est bon! C'est ce qui a dû arriver à Mrs. Marshall. Il est possible que, ce matin-là, Blatt soit allé à la crique pour entreposer sa marchandise. Arlena arrive en périssoire. Elle le voit entrer dans la grotte avec un paquet. Elle l'interroge. Pour être sûr de son silence, il la tue. Après quoi, il file en bateau...

— Vous considérez donc Blatt comme le meurtrier?

— C'est la seule hypothèse qui me donne satisfaction. Certes, il se peut qu'Arlena ait été plus tôt que je ne pense au courant des agissements de Blatt, qu'elle lui en ait parlé et que ce soit un complice qui l'ait supprimée, après avoir arrangé avec elle un rendez-vous sous un prétexte quelconque. C'est à examiner... et c'est pourquoi je ne serai pas fâché de repasser l'affaire à mes collègues du Yard. Ils sont beaucoup mieux placés que nous pour établir les relations de Blatt avec une bande...

Hercule Poirot restait silencieux.

— C'est la solution de la sagesse, n'est-ce pas? demanda le chef de la police.

— Peut-être, répondit Poirot songeur.

Weston connaissait bien Poirot.

— Poirot, dit-il, vous avez une idée de derrière la tête!

— Et quand ce serait? répliqua Poirot. Ça ne m'avance pas : je ne puis rien prouver.

— Je sais, reprit Weston, que, Colgate et vous, vous avez d'autres idées sur le problème. Elles me paraissent fantastiques, encore que je reconnaisse qu'elles contiennent quelque chose. Seulement, auriez-vous cent fois raison que ce serait encore une affaire pour Scotland Yard! Elle présente des ramifications trop lointaines pour que la police locale puisse la tirer au clair. Qu'en pensez-vous, Poirot?

Hercule Poirot semblait perdu dans ses pensées.

Weston insistait :

— Qu'est-ce qu'il faut faire?

— Je sais, dit lentement Poirot, ce que j'aimerais faire.

— Et quoi donc?

— J'aimerais organiser un petit pique-nique.

Le colonel Weston ouvrit des yeux effarés.

Hercule Poirot souriait...

Chapitre 12.

1.

— Un pique-nique, monsieur Poirot? Vous n'y pensez pas?

Emily Brewster regardait Poirot comme si elle se demandait s'il avait perdu l'esprit.

Il ne s'en formalisa pas et défendit son projet.

— Ça vous paraît ridicule, dit-il, mais, moi, je tiens l'idée pour excellente. Si nous voulons que la vie ici retrouve son cours normal, il nous faut revenir au quotidien, au banal, au classique. D'autre part, je ne serai pas fâché de voir Dartmoor. Il fait beau, la promenade nous mettra à tous un peu de soleil dans le cœur. Alors, aidez-moi et persuadez les autres de venir!

Le projet rencontra un succès inespéré. Les hésitations tombèrent vite et nombreux furent bientôt ceux qui trouvaient que l'idée n'était pas si mauvaise.

On ne pressentit pas le capitaine Marshall, qui avait annoncé son intention d'aller à Plymouth ce jour-là. Mr. Blatt avait donné son adhésion avec enthousiasme. Il était fermement résolu à être l'âme de cette joyeuse sortie. Emily Brewster, les Redfern, Stephen Lane, les Gardener, qui retardaient leur départ de vingt-quatre heures pour ne pas manquer l'excursion, compléteraient le lot des voyageurs, avec Rosamund Darnley et Linda.

Avec Miss Darnley, Poirot s'était montré éloquent. Il avait longuement insisté sur la nécessité d'arracher Linda à ses sombres pensées, et Rosamund s'était laissé convaincre.

— Vous avez raison, avait-elle dit. Cette lamentable affaire a porté à la pauvre enfant un coup terrible et elle est d'une nervosité effrayante!

— Ça se comprend fort bien, avait répondu Poirot. Mais, à son âge, on oublie vite. Décidez-la à venir. Je sais que vous le pouvez...

Le major Barry avait opposé à toutes les sollicitations un refus obstiné : il avait les déjeuners sur l'herbe en horreur.

— Je déteste trimbaler des paniers, avait-il proclamé, et je ne m'assieds pas par terre pour manger. Parlez-moi d'une vraie table, avec quelque chose dessus!

On se réunit à dix heures autour des trois voitures qui avaient été commandées. Bruyant et cordial, Mr. Blatt donnait une amusante imitation des guides pour touristes.

— Par ici, mesdames et messieurs, par ici! En route pour Dartmoor! Les bruyères et les myrtilles, la féerie du Devon et le château des forçats! Amenez vos épouses, messieurs, ou ce qui vous en tient lieu! Bienvenue à tous! Les paysages sont garantis! On part! On part!

Au dernier moment, Rosamund Darnley arriva. Elle paraissait consternée.

— Linda ne vient pas, annonça-t-elle. Elle a un mal de tête terrible.

On protesta.

— Le grand air lui ferait du bien, dit Poirot. Si vous retourniez la chercher?

— Inutile, répondit la jeune femme. Sa décision est prise et elle est au lit. Je lui ai donné un cachet d'aspirine.

Après une courte hésitation, elle ajouta :

— D'ailleurs, je crois bien que je vais rester, moi aussi!

— Voilà, madame, ce que nous ne saurions tolérer, s'écria Mr. Blatt, en lui prenant le bras par manière de plaisanterie. La haute couture doit faire partie du cortège et n'a pas le droit de se dérober. Je vous arrête et je vous conduis à Dartmoor!

D'une main ferme, il l'entraîna vers la première voiture. Passant près de Poirot, elle lui décocha un regard noir...

— Je vais rester avec Linda, dit Christine Redfern. Ça ne me dérange pas...

Patrick protesta mollement et Poirot vint à la rescousse.

— Du tout, du tout, madame! Vous venez avec nous. D'ailleurs, quand on a la migraine, la seule chose que l'on souhaite, c'est la solitude!

Christine s'inclina et les trois voitures se mirent en route. On alla d'abord à la véritable grotte aux Lutins, celle de Sheepstor, dont on eut bien du mal à découvrir l'entrée, qu'on repéra finalement grâce à une carte postale illustrée.

Pour y accéder, il fallait faire par les rochers une ascension assez délicate, et Hercule Poirot se garda de l'entreprendre. Il se contenta de suivre les autres d'un œil amusé. Christine, dont son mari ne s'éloignait guère, sautait de roc en roc avec la légèreté gracieuse d'un jeune animal. Rosamund Darnley participait aux recherches, comme Emily Brewster qui, dans une glissade, faillit se tordre le pied. Stephen Lane se révélait infatigable et agile. Mr. Blatt, resté à mi-chemin, prodiguait à tous des encouragements chaleureux et prenait des photographies.

Les Gardener et Poirot s'étaient assis tranquillement au bord de la route et Mrs. Gardener avait repris son interminable monologue, ponctué çà et là des indispensables « oui, ma chérie » de Mr. Gardener.

— J'ai toujours pensé, monsieur Poirot — et Mr. Gardener est de mon avis —, qu'il n'y a rien de si désobligeant que les instantanés... A moins qu'ils ne soient pris entre amis, bien entendu. Ce Mr. Blatt n'a aucun tact. Il marche sur vous, il vous parle et il vous photographie. Comme je l'ai dit à Mr. Gardener, c'est un individu qui manque absolument d'éducation. C'est bien ce que je t'ai dit, n'est-ce pas, Odell?

— Oui, ma chérie.

— Ce groupe de nous qu'il a pris, l'autre jour, sur la plage... C'est peut-être très gentil, mais est-ce qu'il n'aurait pas dû nous demander la permission? Miss Brewster était justement en train de se relever. Regardez le cliché! Sa silhouette est tout simplement ridicule!

— Ça, on peut le dire, fit Mr. Gardener, parlant pour une fois sans être sollicité.

— Ça n'empêche pas Mr. Blatt de distribuer des épreuves à tous, sans demander votre autorisation, bien entendu. J'ai remarqué, monsieur Poirot, qu'il vous en a donné une, à vous aussi...

— Oui. Et j'y tiens beaucoup...

— Quant à sa conduite d'aujourd'hui, parlons-en! On n'entend que lui! Et il est d'une vulgarité! C'est bien simple : il me lève le cœur. Vous auriez dû, monsieur Poirot, vous arranger pour le laisser à l'hôtel.

— Ah! chère madame, ce n'aurait pas été facile!

— Je le sais bien. Cet homme s'impose partout. Il n'a aucun tact, je vous dis!

Des cris de joie annoncèrent à ce moment-là la découverte de l'entrée de la grotte.

La petite caravane repartit peu après, pour s'arrêter, sur les indications de Poirot, en un point d'où, en descendant une colline couverte de bruyères et de genêts, on gagnait un coin ravissant, au bord d'une rivière.

Par une étroite passerelle de bois, on pouvait passer sur l'autre rive, où une plate-forme ombreuse apparaissait comme un endroit idéal pour le déjeuner, dont l'heure approchait.

Mrs. Gardener, l'ayant heureusement franchie, entreprenait une analyse rétrospective des sensations qu'elle venait d'éprouver, quand on entendit un cri...

Tout le monde était passé sans encombre, mais Emily Brewster s'était arrêtée au milieu de la passerelle, incapable d'aller plus loin. Les yeux clos, elle vacillait...

Poirot et Patrick Redfern se précipitèrent et l'amenèrent sur la rive.

Elle était furieuse contre elle-même.

— Je vous remercie, dit-elle, rouge de confusion. C'est ridicule... C'est cette eau courante, sous mes pieds, qui m'a donné le vertige... C'est vraiment stupide!

Les provisions tirées des sacs, on mangea et le pique-nique fut fort réussi.

Aucun d'eux ne le disait, mais tous découvraient avec surprise qu'ils étaient heureux de cette promenade. Peut-être parce que, grâce à elle, ils s'évadaient de l'atmosphère de suspicion et de crainte dans laquelle ils vivaient depuis plusieurs jours. L'eau qui coulait avec un bruit joyeux, l'air limpide et doux, la symphonie jaune et rouge des genêts et des bruyères qui paraient le décor de couleurs vives, tout cela faisait oublier qu'il y avait de par le monde de sordides histoires de meurtre et de police. On en venait à douter de leur existence. Mr. Blatt lui-même en négligeait le rôle d' « animateur » dont il avait prétendu se charger. Le repas terminé, il s'écarta pour faire un somme et bientôt de sonores ronflements attestaient qu'il avait sombré dans une inconscience pleine de félicités.

Le soleil baissait à l'horizon quand on prit le chemin du retour.

Du haut d'une colline, on entrevit un court instant l'île, dominée par son hôtel tout blanc

Caressée par les feux du couchant, elle semblait reposer doucement dans la baie. Calme, innocente...

Mrs. Gardener, peu loquace pour une fois, dit à Poirot :

— Vraiment, monsieur Poirot, je tiens à vous remercier. Jamais je ne me suis sentie aussi détendue, et nous avons passé une merveilleuse journée!

2.

Le major Barry était sorti pour saluer leur retour.

— Alors, demanda-t-il à Mrs. Gardener, on a eu une bonne journée?

— Magnifique. Le paysage était simplement adorable. Très anglais et plein de caractère. L'air pur et tonique. Vous devriez avoir honte, paresseux que vous êtes, de ne pas nous avoir accompagnés!

— Merci ! Aller s'asseoir dans une fondrière pour se repaître de sandwiches, je suis trop vieux pour ce genre de sport !

Une femme de chambre, en qui Poirot reconnut tout de suite Gladys Narracott, sortait de l'hôtel en courant. Elle s'arrêta, pantelante, hésita un peu et se dirigea vers Christine Redfern.

— Excusez-moi, madame, dit-elle, aussi vite que le lui permettait son essoufflement, mais je suis très inquiète pour la jeune demoiselle... Miss Marshall... Je viens de lui monter un peu de thé et je n'ai pas pu la réveiller. Et puis, elle a l'air... Enfin, ce n'est pas normal...

Christine paraissait désemparée. Poirot, qui se trouvait à côté d'elle, la prit par le bras et dit :

— Nous allons aller voir ça.

En hâte, ils grimpèrent et gagnèrent la chambre de Linda.

Ils comprirent au premier coup d'œil que la femme de chambre ne s'était pas alarmée à tort. Linda était d'une pâleur mortelle et sa respiration s'entendait à peine.

Poirot lui tâta le pouls. En même temps, il remarquait, sur la table de chevet, une enveloppe fermée, appuyée contre la lampe. C'était une lettre, à lui adressée.

Au même moment, le capitaine Marshall entrait précipitamment dans la pièce.

— Qu'est-ce qu'on me dit ? Linda est malade ? Qu'est-il arrivé ?

Christine Redfern étouffait un sanglot.

— Courez chercher un médecin ! dit Poirot s'adressant à Marshall. Ne perdez pas une seconde ! J'ai bien peur qu'il ne soit déjà trop tard !

Marshall sortit.

Poirot prit la lettre et déchira l'enveloppe. Il n'y avait à l'intérieur que quelques lignes, tracées d'une main malhabile d'écolière :

« *Je crois que c'est le seul moyen d'en sortir. Demandez à papa de me pardonner. C'est moi qui ai tué Arlena. Je croyais que ça me rendrait heureuse, mais ce n'est pas vrai. Je regrette tout.* »

3.

Ils étaient réunis dans le hall : Marshall, les Refdern, Rosamund Darnley et Hercule Poirot.

Ils étaient assis, silencieux.

Ils attendaient...

La porte s'ouvrit enfin, livrant passage au docteur Neasdon.

— J'ai fait tout ce que j'ai pu, dit-il. Elle peut s'en tirer, mais je dois avouer que je n'ai pas grand espoir...

Marshall, dont le visage demeurait impassible, demanda :

— Comment s'est-elle procuré la drogue?

Ses yeux bleus, durs et froids, se posaient dans ceux du médecin.

Neasdon rouvrit la porte et fit un signe dans le couloir.

Une femme de chambre entra. Elle avait pleuré.

— Racontez-nous ce que vous savez, ordonna Neasdon.

La fille renifla et commença :

— Je n'aurais jamais pensé... Je n'aurais jamais pensé qu'il s'agissait de quelque chose comme ça... Pourtant, la jeune demoiselle m'avait semblé drôle...

Un léger geste d'impatience du médecin l'incita à reprendre son récit.

— Voilà... La jeune demoiselle était dans la chambre de Mrs. Redfern. Elle était près du lavabo et elle tenait à la main une petite boîte. Elle a été terriblement surprise quand elle m'a vue arriver, et je l'ai été aussi, parce que, tout de même, ça me paraissait drôle que la jeune demoiselle soit allée dans votre chambre, madame, quand vous n'étiez pas là... Seulement, je me suis dit que c'était peut-être quelque chose qu'elle vous avait prêté... Alors elle a dit : « Ç'est ça que j'étais venue chercher! » et elle est sortie...

Christine dit, d'une voix à peine perceptible :

— Mes cachets de somnifère...

Le médecin se tourna vers elle d'un brusque mouvement.

— Comment connaissait-elle leur existence?

— Je lui en avais donné un, une fois. Le lendemain du crime. Elle m'avait dit qu'elle ne pouvait pas dormir... Je me souviens qu'elle m'a demandé, ce soir-là, si un cachet suffirait. J'ai répondu : « Oui, certainement. C'est une drogue très puissante. » Et je lui avais bien recommandé de ne jamais aller au-delà de deux!

— Elle en a pris six! dit Neasdon.

Christine essuya une larme.

— C'est ma faute! J'aurais dû les mettre sous clef!

— Il est évident que c'eût été plus sage, lança Neasdon, avec un haussement d'épaules.

Christine, maintenant, ne pouvait plus retenir ses làrmes. Elle pleurait, désespérée.

— Elle est en train de mourir... et c'est ma faute!

La voix du capitaine Marshall s'éleva, très ferme :

— Non. Vous n'avez rien à vous reprocher. Linda savait ce qu'elle faisait. Ces six cachets, elle les a pris en pleine connaissance de cause. Et peut-être... Peut-être que c'est mieux ainsi!

Ses yeux se baissaient sur une feuille de papier qu'il tenait à la main, la lettre que Poirot, peu auparavant, lui avait remise sans un mot.

Rosamund Darnley, cependant, criait sa protestation :

— Je ne crois pas ça! Je ne croirai jamais que Linda a tué Arlena!... Ce n'est pas possible!... Les témoignages le prouvent, d'ailleurs!

Christine ajouta :

— Non, elle ne peut pas être coupable! Elle était très déprimée, et c'est son imagination qui...

La porte s'ouvrit devant le colonel Weston.

— Qu'est-ce qu'on me raconte? dit-il du seuil.

Neasdon prit la lettre de Linda dans la main de Marshall et la tendit au chef de la police qui, l'ayant lue, s'écria, incrédule :

— Qu'est-ce que c'est que ça? Ça ne tient pas debout! C'est absolument impossible!

Avec assurance, il répéta :

— Impossible! N'est-ce pas, Poirot?

— J'ai malheureusement bien peur, dit Poirot, que ce ne soit pas impossible.

Il parlait lentement et sa voix était triste.

— Mais, monsieur Poirot, fit Christine Redfern, j'étais avec elle. Je suis restée avec elle jusqu'à midi moins le quart. Je l'ai dit dans ma déposition.

— Oui, répondit Poirot. Votre témoignage, madame, établissait son alibi. Mais sur quoi se fondait-il, votre témoignage? *Sur l'heure donnée par la montre-bracelet de Linda Marshall elle-même.* Lorsque vous l'avez quittée, vous ne saviez qu'il était midi moins le quart *que parce qu'elle vous l'avait dit.* Vous nous avez dit vous-même que le temps vous avait semblé passer très vite.

Elle le regardait avec une certaine stupeur.

— Maintenant, rappelez-vous bien, madame, reprit-il. Pour rentrer à l'hôtel, avez-vous marché vite ou lentement?

— Mon Dieu... Assez lentement, je crois.

— Avez-vous remarqué quelque chose durant cette promenade de retour?

— J'ai peur que non. J'étais préoccupée. Je... Je réfléchissais.

— Je suis au regret de vous poser la question, mais pouvez-vous nous dire quel était l'objet de vos réflexions?

Christine rougit.

— J'imagine, dit-elle avec embarras, que... c'est absolument nécessaire... Je... Je me demandais si je n'allais pas partir d'ici. M'en aller sans rien dire à mon mari. J'étais tellement malheureuse à ce moment-là!

— Christine! cria Patrick.

De sa petite voix calme, Poirot reprenait :

— C'est bien ça. Vous étiez absorbée dans des pensées très graves et l'on peut dire que vous étiez indifférente à ce qui se passait autour de vous. Il est donc probable que vous êtes rentrée très lentement, peut-être même vous arrêtant de temps à autre pour réfléchir.

Christine approuva de la tête et dit :

— Vous devinez tout, monsieur Poirot, et c'est bien ainsi que les choses se sont passées. En arrivant à l'hôtel, je me suis comme éveillée d'une sorte de rêve! Je me suis précipitée dans le hall, croyant que j'étais en retard, et c'est en voyant la pendule que je me suis rendu compte que j'avais tout mon temps!

— Ç'est bien ça, fit Poirot.

Il se tourna vers Marshall.

— Maintenant, dit-il, il faut que je vous parle d'un certain nombre d'objets que j'ai trouvés, après le meurtre, dans la chambre de votre fille. J'ai ramassé dans le foyer de la cheminée une large plaque de cire fondue, des cheveux à moitié consumés, des morceaux de carton, des bouts de papier et une petite épingle ordinaire. Le papier et le carton n'avaient peut-être pas de signification particulière, mais on ne pouvait pas en dire autant du reste. Surtout si j'ajoute que, parmi les livres de votre fille, j'ai découvert un volume, loué à la bibliothèque circulante du village et traitant de sorcellerie et de magie. Il s'ouvrait tout seul à une certaine page, au commencement d'un chapitre décrivant divers procédés d'envoûtement. On modèle dans la cire un petit personnage qui est censé représenter la victime, puis on le fait fondre lentement, ou, au choix, on lui plante une épingle à la place du cœur. On provoque ainsi la mort de la personne dont on a sacrifié l'effigie. Par la suite, j'appris de la bouche de Mrs. Redfern que Linda Marshall était sortie tôt le matin du crime, qu'elle avait acheté un paquet de bougies et qu'elle avait paru ennuyée quand une circonstance imprévue avait révélé l'objet véritable de sa sortie matinale. Sachant tout cela, j'arrivais à une évidente certitude : Linda avait fabriqué une petite figurine en cire de bougie, l'avait vraisemblablement parée d'une boucle de cheveux de Mrs. Marshall — cela pour favoriser l'action des puissances occultes —, puis lui avait transpercé le cœur avec une épingle, avant de la faire fondre sur un feu de papier et de carton.

« Superstition, stupidité enfantine, mais aussi désir de tuer.

« Etait-il possible qu'il y eût plus qu'un désir? *Linda Marshall pouvait-elle avoir réellement tué sa belle-mère?*

« A première vue, elle avait un alibi parfait. Mais, en fait, comme je l'ai montré il y a un instant, *les heures nous en étaient fournies par Linda elle-même.* Elle pouvait très bien avoir annoncé à Mrs. Redfern qu'il était midi moins le quart alors qu'il n'était que onze heures et demie.

« Une fois Mrs. Redfern partie, Linda aurait fort bien pu quitter la roche aux Mouettes par le sentier, traverser l'étroite bande de terre qui la sépare de la crique aux Lutins, descendre par l'échelle, aller vers sa belle-mère, l'étrangler et remonter par le chemin par où elle était venue, avant l'arrivée de Miss Brewster et de Mr. Redfern. Après quoi, il ne lui restait qu'à retourner à la roche aux Mouettes, à prendre son bain et à rentrer tranquillement à l'hôtel.

« Tout cela était possible, mais à deux conditions : il fallait savoir de façon certaine qu'Arlena Marshall était à la crique aux Lutins et, d'autre part, avoir une force physique suffisante pour l'étrangler.

« Sur le premier point, pas d'impossibilité. Linda pouvait très bien, en abusant du nom d'un tiers, avoir écrit un mot attirant Arlena à la crique. Pour le second, même chose. Linda a les mains grandes et solides; elle est à un âge où l'on a tendance à manquer d'équilibre intellectuel, ce qui s'accompagne toujours d'un développement anormal des forces physiques; enfin, sa mère a été accusée de meurtre et effectivement poursuivie.

Kenneth Marshall leva le front.

— Il faut dire aussi qu'elle a été acquittée!

Le ton était violent, presque farouche.

— Elle a été acquittée, répéta Poirot.

— Et j'ajouterai ceci, poursuivit Marshall, Ruth, ma femme, était innocente. Je le sais d'une certitude absolue. Il y a, quand on vit avec un être, des choses qui se sentent et qui ne trompent pas. Ruth a été victime d'un malheureux concours de circonstances, mais elle était innocente!... Quant à Linda, elle n'a pas tué Arlena! Je ne le croirai jamais!... C'est ridicule! C'est absurde!

— Vous croyez donc que cette lettre est un faux?

Marshall reprit la lettre que lui tendait Weston. Il examina longuement l'écriture, puis, secouant la tête, dit à regret :

— Non. C'est bien Linda qui a écrit cela.

— Alors, fit Poirot, si la lettre est de sa main, nous sommes en présence de deux explications possibles, et de deux seulement. Ou elle était de bonne foi et elle l'a écrite *sachant qu'elle était la meurtrière, ou elle l'a écrite dans le dessein bien arrêté de couvrir quelqu'un.* Quelqu'un dont elle craint qu'il ne soit soupçonné.

— C'est à moi que vous faites allusion? demanda Marshall.

— Vous ne croyez pas que ce soit possible?

Marshall réfléchit et dit d'un ton très calme :

— Non. Cette idée-là est aussi absurde que l'autre. Il se peut que Linda se soit rendu compte que j'ai été soupçonné au début. Mais elle savait de façon certaine que j'étais hors de cause, que la police a accepté mon alibi et qu'elle a porté ailleurs son attention.

— Oui, répliqua Poirot, mais si nous supposons que ce qui la tourmentait, ce n'était pas de savoir qu'on vous soupçonnait — ou qu'on vous avait soupçonné — mais de *savoir que vous étiez coupable?*

Après un moment de stupeur, Marshall ricana :

— Encore une idée idiote!

— Je n'en suis pas tellement sûr, riposta Poirot. On peut, voyez-vous, faire plusieurs hypothèses à propos de la mort de Mrs. Marshall. Dans la première, on suppose qu'elle était victime d'un maître chanteur, qu'elle est allée à la crique pour le retrouver et que c'est lui qui l'a tuée. Dans une autre, la grotte aux Lutins servait de dépôt à des trafiquants de drogue et Mrs. Marshall serait morte pour avoir, par hasard, découvert leur secret. Une troisième hypothèse envisage la possibilité d'un crime commis par un dément, poussé par on ne sait quelle folie religieuse. Enfin, il y a une quatrième et dernière hypothèse. Par la mort de votre femme, vous deviez, capitaine Marshall, entrer en possession de beaucoup d'argent!

— Je viens de vous dire...

— Je sais... et je suis d'accord avec vous là-dessus : *il est impossible que vous ayez tué votre femme si vous avez agi seul.* Oui, mais si vous aviez un complice?

— Que diable pouvez-vous vouloir dire?

L'homme avait lutté, mais son calme l'abandonnait. Sa voix menaçait. Une flamme brûlait dans ses prunelles.

— Je veux dire, répondit Poirot, que ce crime n'a pas été commis par un seul individu, mais par deux. Il est incontestable que vous ne pouvez pas avoir tapé des lettres dans votre chambre. et, dans le même temps, vous être rendu à la crique. Mais vous auriez eu tout le temps nécessaire pour écrire en sténographie les réponses à faire à votre courrier du matin et aller faire votre vilaine besogne tandis qu'un complice tapait vos lettres pour vous, dans votre chambre.

Tourné vers Rosamund Darnley, il poursuivit :

— Miss Darnley nous a dit qu'elle a quitté Roc-Soleil à onze heures dix et qu'elle vous a vu ensuite, tapant à la machine dans votre chambre. Or, juste à ce moment-là, Mr. Gardener était remonté à l'hôtel pour chercher un écheveau de laine pour sa femme. Il n'a pas rencontré Miss Darnley, il ne l'a pas vue. C'est assez remarquable. Il apparaît, ou que Miss Darnley n'a pas quitté du tout Roc-Soleil, ou qu'elle l'a quitté beaucoup plus tôt qu'elle ne dit, pour aller taper à la machine dans votre chambre.

« Autre chose. Vous nous avez dit que, lorsque Miss Darnley a ouvert la porte de votre chambre, à onze heures et quart, *vous l'avez vue dans la glace*. Or, le jour du crime, votre machine à écrire et vos papiers étaient sur la table qui se trouve dans le coin gauche de la pièce, alors que la glace est entre les deux fenêtres. J'en conclus que vous nous aviez menti, et menti sciemment. Par la suite, pour donner de la consistance à votre histoire, vous avez transporté votre machine sur la table placée devant la glace, mais il était trop tard. Je savais déjà que Miss Darnley et vous, nous aviez menti!

Il se tut.

A mi-voix, mais très nettement, Rosamund Darnley dit :

— Vous êtes vraiment d'une habileté démoniaque!

Poirot accusa le compliment d'un sourire et reprit, élevant un peu la voix :

— Je suis moins habile et bien moins démoniaque que l'homme qui a tué Arlena Marshall! Tâchez de vous souvenir! Nous nous sommes tous demandé qui Arlena Marshall allait retrouver ce matin-là. Et tous, nous avons sauté sur la même réponse : *Patrick Redfern!* Elle ne se rendait pas à la rencontre d'un maître chanteur. Son visage, au départ, le proclamait. C'est vers un amoureux qu'elle croyait aller.

« De cela, j'étais absolument sûr quand je la vis s'éloigner. Arlena Marshall allait retrouver Patrick Redfern. Or, deux minutes plus tard, Patrick Redfern lui-même faisait son apparition sur la plage. Et il était visiblement à la recherche d'Arlena. Alors?

Patrick Redfern dit, d'une voix qui trahissait une certaine inquiétude :

— Une fripouille quelconque s'est servie de mon nom...

Poirot poursuivait :

— Il était évident que vous étiez surpris et déçu de ne pas la voir. C'était même un peu trop évident. Car je soutiens, monsieur Redfern, c'est mon hypothèse personnelle, qu'elle est allée à la crique aux Lutins pour *vous* rencontrer, qu'elle vous a *effectivement* rencontré et que *vous l'avez tuée là-bas comme vous aviez pris vos dispositions pour le faire.*

Patrick Redfern demeura quelques secondes interdit. Puis, de sa voix gouailleuse d'Irlandais, il dit :

— Est-ce que vous êtes complètement fou? J'ai été avec vous sur la plage tout le temps, jusqu'au moment où je suis parti en bateau avec Miss Brewster pour la trouver morte!

Poirot répliqua immédiatement :

— Vous l'avez tuée après que Miss Brewster eut repris le bateau pour aller prévenir la police. Arlena Marshall n'était pas morte quand vous êtes arrivé à la crique. Cachée dans la grotte, elle attendait que vous fussiez seul sur la plage!

— Mais le corps! Miss Brewster l'a vu comme moi!

— *Elle a vu un corps, elle n'a pas vu un cadavre!* Elle a vu le corps bien vivant de votre complice, ses bras et ses jambes hâlées et brunies, elle n'a pas vu son visage, caché sous un immense chapeau. Ce complice, c'était Christine, votre femme — ça n'est pas sûr, au fait — en tout cas votre associée, qui vous a aidé à commettre ce crime comme elle vous avait aidé à en commettre un autre, le jour où elle... découvrit le corps d'Alice Corrigan vingt minutes au moins avant qu'elle ne fût morte, assassinée par son mari, Edward Corrigan... C'est-à-dire par vous!

La voix de Christine s'éleva, froide et nette :

— Laisse-le dire, Patrick! Ne t'emporte pas!

Poirot continua :

— Il vous intéressera peut-être de savoir que, votre femme et vous avez été reconnus par la police du Surrey sur une photographie de groupe, prise sur la plage. On vous a identifiés du premier coup d'œil comme étant Edward Corrigan et Christine Deverill, la jeune femme qui découvrit le corps d'Alice Corrigan.

Patrick s'était levé. Son beau visage déformé par la rage, congestionné, hagard, il apparaissait enfin pour ce qu'il était : un assassin.

Sa bouche crachait des injures à l'adresse de Poirot.

Et puis, soudain, il bondit en avant, les mains ouvertes.

Ses doigts se refermèrent sur la gorge d'Hercule Poirot...

Chapitre 13.

1.

Poirot parlait :

— Un matin, vous vous en souvenez sans doute, nous nous trouvions comme d'habitude assis sur la plage et je comparais les corps brunis qui autour de nous se doraient au soleil à des pièces de viande exposées sur l'étal d'un boucher. C'est ce jour-là que je remarquai pour la première fois combien il y a peu de différence entre un corps et un autre. Il y en a, bien sûr, si on regarde de près et avec attention, mais non si l'on se contente d'un coup d'œil superficiel. Rien ne ressemble plus à une jeune femme gentiment faite qu'une autre jeune femme gentiment faite ! Deux jambes pain d'épice, deux bras assortis, un maillot de bain pour relier l'ensemble et voilà un corps bon pour la plage ! Anonyme comme tous les autres ! Quand une femme marche, quand elle parle, quand elle rit, quand elle tourne la tête, quand elle fait un geste de la main, alors, oui, elle est individualisée, alors, oui, elle a une personnalité ! Mais, au moment où elle sacrifie à la religion du bain de soleil, elle n'en a plus.

« C'est ce jour-là encore qu'avec le révérend père Lane nous discutâmes du Mal et du Péché. Mr. Lane est un homme d'une sensibilité extraordinaire. La présence du Mal le fait littéralement souffrir et il la décèle avec une étonnante acuité. Mais, remarquable appareil enregistreur, Mr. Lane ne localise pas toujours le Mal exactement où il se trouve. Pour lui, le Mal sur cette plage s'incarnait en la personne d'Arlena Marshall, et je dois ajouter que presque tout le monde était d'accord avec lui là-dessus.

« Que l'esprit du Mal, pour parler comme le révérend père, rôdât autour de nous, j'en étais convaincu. Mais qu'il fût représenté par Arlena Marshall, j'en doutais. Et voici pourquoi. Arlena, j'ai vu en elle, dès le début et jusqu'à la fin, *une victime*. Marquée et prédestinée. Parce qu'elle était jolie, parce qu'elle avait du charme, parce que les hommes se retournaient sur elle, on avait tendance à la considérer comme le type des femmes qui portent malheur à ceux qu'elles approchent. Pour moi, elle était tout autre. Ce n'était pas elle qui attirait les hommes, c'étaient les hommes qui l'attiraient. Elle était de ces femmes dont on s'éprend facilement et dont on se lasse encore plus facilement. Et tout ce qu'on me dit à son propos, tout ce que je découvris la concernant, devait me confirmer dans l'opinion que je me faisais d'elle. On me raconta, d'abord, comment l'homme dont elle avait des raisons de croire qu'il avait divorcé pour elle refusa de l'épouser. C'est alors qu'intervint un homme chevaleresque — incurablement chevaleresque —, le capitaine Marshall, qui lui demanda de devenir sa femme. Pour un homme de sa trempe, au caractère fier et réservé, un procès où l'on dissèque votre vie privée est évidemment la pire des tortures. D'où l'amour, tout empreint de charité, qu'il porta à sa première femme, injustement poursuivie pour un crime qu'elle n'avait pas commis. Son mariage lui prouva qu'il ne s'était pas trompé, qu'il avait jugé à sa juste valeur celle qu'il avait épousée. Après sa mort, une autre femme, qui devait ressembler à la défunte — les cheveux roux de Linda sont probablement un héritage maternel —, se trouve involontairement l'héroïne d'un scandale immérité. Marshall reprend son numéro de sauvetage. Mais, cette fois, il sera mal payé de son amour. Arlena n'est pas intelligente, mais une tête folle, qui ne mérite guère qu'on l'aime et qu'on la protège. Je crois que Marshall s'en aperçut assez tôt et qu'il en conçut un chagrin qui survécut à son amour. Elle était pour lui comme une enfant qui ne saurait, dans le livre de la vie, aller au-delà d'une certaine page bien déterminée.

« Arlena aimait l'amour — et je reconnaissais en elle une proie désignée pour un certain type d'homme dépourvu de scrupules. Un type dont Patrick Redfern, avec sa prestance, son assurance, son charme, représentait un exemplaire à peu près parfait. C'était bien là un de ces aventuriers qui, d'une façon ou d'une autre, tirent des femmes leur subsistance. Je sentais qu'Arlena serait la victime de Patrick, et non Patrick la victime d'Arlena. Si quelqu'un, sur cette plage, était habité de l'Esprit du Mal, c'était Patrick Redfern, et non Arlena Marshall !

« Arlena venait d'entrer en possession d'une fortune importante, à elle laissée par un vieil admirateur qui n'avait pas eu le temps de se lasser d'elle. Elle était de ces femmes qui se font nécessairement gruger par un homme ou par un autre. Miss Brewster me parla, certain jour, d'un jeune homme « ruiné » par Arlena. Après le crime, nous trouvâmes dans la chambre de Mrs. Marshall une lettre de lui. Il y exprimait le souhait — ça coûte si peu ! — de la couvrir de joyaux, mais, dans la pratique, *il lui accusait réception d'un chèque qu'elle lui avait envoyé* et qui allait lui épargner des poursuites judiciaires. Cas typique d'un jeune prodigue qui lui avait soutiré de l'argent. J'imagine que Patrick Redfern trouva moyen de se faire donner par elle, de temps à autre, des sommes importantes, sous prétexte de « placements ». Il devait l'éblouir avec des histoires d'occasions mirifiques qui lui permettraient de décupler sa fortune à elle et de faire la sienne, à lui. Les femmes seules sont souvent victimes de ce genre d'aigrefins, qui généralement s'évanouissent un jour avec le magot. Quand il y a un mari, un frère, un père à proximité, les choses peuvent prendre pour l'escroc une vilaine tournure, et Patrick Redfern n'ignorait pas qu'il y aurait un passage difficile à franchir le jour où le capitaine Marshall s'apercevrait de ce qu'il était advenu de la fortune de sa femme.

« Cette perspective, cependant, ne le tracassait pas autrement, car il envisageait froidement la suppression d'Arlena quand cela deviendrait nécessaire. Il était encouragé dans cette résolution par le souvenir d'un premier crime magnifiquement réussi : l'assassinat d'une jeune femme qu'il avait épousée sous le nom de Corrigan et qu'il sut persuader de contracter à son profit une assurance sur la vie, qui lui rapporta une somme coquette.

« Il était aidé — et poussé — par celle qui passait ici pour sa femme, Christine, à laquelle il était très sincèrement attaché. Aussi différente de sa future victime qu'il est possible de l'imaginer, froide, calme, calculatrice, adorant celui dont elle avait épousé le destin, elle était, le point est important, une comédienne d'un indéniable talent. Dès son arrivée parmi nous, Christine Redfern commença à jouer un rôle : celui de la pauvre petite épouse délaissée. Elle le composa par touches successives, et fort adroitement. Elle ne supportait pas le soleil — ce qui expliquait la blancheur de sa peau — elle était sujette au vertige — rappelez-vous, entre autres, l'histoire de la cathédrale de Milan ! — elle était frêle et délicate... et elle ne le laissait pas ignorer. Nous parlions d'elle comme d'une femme petite. En réalité, si elle avait les extrémités menues, elle était aussi grande qu'Arlena. Elle prétendait avoir été professeur dans un collège, ce qui lui permettait de poser à l'intellectuelle qui fait fi des exercices physiques. En fait, elle travailla bien dans un établissement d'enseignement, mais comme répétitrice, chargée des cours de gymnastique. Très entraînée, elle courait comme un athlète et grimpait comme un chat !

« L'assassinat proprement dit fut admirablement combiné et chronométré. Comme je l'ai dit déjà, ce ne fut pas du travail d'amateur et c'est avec une sorte de génie qu'avait été établi l'horaire du crime.

« L'affaire fut amorcée par quelques scènes préliminaires.

Il y en eut une, jouée à mon intention sur la falaise, un soir que les deux complices me savaient à portée de leurs voix. C'était, très classique, la discussion qui met aux prises une femme jalouse et son volage époux. Un peu plus tard, Christine reprit le rôle, pour mon bénéfice encore, dans une scène où je lui donnai la réplique. Ces dialogues, il me semblait les connaître déjà, les avoir lus quelque part. *Ils n'avaient pas l'air vrai.* Et c'était bien ça : ils n'étaient pas vrais!

« Vint le jour du crime. Il faisait beau. Condition indispensable. Très tôt le matin, Redfern se glisse hors de l'hôtel. Il sort par la porte ouvrant sur le balcon et ne remet pas le verrou intérieur. Ainsi, si l'on s'aperçoit que la porte est ouverte, on pensera simplement que quelqu'un est allé prendre un bain sur les rochers. Sous le peignoir dans lequel il s'enveloppe, il dissimule un immense chapeau de carton vert, réplique exacte de celui d'Arlena. Il traverse l'île, dégringole en bas de l'échelle qui conduit à la crique aux Lutins, cache le chapeau quelque part dans les rochers et rentre à l'hôtel. Fin de l'acte premier.

« La veille, il avait pris rendez-vous avec Arlena. Mrs. Marshall ayant un peu peur de son mari, ils entouraient leurs rencontres de certaines précautions, elle ne s'étonna donc pas de la proposition qu'il lui fit de la retrouver assez tôt à la crique aux Lutins. Personne ne va là-bas dans la matinée. Elle arriverait la première, il la rejoindrait dès qu'il aurait la possibilité de s'échapper. Si quelqu'un semblait vouloir venir à la crique ou si quelque bateau passait en vue de la plage, elle se cacherait dans la grotte, dont il lui avait indiqué l'entrée, et elle attendrait là que la côte fût redevenue franche. Ici finit l'acte deuxième.

« Entre-temps, Christine s'introduisait dans la chambre de Linda, à l'heure où elle estimait que la jeune fille devait être allée prendre son bain matinal. Sa visite n'avait qu'un objet : avancer la montre de Linda de vingt minutes. Certes, il y avait un risque : Linda pouvait s'apercevoir que sa montre n'était pas à l'heure. Mais la chose était sans grande importance : le véritable alibi de Christine, c'étaient ses mains, trop petites pour qu'elle pût matériellement commettre le crime. Ce qui n'empêchait point un alibi supplémentaire d'être désirable...

« Tandis qu'elle était dans la chambre de Linda, Christine remarqua, ouvert à une certaine page, un traité de sorcellerie. Elle lut et, lorsque Linda rentra et laissa tomber par terre un paquet de bougies, elle comprit immédiatement ce qu'il se passait dans l'esprit de la jeune fille. Cette découverte lui ouvrait des horizons nouveaux. A l'origine, c'est sur le capitaine Marshall que les deux complices voulaient diriger les soupçons. D'où la disparition d'une pipe dont on devait retrouver une partie au pied de l'échelle de la crique aux Lutins...

« Christine, après avoir sans difficulté décidé Linda à l'accompagner à la roche aux Mouettes, regagne sa chambre, extrait d'une malle fermée à clef un flacon de teinture brunissante, se maquille bras et jambes avec cette teinture, puis se débarrasse du flacon en le jetant par la fenêtre. Miss Brewster faillit le recevoir sur la tête. Rideau sur l'acte troisième, tout va bien. Notons encore que Christine a passé un maillot de bain blanc et que, pour cacher ses membres tout nouvellement brunis, elle a revêtu un pyjama de plage, pantalon très ample et veste à larges manches.

« A dix heures quinze, Arlena s'en va vers son rendez-vous. Deux minutes plus tard, apparition sur la plage de Patrick Redfern. Petite comédie expressive qui donne à comprendre qu'il est surpris, ennuyé, etc.

« Cependant, Christine joue son rôle. Tenant cachée sa propre montre, à onze heures vingt-cinq, elle demande l'heure à Linda qui, consultant la sienne, répond : « Midi moins le quart! » Là-dessus, la jeune fille descend vers la mer, tandis que Christine plie bagage. Dès que Linda a le dos tourné, Christine ramasse sa montre — Linda l'a évidemment retirée avant d'aller se mettre à l'eau — et la remet à l'heure, la réglant sur la sienne. Puis, très vite, elle monte le sentier qui va vers la falaise, court à travers les terres jusqu'au sommet de l'échelle, se débarrasse de son pyjama, qu'elle cache derrière les rochers avec ses affaires de dessin, puis descend l'échelle. Elle se souvient qu'elle est bonne gymnaste et elle ne perd pas de temps.

« Arlena est en bas, sur la plage. Elle s'étonne de ne pas voir arriver Patrick. Et puis, elle entend qu'il y a quelqu'un sur l'échelle. Elle se retourne... et on peut imaginer sa contrariété : voici venir la femme de son amoureux! Elle court se cacher dans la grotte.

« Christine retire de l'endroit où Patrick l'a dissimulé le grand chapeau dont elle va se coiffer, puis elle va s'allonger sur les galets dans une position soigneusement étudiée. Le chapeau, auquel on a adapté des boucles postiches rousses, lui couvre la tête et la nuque...

« Les temps ont été admirablement calculés. Elle n'est pas là depuis deux minutes qu'apparaît devant la plage le canot portant Patrick et Miss Brewster. Ici, rappelez-vous! C'est *Patrick* qui s'agenouille pour examiner le corps, c'est *Patrick* qui, stupéfait, bouleversé, anéanti, annonce que celle qu'il adore est morte. Il a bien choisi son témoin. Miss Brewster est assez sujette au vertige. Elle ne s'en ira pas par l'échelle, mais par la mer. C'est Patrick, bien entendu, qui restera auprès du corps, « le meurtrier pouvant fort bien rôder encore dans le voisinage ». Miss Brewster reprend donc la mer pour aller prévenir la police. Dès que le canot est hors de vue, Christine se relève, découpe le chapeau en morceaux, avec les ciseaux que Redfern a apportés, les fourre dans son maillot et prend en hâte le chemin du retour. En haut de l'échelle, elle remet son pyjama et court vers l'hôtel. Un bain rapide, pour laver la teinture brune dont elle s'est badigeonné les membres, et elle s'habille pour le tennis. Avant de partir, elle passe dans la chambre de Linda et, dans le foyer de la cheminée, brûle les morceaux de carton vert, provenant du chapeau et les boucles qui y sont attachées, avec aussi une feuille de calendrier, dont elle veille à ce qu'elle ne soit pas entièrement consumée. Linda, comme Christine le supposait, s'est livrée à quelques pratiques de magie — un bloc de cire fondue et une épingle en témoignent — et elle a brûlé un calendrier. *Il faut que les morceaux de carton soient associés au calendrier, et non au chapeau.*

« Après quoi, elle va au court de tennis. Elle arrive la dernière, mais rien dans son apparence ne laisse supposer qu'elle a couru, rien dans son attitude ne paraîtra suspect.

« Pendant ce temps, Patrick est allé à la grotte. Arlena n'a rien vu. Elle a entendu quelques voix, mais, prudente, elle est restée cachée. Patrick l'appelle. Elle sort. Les mains lui enserrent le cou. La pauvre Arlena Marshall est morte, qui fut stupide et jolie !

Hercule Poirot se tut.

Il y eut un long silence, puis Rosamund Darnley dit :

— Vous nous avez vraiment fait vivre le drame, monsieur Poirot, et j'en frissonne encore. Seulement, cela, c'est l'histoire vue de l'autre côté. Vous ne nous avez pas dit comment vous êtes arrivé à la vérité.

Poirot ne se fit pas prier.

— Je vous ai dit l'autre jour, reprit-il, que je n'avais pas l'esprit compliqué. Dès le début, j'eus l'impression que *l'assassin était celui qui paraissait le plus capable, sur les simples apparences, d'avoir commis le crime.* Et celui-là, à mes yeux, c'était évidemment Patrick Redfern. Pour un crime de ce genre, il était l'assassin type. Il m'apparaissait non pas seulement comme un de ces hommes qui exploitent les femmes telles qu'Arlena Marshall, mais aussi comme un de ces escrocs qui deviennent volontiers des assassins, ceux qui s'emparent des économies d'une femme et lui coupent la gorge par-dessus le marché. D'autre part, qui Arlena allait-elle retrouver ce matin-là? Il n'était que de voir son visage, son sourire, la façon dont elle marchait, il n'était que d'entendre le son joyeux de sa voix pour répondre : Patrick Redfern. Pour moi, la chose ne faisait aucun doute, Patrick Redfern était l'assassin.

« Mais, tout de suite, je me heurtai à une impossibilité. Je l'ai déjà soulignée. Patrick Redfern ne pouvait avoir tué Arlena puisque, jusqu'au moment de la découverte du corps, il avait été sur la plage, près de moi, ou dans le bateau, avec Miss Brewster. Je me tournai donc vers d'autres hypothèses. Elles ne manquaient pas. Arlena pouvait avoir été tuée par son mari, de complicité avec Miss Darnley. Tous deux avaient menti sur un point assez suspect. Elle pouvait aussi avoir été tuée pour avoir surpris le secret des trafiquants de drogue opérant dans l'île. Ou encore, comme je l'ai dit déjà, par un maniaque torturé par une obsession mystique. Ou, enfin, par sa belle-fille. Cette dernière hypothèse me parut longtemps la plus sérieuse. L'attitude de Linda, lorsque Weston l'interrogea pour la première fois, m'avait donné à penser. Plus tard, une courte conversation que j'eus avec elle me persuada qu'elle se considérait comme coupable.

— Voulez-vous dire par là, déclara Rosamund Darnley d'une voix incrédule, qu'elle croyait avoir tué Arlena?

— Sans aucun doute. N'oubliez pas qu'elle est encore presque une enfant. Elle croyait à la réalité des fables qu'elle avait lues dans son traité de sorcellerie. Elle haïssait Arlena. C'est dans une intention bien définie qu'elle avait modelé la petite figure de cire, qu'elle avait prononcé les formules magiques et percé le cœur de l'effigie avant de la faire fondre. *Le même jour, Arlena était morte.* La sorcellerie a tourné la tête de gens plus âgés et plus sages que Linda. Oui, j'en suis certain, elle était convaincue qu'elle avait tué sa belle-mère par ses pratiques magiques.

— Pauvre gosse! fit Rosamund Darnley. Moi qui croyais... qui me figurais... tout autre chose. Je pensais qu'elle savait...

Elle s'interrompit.

— Je sais, dit Poirot, ce que vous pensiez. En fait, votre attitude a ajouté aux angoisses de Linda. Elle croyait avoir tué sa belle-mère et elle était persuadée que vous la saviez coupable. Christine Redfern, en outre, s'appliquait à l'affoler. C'est elle qui lui suggéra l'idée qu'avec des somnifères, elle expierait son crime rapidement et sans souffrance. Le capitaine Marshall ayant un alibi, il fallait trouver un coupable. Peut-être Redfern et Christine l'auraient-ils cherché ailleurs s'ils avaient été au courant des manigances des trafiquants de drogue, mais ils les ignoraient, et c'est sur Linda que leur choix se fixa.

— Quelle infamie!

— Oui. Christine était un monstre. Cruel et implacable. Capable de tout...

Après un court silence, il reprit :

— Pour moi, j'étais donc très embarrassé. Linda s'en était-elle tenue à son ridicule essai d'envoûtement ou la haine l'avait-elle poussée plus loin, jusqu'à un véritable assassinat? La question se posait. J'essayai de confesser Linda. Ce fut un échec. Et, à ce moment-là, je ne savais plus que faire. Weston penchait pour l'hypothèse qui faisait intervenir dans le crime des trafiquants de drogue. Avant d'y souscrire moi-même, je tins à revoir encore une fois toutes les données du problème.

« Voyez-vous, j'avais toutes les pièces de mon « puzzle », de petits faits, isolés mais sûrs, qu'il me fallait assembler en un tableau complet et harmonieux. Il y avait les ciseaux trouvés sur la plage, la bouteille jetée par la fenêtre, un bain que personne ne reconnaissait avoir pris, toutes choses innocentes en elles-mêmes, mais suspectes pourtant. Ce bain, personne ne voulait l'avoir pris. Cette bouteille, personne ne voulait l'avoir jetée! C'est donc que ces petits faits avaient une signification. Les théories impliquant la culpabilité du capitaine, de Linda ou des trafiquants de drogue ne les expliquaient pas. Il fallait pourtant les expliquer. Ils ne pouvaient pas, ces petits faits, ne rien vouloir dire!

« Je repris donc mon hypothèse primitive, celle de la culpabilité de Patrick Redfern.

« Existait-il quelque chose qui permît de considérer cette hypothèse comme plausible? Oui. Le fait que le compte en banque d'Arlena avait littéralement fondu. Cet argent, où était-il passé? Dans la poche de Patrick, c'était sûr. Elle était de ces femmes à qui un beau jeune homme peut toujours soutirer de l'argent, si elle n'était pas de celles qu'on peut faire chanter. Elle était trop exubérante pour avoir des secrets, et je n'avais jamais cru sérieusement à la possibilité d'un chantage. Pourtant, il restait cette conversation qui avait été surprise... Par qui, au fait? *Par la femme de Patrick!* Cette conversation n'existait que par son seul témoignage. L'avait-elle inventée et, si oui, pourquoi? La réponse m'arriva d'un coup, éblouissante : pour expliquer la disparition de l'argent d'Arlena.

« Ainsi, Patrick et Christine étaient tous deux dans l'affaire.

Christine n'avait ni la force physique suffisante pour étrangler Arlena, ni assez de détermination pour le faire. Donc, c'est Patrick qui avait tué... Or, c'était impossible, puisqu'il pouvait justifier de l'emploi de chaque minute de son temps jusqu'à la découverte du corps.

« La découverte du *corps... Le corps...* A quoi diable ce mot me faisait-il songer? A cette conversation que nous avions eue... Les corps sur la plage... *Tous pareils...* A la crique, Patrick Redfern et Emily Brewster avaient vu *un corps* étendu. *Un corps.* Mais était-ce nécessairement celui d'Arlena?... L'immense chapeau de carton vert cachait la tête...

« Oui, ce pouvait être quelqu'un d'autre... Pourtant, non, puisqu'il n'y avait qu'un cadavre! Celui d'Arlena. Alors? Etait-il possible que le corps étendu sur la plage eût été *un corps vivant*? Est-ce que ce pouvait être Arlena, décidée par Patrick à se prêter à on ne sait quelle mystification? Ce fut ma première idée, mais je la repoussai tout de suite. Trop risqué. Ce corps vivant, à qui pouvait-il appartenir? Quelle femme avait pu consentir à aider Redfern? La question ainsi posée dictait la réponse : sa femme. Évidemment. Oui, mais c'était une créature à la peau blanche et laiteuse... Seulement, il existe des teintures brunissantes qui s'appliquent en deux minutes. Ça se vend en flacons... en bouteilles. Flacon ou bouteille, je retrouvais une autre pièce de mon « puzzle ». Oui... Et, ensuite, naturellement, avant d'aller au tennis, un bain... Pour faire disparaître cette teinture indiscrète... Et les ciseaux?... Il les fallait pour découper cet immense chapeau de carton, un encombrant accessoire dont il n'y avait pas d'autre moyen de se débarrasser. Seulement, on fut obligé de faire très vite et les ciseaux restèrent sur la plage. Le seul oubli des assassins.

« Mais, pendant tout ce temps, où était Arlena? Ici, j'avais une indication assez nette. Je savais, parce qu'elles usaient du même parfum, que Rosamund Darnley ou Arlena Marshall avait séjourné dans la grotte aux Lutins. Comme ce n'était certainement pas Rosamund Darnley, ce ne pouvait être qu'Arlena. C'est là évidemment qu'elle s'était cachée pour attendre le départ des « gêneurs ».

« Les choses s'éclaircissaient peu à peu. Emily Brewster hors de vue, Patrick Redfern avait pu commettre son crime en toute tranquillité. Arlena avait été tuée après midi moins le quart. Le témoignage du médecin légiste ne concernait que l'heure la plus éloignée à laquelle la mort pouvait remonter. C'est parce qu'on le lui avait dit que Neasdon acceptait qu'Arlena fût morte à midi moins le quart. Mais il avait fait à Weston des réserves significatives.

« Deux points encore restaient à préciser. Le témoignage de Linda Marshall fournissait un alibi à Christine Redfern. Oui, mais la valeur de la déposition dépendait des heures données par la montre de Linda. L'alibi tombait si l'on pouvait prouver que Christine avait eu par deux fois la possibilité de toucher à la montre de Linda. Je n'eus pas de mal à en acquérir la certitude. Elle s'était trouvée seule, le matin, dans la chambre de Linda, et, qu'elle eût à ce moment-là avancé la montre de la jeune fille, j'en avais une preuve indirecte. Linda, dans sa déposition, nous avait dit, parlant de son rendez-vous avec Christine : « J'avais peur d'être en retard », mais qu'elle s'était aperçue, en jetant un regard sur la pendule du hall, qu'il n'en était rien et qu'il était seulement dix heures vingt-cinq. L'autre moment où Christine put « trafiquer » la montre de Linda fut évidemment celui où Linda l'avait quittée pour aller se baigner.

« L'autre point, c'était la question de l'échelle. Christine nous avait toujours dit qu'elle était sujette au vertige. C'était encore un mensonge soigneusement préparé. Nous verrons ça tout à l'heure...

« Ma mosaïque était maintenant achevée, toutes les pièces de mon « puzzle » trouvaient leur place. Mais, par malheur, je n'avais pas l'ombre d'une preuve. Il ne s'agissait que d'un raisonnement. Tout restait dans mon cerveau.

« C'est alors qu'une idée me frappa. Il y avait dans ce crime une sorte d'assurance extraordinaire. L'assassin n'avait pas eu une hésitation, pas eu un moment d'incertitude. Il me sembla qu'il ne se ferait pas faute à l'avenir de recommencer, ce qui m'amena à m'interroger aussi sur son passé. Il était parfaitement possible que ce ne fût pas là son premier crime. La méthode employée, l'étranglement, était bien dans le caractère de Patrick Redfern, par moi catalogué dès l'origine parmi les assassins qui tuent par plaisir autant que par intérêt. J'étais sûr, s'il avait déjà tué, qu'il avait recouru au même procédé, ce qui m'incita à demander à l'inspecteur Colgate une documentation sur les femmes assassinées par strangulation en ces dernières années. Les renseignements qu'il me remit me comblèrent de joie. La mort de Nellie Parsons, trouvée étranglée dans les bois, pouvait être ou ne pas être l'œuvre de Patrick Redfern, mais celle d'Alice Corrigan m'apportait ce que j'attendais. C'était, par essence, le même crime. Un meurtrier qui jonglait avec le temps, *s'arrangeant pour que son forfait parût avoir eu lieu non pas avant le moment où il a été réellement commis, mais après*, un cadavre trouvé à quatre heures et quart, un mari dont l'alibi va jusqu'à quatre heures vingt-cinq et au-delà...

« En réalité, que s'était-il passé? Il avait été admis que Corrigan, attendant sa femme à l'*Auberge du Grand Pin, avait fait les cent pas dans le voisinage*. A la vérité, il avait couru à toutes jambes au rendez-vous qu'il avait donné à sa femme, en plein bois, il l'avait tuée et était revenu à l'auberge. La jeune campeuse qui avait découvert le crime et prévenu la police était une jeune fille très bien, répétitrice dans un collège réputé. Aucune relation apparente entre elle et Edward Corrigan. Il lui avait fallu faire un certain chemin pour aller au commissariat, et c'est seulement à six heures moins le quart que le médecin légiste avait pu examiner le corps. Comme c'est l'usage en pareil cas, il avait sans hésitation accepté comme étant l'heure de la mort celle où on lui avait dit avoir trouvé le cadavre.

« Il me restait à faire une dernière expérience, celle qui me prouverait définitivement que Mrs. Redfern mentait. J'organisai notre petite excursion à Dartmoor. Les gens à qui la tête tourne lorsqu'ils sont sur une hauteur se sentent encore bien moins à leur aise quand il s'agit de franchir une passerelle sous laquelle on aperçoit de l'eau courante. Miss Brewster, qui est vraiment sujette au vertige, chancela au milieu de la traversée. Christine Redfern, qui ne se méfiait pas, passa sans hésitation. Petit détail, mais expérience probante. Et décisive : il était sûr qu'elle avait menti une fois, tous les autres mensonges présumés étaient des mensonges probables. Entre-temps, Colgate soumettait à ses collègues du Surrey la photographie que vous savez. Nous avions toutes les certitudes souhaitables. Je jouai ma partie de la seule façon qui, je crois, pouvait enlever la victoire. Après avoir donné à Redfern le sentiment d'une absolue sécurité, je me suis brusquement déchaîné contre lui, faisant de mon mieux pour lui faire perdre son sang-froid. Il a réagi comme je l'espérais quand il a appris que nous l'avions reconnu comme étant Corrigan!

Il promena sur son cou encore douloureux une main soignée et dit avec gravité :

— Ce que j'ai fait était très dangereux, mais je ne le regrette pas, puisque j'ai triomphé. Je n'ai pas souffert en vain.

Mrs. Gardener poussa un long soupir.

— Vraiment, monsieur Poirot, dit-elle, je vous ai écouté avec ravissement! Cette façon dont vous obtenez vos résultats... Ça m'a passionnée d'un bout à l'autre comme aurait pu le faire une conférence à l'Institut criminologique... Mais est-ce que ce n'était pas une conférence? Et dire que mon peloton de laine rouge et notre conversation sur les bains de soleil ont joué un rôle dans l'affaire! Non, vraiment, ce que je ressens ne peut pas s'exprimer avec des mots, et je suis sûre que Mr. Gardener pense comme moi. N'est-ce pas, Odell?

— Oui, ma chérie, dit Mr. Gardener.

— Mr. Gardener, lui aussi, m'a été utile, dit Poirot. Je voulais l'opinion d'un homme raisonnable sur Mrs. Marshall. C'est la sienne que j'ai sollicitée.

— Vraiment? dit Mrs. Gardener. Et qu'est-ce que tu as dit d'elle, Odell?

— Mon Dieu, ma chérie, répondit Mr. Gardener avec embarbarras, tu sais que je n'ai jamais pensé beaucoup de bien d'elle...

— Les maris disent toujours à leur femme des choses de ce genre-là, dit Mrs. Gardener. Et M. Poirot lui-même se sent plutôt indulgent pour elle, allant jusqu'à nous raconter qu'elle était une victime désignée et prédestinée! Il faut pourtant reconnaître que ce n'était pas du tout une femme distinguée, et j'ajouterai — puisque le capitaine Marshall n'est pas là, je puis bien le dire — qu'elle m'a toujours fait l'effet d'une sotte. Je l'ai souvent dit à Mr. Gardener. N'est-ce pas, Odell?

— Oui, ma chérie, dit Mr. Gardener.

2.

Linda Marshall était assise près d'Hercule Poirot, à la roche aux Mouettes.

— Bien sûr, dit-elle, je suis contente de n'être pas morte. Seulement, monsieur Poirot, c'est tout de même comme si je l'avais tuée, puisque j'en ai eu l'intention!

Hercule Poirot protesta avec énergie.

— Mais non, ce n'est pas du tout pareil! L'intention est une chose, l'action en est une autre! Si vous vous étiez trouvée dans votre chambre en présence, non pas d'une petite figurine de cire, mais de votre belle-mère, ligotée et impuissante, si vous aviez eu à la main, non pas une épingle, mais un poignard, croyez-vous que vous le lui auriez enfoncé dans le cœur? Jamais de la vie! Quelque chose vous aurait dit « non »!... Et tout le monde est comme ça! Je suis furieux contre un stupide imbécile. Je dis : « J'aimerais lui coller un coup de pied! » Mais, comme il n'est pas là, c'est à ma table que je donne le coup de pied, en disant à part moi : « Cette table représente mon stupide imbécile, et voilà pour lui ! » Si je ne me suis pas fait trop mal au pied, ça me soulage, et la table, elle, ne s'en porte pas plus mal. Mais, si le stupide imbécile était là, je ne donnerais pas le coup de pied. Fabriquer une petite poupée de cire et lui transpercer le cœur, c'est bête, c'est enfantin... mais ça peut être utile. Il y avait de la haine en vous, vous l'avez mise dans la petite poupée et, avec l'épingle, vous avez tué, non pas votre belle-mère, mais la haine que vous lui portiez. Après, même sans avoir entendu parler de sa mort, vous vous êtes sentie purifiée... Ce n'est pas vrai? Vous ne vous êtes pas trouvée plus légère, plus heureuse?

— Si, c'est vrai. Comment le savez-vous?

— Je le sais. Et, puisque j'ai vu juste, il ne faut plus retourner toutes ces idées dans votre petite cervelle... Et il faudra aussi vous arranger pour ne pas détester votre prochaine belle-mère!

L'enfant ouvrit de grands yeux.

— Vous croyez que je vais avoir une nouvelle belle-mère?... C'est Rosamund que vous voulez dire?... Eh bien! tant mieux!

Elle réfléchit cinq secondes et dit :

— Au moins, elle, elle est *raisonnable*!

L'adjectif n'était pas celui que Poirot aurait choisi. Mais sans doute prenait-il dans la bouche de Linda la valeur d'un éloge exceptionnel.

3.

— Dites-moi, Rosamund, demanda Kenneth Marshall, est-ce que vous ne vous étiez pas fourré dans la tête cette idée folle que je pouvais avoir tué Arlena?

Rosamund Darnley baissa le front et répondit :

— Je crois que j'ai été assez bête pour ça!

— Je m'en doutais!

— Mais aussi, Ken, c'est votre faute! Vous êtes toujours fermé comme une huître! Je n'ai jamais connu vos véritables sentiments pour Arlena. Je n'ai jamais su si vous l'acceptiez telle qu'elle était, avec le seul souci de vous comporter correctement à son égard, ou, au contraire... si vous aviez en elle une confiance aveugle. Et j'ai pensé que, dans ce dernier cas, si vous aviez tout d'un coup découvert la façon dont elle se conduisait, vous pouviez être devenu fou de rage! L'écho de certains de vos éclats m'était venu aux oreilles. Vous êtes toujours très flegmatique, mais vous avez des colères terribles.

— Alors, vous avez pu croire que je l'avais prise à la gorge et que j'avais serré... serré?

— Euh... Enfin... Oui, je l'ai cru. Votre alibi, voyez-vous, ne me paraissait pas d'une solidité à toute épreuve. C'est même pour ça que je me suis brusquement décidée à vous donner un coup de main, imaginant une histoire stupide pour pouvoir raconter que je vous avais vu taper à la machine dans votre chambre. Quand vous avez déclaré que, de votre côté, vous m'aviez aperçue... Eh bien, j'en eus la quasi-certitude! D'autant plus qu'il y avait, pour me fortifier dans cette conviction, l'attitude bizarre de Linda...

Kenneth soupira.

— Vous vous rendez compte, demanda-t-il, que, si j'ai prétendu vous avoir aperçue dans la glace, c'est pour donner du poids à votre histoire?... Parce que je pensais que vous aviez, vous, besoin qu'elle fût confirmée?

Elle le regarda, stupéfaite.

— Vous ne vous imaginiez pas que j'avais tué votre femme?

Il répondit, mal à l'aise.

— Vous ne vous souvenez pas, Rosamund, de ce gosse que vous avez à moitié tué, un jour, à propos de votre chien? Vous l'aviez pris à la gorge et il a fallu vous l'arracher des mains!

— C'était il y a des années!

— Je sais.

— Et puis, pourquoi aurais-je tué Arlena?

Il marmonna des mots indistincts.

— Prétentieux que vous êtes, dit-elle. Vous supposez peut-être que je l'avais tuée, par bonté d'âme, pour vous épargner la peine de le faire... ou parce que je désirais vous épouser?

Il protesta avec indignation.

— Jamais de la vie! Mais vous vous rappelez ce que vous m'avez dit, certain jour, à propos de Linda... et du reste. Il m'a semblé, ce jour-là, que mon sort ne vous était pas indifférent...

— Je n'ai jamais prétendu le contraire.

— Je le sais, fit-il gravement...

Après un silence, il dit :

— Voyez-vous, Rosamund, je ne suis pas orateur, je m'explique mal, mais je voudrais que ceci fût bien clair. Arlena, je l'avais peut-être aimée un peu, au début, mais je ne l'aimais plus. La vie de tous les jours, auprès d'elle, était une dure épreuve pour les nerfs. En fait, l'enfer! Pas par sa faute, non! C'était une créature sans cervelle, elle allait d'un homme à un autre — c'était plus fort qu'elle — et la plupart, finalement, se moquaient d'elle et lui faisaient de la peine. Je considérais que je ne pouvais pas être celui qui lui porterait le dernier coup. Je l'avais épousée, c'était à moi de veiller sur elle de mon mieux. Je crois qu'elle s'en apercevait et m'en gardait quelque reconnaissance. Il y avait quelque chose de pathétique dans son cas...

Il se tut.

— Je vous remercie, dit la jeune femme de sa voix douce. Maintenant, j'ai compris.

Il dit à mi-voix, sans la regarder :

— Vous êtes très forte, vous, quand il s'agit de comprendre!

Elle sourit, un peu ironique.

— A propos, fit-elle, est-ce tout de suite que vous allez me demander en mariage ou avez-vous décidé de ne le faire que dans six mois?

La pipe de Kenneth lui tomba des lèvres et alla se casser en bas, dans les rochers.

— Zut! lâcha-t-il. Ça fait la deuxième pipe que je perds ici et je n'en ai pas apporté une troisième!... Comment diable savez-vous que je m'étais donné six mois?

— Parce que c'est le délai convenable. Mais j'aimerais mieux que notre décision fût prise tout de suite. D'ici six mois vous pourriez rencontrer une autre créature persécutée et vous précipiter pour jouer encore une fois les Don Quichotte!

Il rit.

— Cette fois, Rosamund, la créature persécutée, ce sera vous! Vous allez lâcher votre satanée maison de couture et nous irons nous installer à la campagne!

— Ne savez-vous pas que je tire chaque année d'assez jolis revenus de cette satanée maison de couture? Et ignorez-vous que c'est *ma* maison, que je l'ai créée, faite de mes mains et que j'en suis fière?... Vous avez une certaine audace de venir me dire : « Ma chère, lâchez-moi tout ça! »

— J'ai cette audace-là, parfaitement.

— Et vous croyez que je tiens assez à vous pour tout lâcher?

— Sinon, fit-il avec un sourire, vous ne m'intéressez pas!

Elle dit doucement :

— Mon cher Kenneth, toute ma vie, j'ai eu envie de vivre avec vous à la campagne. Et voilà que mon rêve va se réaliser!...

Meurtre au champagne

Sparkling Cyanide

Traduction et adaptation
de Michel Le Houbie

Six personnes pensaient
à Rosemary Barton,
morte depuis près d'un an...

Première partie
Rosemary

Chapitre premier
Iris Marle

I.

Iris Marle pensait à sa sœur Rosemary.

Pendant près d'un an, elle s'était délibérément efforcée de bannir de sa mémoire l'image de Rosemary. Elle ne voulait pas se souvenir.

C'était trop pénible, trop affreux.

Ce visage tout bleu, ces mains raidies, avec leurs doigts crispés...

Le contraste entre cette vision et la Rosemary de la veille, si adorablement gaie... C'est-à-dire, peut-être pas exactement *gaie*... Elle venait d'avoir la grippe, elle était déprimée, abattue. Cela, on l'avait souligné à l'enquête. Et c'est un point sur lequel Iris elle-même avait insisté. Il expliquait le suicide de Rosemary, n'est-ce pas?

L'enquête close, Iris s'était appliquée à chasser tout cet événement de son esprit. A quoi bon se rappeler? Mieux valait oublier...

Oublier cette horrible affaire...

Mais, maintenant, elle s'en rendait compte, *il fallait se souvenir*... Penser fortement au passé... Faire renaître les plus petites choses, même celles qui paraissaient n'avoir pas d'intérêt...

Cette extraordinaire conversation d'hier soir, avec George, le commandait.

La chose avait été si inattendue, si bouleversante... Au fait, avait-elle été *vraiment* inattendue? Certains signes ne la laissaient-ils pas prévoir? L'air chaque jour plus préoccupé de George, par exemple, sa distraction, ses façons inexplicables et... mon Dieu, oui, c'était le mot, sa *bizarrerie*... Tout cela étrange...

Et, hier soir, l'ayant appelée dans le bureau, il avait tiré ces lettres de son tiroir...

Non, maintenant, elle ne pouvait pas faire autrement. Il fallait qu'elle pensât à Rosemary. *Qu'elle se souvînt.*

Rosemary... Sa sœur...

Avec étonnement, Iris s'avisait soudain que c'était la première fois de sa vie qu'elle pensait à Rosemary. Du moins, qu'elle pensait à elle objectivement, *comme à quelqu'un.*

Elle avait toujours accepté Rosemary sans rien se demander à son propos. On ne pense pas à sa mère, à son père, à sa sœur ou à sa tante. Ils existent, voilà tout. En cette seule qualité. On ne se pose pas de questions à leur sujet.

On ne pense pas à eux *comme à des gens.* On ne se demande même pas *qui* ils sont.

Rosemary, qui était-elle?

Il pouvait devenir, maintenant, très important de le savoir. De cette connaissance pouvaient dépendre bien des choses. Iris tourna résolument sa pensée vers le passé.

Elle se revit enfant.

Avec Rosemary, son aînée de six ans.

Des morceaux de passé lui revenaient. Des tableaux fugitifs, des scènes rapides.

Elle se revoyait toute petite, en train de déjeuner : du pain trempé dans du lait. Rosemary, avec ses tresses, prenait des airs importants : elle avait des devoirs à faire.

Puis, c'était le bord de la mer, en été. Iris enviait Rosemary qui était « une grande » et qui savait nager.

Puis, Rosemary pensionnaire, ne revenant à la maison qu'aux vacances.

Ensuite, elle se revit elle-même en pension. Rosemary, elle, allait terminer ses études à Paris. Elle partait écolière, gauche, tout en bras et en jambes. Et elle rentrait transformée. Une Rosemary nouvelle, surprenante, élégante, gracieuse, parlant d'une voix douce et marchant avec un onduleux balancement du buste. Elle avait de beaux cheveux châtains, tirant sur l'acajou, et de grands yeux bleu sombre, frangés de longs cils noirs. Une magnifique créature, qui semblait se mouvoir dans un monde tout différent de celui d'Iris.

A partir de ce moment, elles se virent très peu. Jamais l'écart de six ans qui les séparait ne devait paraître plus considérable.

Iris était toujours au collège. Rosemary épuisait les plaisirs de la « season ». Même quand Iris se trouvait à Londres, elles demeuraient loin l'une de l'autre. La vie de Rosemary? Grasses matinées, dîners avec des amies, comme elle très mondaines, et bal presque tous les soirs. Iris, elle, restait dans la salle d'étude avec « Mademoiselle », la gouvernante française, se promenait avec elle dans Hyde Park, dînait à neuf heures et, à dix, gagnait son lit.

Les relations entre les deux sœurs se limitaient à l'échange de courtes répliques, telles que : « — Iris, tu voudrais m'appeler un taxi? Tu serais un amour! Je vais être terriblement en retard! » ou bien : « — Je n'aime pas ta nouvelle robe, Rosemary. Elle ne te va pas. Il y a trop de garnitures! »

Puis, Rosemary s'était fiancée à George Barton. Période d'agitation : courses dans les magasins, monceaux de paquets, toilettes des demoiselles d'honneur.

Au mariage, marchant dans la nef derrière Rosemary, elle entend murmurer :

— Quelle ravissante mariée elle fait!

Pourquoi Rosemary avait-elle épousé George? Même à l'époque, Iris fut vaguement surprise de cette union. Tant de jeunes gens charmants appelaient Rosemary au téléphone et sortaient avec elle! Pourquoi choisir George Barton, son aîné de quinze ans? Gentil, agréable, mais si incurablement triste!

George était riche, mais elle ne l'épousait pas pour son argent. Elle en avait. Beaucoup.

L'argent de l'oncle Paul...

Iris s'interrogeait scrupuleusement, essayant de séparer ce qu'elle savait maintenant de ce qu'elle savait alors. Pour l'oncle Paul, par exemple?

Il n'était pas réellement leur oncle, cela elle le savait depuis toujours. Bien que manquant d'explications précises, elle n'ignorait pas que Paul Benett avait été très épris de leur mère, mais que celle-ci lui préféra un homme moins riche. Le délaissé se comporta de façon très romanesque. Il resta l'ami de la famille. Il garda pour leur mère la respectueuse dévotion d'un amoureux platonique. Il devint le parrain du premier enfant du ménage, Rosemary, et fut l'oncle Paul.

A sa mort, on découvrit qu'il laissait sa fortune entière à sa filleule, âgée de treize ans à l'époque.

Indépendamment de sa beauté, Rosemary était un « parti intéressant ».

Elle épousa l'aimable et triste George Barton. Pourquoi? Iris se le demanda sur le moment, elle se le demandait encore maintenant. Elle ne croyait pas que Rosemary eût jamais été amoureuse de lui. Mais elle semblait très heureuse avec lui et elle l'aimait bien. C'est ça, elle l'aimait bien. Iris était placée pour le savoir : un an après ce mariage, leur mère, Viola Marle — si gentille et si fragile — mourut, et Iris, à ce moment-là une jeune fille de dix-sept ans, était allée vivre avec Rosemary et son époux.

Une jeune fille de dix-sept ans. Iris essaya de se retrouver à cet âge. A quoi ressemblait-elle? Quels étaient ses sentiments, ses pensées?

Elle en vint à tenir cette jeune Iris Marle pour pas très intelligente. Elle ne pensait à rien et prenait les choses comme elles venaient. Avait-elle, par exemple, éprouvé quelque dépit de la préférence maternelle pour Rosemary? Tout considéré, il lui semblait bien que non. Elle accepta de bonne grâce l'idée que Rosemary était celle « qui comptait ». Il était naturel que la maman s'intéresse surtout à sa fille aînée. Le tour d'Iris arriverait un jour. Viola Marle fut une mère un peu lointaine, très préoccupée de son état de santé, se déchargeant de ses enfants sur des nurses, des institutrices, des collèges, mais toujours adorable avec elles dans les rares moments où elle venait à les rencontrer. Quand Hector Marle mourut, Iris avait cinq ans. Il buvait plus que de raison. Elle le savait, mais impossible de se souvenir d'où lui venait ce pénible renseignement.

A dix-sept ans, Iris acceptait la vie assez passivement. Après l'enterrement de sa mère, encore tout habillée de deuil, elle était venue avec Rosemary et George dans leur demeure d'Elvaston Square et y vivait depuis.

L'existence y manquait souvent de gaieté. Il lui fallait attendre un an pour avoir l'âge d'aller officiellement dans le monde. Elle prenait des leçons de français et d'allemand et suivait des cours d'enseignement ménager. A certaines heures elle n'avait rien à faire et personne à qui parler. George, toujours gentil, lui portait une affection véritablement fraternelle. Son attitude envers elle n'avait jamais changé. Elle était encore la même aujourd'hui.

Et Rosemary?... Iris la voyait très peu. Rosemary sortait beaucoup : couturiers, « coktail-parties », bridges...

A la réflexion, que savait-elle *réellement* de Rosemary? De ses goûts, de ses espoirs, de ses craintes?... C'est effrayant, vraiment, que l'on puisse savoir si peu de chose de ceux auprès de qui l'on vit!

Il fallait réfléchir encore. Il était indispensable de se souvenir. Ce pouvait être si important!...

Certainement, Rosemary *avait l'air* d'être heureuse...

Qu'elle fût heureuse, on pouvait le croire jusqu'au jour où...

C'était une semaine avant... avant « la chose ».

Et ce jour-là, Iris ne l'oublierait jamais. Rien n'était dans l'ombre. Elle retrouvait tout. Tous les mots. Tous les détails : la table d'acajou, qui brillait, la chaise repoussée en arrière, les lettres griffonnées en hâte sur le papier...

Iris ferma les yeux,

Elle revit d'abord son entrée dans le petit salon de Rosemary...

Puis, son arrêt soudain. Sa stupeur...

Assise devant sa table à écrire, Rosemary pleurait. La tête enfouie dans ses bras. De gros sanglots la secouaient. Iris n'avait jamais vu pleurer Rosemary et cette scène la bouleversait.

Bien sûr, Rosemary terminait une vilaine grippe. Elle n'était rétablie que depuis un jour ou deux. Et la grippe, tout le monde le sait, est terriblement déprimante. Tout de même...

D'une voix aiguë, elle avait dit, ou plutôt crié :

— Eh bien, Rosemary, qu'est-ce qu'il se passe?

Rosemary avait levé le front et balayé de la main les mèches qui tombaient sur son visage déformé par les larmes. Très vite, luttant pour se dominer, elle avait répondu :

— Ce n'est rien... Rien du tout!

Puis, ajouté :

— Mais ne me regarde donc pas comme ça!

Et brusquement, passant devant sa sœur, elle était sortie en courant.

Interdite et intriguée, Iris alla vers la table. En tête d'une feuille de papier bleu, couverte de la grande écriture carrée de Rosemary, elle vit son nom.

Pourquoi Rosemary lui écrivait-elle?

Elle lut :

Iris, ma chérie,

Il n'est pas question que je fasse un testament, puisque de toute façon c'est à toi que reviendra mon argent, mais je voudrais que certaines de mes affaires fussent remises à différentes personnes.

A George, les bijoux qu'il m'a donnés et le petit coffret avec des émaux que nous avons acheté ensemble au moment de nos fiançailles.

A Gloria King, mon étui à cigarettes en platine.

A Maisie, mon cheval de porcelaine de Chine qu'elle a toujours admir...

Rosemary avait dû lâcher la plume au moment où les larmes lui emplirent les yeux, car une balafre d'encre suivait le mot inachevé.

Iris resta sur place pétrifiée.

Que signifiait cela? Rosemary n'allait pas mourir? Elle venait d'être bien malade pendant sa grippe. Mais à présent elle était guérie. Et puis on ne meurt pas de la grippe! Ça arrive, mais c'est très rare. Et Rosemary, maintenant, se portait très bien, malgré un peu de faiblesse.

Elle relut le texte et, cette fois, une phrase lui sembla se détacher de l'ensemble, une phrase qui la laissait stupide :

...puisque de toute façon c'est à toi que reviendra mon argent...

Elle lui donnait, cette phrase, la première indication qu'elle eût jamais eue sur les dispositions testamentaires de Paul Bennett. Elle savait, dès son enfance, que Rosemary, ayant hérité la fortune de l'oncle Paul, était riche, alors qu'elle était, elle, relativement pauvre. Mais jamais, jusqu'à ce moment, elle ne s'était interrogée sur ce qu'il adviendrait de la fortune de Rosemary si celle-ci venait à mourir.

Le lui eût-on demandé, elle aurait répondu qu'elle croyait que cet argent irait à George, en sa qualité d'époux, mais elle aurait ajouté qu'il lui semblait ridicule d'imaginer que Rosemary pût disparaître avant George.

Or, là, noir sur blanc, et de la main même de Rosemary! A sa mort, c'était à elle, Iris, que l'argent devait aller... Mais légalement un mari hérite de sa femme, et réciproquement. On n'hérite pas de sa sœur. Fallait-il donc croire que cette disposition se trouvait dans le testament même de l'oncle Paul?... Oui, ce ne pouvait être que cela. C'est l'oncle Paul lui-même, très certainement, qui avait stipulé que sa fortune irait à Iris à la mort de Rosemary. Comme ça, les choses seraient moins injustes... Injustes? Elle s'étonna que cette pensée ait surgi si brusquement dans sa tête. Fallait-il admettre qu'au fond d'elle-même, inconsciemment, elle avait toujours senti l'anomalie de cette disposition?

Étant toutes deux les enfants de la même mère, pourquoi cette préférence?

Oui, sa filleule sans doute...

C'est toujours Rosemary qui avait tout!

Des toilettes, du bon temps, des amoureux et un mari qui l'adorait...

Le seul événement désagréable dans l'existence de Rosemary : cette attaque de grippe. Encore n'avait-elle guère duré plus de huit jours!

Debout près du petit bureau, Iris s'interrogeait. Cette feuille de papier, Rosemary eût-elle souhaité qu'elle restât là?... Pour être vue de tous les domestiques?

Après une minute d'hésitation, elle la prit, la plia en deux et la glissa dans un des tiroirs.

C'est là qu'elle fut trouvée, après la tragique réunion d'anniversaire. Preuve supplémentaire, mais à vrai dire, superflue, elle démontrait que dès ce moment-là, Rosemary, abattue par la maladie, songeait vraisemblablement au suicide.

Dépression nerveuse, consécutive à une attaque d'influenza. Tel fut le mobile allégué à l'enquête. Le témoignage d'Iris contribua à établir son exactitude. Il était bien faible, sans doute, mais on l'accepta parce qu'il était le seul qu'on pût découvrir. La grippe ayant été mauvaise, cette année...

Ni Iris, ni George ne purent suggérer quelque autre raison capable de pousser Rosemary au suicide. *Du moins, à ce moment-là...*

Car, maintenant, réfléchissant à la découverte faite dans le grenier, Iris se demandait comment elle avait pu être aveugle à ce point?

Tout cependant avait dû se passer sous ses yeux.

Un court instant, elle revit en esprit la réunion d'anniversaire et la tragédie qui l'avait marquée. Mais non, il n'y fallait pas penser! C'était fini, terminé. Ces horribles instants, il fallait les laisser de côté. Et aussi l'enquête, le visage torturé de George, ses yeux injectés de sang...

Il fallait en venir tout de suite à sa découverte dans le grenier.

2.

Il y avait à peu près six mois que Rosemary était morte.

Après les obsèques, l'avoué de la famille Marle, un vieil homme très courtois, avec une calvitie étincelante et des yeux remplis d'une malice inattendue, avait eu avec elle un long entretien. Il lui avait exposé avec beaucoup de clarté les dispositions testamentaires prises par Paul Bennett. Rosemary héritait de tous ses biens, à charge pour elle de les transmettre, à sa mort, aux enfants qu'elle pourrait avoir. Si elle venait à décéder sans progéniture, ces biens revenaient à Iris en toute propriété. Il s'agissait, expliqua-t-il, d'une fortune considérable, dont elle pourrait disposer librement lorsqu'elle aurait atteint l'âge de vingt et un ans, ou plus tôt si elle se mariait auparavant.

Pour le moment, la première question à régler était celle de sa résidence. Mr. George Barton se montrait très désireux qu'elle continuât à vivre avec lui. Une sœur du père d'Iris, Mrs. Drake — qui se trouvait dans une situation financière difficile, du fait des frasques de son fils, « la honte de la famille » —, pourrait venir s'installer avec eux et servir de chaperon à la jeune fille.

Iris approuva le projet, contente de voir ainsi résolu un problème qui la préoccupait. Elle se souvenait de la tante Lucilla comme d'une personne d'âge, pas désagréable et à peu près dépourvue de volonté.

La vie reprit dans la maison d'Elvaston Square. George, heureux de conserver auprès de lui la sœur de sa femme, lui témoignait l'affection fraternelle d'un aîné pour sa cadette. Mrs. Drake manquait un peu d'entrain, mais elle se pliait sans discussion à tous les caprices d'Iris. Le temps passait sans heurts...

Et puis, au bout de six mois environ, dans le grenier...

On se servait des mansardes comme de débarras : il y avait là tout un bric-à-brac, de vieux meubles et quantité de valises et de malles.

Un jour, Iris était montée au grenier, après avoir vainement retourné la maison pour mettre la main sur un vieux chandail rouge qu'elle affectionnait. George l'avait suppliée de ne pas s'habiller de noir, Rosemary, lui avait-il affirmé, ayant toujours eu horreur des vêtements de deuil. Iris s'en souvenait et s'habillait donc « comme avant ». Désapprouvée en cela par Lucilla Drake qui, ennemie des « idées modernes », tenait à ce qu'on observât ce qu'elle appelait « les convenances ». Pour sa part, elle portait encore un crêpe, en mémoire d'un mari mort depuis quelque vingt ans.

Iris s'était souvenue d'une malle où l'on avait entassé toutes sortes de vêtements inutiles et, toujours à la poursuite de son chandail, elle en faisait l'inventaire. Elle trouva, lui appartenant, une vareuse beige et une jupe, dont elle avait perdu le souvenir, plusieurs paires de bas, son costume de ski et deux ou trois maillots de bain.

Et puis une vieille robe de chambre de Rosemary, qui, sans doute oubliée, n'avait pas été donnée aux pauvres comme les autres affaires de la morte. C'était une fantaisie assez originale, de coupe presque masculine, avec de vastes poches.

Iris la secoua, constata qu'elle était en excellent état et elle la repliait avec soin pour la remettre dans la malle quand ses doigts, passant sur une poche, firent craquer quelque chose. Elle plongea la main dans la poche et en sortit une feuille de papier, chiffonnée, couverte de l'écriture de Rosemary.

L'ayant défroissée, elle lut :

Mon Léopard adoré, ce n'est pas vrai, tu ne parles pas sérieusement... Ce n'est pas possible!... Nous nous aimons et tu es à moi comme je suis à toi!... Cela, tu le sais comme je le sais et tu sais aussi que nous ne pouvons pas, ni toi ni moi, nous dire gentiment « au revoir! » et nous en aller vers la vie, toi de ton côté, moi du mien! C'est impossible, mon amour, tu le sais. Impossible et impensable. Je t'appartiens, je suis tienne... et tu es à moi pour toujours! Pour toujours!... Je n'ai pas de préjugés et je me moque de ce que diront les gens! Pour moi, il n'y a qu'une chose qui compte : notre amour! Le reste n'existe pas. Nous partirons ensemble... et nous serons heureux!... Tu verras!... Tu m'as dit, un jour, que tu ne pouvais vivre sans moi, que sans moi l'existence ne valait pas d'être vécue... Tu t'en souviens, mon Léopard aimé? Et, aujourd'hui, tu m'écris sans rire qu'il vaudrait mieux qu'on s'oublie... Et cela pour moi, pour ma tranquillité personnelle!... Pour moi! Mais comprends donc, mon amour, que, moi non plus, je ne puis pas vivre sans toi!... J'ai beaucoup de chagrin pour George, qui a toujours été si gentil avec moi, mais je suis sûre qu'il comprendra et me rendra ma liberté... Pourquoi s'obstiner à vivre ensemble lorsqu'on ne s'aime plus? Dieu nous a faits l'un pour l'autre, mon aimé, c'est pour moi une certitude absolue et nous allons être terriblement heureux! Seulement, il faudra avoir du courage! Pour moi, je dirai tout à George moi-même, car j'entends me conduire loyalement envers lui. Mais je ne lui parlerai de rien avant le jour de mon anniversaire.

Je sais, mon Léopard chéri, que je fais ce que je dois faire. Je ne peux pas — tu comprends, je ne peux *pas — vivre loin de toi. Je ne peux pas... Faut-il que je sois bête, hein? pour t'écrire ça tout au long, quand deux lignes auraient suffi :* « *Je t'aime et je ne te laisserai jamais partir!* » *Il faut bien se dire, mon amour...*

Cela s'arrêtait, brusquement inachevé.

Iris, incapable de faire un mouvement, restait sur place, comme pétrifiée, considérant la lettre avec une sorte de stupeur.

Comme on pouvait mal connaître les êtres qui vous sont le plus chers!

Ainsi, Rosemary avait un amant! Elle lui écrivait des lettres passionnées, elle projetait de s'enfuir avec lui...

Mais qu'était-il arrivé?... Cette lettre, après tout, n'avait pas été mise à la poste. Rosemary en avait-elle envoyé une autre?

Et rédigée comment? En fin de compte, que s'était-il passé entre Rosemary et cet inconnu?

« Léopard »! Que les gens sont bêtes quand ils sont amoureux! On imaginerait difficilement plus ridicule que « Léopard »!

Ce « Léopard », qui était-ce? Aimait-il Rosemary comme elle l'aimait?... Probablement. Rosemary était si incroyablement adorable!... Pourtant, d'après la lettre, il estimait qu'il valait mieux « oublier ». Cela donnait à penser... A penser quoi, au fait?... Eh bien, qu'il était *adroit*. Evidemment, il prétendait que cette rupture était nécessaire dans l'intérêt de Rosemary, pour sa tranquillité à elle. Mais, ce genre de discours, est-ce que ce n'est pas celui que les hommes tiennent toujours en pareille circonstance?... Est-ce que ça ne voulait pas plutôt dire que l'inconnu était las de Rosemary?... Sans doute cette aventure représentait pour lui une passade! Peut-être même n'avait-il jamais aimé vraiment Rosemary?... Iris, sans trop savoir pourquoi, avait l'impression que l'homme, quel qu'il fût, était, lui, bien décidé à rompre, et de façon définitive.

Rosemary, pourtant, en jugeait autrement. Rien ne semblait devoir lui coûter. Elle avait pris sa résolution. Définitive aussi...

Et Iris ignorait tout! Elle n'avait rien soupçonné! Elle tenait pour acquis que l'union de George et de Rosemary était heureuse, que Rosemary ne souhaitait rien, n'espérait rien. Et Rosemary ne songeait qu'à s'en aller!... Aveugle, elle avait été aveugle!

Tout de même, cet inconnu, qui était-ce?

Elle réfléchissait avec application, anxieuse de se rappeler. Tant de jeunes hommes gravitaient autour de Rosemary, tant d'admirateurs qui la sortaient et lui téléphonaient dix fois par jour! Aucun ne se détachait du lot. Pourtant, il fallait bien admettre que l'un d'eux ne pouvait être confondu avec tous les autres, que les autres, justement, n'étaient là que pour donner le change. Un seul comptait! Lequel! Iris fronçait les sourcils, perplexe, épluchant soigneusement ses souvenirs.

Deux noms s'imposaient... Oui, ce ne pouvait être que l'un ou l'autre, Stephen Farraday?... Ce devait être lui. Mais qu'est-ce que Rosemary avait bien pu lui trouver de remarquable? Un homme d'aspect sévère, pénétré de son importance... plus tellement jeune! Bien sûr, on disait de lui qu'il était brillant. Un politicien plein d'avenir, que l'on voyait sous-secrétaire d'Etat dans un délai plus ou moins rapproché. Certains même, tenant compte de ses attaches familiales avec les Kidderminster, prédisaient qu'il ferait un jour un premier ministre. Est-ce cela qui avait séduit Rosemary?... Mais non, l'homme était froid et se livrait peu. Comment croire que lui était destinée cette lettre brûlante de passion?... Pourtant, on racontait que sa femme l'adorait et il était bien vrai qu'elle s'était dressée contre toute sa puissante famille pour l'épouser, lui, un petit politicien de rien du tout, riche de ses seules ambitions. Une femme l'avait aimé à la folie, une autre pouvait recommencer... Oui, *il fallait que ce fût Stephen Farraday!*

Parce que, si ce n'était pas Stephen Farraday, c'était Anthony Browne.

Et Iris ne voulait pas que ce fût Anthony Browne!

Il avait été, en vérité, quelque chose comme le chevalier servant de Rosemary, un peu son esclave. Avec, sur son beau visage brun — si sympathique! — une sorte de résignation amusée. Mais la dévotion qu'il portait à Rosemary était trop visible, trop affichée, trop franchement avouée pour cacher quelque chose...

A la mort de Rosemary, il avait disparu. C'était curieux...

Après tout, non, ce n'était pas si curieux. Il voyageait énormément. Il parlait toujours de l'Argentine, du Canada, de l'Ouganda et des Etats-Unis. Iris supposait même qu'il était Américain ou Canadien, bien qu'il n'eût presque pas d'accent. Non, réflexion faite, il n'était pas étrange qu'on ne l'eût pas revu...

C'était Rosemary son amie. Il n'y avait pas de raison qu'il vînt les voir, eux. Il était l'ami de Rosemary. Mais rien de plus... Elle ne voulait pas qu'il eût été plus. Cela lui aurait fait mal. Terriblement mal!

Elle tenait toujours la feuille de papier à la main. Elle la chiffonna en boule. Cette lettre, il fallait la détruire, la brûler...

Mais une sorte d'instinct la retint.

Cette lettre, il pouvait être important de la produire un jour...

Elle défroissa le papier et, descendant à sa chambre, alla le mettre dans son coffret à bijoux.

Il pouvait être important, quelque jour, de pouvoir montrer pourquoi Rosemary s'était donné la mort.

3.

Et après?

C'était ridicule, peut-être, mais il fallait qu'elle continuât à fouiller dans sa mémoire.

Elle en avait fini avec la surprenante trouvaille faite au grenier. Mais elle ne pouvait en rester là.

Car il restait encore la conduite de George, de jour en jour plus étrange. La chose n'était pas nouvelle. Il y a longtemps que lui avaient paru bizarres de menus détails qui s'expliquaient maintenant, à la lumière de l'étonnante conversation d'hier soir. De petites remarques, de petits faits aussi, prenaient aujourd'hui leur signification véritable.

Puis également la réapparition d'Anthony. Et même, c'est d'elle qu'il convenait de s'occuper d'abord, puisqu'elle venait la première dans l'ordre chronologique.

Elle avait suivi de huit jours exactement la découverte de la lettre.

Iris se rappelait bien...

Rosemary était morte en novembre. Au mois de mai suivant, chaperonnée par Lucilla Drake, Iris fit dans le monde sa première sortie officielle. Puis elle avait assisté à des dîners, à des thés, à des bals. Sans d'ailleurs y prendre grand plaisir. Elle attendait mieux et elle était déçue.

Et c'est à la fin du mois de juin, au cours d'un bal assez morne, qu'elle entendit, dans son dos, une voix qui disait :

— Mais, c'est Iris Marle!

Elle s'était retournée, rougissante, et elle avait vu Anthony.

Tony et son ironique sourire...

— Je ne pense pas que vous vous souveniez de moi, avait-il dit. Mais...

Elle l'avait interrompu.

— Oh! mais si, je me souviens de vous! Très bien, même!

— C'est magnifique! Je craignais que vous ne m'eussiez oublié. Il y a si longtemps que je ne vous ai vue!

— C'est vrai. Depuis la partie organisée pour l'anniversaire de...

Elle s'était tue brusquement. Les mots étaient venus à ses lèvres tout naturellement, sans qu'elle y pensât. Les couleurs disparurent de ses joues. Elle était devenue pâle, comme exsangue, et il y avait de la détresse dans ses grands yeux.

— Pardonnez-moi. Je suis une brute de vous avoir rappelé...

La gorge serrée, elle avait dit :

— Ce n'est rien.

Dans sa tête, des phrases couraient : « Pas vu depuis la partie organisée pour l'anniversaire de Rosemary. Pas vu depuis le suicide de Rosemary. Ce suicide auquel je ne veux pas penser. Dont je ne veux pas me souvenir! »

Il avait renouvelé ses excuses, puis avait demandé :

— Voulez-vous m'accorder cette danse?

Elle avait accepté. Pourtant, cette danse qui commençait, elle l'avait déjà promise...

Et elle était partie dans ses bras, à la stupéfaction du jeune danseur qui venait la chercher. Un grand dadais, gauche et encore imberbe, avec un col trop vaste pour son cou trop maigre. Le genre de danseur dont toutes les jeunes filles doivent se contenter, pensait-elle avec un peu de dédain pour les autres « débutantes ». Car, elle, c'est avec un homme qu'elle dansait. L'ami de Rosemary...

Cette réflexion lui avait donné un choc. *L'ami de Rosemary...* Tout de suite, elle revit la lettre. Avait-elle donc été écrite à cet homme avec qui elle valsait?... Il y avait en lui une souplesse, une grâce féline, qui auraient justifié ce petit nom d'amitié de « Léopard »...

— Où avez-vous été tous ces temps-ci? avait-elle demandé.

Il l'avait un peu éloignée de lui pour mieux la regarder. Il ne souriait plus et d'une voix indifférente il avait répondu :

— J'ai voyagé... Pour mes affaires.

Malgré elle, elle avait posé une autre question :

— Et pourquoi êtes-vous revenu?

En souriant, et cette fois d'un ton léger :

— Qui sait?... C'est peut-être pour vous voir, Iris Marle!

Puis, l'attirant contre lui, il l'avait entraînée à travers les couples dans un tourbillon d'une audace folle. Une merveille de précision et d'adresse. Iris se demandait pourquoi, à ce moment-là, elle s'était sentie partagée entre le plaisir et la peur.

Depuis, Anthony faisait partie de sa vie. Elle le voyait au moins une fois par semaine.

Elle le rencontrait dans Hyde Park. Au bal aussi. Ou bien, dans des dîners, elle se trouvait placée, à table, à côté de lui.

Le seul endroit où il ne vînt jamais, c'était la maison d'Elvaston Square. Il mettait tant d'habileté à esquiver les invitations, à les refuser, qu'elle fut quelque temps à s'en apercevoir. Quand elle en fit la remarque, elle s'étonna. Etait-ce parce que Rosemary et lui?...

Et puis, un jour, à sa profonde surprise, George, toujours si discret et si facile à vivre, George lui avait parlé de lui.

— Qui est ce Mr. Anthony Browne, avec lequel on vous voit tout le temps?... D'où le connaissez-vous?

Stupéfaite, elle avait répondu :

— D'où je le connais?... Mais c'était un ami de Rosemary...

— Oui, bien sûr!

La voix de George était triste, son visage douloureux. Elle s'était mise à pleurer.

— Je vous demande pardon, George. Je n'aurais pas dû vous rappeler...

Secouant la tête, il avait dit d'une voix douce :

— Du tout, Iris, du tout!... Je ne tiens pas à ce qu'on l'oublie... Jamais!

Il parlait lentement, avec gravité, et les yeux au sol.

Il la regarda bien en face :

— Je vous demande, Iris, de ne jamais oublier votre sœur!

Elle se sentait la poitrine oppressée :

— Je ne l'oublierai jamais! avait-elle déclaré.

Puis George, sur un autre ton, avait repris :

— Pour ce qui est du jeune Anthony Browne, il se peut que Rosemary ait eu pour lui une certaine sympathie, mais j'ai l'impression qu'elle ne savait pas grand-chose de lui. Vous devez faire attention, Iris. Vous êtes une jeune fille très riche!...

Une angoisse montait en elle :

— Mais Tony... Anthony a lui-même beaucoup d'argent... Quand il est à Londres, il vit au *Claridge*...

George avait souri :

— C'est une maison éminemment respectable... et très chère! Il n'empêche que nul ne me paraît bien connaître Mr. Anthony Browne...

— Il est Américain.

— Peut-être! Mais, dans ce cas, il est assez singulier que l'ambassade se montre si réservée en ce qui le concerne. On ne le voit pas souvent ici, n'est-ce pas?

— Non. Et ça ne m'étonne pas si vous lui avez laissé entrevoir vos sentiments!

Il la rassura d'un geste :

— J'ai vu juste, à ce que je m'aperçois!... Quoi qu'il en soit, Iris, je tenais à vous mettre en garde... Du reste, je vais en toucher deux mots à Lucilla...

— Lucilla!

Il y avait dans le ton un tel dédain qu'il s'était inquiété :

— Est-ce que vous ne vous entendriez plus, toutes les deux? Elle ne ferait pas tout ce qu'elle peut pour que vous n'ayez pas le temps de vous ennuyer?

— Si, si... Elle se donne beaucoup de peine, au contraire!

— Parce que, voyez-vous, mon enfant, s'il en allait autrement, il faudrait me le dire. Nous trouverions quelqu'un d'autre. Quelqu'un de plus jeune, qui serait... comment dire?... plus « à la page »... Je veux que vous vous amusiez, Iris!

— Mais je m'amuse, George, je m'amuse!

— Alors, c'est parfait!... Je ne suis pas très fort moi-même sur le chapitre des divertissements, je ne l'ai jamais été, mais j'entends que vous ayez tout ce que vous pouvez désirer. Veillez-y vous-même... et n'oubliez pas qu'il n'est pas question de faire des économies!

Cela, c'était George tout entier : maladroit jusqu'à la gaffe, mais très gentil.

Conformément à sa promesse — ou à sa menace — il avait donc « touché deux mots » à Lucilla de Mr. Anthony Browne. Mais le destin voulut qu'il eût mal choisi son moment; il était, ce jour-là, à peu près impossible de capter l'attention de la brave dame.

Elle venait de recevoir un câble de son fils, un vaurien qu'elle chérissait et qui ne savait que trop bien comment, à des fins très intéressées, faire vibrer chez sa mère la corde sensible.

Peux-tu, disait le câble, *m'envoyer deux cents livres? Désespéré. Question de vie ou de mort.*

Victor.

Lucilla avait pleuré.

— Victor est un très brave garçon, disait-elle. Il sait combien je suis gênée actuellement, et pour faire appel à moi, il faut qu'il soit dans une situation terrible. J'ai tellement peur qu'il ne se tire une balle dans la tête!

— Il n'y a pas de risque, avait dit George de son ton le plus calme.

— Vous ne le connaissez pas, mais, moi, je suis sa mère et je sais de quoi mon fils est capable! Je ne me pardonnerais jamais de ne pas faire aujourd'hui ce qu'il me demande! Je peux y arriver en vendant mes valeurs...

George Barton soupira :

— Ecoutez-moi, Lucilla. Je vais câbler à mon correspondant de là-bas pour avoir des renseignements précis. Nous saurons très exactement dans quel pétrin Victor s'est fourré... Mais, à mon avis, vous devriez lui faire un peu tirer la langue! Il ne fera rien de bon tant qu'il n'aura pas mangé un peu de vache enragée.

— Vous êtes si dur, George! Le pauvre enfant n'a jamais eu de chance...

George avait là-dessus son opinion. Il la garda pour lui — à quoi bon discuter avec les femmes? — et dit seulement :

— Ruth va s'occuper de ça tout de suite. Nous devrions avoir les renseignements demain...

Lucilla se sentit en partie tranquillisée. George obtint de ramener les deux cents livres à cinquante. Mais, ces cinquante, elle tenait absolument à les envoyer...

Cet argent, Iris le savait, c'est George qui allait le fournir. Il raconterait ensuite à Lucilla qu'il avait vendu ses valeurs. La générosité de George faisait l'admiration d'Iris et elle le lui dit, après le départ de Lucilla.

— Voici comment je vois la chose, avait-il répondu. Dans les familles, il y a toujours une brebis galeuse, quelqu'un qui a sans cesse besoin d'aide... C'est le cas de Victor. Il faudra toujours que l'un ou l'autre se dévoue pour l'entretenir... et ça, jusqu'à sa mort!

— Mais il n'est écrit nulle part que ce quelqu'un, ce doit être vous! Il n'est même pas de *votre* famille!

— La famille de Rosemary est *ma* famille.

— Vous êtes un amour, George! Mais est-ce que je ne pourrais pas, *moi*, faire quelque chose pour lui?... Vous dites toujours que j'ai de l'argent...

— Ma jeune dame, vous ne pouvez rien faire dans cet ordre d'idées jusqu'à l'âge de vingt et un ans, et, si vous avez le moindre bon sens, vous ne commencerez pas à ce moment-là! Je vais vous donner un bon tuyau. Quand un type vous télégraphie qu'il en finira avec l'existence si vous ne lui envoyez pas deux cents livres par retour, dites-vous bien que, neuf fois sur dix, vingt livres suffiront à lui sauver la vie... Vingt livres ou même dix shillings!... On ne peut pas empêcher une mère de lâcher son argent, mais on peut limiter les dégâts. N'oubliez pas ça!... J'ajoute que vous pouvez être bien tranquille : Victor ne se supprimera pas. Les gens qui menacent de se suicider ne le font jamais!

Jamais?... Iris avait pensé à Rosemary. Mais elle avait tout de suite chassé l'idée de son esprit. Ce n'est pas à elle que George songeait, mais à un jeune homme assez peu recommandable qui se trouvait à ce moment-là à Rio de Janeiro.

Au surplus, le plus clair de l'histoire — et, du point de vue d'Iris, c'était une victoire — c'est que les préoccupations maternelles de Lucilla l'avaient empêchée de rien entendre de ce qu'on lui avait dit au sujet des relations d'Iris et d'Anthony Browne...

Elle en vint ensuite à son second problème : le changement d'attitude de George.

Quand avait-il commencé et à quoi fallait-il l'attribuer?

Même maintenant, en y réfléchissant, elle ne pouvait préciser une date. Depuis la mort de Rosemary, George avait eu des moments d'absence. Il était distrait et tombait dans de sombres rêveries. Qu'il parût vieilli, tassé, c'était bien naturel. Mais un jour arriva où ses comportements cessèrent d'être *naturellement* explicables.

C'était, lui semblait-il, peu après leur brève discussion relative à Anthony Browne, qu'elle avait remarqué pour la première fois qu'il la regardait « drôlement », dans une sorte d'hébétude. Il avait pris l'habitude de rentrer tôt de son bureau et de s'enfermer dans son cabinet de travail. Il ne semblait pas qu'il y fît quoi que ce fût. Une fois, elle était entrée et l'avait trouvé, assis à sa table, les yeux fixés droit devant lui, perdus dans le vague. Il avait l'air d'un homme assommé. Mais, quand elle lui avait demandé « ce qu'il avait », il s'était contenté de répondre laconiquement : « Rien. »

Des jours avaient passé. Il allait et venait avec l'allure soucieuse d'un homme rongé de chagrin.

Personne, à vrai dire, n'y avait porté grande attention. Et Iris pas plus que les autres. Il avait des soucis?... Dans les affaires, on en a toujours...

Puis, par intervalles et sans raisons apparentes, il s'était mis à poser des questions. C'est alors qu'elle commença à trouver que ses manières devenaient vraiment « bizarres ».

— Dites-moi, Iris, est-ce que Rosemary vous parlait quelquefois?

Elle l'avait regardé, très surprise, avant de répondre, un peu embarrassée :

— Mais, naturellement, elle me parlait quelque fois... Enfin... Si elle me parlait de quoi?

— Eh bien... d'elle-même, de ses amis, de sa vie! Vous disait-elle si elle était heureuse ou non?... Vous voyez bien...

Elle crut deviner à quoi il pensait. Il devait avoir eu vent du malheureux roman d'amour de Rosemary.

Lentement, elle avait dit :

— Mon Dieu! vous savez, elle ne me racontait pas grand-chose... Elle était toujours si pressée, elle avait toujours tellement à faire...

— Oui... Et puis, vous étiez encore une enfant... Pourtant, elle aurait pu vous dire quelque chose...

Il y avait une prière dans ses yeux. Des yeux de bon chien fidèle.

Mais elle ne voulait pas lui faire de peine. Et puis, après tout, Rosemary ne lui avait rien *dit*.

De la tête, elle fit « non ».

Il avait poussé un soupir et, d'une voix lasse prononça :

— Bah! Ça n'a plus d'importance...

Un autre jour, il lui avait brusquement demandé quelles étaient les meilleures amies de Rosemary.

Iris, après réflexion, avait répondu :

— Gloria King, d'abord. Puis Mrs. Atwell..., Maisie Atwell... Et, enfin, Jean Raymond...

— Etait-elle très intime avec elles?

— Ça, je ne peux pas dire exactement...

— Bien entendu. Mais croyez-vous qu'il y en ait une, dans le nombre, à qui elle aurait pu faire des confidences?

— Vraiment, je n'en sais rien... Mais j'en doute... De quelle sorte de confidences voulez-vous parler?

Immédiatement, elle avait regretté sa phrase. Elle ne s'attendait guère à la réponse de George. Une nouvelle question d'ailleurs.

— Rosemary ne vous a jamais dit qu'elle avait peur de quelqu'un?

— Peur de quelqu'un?

Son étonnement était sincère.

— Oui. Je veux en venir à ceci : Rosemary avait-elle des ennemis?

— Vous voulez dire des *ennemies*...

— Non, non, ce n'est pas de ce genre d'ennemies que je veux parler. J'entends des ennemis, des vrais. Il n'y avait personne, à votre connaissance, qui aurait pu vouloir... la tuer?

La stupéfaction d'Iris était telle que George se sentit un peu honteux de l'avoir provoquée. Rougissant, il avait murmuré :

— Je sais, ça paraît idiot... mélodramatique... Et pourtant, je me demandais...

Deux ou trois jours plus tard, il avait commencé à parler des Farraday.

— Est-ce que Rosemary les voyait beaucoup?

— Ça, je ne sais pas...

— Parlait-elle d'eux quelquefois?

— Non, il ne me semble pas...

— Pourtant, elle était très liée avec eux...

— C'est-à-dire que Rosemary s'intéressait beaucoup à la politique.

— Oui. Depuis qu'elle avait rencontré les Farraday en Suisse. Avant, elle se souciait de politique comme d'une guigne!

— C'est exact. Je crois que c'est Stephen Farraday qui l'y initiait. Il lui prêtait des livres, des brochures...

— Et qu'est-ce que Sandra Farraday pensait de ça?

— De « ça », quoi?

— Eh bien, de... de ces prêts?

Très embarrassée, elle avait dit :

— Je n'en ai aucune idée.

Et George poursuivait :

— Sandra Farraday est une femme très réservée. Elle paraît froide comme de la glace, mais on la dit très éprise de son mari. Elle est de ces femmes qui sont capables d'être jalouses d'une amitié féminine... et de se venger. Comment Sandra Farraday s'entendait-elle avec Rosemary?

— J'ai surtout l'impression qu'elles ne s'entendaient pas. Rosemary trouvait Sandra ridicule. Elle disait qu'elle ressemblait à un cheval — le rapprochement n'est pas si mauvais — et elle ajoutait que ce cheval était bourré de politique comme une poupée est bourrée de son!

George avait émis un vague grognement.

Puis, après un silence :

— A propos, vous voyez toujours beaucoup Anthony Browne?

— Oui, pas mal...

La réponse était donnée d'un ton détaché. Iris attendait une nouvelle mise en garde. Mais George, ce soir, semblait s'intéresser vivement à Anthony.

— Il a beaucoup circulé, je crois. Vous a-t-il déjà parlé de sa vie! Elle a dû être passionnante...

— Il ne m'en a pas dit grand-chose. Mais vous avez raison, il a beaucoup voyagé.

— Pour ses affaires?

— Je crois.

— Et que sont-elles au juste, ses affaires?

— J'ignore.

— Est-ce qu'il ne serait pas dans les industries d'armement?

— Il ne me l'a jamais dit.

— En tout cas, ne lui dites pas que je vous l'ai demandé. Je ne posais la question que parce qu'il a beaucoup fréquenté, l'automne dernier, Dewsbury, qui est le président de l'United Arms Ltd... Rosemary le voyait souvent, n'est-ce pas?

— Oui... Oui, elle le voyait.

— Mais elle le connaissait assez peu. C'était pour elle plutôt une relation qu'un ami. Il l'accompagnait au bal, je crois?

— C'est arrivé.

— Je dois avouer que j'ai été un peu surpris qu'elle l'ait invité à fêter avec nous son anniversaire. Je ne les savais pas si liés...

— Il danse tellement bien!

— Oui, oui... C'est juste...

Un tableau s'imposait à Iris malgré elle. Elle revoyait par la pensée cette soirée d'anniversaire.

Le *Luxembourg,* les lumières voilées, l'orchestre de danse broyant du rythme. Et, autour de la table ronde, sept personnes : elle-même, Anthony Browne, Rosemary, Stephen Farraday, Ruth Lessing, George et, à sa droite, la femme de Farraday, Lady Alexandra Farraday, avec sa chevelure plate, ses narines un peu trop ouvertes et sa voix arrogante.

La soirée avait été joyeuse et, au beau milieu, Rosemary... *Non, non, elle ne voulait pas penser à ça!...* Elle préférait se souvenir de la joie qui l'avait inondée quand Tony lui avait demandé une danse. C'était la première fois qu'elle le rencontrait vraiment. Auparavant, il n'avait été pour elle qu'un nom, une ombre entrevue dans le hall, une silhouette descendant les marches du perron pour accompagner Rosemary jusqu'à un taxi. Depuis, Tony...

Elle avait sursauté, brusquement rappelée à la réalité par la voix de George, reprenant une question qu'elle n'avait pas entendue.

— Curieux, n'est-ce pas, qu'il ait disparu aussitôt après?... Savez-vous où il était passé?

— Je crois qu'il est allé à Ceylan. Ou aux Indes.

— Un voyage dont il n'avait pas soufflé mot, ce soir-là...

— Pourquoi l'aurait-il fait?... Et faut-il vraiment que nous parlions de... de cette nuit-là?

Le visage de George s'était empourpré.

— Non, bien sûr, non... Je vous demande pardon... Invitez donc Browne à dîner un de ces soirs. Je serai content de le revoir.

Iris s'était retirée, enchantée. George s'amadouait.

L'invitation fut transmise et acceptée, mais au dernier moment, Anthony, appelé dans le Nord par ses affaires, avait dû s'excuser.

4.

Vers la fin de juillet, George avait stupéfié Lucilla et Iris en leur annonçant qu'il venait d'acheter une maison de campagne.

Iris avait accueilli la nouvelle avec incrédulité.

— *Acheté* une maison? Mais je pensais que nous allions louer à Goring pour deux mois?

— Il est bien préférable d'avoir sa villa à soi... Nous pourrons aller là-bas en fin de semaine d'un bout à l'autre de l'année...

— Et où est-ce?

— A Marlingham, dans le Sussex. Ça s'appelle *Le Petit Prieuré*... Deux hectares de terrain avec une petite maison datant du début du siècle dernier...

— Mais, si je comprends bien, vous l'avez achetée sans la voir?

— Mais oui!... C'était une véritable occasion... On venait à peine de la mettre en vente et j'ai bondi dessus!

— J'imagine, fit observer Mrs. Drake, que nous n'allons pas manquer de travail! Il faudra changer les papiers.

George l'avait interrompue pour dire négligemment :

— Tout est arrangé déjà!... J'ai demandé à Ruth de faire le nécessaire...

Un silence avait suivi. Ruth Lessing, la secrétaire de George — l'excellente secrétaire de George —, était une manière d'institution qu'il convenait de respecter. Jolie, portant toujours des robes blanches et noires de coupe assez sévère, elle faisait un peu partie de la famille, mais se tenait à sa place et abattait une besogne considérable. Que de fois on avait entendu Rosemary dire : « Laissez Ruth s'occuper de ça! C'est une femme merveilleuse! Je vous en supplie, laissez-la faire! »

De fait, il n'était pas de difficulté dont elle ne vînt à bout, surmontant tous les obstacles avec le sourire et comme en se jouant. Elle gouvernait le bureau de George et on la soupçonnait de gouverner George par-dessus le marché. Elle paraissait n'avoir ni besoins ni désirs.

En cette occasion, pourtant, Mrs. Drake considérait son intervention comme très inopportune.

— Mon cher George, avait-elle dit enfin, je ne mets pas en doute les capacités de Ruth, mais enfin... Dans une maison, voyez-vous, les femmes aiment s'occuper elles-mêmes de la décoration de leur chambre... Vous auriez dû consulter Iris. Je ne parle pas de moi, je sais que je ne compte pas. Mais, pour Iris, c'est très regrettable...

George parut touché.

— Je voulais vous faire une surprise!

Mrs. Drake avait bien été obligée de sourire.

D'ailleurs, Iris ne protestait pas.

— Je m'accommoderai certainement de la couleur des papiers, et je suis sûre que Ruth, qui a tant de goût, les aura admirablement choisis. Ce que j'aimerais savoir, c'est ce que nous ferons là-bas. Il y a un court de tennis, j'espère?

— Bien sûr! Et des links de golf à six kilomètres. A vingt kilomètres, la mer!... Et, ce qui est mieux, nous aurons des voisins.

A mon avis, il vaut toujours mieux aller dans un coin du monde où l'on connaît quelqu'un...

— Et à quoi ressemblent-ils, ces voisins? avait demandé Iris.

George évita de la regarder pour répondre :

— Ce sont les Farraday. Ils habitent de l'autre côté du parc, à moins de deux kilomètres...

Iris écoutait avec une véritable stupéfaction. Tout s'éclairait. Cette histoire de maison de campagne, brusquement achetée et aménagée en hâte, tout cela s'expliquait par le désir de George d'approcher les Farraday. Leurs propriétés se touchant, ils seraient forcés d'entretenir des relations de voisinage. Elles seraient amicales ou distantes, mais elles seraient...

Mais pourquoi George poursuivait-il ainsi les Farraday? Et où voulait-il en venir avec ce plan, d'une réalisation coûteuse et d'un objet mystérieux, au moins pour Iris? Soupçonnait-il Rosemary et Stephen d'avoir été plus que des amis? Fallait-il voir dans sa conduite une manifestation de jalousie rétrospective? Mais que pouvait-il attendre des Farraday? Que pensait-il obtenir d'eux?

Et puis, pourquoi continuait-il à l'assaillir de questions, elle, Iris? Est-ce qu'il ne devenait pas un peu bizarre depuis quelque temps?

Elle commençait à se le demander et elle songeait à ce regard éteint qu'il avait parfois, le soir, et que Lucilla attribuait charitablement à deux ou trois verres de porto excédentaires...

Oui, depuis quelque temps, il devenait étrange. A des périodes d'exaltation que rien ne justifiait, succédaient des moments de complète apathie, durant lesquels il restait assis dans son fauteuil, le regard absent, dans une sorte de torpeur...

On avait donc passé à la campagne la seconde partie du mois d'août. Iris eut tout de suite *Le Petit Prieuré* en horreur. La maison était jolie, bien distribuée et gentiment meublée, les papiers étaient gais — Ruth Lessing ne commettait jamais d'erreur — mais, c'était curieux et un peu effrayant, *l'ensemble demeurait vide. Le Petit Prieuré*, ils ne l'habitaient pas. Ils l'occupaient. Comme des soldats occupent un cantonnement...

Ce qui aggravait les choses, c'est qu'on était esclave de la vie monotone et classique des vacances d'été : réceptions des gens qui venaient du samedi au lundi, tournois de tennis, dîners sans cérémonie avec les Farraday. Sandra s'était montrée charmante. Elle avait été parfaite, les accueillant comme elle devait faire de voisins qui sont déjà des amis. Elle leur avait montré le pays, donné à George et à Iris quelques conseils à propos de leurs chevaux et, dès le premier contact, témoigné à Lucilla la déférence due à une femme de son âge.

Mais, derrière son masque d'affabilité, nul ne pouvait savoir ce qu'elle pensait. Iris disait : « Sandra, c'est un sphinx! »

Stephen, on l'avait vu beaucoup moins. Il était très pris et la politique l'obligeait à s'absenter souvent. Iris croyait qu'il faisait tout ce qu'il pouvait pour éviter les gens du *Petit Prieuré*.

Août passa. Puis septembre. On rentrerait à Londres en octobre.

Au grand soulagement d'Iris, qui espérait d'autre part que, rendu au cadre ordinaire de sa vie, George redeviendrait lui-même.

Et puis, dans la nuit d'hier...

Elle avait été réveillée par de petits coups frappés à sa porte. La pendulette marquait une heure seulement. Elle s'était mise au lit vers dix heures et demie et elle aurait cru qu'il était beaucoup plus tard.

Plutôt que de crier simplement : « Entrez! », elle avait passé un peignoir et était allée à la porte.

Dans le couloir, elle avait trouvé George, en smoking. Il ne s'était pas couché. Sa respiration était irrégulière, son visage d'une pâleur livide.

— Voulez-vous descendre un peu dans le bureau? J'ai besoin de vous parler! J'ai besoin de parler à quelqu'un!

Un peu étonnée et encore à demi endormie, elle l'avait suivie. En bas, la porte fermée, il lui avait offert un siège et s'était lui-même installé à sa table. Puis, ayant poussé vers elle une boîte de cigarettes, il en avait pris une qu'il avait allumée d'une main tremblante, après deux ou trois tentatives infructueuses.

— Qu'est-ce qui ne va pas, George?

Elle se sentait soudain très inquiète. Il avait l'air d'un spectre.

Il parla, par petites phrases haletantes, comme quelqu'un qui vient de courir.

— Je n'en peux plus, Iris!... Je ne peux pas garder ça pour moi seul!... Il faut que j'aie votre avis... Que vous me disiez si c'est vrai... *si c'est possible!*

— Mais, George, de quoi parlez-vous?

— Il n'est pas possible que vous n'ayez *rien vu, rien remarqué*... Elle doit avoir *dit quelque chose*... Il y avait forcément *une raison*...

Elle le considérait avec stupeur.

— Evidemment, avait-il repris, passant sa main sur son front moite, vous ne comprenez pas de quoi je parle, je m'en rends bien compte... N'ayez pas l'air si effrayée, petite fille! Il faut que vous m'aidiez, voilà tout... Il faut que vous vous rappeliez tout ce que vous pouvez... Oui, oui, tout ça vous paraît incohérent... Mais, dans une minute, vous aurez compris... Il suffit que je vous montre les lettres...

Ouvrant un tiroir de son bureau, il en tira deux feuilles de papier.

Deux feuilles d'un bleu innocent, sur lesquelles on avait écrit quelques mots en lettres imitant les caractères d'imprimerie.

— Lisez! avait-il dit.

Les textes étaient clairs, sans ambiguïté :

— Le premier disait :

Vous croyez que votre femme s'est suicidée. C'est faux. On l'a tuée.

Le second :

Votre femme ne s'est pas donné la mort. Elle a été assassinée.

Iris, consternée, releva les yeux sans mot dire.

— J'ai reçu ça il y a environ trois mois, expliqua George. D'abord, j'ai cru à une plaisanterie... à une plaisanterie cruelle et odieuse. Et puis j'ai réfléchi. *Pourquoi Rosemary se serait-elle donné la mort?*

D'une voix sans timbre, comme mécanique, Iris répondait :

— *Dépression nerveuse consécutive à une attaque d'influenza.*

— Je sais. Mais, à l'examen, ça ne tient pas debout! Des tas de gens ont eu la grippe, qui ont été ensuite plus ou moins déprimés. Ils sont toujours là... Alors?

Iris avait fait un effort pour dire :

— Peut-être... Peut-être n'était-elle pas heureuse?

L'hypothèse ne le révoltait pas.

— C'est possible, dit-il avec calme. C'est possible, mais je ne vois pas Rosemary se tuant parce qu'elle était malheureuse. A la rigueur, elle aurait peut-être menacé de le faire... Mais le faire, non!

— *Il faut* pourtant bien qu'elle l'ait fait, George! Il n'y a pas d'autre explication! Et rappelez-vous qu'on a trouvé du poison dans son sac!

— Je sais. On a tout expliqué. Mais, depuis que j'ai reçu ces lettres, j'ai tourné et retourné les choses dans mon esprit et, plus j'y songe, plus je suis convaincu qu'il y a du vrai là-dedans!

Sa main agitait les deux feuilles de papier bleu.

— C'est pourquoi, poursuivit-il, je vous ai posé tant de questions ces temps derniers, pourquoi je vous ai demandé si elle avait des ennemis ou si vous lui aviez jamais entendu dire qu'elle avait peur de quelqu'un. *On ne peut pas l'avoir tuée sans motif!*

— Voyons, George, vous êtes fou!

— Il y a des moments où je le crois... et d'autres où je suis sûr de ne pas me tromper!... De toute façon, *il faut que je sache!* Il faut que je trouve la vérité! Et il faut que vous m'aidiez, Iris!... Il faut penser à ce qui s'est passé... Il faut réfléchir, vous rappeler... C'est ça, *vous rappeler...* Il faut revoir tous les événements de cette nuit-là, les passer en revue... Parce que vous vous rendez bien compte, Iris, que, si elle a été assassinée, *elle a nécessairement été tuée par l'un de ceux qui étaient à table avec nous cette nuit-là.* Vous vous en rendez bien compte?

Il avait bien fallu, cette fois, qu'elle l'admît. Il ne lui était plus permis, maintenant, de chasser loin d'elle le souvenir de l'horrible scène. Elle devait tout se rappeler. La musique, le roulement de tambour, l'électricité qui s'éteint, l'attraction, puis, la lumière revenue, Rosemary, écroulée sur la table, avec un visage tout bleu et convulsé...

Elle frissonna.

Elle avait peur, maintenant. Terriblement peur..

Et pourtant, il fallait penser... réfléchir... se rappeler...

Il fallait se rappeler et ne rien oublier.

Rien...

Chapitre 2.
Ruth Lessing

Ruth Lessing, au cours d'une pause dans une journée bien remplie, songeait à Rosemary Barton, la femme de son patron.

Rosemary, qu'elle avait terriblement détestée. Elle ne réalisa à quel point que ce matin de novembre où, pour la première fois, elle parla avec Victor Drake.

D'ailleurs, cette conversation avec Victor fut le commencement de tout. C'est à ce moment-là seulement qu'elle prit conscience de certaines pensées, de certains sentiments qu'elle ignorait jusqu'alors et qui pourtant...

Elle était dévouée à George Barton. Depuis toujours. Elle connaissait déjà bien son affaire quand, à l'âge de vingt-trois ans, elle vint travailler avec lui. Tout de suite, elle s'était rendu compte qu'il avait besoin d'être pris en main. C'est ce qu'elle avait fait. Elle lui avait épargné du temps, de l'argent, des soucis, choisissant ses amis, l'orientant vers les distractions qui lui convenaient, l'empêchant de se jeter dans des affaires aventureuses, l'encourageant, par contre, en d'autres occasions, à prendre des risques raisonnables. Et jamais, au cours de leur déjà longue association, il ne s'était douté qu'elle était pour lui tout autre chose qu'un sous-ordre, fidèle et zélé, dont il s'imaginait posséder l'absolu contrôle.

Il avait toujours plaisir à la voir. Il aimait le lustre de ses beaux cheveux noirs, ses tailleurs bien coupés, ses chemisiers, les petites perles qui paraient ses oreilles bien ourlées, son visage à peine poudré et le rose atténué de son rouge à lèvres.

Ruth, à son sentiment, était la secrétaire modèle. La perfection. Aussi avait-il l'habitude de l'entretenir assez fréquemment de ses affaires personnelles. Elle l'écoutait gentiment et plus d'une fois elle lui avait donné un bon conseil.

Cependant, elle n'avait été pour rien dans son mariage. Il ne lui avait pas plu, mais elle en prit son parti et, soulageant Mrs. Marle de la plus grande partie de ses préoccupations, elle s'était montrée extrêmement précieuse dans les jours de fièvre qui avaient précédé la cérémonie.

Dans les premiers temps qui suivirent le mariage, les rapports de Ruth avec son patron furent un peu différents. Ne recevant plus de confidences, elle s'occupait exclusivement des affaires du bureau, que George lui abandonnait presque entièrement. Mais Rosemary ne tarda pas à découvrir les extraordinaires qualités de la secrétaire de son mari, qui, agréable et toujours souriante — elle avait maintenant vingt-neuf ans, mais elle restait exactement telle qu'elle était six ans plus tôt —, savait se rendre utile de mille façons. Bientôt elle venait fréquemment déjeuner à Elvaston Square et, à l'exemple de George, Rosemary et Iris l'appelaient Ruth.

George ne lui confiait rien de sa vie sentimentale, mais elle le connaissait trop bien pour que rien lui en échappât. Elle sut quand, aux premières félicités supra-terrestres du mariage, succédèrent des bonheurs plus tempérés, elle sut quand ces mêmes bonheurs firent place à quelque chose de plus malaisé à définir. Elle en fut avertie par des distractions fréquentes de George, par des négligences de détail auxquelles sa prévoyance à elle parait avec sûreté. Et toujours avec une discrétion dont George lui savait gré.

C'est un matin de novembre qu'il lui parla de Victor Drake.

— Ruth, lui dit-il, je voudrais vous charger d'une mission plutôt désagréable.

Elle leva les yeux vers lui, attendant les ordres. Son acceptation allait de soi. Il ne lui paraissait même pas nécessaire de l'exprimer avec des mots.

Dans toutes les familles, poursuivit-il, il y a un mauvais sujet. Le nôtre est un cousin de ma femme et, autant qu'il me semble, une assez franche canaille. Il a à demi ruiné sa pauvre femme de mère, une brave dame aussi sotte que sentimentale qui, par sa faute, a dû vendre les quatre malheureuses valeurs qu'elle possédait. Il a commencé ses exploits à Oxford, en imitant une signature sur un chèque. On a étouffé l'affaire. Depuis, il voyage. On l'a vu aux quatre coins du monde et il n'a rien fait de bon nulle part.

Ruth écoutait, à peine intéressée. Elle connaissait l'espèce. L'homme était de ces gens qui se lancent dans la production intensive des oranges ou l'élevage rationnel des poulets, quand ils n'imaginent pas quelque mirifique combinaison avec les fabricants de viande congelée de Nouvelle-Zélande ou les trappeurs du Grand Nord. Des types qui n'arrivaient jamais à rien, ne restaient jamais longtemps quelque part et s'arrangeaient invariablement pour engloutir l'argent qu'on avait la bêtise de mettre dans leurs entreprises. Ces aventuriers ne lui inspiraient aucune sympathie. Elle préférait les hommes qui réussissent.

— Il est actuellement à Londres, poursuivait George, et je me suis aperçu qu'il s'est mis à embêter ma femme. Elle ne l'a pas vu depuis qu'ils allaient en classe ensemble, mais ça n'a pas empêché le bonhomme de lui écrire pour lui demander de l'argent. Je ne veux pas de ça. J'ai donc pris rendez-vous avec lui pour aujourd'hui. Je dois le voir à son hôtel, vers midi, et j'aimerais que vous y alliez à ma place. C'est, en effet, un individu avec lequel je préfère ne pas entrer en contact. Je ne l'ai jamais vu, je ne veux pas le voir et je ne veux pas qu'il rencontre Rosemary. J'estime que la chose peut se régler comme une affaire. C'est faisable, je crois, à condition que les négociations soient conduites par un tiers.

— C'est évidemment plus sage. Et cet arrangement, on le conclut sur quelles bases?

— Cent livres et son passage pour Rio de Janeiro. L'argent lui sera remis en billets, mais pas avant qu'il ne soit à bord!

— C'est prudent, remarqua Ruth avec un sourire. Vous tenez à être sûr qu'il s'en va...

— Je vois que vous m'avez compris.

— Le cas n'est pas tellement exceptionnel.

— Oh! bien sûr! Il y en a pas mal, hélas! qui sont taillés sur le même modèle!... Au moins, vous êtes certaine que cette... mission ne vous ennuie pas?

— Bien sûr que non! Et je puis même vous garantir que je la mènerai à bien...

— Rien ne vous est impossible, Ruth, il y a longtemps que je le sais!

— Il faudra s'occuper du billet. Au fait, comment s'appelle le... le monsieur?

— Victor Drake. Quant au billet, le voici! J'ai téléphoné ce matin à la Compagnie Maritime. Il partira par le *San-Cristobal*, qui quitte Tilbury demain.

Elle prit le billet, vérifia sa validité d'un coup d'œil, et le mit dans son sac à main.

— Entendu, donc, conclut-elle. Comptez sur moi!... J'y serai à midi. Quelle adresse?

— Il est au *Rupert*, près de Russell Square.

Tandis qu'elle notait l'adresse, il ajouta :

— Vraiment, Ruth, ma chère, je ne sais ce que je deviendrais sans vous!

Affectueusement, il avait mis la main sur son épaule. Un geste qui ne lui était jamais arrivé auparavant.

— Vous êtes mon bras droit. Ou, mieux, un autre moi-même!

Elle rougit, contente.

— C'est vrai, poursuivait-il. Il n'est pas mauvais que je vous le dise une fois! J'ai toujours l'air de considérer comme un dû tout ce que vous faites pour moi, mais je veux que vous sachiez que je me rends très bien compte des choses. En fait, je m'en rapporte à vous pour tout, *absolument tout*, et vous êtes la plus gentille secrétaire du monde entier, la plus charmante et la plus capable!

Riant pour cacher sa joie et sa confusion, elle dit :

— Avec de tels compliments, vous me gâterez!

Il protesta :

— Mais ce ne sont pas des compliments, c'est simplement l'expression de la vérité! Sans vous, je ne sais pas ce que deviendrait la firme!... Mais la vie sans vous est une chose que je ne veux même pas imaginer!

Elle s'en fut toute rayonnante de ces paroles, qui lui sonnaient encore aux oreilles quand elle arriva à l'*Hôtel Rupert*.

La tâche qui lui incombait ne l'effrayait pas et elle était sûre de venir à bout de toutes les difficultés, s'il s'en présentait. Les gens malchanceux et le récit de leurs mésaventures ne l'impressionnaient pas. Elle considérait cette explication avec Victor Drake comme du travail ordinaire, tel que la routine quotidienne lui en apportait chaque matin.

Il était bien tel qu'elle s'attendait à le trouver. Un peu plus sympathique, peut-être... Malgré cela, elle ne se trompa pas sur le personnage et, dès l'abord, le jugea sans erreur. L'homme ne valait pas grand-chose. C'était, sous des dehors agréables, un coquin sans scrupules. Cela, elle s'en avisa tout de suite. Ce qui lui échappa, par contre, c'est qu'il avait le don de lire dans les pensées d'autrui et qu'il savait comme personne émouvoir les gens pour jouer ensuite de leurs sentiments. Peut-être aussi s'illusionna-t-elle sur ses propres forces. Victor savait plaire. Et sans doute son charme, indéniable, agit-il sur elle plus qu'elle ne le croyait possible...

Il l'accueillit avec un air de joyeuse surprise :

— Un émissaire de George!... Quelle chance et quel honneur!

D'une voix assez brève et de son ton le plus officiel, elle lui fit part des termes de l'arrangement proposé par George. Il y souscrit avec beaucoup de bonne grâce :

— Cent livres? fit-il. C'est très honnête!... Ce bon George! Je me serais contenté de soixante... N'allez pas le lui dire, surtout!... Conditions : ne pas importuner l'adorable cousine Rosemary... ne pas donner de mauvais exemples à l'innocente petite cousine Iris... ne pas gêner le digne cousin George... D'accord sur tous les points!... Qui est-ce qui m'accompagne à bord du *San-Cristobal* pour bien s'assurer de l'exil du mauvais sujet?... Vous, mademoiselle Lessing?... J'ai toutes les veines!

Il lui dédiait un sourire aimable. A cause de sa peau très brune et, par une sotte comparaison, elle lui trouva « une tête de torero ». Indiscutablement, il avait du charme. Et il le savait!

Aimable, il demandait :

— Il y a déjà longtemps que vous travaillez avec Barton, n'est-ce pas?

— Six ans.

— Et il ne pourrait pas se passer de vous!... Oh! je suis au courant!... Je vous connais beaucoup mieux que vous ne pensez, mademoiselle Lessing!

— Comment cela se fait-il?

— C'est Rosemary qui m'a renseigné.

— Rosemary?... Mais...

— Ne vous affolez pas. Je n'ai pas l'intention de l'embêter...

D'ailleurs, elle s'est très bien conduite à mon égard... Très bien... Je peux vous dire qu'elle s'est laissé faire de cent livres...

— Vous avez...

Elle ne finit pas sa phrase et il éclata de rire. Elle s'aperçut, peu après, qu'elle riait aussi.

— Ce n'est pas bien, monsieur Drake, dit-elle.

— Mais si, c'est bien! Ça prouve que je connais la musique! J'ai une technique très sûre, très poussée. La maternelle, par exemple, lâchera toujours son fric si je lui envoie un télégramme lui laissant entendre que je suis au bord du suicide...

— Vous devriez avoir honte.

— Mais j'ai honte, mademoiselle Lessing. Je ne vaux pas cher, je le sais! Mais je ne suis pas fâché que vous soyez, *vous*, un peu mieux renseignée sur moi.

— Moi? Mais pourquoi? demanda-t-elle, sa curiosité éveillée.

— Je ne sais pas. Peut-être parce que vous n'êtes pas comme les autres. Avec vous, je ne pourrais pas essayer de mes petits trucs ordinaires... Avec ces grands yeux clairs que vous avez, ça ne prendrait pas!... Non, je vois ça... Avec vous, rien à faire! Vous manquez de pitié.

Le visage de Ruth se durcit :

— Je méprise la pitié.

— Un cœur de pierre, alors?

— Non, mais la faiblesse ne m'inspire aucune sympathie.

— Qui vous a dit que j'étais faible?... Non, ma chère, là, vous vous trompez!... Un peu crapule, peut-être, mais faible, non! Et il y a une chose que je puis dire...

— Et c'est?

La lèvre ironique, elle attendait l'excuse. L'inévitable, la classique excuse, invoquée par tous les ratés.

— C'est, fit-il, que je jouis de la vie. Énormément. Vous savez, Ruth, je commence à bien la connaître, la vie! J'ai tout fait, ou peu s'en faut! J'ai été acteur, magasinier, garçon de café, homme de peine, porteur de bagages, agent de publicité dans un cirque, j'ai navigué sur des bateaux de pêche et j'ai été candidat à la présidence de la République, quelque part en Amérique du Sud! J'ai même été en prison! Il n'y a, en somme, qu'une seule chose que je n'aie jamais faite : une bonne journée de travail honnête!

Il la regardait en riant. Elle sentait qu'elle aurait dû être révoltée, mais elle ne s'indignait pas. Il y avait chez cet homme quelque chose de diabolique. Avec lui, le mal cessait d'être le mal pour devenir quelque chose de drôle, d'amusant.

Devinant ses pensées, il dit :

— Ne faites pas la fière, Ruth! Vous n'êtes pas parfaite, vous non plus, bien que vous ne soyez pas loin de le croire! Vous avez la religion du succès et vous êtes de ces filles qui finissent par épouser le patron!... C'est d'ailleurs ce que vous auriez dû faire avec George, qui n'aurait jamais dû prendre pour femme cette petite bécasse de Rosemary! Celle qu'il devait épouser, c'était vous! Pour lui, ça aurait cent fois mieux valu!

— Vos propos sont de ceux qu'on n'a pas le droit de tenir!

— Rosemary est une sotte et elle l'a toujours été! Jolie comme un cœur et bête comme une oie! Le genre de femme dont on peut tomber amoureux, mais qu'on laisse rapidement tomber. Vous... Vous, c'est autre chose! J'ai idée que si quelqu'un tombe amoureux de vous, il ne se lassera jamais!

Il avait touché le point sensible. Elle réagit avec sincérité :

— *Si!...* Seulement, voilà, ce quelqu'un n'est pas tombé amoureux de moi!

— C'est de George que vous parlez?... Eh bien, je suis tranquille! Qu'il arrive quelque chose à Rosemary et George vous épouse, ça ne fait pas un pli!

Il ajouta :

— Mais vous savez ça aussi bien que moi!

Elle songeait à la main de George posée sur son épaule, aux mots gentils qu'il lui disait d'une voix douce...

Victor, cependant, poursuivait :

— Voyez-vous, Ruth, vous devriez avoir plus de confiance en vous. Rosemary est une sotte et vous pourriez enrouler George autour de votre petit doigt!

Elle fut obligée de s'avouer qu'il avait raison. Si Rosemary n'avait pas été là, rien ne lui aurait été plus facile que d'amener George à la demande en mariage. Et elle savait qu'elle l'aurait rendu heureux...

Une sourde rage montait en elle, tandis qu'elle se découvrait des sentiments passionnés qu'elle ne se connaissait pas. Victor Drake, cependant, la regardait avec amusement. Il aimait mettre des idées dans la tête des gens.

Ou, comme il venait de le faire, leur révéler les idées qu'ils avaient déjà...

. . .

Oui, c'est comme cela que ça avait commencé. Par une conversation toute fortuite avec un homme qui, le lendemain, s'en allait à l'autre bout du monde. La Ruth Lessing qui revint au bureau n'était pas tout à fait celle qui en était partie, encore que rien ne fût changé dans son apparence, non plus que dans ses manières.

Peu après son retour, le téléphone sonna. C'était Rosemary qui demandait son mari. Ruth répondit :

— Mr. Barton vient de sortir. Est-ce que je puis faire quelque chose?

— Oh! Ruth, vous seriez si gentille!... Je viens de recevoir un télégramme du colonel Race. Le vieux crampon ne sera pas rentré à temps pour fêter avec nous mon anniversaire... Voulez-vous demander à George qui il faut inviter à sa place?... Il nous faut absolument un quatrième cavalier, puisque nous serons quatre femmes : Iris, moi, Sandra Farraday et... Qui diable peut bien être la quatrième? Je ne me rappelle plus!

— Il me semble que c'est moi. Vous avez bien voulu m'inviter...

— Mais oui, voyons!... Je vous avais complètement oubliée!

Ruth entendit dans l'appareil le rire clair de Rosemary et ses mâchoires se serrèrent, tandis que ses joues se coloraient de rose vif.

Son invitation à cette partie, c'était une concession à George, une faveur qu'on lui faisait... « Mais oui, nous l'inviterons, ta Ruth Lessing! Elle sera bien contente de venir et, après tout, elle ne s'habille pas trop mal! »

En cette minute, Ruth Lessing sut qu'elle haïssait Rosemary Barton.

Elle la haïssait parce qu'elle était riche, parce qu'elle était jolie, sans soucis et sans cervelle. Pour elle, pas de travail et pas de tracas! Tout lui arrivait sur un plateau d'argent. Elle avait des amoureux à ne savoir qu'en faire, un mari bien dressé, elle était belle, futile, heureuse...

Ruth, reposant le téléphone sur son socle, dit :

— Si seulement tu pouvais être morte!

Ces mots, dits tout haut et presque malgré elle, l'avaient surprise. Cet éclat ne lui ressemblait pas. A l'ordinaire, elle savait se dominer...

Oui, cet après-midi-là, elle comprit qu'elle haïssait Rosemary Barton. Et elle la haïssait encore aujourd'hui, après un an.

Peut-être un jour oublierait-elle Rosemary Barton. Mais ce jour n'était pas encore venu...

Et c'est pourquoi elle s'appliquait à reporter ses pensées vers les événements de novembre.

Elle se revit assise devant le téléphone, le cœur plein de haine.

Elle se revit transmettre à George le message de Rosemary.

Elle avait repris possession d'elle-même et sa voix était calme et posée. Elle offrit même de rendre son invitation. Ainsi, les convives se retrouveraient en nombre pair. Cette suggestion, George l'avait tout de suite repoussée, et de façon définitive.

Le lendemain, elle lui avait rendu compte du départ du *San-Cristobal.* Il sembla soulagé.

— Alors, il est tout de même parti?

— Oui. Je lui ai remis l'argent deux minutes avant qu'on n'enlève la passerelle.

Après une hésitation, elle avait ajouté :

— Il m'a fait au revoir de la main, tandis que le bateau s'éloignait du quai et il a crié : « Embrassez George pour moi et dites-lui que, ce soir, je boirai à sa santé! »

George avait grogné quelque chose, puis demandé ce qu'elle pensait de lui.

— Il est bien tel que je l'imaginais. C'est un faible.

Elle s'était appliquée à parler d'un ton indifférent et George n'avait rien deviné. Il ne s'était pas rendu compte qu'elle aurait voulu lui crier :

— Mais pourquoi m'avez-vous envoyée vers lui? Est-ce que vous ne saviez pas tout le mal qu'il pouvait me faire? Vous ne voyez donc pas que je ne suis plus aujourd'hui celle que j'étais hier? Vous ne comprenez pas que, maintenant, je suis *dangereuse?* Que je ne saurais plus répondre de quoi je suis capable?

Au lieu de cela, elle avait repris sa voix la plus banale pour dire :

— Que fait-on pour la lettre de Sao Paulo?

Elle était redevenue la bonne, l'excellente secrétaire à qui l'on peut se remettre de tout...

Cinq jours avaient passé.

Puis arriva l'anniversaire de la naissance de Rosemary...

Une journée calme au bureau. Une visite au coiffeur. Une robe noire toute neuve. Un maquillage soigné, qui lui faisait un visage un peu différent de son visage de tous les jours. Une figure un peu pâle, un peu triste. Mais résolue.

C'était vrai ce que Victor Drake avait dit d'elle : il n'y avait pas de pitié en elle.

Plus tard, elle avait vu Rosemary écroulée sur la table. Son visage était bleu, déformé par la souffrance. Elle n'éprouva pour elle aucun sentiment de pitié.

Aujourd'hui, onze mois plus tard, elle pensait à Rosemary Barton...

Et elle s'apercevait soudain qu'elle avait peur...

Chapitre 3.
Anthony Browne

Anthony Browne songeait à Rosemary Barton et son front était soucieux.

Un rude imbécile, voilà ce qu'il avait été! Fichue idée d'aller fréquenter cette femme-là! Il avait une excuse, bien sûr : il était un homme et elle fichtrement agréable à regarder! Au *Dorchester*, ce soir-là, il n'avait positivement vu qu'elle! Belle au-delà de toute expression. Mais d'un bête!...

Bête ou pas, il était tombé amoureux d'elle. Terriblement. Il avait dépensé des trésors d'énergie pour dénicher quelqu'un qui pût le présenter. Une erreur qu'il se pardonnait difficilement. C'est pour affaires qu'il était à Londres et il n'aurait pas dû perdre de vue que, s'il jouait les oisifs au *Claridge*, ce n'était pas précisément pour son plaisir!

Oui, il avait oublié ses devoirs. Mais Rosemary Barton était si jolie qu'en toute conscience il ne pouvait décidément pas le regretter! D'abord, être sage *après*, c'est facile! Et puis, tout compte fait, il n'y avait pas eu de dégâts sérieux. Le charme avait commencé à s'estomper dès qu'il lui avait parlé. Tout de suite les choses s'étaient trouvées ramenées à leurs véritables proportions. Il ne s'agissait pas d'amour. Pas même d'un fort « béguin ». Mais simplement d'une petite aventure qui ne devait pas être désagréable aux intéressés. Pas plus, pas moins!

Et de cette aventure, ma foi, il pouvait dire qu'elle lui avait procuré des satisfactions!... A Rosemary aussi, d'ailleurs. Elle dansait comme une déesse et, quand elle entrait quelque part, les hommes n'avaient plus d'yeux que pour elle. Flatteur, ça, pour le monsieur qui lui donnait le bras! Seulement, tout s'effondrait quand elle ouvrait la bouche. A ce moment-là, on remerciait le Ciel de l'avoir donnée en mariage à un autre! Car, une fois qu'on s'était habitué à la perfection de son visage et de son corps, que vous restait-il?... Elle ne savait même pas écouter et le seul moyen de retenir son attention : lui répéter qu'elle était belle et qu'on serait mort pour un baiser d'elle!

Évidemment, il se disait tout ça aujourd'hui...

Mais à l'époque, il était bel et bien amoureux. Et pas seulement un peu! Il l'appelait au téléphone, il la conduisait au bal, l'embrassait dans le taxi et recommençait le lendemain. Il faisait, en somme, tout ce qu'il pouvait pour se rendre ridicule. Et cela dura jusqu'au jour où elle lui avait fait cette révélation stupéfiante qui, un instant, l'avait amené à douter de ses sens à lui et de son bon sens à elle!

Tous les détails lui restaient dans la mémoire. Il revoyait une boucle de cheveux châtains qui lui tombait sur la tempe, les beaux yeux bleus qui le regardaient à travers les longs cils empesés, la petite moue gracieuse de ses lèvres.

— Anthony Browne, avait-elle dit, c'est un joli nom!

Il avait répondu, sur le mode léger :

— Un nom éminemment connu et respectable. Un Anthony Browne était chambellan d'Henry VIII.

— Un ancêtre, sans doute?

— Je n'en jurerais pas.

— Ça vaudrait peut-être mieux!

Il avait souri, en ajoutant :

— J'appartiens à une branche cadette qui a émigré aux colonies.

— Ne serait-ce pas plutôt en Italie?

Riant, cette fois, il avait répliqué :

— Allusion à mon teint pain d'épice?... Ma mère était Espagnole.

— Ça explique tout!

— Tout quoi?

— Bien des choses, monsieur Anthony Browne!

— Mon nom a décidément l'air de vous plaire.

— Je vous l'ai dit, c'est un très joli nom...

Sur quoi — coup de tonnerre dans un ciel bleu — elle avait lâché sa petite phrase :

— Bien mieux que Tony Morelli, par exemple.

Un instant, il n'en avait pas cru ses oreilles. Inimaginable! Impossible!

Il lui avait pris le bras. D'une poigne si ferme qu'elle avait cherché à se dégager en s'écriant :

— Mais vous me faites mal!

La voix rude, menaçante, il lui avait demandé d'où elle tenait ce nom et l'invraisemblable idiote avait éclaté de rire, ravie de l'effet de sa « plaisanterie ».

Il avait insisté.

— Ce nom, répondez-moi, qui vous l'a dit?

— Quelqu'un qui vous a reconnu.

— Qui?... Je parle sérieusement, Rosemary... Il faut que je sache!

Toujours enchantée d'elle-même, avec un regard en coulisse, elle avait répondu :

— Je l'ai appris par un cousin à moi qui est un fort mauvais sujet : Victor Drake.

— Je n'ai jamais connu personne de ce nom.

— J'imagine qu'il en portait un autre quand vous l'avez rencontré. Par égard pour la famille...

Lentement, il avait demandé :

— Nous aurions été ensemble... en prison?

— Exactement. Je venais de faire à Victor une leçon de morale et de lui expliquer qu'il était la honte de la famille. Mon sermon l'avait naturellement laissé très froid. Quand j'eus fini, il me dit : « Ma chère cousine, tu parles comme un livre! Seulement, je te ferai remarquer qu'en ce qui te concerne, tu n'y regardes pas de si près! Je t'ai vue danser, l'autre soir, avec un copain que j'ai connu en prison et avec qui tu semblais dans les meilleurs termes. Il se fait appeler Anthony Browne, mais au pénitencier c'était Tony Morelli. »

Affectant l'insouciance, il avait dit :

— Il faut que je renoue connaissance avec cet ami de jeunesse. Entre vieux camarades de collège, il faut garder le contact!

— Trop tard! Il vogue vers l'Amérique du Sud. Il a pris le bateau hier...

Il s'était senti un peu moins inquiet.

— Alors, vous êtes seule à savoir mon secret?

— Oui. Et rassurez-vous, je le garderai pour moi!

— Ça vaudra mieux!

Puis, d'une voix grave, il avait ajouté :

— Écoutez-moi bien, Rosemary! Ce secret est dangereux. Je suppose que vous tenez à votre jolie frimousse?... Eh bien, n'oubliez pas qu'il y a des gens qui ne verraient aucun inconvénient, aucun, à la taillader à coups de couteau! Et rappelez-vous aussi qu'il y a une chose qui s'appelle « se faire descendre »! Ça n'arrive pas seulement dans les livres et au cinéma, ça arrive aussi dans la vie.

— Mais, Tony, est-ce que vous me menacez?

— Je vous préviens...

Cet avertissement, serait-elle capable de le prendre au sérieux? Se rendrait-elle compte, la petite imbécile, qu'il s'agissait d'une question de vie ou de mort?... Non, avec sa cervelle d'oiseau, jamais elle ne comprendrait qu'il y avait pour elle une nécessité vitale à se taire! C'eût été courir un risque terrible que de lui faire confiance. Pourtant, il fallait essayer de mettre au moins une idée nette dans cette tête folle.

— Rosemary, ce nom de Tony Morelli, il faut absolument oublier que vous l'avez entendu! Comprenez-vous?

— Mais, Tony, ça m'est complètement égal! J'ai l'esprit plus large que vous ne pensez et je trouve au contraire passionnant d'être l'amie d'un criminel! Vous n'avez pas à avoir honte!

La pauvre idiote!

Il la regardait froidement, se demandant comment, lui qui ne pouvait souffrir les imbéciles, avait pu tomber amoureux d'elle.

— Oubliez Tony Morelli, avait-il répété. C'est un ordre. Ne prononcez plus jamais ce nom-là!

Il lui faudrait sortir du paysage. C'était la seule chose à faire. On ne pouvait pas compter sur le silence d'une pareille écervelée. Le jour où ça lui passerait par la tête, elle parlerait!

Elle souriait. D'un sourire charmant, mais qui ne le touchait plus.

— Ne faites pas cette figure-là, avait-elle dit, et promettez-moi que nous irons danser au *Jarrow* la semaine prochaine!

— Je ne serai plus là. Je m'en vais!

— Vous ne ferez pas ça! Nous organisons une petite fête pour mon anniversaire et je compte absolument sur vous. Vous ne pouvez pas me refuser! Je viens d'être très malade, avec cette maudite grippe, je suis encore très faible et il ne faut pas me contrarier! Dites-moi que vous viendrez!

Il aurait pu hausser les épaules, tourner les talons et disparaître...

Mais, par la porte ouverte, il aperçut Iris qui descendait l'escalier. Iris, grande et mince, avec son visage pâle, ses beaux cheveux bruns et ses grands yeux gris bleu. Iris, bien moins jolie que Rosemary, mais avec une personnalité que Rosemary n'aurait jamais.

A ce moment-là, il se reprocha sa sottise. Comment avait-il pu, fût-ce pour un temps, succomber aux charmes faciles de Rosemary? Ses sentiments lui rappelaient ceux de Roméo pour Rosalinde, après sa première rencontre avec Juliette.

Alors, brusquement, il changea d'avis.

En une seconde, il avait arrêté un nouveau plan d'action.

Chapitre 4.
George Barton

Rosemary...

George Barton baissa la main qui tenait son verre et d'un œil vague regarda danser les flammes du foyer.

Il avait bu juste assez pour s'attendrir sur lui-même.

Qu'elle était donc adorable, Rosemary! Toujours, il l'avait passionnément aimée. Elle le savait. Mais il avait toujours pensé qu'elle se moquerait de lui s'il se déclarait...

Et c'est sans grande conviction qu'un jour il se décida à la demander en mariage.

Il se revoyait devant elle, parfaitement ridicule, gauche et bafouillant.

— Alors, voilà... Vous n'avez qu'un mot à dire... Je sais que vous ne le direz pas et que je ne compte pas pour vous. Je sais que je ne suis pas un aigle et que je commence à prendre du ventre. Mais il faut que je sois sûr que vous connaissez mes sentiments... Vous les connaissez, hein?... Alors, je suis là... Mes chances sont minimes, mais il fallait tout de même que je vous dise ça...

Rosemary avait ri et l'avait embrassé sur le front, disant :

— Vous êtes gentil, George, et je me souviendrai de cette honnête proposition. Mais, pour le moment, je ne veux épouser personne.

Sérieux, il avait répondu :

— Vous avez raison, Rosemary. Prenez votre temps et regardez autour de vous! Vous n'avez que l'embarras du choix!

Ses propres chances, il n'y croyait pas.

Et c'est pourquoi ce n'est pas seulement avec stupeur, mais bien avec incrédulité, qu'il l'avait un jour entendue lui dire qu'elle était prête à devenir sa femme.

Elle n'était pas amoureuse de lui. Certes, non. Il le savait et elle en convenait d'ailleurs.

— Ce que je voudrais, lui expliquait-elle loyalement, c'est un intérieur où je me sentirais tranquille, apaisée, heureuse. Vous seul pouvez me le donner... Voyez-vous, j'en ai assez des aventures! Ça casse toujours et toujours ça finit mal! Vous êtes gentil, vous êtes doux et je trouve que vous êtes un type épatant! Alors, si vous êtes d'accord!...

Il avait répondu d'enthousiasme :

— Entendu comme ça! Nous allons être heureux comme des rois!

Il ne s'était pas tellement trompé. Heureux, ils l'avaient été. Il ne demandait pas l'impossible et il savait fort bien, dès le départ, qu'elle aurait une vie à elle. Il se doutait bien qu'elle ne se contenterait pas d'un type aussi ordinaire, aussi banal que lui. Il lui arriverait encore de se toquer d'un homme ou d'un autre. C'était fatal et il s'était raisonné pour en prendre son parti, espérant seulement que ces aventures ne se prolongeraient jamais exagérément et que toujours, en fin de compte, Rosemary lui reviendrait. Cela accepté, rien ne s'opposerait à ce qu'ils fussent heureux.

Car elle avait pour lui de l'affection. Un sentiment sincère, profond. Qui ne se trouvait jamais entamé par ses flirts ou ses aventures...

Oui, en épousant une femme d'une beauté exceptionnelle, libre d'allure et pleine de vie, il acceptait l'inévitable. Il s'était résigné. Mais il devait s'apercevoir qu'il avait fait trop bon marché de ses propres réactions.

Les flirts avec des jeunes gens importaient peu. Il avait souri. Mais dès qu'il avait eu la première indication de quelque chose de plus sérieux...

Qu'il y eût « quelque chose », il s'en était aperçu assez rapidement. Rosemary lui était apparue comme changée. Plus exubérante, plus jolie, plus éclatante. Et ce que son instinct lui avait fait pressentir, les faits bientôt le confirmaient.

Un jour qu'il était entré dans le petit salon de Rosemary, il l'avait vue couvrir de sa main, d'un geste qu'elle n'avait pu contrôler, la lettre qu'elle écrivait. Il avait compris. Elle écrivait à son amant.

Lorsqu'elle fut sortie, emportant sa lettre, il examina son buvard. Il lui avait suffi de le présenter devant la glace pour lire, tracés de la grande écriture carrée de Rosemary, les mots : « *Mon adoré à moi...* »

Cette certitude l'avait bouleversé. Il sentit monter en lui la jalousie d'Othello. Les sages résolutions, les acceptations raisonnées, c'était très joli ! Mais un homme reste un homme et on ne va pas contre ça ! Elle, il aurait aimé l'étrangler !... Quant à l'homme, pouvoir le tuer lentement, à petit feu !... Mais qui était-ce ?... Ils étaient deux, surtout, qui la regardaient avec des yeux... ma foi, oui, des yeux de poisson frit !... Ce Browne, venu on ne savait d'où, et cette grande tige de Farraday !

Il avait vu son visage dans la glace. Il était si congestionné qu'il eut peur d'avoir une attaque.

Comme il se rappelait cet instant, il laissa tomber le verre qu'il tenait à la main. Il retrouvait les sensations éprouvées alors : le sang qui vous bat aux oreilles, cette suffocation qui vous étreint la poitrine... Maintenant encore...

Avec un effort, il chassa ces souvenirs de son esprit. C'était fini. Il ne voulait plus souffrir.

Rosemary était morte. Elle reposait en paix. Et, lui aussi, il se sentait en paix, maintenant. Il ne souffrait plus.

Curieux de penser à ce que la mort de Rosemary avait représenté pour lui!

La paix...

Cela, il ne l'avait jamais dit à Ruth. Une bonne fille, Ruth, avec une tête solide. Vraiment, il se demandait ce qu'il deviendrait sans elle. Elle faisait admirablement son travail, elle le comprenait, et, enfin, autre avantage, elle semblait ne pas avoir de sexe. Celle-là, les hommes ne l'affolaient pas. Ce n'était pas comme Rosemary...

Rosemary. Il la revoyait à table, au cabaret. Le visage encore amaigri par la maladie, un peu fatiguée, mais jolie. Si jolie!... Et puis, une heure plus tard!...

Mais non, il ne voulait pas penser à ça! Pas maintenant. Il lui fallait se concentrer sur son projet.

Sur son plan...

Pour commencer, il parlerait à Race et lui montrerait les lettres. Qu'est-ce qu'il en dirait?... Iris avait été stupéfaite. Évidemment, elle ne se doutait de rien.

Après... Eh bien! après, il avait pris l'affaire en main et il la conduirait jusqu'au bout.

Son plan était prêt. La date, arrêtée. L'endroit, aussi.

Le 2 novembre, le jour des Morts. Un choix qui pouvait se révéler utile. Pour l'endroit, le *Luxembourg*, bien entendu. Il essaierait d'avoir la même table.

Quant aux convives, les mêmes : Anthony Browne, Stephen Farraday et sa femme. Et, naturellement, Ruth, Iris et lui-même. Pour arriver à un nombre impair, Race. Race, qui aurait dû être là pour l'anniversaire de Rosemary.

Une place resterait vide.

Ce serait magnifique. Et dramatique!

Une répétition du crime. Ou presque...

Malgré lui, son souvenir revenait à cette soirée d'anniversaire.

Il revoyait Rosemary...

Rosemary, écroulée sur la table, morte...

Chapitre 5.
Stephen Farraday

Stephen Farraday pensait à Rosemary.

A l'ordinaire, il chassait de son esprit l'image de Rosemary dès qu'elle se présentait. Mais, tenace dans la mort comme elle l'avait été dans la vie, il arrivait que Rosemary se refusât à disparaître.

Pour lui, sa première réaction restait toujours la même, quand il se rappelait la scène du cabaret : un frisson lui glaçait l'échine. Du moins pouvait-il, s'il lui fallait absolument penser à Rosemary, ne pas penser à *cela*. Ses souvenirs pouvaient se reporter plus en arrière. Il pouvait revoir une Rosemary vivante, souriante et gaie, la Rosemary qui aimait se mirer dans ses yeux...

Quel invraisemblable imbécile il fut!

Il en était encore surpris. Plus que surpris : stupéfait. Comment tout cela avait-il pu arriver?... C'est bien simple, il ne comprenait pas. C'était comme si sa vie se trouvait divisée en deux parties : dans la première, la plus longue, il s'était montré un individu équilibré, qui allait heureusement son chemin; dans la seconde, très courte, il s'était révélé fou, incontestablement. Les deux parties ne s'ajustaient pas l'une à l'autre.

Du moins, il le croyait. Car, si intelligent qu'il fût, il ne s'apercevait pas que ces deux parties allaient fort bien ensemble et que la seconde s'expliquait par la première.

Il lui arrivait quelquefois de jeter un coup d'œil en arrière sur sa vie passée et de la juger froidement, avec impartialité, mais pourtant avec un certain sentiment de satisfaction, assez éloigné de toute modestie. Depuis sa plus tendre enfance, il avait voulu réussir. Et, malgré toutes les difficultés, malgré aussi certains handicaps au départ, *il avait réussi.*

Il avait toujours cru à la vertu des idées simples. Il croyait à la volonté. « Quand on veut, on peut », répétait-il.

Tout gosse, Stephen Farraday avait cultivé sa volonté. Il savait que, dans la vie, il ne devrait guère compter que sur lui-même. Cette conviction, il l'avait dès l'âge de sept ans. Il se revoyait : un petit bonhomme, avec un grand front, une mâchoire assez lourde... et la volonté de s'élever. De s'élever très haut. Ses parents, il le pressentait, ne lui seraient d'aucun secours. Sa mère s'était mariée au-dessous de sa condition et elle le regrettait. Son père, un petit entrepreneur, intelligent, travailleur, mais vulgaire, était méprisé par sa femme... et un peu aussi par son fils. Quant à sa mère, sans grande personnalité, sans but dans la vie, d'humeur extraordinairement changeante, Stephen ne l'avait comprise que du jour où il l'avait trouvée étendue sur le parquet, inconsciente, à côté d'une bouteille d'eau de Cologne vide. Il n'eût jamais pensé à expliquer le caractère bizarre de sa mère par l'alcoolisme : elle ne buvait jamais ni vin ni liqueurs, et les maux de tête qu'elle invoquait n'expliquaient pas seuls sa véritable passion pour l'eau de Cologne.

C'est vers la même époque qu'il se rendit compte qu'il n'aimait pas ses parents, qu'il soupçonnait de ne pas l'aimer beaucoup. Très petit pour son âge, très calme et, par moments, il bégayait. Parce qu'il était sage et qu'il ne faisait pas de bruit dans la maison, son père le trouvait maniéré. Il aurait préféré un enfant turbulent. « A son âge, disait-il, moi, au moins, je faisais des bêtises! » Stephen lui rappelait qu'il avait épousé une femme d'une classe sociale supérieure à la sienne. Il tenait de ses grands-parents maternels.

Avec une tranquille détermination, qui devait aller s'affermissant avec les années, Stephen s'était tracé un plan pour l'existence. Il voulait arriver! Comme première épreuve de volonté, il s'imposa de se débarrasser de son bégaiement. Il s'appliqua à parler lentement, prenant son temps avant chaque mot. Efforts pénibles, mais non point inutiles. Un jour vint où il ne bégaya plus. En classe, il travaillait ferme. Il voulait s'instruire. Sans instruction, on n'arrive pas. Bientôt, ses professeurs, intéressés, l'encouragèrent. Il décrocha une bourse. Ses maîtres approchèrent ses parents. L'enfant promettait. Mr. Farraday, qui était en train de gagner de l'argent dans la construction des habitations à bon marché, se laissa convaincre et consentit quelques sacrifices pour que son fils fît des études.

A vingt-deux ans, Stephen quittait Oxford, avec des diplômes, une réputation naissante d'orateur disert et spirituel, des dons certains de journaliste et quelques amitiés susceptibles de lui être utiles. Il avait réussi à vaincre sa timidité native et appris à se tenir dans un salon. Ses manières étaient aimables et réservées et un certain brillant faisait dire de lui : « Voilà un jeune homme qui ira loin! »

La politique l'attirait. D'inclination, il se sentait porté vers le libéralisme, mais il s'était rendu compte que, pour le moment du moins, le parti libéral était mort. Il s'inscrivit donc chez les travaillistes et son nom fut bientôt celui d'un jeune militant plein de promesses. Cependant, le parti lui donnait peu de satisfactions.

Il le trouvait moins ouvert aux idées nouvelles que le parti conservateur et plus freiné par ses traditions que son puissant rival. Et puis, les conservateurs cherchaient de jeunes talents...

Stephen leur plut d'emblée. C'étaient des hommes comme lui qu'il leur fallait. Il se lança à l'assaut d'une position travailliste solidement tenue et, après une campagne sévère, finit par l'emporter de justesse. Lorsqu'il s'assit pour la première fois à la Chambre des communes, il eut le sentiment du triomphe. Sa carrière commençait et elle était celle-là même qu'il avait choisie, celle où ses dons trouveraient à s'employer et ses ambitions à se satisfaire. Il se sentait l'étoffe d'un homme de gouvernement. Il savait manier les foules, les flatter au bon moment, les rudoyer quand il était nécessaire. Un jour, il en aurait juré, on le verrait au banc des ministres.

Cependant, quand il eut épuisé la joie toute neuve de siéger au Parlement, sa désillusion fut vive. La rude bataille qu'il avait dû livrer pour conquérir son mandat l'avait mis en vedette, mais pour quelques jours seulement. Maintenant, il rentrait dans le rang, il n'était plus qu'une unité parmi bien d'autres, un sous-ordre insignifiant, soumis à des disciplines de groupes et qui devait se tenir strictement à sa place. Sortir de l'ombre ne serait pas facile. Ici, la jeunesse était suspecte et le talent ne suffisait pas. Il fallait des appuis...

On les trouvait, ces appuis, auprès de certains groupements d'intérêts, auprès de certaines familles influentes. Sans leur soutien, on restait obscur...

Il songea au mariage. Jusqu'alors le sujet ne l'avait point préoccupé. Il rêvait d'une jolie créature qui marcherait à ses côtés, la main dans la main, partageant ses joies et ses ambitions. Elle lui donnerait des enfants, il lui confierait ses pensées, ses inquiétudes. Il imaginait une femme à son image, comme lui avide de succès et qui serait fière de ses triomphes.

C'est à peu près vers l'époque où ces songes l'habitaient qu'il fut invité à une grande réception chez les Kidderminster. Les Kidderminster formaient une véritable *gens*, et la plus puissante d'Angleterre. Famille de politiciens, depuis des générations et des générations. La haute silhouette aristocratique de Lord Kidderminster et sa petite barbiche étaient célèbres. Le profil chevalin de Lady Kidderminster ne l'était guère moins : elle patronnait toutes les œuvres de bienfaisance, tous les comités d'assistance. Ils avaient quatre filles, dont trois très jolies, et un fils, encore élève au collège d'Eton.

Les Kidderminster se faisaient un point d'honneur de ne pas

ignorer les jeunes membres du parti. C'est ce qui valut à Stephen son invitation.

Il ne connaissait pas grand monde dans les salons, et les vingt premières minutes qui suivirent son arrivée, il les passa debout, tout seul, dans l'embrasure d'une fenêtre. Peu à peu, la foule qui s'écrasait autour du buffet s'éclaircit pour passer dans les salons voisins et il ne resta plus auprès de la longue table qu'une grande jeune fille en robe noire, qui paraissait assez désemparée.

Stephen était très physionomiste. Ce matin-là, dans le métro, il avait ramassé sur la banquette un magazine féminin, abandonné par une voyageuse, et il en avait parcouru les pages d'un œil amusé. A la rubrique « Les Potins du Monde », il avait remarqué une photographie, assez mal venue, de Lady Alexandra Hayle, « troisième fille du comte de Kidderminster », avec une longue légende la concernant : « A toujours été timide et un peu renfermée; adore les animaux; a suivi des cours d'enseignement ménager, Lady Kidderminster considérant que ses filles doivent avoir une connaissance approfondie des problèmes d'économie domestique. »

Or, cette jeune fille, à quelques pas de lui, Stephen la reconnaissait, c'était Lady Alexandra Hayle. Et le journal disait vrai, elle était timide. Timide lui-même, il en était sûr. Et il ne se trompait pas. La moins jolie des quatre filles, Alexandra avait toujours souffert d'un complexe d'infériorité. Bien qu'ayant reçu exactement la même éducation que ses sœurs, elle n'avait jamais atteint à leur brillante désinvolture. Ce qui désolait sa mère, qui disait : « Si Sandra se secouait un peu, elle paraîtrait moins gauche et moins empruntée! »

Stephen ne savait pas tout cela, mais il était certain d'une chose : cette jeune fille était malheureuse et elle aurait bien voulu être ailleurs. Et, tout d'un coup, une conviction s'imposa à lui : c'était sa chance! Cependant qu'une voix lui disait : « C'est ta chance! Prends-la! N'hésite pas, imbécile! *C'est tout de suite ou jamais!* »

Il alla vers le buffet, près de la jeune fille, prit un sandwich, puis, tourné vers elle, maîtrisant avec effort une émotion qui n'était pas feinte, il lui adressa la parole :

— Pardonnez-moi, mademoiselle, et dites-moi bien vite si vous voyez quelque inconvénient à ce que je vous parle!... Je ne connais personne ici et j'ai l'impression que vous êtes un peu dans le même cas... Ne me rabrouez pas! La vérité est que je suis horriblement timide... comme vous pourriez bien l'être vous-même!

Il s'aperçut que le bégaiement de son enfance lui était revenu. Tout à fait au bon moment, songea-t-il.

La jeune fille rougit, ouvrit la bouche, mais — Stephen avait bien deviné qu'il en irait ainsi — elle ne trouva pas les mots qui lui auraient permis de dire : « Je suis la jeune fille de la maison. » Au lieu de cela, elle dit :

— Je suis, en effet, très timide. Je l'ai toujours été.

— C'est infiniment désagréable, fit-il. Je ne sais pas si on s'en guérit jamais. Il y a des moments où j'ai la langue comme collée au palais...

— Ça m'arrive aussi!

Il parla de nouveau, assez vite, bégayant par instants. Sa nature d'autrefois reparaissait. Il y avait soudain, dans ses manières comme dans ses propos, quelque chose de jeune, d'enfantin presque, une spontanéité et une naïveté charmantes.

Il mit la conversation sur le théâtre, mentionnant une pièce à tendances sociales qui se jouait encore après un nombre incalculable de représentations. Elle l'avait vue. Ils en discutèrent, échangeant des réflexions sur l'ouvrage d'abord, puis sur les réformes dont il soulignait la nécessité.

Il savait très exactement jusqu'où il entendait aller ce soir-là. Lorsqu'il vit apparaître à l'autre bout du salon le visage sévère de Lady Kidderminster, visiblement à la recherche de sa fille, il prit congé. Son intention n'était pas de se faire présenter dès à présent.

— J'ai été ravi de bavarder avec vous, dit-il. Cette soirée commençait à me devenir odieuse et elle le serait restée si je ne vous avait rencontrée. Merci!

Il rentra chez lui, débordant de joie. Le premier pas était fait. Maintenant, il fallait avancer.

Dans les jours qui suivirent, il hanta les abords de la maison. Une fois, il aperçut Sandra, mais accompagnée d'une de ses sœurs. Une autre fois, il la vit seule, mais terriblement pressée, allant sans doute à quelque rendez-vous. Il ne bougea pas. Huit jours plus tard, enfin, sa patience fut récompensée. Elle sortit un matin, tenant en laisse un petit scotch-terrier, avec lequel elle prit, d'un pas tranquille, la direction de Hyde Park.

Cinq minutes plus tard, venant à sa rencontre à bonne allure, il s'arrêtait soudain devant elle avec une joyeuse exclamation de surprise :

— Quelle chance! Moi qui me demandais si je vous reverrais jamais!

Il y avait tant de plaisir dans sa voix qu'elle rougit.

Il se baissa pour caresser le chien :

— Une gentille petite bête. Comment s'appelle-t-elle?

— MacTavish.

— Oh! oh! Très écossais...

Ils parlèrent de chiens pendant deux minutes, puis, feignant une gêne qu'il n'éprouvait pas, il dit :

— Il faut que je vous présente des excuses. L'autre soir, je ne me suis pas présenté. Je m'appelle Farraday. Stephen Farraday. Je suis un député obscur.

Elle rougit légèrement et dit :

— Je m'appelle Alexandra Hayle.

Sa réaction fut parfaite. Un chef-d'œuvre de petite comédie. Surprise, consternation, embarras, tout cela se lut clairement sur sa figure.

— Ah! fit-il. Vous êtes... Vous êtes Lady Alexandra Hayle... Mon Dieu, mon Dieu!... Vous avez dû, l'autre soir, me prendre pour un imbécile fieffé!

La réponse fut ce qu'elle devait être. Sandra était trop bien élevée, trop gentille aussi, pour en faire une autre. Elle essaya de le réconforter :

— Dans le fond, c'est ma faute. J'aurais dû vous dire qui j'étais!

— J'aurais dû le deviner. Ce que je dois vous paraître idiot!

— N'en croyez rien! D'abord, vous ne pouviez pas deviner. Et puis, qu'est-ce que ça fait?... Ne vous désolez pas, monsieur Farraday, et accompagnez-moi jusqu'à la Serpentine! Regardez, MacTavish ne tient plus en place...

Après cette première promenade, ils se rencontrèrent souvent dans Hyde Park. Il lui disait ses ambitions et ils parlaient politique. Il la trouvait intelligente, avertie et sympathique. Elle raisonnait juste et avait de la largeur d'esprit. Ils étaient devenus des amis.

Il fit un nouveau pas en avant le jour où il fut prié chez les Kidderminster à un dîner suivi de bal. Un invité s'était décommandé à la dernière minute. On cherchait par qui le remplacer et Lady Kidderminster se torturait vainement les méninges.

— Si on invitait Stephen Farraday? dit doucement Sandra.

— Stephen Farraday?

— Oui, vous savez bien... Il était à votre réception, l'autre soir, et je l'ai revu une ou deux fois depuis...

Consulté, Lord Kidderminster donna son accord. Le choix était excellent : il fallait faire tout ce qu'on pouvait pour « pousser » les jeunes espoirs du parti.

— D'ailleurs, ajouta-t-il, c'est un jeune homme tout à fait brillant... Tout à fait... Je ne sais pas d'où il sort, mais il se fera un nom!

Stephen se tira parfaitement de l'épreuve.

Lady Kidderminster déclara, avec une ironie un peu appuyée, que ce Mr. Farraday était « un jeune homme très bien qu'on avait intérêt à connaître ».

Deux mois plus tard, Stephen décida de jouer sa partie. Ils étaient assis sur un banc, au bord de la Serpentine, et MacTavish somnolait, la tête sur le soulier de Stephen.

— Sandra, dit-il, il faut que vous sachiez... Il faut que vous sachiez que je vous aime. Je voudrais vous épouser. Je n'oserais pas vous dire ça si je n'étais sûr de me faire un nom, un de ces jours. Mais, ce nom, je me le ferai, j'en suis certain. Vous n'aurez pas à rougir de votre choix, je le jure!

— Je le sais, dit-elle simplement.

— Alors, vous voulez bien?

— Est-ce que vous ne le saviez pas?

— Je l'espérais, mais je ne pouvais pas y croire. Savez-vous que je vous ai aimée dès la première minute, dès l'instant où, ramassant mon courage à deux mains, j'ai traversé ce salon pour venir vous parler?... Je n'ai jamais eu si peur de ma vie!

— Je crois bien, dit-elle, que, moi aussi, je vous ai aimé dès ce moment-là...

Les choses, cependant, ne devaient pas aller toutes seules. Quand Sandra annonça tranquillement qu'elle allait épouser Stephen Farraday, ce fut dans la famille une protestation unanime. Qui était-il? Que savait-elle de lui?

Stephen parla très franchement à Lord Kidderminster de ses origines et de sa famille. Il n'allait pas jusqu'à s'en féliciter, mais il lui fallait bien convenir que, pour la réussite de ses projets, il était meilleur que ses parents fussent morts tous les deux.

Après cette conversation, Lord Kidderminster dit à sa femme : « Ç'aurait pu être pis! »

Il connaissait sa fille. Il savait que, sous des apparences très douces, elle cachait une volonté de fer. Elle ne renonçait jamais. Puisqu'elle voulait ce garçon, qu'elle le prenne!

— D'ailleurs, ajouta-t-il, il a une carrière devant lui. Avec quelques coups d'épaule, nous le mènerons loin!... Le parti a besoin de sang nouveau... Et puis, tout compte fait, ce Farraday ne manque pas de classe!

Lady Kidderminster approuvait à contrecœur. Elle rêvait pour sa fille d'un mariage autrement brillant. Il est vrai que Sandra était difficile à caser! Susan était belle, Esther remarquablement intelligente. Diana, la plus fine des quatre, avait épousé le jeune duc de Harwich, le plus beau parti de l'année. Sandra, elle, n'avait pas beaucoup de charme. Elle était timide. Après tout, si ce jeune homme avait de l'avenir, comme on le prétendait...

Elle capitula.

— Seulement, murmura-t-elle, il faudra le pousser!

Et c'est ainsi qu'Alexandra-Catherine Hayle s'unit à Stephen-Léonard Farraday « pour le meilleur et pour le pire ». Un grand mariage : une toilette magnifique, satin et dentelles de Bruxelles, six demoiselles d'honneur, deux pages minuscules, un service somptueux, un lunch mémorable...

Ils passèrent leur lune de miel en Italie et, au retour, s'installèrent dans une charmante petite maison de Westminster. Peu après, la marraine de Sandra mourut, lui laissant un délicieux petit manoir datant du temps de la reine Anne. Le couple était heureux. Stephen se plongeait dans la vie parlementaire avec une ardeur nouvelle, soutenu et encouragé de toutes les façons par Sandra, qui faisait siennes toutes ses espérances et toutes ses ambitions. Stephen, parfois, s'émerveillait des gentillesses que lui avait prodiguées le destin. Il appartenait maintenant à la puissante faction des Kidderminster. C'était l'assurance d'une montée rapide, l'accession certaine à des postes où son talent, auquel il croyait sincèrement, lui permettrait de s'affirmer un jour, un bon, un grand serviteur de l'État et de son pays.

Souvent, à table, contemplant sa femme, il se réjouissait silencieusement d'avoir trouvé en elle la compagne même dont il avait toujours rêvé. Il aimait la ligne pure de son cou, la couleur noisette de ses yeux, ses sourcils bien dessinés, son front un peu haut et la courbe légèrement impertinente de son nez aquilin. Il la comparait parfois à une bête de race. Un cheval de course, par exemple! Un être net, noble et fier. Pour lui, une associée idéale. Leurs esprits pensaient ensemble, selon des lignes parallèles pour arriver ensemble aux mêmes conclusions.

Oui, décidément, le petit Stephen Farraday, qui exigeait tant de la vie, ne s'était pas trop mal débrouillé. Sa vie? Elle avait été exactement ce qu'il voulait qu'elle fût. Ayant à peine dépassé la trentaine, il pouvait, sans vanité, dire qu'il tenait le succès.

C'est ainsi, parfaitement heureux, qu'il s'en fut avec sa femme passer une quinzaine de jours à Saint-Moritz, où, dans le hall de l'hôtel, il rencontra Rosemary Barton.

Ce qui lui arriva ce jour-là, c'est ce qu'il ne réussit jamais à comprendre. Malicieuse revanche du destin : les mots mensongers qu'il avait dits à une autre femme devinrent vrais. Il traversa une pièce et tomba amoureux. Aussi profondément, aussi stupidement, aussi follement qu'on puisse l'être. Amoureux comme le sont les collégiens et comme il ne l'avait jamais été!

Il s'était toujours persuadé que l'amour-passion n'était pas son fait. Quelques amourettes éphémères, quelques flirts indolents, l'amour, pour lui, n'avait pas été autre chose. L'amour physique ne l'intéressait pas. Jeux grossiers, pensait-il, indignes d'un homme de goût.

Si on lui avait demandé s'il aimait sa femme, il aurait répondu : « Mais certainement! » encore que sachant parfaitement qu'il n'aurait jamais songé à l'épouser si elle avait été la fille sans dot de quelque gentilhomme campagnard. Il l'aimait en ce sens qu'il l'admirait et lui portait une affection sincère, où entrait beaucoup de reconnaissance. Il savait ce qu'il devait à Sandra et ne reniait pas sa dette.

C'est donc avec stupeur qu'il se découvrit tout d'un coup amoureux fou de Rosemary Barton. Elle occupait toutes ses pensées. Il ne songeait qu'à son joli visage toujours souriant, à ses magnifiques cheveux acajou, aux courbes gracieuses de son corps adorable. Il en perdait le boire et le manger, il n'en dormait plus. Il l'accompagnait dans ses promenades à ski. Il la faisait danser et, quand il la serrait contre lui, il comprenait qu'il la désirait plus que tout au monde.

Par bonheur, il savait ne rien laisser paraître de ses sentiments. Nul ne les devina, nul ne soupçonna la crise douloureuse qu'il traversait. Sauf, bien entendu, Rosemary elle-même.

Les Barton quittaient Saint-Moritz huit jours plus tôt que les Farraday. Le lendemain de leur départ, Stephen découvrait que l'endroit manquait de gaieté et proposait à Sandra d'interrompre ses vacances et de rentrer à Londres. Elle accepta gentiment. Quinze jours après leur retour, il était l'amant de Rosemary.

Ce fut la période la plus étrange de sa vie. Elle dura six mois. Six mois extraordinaires, durant lesquels Stephen continua à vivre comme à l'accoutumée, visitant sa circonscription, posant des questions aux Communes, prenant la parole dans des réunions, parlant politique avec Sandra. Tout cela sans cesser un instant de penser à la seule Rosemary.

Ce fut un beau rêve de six mois. Des rendez-vous dans leur petit appartement, des étreintes passionnées...

Et puis, le rêve fini, il s'éveilla.

Brutalement. D'un seul coup.

Il eut l'impression de sortir d'un long tunnel et de se retrouver soudain au grand jour.

La veille, il était un amoureux uniquement préoccupé de son amour, incapable de raisonner sainement. Ce jour-là, brusquement, il redevint Stephen Farraday. Un Stephen Farraday nouveau, qui se demandait s'il ne ferait pas bien d'espacer ses visites à Rosemary. Réflexion faite, il s'était montré terriblement imprudent, tous ces derniers temps. Si Sandra se doutait de quelque chose...

Ils prenaient leur petit déjeuner. Par-dessus la table, il la regarda...

Non, heureusement, elle ne se doutait de rien. Tout de même, il devrait faire attention. Certains des prétextes invoqués en ces derniers jours pour expliquer ses absences étaient plutôt fragiles. Bien des femmes auraient deviné quelque chose. Par bonheur, Sandra avait confiance...

Il poussa un soupir. Incontestablement, ils avaient, Rosemary et lui, joué avec le feu. C'était miracle que le mari n'eût rien flairé de suspect. Mais quoi, il était aveugle!... Comme tant d'autres. Plus vieux qu'elle, bien sûr, mais comment pouvait-on ne pas être jaloux d'une créature si adorable?

Il se contraignit à penser à autre chose. A des links de golf. L'air frais soufflant sur le sable des dunes... Le plaisir d'un long « drive » réussi... Le balancement du corps qui accompagne le coup... Les joueurs en « plus-four », qui vont d'un trou à l'autre, fumant placidement leur pipe... *Les joueurs.* Tous des hommes. Les femmes ne sont pas admises sur le terrain.

Sa décision prise brusquement, il dit :

— Si nous allions passer quelques jours à Fairhaven?

Elle le regarda, surprise :

— Tu veux?... Mais est-ce que tu peux t'absenter?

— Je pourrais disparaître jusqu'à la fin de la semaine. J'ai besoin de me détendre.

— Nous pouvons partir demain. Je décommanderai les Astley et j'enverrai un mot d'excuse pour mardi. Reste les Lovat...

— Décommande-les aussi! Tu trouveras un prétexte. J'ai envie de m'en aller...

A Fairhaven, ils retrouvèrent les agréments ordinaires d'un séjour qu'ils aimaient : longues siestes sur la terrasse et dans le jardin ceinturé de murs vénérables, parties de golf à Sandley Heath et, le soir, promenades jusqu'à la ferme, MacTavish sur les talons.

Il était comme un malade qui entre en convalescence.

Puis vint une lettre...

Il fronça le sourcil en reconnaissant sur l'enveloppe l'écriture de Rosemary. Il lui avait pourtant bien recommandé de ne pas écrire. C'était trop risqué. Sandra n'était pas femme à l'interroger sur son courrier. Mais pourquoi commettre des imprudences? Ne fallait-il pas compter avec la curiosité des domestiques?

Il passa dans son cabinet et, de mauvaise humeur, déchira l'enveloppe. Elle contenait des pages! Simplement...

Il lut, repris peu à peu par le charme ancien, envoûté de nouveau. Elle l'aimait. Elle l'aimait plus que jamais. Elle ne pouvait se faire à l'idée de ne pas le voir pendant cinq longues journées! Et lui? Est-ce que la petite Éthiopienne manquait un peu à son beau Léopard?

Cette plaisanterie ridicule l'exaspéra. Elle datait du jour où, lui ayant offert une robe de chambre jaune semée de taches noires, elle avait prononcé, en l'admirant : « comme un léopard ». Et, par jeu, elle l'appela, lui, mon léopard. En retour il la baptisa, sa beauté noire, sa belle Éthiopienne!

A la réflexion, elle n'avait jamais cessé d'être une enfant, une enfant gâtée. Enfantine cette longue lettre. Saurait-elle jamais être prudente? Que de fois il lui avait interdit d'écrire et représenté le danger qu'apportaient les lettres. Le comprendrait-elle jamais?

Nouvelle lettre, le lendemain, au petit déjeuner. Il sacra intérieurement en l'apercevant. Il eut l'impression que Sandra le regardait, mais elle ne dit rien.

Dans la matinée, il prit la voiture et se rendit à la ville voisine, à une dizaine de kilomètres. Il ne voulait pas téléphoner du village. Il eut Rosemary au bout du fil.

— Allô, Rosemary?... Bonjour, ma chérie... Je te téléphone pour te supplier de ne plus m'écrire!

— Stephen, mon amour! Que je suis heureuse d'entendre ta voix!

— Fais attention! Si on t'entendait!

— Ça ne risque rien!... Ce que tu peux me manquer, mon amour, tu n'as pas idée!... Et moi, est-ce que je te manque un peu?

— Bien sûr!... Mais je t'en prie, n'écris plus! C'est tellement imprudent!

— Dis-moi si ma lettre t'a plu, c'est bien plus intéressant!... Est-ce qu'elle t'a bien fait comprendre que, même séparée de toi, je reste avec toi?... Ma pensée ne te quitte jamais, mon amour... Et toi, penses-tu à moi?

— Oui... Mais ne dis pas ces choses-là au téléphone!

— Et pourquoi pas?... Pourquoi ces conseils de prudence?... Quelle importance?

— C'est à toi que je pense, Rosemary. Je serais tellement navré qu'il pût t'arriver des ennuis par ma faute!

— Je me moque pas mal de ce qu'il peut m'arriver, tu le sais bien!

— Oui, ma chérie. Mais, moi, je ne m'en moque pas!

— Quand rentres-tu?

— Mardi.

— Rendez-vous à l'appartement mercredi, alors!

— Euh... Oui... Entendu!

— Dis-moi, mon amour... Tu ne peux pas, sous un prétexte quelconque, faire un saut à Londres aujourd'hui?... Si tu voulais, chéri, tu pourrais sûrement...

— Il ne saurait malheureusement en être question.

— J'ai bien peur de ne pas te manquer beaucoup!

— Folle! Tu sais bien que ce n'est pas vrai, ce que tu dis là...

La conversation terminée, il se sentit épuisé. Pourquoi les femmes étaient-elles si imprudentes? Il faudrait faire comprendre à Rosemary qu'ils devaient prendre des précautions. Et aussi se voir moins.

Les difficultés commencèrent bientôt. Il eut des journées extrêmement chargées et ne put consacrer que très peu de temps à Rosemary. L'ennui était qu'elle ne paraissait pas capable de le comprendre. Il le lui expliquait, mais elle ne voulait rien entendre.

— La politique? s'écriait-elle. Comme si ça avait la moindre importance!

Il protestait. Sans réussir à la convaincre. Ce qu'il faisait ne l'intéressait pas. Ses travaux, ses ambitions, sa carrière, tout cela lui était étranger. Tout ce qu'elle souhaitait, c'était qu'il lui dise et qu'il lui répète qu'il l'aimait.

— Autant qu'autrefois?... C'est sûr? Alors, redis-moi que tu m'aimes *vraiment*...

Il pensait que, depuis le temps qu'il le lui disait et redisait, elle aurait dû tenir ça pour acquis! Mais non!... C'était une créature adorable, certainement, mais avec qui on ne pouvait *parler*...

Ils devaient espacer leurs rencontres. Ralentir.

Une suggestion contre laquelle elle se cabrait. Aucun argument ne pouvait lui faire entendre raison. Elle ne les discutait pas, mais elle répliquait :

— Tu ne m'aimes plus comme autrefois!

Alors, il fallait la rassurer, lui jurer qu'elle se trompait. Et, invariablement, cela finissait par une évocation de souvenirs et le rappel de propos qu'il avait tenus.

— Tu te souviens, chéri, disait-elle, de ce jour où tu m'as dit qu'il serait doux de mourir ensemble? De s'endormir pour toujours dans les bras l'un de l'autre? Et te rappelles-tu que tu disais qu'il serait magnifique de s'en aller avec une caravane, en plein désert? Vivre comme ça, seuls tous les deux, au milieu des sables, à des milliers et des milliers de kilomètres de tout! Ne voir personne. Oublier le monde. Quel rêve!

Il aurait volontiers haussé les épaules. Les stupidités qu'on peut proférer quand on est amoureux! Quand on les dit, on ne s'en rend pas compte, mais quand on vous les répète de sang-froid! Les femmes ont bien besoin d'exhumer ces sottises! Est-il donc tellement nécessaire qu'elles rappellent aux hommes combien ils sont bêtes quand la passion les inspire?

Souvent aussi, elle lui soumettait des projets. Toujours parfaitement déraisonnables. C'est ainsi qu'un jour elle lui demanda s'il ne pourrait pas, par exemple, s'en aller dans le Midi de la France, où elle irait le rejoindre? Ou bien en Corse ou en Sicile, deux pays merveilleux, où l'on était certain de ne rencontrer personne de connaissance.

Stephen fit valoir qu'il n'existait pas de pays de ce genre à la surface du globe et que, dans les coins les plus reculés, les plus invraisemblables, on ne manquait jamais de rencontrer le vieux camarade de collège qu'on n'avait pas vu depuis des lustres et des lustres.

A quoi elle répliqua par une phrase qui l'inquiéta :

— Après tout, quelle importance cela pourrait-il avoir?

La question lui donna froid dans le dos.

— Que veux-tu dire?

Elle lui sourit gentiment, de ce sourire charmant qui naguère précipitait les battements de son cœur, mais qu'à cette minute même il trouvait horripilant.

— Mon Léopard chéri, expliquait-elle posément, je me suis souvent dit que nous étions bien bêtes de nous cacher comme nous le faisons. Ce n'est pas très digne et c'est inutile! Pourquoi feindre et dissimuler quand nous pouvons partir ensemble? Je divorce, tu divorces et nous nous marions!

Et voilà!

Pour lui, ç'eût été un désastre! La ruine pure et simple. Elle ne s'en apercevait pas.

Il répondit :

— Je ne te laisserai pas faire ça!

Riposte immédiate :

— Mais, mon chéri, ça m'est bien égal. Je serai une divorcée. Et après?... Je suis au-dessus des préjugés!

C'est à elle qu'elle songeait, l'imbécile!

— Pour moi, la grande chose dans la vie, c'est d'aimer et d'être aimée. Ce que pensent les gens n'a aucune importance. Aucune!

— D'accord pour toi, chérie. Mais, dans mon cas, un scandale mettrait fin à ma carrière.

— Eh bien! tu ne ferais plus de politique! La belle affaire!... Il y a des tas d'autres choses que tu pourrais entreprendre!

— Ne dis donc pas de bêtises!

— D'ailleurs, pourquoi ferais-tu quelque chose? J'ai de l'argent... De l'argent à moi, tu sais, pas de l'argent qui vient de George! Nous pourrions voyager, aller vivre heureux, au bout du monde, dans des pays merveilleux... Même dans des pays où personne ne serait jamais allé... Je nous verrais très bien, toi et moi, dans une île au milieu du Pacifique, par exemple... Ce serait prodigieux! Le beau soleil de là-bas, la mer toute bleue, les atolls!

Les mers du Sud maintenant! Elle délirait! Pour qui diable le prenait-elle? Pour un pêcheur d'éponges?

Il la regarda d'un œil désenchanté. Une jolie fille avec une cervelle de poulet! Il avait été fou, littéralement fou, il s'en rendait compte maintenant. Mais il avait recouvré la raison. Il allait se libérer. Et sans lui laisser le temps de provoquer des catastrophes.

Il prit les résolutions que des centaines, des milliers d'hommes avaient prises avant lui. Il lui écrivit qu'il fallait mettre un terme à leur aventure. Il en faisait une question de loyauté. Il ne voulait pas lui gâcher sa vie, etc. *C'était fini.* Voilà ce qu'il fallait comprendre.

Et ce que, justement, elle se refusait à comprendre.

Elle lui répondit par retour du courrier. Elle l'aimait comme au premier jour, elle l'adorait, elle ne pouvait envisager de vivre sans lui. Dans ces conditions, il ne lui restait qu'une chose à faire : se confier à George et tout lui avouer. De son côté, il dirait la vérité à sa femme...

La lettre le consterna. Elle avait donc juré de le rendre fou?... Comment les choses se passeraient, il le voyait d'avance. Informé, George demanderait le divorce, et Stephen, complice, serait cité au procès. La réaction de Sandra n'était pas douteuse. Elle divorcerait, elle aussi. Il se souvenait que, parlant d'une de ses amies, elle avait dit un jour devant lui : « Elle a divorcé. Que pouvait-elle faire d'autre, puisqu'il l'avait trompée? » Sandra n'hésiterait pas. Elle était trop fière pour partager.

Et, alors, ce serait fini, bien fini. Il se trouverait privé de l'appui du clan et le scandale le broierait. Les esprits sont peut-être plus larges qu'autrefois, mais il y a des choses que la masse ne pardonne pas. Adieu, les rêves ambitieux! Il aurait tout perdu. Par la faute d'une femme! Ce coup de passion, arrivé trop tard — à vingt ans, il eût été excusable —, cette folie de quelques mois aurait gâché sa vie. Il aurait tout perdu.

Tout.

Et aussi Sandra...

Et, soudain, avec un certain sentiment de surprise, il découvrit que c'était là ce qui lui coûterait le plus. *Perdre Sandra...* Sandra, avec son front un peu haut et ses yeux noisette, Sandra, son amie et son associée, sa fière et loyale Sandra... Eh bien! non, il refusait! Il ne perdrait pas Sandra! Il ne pouvait pas perdre Sandra.

Il acceptait tout. Mais pas cela!

Il passa la main sur son front : il était moite.

D'une façon ou d'une autre, il sortirait de cette situation...

Il fallait faire entendre raison à Rosemary. Mais serait-ce possible? Elle et la raison! Ce mot ne signifiait rien pour elle. S'il lui disait qu'il aimait sa femme? Non. Elle ne le croirait pas. Elle était idiote et collante. Mais le pire, la catastrophe : elle l'aimait!

Il rageait. Comment trouver un moyen de la faire taire? Il s'avoua, amèrement, que seule une bonne dose de poison y parviendrait...

Une guêpe, engluée dans un pot de confiture, bourdonnait.

« Pauvre bestiole, songea-t-il. Comme moi prise au piège... et pour en sortir rien à espérer. »

Pour lui, si, il en sortirait. A tout prix.

Il fallait d'abord gagner du temps.

Rosemary s'était alitée, avec la grippe. Il avait fait prendre de ses nouvelles, très officiellement. Il lui avait envoyé quelques fleurs. Cette bienheureuse maladie lui accorda un répit. La semaine prochaine, ils souperaient, Sandra et lui, avec les Barton. Une petite fête intime pour l'anniversaire de la naissance de Rosemary. Jusque-là il était tranquille.

— Je ne parlerai à George qu'après, avait-elle déclaré. Avant, ce serait trop cruel. Il est si gentil, il se réjouit tellement de cette partie!

Et s'il allait carrément à elle pour lui dire que c'était fini, qu'il ne l'aimait plus?... Impossible. Elle serait capable de piquer une crise de nerfs et d'appeler George à son secours. Elle serait même capable de venir trouver Sandra pour tout lui expliquer. Il lui semblait l'entendre larmoyer...

« Il dit qu'il ne m'aime plus, mais *je sais* que ce n'est pas vrai ! Il fait ça par grandeur d'âme, pour être loyal à votre égard, mais je sais que vous serez d'accord avec moi pour dire que lorsque deux êtres s'aiment on n'a pas le droit d'aller contre leur amour... Et c'est pourquoi je viens vous demander de lui rendre sa liberté ! »

Cette tirade-là, ou quelque autre du même genre, était inévitable. Et Sandra, fière et dédaigneuse, répondrait simplement : « Il est libre. Je ne le retiens pas. »

Elle ne comprendrait pas... Mais comment eût-elle compris ?... Rosemary apporterait ses preuves, les lettres qu'il lui avait écrites... Ces lettres imbéciles, pleines des pires folies... Des lettres qui paraîtraient d'autant plus convaincantes à Sandra que jamais il ne lui en avait, *à elle*, adressé de pareilles.

Il fallait trouver quelque chose. Un moyen d'obliger Rosemary à se tenir tranquille.

« Dommage, pensa-t-il, que nous ne vivions pas au temps des Borgia !... Un peu de poison dans le verre de Rosemary et le problème serait résolu. Rosemary se tiendrait tranquille, une fois pour toutes... »

Il avait pensé cela.

Il y avait de l'acide cyanhydrique dans la coupe de Rosemary, il y en avait dans son sac.

Dépression nerveuse, consécutive à une attaque d'influenza.

Par-dessus la table, son regard avait rencontré celui de Sandra. Il y avait de cela presque un an... et il ne pouvait oublier.

Chapitre 6.
Alexandra Farraday

Sandra Farraday n'avait pas oublié Rosemary Barton.

Elle la revoyait, tombée en avant sur la table du cabaret.

Et elle se rappelait comment, à ce moment, son regard avait rencontré celui de Stephen.

Avait-il lu dans ses yeux ? Y avait-il vu la haine qui l'animait contre celle qui venait de mourir, le sentiment de triomphe qui l'inondait en cette minute d'horreur ?

Un an avait passé, ou presque, mais les détails restaient aussi nets à son esprit que si la scène datait de la veille. Rosemary, morte, continuait à vivre dans la mémoire de Sandra. Et aussi — c'était probable — dans celle de Stephen.

Elle revoyait le *Luxembourg*. Un endroit odieux, avec son cadre de grand luxe, son service rapide et discret, sa chère entre toutes réputée. La « boîte » chic. Inévitable. Celle où les gens se faisaient immanquablement un devoir de vous traiter.

Elle aurait voulu oublier. Mais tout se liguait contre elle pour qu'elle se souvînt. Fairhaven même, depuis que George Barton s'était installé au *Petit Prieuré*...

Curieuse idée qu'il avait eue là!... Il est vrai que lui-même semblait plutôt bizarre. Pas du tout le genre de voisin qu'elle souhaitait avoir. Sa présence au *Petit Prieuré* lui gâtait son séjour. A Fairhaven, un coin — le seul — où jusqu'à cet été elle avait toujours retrouvé le calme, la tranquillité, la paix! Car à Fairhaven, dans ce décor qu'ils aimaient, Stephen et elle avaient été heureux, si l'on pouvait dire qu'ils avaient jamais été heureux!

Le pouvait-on?... Mais oui! Cent fois oui! Ils furent heureux et, s'il n'y avait eu Rosemary, ils le seraient encore! C'est Rosemary, et elle seule, qui détruisit l'édifice de bonheur qu'ils commençaient de construire!

Elle adorait Stephen. Mais, par une sorte d'instinct, elle comprenait que, cet amour passionné qu'elle lui portait, elle devait le lui cacher. Elle l'avait aimé dès le premier jour, en cet instant où, traversant le salon, il était venu vers elle. Il lui avait raconté qu'il était timide et prétendu ne point savoir qui elle était...

Or, *il le savait fort bien*. Elle ignorait le moment où cette conviction s'était imposée à son esprit.

Peut-être était-ce quelque temps après leur mariage...

Il lui expliquait par quel tour de passe-passe il espérait enlever aux Communes le vote d'un projet, quand elle eut l'intuition que cette habileté manœuvrière lui rappelait quelque chose. Quoi? Elle le découvrait peu à peu : cette tactique tortueuse, c'était celle dont il avait usé pour l'aborder le premier soir. La révélation ne la surprit pas. Ce fut plutôt comme si elle prenait conscience de quelque chose qu'elle savait depuis longtemps sans s'en douter.

Dès le jour de son mariage, elle s'était rendu compte qu'il ne l'aimait pas comme elle, elle l'aimait. Elle ne s'en était pas étonnée. Il n'y avait point de sa faute à lui. Le don d'aimer — d'aimer vraiment — n'est pas dévolu à tout le monde. Elle le possédait, elle, pour son malheur. Elle aimait de toute son âme, de tout son cœur, de tout son être... et c'était, elle ne l'ignorait pas, chose exceptionnelle. Elle serait morte pour lui avec joie. Pour lui, elle se sentait prête à mentir, à tromper, à souffrir. La place qu'il lui accordait dans sa vie, si différente qu'elle fût de ce qu'elle avait espéré, elle l'acceptait avec un orgueil résigné. Il lui demandait sa collaboration, sa sympathie, l'aide de son intelligence et de son activité. Ce qu'il voulait d'elle, ce n'était pas son cœur, mais son cerveau et les avantages matériels qu'elle devait à sa naissance.

Elle l'avait compris tout de suite et décidé qu'elle prendrait sur elle de ne pas l'importuner avec les manifestations d'une passion qui n'était pas payée de retour. Il l'aimait à sa manière. Il était sincère quand il prétendait l'aimer, sincère quand il disait se plaire en sa compagnie. C'était assez pour pouvoir bâtir à deux un bonheur durable, fait de tendresse, de confiance et d'amitié...

Et puis Rosemary survint...

Elle s'était souvent demandé comment il avait pu se figurer qu'elle ne se doutait de rien. Elle avait tout deviné dès le premier jour, là-bas, à Saint-Moritz. Il lui suffisait de voir comment il regardait cette femme inconnue.

Le jour où elle était devenue sa maîtresse, elle l'avait su.

Elle connaissait le parfum de Rosemary...

Et puis, surtout, elle lisait sur le visage de Stephen, ce visage qu'il croyait impénétrable, hermétique, et où elle relevait, évidentes, la trace de ses souvenirs et celle de ses pensées, toutes tournées vers cette femme qu'il venait de quitter.

Impossible d'imaginer les souffrances qu'elle avait endurées. De véritables tortures supportées courageusement, en silence. Elle ne laissait — et ne laisserait jamais — rien deviner de son chagrin. Il ne saurait pas. Elle devenait pâle, elle perdait du poids, elle maigrissait. Elle se forçait à manger. Mais comment s'obliger à dormir? Nuits interminables qu'elle passait étendue, sans sommeil, les yeux secs, grands ouverts dans l'obscurité. Elle ne voulait pas recourir aux drogues. C'eût été un aveu de faiblesse. Elle entendait rester forte. Jamais elle n'avouerait sa blessure, jamais on ne lui arracherait une plainte ou une protestation.

Une chose pourtant, maigre consolation, la réconfortait. Stephen ne songeait pas à la quitter. Que ce fût dans l'intérêt de sa carrière plutôt que par amour pour elle, elle n'en doutait pas. Toutefois, le fait demeurait : il ne souhaitait pas la quitter.

Un jour, peut-être, il se lasserait de l'autre...

Car, cette femme, que pouvait-il lui trouver d'extraordinaire? Elle était jolie, très jolie, elle avait du charme, de la grâce. Mais elle n'était pas la seule et rien n'expliquait la folle passion qu'elle inspirait...

Sa sottise ressortait au premier contact. Rien en elle ne pouvait amuser, ni provoquer une conversation intéressante. Il fallait seulement la regarder. Elle ne pourrait retenir Stephen longtemps. Il se fatiguerait d'elle.

Elle restait convaincue que, pour Stephen, son travail demeurait la préoccupation dominante. Il se savait marqué pour de grandes tâches. Il avait la carrure d'un homme de gouvernement, son ambition majeure était d'en faire la preuve. Il s'en souviendrait quand ses yeux commenceraient à s'ouvrir.

Pas une seconde, elle n'envisagea de le quitter. L'idée ne lui venait pas à l'esprit. Elle lui appartenait corps et âme. Il était sa vie. Et l'amour brûlait en elle comme une flamme...

Elle eut un moment d'espérance quand ils décidèrent d'aller passer quelques jours à Fairhaven. Stephen paraissait redevenu lui-même. Il se plaisait auprès d'elle, sollicitait son opinion. Elle se sentait plus près de lui. Il semblait vraiment qu'il échappait aux griffes de cette femme, qu'il recouvrait sa vraie personnalité, son « moi » authentique. Rien n'était irrémédiablement perdu. Il prenait le dessus. Peut-être irait-il jusqu'à rompre?...

Le retour à Londres marqua la rechute. Il lui devenait impossible de se concentrer sur son travail. Il avait l'air égaré, préoccupé, malade.

Elle crut deviner pourquoi. Rosemary, c'était probable, lui avait demandé de partir avec elle. Il fallait sauter le pas. Rompre définitivement avec des choses qui lui étaient chères, avec des appuis précieux. Il ne pouvait s'y résoudre. Oui, mais Rosemary, si sotte qu'elle fût, était si jolie...

Sandra attendait. Au fond de lui-même, Stephen n'aimait que son métier. Mais saurait-il s'en aviser à temps?... Il ne serait pas le premier à briser sa carrière pour les beaux yeux d'une femme, quitte à le regretter ensuite!

Un jour, au cours d'une « cocktail-party », Sandra surprit, dans la bouche de Rosemary, des propos lourds de sens.

— Je parlerai à George, disait-elle à Stephen. Il faut se décider et en finir...

Peu après, elle s'alitait avec la grippe.

De nouveau Sandra espéra. Cette grippe pouvait dégénérer en pneumonie. Ça arrive. Une de ses amies était morte comme ça. Si Rosemary venait à mourir...

Cette idée, elle l'acceptait avec le plus grand calme. Sandra était assez romanesque pour haïr en toute innocence. Elle ne se faisait pas horreur. Elle haïssait Rosemary de toutes ses forces et, s'il avait suffi d'une pensée pour donner la mort, elle n'aurait pas hésité.

Malheureusement, songeait-elle, les pensées ne tuent pas. Il faut autre chose...

Elle revenait ainsi à cette soirée au *Luxembourg*. Qu'elle était donc jolie, Rosemary, ce soir-là ! Elle la revoyait au vestiaire, avant de passer à table. Ses épaules jaillissaient, magnifiques et blanches, d'un collet de renard bleu. Plus fine, plus pâle, depuis sa maladie, elle était adorable, avec un air de fragilité qui donnait à sa beauté quelque chose d'immatériel.

Devant la glace elle se remettait de la poudre. Sandra, debout derrière elle, voyait dans le miroir leurs deux images. Elle se trouva un air si glacé, qu'elle se compara à une femme privée de vie, une froide statue.

— Je vous cède la place à l'instant, dit Rosemary. Cette grippe m'a terriblement enlaidie. Je me sens faible et j'ai la migraine.

Sandra avait manifesté un intérêt poli.

— Pas ce soir, j'espère?

— Hélas! si... Vous n'auriez pas un cachet d'aspirine, par hasard?

— J'ai un cachet Faivre, si vous voulez...

Ouvrant son sac, elle y prit un cachet qu'elle lui donna.

— Merci, avait dit Rosemary. Je vais le mettre dans mon sac, par précaution.

La secrétaire de Barton les regardait sans rien dire. Une grande fille brune. Pas vilaine, jolie même. Et qui semblait détester Rosemary.

Ensuite, elles étaient sorties du vestiaire. Sandra d'abord, puis Rosemary, puis Miss Lessing. Et, naturellement, la petite Iris, la sœur de Rosemary, qui se trouvait là, elle aussi. Une gamine avec de grands yeux gris bleu, tout de blanc vêtue et qui paraissait très énervée...

Elles rejoignirent les hommes dans le hall. Un maître d'hôtel empressé s'était porté à leur rencontre pour les conduire à leur table. Ils passèrent sous une espèce de porche monumental et rien, absolument rien, ne les avertit que, de la salle où ils entraient, l'un d'eux ne ressortirait pas vivant...

Deuxième partie
Le jour des morts

Chapitre premier.

Lucilla Drake était en train de gazouiller. C'était le mot dont on se servait dans la famille et il ne manquait pas de justesse. Les propos tombaient dru des lèvres de la brave dame et sa voix n'était pas sans agrément.

Elle avait, ce matin-là, tant de choses à faire qu'elle ne parvenait à fixer son attention sur aucune. L'imminente rentrée à Londres posait cent petits problèmes d'économie domestique qu'elle devait résoudre sur-le-champ et il lui fallait aussi s'occuper d'Iris, à qui, depuis quelques jours, elle trouvait mauvaise mine.

— Vraiment, Iris, disait-elle, tu m'inquiètes. Tu es toute pâlotte, avec la figure fripée de quelqu'un qui manque de sommeil. Dors-tu bien?... Sinon, dis-le! Je te ferai prendre des cachets du docteur Wylie... Wylie ou Caskell? Je ne sais plus... Et ça me fait penser qu'il faut que j'aille moi-même parler à l'épicier. Car, de deux choses l'une, ou les bonnes ont fait des achats de leur propre autorité, ou il nous vole comme dans un bois. Il nous compte je ne sais combien de paquets de savon en paillettes, alors que nous n'en usons pas plus de trois par semaine!... Maintenant, peut-être qu'un sirop vaudrait mieux. Quand j'étais jeune fille, on me donnait du sirop Easton... Et des épinards, bien entendu... Je vais en faire faire pour midi...

Iris était trop fatiguée, et aussi trop habituée au décousu des discours de Mrs. Drake pour lui demander pourquoi le nom du docteur Caskell l'amenait à penser à l'épicier du village.

Eût-elle posé la question, la tante aurait répondu : « Mais parce que l'épicier s'appelle Cranford! » Iris n'aurait pas été plus avancée. Les raisonnements de tante Lucilla n'étaient clairs que pour elle-même.

Iris rassembla toute son énergie pour protester qu'elle se portait le mieux du monde.

— Du tout! répliqua Lucilla. Tu as les yeux cernés. Tu es surmenée...

— Mais il y a des semaines que je ne fais rien!

— Tu crois ça! Mais le tennis est très fatigant pour une jeune fille... Et puis, je crois que l'air, ici, est plutôt débilitant. Nous sommes dans un fond. Si George m'avait demandé mon avis, au lieu de consulter cette fille...

— Cette fille?

— Cette Miss Lessing dont il est coiffé!... C'est une excellente secrétaire, je ne dis pas le contraire, mais il a tort de ne pas la maintenir à sa place. C'est la pousser à se considérer comme étant de la famille et Dieu sait qu'elle n'a pas besoin d'encouragements!

— Mais, ma tante, en fait, il y a longtemps que Ruth fait partie de la famille.

Mrs. Drake renifla.

— Qu'elle ait l'intention d'en être, dit-elle ensuite, ce n'est que trop visible!... Pauvre George! Dès qu'il s'agit de femme, c'est un bébé au maillot... Mais nous ne nous laisserons pas faire et nous le protégerons contre lui-même. A ta place, Iris, je lui donnerais clairement à entendre que, si sympathique que soit sa Miss Lessing, il ne saurait être question de mariage!

Iris, stupéfaite, se récria :

— Je ne crois pas qu'il ait jamais songé à épouser Ruth!

Mrs. Drake haussa les épaules.

— Tu es une enfant et tu ne vois pas ce qui se passe sous ton nez!... Il est vrai que tu n'as pas mon expérience de la vie...

Iris sourit malgré elle. La tante, quelquefois, était vraiment comique.

— Crois-moi, poursuivait Mrs. Drake, cette jeune femme ne cherche qu'à se faire épouser.

— Et après?

— Comment « et après »?... Tu ne te rends pas compte?

— Mais si!... Moi, ça me paraîtrait plutôt une excellente chose pour George... Elle l'aime beaucoup. Elle ferait une très bonne épouse, qui s'occuperait bien de lui...

A la fois vexée et indignée, Mrs. Drake riposta avec vivacité :

— Il me semble qu'on s'occupe de George autant et aussi bien qu'il peut le souhaiter! Que pourrait-il avoir de plus? Je me le demande? On lui fait la meilleure cuisine du monde, son raccommodage n'est jamais en retard, il y a dans la maison une charmante jeune fille... et, quand tu te marieras, j'espère bien être encore capable de m'occuper de son confort et de veiller sur sa santé. Aussi bien, et même mieux, que pourrait le faire une jeune intrigante sortie d'un bureau. Une secrétaire, où aurait-elle appris l'art de tenir un intérieur? Aligner des chiffres, taper à la machine, connaître la sténo et le classement, tout ça ne sert à rien quand il s'agit de faire marcher une maison!

Iris, qui s'amusait, préféra ne pas discuter. Elle pensait aux beaux cheveux noirs de Ruth, à sa peau satinée, à sa mince silhouette, si heureusement mise en valeur par ses tailleurs un peu sévères. Pauvre tante Lucilla, hypnotisée par le confort et le ménage! L'amour et la poésie étaient si loin d'elle qu'elle les avait oubliés, en admettant qu'elle les eût jamais connus. Ce dont Iris doutait fort, car elle se souvenait de feu son oncle...

Née d'un premier mariage et demi-sœur d'Hector Marle, Lucilla avait été la petite maman de son jeune frère, après la mort de sa mère. Tenant la maison paternelle, restée vieille fille, elle se croyait vouée au célibat quand, alors qu'elle approchait de sa quarantième année, elle rencontra et épousa le révérend père Caleb Drake, déjà plus que quinquagénaire. Sa vie de femme mariée avait peu duré : deux ans à peine. Après quoi elle s'était trouvée veuve, avec un enfant. Maternité tardive et inattendue, qui devait être la grande chose de son existence. Son fils, bientôt, se révélait une source constante d'inquiétude et de chagrin. Il lui coûtait fort cher, mais elle lui pardonnait tout. Pour elle, Victor était un charmant garçon n'ayant que le défaut d'être faible et de manquer de caractère. Victor, trop confiant, se laissait entraîner par des relations suspectes dont il ne soupçonnait pas la mauvaise foi. Victor n'avait pas de chance. Victor était toujours dupe. Victor était victime de sales escrocs. Victor avait servi de paravent à des coquins qui abusaient de sa candeur. Dès qu'il était question de lui, le doux visage de Mrs. Drake durcissait. Elle connaissait son fils. Un brave garçon, plein d'enthousiasme, toujours victime de ses prétendus amis. Elle savait, mieux que personne, qu'il avait horreur de lui demander de l'argent. Mais, quand il s'était fourré dans des situations inextricables, que pouvait-il faire d'autre? Il n'avait que sa mère, il fallait bien qu'il se tournât vers elle!

Malgré cela, elle en convenait volontiers, l'offre de George, l'invitant à venir chez lui pour s'occuper d'Iris, était arrivée comme une bénédiction du Ciel, au moment où, ses ressources presque taries, elle s'engageait sur les chemins pénibles de la misère honteuse. S'étant trouvée très heureuse au cours de cette dernière année, il était assez naturel qu'elle accueillît sans sympathie la perspective de se voir supplantée auprès de George par une jeune femme, si capable fût-elle. Cette Ruth, d'ailleurs, n'épouserait George que pour son argent. On n'irait pas lui raconter à elle qu'il y avait au monde une fille, une seule, qui, travaillant pour gagner sa vie, s'estimait contente de son sort. Non, les employés d'aujourd'hui étaient ce qu'elles avaient toujours été. Quand elles pouvaient mettre la main sur un homme en mesure de leur assurer une existence confortable, elles s'empressaient de laisser tomber le bureau. Très intelligente, Ruth avait réussi à capter la confiance de George. Elle s'était rendue indispensable. Mais, Dieu merci, il y avait au moins une personne qui savait après quoi elle courait!

Mrs. Drake hocha la tête à plusieurs reprises d'un air entendu, ce qui fit doucement trembloter son double menton, puis, laissant le sujet de côté, elle en aborda un autre, plus urgent.

— Je ne sais pas, dit-elle, ce qu'il faut décider pour les couvertures. George n'est pas arrivé à me dire clairement si nous ne reviendrons pas ici avant le printemps ou s'il se propose d'y venir de temps en temps, en fin de semaine. Impossible d'obtenir une précision!

— C'est sans doute qu'il n'est pas très fixé! fit Iris.

Essayant de paraître s'intéresser à une question dont l'importance ne lui apparaissait pas, elle ajouta :

— Quand il fera beau, il me semble qu'il sera amusant de faire un saut jusqu'ici. Quoique, personnellement, je sais que ça ne me tentera pas. De toute façon, la maison sera là si on veut y venir!

— Oui, ma chérie, mais il faudrait savoir ce qu'on veut faire. Parce que, si l'on n'a pas l'intention de revenir avant l'année prochaine, il faut mettre des boules de naphtaline dans les couvertures, alors que, si l'on doit venir ici à l'occasion, ce n'est pas nécessaire. Et cette odeur de naphtaline est tellement désagréable!

— Alors, n'en mets pas!

— Bien sûr!... Seulement, avec l'été chaud il y a des quantités de mites! Tout le monde le dit, c'est une année à mites et à guêpes. Hawkins m'a raconté hier qu'il a détruit trente nids de guêpes!... Trente! Songe un peu!

Iris songeait à Hawkins, arpentant les allées du jardin à la brune et vaporisant de l'acide cyanhydrique sur les plantes. *L'acide cyanhydrique... Rosemary...* Pourquoi ses pensées revenaient-elles toujours au même objet?

Mrs. Drake, cependant, continuait son monologue. Sur de nouveaux sujets :

— Une autre chose que je me demande, c'est si l'on envoie l'argenterie à la banque ou non? Lady Alexandra dit qu'il y a eu de nombreux cambriolages dans la région. Évidemment, nous avons des volets solides, mais on ne sait jamais!... Je n'aime pas la façon dont elle se coiffe. Ça lui durcit les traits... D'ailleurs, elle ne doit pas être douce... Et ce qu'elle est nerveuse! Il est vrai qu'aujourd'hui tout le monde est nerveux. Quand j'étais jeune fille, ce n'était pas comme ça... Et ça me fait penser que je n'aime pas beaucoup la mine de George, ces temps-ci... Il couverait une grippe que je n'en serais pas surprise. Il m'a semblé une fois ou deux qu'il faisait de la température... C'est peut-être ses affaires qui lui donnent du souci... En tout cas, il y a quelque chose qui le tracasse...

Iris frissonna.

— Qu'est-ce que je te disais? s'écria tante Lucilla avec l'accent du triomphe. Toi, tu vas nous faire un rhume!

Chapitre 2.

— Comme je voudrais n'être pas venue ici!

Sandra Farraday avait lâché ces mots avec une amertume telle que son mari, surpris, se retourna pour la regarder. Ce qu'elle venait de dire, qu'il pensait, lui aussi, encore qu'il eût pris soin de ne rien lui en laisser deviner. Ainsi, Sandra avait eu la même impression que lui... Il lui semblait, à elle aussi, que Fairhaven était gâché, que la tranquillité du lieu s'était envolée depuis que de nouveaux voisins s'étaient installés de l'autre côté du parc.

— Je ne savais pas, dit-il, que tu sentais cela, toi aussi.

Elle expliqua :

— Cette question des voisins est si importante à la campagne. Si l'on n'est pas très gentil, on est grossier. On ne peut pas, comme à Londres, se contenter d'être simplement poli et aimable.

— Non, fit-il, on ne peut pas.

— Et nous voilà, maintenant, conviés à cette invraisemblable partie!

Ils se turent, revivant l'un et l'autre en esprit la scène qui s'était déroulée au déjeuner. George Barton s'était montré soucieux de plaire, un peu exubérant, avec une sorte d'excitation sous-jacente qu'ils avaient tous deux remarquée. George Barton, ces jours-ci, paraissait vraiment bizarre. Stephen n'avait jamais fait grande attention à lui du vivant de Rosemary. Pour lui, il restait à l'arrière-plan, un brave homme un peu taciturne, marié à une créature jeune et charmante. Stephen n'avait jamais éprouvé le moindre scrupule à le tromper. Beaucoup plus vieux que sa femme, dépourvu d'attraits, Barton était de ces maris qui sont nés pour être trahis, de ceux qui ne sauraient retenir une épouse ravissante et volage. Au surplus, George, qui savait à quoi s'en tenir sur les sentiments qu'il inspirait à Rosemary, n'avait jamais dû se faire beaucoup d'illusions sur elle. Il la connaissait...

Mais il l'aimait et avait dû souffrir.

Stephen se demandait ce que George avait éprouvé à la mort de Rosemary.

Ils l'avaient, Sandra et lui, peu vu dans les mois qui avaient suivi le drame et il reparut dans leur vie le jour où il était devenu leur voisin, au *Petit Prieuré*. Tout de suite, Stephen l'avait trouvé changé.

Plus animé, plus sûr de lui. Mais surtout bizarre.

Sa conduite, aujourd'hui, avait été étrange. Brusquement, sans que rien l'eût laissé prévoir, il avait lancé cette invitation. Un souper pour fêter le dix-huitième anniversaire d'Iris. Il tenait absolument à la présence de Sandra et de Stephen, qui s'étaient montrés des voisins si charmants...

Naturellement, Sandra avait répondu qu'ils seraient ravis. Stephen serait très pris à son retour à Londres, elle-même accaparée par toutes sortes d'obligations ennuyeuses, mais ils s'arrangeraient...

— Alors, avait-il dit, fixons la date, voulez-vous?

Il revoyait George et sa grosse figure. Il souriait, engageant.

— Que diriez-vous, avait-il proposé, d'un jour dans la semaine qui suivra la prochaine?... Le mercredi ou le jeudi?... Le jeudi 2 novembre, ça vous irait?... Si vous préférez un autre jour, dites-le, il sera le mien...

C'était, brutalement imposée au mépris des convenances, l'invitation à laquelle on ne peut pas se dérober. Iris Marle, Stephen l'avait remarqué, avait rougi, gênée. Sandra s'était montrée parfaite. Prenant son parti de l'inévitable, elle avait répondu dans un sourire que le jeudi 2 novembre lui conviendrait fort bien.

— Après tout, dit-il à haute voix, nous ne sommes pas obligés d'y aller.

Sandra se tourna vers lui.

— Tu crois?

— Nous trouverons une excuse...

— Il insistera pour nous avoir une autre fois. Ou bien il nous demandera de choisir un autre jour. J'ai l'impression qu'il tient beaucoup à notre présence...

— Je me demande pourquoi. L'héroïne de la fête, c'est Iris, et j'imagine qu'elle ne se soucie pas tellement de notre compagnie.

— Non... non, fit-elle, pensive.

Après un silence, elle ajouta :

— Tu sais où ce souper aura lieu?

— Non.

— Au *Luxembourg*.

La surprise lui coupa le souffle et il se sentit pâlir. Il dut faire un effort pour se ressaisir et regarder Sandra. Elle lui parut parfaitement calme.

— C'est vraiment absurde, dit-il, son émotion tant bien que mal maîtrisée. Le *Luxembourg!*... A quoi bon aller sur place raviver des souvenirs?... Cet homme doit être fou!

— C'est bien ce que j'ai pensé.

— Aussi, c'est très simple, nous n'irons pas. Cette histoire nous a valu assez d'ennuis... Tu te souviens? Articles dans les journaux, photographies, etc.

— Je me souviens.

— Il ne se rend pas compte?

— Il y a, paraît-il, une raison à son choix... Une raison qu'il m'a dite...

— Je serais curieux de la connaître.

Elle répondit, sans le regarder, ce dont il lui sut gré :

— Après le déjeuner, il m'a prise à part afin de me donner une explication qu'il estimait me devoir. Il me déclara que la petite, Iris, ne s'est jamais complètement remise du choc donné par la mort de sa sœur...

— C'est bien possible, dit Stephen, admettant le fait comme à regret. A table, je l'observais. Elle a l'air souffrante.

— Je le crois aussi; encore qu'elle ne se soit pas trop mal portée ces temps derniers... J'en reviens à George Barton. Il m'a donc dit qu'Iris a fait tout ce qu'elle a pu, depuis la mort de sa sœur, pour ne pas remettre les pieds au *Luxembourg*...

— Ça l'étonne?

— D'après lui, c'est une erreur. Il semble avoir consulté un spécialiste des nerfs, un champion de la médecine nouvelle, qui est d'avis qu'après toute espèce de choc il ne faut pas fuir la cause du choc, mais au contraire l'affronter. Dans les écoles d'aviation, quand un jeune pilote s'est écrasé au sol, s'il n'est pas mort, on lui fait reprendre l'air tout de suite. C'est le même principe...

— En somme, ce spécialiste serait plutôt partisan d'un second suicide...

— Il considère que, pour vaincre ses nerfs, Iris doit surmonter ses appréhensions, qu'elle ira mieux quand elle ne verra plus dans le *Luxembourg* que ce qu'il est réellement, un restaurant comme les autres. C'est pourquoi Barton donne ce souper auquel assisteront, autant que possible, les mêmes convives qui s'y trouvaient l'an dernier, pour l'anniversaire de Rosemary.

— La soirée promet d'être vraiment charmante!

— Ça t'ennuie beaucoup, Stephen?

Une inquiétude le traversa. Mais il répondit très vite :

— Non, ça ne m'ennuie pas « beaucoup »! Je trouve l'idée macabre, voilà tout!... Mais, personnellement, ça m'est égal et, au vrai, c'est à toi que je pensais... Si cela t'est égal, à toi aussi...

— Ça ne m'est pas indifférent. Loin de là!... Mais l'invitation a été faite de telle façon qu'il était vraiment très difficile de refuser. Remarque que, comme toi, je suis plusieurs fois retournée au *Luxembourg* depuis. C'est vraiment l'endroit où l'on vous traîne tout le temps...

— Oui, mais les circonstances présentes sont très particulières.

— Evidemment.

— Mais, comme tu le dis, il était très difficile de refuser et, si nous nous dégageons, l'invitation sera renouvelée... Seulement, il n'y a pas de raison pour que cette corvée te soit infligée, *à toi*. J'irai, moi... Toi, tu t'excuseras à la dernière minute, en invoquant une migraine, un rhume, n'importe quoi!

Elle releva la tête :

— Ce serait une petite lâcheté. Non, Stephen, si tu y vas, j'y vais!

Sa main se posa doucement sur le bras de Stephen :

— Après tout, Stephen, notre mariage ne veut peut-être pas dire grand-chose, mais c'est tout de même ensemble que nous devons affronter les difficultés!

Il la regarda. Cette petite phrase douloureuse lui était venue tout naturellement, comme si elle exprimait un fait sans importance, avec lequel Sandra était familiarisée depuis longtemps. Il fut surpris et consterné :

— Pourquoi? demanda-t-il avec effort, pourquoi dis-tu que « notre mariage ne veut peut-être pas dire grand-chose »?

— N'est-ce pas vrai?

Il protesta avec énergie :

— Non, mille fois non! Je veux que tu saches que, pour moi, notre mariage représente beaucoup de choses!

Elle sourit :

— Je le crois... Dans un certain sens, c'est vrai! Nous formons une bonne équipe, Stephen. Nous ramons sur le même bateau et nous obtenons des résultats satisfaisants.

— Ce n'est pas ça que je veux dire!

Très ému, il lui prit les deux mains et l'attira vers lui :

— Sandra, ne sais-tu pas que tu es ce que j'ai de plus cher au monde?

Elle comprit qu'il disait la vérité.

Et le crut. C'était incroyable. Inimaginable. Imprévu! Mais c'était...

Elle se laissa aller dans ses bras et il la tint serrée contre lui, l'embrassant, murmurant des mots sans suite :

— Sandra, mon amour... Je t'aime!... J'ai eu si peur... Si peur de te perdre!...

— A cause de Rosemary?

— Oui.

Il la repoussa doucement. Il se sentait oppressé et son visage reflétait une sorte d'angoisse :

— Tu... Tu savais?

— Bien sûr. J'ai su dès le début...

— Et tu comprends?

Elle secoua la tête :

— Non, je ne comprends pas... et je crois bien que je ne comprendrai jamais. Tu l'aimais?

— Pas vraiment. Tu es la seule femme que j'aie jamais vraiment aimée!

Avec un petit sourire triste, citant les paroles mêmes de Stephen, elle dit :

— A partir du moment où tu m'as vue de l'autre côté du salon, n'est-ce pas?... Ne répète pas ce mensonge, Stephen. Car c'était un mensonge...

L'attaque ne le déconcerta pas. Lentement, pesant ses mots avec soin, il dit :

— Oui, Sandra, c'était un mensonge. Et, pourtant, si paradoxal que ça puisse paraître, je commence à croire que je disais la vérité. Oh! Sandra, *essaie de comprendre!* Il y a des gens qui trouvent toujours de belles raisons pour justifier leurs plus vilaines actions. Quand ils veulent être désagréables, ils disent que c'est « par amour de la sincérité ». Ils colportent les pires ragots parce que leur « honnêteté » leur fait « un devoir » de répéter ceci ou cela; ils sont si foncièrement hypocrites qu'ils arrivent au terme de leur existence, convaincus que toutes les petites saletés qu'ils ont commises, ils les ont faites pour le bien d'autrui, poussés par les mobiles les plus nobles... Eh bien, Sandra, dis-toi que des gens existent aussi qui sont tout le contraire de ceux-là, des gens qui se méfient d'eux-mêmes et se jugent avec sévérité, qui s'imaginent toujours agir par intérêt... Sandra, tu étais la femme que je voulais absolument! C'est la vérité vraie... Et, quand je regarde en arrière, je crois sincèrement aujourd'hui que si ce n'avait pas été la vérité, je n'aurais jamais su faire tout ce qu'il fallait pour t'obtenir!

Elle dit, amère :

— Tu ne m'aimais pas.

— Non, je n'avais jamais aimé. J'étais un être qui prétendait n'avoir pas de sens, qui se faisait gloire — mais oui! — de la froideur hautaine de son tempérament. Et, un jour, je suis tombé amoureux, d'un seul coup, en traversant un hall d'hôtel. Un amour violent comme un orage d'été et, comme lui, rapide, brutal, éphémère. C'est bête, hein?

Il se tut un instant, puis reprit :

— Et c'est ici, à Fairhaven, que je me suis réveillé et que je me suis rendu compte de la vérité.

— C'est-à-dire?

— C'est-à-dire que c'est ici que j'ai compris que, dans ma vie, il n'y avait qu'un être qui comptait, et que c'était toi, qu'une seule chose au monde m'importait : conserver ton amour. Voilà... C'est ça, la vérité.

Elle dit, très bas :

— Si j'avais su!

Après un temps, elle ajouta :

— Je pensais que tu projetais de partir avec elle.

Il eut un petit rire, avant de répondre :

— Avec Rosemary? Ç'aurait été une véritable condamnation aux travaux forcés à perpétuité!

— Pourtant, elle voulait s'en aller avec toi?

— Elle, oui...

— Alors, qu'est-il arrivé?

Il soupira. Ils revenaient à ces souvenirs obsédants :

— Il est arrivé... le *Luxembourg*.

Ils se turent tous deux, avec, ils le sentaient, les mêmes images dans l'esprit. Ils revoyaient une figure bleue, qui avait été l'aimable visage d'une jolie femme. Horrible vision, dont ils ne pouvaient détacher leurs yeux.

Puis, ils avaient relevé la tête et leurs regards s'étaient croisés...

Il réagit le premier :

— Oublie, Sandra, dit-il. Pour l'amour de Dieu, ne pensons plus à ça!

— C'est facile à dire! Nous n'avons pas le pouvoir d'oublier!

Il y eut de nouveau un long silence, que Sandra rompit :

— Qu'allons-nous faire?

— Ce que tu disais tout à l'heure : faire front ensemble. Aller à cet invraisemblable souper, quoi qu'il cache.

— Tu ne crois pas ce que George Barton raconte à propos d'Iris?

— Non. Et toi?

— Ça peut être vrai. Mais, le serait-ce, il y a certainement à ce souper une autre raison.

— Qui serait?

— Je l'ignore, Stephen. Mais j'ai peur...

— De Barton?

— Oui... Je crois qu'il sait.

— Qu'il sait quoi?

Elle le regarda droit dans les yeux, mais ne répondit pas directement à sa question.

A voix basse, elle dit :

— Il ne faut pas avoir peur, Stephen. Il faut avoir du courage... Beaucoup de courage... Vois-tu, Stephen, tu seras quelqu'un. Tu es un de ces hommes dont le monde a besoin et rien ne peut aller contre ça... Je suis ta femme et je t'aime!

Après un silence, il dit :

— Mais, Sandra, ce souper, tu ne crois pas que...

— Si, je crois que c'est un piège.

— Et, ce piège, nous y entrons?

— Nous ne pouvons pas nous permettre de laisser deviner que nous savons qu'il est un piège.

— C'est juste.

Sandra, soudain, renversa la tête en arrière et se mit à rire. Puis elle s'écria :

— Fais tout ce que tu voudras, Rosemary! Tu ne gagneras pas!

Il la saisit par les épaules :

— Tais-toi, Sandra! Rosemary est morte...

— Tu crois?... Il y a des moments où il me semble qu'elle doit se sentir bien vivante!

Chapitre 3.

Ils arrivaient au milieu du parc.

— Est-ce que vous verriez un inconvénient, George, à ce que je ne rentre pas avec vous? demanda Iris. J'ai envie de monter sur la colline, là-bas, et de revenir par les bois. J'ai eu mal à la tête toute la matinée!

— Pauvre gosse, fit George. Allez donc faire votre grande promenade! Je ne vous accompagne pas, parce que j'attends une visite cet après-midi et que je ne sais trop à quelle heure elle viendra.

— Alors, au revoir! Je serai à la maison pour le thé.

Ils se séparèrent. Elle se dirigea directement vers la colline qu'on apercevait au loin avec sa couronne de mélèzes.

Au sommet, elle s'arrêta pour souffler. Il avait plu, comme il arrive souvent en octobre. L'atmosphère était lourde, les feuilles humides et de gros nuages gris couraient très bas, annonciateurs de nouvelles et prochaines ondées. Il n'y avait guère plus d'air en haut de la colline que dans la vallée, mais Iris trouvait pourtant qu'on y respirait mieux.

Elle s'assit sur une souche et contempla le paysage. On apercevait le *Petit Prieuré*, modestement blotti dans un creux boisé, et, plus loin, sur la gauche, le *Manoir*, éclatant de blancheur.

Elle rêvait le menton dans sa main, quand elle entendit dans son dos un bruissement léger. Elle se retourna vivement : Anthony Browne était derrière elle.

Surprise, un peu fâchée aussi, elle s'écria :

— Tony!... Pourquoi arrivez-vous toujours comme ça, comme un diable sortant d'une boîte?

Il prit son temps avant de répondre. Tirant son étui de sa poche, il offrit une cigarette à la jeune fille, en choisit une lui-même quand elle eut refusé, l'alluma, aspira deux ou trois bouffées et dit enfin :

— C'est parce que je suis ce que les journalistes appellent un chevalier du mystère. J'adore surgir du néant!

— Mais comment avez-vous su où j'étais?

— J'ai de bons yeux. J'avais entendu dire que vous déjeuniez chez les Farraday. Je me suis posté sur la colline et j'ai guetté votre sortie...

— Mais pourquoi n'êtes-vous pas venu tout bonnement à la maison, comme une personne ordinaire?

— Justement, répondit-il avec une indignation feinte, parce

que je ne suis pas une personne ordinaire. Je suis un monsieur très extraordinaire!

— Je commence à le croire!

Il la considéra un instant, puis il dit :

— On dirait qu'il y a quelque chose qui ne va pas?

— Pas du tout!... Enfin... C'est-à-dire...

— C'est-à-dire?

— Je suis fatiguée d'être ici, avoua-t-elle avec un soupir. J'ai horreur de Fairhaven et je voudrais rentrer à Londres.

— Vous y serez bientôt. C'est exact?

— La semaine prochaine.

S'asseyant auprès d'elle, il demanda :

— Vous aimez les Farraday, Iris?

— Je n'en sais rien. Je ne crois pas. Pourtant, je dois reconnaître qu'ils ont été très gentils avec nous...

— Et eux, croyez-vous qu'ils vous aiment?

— Non, je ne pense pas. Je suis même persuadée qu'ils nous détestent...

— Intéressant.

— Qu'ils nous détestent?

— Non, pas ça... si c'est vrai. Mais le fait que vous avez dit « nous ». Ma question vous concernait personnellement.

— Oh! moi, ils m'ignorent!... Ils nous détestent en bloc, en tant que famille, simplement parce que nous sommes leurs voisins... Nous n'étions pas particulièrement liés avec eux, n'est-ce pas? C'est Rosemary qu'ils fréquentaient...

— Oui... C'étaient des amis de Rosemary. Encore que je ne pense pas que Rosemary et Sandra aient jamais eu beaucoup d'affection l'une pour l'autre...

— Certainement pas.

Elle se tenait sur la défensive. Anthony fumait paisiblement :

— Savez-vous, demanda-t-il, ce qui me frappe chez les Farraday?

— Non.

— Eh bien, c'est qu'ils sont *les* Farraday. Quand je pense à eux, il n'y a pas pour moi, Stephen d'une part, et Sandra de l'autre, deux individus unis par-devant les autorités civiles et ecclésiastiques, mais une entité bicéphale, *les* Farraday. Unité plus rare qu'on n'imagine. Ils sont deux, avec une même conception de la vie, les mêmes buts, des espoirs, des craintes, des croyances identiques. Et le curieux de l'affaire, c'est que leurs caractères ne se ressemblent pas du tout. Stephen serait plutôt un homme d'une grande largeur de vues, très sensible à l'opinion d'autrui, mais manquant parfois de confiance en soi et assez dépourvu de courage moral. Sandra, elle, a l'esprit étroit, mais elle ne reculera devant rien pour servir ceux qu'elle aime et elle est brave jusqu'à la témérité.

— Stephen m'a toujours semblé prétentieux et bête...

— Il n'est pas bête du tout. Mais comme les gens qui ont réussi : il est malheureux.

— Malheureux?

— La plupart des gens qui réussissent sont malheureux... C'est parce qu'ils sont malheureux qu'ils ont réussi. Ce sont des tempéraments qui ont besoin de se prouver à eux-mêmes qu'ils existent, ce qui les amène à faire des choses épatantes...

— Vous avez des idées bien singulières, Tony!

— Examinez-les de près, vous verrez qu'elles sont justes. Les gens heureux ne font jamais rien de grand, parce qu'ils sont satisfaits d'être comme ils sont et qu'il leur est parfaitement égal de ne rien faire de sensationnel. C'est mon cas. J'ajoute que ces gens-là sont généralement de commerce agréable. C'est encore mon cas.

— Vous avez de vous-même une très bonne opinion.

— Je me borne à attirer votre attention sur mes qualités pour le cas où elles vous auraient échappé...

Iris s'amusait. Elle se sentait de bonne humeur, toutes ses idées noires envolées.

— Venez prendre le thé à la maison, dit-elle, après avoir regardé l'heure à sa montre. Venez faire bénéficier d'autres mortels des incomparables agréments de votre société.

— Impossible aujourd'hui. Il faut que je rentre!

Elle se tourna vivement vers lui :

— Enfin, fit-elle, pourquoi ne voulez-vous jamais venir à la maison? Il doit y avoir une raison!

Il haussa les épaules :

— Disons que je suis susceptible et qu'il ne suffit pas qu'on m'offre l'hospitalité pour que je l'accepte. Je ne suis pas très sympathique à votre beau-frère, vous savez, et il me l'a clairement laissé entendre.

— Ne vous occupez donc pas de George! Vous êtes mon invité et celui de tante Lucilla. C'est une charmante vieille dame. Vous verrez, elle vous plaira!

— J'en suis convaincu, mais je maintiens mon refus.

— Du temps de Rosemary, vous veniez chez nous...

— Ça, c'est autre chose...

Iris sentit son cœur se glacer :

— Pourquoi êtes-vous venu ici, aujourd'hui? demanda-t-elle. Vous aviez une affaire à traiter dans ce coin perdu du monde?

— Vous avez deviné. Une affaire très importante et qui vous intéresse. Iris, je suis venu spécialement pour vous poser une question.

Cette fois, le cœur d'Iris se mit à battre à coups précipités. Son émotion était celle-là même que les femmes ont toutes éprouvée, en une certaine minute de leur vie, et cela depuis des temps immémoriaux. Cependant, elle s'appliquait à avoir l'air intrigué. Exactement comme avait fait un jour, selon toute probabilité, son arrière-grand-mère, quelques instants avant de dire à un certain monsieur : « Oh! mais c'est que votre demande est tellement inattendue! »

Tournant vers lui un visage faussement innocent, elle dit :

— De quoi s'agit-il?

Il la regarda. Il était grave :

— Répondez-moi franchement, Iris. Voici ma question : avez-vous confiance en moi?

Elle fut déçue. Elle attendait autre chose. Il s'en aperçut et dit :

— Je sais, vous ne pensiez pas que c'était ça que j'allais vous demander. Mais, Iris, ce n'en est pas moins une question très importante. A mes yeux, la plus importante du monde... et c'est pourquoi je la répète. Iris, avez-vous confiance en moi?

Elle hésita l'espace d'une seconde, avant de répondre, les yeux au sol :

— Oui.

— Alors, je vais vous demander autre chose. Voulez-vous venir à Londres avec moi et m'épouser sans rien dire à personne?

Elle le regarda avec stupeur :

— Mais ce n'est pas possible! Absolument pas!

— Vous ne pouvez pas m'épouser?

— Pas comme ça!

— Pourtant, vous m'aimez! Car, c'est bien sûr, n'est-ce pas, vous m'aimez?

— Oui, Anthony, je vous aime.

— Cependant, vous ne voulez pas m'accompagner en l'église St. Elfrida, paroisse de Bloomsbury, la mienne depuis quelques semaines, ce qui me confère le droit d'y contracter mariage dans les délais les plus brefs? Vous ne voulez pas?

— Comment le voudrais-je, Tony... George serait ulcéré et tante Lucilla ne me pardonnerait jamais! Et puis, je ne suis pas majeure, je n'ai que dix-huit ans!

— Pour l'âge, on mentirait. Je ne sais quelle peine on encourt pour avoir épousé une mineure sans le consentement de son tuteur... Au fait, qui est-ce, votre tuteur?

— C'est George. C'est lui aussi qui administre mes biens...

— Ça ne change rien à l'affaire. Les peines possibles ne m'effraient pas, puisqu'elles ne peuvent pas aller jusqu'à nous démarier... Et c'est la seule chose qui importe!

Iris secoua la tête :

— Non, c'est impossible! Ce ne serait pas bien!... Et puis, *pourquoi?* Pourquoi voulez-vous m'épouser tout de suite?

— C'est justement parce que je ne peux pas vous le dire que je vous ai demandé, avant tout, si vous aviez confiance en moi. Mes raisons sont excellentes, mais il faudrait me croire sur parole...

Elle poussa un soupir et dit :

— Si seulement George vous connaissait un peu mieux!... Venez avec moi jusqu'à la maison. Il n'y a que George et tante Lucilla...

— Vous croyez?

Comme elle l'interrogeait des yeux, il expliqua :

— En venant ici, tout à l'heure, j'ai aperçu un homme dans la grande allée du *Petit Prieuré*. Et l'amusant, c'est que, cet homme, il me semble bien l'avoir déjà... rencontré.

— Vous avez raison, fit-elle. J'avais complètement oublié... George attendait quelqu'un cet après-midi.

— Si c'est l'homme que j'ai connu autrefois, il s'appelle Race. Le colonel Race...

— Ce doit être lui. Georges connaît, effectivement, un colonel Race. Il devait être de ce souper où Rosemary...

Sa voix tremblait. Elle se tut. Anthony lui prit la main et la pressa fortement :

— Ne pensez pas à ça, chérie!

Elle eut un geste désolé :

— Je ne peux pas m'en empêcher!... Anthony...

— Oui?

— Vous est-il jamais arrivé... Avez-vous jamais songé?...

Elle ne parvenait pas à traduire sa pensée avec des mots. Avec effort, elle prononça enfin :

— Vous ne vous êtes jamais dit que... que Rosemary ne s'était peut-être pas donné la mort?... Qu'elle a pu être assassinée?

Il se récria :

— Grands dieux, Iris! Que dites-vous là?... Qui a pu vous mettre cette idée-là dans la tête?

Elle insistait :

— Elle ne vous est jamais venue, à vous, cette idée?

— Jamais! Rosemary s'est suicidée, ça ne fait aucun doute!

Comme Iris se taisait, il répéta la question à laquelle elle n'avait pas répondu :

— Mais qui, diable, vous a mis cette idée en tête?

Une seconde, elle fut sur le point de lui parler de ce qu'elle savait, mais finalement elle n'en fit rien.

— C'est une idée qui m'est venue comme ça, dit-elle simplement.

— Eh bien, fit-il en riant, vous êtes une petite sotte et il faut l'oublier!

Il se leva et lui mit un baiser sur la joue :

— Et maintenant, adorable petite folle, oubliez ces idées morbides, c'est un ordre, oubliez Rosemary... et pensez à moi!

Chapitre 4.

Tout en tirant sur sa pipe, le colonel Race considérait George Barton avec attention.

Il y avait entre eux un écart d'une vingtaine d'années. Race avait dépassé la soixantaine. L'allure assez militaire, c'était un homme de belle taille, qui se tenait très droit, avec une figure cuite au soleil, des cheveux grisonnants coupés court et, sous d'épais sourcils noirs, un regard luisant d'intelligence.

Il avait connu Barton tout enfant, un des oncles de George étant le voisin de campagne de la famille Race. Et, pour lui, et bien qu'ils n'eussent jamais été intimes, Barton restait « le jeune George », un des nombreux personnages, dont certains déjà assez confus, associés à ses souvenirs d'autrefois.

Il se disait qu'à tout prendre il ne savait guère quel homme était devenu ce « jeune George ». Il avait constaté, au cours de leurs rares rencontres en ces dernières années, qu'ils étaient très éloignés l'un de l'autre. Race était un coureur d'aventures, un de ces hommes qui sont faits pour vivre au loin et construire des empires. Barton était le type même du gentleman qui ne bouge de Londres qu'à regret. Ils ne s'intéressaient pas aux mêmes choses et, lorsqu'ils avaient échangé quelques souvenirs du « bon vieux temps », la conversation tombait généralement dans un silence embarrassé. Le colonel, ayant horreur de parler pour ne rien dire, passait pour l'homme fort, calme et silencieux.

Tout en se demandant pourquoi « le jeune George » tenait à le voir, il essayait de déterminer la nature du changement qui semblait s'être produit dans le personnage depuis leur dernière rencontre, vieille d'environ un an. Barton l'avait toujours frappé par sa lourdeur, sa prudence, pratique et sans imagination. Aujourd'hui, si subtile que fût la différence, il ne le retrouvait pas tout à fait.

Il y avait certainement quelque chose qui n'allait pas. Barton était nerveux en diable. Trois fois déjà, et cela ne lui ressemblait guère, il avait rallumé son cigare.

Le colonel retira sa pipe de sa bouche et dit :

— Alors, jeune George, nous avons des ennuis?

— Le mot est faible, Race. J'ai besoin de vos conseils... et de votre aide.

— Je vous écoute.

— Il y a un an à peu près, vous deviez souper avec nous à Londres, au *Luxembourg*. A la dernière minute, vous vous êtes excusé : vous partiez en voyage...

Race approuva du chef et dit :

— Afrique du Sud.

— A ce souper, ma femme mourut.

Race semblait mal à l'aise :

— Je sais, fit-il. J'ai lu ça dans les journaux. Je ne vous en ai pas parlé tout à l'heure et je ne vous ai pas présenté mes condoléances, parce que je ne voulais pas réveiller des tristes souvenirs. Mais croyez, mon vieux, que je vous plains beaucoup... Beaucoup.

— Merci, fit Barton. Mais il ne s'agit pas de cela... Il paraît que ma femme s'est suicidée.

Race fronça les sourcils :

— Comment « *il paraît* »?

— Lisez ça!

Le colonel prit les lettres qu'il lui tendait, les examina d'un rapide coup d'œil et dit :

— Des lettres anonymes...

— Oui. Mais je crois ce qu'elles disent.

Race hocha la tête :

— C'est une politique dangereuse. Si vous saviez le nombre de lettres bourrées de mensonges qui sont écrites chaque fois que la presse donne de la publicité à un crime quelconque, vous n'en reviendriez pas!

— Je sais. Mais ces lettres n'ont pas été envoyées au moment de... de l'événement, mais six mois après.

— C'est assez curieux, en effet! De qui sont-elles? Avez-vous une idée?

— Non. Et, d'ailleurs, ça m'est égal. La seule chose qui importe, c'est que je crois ce qu'elles déclarent : ma femme a été assassinée.

Race posa sa pipe et s'installa plus confortablement dans son fauteuil :

— Qu'est-ce qui vous fait dire ça? Est-ce qu'à l'époque vous avez soupçonné quelqu'un? La police a-t-elle cru à un meurtre?

— L'affaire m'avait bouleversé et j'étais complètement anéanti. L'enquête a eu lieu, j'ai laissé passer le verdict sans protester. Ma femme avait été malade, elle était déprimée, on n'avait envisagé que l'hypothèse du suicide. Le poison, d'ailleurs, était dans son sac à main...

— C'était, ce poison?

— De l'acide cyanhydrique.

— Je me souviens, en effet. Elle l'a absorbé dans son champagne?

— Oui. A l'époque, rien n'a paru suspect.

— Avait-elle jamais menacé de se tuer?

— Non, jamais! Elle adorait la vie...

Race approuva d'un signe de tête. Il n'avait rencontré la femme de George qu'une fois. Elle lui avait semblé très gentille, à peu près dépourvue de cervelle, mais certainement peu portée à la mélancolie.

— Quelles ont été, demanda-t-il, les conclusions médicales quant à son état mental?

— Le médecin de Rosemary, un vieux praticien qui la soignait depuis son enfance, était en croisière. Son assistant, un jeune homme, le remplaçait. Tout ce qu'il a pu dire, c'est que Rosemary avait souffert d'une de ces grippes qui sont généralement suivies d'une période de dépression nerveuse très accentuée.

Après un silence, il reprit :

— Je ne me suis entretenu avec le médecin de Rosemary que plus tard, après avoir reçu ces lettres, et bien entendu sans en faire mention. Nous avons parlé de la fin tragique de Rosemary. Il me déclara que l'événement l'avait stupéfié, que rien ne pouvait laisser prévoir qu'un jour elle se donnerait la mort. Le fait, à l'entendre, prouve simplement que, si bien qu'un médecin connaisse ses malades, il ne sait jamais ce qu'ils sont capables de faire.

« C'est après cette conversation que je m'avisai que *personnellement* je n'avais jamais été convaincu du suicide de Rosemary. Je la connaissais bien. Il y avait, certes, des périodes durant lesquelles elle se croyait très malheureuse, des semaines où tout l'agaçait, et il pouvait lui arriver de commettre des imprudences et de se conduire de façon déraisonnable. Mais jamais je ne l'ai vue dans l'état d'esprit des gens qui sont décidés à en finir avec la vie!

Un peu gêné de poser la question, mais elle était indispensable, Race demanda :

— N'est-il pas possible qu'elle ait eu quelque raison spéciale de se suicider? N'avait-elle pas quelque motif d'être désespérée?

— Euh... non. Elle était un peu nerveuse, sans plus.

Évitant de regarder son ami, le colonel reprit :

— Avait-elle ce que j'appellerai « le goût du drame »? Il y a des gens, par exemple, qui, après une dispute, risqueront une tentative de suicide, sans avoir peut-être l'intention de se tuer vraiment. Leur idée, enfantine, c'est : « Ça *lui* apprendra! »

— Rosemary et moi, nous ne nous querellions jamais.

— D'ailleurs, la nature même du poison rend l'hypothèse difficile à accepter. Il est dangereux de jouer avec l'acide cyanhydrique... et tout le monde le sait!

— En outre, je suis convaincu que, si Rosemary avait voulu se tuer, ce n'est pas ce mode de suicide qu'elle aurait choisi. Il est douloureux et horrible. Elle aurait, sans aucun doute, préféré recourir à une dose massive de somnifère.

— C'est mon avis. A-t-on déterminé l'endroit où elle avait acheté cet acide cyanhydrique ou la façon dont il lui était venu entre les mains?

— Non. Mais quelque temps auparavant, à la campagne, chez des amis, elle avait assisté à la destruction d'un nid de guêpes. On a supposé que, ce jour-là, elle avait pris une poignée de cristaux d'acide cyanhydrique.

— C'est plausible. D'ailleurs c'est un produit qu'on se procure aisément. Il n'y a guère de jardiniers qui n'en aient un petit stock.

Il réfléchit un instant et dit :

— Résumons-nous, Barton. On n'a pas prouvé qu'elle ait songé au suicide, pas prouvé qu'elle l'ait préparé. Il n'y a donc pas de preuves positives du suicide. Mais j'imagine qu'il n'y a pas non plus de preuves positives du meurtre. La police, qui est moins endormie qu'on ne le prétend parfois, les aurait découvertes...

— A condition de les chercher. L'hypothèse d'un crime était tellement invraisemblable...

— Et, six mois plus tard, vous la trouvez très admissible?

— Je crois, répondit George lentement, que les résultats de l'enquête ne m'ont jamais donné satisfaction, qu'au fond de moi-même, sans en avoir conscience, j'ai toujours cru à l'assassinat... et que ces lettres m'ont simplement, si j'ose dire, révélé ce que je savais déjà.

— Alors, dit Race, attaquons le problème franchement. Qui soupçonnez-vous?

George fit la grimace.

— C'est bien là le terrible de l'affaire, expliqua-t-il. Si Rosemary a été tuée, le coupable est nécessairement un de ceux qui se trouvaient à notre table, un de nos amis. Personne, en effet, ne s'est approché de nous vers ce moment...

— Les garçons?... Qui s'occupait du champagne?

— Charles, le maître d'hôtel du *Luxembourg*. Vous le connaissez?

Race fit signe que oui. Tout le monde connaissait Charles et il paraissait évidemment impossible que l'honnête maître d'hôtel eût, de propos délibéré, empoisonné un client.

— Nous étions servis par Giuseppe. Un garçon que je connais depuis des années...

— Alors, passons aux convives. Qui y avait-il?

— Stephen Farraday, le député. Sa femme, Lady Alexandra Farraday. Ma secrétaire, Ruth Lessing. Un type du nom de Browne. Iris, la sœur de Rosemary, et moi-même. Sept en tout. Nous aurions été huit si vous aviez pu venir. Quand vous vous êtes décommandé, nous avons vainement cherché qui pourrait vous remplacer...

— Bon. Et les soupçons pèsent sur...?

— Mais sur personne! s'écria George. Sur personne! Si j'avais la moindre idée...

— Très bien, très bien! fit Race d'une voix douce. Je pensais que vous aviez peut-être des soupçons... Vous n'en avez pas, ça n'a pas d'importance... Voyons... Comment étiez-vous placés?

— J'avais Sandra Farraday à ma droite, naturellement. A côté d'elle, Anthony Browne. Puis Rosemary, Stephen Farraday, Iris, et enfin Ruth Lessing, qui était à ma gauche.

— Bien. Dans le courant de la soirée, votre femme avait déjà bu du champagne?

— Oui. On avait rempli les verres plusieurs fois. La... la chose est arrivée au moment des attractions. Le vacarme était infernal. Il y avait une troupe de nègres sur la scène et nous regardions tous. Rosemary s'est écroulée sur la table juste avant qu'on ne rallume les lumières dans la salle. Elle a peut-être poussé un cri, un gémissement, personne ne l'a entendu. Dieu merci, le médecin a déclaré que la mort avait été instantanée...

— Eh bien, Barton, à première vue, ça me paraît assez clair.

— Comment ça?

— Votre coupable, c'est Stephen Farraday. Il était à la droite de votre femme. Le verre de Mrs. Barton se trouvait donc tout près de sa main gauche à lui. Rien ne lui était donc plus facile que d'y jeter le poison dès que les lumières furent éteintes et tandis que l'attention de chacun se portait vers la scène. Les autres étaient moins bien placés pour faire les gestes nécessaires. Ces tables rondes du *Luxembourg* sont assez larges. Si quelqu'un s'était penché par-dessus la table, le fait eût certainement été remarqué, même dans une salle plongée dans une demi-obscurité. L'observation vaut également pour le voisin de gauche, mal placé lui aussi pour jeter quelque chose dans le verre de votre femme sans attirer l'attention. Il y a une autre possibilité, d'ailleurs. Mais terminons-en d'abord avec notre coupable présumé. Stephen Farraday, député, avait-il quelque raison de tuer Mrs. Barton?

— Mon Dieu, répondit George d'une voix étouffée, ils étaient... très amis. Qu'il se soit autorisé de cette amitié pour demander plus, qu'elle l'ait repoussé et qu'il ait voulu se venger, c'est possible, après tout!

— Mais un peu mélodramatique. C'est le seul mobile que vous verriez?

— Oui.

George était écarlate. Race en prit note mentalement et poursuivit :

— Passons à la possibilité numéro deux : les femmes.

— Pourquoi les femmes?

— Mon cher George, vous étiez sept : quatre femmes et trois hommes. Il est probable qu'au cours de la soirée, à plusieurs reprises, tandis que trois couples dansaient, une femme est restée seule à table. Vous dansiez tous?

— Tous.

— Bon. Rappelez vos souvenirs... Avant les attractions, voyez-vous l'une des quatre femmes ainsi demeurée seule à table, tandis que les autres dansaient?

George réfléchit.

— Je crois, dit-il, qu'Iris n'a pas fait la dernière danse avant le spectacle et que Ruth Lessing avait manqué la précédente.

— Vous souvenez-vous du moment où vous avez vu votre femme boire du champagne pour la dernière fois?

— Voyons... Après avoir dansé avec Browne, elle a déclaré, en revenant s'asseoir, que les fantaisies chorégraphiques de Browne l'avaient brisée et elle a bu un peu de champagne. Quelques minutes plus tard, on joua une valse qu'elle fit avec moi. Elle savait que la valse est la seule danse où je sois un cavalier presque possible. Farraday dansait avec Ruth et Lady Alexandra avec Browne. Iris restait en numéro sept. C'est après cette valse que les attractions ont commencé.

— Occupons-nous un peu de votre belle-sœur. Est-ce que la mort de Mrs. Barton lui a valu quelques avantages financiers?

— Mon cher Race, dit George d'une voix mal assurée, ne nous lançons pas dans les bêtises. A l'époque, Iris était une enfant...

— J'ai vu, par deux fois, des petites filles qui allaient en classe et qui n'en étaient pas moins des criminelles.

— Mais Iris adorait sa sœur.

— D'accord, Barton. Seulement, elle a eu la possibilité matérielle de commettre le meurtre. Je veux savoir si elle aurait eu un mobile. Votre femme était riche, je crois. A qui son argent est-il allé? A vous?

— Non. A Iris...

Barton expliqua comment, par la volonté de l' « oncle Paul », Iris se trouvait avoir hérité de sa sœur. Race écoutait avec intérêt.

— Curieuse situation, dit-il ensuite. Des deux sœurs, l'une était riche, l'autre pauvre. On imagine assez bien la seconde jalouse de la première...

— Ce n'était certainement pas le cas d'Iris.

— Je veux bien vous croire. Mais elle avait bel et bien un mobile... Retenons ça et poursuivons. Qui voyons-nous encore comme ayant pu avoir un mobile?

— Personne... Non, vraiment personne! Rosemary n'avait pas d'ennemis. Je me suis renseigné, j'ai posé des questions, j'ai essayé de savoir. J'ai même acheté cette maison pour être près des Farraday afin de...

Il s'interrompit net, laissant sa phrase inachevée. Race avait repris sa pipe, dont il grattait le fourneau. Il dit, sans lever les yeux :

— Vous ne croyez pas, jeune George, qu'il vaudrait mieux me dire tout?

— Comment ça?

— Vous me cachez quelque chose, ça se voit comme le nez au milieu de la figure! Ou vous défendez la réputation de votre femme, ou vous cherchez à savoir si elle a ou non été assassinée. Dans ce dernier cas, il faut parler...

Il y eut un silence. Puis George se décida.

— Vous avez gagné, Race. Je parle.

Toujours occupé à nettoyer sa pipe, Race lâcha la question qu'il tenait prête :

— Vous avez des raisons de croire que votre femme avait un amant? C'est bien ça?

— C'est ça.

— Stephen Farraday?

— Je n'en sais rien... Parole d'honneur, je n'en sais rien! C'était peut-être lui, mais peut-être aussi était-ce l'autre, Browne. Lequel des deux? Je n'arrive pas à me faire une opinion...

— Parlez-moi un peu de cet Anthony Browne. C'est curieux, il me semble que je le connais de nom...

— Je ne sais exactement rien de lui... et tout le monde est à peu près comme moi. Un garçon assez sympathique, assez amusant, mais dont on ignore tout. Il passe pour Américain, mais il n'a pour ainsi dire pas d'accent...

— L'ambassade pourra peut-être nous renseigner... Alors?... Farraday ou Browne?

— Je vous répète, Race, que je n'en sais rien!... Un jour j'ai surpris ma femme écrivant une lettre. J'ai examiné son buvard. Il s'agissait d'une lettre d'amour, mais rien ne permettait de deviner le nom du destinataire...

Race dit, les yeux ailleurs :

— Voilà qui nous ouvre des horizons. Lady Alexandra, par exemple, entre dans le jeu, s'il y avait quelque chose entre son mari et votre femme. Elle est de ces gens calmes qui sont habités de passions violentes. L'espèce donne souvent des criminels. Nous progressons, Barton. Nous avons déjà le mystérieux Mr. Browne, les deux Farraday et Iris Marle. *Quid* de la troisième femme, Ruth Lessing?

— Ruth n'a certainement rien à faire là-dedans! S'il y a quelqu'un qui n'avait pas de mobile, c'est bien elle!

— Vous m'avez dit qu'elle était votre secrétaire, je crois? Quel genre de fille est-ce?

— La fille la plus remarquable qui soit, répondit George avec conviction. Pratiquement, elle fait partie de la famille et je la considère comme mon bras droit. Il n'est personne de qui j'aie meilleure opinion, personne non plus à qui je fasse plus complètement confiance.

— Vous semblez avoir pour elle une vive sympathie.

— C'est trop peu dire, Race! Ruth est une femme étonnante, sur qui je me décharge d'un tas de choses. C'est l'être le plus sûr, le plus loyal que la terre ait jamais porté!

Race murmura quelque chose comme « Hum! Hum! » et passa à un autre sujet. Rien dans son attitude n'avait laissé deviner à George qu'il avait ajouté Ruth Lessing à la liste de ses suspects. Il tenait que « l'être le plus loyal que la terre eût jamais porté » pouvait avoir une excellente raison de souhaiter voir Mrs. George Barton dans un monde meilleur. Que ses mobiles fussent intéressés ou qu'elle fût authentiquement amoureuse de son patron, elle pouvait se considérer comme une deuxième Mrs. Barton très possible. Et cela suffisait pour expliquer un geste criminel.

Gardant pour lui ses réflexions, il dit :

— J'imagine, George, que vous vous rendez compte que vous aviez vous-même d'assez sérieuses raisons d'être l'assassin.

— Moi?

George tombait des nues.

— Dame, fit Race. Souvenez-vous d'Othello...

George respira.

— Je vois ce que vous voulez dire, mais la comparaison n'est pas valable. Sans doute, j'adorais Rosemary. Mais je savais, en l'épousant, qu'il y avait des choses... des choses dont je devrais prendre mon parti. Elle avait de l'affection pour moi, beaucoup d'affection même, et aussi de la tendresse. Seulement, qu'est-ce que vous voulez, je ne suis pas un bonhomme très gai, très réjouissant. Je ne suis pas un héros de roman, et je le sais. Je n'ignorais pas en l'épousant que je ne serais pas à la fête tous les jours... et, d'ailleurs, j'étais prévenu. Evidemment, j'ai souffert. Mais de là à supposer que j'aie pu toucher un cheveu de sa tête...

Il s'interrompit et, sur un autre ton, poursuivit :

— Au surplus, si j'étais le coupable, pourquoi diable irais-je aujourd'hui réveiller une histoire qu'on peut considérer enterrée? Il y a eu un jugement, l'enquête a conclu au suicide, l'affaire est classée. Alors?

— Vous avez raison, Barton, et je dois dire que je n'ai pas retenu l'hypothèse un seul instant. Si vous étiez l'assassin, ayant reçu ces deux lettres, vous les auriez gentiment jetées au feu et vous n'auriez rien dit. Et cela me ramène à un point qui me semble d'une importance capitale : ces lettres, qui les a écrites?

— Je n'en ai pas la moindre idée.

— C'est un détail qui ne paraît pas avoir retenu votre attention et qui m'intéresse au contraire énormément. C'est d'ailleurs la première question que je vous ai posée. A mon avis, nous pouvons tenir pour certain qu'elles ne viennent pas de l'assassin. Comme vous venez de le dire, il n'a aucun intérêt, lui, à rouvrir le dossier d'une affaire qui s'est pour lui très heureusement terminée. Alors, ces lettres, de qui sont-elles?

— D'un domestique?

George avait parlé pour dire quelque chose.

— C'est possible, fit Race, sans enthousiasme, lui non plus. Reste à savoir de quel domestique. Rosemary avait-elle une femme de chambre à qui elle fît ses confidences?

— Non. Nous avions à l'époque une cuisinière, Mrs. Pound, qui est toujours ici, et deux femmes de chambre qui ne sont pas restées avec nous très longtemps.

Race réfléchit un instant.

— Barton, si vous voulez mon avis, ainsi que je le crois, le voici : il vous faut, avant de rien décider, reconsidérer l'affaire très sérieusement. Rosemary est morte et rien de ce que vous ferez ne lui rendra la vie. Il n'est pas prouvé, je l'admets, qu'elle se soit suicidée, mais il n'est pas prouvé non plus qu'on l'ait assassinée. Disons par hypothèse qu'on l'a tuée. Voulez-vous vraiment que l'on rouvre l'enquête? La chose n'ira pas sans une publicité fort désagréable, la presse fouillera dans votre vie privée, on parlera ouvertement des aventures de votre femme...

George ne le laissa pas aller plus loin.

— Et si je ne bouge pas, s'écria-t-il, il y a un salopard qui se tirera de tout ça, la tête haute!... Vous voulez que ce phraseur de Farraday, avec sa tête à claques, continue sa brillante carrière, sa brillante carrière d'assassin? Non, Race, vous ne pouvez pas me conseiller de laisser ça là!

— Je tenais simplement à souligner les inconvénients de l'action que vous voulez entreprendre.

— Je veux faire la lumière!

— Très bien. Il ne vous reste qu'à prendre vos deux lettres et à aller trouver la police. Elle découvrira leur auteur assez facilement, c'est certain, et il n'y aura plus qu'à le faire parler. Rappelez-vous seulement que, la machine mise en route, vous ne pourrez plus l'arrêter!

— Je n'ai pas l'intention de recourir à la police et c'est pour cela que j'ai voulu vous voir. Je vais tendre un piège au meurtrier.

— Que diable voulez-vous dire?

— Simplement que je vais donner au *Luxembourg* un petit souper, auquel vous assisterez. Il y aura là tous ceux que j'avais conviés à fêter l'anniversaire de Rosemary : les Farraday, Anthony Browne, Ruth et Iris. Tout est déjà arrangé...

— Mais où voulez-vous en venir?

— Cela, dit George, avec un petit rire, c'est mon secret. Tout serait fichu si je le disais maintenant, même à vous. Je désire que vous arriviez sans idée préconçue... et que vous regardiez ce qu'il va se passer...

Le colonel fronça le sourcil.

— Je n'aime pas beaucoup ça, dit-il. Ces mises en scène à grand spectacle, c'est très joli dans les livres. Dans la vie, ça n'existe pas. Adressez-vous à la police, c'est le meilleur conseil que je puisse vous donner. Elle mettra à votre disposition des gens sérieux, qui ont l'habitude de ces sortes de problèmes. Des professionnels. En fait d'enquêtes criminelles, les amateurs sont contre-indiqués.

— C'est bien pourquoi j'ai fait appel à vous. Vous n'êtes pas un amateur.

— Parce que j'ai travaillé un peu pour l'Intelligence Service?... Vous êtes bien indulgent... Mais, de toute façon, que pourrais-je faire si vous me laissez dans le noir?

— C'est absolument nécessaire.

Race secoua la tête.

— Je regrette, fit-il, mais je refuse. Votre projet ne me dit rien de bon et il ne faut pas compter sur moi. Soyez gentil, George, abandonnez votre idée!

— Impossible. Tout est prêt et j'irai jusqu'au bout.

— Ne vous entêtez donc pas! Je connais ces choses-là un peu mieux que vous et je vous répète que je n'aime pas du tout ce que vous proposez de faire. Ça ne donnera rien et ça peut être dangereux. Y avez-vous songé?

— Je suis bien convaincu que ce sera dangereux pour quelqu'un.

Race poussa un soupir.

— Faites comme vous l'entendrez, Barton, mais vous ne direz pas que je ne vous ai pas prévenu!... Vous ne vous rendez pas compte de ce que vous faites! Je vous en conjure, pour la dernière fois, renoncez à cette folie!

George Barton l'écoutait, mais il n'était au pouvoir de personne de le faire revenir sur sa détermination.

Sa résolution était prise. Et bien prise.

Chapitre 5.

Le jour se leva, humide et triste, sur le 2 novembre.

Il faisait si sombre dans la salle à manger d'Elvaston Square qu'on dut allumer les lumières pour le petit déjeuner.

Au lieu de prendre son café au lait dans son lit, comme d'habitude, Iris était descendue. Pâle comme un linge, devant une tasse qui restait pleine et des tartines, elle grignotait du bout des dents. George manipulait son *Times* d'une main nerveuse et, à l'autre bout de la table, Lucilla Drake versait dans son mouchoir des larmes abondantes.

— Je suis sûre, disait-elle entre deux sanglots, que le pauvre garçon va faire quelque chose de terrible. Il est tellement sensible!... Et il ne me dirait pas que c'est une question de vie ou de mort si ce n'était pas vrai!

Le journal de George s'agita.

— Je vous en prie, Lucilla, dit Barton, avec un soupçon d'agacement dans la voix, cessez de vous tracasser comme ça! Je vous ai dit que je m'en occupais!

— Je sais combien vous êtes bon, mon cher George, et je vous remercie. Mais j'ai tellement l'impression que tout retard peut avoir des conséquences tragiques! Toutes ces demandes de renseignements, ça va prendre du temps!

— Mais non, mais non... Je verrai à ce que ça aille très vite!

— Il a dit « pour le 3, sans faute », et le 3, c'est demain! S'il arrivait quelque chose à ce pauvre enfant, je ne me le pardonnerais jamais!

— Tranquillisez-vous, je vous dis! Il ne lui arrivera rien.

Il but une bonne gorgée de café.

— Il me reste quelques bons du Trésor, reprenait Lucilla. On pourrait...

— Laissez-moi faire, Lucilla, je me charge de tout.

Iris vint à la rescousse.

— Voyons, tante Lucilla, fit-elle, soyez raisonnable! Puisque George vous dit qu'il arrangera l'affaire!... Après tout, ce n'est pas la première fois...

— Oh! répliqua la brave dame, il y a longtemps qu'il ne m'a rien demandé. La dernière fois, c'était quand le pauvre garçon s'est fait rouler par ces immondes coquins qui habitaient dans un ranch...

— Ça doit bien faire trois mois! murmura George pour lui-même.

Il passa sa serviette sur sa moustache, se leva et, s'arrêtant derrière Mrs. Drake, lui administra dans le dos quelques tapes amicales.

— Et maintenant, Lucilla, le sourire! Je vais dire à Ruth de câbler tout de suite.

Iris le rejoignit dans le vestibule.

— George, dit-elle, ne croyez-vous pas qu'il vaudrait mieux ajourner la petite fête de ce soir? La tante Lucilla est bien abattue et nous pourrions peut-être rester à la maison avec elle...

La face colorée de Barton vira au pourpre.

— Il n'en est pas question, répondit-il avec vivacité. Je ne vois pas pourquoi cette jeune crapule gâcherait nos plaisirs! Je ne le dis pas à sa mère, mais il la fait chanter, tout simplement! Et, si on m'écoutait, il n'aurait pas un *shilling*!

— Tante Lucilla n'y consentirait jamais!

— Lucilla est stupide... et elle l'a toujours été. Ces femmes qui attendent d'avoir dépassé la quarantaine pour avoir des enfants tournent immédiatement en bourriques. Elles gâtent leur gosse dès le berceau en lui passant ses quatre volontés... et c'est fini! Si l'on avait une seule fois laissé le jeune Victor se tirer d'affaire tout seul, il serait peut-être devenu un homme!

— Mais...

— N'insistez pas, Iris. Je ferai en sorte que Lucilla soit rassurée ce soir quand elle ira se coucher. Et, si c'est nécessaire, nous l'emmènerons avec nous!

— Elle a horreur des cabarets et elle s'endormirait au milieu du repas. En plus, elle dirait qu'elle étouffe et que la fumée est mauvaise pour son asthme.

— Je disais ça pour plaisanter. Au revoir, Iris, et souriez un peu, vous aussi! Dites à Lucilla que je vais arranger ça pour le mieux!

Après son départ, la jeune fille revint à la salle à manger, où la sonnerie du téléphone l'amena à l'appareil. Elle prit le récepteur d'un air renfrogné, mais tout de suite son visage s'éclaira : elle avait reconnu la voix d'Anthony.

— C'est vous, Tony?

— Soi-même!... Je vous ai appelée hier, mais je n'ai pu vous voir... Dites donc, on dirait que vous avez sérieusement travaillé notre George?

— Que voulez-vous dire?

— Eh bien!... qu'il m'a très gentiment pressé d'être ce soir de votre souper d'anniversaire et que ça ressemble si peu à son habituelle politique que j'en suis encore tout ébahi. Hier, c'était :

« Bas les pattes ! Faut pas toucher à ma pupille ! » et, aujourd'hui, c'est : « Venez donc vous amuser avec nous, ça nous fera tant plaisir !... » Je m'étais dit que c'était peut-être le résultat de quelque habile manœuvre de votre part.

— Non, non... Je n'y suis pour rien.

— Alors, c'est de lui-même qu'il a changé?

— Pas exactement. C'est...

Elle ne finit pas sa phrase.

— Allô ! Vous êtes partie?

— Non, je suis toujours là...

— Vous alliez dire quelque chose... Que se passe-t-il, chérie? J'entends vos soupirs d'ici. Il y a quelque chose qui ne va pas?

— Non, non... Il n'y a rien. Je serai très bien demain. Demain, tout ira bien...

— J'admire votre belle confiance ! Est-ce qu'il n'y a pas un proverbe qui prétend que « demain n'arrive jamais »?

— Ne dites pas ça !

— *Iris, il y a quelque chose !*

— Non, je vous assure que non. D'ailleurs, je ne peux pas vous le dire. Vous comprenez, Tony, j'ai promis...

— Voyons, mon amour, dites-moi ce que c'est !

— Vraiment, Tony, je ne peux pas... Mais, vous, voulez-vous me dire quelque chose?

— Si c'est en mon pouvoir, avec joie !

— Étiez-vous... étiez-vous amoureux de Rosemary?

Il y eut un petit silence, bientôt suivi d'un éclat de rire.

— Alors, c'était ça !... Eh bien, oui, Iris, j'ai été amoureux de Rosemary... Un tout petit peu et pas très longtemps. Elle était très jolie, vous savez?... Et puis, un jour, tandis que je lui parlais, je vous ai vue descendre l'escalier... En une seconde, ce fut fini ! J'ai compris à ce moment-là que je n'aimais pas Rosemary, qu'il n'y avait pour moi qu'un être au monde et que c'était vous ! Voilà, Iris, la vérité vraie, la vérité du bon Dieu... Tout ce que je vous demande, c'est de ne pas faire travailler là-dessus votre petite imagination ! Souvenez-vous que Roméo lui-même fut épris de Rosalinde avant de bouleverser ciel et terre à propos de Juliette !

— Merci, Tony. Je suis contente...

— Alors, c'est parfait. Nous parlerons ce soir. C'est votre anniversaire, si j'ai bien compris?

— En réalité, il s'en faut de huit jours. Mais c'est mon anniversaire que l'on fête.

— La perspective ne paraît pas vous emballer?

— Elle ne m'emballe pas non plus.

— Je suppose que George sait ce qu'il fait. Mais il me semble, pourtant, que c'est une drôle d'idée que de donner cette petite fête à l'endroit même où...

— Oh! vous savez, le *Luxembourg* est un endroit qu'on évite difficilement et j'y suis retournée souvent depuis...

— Et c'est d'ailleurs aussi bien comme ça! Je vous apporterai un modeste cadeau. J'espère qu'il vous plaira...

— J'en suis sûre...

La conversation terminée, Iris alla retrouver Lucilla Drake.

Cependant, George, dès son arrivée à son bureau, avait fait demander Ruth Lessing.

L'ayant saluée d'un aimable : « Bonjour, Ruth! » il lui tendit le câblogramme en disant :

— Encore des embêtements! Lisez ça...

— Encore Victor Drake?

— Oui. Il y avait longtemps, hein?

Un instant, le câblogramme à la main, elle demeura silencieuse. Un visage brun, tout strié de petites rides autour du nez quand il riait, une voix moqueuse qui parlait « des filles qui finissent par épouser le patron », comme elle le retrouvait vivant dans son souvenir! On aurait dit que cette conversation était d'hier...

La voix de George la ramena sur terre :

— Il y a combien de temps que nous l'avons rembarqué? Un an?

Elle réfléchit :

— A peu près. Je crois que c'était exactement le 29 octobre.

— Quelle secrétaire merveilleuse vous faites, Ruth! Vous avez une de ces mémoires!

Elle songea qu'elle avait, pour se souvenir de cette date, une raison qu'il ignorait. N'était-elle pas encore sous l'influence toute fraîche de Victor quand, parce qu'elle avait entendu la voix insouciante de Rosemary, elle s'était aperçue qu'elle haïssait la femme de son patron?

— Il nous a tout de même fichu la paix pendant quelque temps! Au fond, nous pouvons nous estimer heureux! Même si l'affaire nous a coûté cinquante ou cent livres...

— Cette fois, il en demande trois cents. Ça me paraît beaucoup!

— C'est beaucoup et il ne les aura pas. Avant tout, d'ailleurs, nous prendrons, comme toujours, quelques renseignements.

— Je vais me mettre en rapport avec Mr. Ogilvie.

Alexander Ogilvie était l'agent de la maison à Rio de Janeiro.

Barton le définissait : « Un Écossais sobre. » C'était un homme à la tête froide et au jugement sûr.

— C'est ça, fit George. Câblez tout de suite. La mère de Victor est dans un état lamentable. Comme toujours en pareille circonstance. Elle risque de se trouver mal toutes les cinq minutes et elle nous complique fameusement les choses pour ce soir.

— Voulez-vous que je reste avec elle?

— Certainement pas, répondit-il avec emphase. Vous êtes, entre toutes, la personne que j'entends avoir auprès de moi ce soir. J'ai besoin de vous, Ruth, et il faut aussi penser un petit peu à vous de temps en temps...

Il lui avait pris la main.

— Si j'essayais, dit-elle, de téléphoner à Mr. Ogilvie? Ça nous permettrait peut-être de tout arranger aujourd'hui même.

— Excellente idée. Elle vaut qu'on risque la dépense.

— Je m'en occupe tout de suite.

Gentiment, elle dégagea sa main et quitta la pièce.

George étudia quelques affaires qui réclamaient ses soins. A midi et demi, il prenait un taxi et se faisait conduire au *Luxembourg*.

Charles, le plus célèbre et le plus populaire des maîtres d'hôtel londoniens, se porta à sa rencontre, le buste incliné au degré convenable et le visage paré du sourire réclamé par sa fonction :

— Bonjour, monsieur Barton.

— Bonjour, Charles. Tout est prêt pour ce soir?

— Oui, monsieur. Je crois que vous serez satisfait.

— La même table?

— La même, monsieur. Dans la « loggia » du fond, la table du milieu.

— C'est bien compris, aussi, pour le couvert supplémentaire?

— Oui, monsieur. Les ordres sont donnés.

— Et vous avez pu vous procurer le... le romarin*?

— Oui, monsieur Barton. Je crains que ce ne soit pas très décoratif. Vous ne voulez pas que j'y fasse ajouter quelques baies rouges ou, par exemple, quelques chrysanthèmes?

— Non, non. Rien que le romarin!

— Très bien, monsieur. Peut-être voudriez-vous voir le menu?... Giuseppe!

* *Le romarin, en anglais* rosemary, *a en Angleterre une valeur symbolique analogue à celle des myosotis en France. C'est la plante du souvenir. Ophélie, dans une scène fameuse de* Hamlet, *dit :* « Rosemary... That's for remembrance... » *(Voici du romarin... c'est pour le souvenir...) et la réplique est fréquemment citée par nos amis britanniques.* (N.D.T.)

Un claquement de doigts du maître d'hôtel fit surgir un souriant petit Italien, d'une quarantaine d'années.

— Le menu pour Mr. Barton.

Giuseppe produisit un carton sur lequel George jeta un œil distrait : huîtres, potage Dubarry, sole Luxembourg, grouse, foies de poulets au bacon, etc.

George déclara que « c'était parfait », rendit le menu à Giuseppe et, escorté de Charles, se dirigea vers la sortie.

— Puis-je vous dire, fit le maître d'hôtel, baissant la voix, combien nous sommes touchés que... que vous soyez revenu chez nous?

— Que voulez-vous, Charles? répondit Barton. Le passé est le passé! Il faut l'oublier et se dire que ce qui est fini est fini!

— C'est bien vrai, monsieur Barton. Vous savez combien nous avons été navrés à l'époque? J'espère que la jeune demoiselle sera contente de sa soirée et que tout se passera comme vous voulez!

Il s'inclina avec grâce, puis, George à peine parti, fonça tel un dragon furieux sur un garçon qui, à une table près de la fenêtre, venait de commettre quelque crime inexpiable...

George s'en allait, un curieux sourire aux lèvres. Il avait trop peu d'imagination pour que le *Luxembourg* lui fût antipathique. Après tout, ce n'était vraiment pas la faute de l'établissement si Rosemary avait choisi de s'y suicider ou si quelqu'un avait décidé de l'y assassiner. La chose, même, avait été plutôt fâcheuse pour le *Luxembourg*. Au surplus, George ne voulait penser qu'à l'idée qu'il avait en tête...

Il déjeuna à son club, assista ensuite à une réunion d'affaires, puis, avant de regagner son bureau, entra dans une cabine téléphonique pour demander à Maiden Vale un numéro, qu'il obtint avec une vive satisfaction. Tout, décidément, marchait à souhait.

Dès son retour au bureau, Ruth Lessing vint le trouver :

— C'est à propos de Victor Drake, dit-elle.

— Alors?

— J'ai bien peur qu'il n'ait une vilaine affaire sur les bras, une affaire qui pourrait très bien le mener en cour d'assises. Pendant des mois, il a pris de l'argent dans la caisse de sa maison...

— C'est Ogilvie qui vous a renseignée?

— Oui. J'ai pu le joindre au téléphone ce matin et il m'a rappelée cet après-midi, il n'y a pas dix minutes. Il dit que Victor a agi avec une audace folle...

— Je veux bien le croire.

— La maison consent à ne pas poursuivre si elle rentre dans son argent. Mr. Ogilvie a vu l'un des directeurs et il a sa promesse. Il s'agit d'une somme de cent soixante-quinze livres.

— De sorte que l'honorable Mr. Victor espérait empocher dans l'opération un bénéfice net de cent trente-cinq livres!

— J'en ai bien peur.

— Eh bien, c'est toujours autant que nous économiserons, remarqua George, avec satisfaction.

— J'ai dit à Mr. Ogilvie de faire le nécessaire pour arranger l'affaire. J'ai bien agi?

— Personnellement, je serais ravi de voir ce jeune gredin en prison, mais il faut penser à sa pauvre maman. C'est une idiote... mais elle est si gentille... Conclusion : Mr. Victor a gagné une fois de plus!

— Comme vous êtes bon!

— Moi?

— Oui, vous! Je crois que vous êtes l'homme le meilleur qui soit au monde!

Cet hommage le toucha. Il se sentait tout ensemble content et gêné. Cédant à une impulsion soudaine, il lui prit la main et la porta à ses lèvres :

— Chère, chère Ruth! Ma meilleure amie et la plus sûre... Sans vous, que serais-je devenu?

Ils étaient debout, très près l'un de l'autre.

« Avec lui, pensait-elle, j'aurais été heureuse. Et je l'aurais rendu heureux! Si seulement.... »

De son côté, il se demandait s'il n'allait pas, finalement, suivre le conseil de Race et laisser tomber cette sotte aventure. N'était-ce pas, tout bien considéré, le parti le plus sage?

Il balança un instant, puis son indécision cessa.

— A ce soir, Ruth, dit-il. Neuf heures et demie au *Luxembourg*.

Chapitre 6.

Ils étaient tous venus.

George le constatait avec soulagement. Jusqu'au dernier moment, il avait craint quelque tardive défection. Mais non, ils étaient tous là...

Stephen Farraday, grand, solide, un peu hautain, et, avec lui, Sandra, très élégante dans une sobre robe de velours noir, un collier d'émeraudes au cou. La femme avait de la branche, c'était incontestable. Elle se montrait très à l'aise, nullement guindée, peut-être même un peu plus aimable qu'à l'accoutumée. Ruth était en noir, elle aussi. Elle ne portait aucun bijou, à l'exception d'un clip d'or, finement ouvré. Il admirait sa belle chevelure sombre, la ligne gracieuse de son cou et ses bras, très blancs, plus blancs que ceux des autres femmes. Ruth travaillait et les loisirs lui manquaient qui lui auraient permis de se brunir au soleil. Leurs yeux se rencontrèrent. Devinant dans ceux de George de l'inquiétude, elle le rassura d'un sourire et il se sentit tout ragaillardi. Chère Ruth! Si nette, si loyale. Iris, contrairement à son habitude, demeurait silencieuse. Comme si elle se rendait compte, seule de tous ceux qui étaient là, qu'il ne s'agissait pas d'une réunion ordinaire. Elle était très pâle, dans sa robe verte très simple, et cette pâleur lui allait fort bien, conférant à son visage une sorte de beauté grave et un peu triste. Anthony Browne était arrivé le dernier. George avait remarqué sa démarche souple et élastique. L'allure d'un fauve, avait-il songé. Celle d'une panthère ou, mieux, d'un léopard.

Ils étaient là. Tous. Entrés dans le piège qu'il leur avait tendu. Maintenant, le jeu pouvait commencer...

On absorba quelques cocktails, puis on se leva pour passer dans la salle de restaurant.

Couples dansant, musique douce, garçons rapides et silencieux...

Charles, sourire aux lèvres, s'avança pour les conduire à leur table. Il y avait, tout au fond de la salle, une sorte de « loggia », à peine surélevée, au plafond assez bas, contenant trois tables, une grande au milieu, deux autres, plus petites, des tables de deux personnes, à droite et à gauche. Toutes deux étaient occupées. La première par une blonde assez gentille, que traitait un étranger au teint basané; la seconde par deux adolescents, un garçon et une fille. La table du milieu était celle de Barton.

Aimable, George désigna sa place à chacun.

— Sandra, voulez-vous vous mettre ici, à ma droite... Browne, à côté de Sandra. Iris, c'est ton anniversaire et je dois donc t'avoir à ma gauche. Farraday, à côté d'Iris. Puis vous, Ruth...

Entre Ruth et Anthony, il y avait une chaise vide. Ils étaient six. Il y avait sept couverts.

— Mon ami Race, expliqua George, sera sans doute un peu en retard. Il demande que nous ne l'attendions pas. Il sera là bientôt et je serai heureux de vous le faire connaître. C'est un compagnon très agréable. Il a beaucoup couru le monde et il raconte des histoires comme personne...

On s'assit. Iris était furieuse. La place qui lui était assignée, c'est Ruth qui aurait dû l'occuper. C'est exprès, elle n'en doutait pas, que George l'avait séparée d'Anthony. Ce qui donnait à penser que ses préventions n'étaient pas tombées, comme ils l'avaient supposé.

De l'autre côté de la table, juste en face d'elle, Anthony, regardant la chaise vide à côté de lui, fronçait le sourcil :

— Je me réjouis, Barton, dit-il, d'apprendre que vous comptez encore sur quelqu'un, car il se peut que je sois obligé de vous quitter assez tôt. Force majeure. Je me suis cogné dans un type que je connais...

George l'interrompit, souriant :

— Ainsi, fit-il, vous travaillez même dans les heures normalement consacrées au plaisir?... A votre âge, ça ne se fait pas! Il est vrai que je n'ai jamais su exactement ce que vous faites!

La phrase tomba, par hasard, dans un moment où tout le monde se taisait. La réponse arriva, donnée sur un ton paisible et légèrement ironique :

— J'organise des crimes, Barton. Si vous me l'aviez demandé, je vous l'aurais dit. Vols en tous genres, escroqueries variées, préparation de cambriolages, etc.

— Monsieur Browne, dit Sandra en riant, est-ce que vous ne seriez pas plutôt dans le commerce des armes? Notez, d'ailleurs, que souvent le marchand de canons tient dans la pièce le rôle du traître...

Iris fut seule à s'apercevoir de la surprise d'Anthony, qui, se ressaisissant aussitôt, retrouva toute son insouciante gaieté pour répondre :

— C'est vrai, Lady Alexandra, mais il ne faut pas le dire! C'est un secret et les puissances étrangères ont des oreilles partout. Méfions-nous des propos inconsidérés!

Il affectait un air de plaisante dignité, qui fit rire.

On enlevait les assiettes du premier service. L'orchestre jouait une valse. Stephen invita Sandra et bientôt tous dansaient. L'atmosphère était plus sereine.

Peu après, Iris dansait avec Anthony :

— Ce n'est pas chic de la part de George, dit-elle, de ne pas nous avoir mis à côté l'un de l'autre...

— Pas chic?... C'est tout ce qu'il y a de gentil, au contraire! Comme ça, je vous ai tout le temps devant les yeux...

— Ce n'est pas vrai, n'est-ce pas, que vous nous quittez tôt?

— Je serai peut-être obligé...

Presque aussitôt, il ajoutait :

— Vous saviez que le colonel Race venait ce soir?

— Je ne m'en doutais pas...

— C'est bizarre.

— Vous le connaissez?... Mais oui, vous me l'avez dit, l'autre jour... Quel genre d'homme est-ce?

— Personne ne le sait au juste.

Ils revinrent à table. A mesure que la soirée avançait, la tension primitive, un moment disparue, semblait revenir. Il y avait de l'électricité dans l'air. L'amphitryon, seul, paraissait pleinement heureux, calme et dégagé de toute préoccupation.

Iris remarqua que George consultait sa montre.

Au même moment, un roulement de tambour annonça le commencement du spectacle. Les lumières baissèrent. Une scène monta du plancher, à l'extrémité de la piste de danse. Des chaises remuèrent. Les gens s'installaient pour mieux voir. Trois couples de danseurs parurent, un corps de ballet en réduction, qu'on applaudit. Puis vint un imitateur, qui reproduisait avec sa bouche les bruits les plus divers : le train, le paquebot, l'avion, la machine à coudre et même le beuglement de la vache. On lui fit un succès. Suivirent Lenny et Flo, dans une exhibition chorégraphique qui ressemblait plus à un « numéro » de force qu'à un intermède de danse. De nouveau, on applaudit. Puis, après une deuxième entrée du corps de ballet miniature, la lumière revint.

On cilla un peu...

Et chacun, à la table de Barton, avait l'impression qu'il était comme soulagé d'un poids. C'était comme si tous avaient attendu quelque chose. Quelque chose qui n'était pas venu. En une précédente occasion, le retour de la lumière avait coïncidé, pour eux, avec la découverte d'un cadavre, écroulé en travers de la table. Aujourd'hui, on avait définitivement rompu avec cet affreux passé... Il sombrait dans l'oubli. L'ombre de la tragédie d'hier se dissipait.

Sandra, le visage très animé, interpellait Anthony. Stephen

disait un mot à Iris et Ruth se penchait pour entendre. George, seul, restait immobile sur sa chaise, regardant fixement devant lui. Ses yeux semblaient ne pas pouvoir se détacher du siège vide, en face de lui.

Iris lui donna un coup de coude :

— Réveillez-vous, George. Venez, nous allons danser! Vous n'avez pas encore dansé avec moi.

Il revint à la réalité et, souriant, leva son verre :

— Je vous propose maintenant, dit-il, de porter un toast à la jeune personne dont nous célébrons aujourd'hui l'anniversaire. Iris Marle, puissiez-vous être toujours aussi jolie que vous l'êtes ce soir!

On but, puis les accents joyeux du jazz appelèrent tout le monde sur la piste. On dansa de nouveau, George avec Iris, Stephen avec Ruth, Anthony avec Sandra.

La danse finie, ils se retrouvèrent tous autour de la table, bavardant et riant.

George réclama une minute d'attention :

— Il y a, dit-il, quelque chose que je voudrais vous demander à tous. Voici un an, à quelques jours près, nous nous trouvions ici ensemble, certain soir qui fut marqué par un événement tragique. Je ne veux pas réveiller les tristesses d'hier, mais il me semble juste que Rosemary ne soit pas tout à fait oubliée. Je vais donc vous prier de boire avec moi à la mémoire de Rosemary...

Il prit son verre en main. Tout le monde l'imita. Les visages étaient des masques glacés.

George se leva et dit :

— Je bois au souvenir de Rosemary!

Portant les verres à leurs lèvres, ils burent.

Et, soudain, George chancela et s'écroula sur sa chaise. Ses mains, agitées de spasmes, labouraient son cou, essayant d'arracher son col. Son visage devenait pourpre. Il étouffait...

Il lui fallut une minute et demie pour mourir.

Troisième partie
Iris

Chapitre premier

Scotland Yard.

Le colonel Race, qui avait dûment rempli la fiche qu'on lui avait présentée, n'attendit qu'un très court instant avant d'être introduit dans le bureau de l'inspecteur-chef Kemp.

Les deux hommes échangèrent une cordiale poignée de main. Ils se connaissaient bien. Kemp n'était pas sans rappeler son illustre prédécesseur, le vieux Battle. Pour avoir travaillé pendant de nombreuses années sous ses ordres, il avait, sans s'en rendre compte, adopté son allure et quelques-unes de ses manies. Comme Battle, il donnait l'impression d'un bloc. Seulement, il ne semblait pas, comme lui, avoir été taillé dans le chêne, mais bien plutôt dans quelque bois précieux, palissandre ou acajou.

— C'est gentil à vous, colonel, de nous avoir téléphoné, dit-il. S'il y a une affaire où nous avons besoin qu'on nous vienne en aide, c'est bien celle-là !

— En tout cas, fit Race, on l'a mise dans les meilleures mains.

Kemp ne joua pas la fausse modestie. Il admettait comme un fait incontestable que ne lui étaient confiées que des affaires délicates, celles qui paraissaient appelées à un large retentissement ou qui revêtaient quelque importance particulière.

— Avec les Kidderminster dans le paysage, dit-il, vous pensez s'il sera prudent de n'avancer que sur la pointe des pieds !

Race approuva d'un hochement de tête. Il avait plusieurs fois rencontré Lady Alexandra Farraday. Une réputation inattaquable. Imaginer qu'elle pouvait être mêlée à un scandale quelconque, à première vue c'était pure folie. Il l'avait entendue dans des réunions publiques. Elle ne cherchait pas l'effet, mais, possédant toujours parfaitement son sujet, elle le traitait avec clarté et compétence, et dans un style excellent. Elle était de ces femmes dont la vie publique appartient aux journaux, mais qui tiennent leur vie privée si secrète qu'elles semblent n'en point avoir. Et pourtant, songeait Race, elles en ont une. Elles connaissent le désespoir et l'amour, et les affres de la jalousie. Et il leur arrive, à elles aussi, de perdre leur sang-froid et, parce qu'elles aiment, de jouer sur un coup hasardeux leur bonheur, et même leur existence.

— Voyons, Kemp, dit-il. Supposez qu'*elle* soit coupable...

— Lady Alexandra? Vous croyez?

— Je n'en sais rien. Je dis « supposez »... Supposez que ce soit elle. Ou bien son mari, lui aussi couvert par le clan...

Les yeux glauques de l'inspecteur-chef Kemp se posèrent tranquillement dans les yeux noirs de Race.

— S'il a tué, nous ferons de notre mieux pour le faire pendre. Si c'est elle, ce sera la même chose et vous le savez bien! Nous sommes dans un pays où la peur et les influences ne jouent pas en faveur des meurtriers. Seulement, il faudra que nous soyons bien sûrs de notre fait. Le ministère public exigera des preuves formelles, ça ne fait pas de doute...

Race s'installa plus confortablement dans son fauteuil et dit :

— Eh bien, si nous examinions ensemble les données du problème?

— Volontiers. George Barton est mort empoisonné. Acide cyanhydrique. Comme sa femme, il y a un an. Vous m'avez dit que vous vous trouviez dans le restaurant?

— Oui. Barton m'avait invité à son souper, mais j'avais refusé. L'idée ne me plaisait pas et je ne le lui avais pas caché, lui conseillant, s'il avait quelque doute sur les causes de la mort de sa femme, de s'adresser aux gens qualifiés, c'est-à-dire à vous.

— C'est ce qu'il aurait dû faire.

— Au lieu de m'écouter, il persista dans son idée qui était de tendre un piège à l'assassin. Quelle sorte de piège? Il ne voulut pas me le confier, mais le projet en soi ne me disait rien de bon et c'est pourquoi, hier soir, j'étais, moi aussi, au *Luxembourg*. Je voulais avoir l'œil sur ce qui allait se passer. Afin de ne pas être trop facilement repéré, je m'étais installé à bonne distance de la table de Barton. Le malheur est que je ne puis rien vous apprendre; je n'ai rien remarqué de louche. Les garçons et les invités ont été les seules personnes à s'approcher de la table.

— C'est déjà quelque chose, dit Kemp, puisque cela circonscrit le champ des suspects. Le coupable ne peut être qu'un des invités ou le garçon, Giuseppe Balsano. Je l'ai fait venir ce matin, pensant que vous aimeriez le voir, mais je ne crois pas qu'il soit pour rien dans l'affaire. Il est au *Luxembourg* depuis douze ans. Bonne réputation, marié, trois enfants, passé honorable. Bien vu de ses patrons et de la clientèle.

— Ce qui ne nous laisse donc que les invités.

— Oui. Ceux qui étaient là déjà le soir où Mrs. Barton... mourut.

— Au fait, oui... *Quid* de ce... suicide?

— J'ai revu le dossier, car il me semble assez évident que les deux affaires sont liées. C'est Adams qui a mené l'enquête. Ce n'était pas ce qu'on peut appeler un suicide indiscutable, seulement très probable, mais, comme rien ne nous donnait à soupçonner qu'il pouvait s'agir d'un meurtre, nous avons admis la thèse du suicide. Nous ne pouvions pas faire autrement et, comme vous le savez, nous avons dans nos archives bien des cas analogues. Suicide avec point d'interrogation. Le point d'interrogation, le public l'ignore, mais, nous, nous le gardons dans un coin de notre mémoire. Nous continuons à suivre l'affaire tout doucement. Quelquefois, un petit fait se présente et le point d'interrogation disparaît. D'autres fois, rien n'arrive. Dans le cas qui nous intéresse, rien n'est arrivé.

— Jusqu'à maintenant.

— Jusqu'à maintenant. Quelqu'un a mis dans la tête de Barton l'idée que sa femme avait été assassinée. Il est parti là-dessus et il a autant dire proclamé être sur la bonne piste. Était-ce vrai ou non? Je n'en sais rien. Mais le meurtrier, lui, a fait confiance à Barton et, prévenu, il s'est débarrassé de lui. Voilà, il me semble, ce qui s'est passé. J'espère que vous êtes d'accord?

— Oui, tout cela est assez vraisemblable! Qu'est-ce que c'était que son « piège »? J'ai remarqué qu'il y avait à sa table une chaise vide. Attendait-il quelque témoin inconnu? C'est possible. En tout cas, le piège, quel qu'il fût, a fonctionné mieux qu'il n'était prévu, et probablement plus tôt. Le coupable, probablement inquiet, a pris les devants.

— Des suspects, reprit Kemp, nous en avons cinq. A examiner sans perdre de vue la première affaire, la mort de Mrs. Barton.

— Vous tenez donc pour acquis qu'il ne s'agissait pas d'un suicide?

— Le crime d'hier semble le prouver. Encore qu'on ne puisse pas nous blâmer de nous être ralliés, à l'époque, à l'hypothèse du suicide. Elle était très admissible et reposait même sur quelques preuves.

— Dépression nerveuse, consécutive à une attaque d'influenza...

L'ombre d'un sourire passa sur l'impassible visage de Kemp.

— Ça, fit-il, c'était pour les jurés de l'enquête. La formule s'accordait avec les conclusions du médecin légiste et ménageait toutes les susceptibilités. Mais retenez que nous avions aussi cette lettre inachevée qu'elle avait écrite à sa sœur pour lui dire comment il devait être disposé de certaines de ses affaires personnelles, ce qui semblait bien indiquer qu'elle avait l'intention de se donner la mort. Elle était bel et bien déprimée, ça ne fait pas de doute! Pourquoi? Avec un homme, je répondrais : ennuis d'argent. Avec une femme, c'est différent, et, neuf fois sur dix, on peut dire : affaires de cœur.

— Vous saviez qu'elle avait un amant?

— Nous l'avons appris tout de suite. Une liaison discrète, mais que nous avons découverte sans trop de peine.

— Stephen Farraday?

— Oui. Ils se rencontraient dans un petit appartement du côté d'Earl's Court, l'aventure durait depuis six mois. Même un peu plus. Disons qu'ils s'étaient querellés, ou bien qu'il commençait à en avoir assez d'elle, et nous pouvons admettre — elle n'aurait pas été la première — qu'elle décida, dans un moment de désespoir, de se suicider.

— Dans un restaurant, en absorbant de l'acide cyanhydrique?

— Mon Dieu, oui... Elle peut fort bien avoir voulu se tuer sous les yeux de son amant, devant tout le monde. Il y a des gens qui ont le goût du drame et qui aiment la mise en scène. Et, d'après ce que je sais, elle se mettait au-dessus des conventions et des préjugés. Dans leur liaison, toutes les précautions, c'est lui qui les prenait.

— La femme de Farraday était-elle au courant?

— Autant que nous ayons pu l'établir, non.

— Ce qui n'empêche, Kemp, qu'elle pouvait très bien savoir. Ce n'est pas une femme à faire étalage de ses sentiments intimes!

— Je vous l'accorde et je veux bien les considérer tous les deux comme des coupables possibles. Elle, par jalousie; lui, par ambition. Un divorce aurait brisé sa carrière. Un divorce aujourd'hui n'a plus grande importance, mais, dans son cas, il aurait dressé contre lui toute la tribu des Kidderminster.

— Passons à la secrétaire.

— Suspecte aussi, bien entendu! Elle peut avoir eu de l'affection pour Barton. Au bureau, ils étaient assez intimes et il semble bien qu'il n'était pas seulement pour elle un patron. Exemple : hier après-midi, une des téléphonistes du bureau était en train de faire à ses camarades une imitation de Barton, tenant la main de Ruth Lessing et lui déclarant qu'il ne pourrait pas se passer d'elle. Miss Lessing est arrivée au beau milieu. Elle a congédié la téléphoniste sur-le-champ. Un mois de salaire et prenez la porte tout de suite! C'est une indication.

Kemp s'interrompit un instant et reprit :

— Autre coupable possible, la sœur, dont nous ne devons pas oublier qu'elle est devenue riche par la mort de Mrs. Barton. Elle a l'air d'une gentille petite fille, mais on ne sait jamais! Enfin, dernière possibilité, l'autre grand ami de Mrs. Barton.

— Je serais curieux d'apprendre ce que vous savez de lui.

— Très peu de chose... et pas grand-chose de bon. Son passeport est en règle. Un citoyen américain et c'est à peu près, en bien ou en mal, tout ce que nous savons de lui. Il habite le *Claridge* et, détail intéressant, il s'est arrangé pour faire la connaissance de Lord Dewsbury.

— Un type qui travaille dans l'abus de confiance?

— Possible. En tout cas, il a tapé dans l'œil de Dewsbury, qui lui a demandé de rester. Il a quelques embêtements actuellement...

— J'ai entendu dire ça, fit Race. Tout n'a pas tourné rond dans ses usines, au moment des essais du nouveau tank...

— Exactement. Ce Browne s'est présenté à lui comme s'occupant d'armements. Il a visité les usines et c'est peu après qu'on a découvert des sabotages qui arrivaient à point nommé. Browne a rencontré bon nombre de relations de Dewsbury et il semble avoir cultivé toutes celles qui, de près ou de loin, touchent aux industries d'armement. De sorte qu'on lui a montré un tas de choses qu'à mon sens il n'aurait jamais dû voir. Je le dis d'autant plus volontiers que, dans deux ou trois cas, il y a eu des difficultés sérieuses dans les usines, juste après son passage dans la région.

— En somme, un personnage à suivre?

— C'est mon avis. Il ne manque pas d'un certain charme personnel et il a l'air de savoir en jouer.

— Mais comment est-il entré en relation avec Mrs. Barton? Barton n'était pas dans les armements.

— Ce qu'il y a de sûr, c'est qu'ils étaient, elle et lui, très intimes. Et il se pourrait qu'il lui en eût dit plus qu'il ne voulait. Vous savez mieux que personne, colonel, comment une jolie femme peut faire parler un homme...

Race ne s'indigna pas. La phrase faisait allusion au service de contre-espionnage qu'il avait dirigé autrefois et non pas, comme on aurait pu le penser, à sa vie privée.

— Avez-vous vu les lettres reçues par Barton? demanda-t-il.

— Oui. On les a trouvées cette nuit dans le tiroir de son bureau. « On », mis pour Miss Marle.

— Ces lettres m'intéressent beaucoup, Kemp. Qu'en disent les experts?

— Papier bon marché, encre ordinaire. Les empreintes prouvent qu'elles ont été manipulées par Barton et par Iris Marle. Sur l'enveloppe, des quantités d'autres empreintes, non identifiées celles-là, provenant des employés des postes. L'écriture, moulée, imite les caractères d'imprimerie et les spécialistes l'attribuent à une personne instruite et en bonne santé.

— Une personne instruite. Donc, pas une domestique.

— Vraisemblablement, non.

— C'est encore plus intéressant comme ça.

— C'est évidemment la preuve que Barton n'était pas seul à ne pas croire au suicide de sa femme. Quelqu'un d'autre pensait comme lui.

— Quelqu'un qui n'a pas prévenu la police. Quelqu'un qui a jugé bon d'éveiller les soupçons de George, mais qui n'a pas voulu suivre l'affaire lui-même. Il y a là-dedans quelque chose de bizarre, Kemp. Vous ne pensez pas que, ces lettres, Barton pourrait les avoir écrites lui-même?

— C'est une hypothèse. Mais pourquoi l'aurait-il fait?

— En vue d'un suicide ultérieur. D'un suicide auquel il aurait voulu donner les apparences d'un meurtre.

— Avec l'intention d'expédier Stephen Farraday au bourreau? C'est une idée... Mais, pour qu'elle fût valable, il faudrait que tout désigne Farraday comme étant l'assassin. Or, pratiquement, nous n'avons rien contre lui.

— Parlons du poison. Sait-on comment on l'a apporté au *Luxembourg*?

— Oui. On a trouvé par terre, sous la table, une petite pochette de papier blanc, contenant encore quelques cristaux. Pas d'empreintes digitales. Dans un roman policier, bien entendu, ce serait un papier particulier, plié de façon spéciale. Ici, rien de tel... Je ne serais pas fâché de donner quelques leçons de police aux gens qui écrivent des histoires de détectives. Ils verraient que, neuf fois sur dix, les indices ne disent rien et que, presque toujours, les témoins n'ont rien remarqué!

Race fit observer en souriant que « c'était peut-être aller un peu loin ».

— Hier, ajouta-t-il, est-ce que quelqu'un a vu quelque chose?

— C'est exactement, répondit Kemp, ce que je vais essayer de savoir aujourd'hui. Hier soir, j'ai recueilli de très brèves dépositions des témoins et je me suis rendu à Elvaston Square, avec Miss Marle, pour jeter un coup d'œil dans les papiers de Barton. Aujourd'hui, je vais demander à tous ces gens-là de compléter leurs déclarations... et je compte dans le nombre les personnes qui étaient assises dans la « loggia », aux deux tables voisines...

Il fouilla dans ses papiers et poursuivit :

— Voici leurs noms : Gerald Tollington, grenadier de la Garde, et l'honorable Patricia Brice Woodworth. Deux jeunes fiancés dont je parierais qu'ils n'ont vu qu'eux-mêmes de toute la soirée. Et puis M. Pedro Moralès, une espèce de Mexicain, jaune comme un coing, blanc de l'œil compris, et Miss Christine Shannon, une petite poule assez gentillette, dont je suis bien sûr qu'elle n'a rien vu, elle non plus. Elle m'a eu l'air de ne rien comprendre à rien, sauf, il faut être juste, aux questions d'argent. Il y a cent chances contre une que tous ces gens-là n'aient rien vu, mais j'ai pris leurs noms et leurs adresses, à tout hasard. Nous commencerons par Giuseppe, le garçon. Il est là. Je vais dire qu'on le fasse entrer...

Chapitre 2.

Giuseppe Balsano était un homme d'une quarantaine d'années, petit, au visage intelligent et plein de malice. Il était nerveux, mais sans excès. Il s'exprimait couramment en anglais, vivant en Angleterre, expliqua-t-il, depuis l'âge de seize ans et ayant épousé une Anglaise.

Kemp le traita avec gentillesse.

— Maintenant, Giuseppe, lui dit-il, racontez-nous ce que vous savez.

— Je dois vous dire, répondit le petit Italien, que tout ça est très désagréable pour moi. C'est moi qui servais à cette table, c'est moi qui remplissais les verres... Les gens vont dire que je perds la carte et que je mets du poison dans les verres. Ce n'est pas vrai, bien sûr, mais c'est ce qu'on dira. Mr. Goldstein m'a déjà dit de prendre huit jours de vacances, de façon à ne pas avoir à répondre aux questions. Je ne me plains pas, il est très gentil, Mr. Goldstein, et il est juste. Il sait bien que ce n'est pas ma faute et que je suis là depuis longtemps. Alors, il ne me renvoie pas, comme on aurait fait dans d'autres maisons. Mr. Charles est très gentil aussi avec moi, mais ça n'empêche pas que, pour moi, c'est un drôle de manque de chance et que ça commence à me faire peur. J'en arrive à me demander si je n'ai pas un ennemi!

— Est-ce que vous en avez un? demanda Kemp froidement.

Le visage un peu triste de Giuseppe s'éclaira d'un sourire qui bientôt se transformait en rire.

— Un ennemi, moi?... Je n'en ai jamais eu. J'ai beaucoup de bons amis, je n'ai pas d'ennemis!

— Alors, fit Kemp, parlons d'hier soir. D'abord, qu'est-ce que c'était que ce champagne?

— Un « Veuve Clicquot 1928 ». Fameux, mais très cher. Mr. Barton était comme ça. Il aimait le bon vin et la bonne chère. Il demandait toujours ce qu'il y avait de mieux.

— Ce champagne avait été commandé à l'avance?

— Oui, il avait tout arrangé avec Mr. Charles.

— Ce siège vide, qu'il y avait à table...?

— Ça aussi, c'était prévu. Il m'en avait parlé, et à Mr. Charles aussi. C'était pour une jeune dame qui devait venir dans la soirée...

— Une jeune dame?

Kemp et Race échangèrent un coup d'œil surpris.

— Quelle jeune dame? Vous le savez?

— Non. Elle devait venir plus tard, c'est tout ce que je sais.

— Revenons au vin. Combien avez-vous servi de bouteilles?

— Deux, et j'en tenais une troisième toute prête. La première avait été liquidée très rapidement. J'ai rempli les verres et j'ai mis la bouteille dans le seau à glace.

— Avez-vous remarqué quand Mr. Barton a bu pour la dernière fois?

— Attendez voir... Après la fin des attractions, ils ont bu à la santé de la jeune demoiselle. C'était son anniversaire, à ce que j'ai cru comprendre. Après, ils sont allés danser. Et c'est après, quand ils sont revenus, que Mr. Barton a bu. En une minute, c'était réglé, il était mort!

— Pendant qu'ils dansaient, aviez-vous rempli les verres?

— Non, monsieur. Les verres étaient pleins quand ils ont bu à la santé de la jeune demoiselle, ils y ont juste trempé leurs lèvres et il n'y avait vraiment pas besoin de les remplir.

— Est-ce que l'un d'eux, *n'importe lequel*, est revenu près de la table pendant qu'ils dansaient?

— Aucun, monsieur. Ça j'en suis sûr.

— Ils étaient sur la piste tous ensemble?

— Oui, monsieur.

— Et ils sont tous revenus au même moment?

Giuseppe plissa le front, faisant un effort pour se rappeler exactement.

— Mr. Barton est revenu le premier, avec la jeune demoiselle. Il était plus « fort » que les autres, alors il a dansé un petit peu moins, vous comprenez? Après, c'est le grand monsieur blond qui est revenu, Mr. Farraday, avec la jeune dame en noir. Lady Alexandra Farraday et le monsieur aux cheveux noirs sont revenus les derniers.

— Vous connaissez Mr. Farraday et Lady Alexandra?

— Oui, monsieur. Je les ai vus souvent au *Luxembourg*. Ce sont des personnes très distinguées.

— Maintenant, Giuseppe, faites bien attention. Si une de ces personnes avait mis quelque chose dans le verre de Mr. Barton, l'auriez-vous vue?

— Ça, monsieur, je ne peux pas dire! J'ai mon service, n'est-ce pas? Les deux autres tables dans la « loggia » et encore deux autres dans la salle. C'est vous dire que je ne pouvais pas surveiller la table de Mr. Barton. Après les attractions, la plupart des clients se lèvent et vont danser. A ce moment-là, je souffle un peu et c'est pourquoi je suis sûr que personne ne s'est approché de la table. Mais, dès que les gens sont retournés à leur place, je commence à ne plus savoir où donner de la tête...

— Naturellement, fit Kemp.

— Malgré ça, poursuivit Giuseppe, je crois que c'était bien difficile à faire sans être remarqué. Le seul qui l'aurait pu, c'était Mr. Barton. Mais croyez-vous que c'est possible?

Son regard interrogeait l'inspecteur-chef.

— C'est votre idée? fit Kemp.

— Je n'en sais rien, bien sûr, mais je me le demande. Il y a un an juste, Mrs. Barton se tue. Elle était rudement jolie, vous savez, Mrs. Barton. Peut-être que Mr. Barton a eu tellement de chagrin qu'il a décidé de se supprimer exactement de la même façon... Ça serait poétique, n'est-ce pas?... Naturellement, pour la maison, c'est plutôt de la mauvaise publicité, mais un monsieur qui va se suicider ne pense pas à ces choses-là!

Des yeux il quêtait chez l'un ou chez l'autre une approbation.

— J'ai bien peur, dit Kemp, que ce ne soit pas aussi simple.

Il posa encore deux ou trois questions à Giuseppe, puis lui rendit sa liberté.

Le petit Italien parti, il dit :

— Est-ce là ce que l'assassin voudrait que nous pensions? Le veuf inconsolable se tue au jour anniversaire de la mort de sa femme. Ce n'était pas le jour anniversaire, mais il s'en fallait de peu...

— Et c'était le Jour des Morts.

— Exact... Oui, c'est peut-être ça la grande idée de l'assassin. Mais alors il ne sait pas que les lettres existent toujours et que Barton vous les a montrées, ainsi qu'à Iris Marle.

Il consulta sa montre.

— Je suis attendu à midi et demi chez les Kidderminster. Nous avons le temps, d'ici là, de voir les gens des deux autres tables, ou tout au moins certains d'entre eux. Vous venez avec moi, n'est-ce pas?

Chapitre 3.

M. Moralès résidait au *Ritz*. Il n'était pas très beau à voir ce matin-là. Pas encore rasé, le blanc des yeux tout injecté de sang, il présentait les symptômes les plus évidents d'un sérieux « mal de cheveux ».

M. Moralès, citoyen des États-Unis, parlait un idiome assez proche de la langue américaine. Il avait bien assuré, dès l'abord, qu'il essaierait de se rappeler tout ce qu'il pourrait, mais ses souvenirs de la veille demeuraient vagues et confus.

— J'étais, expliqua-t-il, avec Chrissie. Une môme culottée, ça ne fait pas de doute. Elle m'avait dit que la boîte valait la peine et je l'avais crue sur parole. La crémerie, je veux bien, était possible... Entre nous, ils y tâtent un peu pour le coup de fusil et ils m'ont soulagé de pas loin de trente dollars... Seulement, l'orchestre était tarte. Des cafouilleux qui n'ont pas la moindre idée du swing...

Ayant ainsi donné sur sa soirée ses impressions personnelles, M. Moralès, à la prière de Kemp, voulut bien en venir au véritable sujet. Mais il ne savait pas grand-chose.

— J'ai bien vu qu'il y avait près de nous une grande table, avec des gens autour, dit-il. Je ne me suis occupé d'eux que quand le type a commencé à ameuter les populations. Au début, je croyais que c'était simplement un gars qui avait forcé sur l'alcool. Maintenant que j'y pense, je me souviens d'une des femmes, la brune. Un joli châssis... et une allure du tonnerre!

— Vous voulez parler de la jeune fille en robe verte?

— Vous charriez! Celle-là, c'est une maigrichonne. Celle que je veux dire, c'est celle en noir. Et celle-là, pardon, elle est plutôt gentiment rembourrée!

Moralès ne s'en tint pas à ce seul hommage rendu à la plastique de Miss Lessing.

— Je l'ai regardée quand elle était sur la piste, ajouta-t-il. Et, question danse, elle se défend, un tantinet! Je lui ai fait de l'œil une fois ou deux, à tout hasard, mais ça n'a pas rendu... Visage de bois et passez votre chemin, jeune homme! Le genre anglais, quoi!

Kemp fut vite persuadé qu'il n'y avait rien d'intéressant à tirer de M. Moralès, lequel admettait de bonne grâce qu'il était déjà très sérieusement imbibé d'alcool à l'heure où les attractions débutèrent.

— Je m'embarque demain pour New York, dit-il, comme Kemp se préparait à prendre congé. Mais si vous le désirez, je peux rester.

— Je vous remercie, répondit le policier, mais je ne crois pas que nous aurons besoin de votre témoignage à l'enquête.

— Dommage! fit Moralès. Vous comprenez, moi, je ne me déplais pas ici... et si c'est la police qui me demande de ne pas bouger, mes patrons seront bien obligés de s'incliner. Quand la police dit : « Stop! », on s'arrête et c'est marre! Peut-être qu'en réfléchissant bien, je pourrais encore me souvenir de quelque chose...

Kemp refusa de mordre à l'appât et, quelques instants plus tard, toujours escorté de Race, il était reçu dans Brock Street par un gentleman de fort mauvaise humeur : le père de l'honorable Patricia Brice Woodworth.

Le général Lord Brice Woodworth ne cacha pas à ses visiteurs sa façon de penser.

Où diable étaient-ils allés chercher l'idée que sa fille — *sa fille!* — pouvait être mêlée à une affaire de ce genre? Si une jeune fille ne pouvait plus dîner au restaurant avec son fiancé sans risquer d'être importunée par des détectives ou des gens de Scotland Yard, on pouvait vraiment se demander sur quelle pente l'Angleterre était en train de glisser? Ces gens-là, elle ne les connaissait même pas. Comment s'appelaient-ils déjà? Hubbard?... Barton! Des boutiquiers, sans doute, ou quelque chose d'approchant. Ce qui prouvait, une fois de plus, qu'on ne choisit jamais avec trop de soin les endroits où l'on va. Le *Luxembourg* passait pour un restaurant qu'on pouvait fréquenter et voilà que pour la seconde fois on y enregistrait le plus regrettable des incidents! Il fallait vraiment que Gerald fût fou pour avoir emmené Pat dans cette maison! Mais les jeunes gens croient tout savoir... En tout cas, sa fille ne serait pas interrogée, bousculée, mise sur le gril par des policiers, il ne le permettrait pas! Auparavant, il demanderait conseil à son homme d'affaires, le vieil Anderson, de Lincoln's Inn. Il allait même lui téléphoner sans plus tarder...

Il s'interrompit soudain, dévisageant Race.

— Vous, dit-il, je vous ai vu quelque part. Du diable si je sais où, par exemple!

— Badderapore, 1923, fit Race, avec un sourire.

— Sapristi! s'écria le général. Mais vous êtes Johnnie Race! Si je m'attendais!... Qu'est-ce que vous faites dans cette histoire?

— Mon Dieu, répondit Race, je me trouvais dans le bureau de l'inspecteur-chef Kemp quand il a été question de recueillir la déposition de votre fille. J'ai suggéré qu'il lui serait beaucoup moins désagréable d'être entendue ici plutôt qu'à Scotland Yard... et je me suis dit un peu plus tard que je pouvais accompagner mon ami Kemp.

— Eh bien, Race... c'est très aimable à vous.

— Naturellement, crut devoir dire Kemp, nous prendrons bien soin de ne pas effaroucher Miss Brice Woodworth.

La porte s'ouvrit à ce moment, livrant passage à Miss Patricia Brice Woodworth, qui, tout de suite, avec le sang-froid et la belle assurance que confère l'extrême jeunesse, prit la situation en main.

A peine entrée, elle salua les visiteurs d'un « Hello! » cordial. Puis elle vint vers eux avec une joie visible.

— Vous êtes de Scotland Yard, n'est-ce pas? Et vous venez pour l'affaire d'hier soir? Je vous attends avec impatience depuis que je suis debout! Papa ne vous a pas trop ennuyés?... Tu as tort, papa! Tu sais ce que le médecin a dit pour ta tension!... Pourquoi tu te mets dans des états pareils à propos de rien, je ne comprendrai jamais! Je vais emmener ces messieurs, qu'ils soient inspecteurs, commissaires ou autre chose, dans ma chambre, et je t'enverrai un whisky-soda par Walters...

Le général éprouvait une furieuse envie de s'affirmer par quelque éclat, mais il se contenta de présenter les visiteurs. La formule qu'il employa pour Race — « un vieil ami à moi » — eut un effet instantané : Patricia cessa de s'intéresser au colonel et réserva ses sourires à l'inspecteur-chef.

Avec autorité, elle conduisit les deux hommes dans son boudoir. Le général, dûment chapitré, restait dans la bibliothèque.

— Pauvre papa, dit-elle. Il faut toujours qu'il donne de la voix! Mais, dans le fond, on fait de lui ce qu'on veut!

La conversation, tenue sur le ton le plus amical, ne donna que de maigres résultats.

— Vous croyez que ce n'est pas vexant? dit Patricia. C'est probablement la seule fois dans ma vie où j'aurai la chance de me trouver là, juste au moment où un crime est commis... Car c'est bien un crime, n'est-ce pas? Les journaux sont prudents et ne s'avancent pas, mais, comme je l'ai dit au téléphone à Gerry, ça ne peut pas ne pas être un crime!... Alors, vous vous rendez compte? On assassine quelqu'un à côté de moi et je ne regardais même pas!

Ses regrets étaient sincères, le ton de sa voix ne permettait pas de s'y méprendre.

Il n'était que trop clair, malheureusement, que les deux jeunes gens, fiancés depuis huit jours à peine, n'avaient toute la soirée eu d'yeux que l'un pour l'autre. L'inspecteur-chef voyait sans plaisir ses pronostics pessimistes se vérifier.

Avec la meilleure volonté du monde, Patricia Brice Woodworth ne pouvait rassembler que quelques menus détails.

— Sandra Farraday était très élégante, comme toujours. Sa robe était de Schiaparelli.

— Vous la connaissez? demanda Race.

— De vue seulement. Son mari aussi. Il a plutôt l'air d'un raseur. Comme la plupart des hommes politiques...

— Les autres, vous les connaissiez de vue également?

— Non, je les voyais tous pour la première fois. Du moins, autant que je sache. A vrai dire, je crois bien que je n'aurais même pas remarqué Sandra Farraday si elle n'avait pas eu une robe de Schiaparelli...

Kemp quitta la maison, la mine renfrognée.

— Vous allez voir, dit-il d'un air sombre, que le sieur Tollington ne nous en dira pas plus. Ce sera pis même... Car la petite avait tout de même repéré une robe!

— On ne peut pas raisonnablement espérer, déclara Race, que la coupe de l'habit de Farraday ait donné à ce jeune homme des battements de cœur!

— Enfin!... Allons toujours voir Christine Shannon.

Christine Shannon était, comme Kemp l'avait annoncé, une

gentille petite blonde. Ses cheveux platinés, ondulés à miracle, encadraient un visage enfantin, doux et assez inexpressif. Miss Shannon était peut-être bête, ainsi que l'avait affirmé l'inspecteur, mais elle était en tout cas agréable à regarder et il y avait dans ses grands yeux bleus une certaine vivacité qui semblait indiquer que, si la demoiselle était de capacités intellectuelles limitées, son intelligence était très éveillée pour d'autres choses, et notamment pour les questions d'argent.

Elle reçut ses visiteurs avec beaucoup d'amabilité, leur offrant l'apéritif et, sur leur refus, insistant pour.qu'ils prissent une cigarette. Son appartement était petit, l'ameublement « moderne » et bon marché.

— Je serai ravie, monsieur l'inspecteur, déclara-t-elle, de vous rendre service. Demandez-moi tout ce que vous voudrez!

Kemp commença par quelques questions sur la façon dont s'étaient comportés les convives de la grande table. Et, tout de suite, Christine montra qu'elle savait voir et observer.

— Il y avait certainement, dit-elle, quelque chose qui n'allait pas. Ça sautait aux yeux! J'en étais toute triste pour le brave type qui offrait le souper. Il faisait tout ce qu'il pouvait pour animer la fête et ça ne donnait rien! C'est peut-être pour ça qu'il paraissait si nerveux!... La grande dame, à sa droite, se tenait raide comme si elle avait avalé un tisonnier, et la petite qui était à sa gauche paraissait furieuse... Évidemment, c'était clair, parce qu'on ne l'avait pas placée à côté du beau brun qui était assis en face d'elle... Quant au grand blond qui était près d'elle, il avait exactement l'air d'un type qui a mal au ventre. Il chipotait dans son assiette comme si ce qu'il devait manger allait l'empoisonner. La femme qui était à côté de lui faisait ce qu'elle pouvait pour le dégeler, mais elle n'avait pas l'air de s'amuser beaucoup non plus.

— On dirait, mademoiselle Shannon, fit observer Race, que vous avez remarqué une quantité de choses.

— Je vais vous livrer mon secret : je m'embêtais ferme. L'ami avec qui j'étais, ça faisait trois soirs que je sortais avec lui et je commençais à en avoir assez. C'est un gars qui voulait voir Londres, et particulièrement ce qu'il appelait « les boîtes qui ont de la classe ». Il ne regardait pas à la dépense, il faut dire ça pour lui, et on buvait du champagne tout le temps. Nous avions fait le *Compradour*, puis les *Mille Fleurs* et nous étions finalement venus au *Luxembourg* et je crois qu'il passait une bonne soirée. Ce n'était pas un mauvais gars, mais sa conversation manquait d'intérêt. Il me racontait des affaires merveilleuses qu'il avait faites à Mexico... et c'étaient des histoires que j'avais déjà entendues trois fois ! Pour changer, il me parlait de ses anciennes poules, de toutes les femmes qu'il avait connues et qui étaient folles de lui. A la longue, ça vous fatigue... et, comme Pedro n'a pas une figure à rester devant à la regarder, je m'occupais de ce qu'il y avait dans mon assiette et de ce qui se passait autour de moi.

— De notre point de vue, dit Kemp, c'est une excellente chose et j'espère, mademoiselle Shannon, que grâce à vous nous allons faire de sérieux progrès.

— N'y comptez pas trop !... Car, qui a tué le type, je n'en ai pas la moindre idée. Pas la moindre !... Il a bu son champagne, il est devenu tout rouge et il est retombé sur sa chaise.

— Vous souvenez-vous du moment où, auparavant, il avait bu pour la dernière fois ?

— Oui, répondit-elle après un instant de réflexion. C'était immédiatement après les attractions. Il a pris son verre, il a dit quelque chose et les autres ont fait comme lui. Il m'a semblé qu'il s'agissait d'un toast.

— Ensuite ?

— Ensuite, la musique a recommencé, ils se sont tous levés pour aller danser. A ce moment-là, ils causaient et ils riaient. Ils avaient l'air, tout de même, de s'échauffer un peu. Le champagne, c'est merveilleux pour mettre un peu d'entrain dans une petite fête !

— Ils sont donc tous descendus sur la piste de danse. La table, alors, est restée sans personne autour ?

— Oui.

— Et personne n'a touché au verre de Mr. Barton ?

— Personne. Ça, j'en suis absolument sûre.

— Et personne ne s'est approché de la table pendant leur absence ?

— Non, personne... Sauf, bien entendu, le garçon.

— Le garçon ? Quel garçon ?

— Un petit jeune, dans les seize ans, un de ceux qui ont un tablier. Ce n'était pas le vrai garçon, celui qui les servait. Celui-là, c'était un petit bonhomme, plutôt gentil, qui ressemblait à un singe... Un Italien, je parierais...

Kemp donna de la tête son agrément au signalement de Giuseppe Balsano et demanda :

— Ce jeune garçon a-t-il touché quoi que ce soit ? A-t-il rempli les verres ?

— Non. Il n'a touché à rien. Il a tout juste ramassé un sac qu'une des femmes avait fait tomber en se levant pour aller danser.

— C'était le sac de qui?

Christine réfléchit longuement avant de répondre.

— Oui, dit-elle enfin, je ne me trompe pas. C'était le sac de la jeune fille, un sac vert et or. Les deux autres femmes avaient un sac noir.

— Et ce jeune garçon, qu'est-ce qu'il a fait avec ce sac?

La question parut surprendre Christine.

— Il l'a posé sur la table, c'est tout!

— Vous êtes bien sûre qu'il n'a touché aucun des verres?

— Oh! absolument sûre. Il a remis le sac sur la table et il a filé en vitesse. Un des garçons, un des vrais garçons, venait de lui faire signe et vous savez ce que c'est... Il se doutait bien que, s'il n'obéissait pas *presto*, ça ferait du vilain!

— Et personne, lui excepté, n'est venu auprès de la table?

— Personne.

— Naturellement, quelqu'un aurait pu s'approcher de la table sans que vous vous en aperceviez?

Christine protesta vigoureusement.

— Certainement pas!... Vous comprenez, Pedro avait été appelé au téléphone et n'était pas encore revenu. J'étais là toute seule dans mon coin et je n'avais vraiment rien de mieux à faire qu'à regarder autour de moi...

— La danse finie, dit Race, dans quel ordre sont-ils revenus?

— La petite demoiselle et le brave type qui régalait les autres sont revenus les premiers. Ils venaient de s'asseoir quand sont arrivés le grand blond et la femme en noir, qui précédaient de peu l'autre femme et le beau brun. Un fameux danseur, celui-là, soit dit au passage. Quand ils ont été tous assis, pendant que le garçon passait je ne sais quel plat sur la lampe à alcool pour le chauffer, le type s'est penché en avant, leur a fait un petit « speech » et, une fois encore, ils ont pris leur verre en main. C'est arrivé tout de suite après...

Après une pause, elle reprit. :

— D'abord, j'ai cru qu'il avait une attaque... Une de mes tantes, une fois, a eu une attaque et elle était tombée exactement de la même manière. A ce moment-là, Pedro est revenu et je lui ai dit : « Regarde, Pedro, le copain à la table à côté a une attaque! »... Il a regardé et il m'a dit : « Une attaque? Tu rigoles!... Il est shlass, pas autre chose! »... Or, celui qui commençait à avoir bu plus que son compte, c'était lui, Pedro! Je le surveillais du coin de l'œil. Dans des maisons comme le *Luxembourg*, ils sont assez stricts là-dessus et je ne tiens pas à avoir d'histoires. C'est d'ailleurs pourquoi je n'aime pas les étrangers. Quand ils sont mûrs, ils deviennent grossiers et, à partir de ce moment-là, la femme court au-devant des embêtements...

Elle se tut, suivant sa pensée, puis, son regard s'étant par hasard posé sur une délicieuse petite montre-bracelet qu'elle portait au poignet, elle ajouta :

— Seulement, il faut leur rendre cette justice qu'ils savent être généreux !

Elle allait s'étendre plus longuement sur les ennuis de l'existence des demoiselles de petite vertu et sur leurs compensations, mais Kemp la ramena au sujet. Il lui fit répéter son histoire. Après quoi, les deux hommes se retirèrent.

— Et voilà, dit Kemp, en arrivant sur le trottoir. Nous sommes fixés sur l'aide que nous pouvons attendre des témoins étrangers à l'affaire ! Nous aurions eu trop de chance ! Cette fille est un témoin selon mon cœur. Elle voit les choses et elle se souvient. S'il y avait eu quelque chose à voir, elle l'aurait vu. Conclusion : il n'y avait rien à voir. C'est incroyable, mais c'est comme ça ! Un vrai tour d'illusionniste ! George Barton boit du champagne. Il va danser, il revient, il reprend son verre, que personne n'a touché entre-temps, et, passez muscade, il tombe raide mort. Empoisonné. C'est positivement affolant. C'est exactement l'impossible qui devient possible.

Ils firent quelques pas.

Puis, Kemp dit :

— Ce garçon, le jeune, comment se fait-il que Giuseppe ne nous ait pas parlé de lui ? Il faudra que je voie ça de près. Après tout, il est le seul à s'être approché de la table pendant qu'ils dansaient. C'est un point à éclaircir.

— S'il avait mis quelque chose dans le verre de Barton, fit Race, cette fille l'aurait vu. Aucun détail ne lui échappe. Comme elle n'a rien dans la tête, elle n'a rien de mieux à faire qu'à se servir de ses yeux... et elle s'en sert. Non, Kemp, l'explication, croyez-moi, est toute simple. Seulement, il faut la trouver.

— Il y en a bien une : celui qui a mis quelque chose dans le verre, c'est Barton lui-même.

— Je commence, en effet, à croire que c'est bien ce qui s'est passé, que c'est la seule chose qui a pu se passer. Mais, alors, Kemp, je suis convaincu qu'il ne savait pas que c'était de l'acide cyanhydrique...

— Vous pensez qu'il aurait jeté dans son verre quelque chose que quelqu'un lui aurait donné en lui disant que c'était une drogue quelconque ? Une poudre digestive ou quelque chose comme ça ?

— C'est dans les choses possibles.

— Et qui serait ce quelqu'un? Un des Farraday?

— Peu probable.

— Anthony Browne? Peu probable non plus. Il ne nous reste donc que deux personnes : une belle-sœur qui l'aimait beaucoup...

— Et une secrétaire qui lui était entièrement dévouée.

Kemp s'arrêta pour regarder son ami.

— Je pencherais pour la secrétaire, dit-il.

Il consulta sa montre.

— Je m'en vais, maintenant, reprit-il, chez les Kidderminster. Vous, qu'est-ce que vous faites? Vous allez voir Miss Marle?

— Oui... A moins que je n'aille trouver l'autre à son bureau. Je lui apporterais les condoléances d'un vieil ami et je l'emmènerais déjeuner...

— Alors, *vous croyez que c'est elle?*

— Je ne crois rien du tout. Je cherche une piste.

— Vous devriez tout de même voir Miss Marle.

— Je la verrai, mais je voudrais d'abord aller chez elle quand elle ne sera pas là. Vous voyez pourquoi, Kemp?

— J'avoue que non.

— Eh bien, parce qu'il y a là-bas quelqu'un qui gazouille... Oui, qui gazouille comme un oiseau... Quand j'étais petit, on me disait : « Un petit oiseau m'a dit... » Les oiseaux gazouillent toujours, Kemp, et ils racontent quelquefois des choses intéressantes...

Chapitre 4.

Les deux hommes se séparèrent. Race appela un taxi et se fit conduire au bureau de George Barton, dans le cœur de la Cité, pendant que Kemp, soucieux de ne pas enfler sa note de frais, prenait un autobus qui le déposait à deux pas de la luxueuse résidence des Kidderminster.

Le policier escalada le perron et pressa le bouton de sonnette. Il était maussade. C'est que le terrain sur lequel il s'aventurait était semé d'embûches. Le clan des Kidderminster disposait d'une influence considérable et ses ramifications s'étendaient comme un filet sur tout le pays. Kemp avait certes la plus entière confiance dans la sérénité et l'impartialité de la justice britannique. Si l'un des Farraday, que ce fût Stephen ou Alexandra, venait à être convaincu d'avoir tué Rosemary ou George Barton, aucune pression, aucune intervention ne réussirait à le soustraire aux conséquences de son acte. Mais, s'il était innocent, ou si les preuves contre lui réunies étaient insuffisantes pour justifier des poursuites, l'officier de police responsable risquait de recevoir de ses chefs tout autre chose que des félicitations. Il convenait donc de n'avancer qu'avec la plus extrême prudence. Et cette mission qu'il lui fallait bien remplir, Kemp l'appréhendait. Il lui semblait très probable qu'il allait, suivant sa propre expression, « se faire traiter de haut » et éconduire sans ménagements.

L'inspecteur-chef découvrit bientôt que c'était là raisonner avec beaucoup de naïveté. Lord Kidderminster était un diplomate trop avisé pour recourir à la manière forte...

Quand il se fut nommé, un maître d'hôtel plein d'onction et de dignité conduisit Kemp sur le derrière de la maison, l'introduisant dans une pièce assez sombre, sur les murs de laquelle couraient des rayons chargés de livres. C'est là que, flanqué de sa fille et de son gendre, Lord Kidderminster l'attendait.

Lord Kidderminster vint à sa rencontre, lui serra la main, et dit, sur un ton de parfaite courtoisie :

— Vous êtes d'une exactitude toute militaire, inspecteur! Permettez-moi tout d'abord de vous exprimer ma reconnaissance. C'est très aimable à vous de vous être dérangé au lieu d'inviter ma fille et son mari à passer à Scotland Yard. Ils étaient tout prêts à le faire en cas de nécessité, cela va de soi, mais nous n'en apprécions pas moins votre geste.

— C'est tout à fait exact, inspecteur, dit Sandra.

Elle avait parlé d'une voix très calme et un peu empreinte de froideur.

Elle portait une robe d'un rouge tirant sur le grenat et, assise comme elle l'était, éclairée seulement par la lumière qui tombait d'une haute fenêtre étroite, elle rappelait à Kemp une figure de vitrail qu'il avait admirée autrefois dans une cathédrale, quelque part en France. L'ovale allongé du visage, la ligne presque droite des épaules ajoutaient à l'illusion. Le nom de la sainte, il l'avait oublié. Et d'ailleurs, Lady Alexandra n'était pas une sainte. Il s'en fallait!... Bien que certains de ces saints personnages eussent été, à son humble avis, des gens assez singuliers, pas chrétiens pour un sou, mais au contraire intolérants, fanatiques et cruels, pour les autres comme pour eux-mêmes.

Stephen Farraday se tenait debout près de sa femme. Il ne paraissait pas ému. Correct et guindé, il avait l'air de ce qu'il était : un homme qui fait des lois pour le peuple. L'homme, le vrai, était bien caché. Pourtant, cet homme de chair et d'os, l'inspecteur le savait là.

Lord Kidderminster parla. Il essayait, non sans adresse, de prendre la direction de l'entretien.

— Je ne vous cacherai pas, inspecteur, que cette affaire nous est à tous infiniment désagréable. Pour la seconde fois, ma fille et mon gendre se trouvent être les témoins directs d'une mort violente, survenue dans un lieu public. Ces deux morts sont arrivées au même endroit et concernent des personnes de la même famille. Une publicité de ce genre est toujours fâcheuse pour un homme sur qui les gens ont les yeux fixés, mais, nous nous en rendons parfaitement compte, elle ne peut être évitée. Ma fille et son mari désirent donc vous apporter toute l'aide possible, dans l'espoir d'en finir très vite avec cette histoire dont nous aimerions qu'elle ne passionnât pas les foules trop longtemps.

Kemp remercia, ajoutant qu'il était très sensible à l'attitude que Lord Kidderminster voulait bien adopter, celle-ci devant grandement lui faciliter la tâche.

Sandra intervint :

— Inspecteur, je suis à votre disposition. Posez-moi les questions que vous voudrez.

— Je vous remercie, Lady Alexandra.

Kemp allait commencer, mais Lord Kidderminster reprit la parole :

— Vous avez, inspecteur, vos sources personnelles d'information et je tiens de mon ami le commissaire de police que la mort de ce Mr. Barton est considérée plutôt comme un meurtre que comme un suicide. Les apparences, pourtant, laisseraient croire qu'il s'agit d'un suicide. C'est bien ton opinion, n'est-ce pas, Sandra?

La figure de vitrail s'anima :

— J'avoue, dit la jeune femme, que cela m'a semblé, dès hier soir, tout à fait évident. L'endroit, d'abord! Nous nous trouvions dans le même restaurant où Rosemary s'est empoisonnée l'an dernier, et exactement à la même table. Et puis, autre chose... Cet été, à la campagne, nous avons vu Mr. Barton assez souvent. Il nous avait paru bizarre, très différent de l'homme que nous connaissions, et nous pensions tous que la disparition de sa femme assombrissait son humeur. Il l'aimait beaucoup, vous savez, et je crois qu'il ne s'était pas consolé de l'avoir perdue. De sorte que l'hypothèse d'un suicide, si déconcertant que soit le geste, me semble au moins plausible, alors que je ne puis imaginer *pourquoi quelqu'un aurait voulu tuer George Barton?*

— C'est aussi mon avis, dit vivement Stephen Farraday. Barton était un excellent garçon qui, j'en suis sûr, n'avait pas un ennemi sur la terre!

L'inspecteur-chef Kemp regarda les trois visages qui se tournaient vers lui. On attendait son point de vue. Il réfléchit un bon moment avant de parler. Puis, ayant conclu que le mieux était encore « d'y aller carrément », il dit :

— Votre raisonnement, Lady Alexandra, s'explique fort bien. Mais il y a quelques petits faits que vous ne connaissez vraisemblablement pas encore!

Lord Kidderminster s'empressa de déclarer qu'ils ne voulaient pas forcer la main à l'inspecteur, lequel restait seul juge des faits qu'il convenait de divulguer.

— Je vous remercie, Lord Kidderminster, dit Kemp doucement, mais je ne vois pas pourquoi je ne vous mettrais pas au courant. En bref, ce que j'ai à dire se résume à ceci : George Barton, peu avant sa mort, a confié à deux personnes différentes sa conviction que sa femme ne s'était pas suicidée, comme on le croyait, mais qu'elle avait été empoisonnée. Il pensait être sur la trace de l'assassin, et le souper d'hier, donné sous le prétexte de fêter l'anniversaire de la naissance de Miss Marle, faisait, en réalité, partie d'un plan qu'il avait imaginé pour confondre l'assassin de sa femme.

Il y eut un instant de silence. Kemp, dont la sensibilité était beaucoup plus aiguë que ne le donnait à croire la froideur de ses manières, eut le sentiment qu'une sorte d'angoisse étreignait ses interlocuteurs. Ils n'en laissaient rien voir, mais il aurait juré qu'il ne se trompait pas.

Lord Kidderminster fut le premier à se ressaisir :

— Mais, dit-il, cette conviction même n'indiquerait-elle pas que le pauvre Barton n'était plus tout à fait... tout à fait lui-même? Ce chagrin qu'il remâchait sans cesse pouvait avoir légèrement affecté ses facultés.

Kemp en convint.

— Mais, ajouta-t-il, cela prouve surtout qu'il ne songeait pas à se supprimer.

— C'est juste, fit Lord Kidderminster.

Un nouveau silence suivit.

— Mais, demanda soudain Stephen Farraday, comment Barton s'était-il mis cette idée-là dans la tête? *Après tout Mrs. Barton s'est bel et bien suicidée!*

Kemp regarda Farraday bien en face et dit simplement :

— Mr. Barton était d'un autre avis.

Lord Kidderminster volait au secours de son gendre :

— Mais, enfin, la police s'estimait satisfaite! A l'époque, on a parlé de suicide, et uniquement de suicide!

— C'est exact, répondit Kemp, toujours avec le même calme. Les faits n'étaient pas incompatibles avec la théorie du suicide et rien ne donnait à supposer qu'il pouvait s'agir d'un crime.

Il savait qu'un homme aussi fin que Lord Kidderminster l'entendrait à demi-mot.

Abandonnant le ton officiel qu'il s'était jusqu'alors imposé, il s'adressa ensuite à Sandra :

— Si vous m'y autorisez, Lady Alexandra, j'aimerais maintenant vous poser quelques questions?

— Faites, je vous en prie!

— Merci! Au moment de la mort de Mrs. Barton, vous n'avez jamais, vous, pensé qu'il pouvait s'agir, non pas d'un suicide, mais d'un crime?

— Certainement pas! J'étais persuadée qu'il s'agissait d'un suicide... et je le suis encore.

Kemp ne releva pas cette dernière affirmation et poursuivit :

— Au cours de l'année, Lady Alexandra, avez-vous reçu des lettres anonymes?

Le jeune femme fut si surprise qu'une seconde Kemp crut qu'elle allait se troubler. Mais il n'en fut rien.

— Des lettres anonymes? fit-elle. Non, jamais!

— Vous en êtes bien sûre? Je sais que de telles lettres sont très désagréables et qu'on préfère souvent les ignorer. Mais elles seraient, dans l'affaire qui nous occupe, d'une importance telle que je me permets d'insister. Il est vraiment indispensable, Lady Alexandra, si vous avez reçu quelque lettre anonyme, que je le sache!

— Je vous comprends fort bien, inspecteur, mais je ne puis que répéter ce que je viens de vous dire : je n'ai pas reçu de lettres anonymes.

— Parfait... Vous dites que, cet été, Mr. Barton vous a paru bizarre. Dans quel sens l'entendez-vous?

Elle réfléchit et répondit :

— Il était nerveux, agité. Quand on lui parlait, il semblait qu'il avait de la peine à fixer son attention sur ce qu'on lui disait.

Elle en appela à son mari :

— Ce n'est pas ton avis, Stephen?

— Si, tout à fait. J'ajouterai qu'il paraissait se porter assez mal. Il avait maigri...

— Dans son attitude à votre égard et à celui de votre mari, avez-vous observé quelque changement? Il ne vous a pas, par exemple, paru moins aimable?

— Du tout... Et même, au contraire! Il avait acheté une maison de campagne tout près de la nôtre et il semblait nous avoir un gré infini de ce que nous avions fait pour lui. De petites choses, d'ailleurs! Présentations aux notables du pays, renseignements sur les fournisseurs, etc. Il va sans dire que nous avions été très heureux d'avoir l'occasion de lui être agréables, à lui et à Iris Marle, qui est une très gentille petite fille.

— Mrs. Barton et vous, étiez très liées?

— Non, répondit-elle avec un petit rire, pas précisément! Nous n'étions pas des amies intimes. En réalité, elle était surtout l'amie de Stephen. Elle s'était découvert la passion de la politique et il avait entrepris... ma foi, oui, de faire son éducation politique. Et ça l'amusait beaucoup. Car Rosemary était une femme charmante...

Kemp, à part lui, songeait que, si Rosemary était « charmante », Sandra, elle, était « très maligne » et qu'il eût donné gros pour connaître ce qu'elle savait exactement — et c'était sans doute beaucoup — des relations de son mari avec Mrs. Barton.

Reprenant son interrogatoire, il dit :

— Mr. Barton ne vous a jamais fait part de ses doutes au sujet de la mort de sa femme?

— Jamais! Et c'est pourquoi vous m'avez vue tout à l'heure si surprise.

— Et Iris Marle? Elle ne vous a jamais parlé de la mort de sa sœur?

— Jamais.

— Savez-vous quelque chose des raisons qui ont poussé Barton à acheter une maison de campagne? Est-ce vous qui lui en avez suggéré l'idée?

— Non. Stephen et moi, avons été très étonnés d'apprendre un jour que nous allions l'avoir pour voisin à Fairhaven.

— Il s'est toujours comporté à votre égard de façon amicale?

— Toujours.

— Bien... Passons à Mr. Anthony Browne, voulez-vous? Que savez-vous de lui, Lady Alexandra?

— Rien, rigoureusement rien... Je l'ai rencontré deux ou trois fois, c'est tout!

— Et vous, monsieur Farraday?

— Je crois que je le connais encore moins que ma femme.

Elle, au moins, elle a dansé avec lui... C'est un garçon qui m'a eu l'air sympathique. Un Américain, si je ne m'abuse...

— D'après ce que vous avez pu remarquer à l'époque, diriez-vous qu'il était avec Mrs. Barton en termes... particulièrement intimes?

— C'est là, inspecteur, une question sur laquelle je ne possède aucune lumière.

— C'est seulement une impression que je vous demande, monsieur Farraday.

Stephen plissa le front :

— Ils étaient très amis, c'est tout ce que je puis dire.

— Et vous, Lady Alexandra?

— Mon impression?

— Votre impression, pas plus!

— Eh bien, je vous la donne pour ce qu'elle vaut, mais elle est très nette : ils étaient très, très bien ensemble et ils étaient très, très intimes. Cela, comprenez-moi bien, autant qu'on puisse décider sur les apparences. Car, en fait, je ne sais rien de précis.

— Les femmes, dans ce domaine, sont assez bons juges, dit Kemp.

Le sourire un peu bête dont il accompagna cette réflexion aurait amusé le colonel Race.

— Et maintenant, Lady Alexandra, reprit-il, que savez-vous de Miss Lessing?

— Miss Lessing, la secrétaire de George Barton. Je l'ai rencontrée pour la première fois le soir de la mort de Mrs. Barton. Je l'ai revue à la campagne, une fois, et enfin hier soir.

— Je voudrais encore vous poser une question « en marge », une question tout officieuse. Avez-vous jamais eu l'impression qu'il pouvait exister un autre lien entre Barton et elle?

— Je n'en ai vraiment pas la moindre idée.

— Alors, venons-en aux événements d'hier soir.

Il posa des questions, nombreuses et précises, aussi bien à Stephen qu'à Alexandra. Interrogatoire dont il n'espérait pas grand-chose et qui, de fait, ne lui apprit rien. Leurs déclarations s'accordaient sur l'essentiel avec les points déjà acquis. Barton avait porté un toast à Iris, on avait bu et, tout de suite après, on était allé danser. Tout le monde avait quitté la table en même temps, George et Iris furent les premiers à revenir. Quant à la chaise demeurée vide, Barton avait dit qu'elle devait être occupée, plus tard dans la soirée, par un de ses amis, un certain colonel Race, affirmation que Kemp savait mensongère. Lorsqu'on avait redonné la lumière, après les attractions, George considérait d'un air étrange la place vide qui se trouvait en face de lui. Il était tellement absent, tellement « ailleurs », qu'il n'entendait même pas ce qu'on lui disait. Il s'était ressaisi peu après et c'est alors qu'il avait proposé de boire au bonheur d'Iris.

Une information, pourtant, vint s'ajouter à celles que Kemp possédait déjà. Sandra lui ayant raconté la conversation qu'elle avait eue avec Barton à Fairhaven, il retint que Barton avait beaucoup insisté pour obtenir des Farraday l'assurance qu'ils seraient de la fête d'anniversaire qu'il projetait d'offrir à sa jeune belle-sœur.

Fermant le calepin sur lequel il avait jeté quelques notes en formes d'hiéroglyphes, l'inspecteur-chef Kemp se leva et prononça une phrase de remerciements assez bien tournée.

Lord Kidderminster s'inquiéta de savoir si la présence de sa fille serait nécessaire à l'enquête.

— L'audience, répondit Kemp, sera de pure forme : reconnaissance du corps, déposition du médecin légiste et ajournement à huitaine. D'ici là, nous aurons, j'espère, trouvé du nouveau...

Tourné vers Stephen, il ajouta :

— Il y a, monsieur Farraday, deux ou trois petits points sur lesquels j'aimerais revenir avec vous, sans déranger Lady Alexandra. Voudriez-vous me passer un coup de téléphone à Scotland Yard pour que nous prenions rendez-vous? Nous choisirons une heure qui vous arrange, car je sais que vous êtes un homme très occupé.

Il avait parlé d'un ton aimable et comme s'il n'attachait à la chose que très peu d'importance, mais il n'était guère possible de se méprendre sur le sens de l'invitation et personne, dans la pièce, ne s'y trompa. Stephen, par un effort méritoire, parvint à mettre de la bonne humeur dans sa réponse. Il assura Kemp qu'il pouvait compter sur son amicale collaboration, puis, ayant consulté sa montre, il prit hâtivement congé : on l'attendait aux Communes.

Kemp sortit presque sur ses talons.

Dès qu'ils furent seuls, Lord Kidderminster se campa devant sa fille, décidé à lui poser tout net la question qui depuis pas mal d'instants déjà lui brûlait la langue :

— Dis-moi, Sandra... Est-ce que Stephen était l'amant de cette femme?

Après un soupçon d'hésitation, elle répondit :

— Bien sûr que non! Je l'aurais su... Et ce n'était pas le genre de Stephen...

Lord Kidderminster fit la grimace.

— Ma chère Sandra, dit-il ensuite, l'autruche qui enfouit sa tête dans le sable, croyant ainsi éviter le danger, est un animal stupide. Ne l'imitons pas! Il y a des choses qui, maintenant, ne peuvent pas ne pas se savoir d'un moment à l'autre et nous aurions intérêt à connaître exactement notre position.

— Que veux-tu que je dise? Rosemary Barton était la grande amie de cet Anthony Browne. Ils étaient tout le temps ensemble!

— Je n'insiste pas. Tu dois le savoir!

Il n'était pas dupe et c'est très ennuyé et fort perplexe qu'il se retira pour aller retrouver sa femme dans son petit salon du premier étage. Il lui avait, ce matin-là, interdit l'accès de la bibliothèque, sachant trop bien que ses manières cassantes auraient eu des effets fâcheux, désastreux même dans un moment où il considérait comme essentiel d'entretenir avec la police de bonnes, d'excellentes relations.

— Alors, lui demanda-t-elle à son entrée, ça s'est bien passé?

— Le mieux du monde, répondit-il. En apparence, du moins... Ce Kemp est un homme bien élevé et assez sympathique. Il a fait preuve de tact... De trop de tact même, pour mon goût!

— C'est donc sérieux?

— C'est sérieux. Vois-tu, Vicky, nous n'aurions jamais dû laisser Sandra épouser ce garçon...

— C'est ce que j'ai toujours dit.

— C'est vrai. Tu avais raison. Ce qui me console un peu, c'est que de toute façon elle l'aurait eu. Quand elle a quelque chose en tête, on ne le lui en fait pas sortir! Quoi qu'il en soit, c'est une calamité qu'elle ait jamais rencontré ce Farraday! Un homme des ancêtres de qui nous ne savons rien. Quand survient la crise, comment un individu de cette espèce va-t-il réagir? C'est l'inconnu.

— Ainsi, dit Lady Kidderminster, tu crois que nous avons admis un meurtrier dans la famille?

— Je n'en sais rien et je ne suis pas homme à le condamner ainsi d'emblée. Mais la police croit à sa culpabilité et elle paraît assez sûre de son fait. Il était l'amant de cette Rosemary Barton, ça ne fait pas de doute! S'est-elle tuée à cause de lui ou est-ce lui qui l'a tuée? Que ce soit l'un ou l'autre, Barton a tout découvert et il était décidé au scandale. J'imagine que Stephen n'a pu supporter cette idée et qu'il a...

— Empoisonné ce Barton?

— Oui.

Lady Kidderminster dit d'une voix ferme :

— Je ne crois pas ça!

— Je souhaite que tu aies raison. Mais, tout de même, quelqu'un l'a empoisonné!

— Oui, dit Lady Kidderminster, quelqu'un! Mais pas Stephen. Il n'aurait pas eu le cran nécessaire.

— Qu'en sais-tu? Stephen est admirablement doué, c'est un futur ministre, il ne vit que pour sa carrière. Plutôt que de la laisser compromettre, je le crois prêt à tout. On ne sait jamais ce qu'un homme peut faire quand il se trouve acculé...

— Je répète que le cran lui aurait manqué. Pour faire une chose pareille, il faut un tempérament de joueur et une audace qui va jusqu'à la témérité. J'ai peur, William, terriblement peur...

La stupeur se peignit sur ses traits.

— Est-ce que tu voudrais dire que Sandra... *Sandra*...

— C'est une idée qui me fait horreur, mais il ne sert à rien de ne pas regarder les choses en face. Elle est folle de cet homme — elle l'a toujours été — et il y a chez elle un côté étrange et inquiétant. Je ne l'ai jamais tout à fait comprise, et toujours elle m'a fait peur. Pour son Stephen, elle courra tous les risques, n'importe lesquels, et rien ne la fera reculer. Voilà ce que je sais. Et je sais aussi que, si elle a été assez stupide pour commettre cette folie, nous devons la protéger!

— La protéger? Que veux-tu dire?

— Simplement qu'il est de notre devoir de parents de faire quelque chose pour notre fille quand elle en a besoin. Par bonheur, tu es bien placé pour ça!

Lord Kidderminster considérait sa femme comme s'il la voyait pour la première fois. Lui qui croyait la connaître, il découvrait en elle une personnalité qu'il n'avait jamais soupçonnée, une femme courageuse et forte, qui mesurait les obstacles avec sang-froid, qui refusait de se laisser abattre, mais qui était aussi totalement dépourvue de sens moral.

— Prétendrais-tu, par hasard, demanda-t-il que, si ma fille est une criminelle, je devrais user de mon influence pour la soustraire à la justice?

— Mais, bien entendu!

— Ma chère Vicky! On ne fait pas des choses comme ça! Ce serait... Ce serait manquer à l'honneur!

— La belle affaire! dit Lady Kidderminster.

Leurs points de vue étaient si éloignés l'un de l'autre qu'ils ne pouvaient évidemment se comprendre et qu'ils se regardaient, l'un et l'autre stupéfaits, un peu comme devaient se regarder Agamemnon et Clytemnestre, quand ils songeaient tous deux à la pauvre Iphigénie.

— Tu pourrais fort bien, dit Lady Kidderminster après un long silence, obtenir du gouvernement qu'il fît pression sur la police pour qu'elle laisse tomber l'affaire. On rendrait un verdict de suicide et tout serait dit! Ça s'est déjà fait, tu ne prétendras pas le contraire!

— Ça s'est déjà fait, je te l'accorde, mais pour des raisons de haute politique, quand il y allait de l'intérêt supérieur de l'État. Il s'agit ici d'une affaire purement privée et je ne crois sincèrement pas que je pourrais faire quoi que ce soit!

— Si tu veux vraiment intervenir, tu pourras!

— Le pourrais-je, s'écria Lord Kidderminster avec colère, que je ne le voudrais pas! J'ai une situation politique, je n'en abuserai pas!

Lady Kidderminster ne renonçait pas :

— Mais enfin, William, dit-elle doucement, si Sandra était arrêtée et poursuivie, est-ce que tu ne lui donnerais pas les meilleurs avocats? Est-ce que tu ne ferais pas tout le possible pour la tirer de là, si coupable qu'elle fût?

— Bien sûr, bien sûr! Mais c'est tout différent! Il y a vraiment des choses que les femmes ne comprendront jamais!

Lady Kidderminster ne répondit pas. Sandra était, de tous ses enfants, celle qu'elle aimait le moins, mais à ce moment-là elle était *la mère*, une mère primitive, résolue à défendre « son petit » par tous les moyens, honorables ou pas. Si on touchait à Sandra, elle se battrait pour Sandra. Et on verrait qu'elle avait bec et ongles.

— Quoi qu'il en soit, dit Lord Kidderminster, Sandra ne sera poursuivie que s'il existe contre elle des charges absolument convaincantes et jusqu'à nouvel ordre je me refuse, moi, à croire que ma fille puisse être une meurtrière. Je m'étonne, Vicky, que cette idée-là, toi, tu l'acceptes!

Sa femme gardant le silence, Lord Kidderminster gagna la porte sans ajouter un mot.

Il se retirait mal à l'aise, un peu effrayé par cette Vicky nouvelle qu'il venait de découvrir, cette Vicky inconnue auprès de laquelle il avait vécu pendant des années sans soupçonner son existence.

Chapitre 5.

Race trouva Ruth Lessing assise devant un grand bureau, occupée à classer des papiers. Elle portait une jupe noire avec une blouse blanche. Elle avait les yeux cernés et un pli triste au coin des lèvres, seuls signes visibles de son chagrin, si chagrin il y avait. Miss Lessing ne faisait pas étalage de ses sentiments intimes.

— C'est très aimable à vous d'être venu, dit-elle, quand le colonel eut exposé l'objet de sa visite. Naturellement, je sais qui vous êtes. Vous deviez venir nous rejoindre à ce souper, n'est-ce pas ? Je me souviens de l'avoir entendu dire hier soir par Mr. Barton.

— Il ne vous l'avait pas dit plus tôt?

— Non, je l'ai appris comme les autres, en me mettant à table. Et j'avoue que j'ai été assez surprise...

Elle rougit et ajouta vivement :

— Non pas, certes, qu'il vous eût invité. Je sais que vous êtes un de ses vieux amis et que vous deviez déjà être du fameux souper de l'an dernier. Non, ce qui m'a étonnée, c'est que Mr. Barton, comptant sur vous, n'eût pas songé à inviter une dame de plus pour qu'il y eût autant de danseuses que de cavaliers. Il est vrai que vous deviez arriver tard... et que vous pouviez même ne pas venir du tout... Mais pourquoi parler de ces détails sans intérêt?... Je ne sais vraiment pas où j'ai la tête, ce matin!

— Pourtant, vous êtes venue à votre bureau comme d'habitude?

Elle le regarda, surprise, presque choquée :

— Mais, naturellement. C'est mon travail... et il y a tant de choses qui ne peuvent attendre!

— George m'avait souvent dit quelle précieuse collaboratrice vous étiez pour lui.

Elle détourna la tête pour qu'il ne vît point ses yeux se mouiller. Elle tenait à ne rien laisser deviner de ce qu'elle pouvait éprouver et cette pudeur n'était pas loin de convaincre Race de son innocence. Il y croyait presque. *Presque*, mais non tout à fait. Parce que de bonnes comédiennes, des femmes qui savent pleurer au moment voulu, il en avait déjà rencontré. Il réservait son jugement, s'en tenant pour l'instant à cette seule conclusion que Ruth était une jeune personne avec laquelle il convenait de jouer serré.

Revenue à son bureau, elle répondait à sa dernière remarque :

— J'ai travaillé avec lui pendant des années. Huit ans presque... J'étais habituée à lui, et je crois... qu'il avait confiance en moi.

— J'en suis persuadé.

Tirant sa montre, il ajouta :

— Il va être l'heure de déjeuner. Accepteriez-vous d'être mon invitée? J'ai une quantité de choses à vous dire.

Quelques minutes plus tard, ils s'installaient dans un petit restaurant qu'elle connaissait, où les tables étaient assez espacées les unes des autres pour qu'on pût bavarder en paix.

La commande passée, Race, tout en parlant de choses indifférentes, examinait la jeune femme. Il la trouvait jolie, avec de beaux cheveux noirs, des traits réguliers et un menton un peu fort qui ne lui déplaisait pas. Et puis, autre bonne note, elle était intelligente.

— J'imagine, dit-elle, quand ils eurent commencé à manger, que vous voulez me parler de ce qui s'est passé hier soir? Je vous en prie, n'hésitez pas! Tout cela est tellement invraisemblable que je serai heureuse d'en discuter avec vous. Vraiment, si la chose n'avait pas eu lieu sous mes yeux, maintenant encore je n'y croirais pas!

— Bien entendu, vous avez vu l'inspecteur-chef Kemp?

— Hier soir, oui. C'est un homme très bien et qui m'a eu l'air de connaître son métier. Est-ce qu'il s'agit réellement d'un assassinat?

— C'est ce que Kemp vous a dit?

— Non, mais ses questions m'ont donné à penser que c'est bien là son idée.

— Est-ce un suicide? Est-ce un meurtre? Votre opinion là-dessus, mademoiselle Lessing, vaut celle de n'importe qui! Vous connaissiez Barton et il est probable que vous avez passé avec lui une bonne partie de la journée d'hier. Vous a-t-il paru différent des autres jours? Était-il sombre?... Inquiet, nerveux?

— C'est difficile à dire, répondit-elle, après une hésitation. Il était ennuyé, mais il avait pour ça une bonne raison...

Elle expliqua comment et pourquoi Barton avait dû une fois encore voler au secours de Victor Drake, dont elle retraça brièvement la carrière mouvementée.

— Je vois, fit Race. C'est l'inévitable mauvais sujet qu'on rencontre dans toutes les familles honorables. Et c'est à cause de cet individu que Barton était ennuyé.

— Ennuyé n'est pas le mot, dit-elle lentement, et ce n'est pas commode à expliquer. Je connaissais bien Mr. Barton, et j'ai compris que l'affaire le tracassait terriblement. Mrs. Drake, bouleversée comme elle l'est toujours en ces occasions-là, avait pleuré et Mr. Barton, naturellement, était décidé à faire le nécessaire. Mais, tout de même, j'ai eu l'impression...

— Vous avez eu l'impression?... Continuez, mademoiselle Lessing, je suis sûr que ce que vous allez dire est très intéressant!

— Eh bien, j'ai eu l'impression qu'il était beaucoup plus ennuyé qu'il n'était normal. Je ne sais pas si je me fais bien comprendre... Cette pièce-là, n'est-ce pas, nous la connaissions? On nous l'avait déjà jouée, avec des variantes. L'an dernier, Victor Drake s'était trouvé en Angleterre, pris jusqu'au cou dans une vilaine histoire, Mr. Barton avait tout arrangé et l'avait réexpédié en Amérique du Sud. En juin, Drake redemanda de l'argent. C'est vous dire que l'aventure n'était pas nouvelle et que je pouvais prévoir en pareil cas les réactions de Mr. Barton. Or, cette fois-ci, il m'a semblé terriblement ennuyé, surtout parce que ce câblogramme était arrivé juste au moment où il ne pensait — et ne voulait penser — qu'aux préparatifs du souper qu'il offrait le soir même. Il était tellement préoccupé par les dernières dispositions à prendre, qu'il était comme exaspéré à la seule idée d'avoir d'autres questions à régler.

— Ce souper, il ne vous a pas semblé présenter quelque chose d'anormal?

— Si, bien sûr! Mr. Barton ne songeait plus à autre chose. Il l'attendait comme un enfant à qui on a promis un jouet!

— Il ne vous a pas semblé qu'en l'organisant il avait une idée de derrière la tête?

— Parce que c'était une réplique exacte du souper de l'an dernier, au cours duquel Mrs. Barton s'est suicidée?

— Oui.

— Eh bien, pour être franche, j'ai trouvé que c'était là une invention tout à fait extravagante!

— George ne vous a fait aucune confidence à ce sujet?

De la tête elle fit signe que non.

— Et, dites-moi, mademoiselle Lessing, il ne vous est jamais venu à l'idée que peut-être Mrs. Barton ne s'était pas suicidée?

— Non, jamais!

— George ne vous a jamais dit qu'il croyait que sa femme avait été assassinée?

La question précédente avait paru la surprendre. Celle-ci la laissait absolument interdite :

— *George croyait ça?* fit-elle, encore incrédule.

— Je vois que pour vous c'est une nouveauté. Eh bien, oui, mademoiselle Lessing, il le croyait. Il avait reçu des lettres anonymes qui posaient en fait que sa femme ne s'était pas donné la mort, mais qu'elle avait été assassinée.

— C'est donc pour ça qu'il était devenu bizarre, cet été! Moi qui me demandais ce qu'il avait!

— Vous n'avez jamais entendu parler de ces lettres?

— Non. Il y en a beaucoup?

— Il m'en a montré deux.

— Et je n'ai même pas connu leur existence!

Il y avait de l'amertume dans sa voix. Elle était blessée. Comme si Barton avait manqué de confiance en elle.

Au bout d'un instant, il reprit :

— Alors, mademoiselle Lessing, votre opinion? Est-il possible, selon vous, que George ait mis fin à ses jours?

— Non, certainement pas.

— Pourtant, vous avez dit tout à l'heure qu'il était « terriblement ennuyé »...

— Oui, mais ce n'était pas la première fois et je l'avais déjà vu comme ça. Je comprends maintenant pourquoi il attendait avec tant de fébrilité le souper d'hier soir. Il s'imaginait sans doute qu'en reconstituant les circonstances exactes de la mort de sa femme il provoquerait des événements qui lui apprendraient quelque chose. Pauvre George! Tout seul, il a dû avoir un mal à mettre ça au point!

— Pour Mrs. Barton, vous pensez, au contraire, qu'il s'agit d'un suicide?

— Je l'ai toujours cru. Ça paraissait tellement évident!

— « Dépression nerveuse, consécutive à une attaque d'influenza? »

— A mon avis, il y avait autre chose. Elle était très malheureuse, vous savez... Ça se voyait.

— Et on savait pourquoi?

— Mon Dieu!... oui. Moi, du moins. Je peux me tromper, naturellement, mais ça m'étonnerait. Les femmes comme Mrs. Barton sont faciles à deviner, elles ne se donnent même pas la peine de dissimuler. Par bonheur, je ne crois pas que Mr. Barton ait jamais rien soupçonné... Oui, elle était très malheureuse. Et, ce soir-là, non seulement elle était encore très abattue par sa grippe, mais elle souffrait d'une violente migraine.

— Comment savez-vous qu'elle avait la migraine?

— Je le sais parce qu'elle l'a dit devant moi à Lady Alexandra pendant que nous étions au vestiaire, juste avant de passer à table. Comme elle regrettait d'avoir oublié ses cachets d'aspirine, Lady Alexandra lui a offert un cachet Faivre.

Le colonel Race, qui venait de prendre son verre pour boire, se sentit subitement si intéressé qu'il oublia de finir le geste amorcé.

— Elle l'a accepté?

— Oui.

Race reposa son verre sur la nappe sans l'avoir porté à ses lèvres. La jeune femme ne semblait pas se douter qu'elle venait de lui révéler par hasard un fait qui pouvait être d'une importance capitale, un menu détail peut-être gros de signification. A table, placée comme elle l'était, Sandra pouvait difficilement mettre quelque chose dans le verre de Rosemary. Les déclarations de Ruth prouvaient qu'elle avait eu une autre occasion d'administrer le poison : elle pouvait l'avoir donné à Rosemary dans un cachet. Généralement, un cachet qu'on vient d'absorber se dissout dans l'organisme en quelques minutes. Celui-ci pouvait avoir demandé plus longtemps. Peut-être avait-on pris soin d'enrober la drogue mortelle dans une mince pellicule de gélatine? Peut-être aussi Rosemary ne l'avait-elle pas pris tout de suite...

— Ce cachet, demanda-t-il, elle l'a avalé devant vous?

— Plaît-il?

L'air effaré de Miss Lessing indiquait que ses pensées l'avaient entraînée ailleurs. Il répéta sa question. Surprise, elle hésita un peu avant de répondre.

— Non, fit-elle enfin. Je ne l'ai pas vue prendre le cachet. Elle a remercié Lady Alexandra, c'est tout...

Ainsi, Rosemary pouvait avoir mis le cachet dans son sac et, plus tard, pendant le spectacle, sa migraine augmentant, l'avoir pris avec un peu de champagne. Hypothèse, certes. Mais très plausible.

— Pourquoi me demandez-vous ça? dit Ruth tout à coup.

Ses yeux brillaient, vifs et intelligents. Elle ne rêvait plus et son cerveau travaillait avec intensité.

— Je comprends, fit-elle sans attendre la réponse. Et je comprends aussi pourquoi Mr. Barton avait acheté cette maison à la campagne, près de la propriété des Farraday, et pourquoi aussi il ne m'a pas parlé de ces lettres. Ça m'avait paru étrange, tout à l'heure. Maintenant, ça ne m'étonne plus. S'il croyait ce qu'elles lui disaient, il était obligé d'admettre que sa femme avait été tuée par l'une des cinq personnes qui se trouvaient à la table... et l'assassin, ce pouvait être... ce pouvait être *moi!*

— Aviez-vous une raison de vouloir la mort de Mrs. Barton?

Il avait posé la question très doucement et comme, les paupières baissées, elle ne répondait pas, il put croire un instant qu'elle n'avait pas entendu. Mais bientôt, levant les yeux et le regardant bien en face, elle dit :

— Ce sont des choses dont on ne parle pas volontiers, mais je crois qu'il vaut mieux que vous sachiez... J'aimais George Barton. Je l'aimais avant même qu'il ne connût Rosemary. S'en est-il jamais douté? Je ne crois pas et, en tout cas, je ne l'intéressais pas. Il avait pour moi de la sympathie, de l'amitié, il ne m'aimait pas. Et pourtant, je crois que j'étais la femme capable de lui apporter le bonheur. Il aimait Rosemary, mais elle ne l'a pas rendu heureux.

— Elle, vous ne l'aimiez pas?

— Non. Elle était très gentille, je le sais, et quand elle le voulait, elle pouvait être très sympathique. Mais c'est une peine qu'elle n'a jamais prise pour moi. Au fond, je la détestais. Sa mort m'a donné un coup, surtout à cause de la façon dont elle est arrivée, mais elle ne m'a pas causé de chagrin. Au contraire, elle m'a, j'en ai peur, fait plaisir...

Elle se tut, puis elle dit :

— Parlons d'autre chose, voulez-vous?

— Soit, fit Race. J'aimerais maintenant que vous rappeliez tous vos souvenirs de la journée d'hier. Depuis le matin et surtout ceux qui concernent George Barton...

Ruth ne se fit pas prier. Elle passa soigneusement en revue toute la journée de la veille. Revenant sur le câblogramme de Victor Drake, elle dit comment, pour délivrer au plus tôt George Barton des soucis qui le tracassaient plus que de raison, elle avait téléphoné en Amérique du Sud. Elle parla des dispositions prises et de la joie de George quand il avait su l'affaire réglée. Sans rien omettre, elle raconta ensuite la soirée au *Luxembourg*. Ses déclarations confirmaient sur tous les points ce que Race savait déjà.

Son récit de la mort de George terminé, elle avoua qu'elle ne savait plus que penser.

— Je suis convaincue qu'il ne s'est pas suicidé. Donc, on l'a tué. Mais comment? Il n'est pas possible, matériellement, que le crime ait été commis par l'un de nous. Il faut donc que quelqu'un ait jeté le poison dans son verre pendant que nous étions en train de danser. Mais ce quelqu'un, qui peut-il être?

— Il est établi, fit Race, que *personne ne s'est approché de la table pendant que vous dansiez*.

— Alors, c'est à n'y rien comprendre! Ce poison n'est tout de même pas venu dans le verre tout seul!

— Vous ne soupçonnez personne?... Réfléchissez encore...

Vous ne voyez pas un petit détail, si mince soit-il, si insignifiant qu'il paraisse, qui pourrait vous sembler suspect?

Une seconde, le visage de la jeune femme changea. Il eut l'impression qu'elle allait dire quelque chose, puis qu'elle hésitait.

Finalement, elle dit :

— Non, vraiment, je ne vois rien.

Or, il en était sûr, elle avait failli dire quelque chose et *il y avait quelque chose.* Quelque chose qu'elle avait vu et que, pour une raison ou pour une autre, elle préférait taire.

Il ne la pressa pas de parler. Une fille telle que Ruth, il l'avait compris depuis longtemps, ne se laissait ni manœuvrer, ni influencer. Si, pour un motif quelconque, elle avait décidé de ne rien dire, il le savait, elle ne changerait pas d'avis.

Mais qu'elle eût été sur le point de parler, il en était sûr. Cette certitude le réconfortait et lui donnait comme une confiance nouvelle. Pour la première fois, il apercevait une lézarde dans le mur qu'il lui fallait abattre pour arriver à la vérité.

Ils se séparèrent en sortant de table et il prit à pied le chemin d'Elvaston Square.

Il songeait à cette jeune femme qu'il venait de quitter.

Était-elle capable de commettre un meurtre? Évidemment, oui. Comme tout le monde. Car tout le monde, ou presque, est capable de commettre un meurtre. Non pas un meurtre quelconque, mais un meurtre déterminé. Et c'était bien ce qui, dans cette affaire, rendait difficile d'innocenter qui que ce fût! Tous pouvaient avoir tué. Et Ruth comme les autres. Il y avait quelque chose d'inhumain chez cette jeune femme. Le mobile? Elle en avait un, et même plusieurs. En supprimant Rosemary, elle s'assurait des chances sérieuses de devenir Mrs. George Barton. Qu'elle aimât Barton ou qu'elle n'en eût qu'à son argent, il lui fallait d'abord se débarrasser de Rosemary.

Race inclinait à penser qu'elle n'avait pas dû céder à des considérations uniquement intéressées. Elle était trop sage et trop avisée pour risquer la corde pour la seule satisfaction de devenir l'épouse d'un homme riche. Alors, elle l'aimait? Peut-être. Il y a des femmes qui paraissent froides, étrangères à l'amour, qui, lorsqu'elles s'éprennent de quelqu'un, deviennent des créatures passionnées, prêtes à tous les sacrifices. Amoureuse de George, haïssant Rosemary, Ruth pouvait fort bien avoir imaginé un moyen ingénieux et sûr de faire disparaître sa rivale. Le fait que tout s'était passé sans accroc et que tout le monde admettait la thèse du suicide prouvait simplement que le plan avait été supérieurement conçu et magistralement exécuté.

Par la suite, George avait reçu ces lettres anonymes — dont il restait à établir qui les avait envoyées et pourquoi — et des soupçons lui étaient venus. Il avait arrangé un piège pour confondre la meurtrière et elle n'avait eu d'autre ressource que de le réduire définitivement au silence.

Race fit la grimace. Ce n'était pas ça. Il y avait dans ce raisonnement quelque chose qui clochait. Ainsi présenté, le second crime sentait la panique, l'affolement. Or Ruth n'était pas femme à perdre son sang-froid. Plus intelligente que George, elle aurait évité le piège, et sans doute avec la plus grande facilité.

Tout bien considéré, il n'était pas tellement sûr que Ruth fût coupable...

Chapitre 6.

Lucilla Drake était « ravie » de recevoir le colonel.

Dans la pièce aux stores baissés, elle arriva, tout de noir vêtue, les yeux humides de larmes qu'elle tamponnait de son mouchoir roulé en boule. Elle mit dans celle de Race une main tremblotante et, tout de suite, ce fut un déluge de paroles.

Elle ne voulait voir personne, rigoureusement personne. Mais, naturellement, elle faisait une exception pour un vieil ami de George, ce pauvre cher George qui manquait tellement dans cette maison, où maintenant il n'y avait plus d'homme. Sans un homme dans la maison, on était absolument perdu. Perdu pour tout! Il ne restait qu'elle, une pauvre veuve solitaire, et Iris, une gamine sans défense... C'était très gentil au colonel de s'être dérangé, et elle lui était très reconnaissante d'être venu. Car, vraiment, elle n'avait pas la moindre idée de ce qu'il fallait faire. Pour ce qui concernait les affaires de George, et aussi pour les funérailles, Miss Lessing, bien sûr, s'occuperait de tout. Mais pour l'enquête?... Cette affaire était affolante, littéralement affolante. Il y avait des policiers dans la maison. En civil, bien sûr, et très polis. Mais, tout de même... Elle était bouleversée. Pas seulement par leur présence. Par tout. C'était une véritable tragédie... et, pour sa part, elle pensait que c'était une question de *suggestion*. Un grand psychanalyste, dont elle avait oublié le nom, disait que, dans le monde, tout est *suggestion*. La mort de George ne pouvait pas s'expliquer autrement... Aller mourir comme ça, au *Luxembourg*, cet horrible endroit, au milieu d'un souper, avec les mêmes gens qui étaient là à la mort de Rosemary, et à la même table! Est-ce que ce n'était pas tragique?... Et mourir tout d'un coup, en deux minutes?... S'il l'avait écoutée, elle, s'il avait pris le tonique du docteur Caskell, ça ne se serait sans doute pas passé comme ça. Mais il n'en faisait qu'à sa tête... Et pourtant, tout l'été, il avait été flapi, complètement flapi, c'était le mot...

Là-dessus, elle reprit son souffle, laissant à Race une chance de parler. Il en profita pour exprimer ses condoléances et assurer Lucilla Drake de son entier dévouement.

Sur quoi, elle repartit.

C'était vraiment très gentil à lui, et elle était plus heureuse qu'elle ne pouvait le dire de sentir auprès d'elle quelqu'un à qui elle pouvait faire confiance. Sans doute, Miss Lessing était pleine de bonnes intentions et pouvait rendre de grands services, mais elle n'était pas très sympathique et elle avait tendance à se croire un peu trop. C'était la faute de George, qui avait toujours fait d'elle beaucoup trop grand cas. On avait même pu craindre, à un moment, qu'il ne commît une grosse bêtise en épousant cette fille qui faisait tout ce qu'elle pouvait pour ça. Son manège ne lui avait pas échappé, à elle, Lucilla. Iris, par contre, ne s'était aperçue de rien. Iris était bien la plus gentille petite fille du monde mais était tellement innocente!... Très jeune pour son âge... et très sage. Elle ne bougeait pas, elle parlait peu et on ne savait jamais la moitié de ce qu'elle pensait. Rosemary, qui était gaie et très vivante, sortait beaucoup. Iris, elle, préférait rester à la maison, à ne rien faire, ce qui ne vaut rien pour l'éducation des filles. Il est préférable qu'elles suivent des cours, qu'elles apprennent la cuisine, la couture, des choses utiles. Ça occupe leur esprit et ça peut leur servir. A vrai dire, Iris avait eu de la chance qu'elle eût pu, elle, Lucilla, venir vivre à Elvaston Square après la mort de Rosemary... Pauvre Rosemary, morte de la grippe!... Il est vrai une grippe pas ordinaire. C'est du moins ce qu'avait dit le docteur Caskell, un homme très agréable à fréquenter et un excellent médecin. Elle aurait voulu lui faire voir Iris cet été, mais ce n'avait pas été possible. C'était bien dommage, car la petite était pâle et pas bien du tout.... Probablement parce qu'on était allé s'installer dans une maison mal située... Dans un fond plein d'humidité, où le brouillard venait s'accumuler tous les soirs... Une idée de George, qui avait acheté cette propriété du jour au lendemain, sans consulter personne... Évidemment, il voulait faire une surprise à Iris... C'était une raison, mais elle n'aurait pas dû l'empêcher de prendre conseil de quelqu'un qui s'y connaissait. Car lui n'y connaissait rien. Elle, elle se serait bien dérangée. Car, après tout, sa vie, maintenant, c'était de s'occuper des autres... Son pauvre mari était mort il y avait longtemps. Quant à son fils, Victor, il vivait au Brésil ou en Argentine... Enfin, très loin d'elle. Ce qui ne l'empêchait pas d'être un bon fils qui aimait beaucoup sa maman...

Le colonel Race réussit à dire au passage qu'il avait entendu parler de Victor.

Ce qui lui valut d'être, pendant un bon quart d'heure, régalé d'un récit des exploits de Victor depuis sa prime jeunesse. Victor était un brave petit, un peu touche-à-tout peut-être, mais foncièrement bon et incapable de faire du mal à quelqu'un.

— Seulement, colonel, c'est un garçon qui n'a jamais eu de chance. Quand il était à Oxford, ses maîtres n'ont pas su le prendre et on s'est conduit avec lui de façon indigne. On n'a pas voulu comprendre qu'un enfant doué pour le dessin, pouvait trouver amusant d'imiter l'écriture de quelqu'un. Car, ce faux, il l'avait fait pour le plaisir, et pas du tout pour l'argent...

Lancée sur le sujet qui lui était le plus cher, Lucilla ne tarissait pas. Avec elle, Victor avait toujours été très gentil. Chaque fois qu'il lui était arrivé des ennuis, c'était vers elle qu'il s'était tourné. Quelle plus belle preuve de confiance et d'amour pouvait-il lui donner? Et ce qui prouvait bien qu'il n'avait pas de chance, c'est que, chaque fois qu'on lui proposait une situation intéressante, c'était à l'étranger. Elle ne pouvait pas s'empêcher de penser que les choses auraient été beaucoup mieux si on lui avait offert un emploi sérieux à Londres même, à la Banque d'Angleterre, par exemple...

Race, qui commençait à tout savoir de l'intéressant personnage, dut s'y reprendre à trois fois pour aiguiller délicatement Mrs. Drake sur un autre sujet : les domestiques.

Mais, là encore, il fut payé de ses efforts.

Des domestiques, Lucilla Drake n'avait pas peur de le dire, des vrais domestiques, tels que ceux qu'on avait autrefois, on n'en trouvait plus. Et la vie n'en était pas plus facile!... Personnellement, elle ne se plaignait pas, car elle était plutôt bien tombée. Mrs. Pound un peu sourde, mais était une très brave femme. Elle avait des défauts, sa pâtisserie était un peu lourde, elle mettait trop de poivre dans le potage, mais, dans l'ensemble, elle faisait bien son travail sans faire danser l'anse du panier. Elle était là depuis le mariage de George et elle n'avait pas protesté, cet été, quand il s'était agi de s'en aller à la campagne. Les autres domestiques s'étaient fait tirer l'oreille et une des femmes de chambre avait même donné ses huit jours.

— Notez, remarquait Mrs. Drake, que ce n'était pas une perte! C'était une fille impertinente et qui répondait... Avec ça, elle nous avait cassé six verres du service en cristal... Six verres! Et cassés, non pas un par un, comme ça peut arriver à tout le monde, mais les six d'un coup! Avouez, colonel, qu'on n'est pas maladroit à ce point-là!

— Il faut reconnaître que, six verres d'un coup, c'est beaucoup!

— C'est ce que je lui ai dit, en lui faisant observer que j'étais obligée de faire mention de la chose sur son certificat, parce que c'était mon devoir. On n'a pas le droit de tromper les gens et, sur un certificat, on doit faire état des défauts comme des qualités. C'est ce que j'ai essayé de faire comprendre à cette fille, qui m'a répondu d'une façon inimaginable! Songez, colonel, qu'elle m'a dit, entre autres horreurs, qu'elle espérait bien que, dans sa prochaine place, les patrons ne se feraient pas « mettre en l'air »!... C'est l'expression qu'elle a employée, une expression qu'elle avait sans doute entendue au cinéma et dont elle se servait bien à tort, puisque c'est volontairement que la pauvre Rosemary s'est donné la mort... Ce dont on ne saurait en vouloir à la chère enfant, car, comme le procureur du roi l'a très justement souligné, à ce moment-là elle n'était plus responsable de ses actes. Cette expression ne convenait donc pas du tout. D'ailleurs, autant que je sache, les gangsters veulent dire par là qu'ils ont abattu quelqu'un à coups de mitraillette... Dieu merci, ce sont des mœurs qui n'ont pas cours en Angleterre!... Donc, pour en revenir à cette fille, j'ai porté sur son certificat que Bettie Archdale s'acquittait consciencieusement de ses devoirs de femme de chambre, qu'elle était sobre et honnête, mais aussi maladroite et insolente. Et, personnellement, si j'avais été Mrs. Rees-Talbot, j'aurais lu entre les lignes et je ne l'aurais pas prise à mon service. Mais les gens, aujourd'hui, introduisent chez eux n'importe qui et c'est sans hésitation qu'ils engagent des domestiques qui ont fait trois places en trois semaines!

Profitant de ce que Mrs. Drake reprenait haleine, le colonel demanda s'il s'agissait de Mrs. Richard Rees-Talbot.

— Parce que, dit-il, dans ce cas, je l'aurais connue aux Indes.

— Je ne peux pas vous renseigner, répondit Lucilla. Tout ce que je sais, c'est qu'elle habite Cadogan Square.

— Alors, c'est celle que je connais.

Sur quoi, Mrs. Drake déclara que le monde était petit et que de vieilles et solides amitiés étaient ce qu'un homme pouvait avoir de plus précieux. Pour elle, elle ne mettait rien au-dessus de l'Amitié, avec un grand A.

— Rien, par exemple, expliquait-elle, ne me paraît aussi romantique que l'histoire de Paul et de Viola. Cette chère Viola, dont tant de beaux jeunes gens étaient amoureux!... Mais je vais, je vais, colonel, et vous ne savez même pas de qui je veux parler!... Je vous ennuie...

Il la rassura. Politesse dont elle le récompensa en lui racontant par le menu la vie d'Hector Marle, à qui elle avait pratiquement servi de mère. Elle ne lui laissa rien ignorer de ses particularités, de ses faiblesses et de ses tics et il commençait à se demander pourquoi elle s'était mise à lui parler d'Hector Marle quand elle lui apprit qu'il avait épousé Viola, une orpheline, pupille de la Chancellerie. L'entrée en scène de Viola amenait celle de Paul Bennett, qui, amoureux de la jeune fille et par conséquent rival d'Hector, avait su prendre sa défaite en galant homme. Il était devenu l'ami du ménage et le parrain de son premier enfant, Rosemary, à qui, à sa mort, il avait laissé tous ses biens.

Mrs. Drake trouvait cette histoire très touchante et elle tenait que Paul avait fait un geste admirable en faisant de sa petite filleule sa légataire universelle.

— Car il s'agissait, ajouta-t-elle, d'une fortune considérable!... Vous me direz que l'argent n'est pas tout... C'est bien vrai et la mort de cette pauvre Rosemary en est bien la preuve!... Et Iris a beau être riche, elle n'en est pas plus heureuse!

Encouragée par l'attention soutenue que Race accordait à ses propos, rarement écoutés avec autant de complaisance, elle poursuivait :

— Cette petite me donne bien du souci, et il s'agit d'une lourde responsabilité, car vous vous doutez bien qu'on n'ignore pas qu'elle est devenue, par la mort de sa sœur, un parti magnifique. Je fais bonne garde et je tâche d'écarter les prétendants indésirables, mais je ne peux pas grand-chose... Autrefois, on surveillait les filles. Aujourd'hui, elles font ce qui leur chante! Iris a des amis dont je ne sais à peu près rien. J'insiste pour qu'elle les amène à la maison, mais, si j'ai bien compris, ils ne sont pas pressés d'y venir... C'est un problème qui tracassait George, et je le comprends. Il y a notamment un certain Browne. Je ne l'ai jamais rencontré, mais Iris et lui se voient tout le temps et j'ai l'impression qu'un petit peu serait déjà trop. George n'aimait pas ce garçon et, quand il s'agit d'apprécier les hommes, vous pouvez vous fier aux hommes. Je me souviens d'un de nos marguilliers, qui s'appelait le colonel Pusey. Je pensais de lui énormément de bien, alors que mon mari le tenait à distance, en me conseillant d'en faire autant. Eh bien! un beau dimanche, en pleine église, alors qu'il présentait l'aumônière dans les bancs, le colonel s'est abattu sur le sol, complètement ivre! Après — car c'est toujours après qu'on découvre ces choses-là, jamais avant — on a appris qu'il achetait son cognac par douze bouteilles à la fois!... On a cessé de le voir, bien entendu, et ça m'a beaucoup peinée, car c'était un homme très pieux, malgré une certaine tendance à discuter les dogmes. Mon pauvre mari et lui, un dimanche matin, s'étaient querellés comme des chiffonniers à propos du service de la Toussaint... Le service d'avant-hier, justement. Penser que le malheureux George est parti le jour des Morts!

La porte s'était ouverte doucement et Iris était entrée. Race l'avait aperçue une fois, au *Petit Prieuré*, mais il n'avait gardé d'elle qu'un souvenir confus. Il fut frappé de l'agitation qui se devinait sous son calme apparent, frappé aussi de l'expression grave des yeux, de grands yeux qui lui rappelaient quelqu'un, sans toutefois qu'il pût préciser qui.

Lucilla, entendant du bruit dans son dos, tourna la tête à demi.

— C'est toi, Iris?... Entre... Tu connais le colonel Race, je crois?

Iris vint vers Race et lui serra la main. Elle était très pâle et sa robe noire la faisait paraître plus mince encore qu'elle n'était en réalité.

— Je suis venu voir si je pouvais vous être de quelque utilité, dit Race.

— Je vous remercie, colonel. C'est très aimable à vous.

Elle avait répondu machinalement, du ton qui convenait, mais sans émotion véritable. Il était clair qu'elle avait reçu un choc dont elle n'était pas encore remise. La mort de George semblait l'avoir profondément affectée. Sans doute, se dit Race, l'aimait-elle beaucoup.

Elle regarda sa tante. Ses yeux étaient sévères.

— De quoi parliez-vous quand je suis entrée? demanda-t-elle.

Lucilla rougit un peu et s'agita sur sa chaise, mal à l'aise. Race comprit qu'elle ne voulait pas faire allusion au jeune Anthony Browne.

— Mon Dieu, je ne sais plus, répondit-elle, troublée. Ah oui! De la Toussaint et du jour des Morts... Je faisais remarquer, à propos de la mort de George, que c'était là une de ces coïncidences comme on croit qu'il ne s'en rencontre pas dans la vie...

— Est-ce que tu penserais que Rosemary est revenue hier pour chercher George?

Mrs. Drake poussa un petit cri aigu.

— Iris, ma chère Iris! Ne dis pas de ces choses-là!... Ce sont des pensées horribles, si peu chrétiennes!

La jeune fille sourit tristement.

— Est-ce que vous ne parliez pas plutôt d'Anthony?... Tu sais, Anthony Browne...

La voix de Lucilla, pour répondre, monta très, très haut.

— C'est-à-dire que son nom était venu par hasard dans la conversation. J'avais dit, en passant, que nous ne savions rien de lui...

— Et pourquoi saurais-tu quelque chose de lui?

Le ton était coupant et Lucilla s'avoua vaincue.

— Bien sûr, ça ne me regarde pas... Mais, tout de même, je le connaîtrais un peu mieux, ce serait bien!

— Tu auras bientôt toutes les occasions de le connaître, dit Iris. Je vais l'épouser.

— Iris!

Le cri participait du bêlement et du glapissement. La voix de la vieille dame retrouva des timbres plus humains pour dire :

— Mais, Iris, ce n'est pas sérieux! Il n'est pas possible d'arranger ce mariage dans les circonstances présentes...

— Tout est arrangé, tante Lucilla.

— Mais enfin, ma chérie, il ne peut pas être question de mariage dans cette maison, alors que les obsèques de George ne sont pas encore célébrées! Il y a les convenances... Et puis, l'enquête, et tout le reste que je ne sais pas!... Et, sincèrement, Iris, je ne crois pas que George t'aurait donné son approbation. Tu sais comme moi qu'il n'aimait pas ce Mr. Browne...

— Je sais. George n'aurait pas été d'accord, mais ça ne change rien à l'affaire. C'est de ma vie à moi qu'il s'agit, et pas de celle de George. D'ailleurs, il est mort!

Mrs. Drake poussa une sorte de gémissement.

— Iris! Ma petite Iris! Peux-tu dire des choses pareilles?

— Je te demande pardon, dit Iris d'un ton las, je me suis mal fait comprendre. Je voulais simplement dire que George repose en paix quelque part et qu'il n'a plus à se faire du souci pour moi et mon avenir. Il faut maintenant que je prenne mes décisions moi-même.

— Mais, ma chérie, on ne peut rien décider en des heures comme celles-ci! Ce n'est pas le moment... La question ne se pose pas.

Iris eut un petit rire.

— Elle ne se pose plus. Anthony m'avait demandé de l'épouser avant que nous ne quittions le *Petit Prieuré*. Nous venions à Londres et le lendemain nous étions mariés, sans avoir rien dit à personne. Mon seul regret, c'est de ne pas l'avoir écouté.

— Il faut pourtant convenir, dit le colonel avec bonne humeur, que la proposition était au moins singulière.

Elle se tourna vers lui, le défiant du regard.

— Et pourquoi donc? Nous aurions ainsi évité toutes sortes d'ennuis. Pourquoi ne lui aurais-je pas fait confiance? Il me l'avait demandé. J'ai eu tort, mais je l'épouserai dès qu'il voudra.

Lucilla protesta en un torrent de paroles plus ou moins intelligibles. Ses grosses joues tremblaient et ses yeux se mouillaient de larmes nouvelles.

Le colonel Race profita de l'occasion.

— Mademoiselle Marle, fit-il, pourrais-je, avant de m'en aller, avoir un mot avec vous en particulier? Il s'agit d'une conversation d'ordre purement professionnel.

Très surprise, elle murmura un « oui » à peine distinct, puis, lui montrant le chemin, se dirigea vers la porte. Quand elle l'eut franchie, il revint sur ses pas et mit sa main sur l'épaule de Mrs. Drake.

— Ne vous tracassez pas, chère madame, dit-il à mi-voix. Vous verrez que tout s'arrangera. Nous y veillerons!

La brave dame ainsi réconfortée, il rejoignit Iris dans le vestibule. Elle le conduisit à une petite chambre, située sur le derrière de la maison. Par la fenêtre, on apercevait un platane mélancolique, qui perdait ses dernières feuilles.

Race parla de son ton le plus officiel.

— Ce que je voudrais que vous sachiez, mademoiselle Marle, dit-il, c'est que l'inspecteur-chef Kemp est un de mes amis personnels et qu'il fera, j'en suis convaincu, tout ce qu'il pourra pour vous venir en aide. Sa mission est fort désagréable, mais croyez qu'il s'en acquittera avec tout le tact désirable.

Elle le regarda un instant sans rien dire, puis brusquement elle lui demanda pourquoi il n'était pas venu les retrouver la veille, ainsi qu'il était convenu.

Il hocha la tête.

— George ne m'attendait pas.

— Mais il nous a dit le contraire!

— Peut-être, mais c'était inexact. George savait parfaitement que je ne viendrais pas.

— Mais alors... cette chaise vide, pour qui était-elle?

— Pas pour moi.

La jeune fille ferma les yeux à demi et devint toute pâle.

— Je comprends, fit-elle, et sa voix était un souffle. Je comprends... C'était pour Rosemary!... Pour Rosemary!

Il crut qu'elle allait se trouver mal et s'empressa, tout en lui prodiguant des paroles apaisantes, de l'installer sur un siège.

D'une voix qui s'entendait à peine, elle dit :

— N'ayez pas peur! Je suis bien maintenant... Seulement, je ne sais pas ce que je dois faire!... Je ne sais pas!

— Puis-je quelque chose pour vous?

Elle leva vers lui des yeux pleins de tristesse.

— Il faut d'abord que je mette mes idées en ordre, que je les classe...

On la sentait découragée, accablée.

— Voyons, reprit-elle... Le premier point, c'est que George ne croyait pas au suicide de Rosemary. Il était persuadé qu'on l'avait tuée. Et ça, à cause de ces lettres... Ces lettres, colonel, de qui sont-elles?

— Malheureusement, je ne le sais pas. Personne ne le sait. Vous n'avez aucune idée?

— Aucune. Mais George croyait ce qu'elles disaient et c'est pour ça qu'il avait organisé le souper d'hier soir avec cette chaise vide... Et il avait choisi le jour des Morts!... Un jour, peut-être le seul, où l'esprit de Rosemary pouvait revenir... et lui apprendre la vérité!

— Il ne faut pas laisser aller votre imagination!

— Mais, cette présence, je l'ai sentie moi-même, colonel... C'était ma sœur, vous comprenez?... Et plusieurs fois, hier soir, j'ai senti qu'elle était tout près de moi et qu'elle essayait de me dire quelque chose...

— Voyons, voyons... Calmez-vous!

— Je suis calme, mais *il faut que je parle!...* George a porté un toast à Rosemary... et il est mort! Peut-être... peut-être, à ce moment-là, est-elle venue le chercher...

— Les esprits ne mettent pas d'acide cyanhydrique dans les verres des vivants!

Les mots parurent la ramener à une plus saine vision des choses. Elle dit, d'une voix plus normale :

— Mais c'est tellement incroyable!... George a été tué. *Il a été tué, c'est sûr!* C'est ce que croit la police et il ne peut pas en être autrement. Il a été tué... et, pourtant, ça ne paraît pas possible!

— Croyez-vous? Si Rosemary a été tuée et si George commençait à suspecter quelqu'un...

Elle l'interrompit :

— Oui, mais *Rosemary n'a pas été assassinée, elle!* C'est pour ça que je n'y comprends rien! Si George croyait ce que disaient ces lettres, c'est un peu parce qu'il est bien difficile d'admettre que quelqu'un se soit donné la mort dans un moment de dépression, sans motif sérieux. Mais *Rosemary avait une raison de se tuer...* Attendez, je vais vous montrer!

Elle quitta la pièce un instant, revenant bientôt avec un morceau de papier, plié en quatre et légèrement froissé, qu'elle lui tendit :

— Lisez!... Vous verrez vous-même...

Il déplia le papier. C'était une lettre qui commençait par ces mots : *Mon Léopard adoré...*

Il la lut deux fois avant de la rendre à la jeune fille.

— Alors? fit-elle. Vous comprenez, maintenant?... Elle était malheureuse, désespérée. La vie ne l'intéressait plus...

— Savez-vous à qui cette lettre était destinée?

— Oui. A Stephen Farraday. Pas à Anthony. Elle était la maîtresse de Stephen et il la faisait souffrir. Elle s'est procuré le poison et elle l'a pris au *Luxembourg*, devant lui, pour qu'il la voie mourir. Sans doute voulait-elle lui donner des remords...

Race, pensif, se taisait :

— Quand avez-vous trouvé cette lettre? demanda-t-il, au bout d'un instant.

— Il y a environ six mois. Elle était dans la poche d'une vieille robe de chambre.

— Vous ne l'avez pas montrée à George?

Elle protesta avec indignation :

— Le pouvais-je?... Rosemary était ma sœur, je n'avais pas le droit de la trahir. George était persuadé qu'elle l'aimait. Je n'allais pas lui prouver le contraire, alors qu'elle était morte! Il se trompait sur tout, bien sûr, mais je ne pouvais pas, *moi*, lui révéler la vérité!

Elle soupira et reprit :

— Mais ça, c'est le passé. Ce que je voudrais savoir, c'est ce que je dois faire, maintenant. Je vous ai montré cette lettre parce que vous étiez un ami de George. Dois-je la faire voir à l'inspecteur Kemp?

— Sans aucun doute. Vous comprenez, il s'agit d'une preuve...

— Mais... elle sera rendue publique?

— Pas nécessairement. L'enquête porte, ne l'oubliez pas, sur la mort de George, non sur celle de Rosemary. Rien ne sera divulgué que l'indispensable. Vous feriez mieux de me donner cette lettre dès maintenant...

— Tenez!

Elle l'accompagna jusqu'à la porte. Sur le seuil, elle lui dit :

— Cette lettre que vous emportez, colonel, c'est bien *la preuve que Rosemary s'est suicidée?*

— C'est en tout cas la preuve qu'elle avait une raison de le faire.

Elle poussa un long soupir.

Il descendit le perron. En bas des marches, quand il se retourna, il la vit, debout dans l'encadrement de la porte. Il lui fit adieu de la main.

Elle le regarda s'éloigner.

Chapitre 7.

Mrs. Rees-Talbot n'en croyait pas ses yeux :

— Ainsi, c'est vous, colonel! Je ne vous ai pas vu depuis je ne sais combien de temps! Exactement depuis votre mystérieuse disparition, à Allahabad. Et qu'est-ce que vous venez faire ici?... Ne me dites pas que vous venez me voir, je n'en croirais rien! Vous n'êtes pas l'homme à faire des visites. Expliquez-vous et ne cherchez pas des formules diplomatiques, je vous en dispense!

— Elles ne serviraient de rien avec vous, ma chère Mary, je ne l'ignore pas. Je sais que vous lisez dans les âmes!

— Pas de compliments, je vous en prie, et arrivons au fait!

Race sourit :

— La femme de chambre qui m'a fait entrer, demanda-t-il, c'est Betty Archdale?

— Exactement! Vous n'allez pas me raconter que cette fille, un des plus beaux spécimens des faubourgs que j'aie jamais rencontrés, est une célèbre espionne européenne, je ne pourrais pas vous croire!

— Il n'en est pas question.

— Et ne me dites pas non plus qu'elle travaille pour l'Intelligence Service, là encore je vous dirais non!

— Nous sommes parfaitement d'accord. Cette fille est une femme de chambre, et pas autre chose!

— Et depuis quand vous intéressez-vous aux simples femmes de chambre?... Je dis « simples » et j'ai tort, car Betty n'est pas simple, mais au contraire très fine et très rusée. Qu'est-ce que vous lui voulez?

— J'ai idée qu'elle pourrait me donner quelques renseignements dont j'ai besoin.

— Si vous les lui demandez gentiment, je ne serais pas surprise de vous les voir obtenir. Sa technique est très au point. Elle est toujours à deux pas de la porte quand il y a quelque chose d'intéressant à entendre. A part ça, qu'est-ce que « M » peut faire pour vous?

— « M » pourrait m'offrir quelque chose à boire et, pour cela, sonner Betty et lui donner des ordres.

— Et quand Betty aura apporté les boissons?

— « M » pourrait disparaître discrètement.

— Et aller faire un peu d'écoute à la porte?

— Si ça l'amuse!

— Après quoi elle serait bourrée d'informations sensationnelles sur la dernière crise européenne?

— J'ai bien peur que non. Il ne s'agit pas de politique.

— Alors, je suis déçue!... Tant pis! Je joue quand même.

Mrs. Rees-Talbot, qui était une brune aimable n'ayant que de peu dépassé la quarantaine, appela sa femme de chambre, lui donna des instructions et, deux minutes plus tard, après une courte éclipse, la jolie Betty Archdale revenait dans la pièce, portant sur un plateau le whisky-soda du colonel.

Mrs. Rees-Talbot avisa Betty que le colonel avait quelques questions à lui poser et disparut.

Betty dévisagea ce grand monsieur à cheveux gris, qui avait des choses à lui demander. Elle ne se sentait pas très à l'aise. On n'aurait pu dire, cependant, qu'elle était intimidée et il y avait de l'impertinence dans ses yeux.

Race prit son verre et, souriant, engagea la conversation :

— Vous avez vu les journaux, aujourd'hui?

— Oui, monsieur.

— Vous avez vu que Mr. Barton est mort, hier soir, au *Luxembourg*, un cabaret?

— Oui, monsieur. C'est bien triste!

Ses yeux, brillants de plaisir, prouvaient qu'elle pensait tout le contraire. On a le droit d'aimer les beaux faits divers.

— Vous avez été à son service, n'est-ce pas?

— Oui, monsieur. Je l'ai quitté l'hiver dernier, après la mort de madame.

— Morte, comme lui, au *Luxembourg*.

— Oui. C'est drôle, n'est-ce pas, monsieur?

« Drôle » n'était pas le mot qu'il eût choisi, mais il comprenait ce qu'elle voulait dire.

— Je vois, fit-il gravement, que vous êtes intelligente.

Elle sourit, flattée, et demanda :

— Est-ce qu'il a été assassiné aussi? Les journaux ne disent pas exactement...

— Pourquoi dites-vous « aussi »? L'enquête sur la mort de Mrs. Barton a conclu au suicide.

Elle le regardait du coin de l'œil. Évidemment, il n'était plus tout jeune, mais il n'était pas mal. Le genre tranquille. Un vrai gentleman, c'était clair! Seulement, où diable voulait-il en venir?

— Oui, dit-elle, l'enquête a conclu au suicide.

— Mais vous, vous ne l'avez pas cru?

— Non, monsieur. Jamais!

— Et pourquoi ça?

Elle hésitait. Ses doigts tortillaient un coin de son tablier.

— Dites-le-moi, Betty? Cela peut être d'une importance considérable!

Elle lui trouvait une belle voix grave. Et puis, il était poli et parlait doucement. Et il vous donnait tellement l'impression d'être quelqu'un qu'on avait envie de lui faire plaisir. D'ailleurs, pour la mort de Rosemary, elle ne se reprochait rien. Elle avait pensé ce qu'elle avait voulu, mais rien dit à personne...

— On l'a tuée, monsieur, dit-elle. Ce n'est pas votre avis?

— C'est très possible! Qu'est-ce qui vous le fait penser?

— Eh bien, c'est... un bout de conversation que j'ai entendu un jour, par hasard!

— Ah! oui!... C'est très intéressant!

Encouragée par son ton amical, elle poursuivit :

— La porte n'était pas fermée, ni même poussée. Je dis ça parce que je ne voudrais pas que vous vous imaginiez que j'écoute aux portes! Ce n'est pas mon genre... Non, je passais dans le couloir. J'allais à la salle à manger pour ranger de l'argenterie que je portais sur un plateau. Ils parlaient très haut... et c'était Mrs. Barton qui disait quelque chose à Mr. Anthony Browne, comme quoi elle savait bien que ce n'était pas son vrai nom... Alors, lui, d'un seul coup, il est devenu vraiment mauvais!... Je n'aurais pas cru ça de lui, car en général il était gentil et plutôt doux... Il parlait de lui taillader le visage à coups de couteau et il disait aussi que si tout n'allait pas comme il voulait, il ne fallait pas qu'elle oublie qu'elle pouvait très bien « se faire descendre »... Tel que, monsieur, je n'invente rien!... Ce qui s'est passé après, je ne sais pas, vu que, comme Miss Iris arrivait par le grand escalier, j'ai préféré partir... Sur le moment, tout ça ne m'avait pas trop frappée, mais, plus tard, quand on a dit qu'elle s'était suicidée et quand j'ai appris qu'il était au souper, ça m'est revenu... et j'en ai eu froid dans le dos. Parole!

— Mais vous n'avez rien dit?

— Je ne tiens pas tellement à fréquenter la police. Et puis, qu'est-ce que je savais?... Après tout, rien!... Sans compter que, si j'avais parlé, peut-être qu'il m'aurait descendue aussi... Ou, comme ils disent, « emmenée pour une petite promenade en voiture »... Une promenade dont on ne revient pas!

— Je vous comprends, Betty.

Du même ton aimable, il dit ensuite :

— Et c'est pour cela que vous vous êtes contentée d'envoyer une lettre anonyme à Mr. Barton?

Stupéfaite, elle ne paraissait pas comprendre.

— Qu'est-ce que vous dites?... Une lettre anonyme? Moi?... Jamais de la vie!

— N'ayez pas peur, Betty, je vous comprends fort bien et l'idée n'était pas si mauvaise. Vous le préveniez sans vous découvrir. C'était adroit!

— Mais je ne lui ai pas écrit, monsieur! Je n'ai même jamais pensé à le faire! Vous voulez bien dire, n'est-ce pas, que j'aurais écrit à Mr. Barton pour l'avertir que sa femme avait été assassinée?... Je vous jure que c'est une idée qui ne m'est jamais venue!

Elle parlait avec une telle conviction qu'il en fut ébranlé. Dommage, car ça aurait magnifiquement « collé »! Tout se serait si bien expliqué! Mais elle niait et paraissait sincère. Elle ne s'indignait pas, elle ne se troublait pas, mais elle maintenait fermement qu'elle n'était pour rien dans l'avertissement reçu par Barton. Un peu à contrecœur, il se voyait forcé de la croire.

Il porta la conversation sur un autre terrain.

— A qui avez-vous parlé de ce que vous avez entendu?

— A personne, monsieur. Je vous le dis franchement, dans le fond, je n'étais pas rassurée. J'ai pensé qu'il valait mieux ne rien dire et j'ai essayé d'oublier tout ça! La seule fois où je n'ai pas su tenir ma langue, c'est quand j'ai donné mes huit jours à Mrs. Drake. Elle m'avait fait une vie impossible, et dit plus qu'une fille n'en peut supporter et voilà qu'elle voulait que j'aille m'enterrer avec elle à la campagne, dans un patelin où il n'y a ni cars, ni chemins de fer! J'ai préféré quitter. Là-dessus, elle m'a annoncé qu'elle me ferait un mauvais certificat, où elle dirait que je cassais et que je répondais! Alors, pour bien lui montrer que je me fichais d'elle, je lui ai dit que je trouverais toujours une place où les patrons ne se feraient pas « mettre en l'air »... Tout de suite, j'ai pensé que j'en avais trop dit, mais j'ai été rassurée, parce qu'elle n'avait pas fait attention... Comme vous dites, peut-être que j'aurais dû parler à l'époque. Mais est-ce que je savais?.. Et puis, n'est-ce pas, peut-être aussi qu'il ne s'agissait que d'une plaisanterie? Des fois, pour blaguer, on dit n'importe quoi et Mr. Browne aimait bien rire... Non, je vous assure, monsieur, qu'il m'était vraiment difficile de dire quelque chose. Vous ne trouvez pas?

Il en convint.

— Mrs. Barton, dit-il ensuite, prétendait qu'il ne s'appelait pas réellement Anthony Browne. A-t-elle prononcé son véritable nom?

— Oui. Et la preuve, c'est qu'il lui a dit qu'elle devait oublier ce nom de Tony... Tony comment, déjà?... Je ne me rappelle plus... C'était Tony quelque chose... Un nom, c'est rigolo, qui m'avait fait penser à la confiture de cerises...

— Tony Cerisay?... Cerisier?...

— Non. Un nom plus curieux que ça... Et qui commençait par un M.

— Ne cherchez pas, Betty, il vous reviendra peut-être et vous me le donnerez à ce moment-là! Voici ma carte. Si vous vous souvenez du nom, vous me l'écrirez à mon adresse.

Il lui remit sa carte et, en même temps, un billet de banque.

— Je vous remercie, monsieur. Vous pouvez compter sur moi!

Elle sortit, se disant qu'elle ne s'était pas trompée et que c'était bien à un gentleman qu'elle avait eu affaire. Elle aurait été très contente avec dix shillings et il lui avait bel et bien donné une livre...

— Alors, demanda Mrs. Rees-Talbot, revenant dans le salon, vous êtes content?

— Très. Il ne me reste qu'un petit problème embêtant, mais peut-être allez-vous pouvoir m'aider à le résoudre. Voyez-vous un nom, un nom de personne, auquel vous feraient penser les confitures de cerises?

— Drôle de question!

— Réfléchissez, Mary! Moi, n'est-ce pas, je ne suis pas très familier avec les mystères de la cuisine. Il s'agit de confitures, de confitures de cerises plus particulièrement!

— On n'en fait pas souvent.

— Et pourquoi ça?

— Eh bien, parce qu'elles ont tendance à devenir trop sucrées.

A moins qu'on ne se serve de cerises préparées spécialement, comme les cerises Morello.

— Nous y sommes! s'écria-t-il. Je parie que nous y sommes!

Il se leva :

— Au revoir, Mary! Je vous suis infiniment reconnaissant de tout! Vous permettez que je prenne ce bouton pour appeler la femme de chambre qui me reconduira?

Déjà il était à la porte.

— Allez-vous-en, ingrat! lui lança-t-elle. Mais, tout de même, vous auriez pu me dire de quoi il s'agissait?

— Je vous promets que je viendrai tout vous raconter un de ces jours!

— Que vous dites!

— Vous verrez!

Betty l'attendait au pied de l'escalier. Elle l'aida à passer son pardessus, lui remit son chapeau et sa canne et l'accompagna jusqu'à la porte. Sur le seuil, il s'arrêta :

— Au fait, Betty, ce nom, ce ne serait pas Morello?

La figure de la fille s'éclaira :

— C'est ça, monsieur! Ou plutôt Morelli. Tony Morelli, c'est le nom qu'il lui a dit d'oublier. Et, je n'y pensais pas tout à l'heure, il lui a dit aussi qu'il avait fait de la prison.

Il s'en alla tout souriant.

Il entra dans la première cabine téléphonique qu'il trouva sur son chemin et appela Kemp.

La conversation fut brève.

— Entendu, dit Kemp pour conclure. Je câble immédiatement. Nous serons fixés avant peu et je me sentirai rudement soulagé si vous avez vu juste!

— Attendons, fit Race. Mais j'ai bon espoir et je crois que je commence à y voir clair.

Chapitre 8.

L'inspecteur Kemp n'était pas de très bonne humeur.

Depuis une demi-heure, il interrogeait un malheureux gosse de seize ans, un adolescent pâlot, et pour l'instant mourant de peur, qui devait à l'éminente situation de son oncle Charles de pouvoir espérer devenir quelque jour un garçon digne de servir en pied au *Luxembourg*. En attendant, il faisait partie des six « grouillots » qui, distingués des garçons par le tablier blanc qu'ils portaient autour de la taille, s'activaient dans le restaurant aux ordres de tous et de chacun. Ils apportaient le pain, couraient chercher le ravier ou la fourchette qui manquaient, se précipitaient des tables aux cuisines et des cuisines aux tables, toujours en mouvement, régulièrement tenus pour responsables de toutes les erreurs commises dans le service et, à longueur de jour, bousculés et commandés par tous en français, en italien, parfois même en anglais. Charles, ainsi qu'il convenait à un personnage de son importance, n'accordait aucune faveur à son neveu et ne se faisait pas faute de le réprimander sévèrement au moindre prétexte, et même sans prétexte, pour le principe. Malgré cela, Pierre était heureux, soutenu par l'idée que dans un avenir lointain il régnerait, lui aussi, en qualité de maître d'hôtel, sur quelque restaurant de grande classe.

Pour le moment pourtant, sa carrière lui paraissait assez compromise. Car, s'il ne se trompait pas, on le soupçonnait d'être un assassin. Ni plus, ni moins!

Kemp l'avait consciencieusement mis sur le gril, pour en arriver finalement à la conviction décourageante que le gosse n'avait fait que ce qu'il prétendait avoir fait : ramasser par terre un sac de dame et le poser ensuite sur la table.

Une fois encore, le gosse reprenait ses explications.

— Vous comprenez, m'sieur, je faisais vite parce que Mr. Robert attendait sa sauce et je le voyais qui s'impatientait. Alors la dame, en partant danser, a fait tomber son sac. Je me suis arrêté, je l'ai ramassé en vitesse et j'ai filé. Il y avait Mr. Robert qui me faisait des signaux désespérés, c'était pas le moment de traîner. C'est tout, m'sieur, et je vous assure que c'est comme ça que ça s'est passé.

On ne pouvait malheureusement guère en douter. Kemp rendit sa liberté au gosse. Il dut refréner une forte tentation de lui dire : « Et, surtout, que je ne t'y reprenne plus! »

L'agent Pollock vint lui annoncer que le service de garde

téléphonait : il y avait, en bas, une jeune femme qui demandait à lui parler, ou plus exactement à voir l'officier chargé de l'enquête sur l'affaire du *Luxembourg*.

— Comment s'appelle-t-elle?

— Miss Chloé West.

— Dites qu'on la fasse monter, fit-il, résigné. J'ai dix minutes à lui donner. Mr. Farraday ne doit plus tarder maintenant. D'ailleurs, il ne sera pas mauvais de le faire attendre. Ça l'énervera un peu et ça ne sera pas plus mal!

Quand Miss Chloé West entra, Kemp eut l'impression qu'il la reconnaissait, mais il s'aperçut tout de suite, au second regard, qu'il n'en était rien. Il ne l'avait certainement jamais vue, encore qu'elle lui rappelât vaguement quelqu'un.

C'était une femme qui pouvait avoir vingt-cinq ans, grande, très jolie, avec de beaux cheveux acajou. Sa voix était un peu apprêtée, avec une articulation parfaite, et elle paraissait nerveuse.

— Asseyez-vous, mademoiselle West. Que puis-je pour vous?

Le ton n'était pas très engageant, mais elle ne parut pas s'en apercevoir.

— J'ai lu dans les journaux qu'un homme était mort hier soir au *Luxembourg*. C'est à ce sujet que je suis venue vous trouver.

— Mr. George Barton. Vous le connaissiez?

— Eh bien... non. Pas précisément. Je veux dire que je ne le connaissais pas très bien.

Kemp la regarda avec plus d'attention. De nouveau, il se demandait si tout de même il ne l'avait pas déjà rencontrée. Elle semblait une femme bien élevée. Honnête, très probablement. Il décida de se faire plus aimable.

— Avant d'aller plus loin, dit-il d'un ton adouci, voudriez-vous me donner votre nom et votre adresse?

— Je m'appelle Chloé Elisabeth West. J'habite 15, Merryvale Court, à Maida Vale. Je suis actrice.

Il l'examina de nouveau sans en avoir l'air. Elle devait dire vrai. Comédienne, sans doute, mais du genre sérieux, jouant le répertoire, probablement.

— Maintenant, mademoiselle West, je vous écoute.

— Quand j'ai appris par les journaux que la police avait ouvert une enquête sur la mort de Mr. Barton, j'ai pensé que je ferais peut-être bien de venir vous voir. J'en ai parlé à une de mes amies, qui a été de mon avis, et je suis venue, bien que ce que j'ai à vous dire soit peut-être sans intérêt.

— Nous verrons, fit Kemp avec bonne humeur. Dites toujours...

— Voici... Pour le moment, je ne joue pas. Mais mon nom

est dans les agences et ma photo paraît dans *Le Projecteur*, un journal professionnel. C'est là, d'après ce que j'ai compris, que Mr. Barton l'a vue. Toujours est-il qu'il est entré en relation avec moi et qu'il m'a expliqué ce qu'il attendait de moi...

— C'est-à-dire?

— Il me raconta qu'il donnait un souper au *Luxembourg* et qu'il désirait faire une surprise à ses invités. Il avait apporté une photo, un portrait de femme, et il voulait que je me maquille pour ressembler le plus possible à la personne qui avait posé. Nos cheveux, paraît-il, étaient à peu près de la même nuance...

D'un coup, Kemp se souvint. La photographie de Rosemary, il l'avait vue sur le bureau de George, à Elvaston Square, et c'était Rosemary que lui rappelait sa visiteuse. Elle lui ressemblait. Peut-être pas de façon frappante, mais pourtant de façon indiscutable.

— Je devais porter une robe qu'il m'avait donnée, poursuivait Miss West, une robe verte, me coiffer d'après la photographie et faire tout ce que je pourrais pour accentuer la ressemblance. Puis je devais aller au *Luxembourg*, arriver au moment où les attractions passent pour la première fois de la soirée et m'asseoir à la table de Mr. Barton, où une chaise serait demeurée libre à mon intention. Pour être bien sûr qu'il n'y aurait pas d'erreur, il m'avait emmenée déjeuner au *Luxembourg* il y a quelques jours.

— Mais, mademoiselle West, hier soir, vous n'êtes pas allée au *Luxembourg*?

— Non, parce que vers huit heures quelqu'un... Mr. Barton... m'a appelée au téléphone pour me dire que tout était changé et remis à une date qu'il me ferait connaître plus tard. Ce matin, j'ai vu la nouvelle de sa mort dans les journaux...

— Et finalement, dit Kemp, vous avez eu la très bonne idée de venir nous voir. Je vous en suis très reconnaissant, mademoiselle West, et je vous remercie. Grâce à vous, un premier mystère, celui de la chaise vide, se trouve maintenant éclairci... A propos, pourquoi, à l'instant, après avoir dit « quelqu'un », vous êtes-vous reprise pour dire « Mr. Barton »?

— Parce que, tout d'abord, je n'avais pas reconnu Mr. Barton à l'appareil. La voix m'avait paru différente.

— C'était bien une voix d'homme?

— Oui... Du moins, il m'a semblé. C'était la voix enrouée de quelqu'un qui a un bon rhume.

— Et c'est tout ce qu'il vous a dit?

— Absolument tout.

Kemp posa encore quelques autres questions, mais elles ne devaient rien lui apprendre.

Chloé West partie, l'agent Pollock étant venu aux ordres, il ne lui cacha pas sa satisfaction.

— Nous progressons, Pollock. Nous connaissons maintenant le fameux plan de Barton et je comprends pourquoi ils nous ont tous dit qu'il considérait avec stupeur cette chaise qui s'obstinait à rester vide, pourquoi il avait l'air d'être dans la lune, pourquoi il était « catastrophé ». Il se rendait compte que son beau plan était par terre!

— Alors, vous ne croyez pas que ce soit lui qui a décommandé la femme?

— Vous pouvez parier que non! Et je ne suis pas tellement sûr qu'il s'agissait d'une voix d'homme. L'enrouement, pour déguiser une voix au téléphone, c'est un vieux truc! Nous progressons, Pollock, nous progressons. Envoyez-moi Mr. Farraday!

Chapitre 9.

Stephen Farraday arriva à Scotland Yard, calme et impassible en apparence, mais en réalité en proie à une vive agitation intérieure. Il se sentait privé de tous ses moyens, écrasé, anéanti. Ce matin, tout semblait s'arranger le mieux du monde. Pourquoi donc l'inspecteur Kemp s'était-il, au téléphone, montré si pressé de le voir? Que pouvait-il savoir ou soupçonner? Rien que de vague, certainement. L'important était de garder son sang-froid et de tout nier.

Mais, loin de Sandra, il se découvrait sans force et sans défense. Quand ils faisaient face au danger tous les deux, la moitié de ses craintes s'évanouissaient du seul fait qu'elle était là, à ses côtés. Ensemble, ils étaient forts, courageux, puissants. Seul, il était faible et désarmé. En allait-il de même pour elle? Il se le demandait, se la représentant, solitaire et silencieuse, dans un coin de l'immense maison, fière, torturée par ce même sentiment d'impuissance qui semblait en ce moment paralyser ses propres facultés.

L'inspecteur Kemp l'accueillit avec une courtoisie froide et sévère. Pollock était assis à une petite table, près du bureau, crayon au poing, un bloc de papier devant lui.

Ayant invité son visiteur à s'asseoir, Kemp s'adressa à lui dans les termes les plus officiels :

— J'ai l'intention, monsieur Farraday, de vous demander une déposition qui sera enregistrée et que je vous prierai de lire et de signer avant de vous retirer. Il est de mon devoir de vous avertir que vous avez le droit de refuser de faire cette déposition et que vous pouvez exiger de ne parler qu'en présence de votre avocat.

Stephen était abasourdi, mais il réussit à n'en rien laisser voir. Il trouva même moyen de sourire pour dire :

— Voilà, inspecteur, qui me paraît tout simplement formidable!

— Il n'est pas mauvais, monsieur Farraday, de bien préciser certaines choses au départ.

— Et je dois comprendre, bien entendu, que tout ce que je dirai pourra être utilisé contre moi?

— Nous ne disons pas « contre », monsieur Farraday. Ce que vous pourrez dire pourra être utilisé en justice.

— Je vois la nuance, mais je n'arrive pas à comprendre, inspecteur, pourquoi vous me demandez une déposition, alors que vous m'avez déjà entendu ce matin?

— C'est simplement qu'il s'agissait d'une conversation officieuse et qu'il y a des points sur lesquels il nous faut revenir. D'autre part, il est certains faits dont vous aimerez mieux sans doute que nous discutions seulement maintenant. Pour tout ce qui me semble ne toucher à l'affaire qu'indirectement, nous nous efforçons d'être aussi discrets que le permet la recherche de la vérité. Vous voyez à quoi je fais allusion?

— J'ai peur que non.

— Alors, je m'explique, dit Kemp avec un soupir. Vous étiez je crois, en termes très intimes avec la défunte Mrs. Barton?

— Qui prétend cela?

Kemp prit sur son bureau un document dactylographié et le tendit à Stephen :

— Voici la copie d'une lettre trouvée dans les affaires de Mrs. Barton. L'original est dans le dossier. Il nous a été remis par Miss Iris Marle, qui reconnaît l'écriture comme étant celle de sa sœur .

Stephen lut : *Mon léopard adoré...*

Des souvenirs l'assaillaient. Il croyait entendre la voix de Rosemary, plaidant sa cause, insistant... Ce passé ne consentirait-il donc jamais à se laisser oublier?

Il se ressaisit et dit, rendant le document à Kemp :

— Vous avez peut-être raison de croire que cette lettre est de Mrs. Barton, mais rien n'indique qu'elle m'était destinée.

— Reconnaissez-vous avoir payé le loyer du 21, Malland Mansions, Earl's Court?

Ainsi, ils savaient. Il se demanda depuis quand...

— Je vois, fit-il avec effort, que vous êtes bien renseigné. Pourrais-je vous demander pourquoi on se propose de donner à mes affaires privées la plus large publicité?

— Il n'est question de rien de tel, à moins qu'elles n'aient un rapport direct avec la mort de George Barton.

— Vous insinueriez qu'après lui avoir pris sa femme je l'ai tué?

Kemp mit les coudes sur la table et croisa les mains :

— Monsieur Farraday, je serai franc. Vous étiez, Mrs. Barton et vous, des amis très intimes. La rupture est venue de vous, et non point d'elle. Elle se proposait, cette lettre le prouve, de faire un scandale. Là-dessus, elle meurt. Pour vous, tout à fait au bon moment...

— Elle s'est suicidée. Je reconnais que je porte peut-être dans cette malheureuse affaire une certaine part de responsabilités, il se peut que j'aie des remords... Mais la justice n'a rien à voir là-dedans!

— Il est possible que Mrs. Barton se soit donné la mort et il est possible aussi qu'il ne s'agisse pas d'un suicide. Cette dernière opinion était celle de George Barton. Il avait commencé des recherches. Il meurt. Coïncidence encore, mais qui donne à réfléchir.

— Peut-être. Mais pourquoi les soupçons porteraient-ils sur moi?

— Vous admettez que la mort de Mrs. Barton a aplani pour vous de sérieuses difficultés? Un scandale, monsieur Farraday, pouvait compromettre votre carrière.

— Il n'y aurait pas eu de scandale. Mrs. Barton aurait fini par entendre la voix de la raison.

— C'est ce que je me demande... Est-ce que votre femme était au courant de votre liaison?

— Certainement pas!

— Vous en êtes bien sûr?

— Absolument sûr? Ma femme pensait que Mrs. Barton et moi, nous étions d'excellents amis... et j'espère qu'elle continuera à le croire.

— Votre femme est-elle jalouse, monsieur Farraday?

— Non. Du moins, je n'ai jamais eu l'occasion de m'en apercevoir. Elle est bien trop intelligente!

L'inspecteur n'était peut-être pas d'accord sur ce que semblait impliquer cette affirmation, mais il négligea de le signaler. Il avait une autre question à poser.

— Avez-vous jamais, monsieur Farraday, détenu de l'acide cyanhydrique?

— Jamais!

— Est-ce que vous n'en avez pas un peu chez vous, à la campagne?

— Le jardinier en a peut-être. Je n'en sais rien.

— Vous n'en avez vous-même jamais acheté, soit chez le pharmacien, soit chez un marchand de produits photographiques?

— Je ne fais pas de photographie et je vous répète que je n'ai jamais eu d'acide cyanhydrique en ma possession.

L'interrogatoire se poursuivit quelques instants encore, puis Kemp remercia Stephen, qui bientôt se retirait.

Après son départ, l'inspecteur se tourna vers Pollock. Il était songeur :

— Il était, fit-il remarquer, bien soucieux de nous convaincre que sa femme n'était pas au courant de sa liaison. J'aimerais bien savoir pourquoi...

— Peut-être a-t-il peur qu'elle ne vienne à l'apprendre maintenant!

— Peut-être... Mais j'aurais cru qu'il aurait eu l'intelligence de se rendre compte que, si sa femme ne savait rien, elle serait capable de le quitter le jour où elle apprendrait quelque chose, ce qui ajoute une raison supplémentaire à celles qu'il pouvait avoir de supprimer Rosemary. Je me demande pourquoi il n'a pas adopté un autre système de défense. Il était si simple de nous dire que sa femme était plus ou moins au courant, mais qu'elle fermait les yeux...

— Il n'y aura pas pensé.

Kemp fit la moue. Farraday n'était pas un imbécile. Très intelligent, au contraire, ayant les idées claires et le cerveau agile. Et il avait fait tout le possible pour persuader l'inspecteur que sa femme ignorait sa liaison!

— Enfin, fit Kemp, nous verrons bien! Race paraît satisfait de la piste qu'il a découverte. S'il a raison, les Farraday sont hors de cause, tous les deux, et je serai le premier à m'en réjouir! Ce type-là me plaît et personnellement je ne peux pas croire qu'il soit un assassin!

Ouvrant la porte du petit salon, Stephen dit :

— Sandra, tu es là?

Dans le noir, elle vint à lui. Il sentit ses deux mains se poser sur ses épaules :

— Stephen!

— Pourquoi restes-tu dans l'obscurité?

— Je ne pouvais pas supporter la lumière. Alors?

— Alors, ils savent.

— Pour Rosemary?

— Oui.

— Et que pensent-ils?

— Ils considèrent, naturellement, que j'avais un mobile. Ah! ma chérie, dans quelle aventure t'ai-je entraînée!... Car, tout ça, c'est ma faute! J'aurais dû partir après la mort de Rosemary... C'était si simple!... Je disparaissais, tu te retrouvais libre... et au moins tu n'aurais pas été mêlée à cette horrible affaire!

— Non, non, ne dis pas ça!... Il ne faut pas me quitter, Stephen! Il ne faut pas!

Elle s'accrochait à lui. Ses membres tremblaient et il sentait des larmes chaudes couler sur ses joues.

— Je n'ai que toi, Stephen!... Tu es toute ma vie!... Toute ma vie!

— Mais, Sandra, tu m'aimes donc tant?... Je ne savais pas...

— Je ne tenais pas à ce que tu le saches... Mais, maintenant...

— Maintenant, ma chérie, maintenant, nous sommes ensemble... Et nous ferons face ensemble!... Quoi qu'il advienne, ensemble!

Serrés l'un contre l'autre, ils sentaient une force nouvelle monter en eux.

Chapitre 10.

Anthony Browne regardait la carte que le groom venait de lui remettre.

Il se promena la main sur le menton, puis dit :

— Allons-y! Fais-le monter!

Browne, debout près de la fenêtre, se retourna à l'entrée du colonel Race.

Il vit un homme de haute taille, à l'allure militaire, le teint bronzé et les cheveux grisonnants, un homme qu'il avait déjà rencontré, mais il y avait longtemps, et sur le compte duquel il savait beaucoup de choses.

Il alla vers lui, sans hâte et la main tendue, et dit :

— Heureux de vous voir, colonel! Je sais que vous étiez un ami de George Barton : il nous a parlé de vous le soir même de sa mort. Cigarette?

— Volontiers. Merci!

Anthony lui offrit du feu :

— Vous avez joué à ce souper, reprit-il, le rôle de l'invité qu'on attend et qui ne vient pas. Entre nous, vous avez aussi bien fait...

— Je vous signalerai une erreur : cette place vide ne m'était pas destinée.

— Non? fit Anthony, sincèrement étonné. Barton nous a pourtant dit...

Race lui coupa la parole :

— Quoi qu'ait pu dire Barton, il ne m'attendait pas. Cette chaise vide devait être occupée, au moment où l'on fait le noir dans la salle, par une actrice du nom de Chloé West.

Anthony était de plus en plus surpris :

— Chloé West?... Jamais entendu parler... Qui est-ce?

— Une jeune comédienne, de notoriété limitée, mais qui, si l'on n'y regarde pas de trop près, ressemble assez à Rosemary Barton.

Anthony émit un petit sifflement admiratif et dit :

— Je commence à comprendre.

— Barton, poursuivit Race, lui avait remis une photographie de sa femme afin qu'elle pût se coiffer comme elle le faisait et elle devait porter la robe même que Rosemary portait le soir de sa mort.

— Ainsi, s'exclama Anthony, la grande idée de Barton, c'était ça!... Nous rendons la lumière, mesdames et messieurs, et voici cinq minutes de magie noire et de terreur! *Rosemary est revenue!* Le coupable blêmit et balbutie: « C'est elle!... Seigneur! Je suis perdu!»

Il sourit et ajouta :

— Pas très fort, comme trouvaille!... Même d'un type du calibre de ce pauvre vieux George, on pouvait espérer mieux!

— Je ne suis pas tellement sûr de partager votre avis, dit Race.

— Allons donc! Attendre d'un criminel endurci qu'il se comporte comme une petite fille impressionnable?... Si quelqu'un a, de sang-froid, empoisonné Rosemary et si ce même quelqu'un s'apprêtait à jeter de l'acide cyanhydrique dans le verre de George, ce quelqu'un-là, je le prétends, a les nerfs solides. Il aurait fallu plus qu'une cabotine camouflée en Rosemary pour le — ou la — faire avouer!

— Souvenez-vous de Macbeth! C'était bien un criminel endurci et il s'est effondré devant le spectre de Banco.

— Oui, mais il s'agissait d'un vrai spectre! Ce n'était pas un acteur de second ordre affublé de la défroque de Banco et je suis prêt à admettre qu'un spectre authentique peut apporter avec lui sa propre atmosphère, celle de l'au-delà. Car je crois aux fantômes. Au moins depuis six mois. Peut-être pas à tous, mais à un certain fantôme, certainement!

— Vraiment?... Et c'est le fantôme de qui?

— De Rosemary Barton. Vous pouvez rire... Ce fantôme, je ne l'ai pas vu, mais j'ai senti sa présence... Pour une raison que j'ignore, Rosemary, la pauvre, ne peut pas demeurer chez les morts.

— Cette raison, moi, je la connais peut-être.

— Parce qu'elle a été assassinée? C'est ça que vous allez dire?

— Ou, pour parler un autre langage, parce qu'elle s'est fait « mettre en l'air ». Qu'en pensez-vous, monsieur Tony Morelli?

Un silence suivit. Anthony s'était assis dans un fauteuil, au coin de la cheminée. Il jeta sa cigarette dans l'âtre, en alluma une autre et dit :

— Comment avez-vous trouvé ça?

— Vous admettez être Tony Morelli?

— Vous ne pensez pas que je vais perdre mon temps à le nier? Je suppose que vous avez câblé en Amérique et qu'on vous a donné les tuyaux?

— Et vous reconnaissez que, lorsque Rosemary Barton a découvert votre identité, vous l'avez menacée de la « mettre en l'air » si elle ne tenait pas sa langue?

— J'ai fait tout le possible pour lui faire peur afin de l'empêcher de parler.

Tony ne paraissait pas ému et son ton était calme. Il contemplait l'extrémité vernie de sa chaussure sur laquelle venaient jouer les rayons d'un pâle soleil d'hiver.

Et le colonel Race avait le sentiment assez étrange que cet entretien ne se déroulait pas comme il aurait dû. Ce jeune homme élégant, là devant lui, renversé dans son fauteuil, il lui semblait, maintenant, l'avoir déjà vu, le connaître depuis très longtemps.

— Faut-il, Tony Morelli, que je récapitule tout ce que je sais de vous?

— Ça pourrait être amusant!

— Aux États-Unis, vous êtes convaincu d'une tentative de sabotage aux usines d'aviation Ericsen et condamné de ce chef à une peine d'emprisonnement. A votre sortie de prison, les autorités vous perdent de vue. On vous retrouve à Londres, vivant au *Claridge*, sous le nom d'Anthony Browne. Vous réussissez à vous faire présenter à Lord Dewsbury et par lui vous rencontrez d'autres magnats de l'industrie des armements. Lord Dewsbury vous reçoit chez lui et, en qualité d'invité, vous vous faites montrer des choses que vous n'auriez jamais dû voir. Coïncidence : toute une série d'accidents inexplicables, dont certains auraient pu amener de véritables catastrophes, éclatent dans différentes usines que vous venez de visiter.

— Les coïncidences sont des choses extrêmement curieuses !

— Finalement, après une éclipse, vous reparaissez à Londres, où vous renouez connaissance avec Iris Marle. Vous évitez d'aller la voir chez elle, pour ne pas donner l'éveil à sa famille, et vous essayez de la convaincre qu'elle doit vous épouser en secret, sans rien dire à personne.

— Il est vraiment extraordinaire, dit Browne, que vous ayez découvert tout ça. Je ne parle pas de ce qui concerne les usines d'armement, mais du reste, les menaces que j'ai faites à Rosemary et les tendres petits riens que j'ai murmurés à Iris. Est-ce que ces choses-là seraient aussi du ressort de « M. 15 » ?

Ce fut au tour de Race d'être surpris.

— Vous aurez à vous expliquer sur pas mal de choses, Morelli !

— Croyez-vous ? Admettons que tout ce que vous venez de dire soit exact. Et après ?... J'ai fait de la prison, j'ai noué des amitiés intéressantes, je suis amoureux d'une ravissante jeune fille et impatient de l'épouser...

— Si impatient que vous aimeriez mieux que le mariage eût lieu avant que la famille ne découvrît vos antécédents. Iris Marle est très riche.

— C'est bien pour ça ! Quand il y a de l'argent, les familles ont tendance à chipoter. Iris ne sait rien de mon obscur passé. J'ai le droit de préférer ça !

— J'ai bien peur que nous ne soyons obligés de la mettre au courant.

— Dommage !

— Sans doute ne vous rendez-vous pas compte...

Un éclat de rire l'interrompit :

— Oh ! fit-il, je n'ai pas besoin qu'on me fasse un dessin ! Rosemary connaissant mon passé criminel, je l'ai tuée. George Barton m'ayant soupçonné, je l'ai tué. Et, maintenant, je cours après l'argent d'Iris. C'est clair comme de l'eau de roche et ça se défend gentiment. Seulement, vous n'avez pas le quart de la moitié d'une preuve !

Race dévisagea Browne avec attention pendant un long moment, puis il se leva et se mit à marcher dans la pièce.

— Tout ce que j'ai dit est exact, dit-il lentement. *Seulement, tout est faux!*

— Comment, tout est faux?

— Oui. Le personnage est truqué.

Continuant sa promenade, il expliqua :

— Tout tenait debout aussi longtemps que je ne vous avais pas vu. Mais, maintenant, ça s'écroule! *Parce que vous n'êtes pas un escroc!* Et parce que, si vous n'êtes pas un escroc, *vous êtes nécessairement un des nôtres!* Je me trompe ou non?

Anthony le regardait avec un sourire amusé :

— *Car, dit-il, la femme du colonel et Judy O'Grady étaient sœurs du même sang!...* Oui... Les collègues, il n'y a pas à dire, on les flaire! C'est curieux... C'est parce que vous avez raison que je m'appliquais à vous éviter. J'avais peur d'être reconnu par vous pour ce que je suis et il était important, au moins jusqu'à ce matin, que je ne le fusse pas. Depuis aujourd'hui, Dieu merci, l'affaire est dans le sac, les principaux membres de la bande de saboteurs dont je m'occupais depuis trois ans étant maintenant tous bouclés. Drôle de travail! Je fréquentais les meetings, je faisais de l'agitation dans les centres ouvriers, je me fabriquais une réputation. En fin de compte, il avait été entendu avec mes chefs, les vrais, que je ferais un coup retentissant et que je serais condamné. Il fallait que l'affaire eût l'air sérieux pour établir de façon indiscutable auprès des « autres », ma sincérité et ma bonne foi.

« A ma sortie de prison, les choses ont commencé à se dessiner. Petit à petit, j'approchais du centre de l'organisation, un puissant réseau international dont les chefs se trouvaient en Europe centrale. J'étais devenu *leur* agent quand je vins m'installer au *Claridge*. Mes ordres étaient de me lier avec Lord Dewsbury. Je jouais l'homme du monde qui sort beaucoup et court les bals, et c'est ainsi que je fis connaissance de Rosemary. Un jour, elle découvrit que j'avais fait de la prison aux États-Unis sous le nom de Tony Morelli. J'ai eu peur. *Peur pour elle.* Les gens avec qui je travaillais n'auraient pas hésité à la supprimer s'ils étaient venus à savoir qu'elle m'avait démasqué. Pour qu'elle se taise, j'ai fait de mon mieux pour lui inspirer une sainte terreur, mais sans grand espoir d'y être parvenu. Elle était née indiscrète, la pauvre. Et je me suis dit que, dans ces conditions, le mieux pour moi était de disparaître. Je venais de prendre cette décision quand j'entrevis Iris pour la première fois. Le fait ne pouvait rien changer à ma résolution, mais je me jurai de revenir pour l'épouser, une fois ma mission achevée.

« L'affaire bien en train et mon rôle actif terminé, je reparus à

Londres. Je touchai Iris, je la vis beaucoup, mais je me tins à l'écart de sa famille, car je n'ignorais pas qu'on se renseignerait sur mon compte et il ne m'était pas encore permis d'abandonner ma personnalité d'emprunt. Seulement, Iris me donnait du souci. Elle paraissait souffrante, effrayée, et il me semblait que George Barton ne se comportait pas avec elle comme il aurait fallu. Je la pressai de s'enfuir avec moi et de m'épouser. Elle refusa... et peut-être eut-elle raison. Peu après, je fus invité au fameux souper. Impossible de me dérober. Comme on s'asseyait à table, George annonça qu'il *vous* attendait. Sans perdre de temps, je déclarai que j'avais retrouvé à Londres un homme que je connaissais et que je serais peut-être obligé de me retirer tôt. Effectivement, j'avais rencontré un type que j'avais connu en Amérique, un certain Gordmann « le Singe ». Il ne se souvenait pas de moi, mais peu importait. J'avais pris le premier prétexte venu. L'essentiel était de ne pas me trouver en votre présence. Car mon travail, à ce moment-là, n'était pas encore tout à fait fini.

« La suite, vous la connaissez. Je n'ai été pour rien dans la mort de George, pas plus que dans celle de Rosemary et, à l'heure actuelle encore, je ne sais pas qui les a tués.

— Vous n'avez pas une idée?

— L'assassin ne peut être que le garçon ou l'une des cinq personnes qui étaient autour de la table. J'élimine le garçon. Ce n'est pas moi non plus, ni Iris. Il reste Stephen Farraday ou Sandra, ou les deux ensemble. Mais je penserais plutôt à Ruth Lessing.

— Vous avez une raison pour ça?

— Aucune. Elle me semble le coupable le plus indiqué, mais je ne vois pas du tout comment le crime a pu être commis. Aux deux soupers, elle était placée à table de telle façon qu'il lui était impossible de jeter le poison dans le verre. Plus je pense à ce qui s'est passé l'autre soir, plus il me semble invraisemblable que Barton ait été empoisonné. Et pourtant, il n'y a pas de doute, il l'a été!

Il se tut un instant et dit encore.

— Il y a aussi autre chose qui me tracasse... Avez-vous trouvé l'auteur des lettres anonymes?

— Non. Je l'ai cru un moment, mais je me trompais.

— Ce qui m'inquiète, c'est que ces lettres prouvent qu'*il y a quelque part quelqu'un qui sait que Rosemary a été assassinée*. Et, si vous n'y veillez pas, *ce quelqu'un-là sera la prochaine victime*.

Chapitre 11.

Anthony avait appris, par un coup de téléphone, que Lucilla Drake sortirait à cinq heures pour aller prendre le thé chez de vieux amis à elle. Faisant la part de l'imprévu — le sac ou le parapluie qu'on a oublié, les derniers ordres qu'on donne sur le pas de la porte et qui se prolongent bien plus qu'on ne pensait —, il décida d'arriver lui-même à Elvaston Square à cinq heures vingt-cinq. C'était Iris qu'il voulait voir, et non sa tante, et il n'ignorait pas que, s'il se présentait avant le départ de la brave dame, il n'aurait que très peu de chances d'avoir avec la jeune fille la conversation qu'il désirait.

La femme de chambre, une blonde à qui manquaient les yeux impertinents de Betty Archdale, lui dit que Miss Iris venait de rentrer et qu'elle était dans le cabinet de travail.

— Ne vous dérangez pas, fit-il, passant devant elle avec un sourire, je connais le chemin.

A son entrée dans la pièce, Iris sursauta.

— Ah! c'est vous, Tony!

Elle lui paraissait d'une nervosité insolite.

— Eh bien! chérie, dit-il, allant rapidement vers elle, qu'est-ce qui ne va pas?

— Rien... Rien, sinon que j'ai failli me faire écraser... Par ma faute, d'ailleurs. J'étais tellement absorbée, tellement dans la lune, que je me suis engagée sur la chaussée sans regarder et que la voiture qui tournait le coin a failli me passer dessus. Son aile m'a frôlée...

Il la gronda gentiment.

— Il faut faire attention, Iris... et vous me donnez bien du souci. Non pas parce que vous venez d'échapper miraculeusement aux roues d'une automobile, mais parce qu'il y a quelque chose qui fait que vous êtes dans la lune quand vous traversez les rues. Qu'est-ce que c'est, ce quelque chose? C'est grave?

Elle leva vers lui un regard plein de tristesse. La peur se lisait dans ses yeux et il était renseigné avant même qu'elle ne lui répondît :

— *J'ai peur!*

Il la prit par le bras, l'entraînant doucement vers un canapé sur lequel ils s'assirent tous les deux.

— Racontez-moi ça, Iris.

— Je ne sais pas si je peux vous le dire, Anthony.

— Ne faites pas la bête, petite fille! Ne faites pas comme les héroïnes de romans-feuilletons qui commencent, au tout premier chapitre, par avoir un secret qu'elles taisent sans raison, uniquement pour embêter le héros et permettre au bouquin de nous délayer leurs aventures en cinquante mille mots, minimum.

Elle essaya de sourire et dit :

— Je voudrais vous le dire, Tony, mais je ne sais pas ce que vous en penserez. Je me demande si vous me croirez...

Anthony leva la main gauche et, comptant sur ses doigts, répondit :

— *Primo*, vous avez un enfant naturel. *Secundo*, le père vous fait chanter. *Tertio*...

Elle protesta, indignée.

— Vous savez bien, Tony, qu'il ne s'agit de rien de tel!

— Vous me rassurez!... Allez, chère petite folle, dites-moi ce que c'est!

Le visage de la jeune fille se rembrunit de nouveau.

— Il n'y a pas de quoi rire, Tony!... C'est... c'est à propos de l'autre soir.

— Alors?

Le ton était devenu sérieux.

— Vous étiez à l'enquête ce matin? Qu'y a-t-on dit?

— Peu de chose. Le médecin légiste a fait un cours sur les poisons en général et l'acide cyanhydrique en particulier. Un inspecteur a déposé. Pas Kemp, un autre, le type à la petite moustache qui était venu au *Luxembourg* pour les premières constatations. Le corps a été reconnu par l'employé principal de George. Sur quoi, l'audience a été renvoyée à huitaine par un procureur de bonne composition.

— L'inspecteur... A-t-il parlé d'un petit papier trouvé sous la table et contenant des traces d'acide cyanhydrique?

— Naturellement, répondit Anthony, vivement intéressé. Il est évident que la personne qui a versé la poudre dans le verre de George a jeté sous la table le papier qui la contenait. C'est ce qu'elle avait de mieux à faire. Elle ne pouvait pas le garder sur elle.

Iris tremblait.

— Non, Tony, ça ne s'est pas passé comme ça!

— Que voulez-vous dire, chérie, et qu'en savez-vous?

— Tony, *c'est moi qui ai fait tomber le papier sous la table.*

Il la considéra avec étonnement.

Elle poursuivit :

— Vous vous souvenez d'avoir vu George boire son champagne. Après, la... la chose est arrivée, une chose horrible, terrifiante... et d'autant plus effrayante qu'elle se produisait juste au moment où on commençait à respirer. Je veux dire par là que, lorsque la lumière a été rendue, j'avais éprouvé comme une impression de soulagement, de délivrance. A l'autre souper, rappelez-vous, c'est juste après les attractions que nous avions trouvé Rosemary morte... Or, je ne sais pourquoi, il m'avait semblé que tout se répétait. A table, je sentais Rosemary à côté de moi...

— Chérie...

— Je sais, ce sont les nerfs, pas autre chose! Mais tout de même, la lumière revenue, rien ne s'était passé. Nous étions tous là, bien vivants, et il me semblait que tout d'un coup le cauchemar se dissipait. Je me sentais revivre et c'est avec grand plaisir que j'ai dansé avec George. Enfin je m'amusais! Et puis, nous avons regagné la table; George a parlé de Rosemary, il nous a demandé de boire à sa mémoire et il s'est écroulé, mort!... L'affreux rêve recommençait! J'étais comme paralysée. Je restais là, secouée de tremblements. Je me suis reculée, machinalement, quand vous vous êtes approché de George, puis les garçons sont accourus et quelqu'un a réclamé un docteur. Je ne bougeais pas. J'étais glacée, avec une énorme boule dans la gorge. Puis j'ai senti des larmes couler sur mes joues et j'ai voulu les essuyer. J'ai ouvert mon sac pour prendre mon mouchoir et, en fouillant dedans pour le chercher — je n'y voyais pas très bien, parce que je pleurais, j'ai trouvé, pris dans mon mouchoir, un petit morceau de papier assez raide, avec des plis bien marqués, un petit morceau de papier comme ceux dont les pharmaciens se servent pour envelopper leurs poudres. Je me suis tout de suite demandé d'où il venait, car je savais exactement ce qu'il y avait dans mon sac, que j'avais préparé moi-même avant de quitter la maison : mon poudrier, mon rouge à lèvres, un mouchoir, un petit peigne dans son étui et un peu de monnaie. *Ce morceau de papier, quelqu'un l'avait mis dans mon sac.* Je me suis souvenue alors qu'on en avait trouvé un tout pareil dans le sac de Rosemary... et j'ai eu peur, Anthony, terriblement peur! Mes doigts sont devenus gourds d'un seul coup et le papier est tombé sous la table. Je l'ai laissé et je n'ai rien dit. J'étais terrifiée à l'idée que *quelqu'un essayait de faire croire que c'était moi qui avais tué George!*

— Ce morceau de papier, quelqu'un l'a-t-il vu tomber?

— Je ne sais pas, répondit-elle, après une hésitation. Je crois que Ruth me regardait, mais elle avait l'air si bouleversée qu'elle n'a peut-être rien remarqué... Maintenant, peut-être était-elle stupéfaite justement parce qu'elle avait remarqué!

Anthony résuma son opinion en deux mots :

— Fichue salade!

— Plus le temps passe, dit Iris, plus j'ai peur. Si la police venait à découvrir...

— Au fait, demanda Anthony, comment se fait-il qu'on n'ait pas trouvé vos empreintes sur le bout de papier?

— Je suppose que c'est parce qu'en réalité je ne l'ai pas touché. Je le tenais à travers mon mouchoir.

— Un coup de chance!

— Mais qui a pu le mettre dans mon sac?... Mon sac ne m'a pas quittée de la soirée!

— C'est peut-être moins inexplicable que vous ne pensez, Iris. Quand vous êtes allée danser après les attractions, vous avez laissé votre sac sur la table. On peut très bien y avoir touché à ce moment-là. Il y avait deux femmes, ne l'oublions pas... A propos, si nous parlions un peu du vestiaire. Vous teniez-vous toutes rassemblées près de la même table ou bien étiez-vous chacune devant une glace différente?

Iris réfléchit.

— Nous étions toutes devant la même table, une longue table étroite, sur laquelle nous avions posé nos sacs. Au-dessus, il y avait une glace dans laquelle nous nous regardions... Vous savez comme ça se passe...

— Précisez quand même!

— Eh bien, Ruth a commencé par se repoudrer, tandis que Sandra arrangeait sa coiffure et remettait en place deux ou trois épingles. Quant à moi, après avoir donné ma cape de renard à la dame du vestiaire, je m'aperçus que j'avais une tache de boue sur le dos de la main et je suis allée jusqu'au lavabo, tout à côté.

— Votre sac était resté sur la table?

— Oui. Je me suis lavé les mains. Pendant ce temps-là, je suppose que Ruth continuait à se repoudrer. Sandra est allée se débarrasser de son manteau, puis elle est retournée à la glace. Ruth est venue se laver les mains, pendant que j'allais me donner un coup de peigne devant la glace.

— De sorte qu'elles ont très bien pu, l'une comme l'autre, mettre quelque chose dans votre sac sans que vous vous en aperceviez.

— Oui, mais quand je l'ai trouvé, le papier était vide. De sorte qu'on ne peut l'avoir placé dans mon sac qu'*après* avoir drogué le champagne de George. D'ailleurs, je ne croirai jamais que Ruth, ou Sandra, ait pu faire une chose pareille!

— Vous avez trop bonne opinion des gens. Sandra ressemble

à ces fanatiques du Moyen Age qui envoyaient au bûcher ceux qui n'étaient pas de leur avis et j'apprendrais sans surprise aucune que Ruth est l'empoisonneuse la plus redoutable que la terre ait jamais portée.

— Si vous avez raison, pourquoi n'a-t-elle pas dit qu'elle avait vu le papier tomber de mon sac?

— Là, je ne sais que vous répondre! Si c'est elle qui l'a mis dans votre sac, la logique voudrait qu'elle eût soigneusement veillé à ce que vous ne vous en débarrassiez pas. De sorte qu'il est tout de même bien difficile de croire à sa culpabilité. En somme, le grand favori, ce serait encore le garçon... Ah! le garçon! Si seulement nous avions dans le coup un garçon sortant de l'ordinaire, un type pas très catholique, ou même seulement un « extra ». Mais non! Nous n'avons que Giuseppe et Pierre... Avec ceux-là, ça ne colle pas!

Iris poussa un soupir.

— Malgré tout, dit-elle, je suis bien contente de vous avoir parlé de ça. Naturellement, c'est un secret entre nous deux. Personne ne le saura jamais...

Anthony se sentait un peu gêné.

— J'ai l'impression, Iris, que ça ne va pas aller tout à fait de cette façon. En fait, nous allons prendre un taxi et filer chez le petit père Kemp, à qui vous raconterez tout. Nous ne pouvons pas garder ça pour nous!

— Mais, Anthony, il va croire que j'ai tué George!

— C'est certainement ce qu'il croira plus tard, s'il découvre que vous n'avez rien dit! A ce moment-là, vous aurez bien du mal à le convaincre de votre sincérité. Votre position sera autrement meilleure si vous allez spontanément lui dire ce que vous savez.

— Mais, Tony...

— Écoutez-moi bien, petite fille. Vous êtes dans de vilains draps. Mais, indépendamment de toute autre considération, il y a une chose qui s'appelle la vérité. Vous n'avez pas le droit, quand il s'agit de justice, de ne penser qu'à vous et à votre précieuse petite personne!

— Anthony, est-ce que vous pensez vraiment ce que vous dites?

— Ça, chérie, c'est une rosserie! Mais ça ne change rien au problème... On va chez Kemp. En route!

A contrecœur, elle le suivit dans le vestibule. Son manteau traînait sur une chaise. Il le prit et le lui présenta.

Il la sentait tout ensemble craintive et révoltée, mais il ne voulait pas s'attendrir.

— Nous prendrons un taxi au coin, dit-il.

Comme ils approchaient de la porte, la sonnette de l'entrée se mit à tinter.

— C'est Ruth! s'écria Iris, je l'avais oubliée! Elle devait venir, en sortant du bureau, pour parler avec moi des obsèques, qui auront lieu après-demain. J'ai pensé qu'il valait mieux discuter de ça en l'absence de Lucilla, qui a le génie de tout embrouiller.

La tête de la femme de chambre apparut en haut de l'escalier de l'office. Sur un signe d'Iris, elle repartit vers le sous-sol. Anthony ouvrit la porte.

Ruth était un peu décoiffée et paraissait fatiguée. Elle portait sous le bras une grande serviette de cuir.

— Je m'excuse d'être en retard, dit-elle, mais il y avait un monde fou dans le métro et j'ai vu passer sous mon nez trois autobus complets. Et pas un taxi à l'horizon!

De telles excuses étaient bien peu dans la manière de Ruth, la secrétaire qui n'était jamais en retard et qui ne se trompait jamais. Anthony en fit intérieurement la remarque, se disant que, décidément, la mort de George avait tout bouleversé.

Iris semblait vouloir profiter de la situation.

— Vous voyez bien, dit-elle, que je ne puis pas vous accompagner. Il faut que j'arrête avec Ruth les dispositions à prendre...

— Je crains que ce que nous avons à faire ne soit plus important, répliqua Anthony. Je suis navré, mademoiselle Lessing, de vous enlever Iris, mais il s'agit d'une affaire urgente.

— Ne vous inquiétez pas, monsieur Browne, répondit Ruth Lessing. J'arrangerai tout avec Mrs. Drake quand elle rentrera.

Avec un sourire, elle ajouta :

— Je sais très bien comment la prendre, croyez-moi...

— J'en suis bien sûr, murmura Anthony pour lui seul.

Ruth demanda à Iris si elle avait, au sujet des obsèques, des instructions particulières à lui donner. La jeune fille répondit que non.

— Si je voulais vous voir, expliqua-t-elle, c'était uniquement pour vous épargner, à vous qui avez tant à faire, une interminable conversation avec tante Lucilla, qui change d'avis sur tout toutes les deux minutes. Autrement, ça m'est égal! Tante Lucilla adore les enterrements. Moi, je les ai en horreur! Évidemment, il faut bien enterrer les gens, mais pourquoi faire tant d'histoires autour des funérailles? Les morts sont morts et ils ne reviennent pas!

Appuyant sur les mots, sur un ton de défi, elle redit :

— Non, les morts ne reviennent pas!

Anthony, la prenant par le coude, l'entraîna vers la porte.

— Allez, Iris! On s'en va...

Un taxi passait devant la maison. Il l'arrêta, aida Iris à monter, dit au chauffeur de les conduire à Scotland Yard, puis s'installa à son tour dans la voiture.

— Dites-moi, chérie, fit-il au bout d'un instant, tout à l'heure, dans le vestibule, pour qui avez-vous jugé nécessaire d'affirmer par deux fois que les morts ne reviennent pas? Vous sentiez quelqu'un auprès de vous. Qui?... George ou Rosemary?

— Ni l'un ni l'autre!... J'ai les enterrements en horreur, c'est tout!

Il soupira et dit, philosophe :

— Alors, c'est probablement moi qui suis en train de devenir médium!

Chapitre 12.

Les trois hommes étaient assis autour d'une petite table à dessus de marbre.

Le colonel Race et l'inspecteur-chef Kemp buvaient un thé très noir, extrêmement riche en tanin. Anthony était devant une tasse de café. Un café qu'un Anglais eût jugé excellent, mais qui ne correspondait guère à l'idée qu'il se faisait, lui, d'un bon café. Il passait là-dessus, heureux d'avoir été admis sur un pied d'égalité à la conférence, Kemp, après un examen minutieux de ses titres, ayant consenti à le considérer comme un collègue.

— Si vous voulez mon avis, dit Kemp, laissant tomber plusieurs morceaux de sucre dans son noir breuvage, cette affaire est de celles qui ne viendront jamais devant la cour. Nous n'aurons jamais de quoi soutenir l'accusation.

— Vous croyez? fit Race.

Kemp but une gorgée de thé et poursuivit :

— La seule preuve que nous pouvions espérer, c'était celle que nous aurions eue en main si nous avions pu établir qu'un des cinq invités avait acheté ou détenu de l'acide cyanhydrique. Nous n'y sommes pas parvenus. L'affaire restera donc de celles où l'on connaît l'assassin, mais où l'on ne peut rien prouver.

— Vous connaissez le coupable? demanda Anthony.

— Ma foi, je suis à peu près convaincu que c'est Lady Alexandra Farraday.

— Vos raisons? fit Race.

— Je vous les donne. Lady Alexandra est manifestement une femme d'une jalousie maladive et qui sait ce qu'elle veut. Elle me fait penser à cette reine Éléonore de je ne sais plus quoi, qui, sûre de la trahison de la blonde Rosamund Bower, lui donna à choisir entre la dague et le poison.

— Avec cette différence, fit remarquer Anthony, que la pauvre Rosemary, elle, n'a pas eu le choix!

Kemp poursuivit :

— Quelqu'un prévient Barton. Il a des soupçons et, j'imagine, assez précis. Sinon, je doute qu'il aurait été jusqu'à acheter une maison à la campagne, uniquement pour avoir l'œil sur les Farraday. Elle a dû, elle, se douter de quelque chose, surtout à partir du moment où il lui a parlé de ce fameux souper, en lui faisant sentir combien il tenait à sa présence. Comme elle aime mieux attaquer que se défendre, elle a pris les devants, et, en femme de décision, elle a exterminé l'adversaire. Tout cela, j'en conviens, est spéculation pure et psychologie. Mais j'ajoute que la seule personne, *la seule*, qui ait eu quelque chance de laisser tomber quelque chose dans le verre de Barton, juste avant qu'il ne bût, c'était bien la dame placée à sa droite.

— Et personne n'aurait rien vu? objecta Anthony.

— Ça s'est trouvé comme ça. On aurait pu voir, on n'a rien vu. Disons, si vous voulez, qu'elle a opéré avec adresse.

— Comme un prestidigitateur!

— Une chose me chiffonne, dit-il. J'admets que Lady Alexandra soit une femme énergique, jalouse et passionnément amoureuse de son mari, j'admets qu'elle n'a pas reculé devant un assassinat. Reste la question du bout de papier dans le sac. Croyez-vous qu'elle soit femme à manœuvrer pour qu'on accuse une jeune fille parfaitement innocente et qui ne lui a jamais fait le moindre mal? Est-ce que ce sont là les nobles traditions de sa noble famille?

Mal à l'aise, l'inspecteur contemplait sa tasse vide.

— Vous savez, dit-il, les femmes sont rarement « sport ».

— Ça pourrait se discuter, fit Race dans un sourire, mais il me suffit de constater que la question vous embarrasse.

Soucieux de créer une diversion, Kemp se tourna vers Anthony et lui dit, d'un ton aimable et légèrement protecteur :

— A propos, monsieur Browne — je continue à vous appeler comme ça, si vous n'y voyez pas d'inconvénient —, je tiens à vous dire que je vous suis très reconnaissant d'avoir fait diligence et de m'avoir amené Miss Marle sans perdre de temps.

— Il fallait que je vous l'amène ce soir. Sinon, je n'aurais peut-être jamais pu le faire !

— Bien entendu, demanda Race, elle ne voulait pas venir?

— Mon Dieu, la pauvre enfant mourait de peur. C'est assez naturel...

— Je comprends très bien ça, dit l'inspecteur, tout en se versant une seconde tasse de thé.

Anthony, cependant, trempait des lèvres prudentes dans son café.

— En tout cas, reprit Kemp, je crois que nous l'avons rassurée. Elle paraissait tout heureuse quand elle est partie.

— Après les obsèques, dit Anthony, j'espère qu'elle ira un peu à la campagne. Vingt-quatre heures de paix et de tranquillité, loin du bavardage incessant de la tante Lucilla, lui feront énormément de bien.

— Le bavardage de la tante Lucilla a son utilité, dit Race.

— Eh bien ! fit Kemp, on vous l'abandonne. Une chance que je n'aie pas cru devoir faire sténographier sa déposition ! Si je l'avais fait, mon secrétaire serait à l'hôpital en ce moment ! Avec la crampe des écrivains !

On rit et on revint aux choses sérieuses.

— Je crois, inspecteur, dit Anthony, que vous avez raison quand vous dites que cette affaire ne viendra jamais à l'audience, mais c'est un épilogue peu satisfaisant. Ça m'ennuie... Comme, d'ailleurs, cette énigme des lettres, dont nous ne savons toujours pas qui les a écrites !

— Quant au coupable possible, demanda Race, votre opinion n'a pas changé?

— Non. Je tiens toujours pour Ruth Lessing. Vous m'avez dit qu'elle reconnaît qu'elle était amoureuse de Barton. Rosemary l'encombrait. J'imagine qu'elle a trouvé tout d'un coup l'occasion de la supprimer et qu'elle en a profité, convaincue qu'il lui serait ensuite facile de se faire épouser par Barton.

Race admit que l'hypothèse était plausible.

— Ruth Lessing, dit-il, possède le calme et l'intelligence pratiques nécessaires pour machiner un bel assassinat et le mener à bien, et il lui manque justement cette imagination qui lui permettrait de s'apitoyer sur sa future victime. Le premier meurtre peut être d'elle. Mais je ne la vois pas commettant le second, je ne la vois pas empoisonnant l'homme qu'elle aime et dont elle veut devenir la femme. Autre point qui l'innocente à mes yeux, puisqu'elle a vu Iris se débarrasser du papier qui avait contenu le poison, pourquoi n'a-t-elle rien dit?

— Peut-être n'a-t-elle rien vu, répondit Anthony sans grande conviction.

— Je suis à peu près sûr du contraire, répliqua Race. Quand je l'ai interrogée, j'ai eu l'impression qu'elle me cachait quelque chose et Iris Marle elle-même croit que Ruth la regardait à ce moment-là.

Les trois hommes se turent un instant.

— Et maintenant, dit Kemp, à votre tour, colonel!... Donnez-nous votre opinion... Vous en avez une, j'espère?

Race paraissait hésiter. Kemp insista.

— Allons, colonel, jouons le jeu!... Vous avez critiqué nos théories, nous attendons la vôtre.

Race regarda Kemp d'abord, puis, plus longuement, Anthony, qui finit par froncer le sourcil.

— Vous n'allez pas nous dire que vous me considérez encore comme le traître de la pièce?

Race secoua la tête.

— Je ne vois pas, fit-il, pourquoi vous auriez tué George Barton. D'ailleurs, je crois connaître l'auteur des deux crimes.

— Et ce serait?

Race retira sa pipe de sa bouche et dit lentement :

— Vous croyez, l'un et l'autre, à la culpabilité d'une femme. Moi aussi... Je crois que l'assassin est Iris Marle.

D'un geste brusque, Anthony repoussa sa chaise en arrière. Le sang lui était monté au visage. Il était cramoisi. Il se domina cependant et, quand il parla, si sa voix tremblait un peu, elle avait cependant conservé ses inflexions ordinaires, ironiques et moqueuses :

— Voilà, dit-il, une hypothèse qu'il est indispensable de discuter à fond. Et, d'abord, si elle est coupable, pourquoi, alors que personne ne lui demandait rien, a-t-elle cru devoir parler du bout de papier trouvé dans son sac?

— Simplement, fit Race, parce qu'elle sait qu'à ce moment-là, Ruth Lessing la regardait.

Anthony, des rides soucieuses sur le front, examina la réponse un instant, puis dit :

— Soit... Mais pourquoi est-ce sur elle que se sont portés vos soupçons?

— Parce qu'elle a un mobile. Iris n'avait pas d'argent, alors que Rosemary avait hérité d'une fortune énorme. On peut penser que la cadette a eu le sentiment d'une injustice, un sentiment contre lequel peut-être elle s'est défendue pendant des années. Elle savait que, si Rosemary mourait sans enfant, l'argent lui revenait. Un jour, la tentation l'a emportée. D'autre part, il faut noter que Rosemary était malheureuse, déprimée, fatiguée par sa grippe et qu'il était, dans ces conditions, très probable que l'enquête conclurait au suicide.

— Tout cela est exact, dit Anthony. Mais, alors, cette petite est un monstre?

— Non. Car il y a une autre raison qui me porte à la considérer comme coupable, une raison dont vous penserez sans doute que j'ai été la chercher très loin : Victor Drake.

— Victor Drake?

Anthony ne comprenait plus.

— Autrement dit, hérédité chargée. Ce n'est pas pour rien que j'ai subi les bavardages de la tante Lucilla. Maintenant, je connais la famille. Victor n'est pas tellement un faible. C'est un être qui a de mauvais penchants. Sa mère n'a pas de volonté et est incapable de suivre une idée. Hector Marle, un faible comme elle, était un débauché et un ivrogne. Rosemary, une instable. Les traits caractéristiques de la famille sont nets... et je crois aux prédispositions héréditaires.

Ànthony alluma une cigarette. Sa main tremblait :

— Et vous n'admettez pas, dans une telle famille, la possibilité d'un rejeton sain?

— Si. Mais ce rejeton sain, ce n'est pas Iris Marle. Je ne crois pas...

— Et mon témoignage serait sans valeur, du fait même que je l'aime.

Après un court silence, il ajouta :

— Quant au second crime, c'est tout simple. George lui a montré les lettres, elle a eu peur et elle l'a tué. C'est bien ça?

— Oui. Avec son tempérament, elle devait nécessairement prendre peur.

— Et comment a-t-elle mis le poison dans le verre de George?

— Ça, j'avoue que je n'en sais rien!

— Je suis heureux qu'il y ait tout de même quelque chose que vous ne sachiez pas!

Anthony essayait de plaisanter, mais ses yeux disaient son angoisse.

— En tout cas, ajouta-t-il, lançant à Race un regard où il y avait tout autre chose que de la sympathie, vous avez un certain cran de me raconter ça, à moi!

— Je sais, dit Race de son ton calme, mais il fallait le faire.

Kemp, qui avait suivi le dialogue avec un vif intérêt, se taisait, remuant son thé d'une main distraite.

Anthony s'était complètement ressaisi :

— Très bien, dit-il. Maintenant, les choses se présentent sous un aspect nouveau. Il n'est plus question de s'asseoir en rond autour d'une table, chargée de breuvages plus ou moins savoureux, et de faire prendre l'air à des théories académiques, il s'agit d'en finir une bonne fois avec cette affaire. Il faut que nous trouvions la vérité. Au besoin, je la trouverai tout seul, et par n'importe quel moyen! Je me colletterai si énergiquement avec les difficultés qui nous arrêtent que je finirai bien par en venir à bout et j'ai idée que, les points de détail éclaircis, le reste ira tout seul!

« Je reprends le problème. Qui savait que Rosemary a été assassinée? Qui a écrit à George pour l'avertir? Et pourquoi?

« Pour le moment, passons. Et laissons de côté le premier crime. Les faits sont trop anciens, nous ne savons pas exactement comment ils se sont déroulés. Mais le second a eu lieu sous mes yeux. J'ai tout vu. *Je devrais donc savoir ce qui s'est passé.* Le moment idéal pour jeter le poison dans le verre de George, c'est celui où la salle était plongée dans le noir, pendant les attractions. Mais ce moment n'est pas celui qu'a choisi l'assassin, puisque George a bu dans son verre dès que la lumière a été rendue. *Je l'ai vu boire.* Par la suite, personne n'a rien mis dans son verre, personne n'a touché à son verre et, pourtant, quand il l'a repris pour boire, il était plein d'acide cyanhydrique. *George ne devait pas s'empoisonner en buvant et il est tombé raide mort.* Dans ce verre que personne n'avait touché, il y avait du poison. Progressons-nous?

— Non, dit Kemp.

— Si, répliqua Anthony. Nous sommes maintenant dans le domaine de la prestidigitation ou dans celui des manifestations spirites. J'avancerai donc une théorie psychique. Pendant que nous dansions, l'esprit de Rosemary s'est penché sur le verre de George et a laissé délicatement tomber dedans le poison nécessaire. Le premier esprit venu peut fabriquer de l'acide cyanhydrique avec un peu d'ectoplasme. George revient, porte un toast et... Mon Dieu!

Les deux autres le regardaient avec étonnement. Il se tenait le front à deux mains et balançait la tête de droite et de gauche, en articulant des mots sans suite :

— Mais c'est ça!... C'est ça!... Le sac... Le garçon!

— Le garçon? dit Kemp.

— Non, non, ce n'est pas ce que vous pensez!... Moi aussi, j'ai cru un moment que, pour tout expliquer, nous n'avions besoin que d'un garçon qui n'aurait pas été un vrai garçon, mais un illusionniste, un garçon de hasard engagé la veille. Mais ça ne « collait » pas puisque nous avions affaire à un vieux professionnel parfaitement authentique et à un gosse qui appartient à l'aristocratie de l'office et qui se trouvait être, comme son aîné, au-dessus de tout soupçon. Il est toujours innocent, le gosse, mais il a joué un rôle dans la pièce. Et un rôle de premier plan, encore!

Il les dévisageait, comme surpris qu'ils n'eussent pas encore compris :

— Vous ne voyez pas? reprit-il. Le garçon n'a pas drogué le champagne, mais un garçon a pu le faire. Personne n'a touché au verre de George, mais George a été empoisonné. « Un », adjectif indéfini, « le », article défini... Et le verre de George et George lui-même, ça fait deux!... De l'argent, en masse, sûr!... Et peut-être l'amour avec!... Ne me regardez pas comme si j'étais devenu fou!... Venez, je vais vous montrer...

Il les força à se lever et prit Kemp par le bras :

— Venez avec moi!

Kemp coulait un regard de regret vers sa tasse, encore à moitié pleine.

— Il faudrait payer, murmura-t-il.

— Inutile, nous revenons tout de suite! Nous en avons pour une minute. Vous venez, Race?

Il repoussa la table et les conduisit dans le hall d'entrée :

— Vous voyez cette cabine téléphonique?

— Oui. Et après?

Il fouillait dans ses poches :

— Zut! Je n'ai pas de monnaie... Ça ne fait rien! Réflexion faite, je peux m'arranger autrement. Rentrons!

Ils revinrent dans la salle de café, Kemp en tête, Race derrière lui, avec Anthony.

Kemp s'assit, prit sa pipe sur la table, souffla dans le tuyau et, constatant qu'il était toujours bouché, glissa la main dans la poche de son gilet pour y prendre l'épingle à cheveux dont il se prémunissait régulièrement pour parer à cette éventualité.

Race, très intrigué, regardait Anthony. Il prit sa tasse et but :

— Sacrédié! s'écria-t-il, la première gorgée avalée. Ce thé est plein de sucre!

Il vit, de l'autre côté de la table, Anthony qui souriait.

Kemp buvait à son tour :

— Bigre! fit-il dès qu'il eut trempé ses lèvres dans le breuvage. Qu'est-ce que c'est que ça?

— Ils prétendent que c'est du café, répondit Anthony, mais ça ne m'étonne pas que vous ne l'aimiez pas. Il ne m'a pas plu non plus!

Chapitre 13.

Anthony eut le plaisir de constater, par un simple coup d'œil échangé avec chacun de ses deux compagnons, qu'ils avaient compris.

Mais sa satisfaction dura peu. Il venait de songer à quelque chose à quoi il n'avait pas pensé jusqu'alors et c'est d'une voix angoissée qu'il s'écria :

— Mon Dieu ! *La voiture !*

Il s'était levé d'un bond :

— Quel imbécile je fais ! Elle m'a dit qu'une automobile avait failli lui passer dessus et je l'ai à peine écoutée... ! Filons !

— En quittant Scotland Yard, elle a déclaré qu'elle rentrait directement, fit Kemp.

— Oui. Pourquoi diable ne l'ai-je pas accompagnée ?

— Qui y a-t-il là-bas ?

— Quand je suis parti, Ruth Lessing attendait le retour de Mrs. Drake. Il est possible qu'elles soient encore toutes les deux en train de discuter des obsèques.

— Ou de tout autre chose, ajouta Race. A moins que Mrs. Drake n'ait beaucoup changé...

Immédiatement, il redevint grave pour demander si Iris avait d'autres parents.

— Pas que je sache, répondit Anthony.

— Je crois que je vois ce à quoi vous songez, reprit Race. Mais est-ce physiquement possible ?

— Pourquoi pas ? Réfléchissez à tout ce que nous avons tenu pour vrai *sur le témoignage d'une seule personne !*

Kemp paya et les trois hommes sortirent.

— Vous croyez, demanda l'inspecteur, que Miss Iris Marle est en danger ?

— Je le crains.

Dans le taxi qui les emportait vers Elvaston Square, Kemp dit :

— Je ne vois encore que les grandes lignes de l'affaire, mais les Farraday me paraissent hors de cause.

— Aucun doute.

— Tant mieux !... Mais croyez-vous à une nouvelle tentative d'assassinat, si peu de temps après le dernier crime ?

— Pourquoi non ? fit Race. Est-ce qu'il ne vaut pas mieux finir le travail avant que nous ayons mis le nez sur la bonne piste ?

Ils ne parlaient que par intervalles, le chauffeur, suivant à la lettre les instructions qu'il avait reçues, battant des records de vitesse et se souciant comme d'une guigne des règlements de police sur la circulation. Un dernier coup de frein, un peu brutal, arrêta la voiture devant la maison d'Elvaston Square.

Tout paraissait tranquille.

Anthony, qui devait lutter pour conserver son calme, dit en mettant le pied sur le trottoir :

— Je commence à avoir peur de vous avoir dérangés pour rien!

Ce qui ne l'empêcha pas d'escalader quatre à quatre les marches du perron, tandis que Race payait la voiture.

La femme de chambre vint ouvrir.

— Miss Iris est rentrée?

— Oui, monsieur, répondit la fille, un peu surprise. Il y a une demi-heure environ!

Anthony se sentit un peu soulagé. Tout paraissait si calme dans la maison qu'il avait un peu honte, maintenant, de ses récentes angoisses.

— Où est-elle?

— Je crois qu'elle est avec Mrs. Drake, dans la petite chambre du premier.

Montrant le chemin, Anthony grimpa l'escalier. Kemp et Race venaient sur ses talons.

Assise devant un petit bureau qu'éclairait une lampe à la lumière voilée, Mrs. Drake fouillait dans ses tiroirs. Elle était toute seule, mais elle parlait tout haut :

— Voyons, voyons... Où ai-je pu fourrer la lettre de Mrs. Marsham?... Il me semblait pourtant bien...

Anthony, qui n'avait eu qu'à pousser la porte pour entrer dans la pièce, interrompit brusquement son monologue :

— Où est Iris?

Lucilla se retourna, surprise, et répondit :

— Iris est... Mais, pardon, puis-je savoir qui vous êtes?

Elle s'était levée. Race passa devant Anthony et le visage de la vieille dame s'éclaira. Elle n'avait pas encore aperçu l'inspecteur qui entra le dernier.

— Mon cher colonel Race, s'écriait Lucilla, quel plaisir de vous voir! Mais pourquoi n'êtes-vous pas venu un peu plus tôt?... J'aurais tant aimé vous consulter au sujet des arrangements à prendre pour les obsèques! Il est toujours bon d'avoir l'avis d'un homme... Et puis, comme je le disais à Miss Lessing, la mort de George m'a tellement bouleversée que c'est comme si j'avais le cerveau vide... Je dois dire que, pour une fois, Miss Lessing a été très gentille : elle s'est mise à mon entière disposition et elle se chargera de tout. Je n'aurai à m'occuper que de choisir les hymnes qu'on chantera à l'église, parce que je suis censée connaître celles que George préférait. En réalité, je n'en sais rien, car il n'allait pas souvent à l'église. Mais, naturellement, en ma qualité de femme d'un clergyman — je veux dire « de veuve » — je sais mieux que n'importe qui ce qu'il convient de chanter...

Race, qui guettait l'occasion, réussit sur cette fin de phrase à demander où était Iris.

— Iris?... Elle est rentrée il y a un moment. Elle a dit qu'elle avait la migraine et qu'elle montait directement à sa chambre. Les jeunes filles d'aujourd'hui, voyez-vous, manquent de globules rouges, elles ne mangent pas assez d'épinards. La vérité, c'est qu'elle ne voulait rien avoir à faire avec les obsèques. Pourtant, il faut bien que quelqu'un s'en occupe si l'on veut que les choses soient faites comme elles doivent l'être et que les morts soient traités avec le respect auquel ils ont droit!... Cette question du corbillard automobile, par exemple... Personnellement, je trouve ça un peu trop moderne, pas assez solennel, et je préfère les chevaux avec leurs panaches... Mais j'ai été tout de suite d'accord et je dois dire que, dans l'ensemble, Ruth et moi — oui, je l'ai appelée Ruth tout le temps, et non pas Miss Lessing —, nous nous sommes parfaitement entendues et que par conséquent Iris pouvait bien nous laisser nous débrouiller toutes seules!

— Miss Lessing est partie? demanda Kemp.

— Oui, il y a dix minutes à peu près. Tout était réglé. Elle a même emporté l'avis de décès pour les journaux. Pas de fleurs, en raison des circonstances, le service à onze heures...

Tandis qu'elle poursuivait, Anthony s'éclipsait sans se faire remarquer et c'est seulement un peu après sa sortie qu'elle se souvint de lui :

— Au fait, demanda-t-elle, qui était ce jeune homme qui vous accompagnait? Je ne me suis pas rendu compte tout de suite que c'était vous qui me l'ameniez et je l'avais pris pour un de ces reporters qui nous ont tellement ennuyées depuis quarante-huit heures!

Anthony, cependant, avançant sur la pointe des pieds, montait au second étage. Entendant du bruit, il se retourna. Kemp le suivait :

— Tiens! fit-il. Vous avez déserté aussi? Pauvre vieux colonel!

— Il écoute si gentiment! Moi, je ne suis pas bien vu...

Arrivés au second étage, ils se préparaient à se mettre en route pour le troisième quand Anthony entendit un pas léger qui descendait. Il se réfugia avec Kemp dans une salle de bain dont la porte était entrouverte.

Les pas s'étant éloignés vers le bas de l'escalier, Anthony grimpa rapidement à l'étage supérieur. Il savait que la chambre de la jeune fille était au bout du couloir.

Frappant doucement à la porte, il appela à mi-voix :

— Iris!

Pas de réponse. Il frappa plus fort. Rien ne bougeait à l'intérieur. Il tâta le bouton. La porte était fermée à clef.

Après avoir donné dans le panneau supérieur une volée de coups de poing demeurés sans résultat, il renonça. Il était debout sur un tapis de haute laine, assez épais, évidemment placé là pour parer aux courants d'air. Il l'écarta du pied. Bien que l'espace qui séparait le bas de la porte du sol fût d'une largeur inusitée, ce qui expliquait le tapis de haute laine, aucune lumière ne passait sous la porte.

La chambre n'était pas éclairée.

Anthony se baissa pour regarder si la clef était restée dans la serrure. Il ne vit rien. Mais, comme il se redressait, une odeur étrange surprit ses narines...

Vivement, il s'agenouilla sur le sol, le nez contre le bas de la porte.

Deux secondes plus tard, il se relevait et appelait Kemp à pleine voix.

Ce fut le colonel Race qui, tout courant, déboucha sur le palier. Anthony ne lui laissa pas le temps de placer un mot :

— Le gaz, Race! Il faut enfoncer la porte!

Race était un solide gaillard et la porte ne résista pas longtemps à leurs efforts conjugués.

Ils reculèrent, fouillant des yeux la pièce, d'où s'échappait une forte odeur de gaz.

— Je la vois, fit Race, Là, près du radiateur... Je vais foncer sur la fenêtre et casser les vitres. Vous, vous vous chargerez d'elle...

Iris était allongée, près du radiateur à gaz éteint. Le robinet était grand ouvert et le visage de la jeune fille se trouvait à quelques centimètres de la grille.

Deux minutes plus tard, à demi asphyxiés eux-mêmes, toussant et crachant, Race et Anthony allongeaient Iris sur le sol, à l'autre bout du couloir, non loin d'une fenêtre grande ouverte.

— Je m'occupe d'elle, dit Race. Appelez un médecin!

Déjà Anthony se jetait dans l'escalier. Comme il arrivait dans le hall, il entendit la voix de Race :

— Rassurez-vous, Browne! Tout ira bien! Nous sommes arrivés à temps!

Il se précipita sur le téléphone, composa un numéro et parla dans l'appareil cependant que, dans son dos, Lucilla Drake réclamait des explications.

Ayant remis le récepteur en place, il se retourna, soupira et dit :

— Je l'ai eu. Il habite de l'autre côté du square et sera ici dans deux minutes!

— Mais enfin, s'écriait Mrs. Drake, que se passe-t-il? Est-ce qu'Iris est malade?

— Iris était dans sa chambre, répondit-il. La tête sur le radiateur à gaz et le robinet ouvert en grand!

Lucilla poussa un cri perçant :

— Iris!... *Iris se serait suicidée?...* Je ne peux pas croire ça!... *Et je ne le crois pas!*

— Vous n'avez pas besoin de le croire, car il n'est pas question de suicide!

Chapitre 14.

— Maintenant, Tony, vous allez être gentil et vous allez tout me raconter.

Iris était allongée sur un divan et un courageux soleil de novembre faisait de son mieux pour mettre de la gaieté dans le salon du *Petit Prieuré.*

Anthony consulta du regard le colonel Race, assis dans l'embrasure de la fenêtre, et, sur un signe d'encouragement, commença :

— Je ne vous cacherai pas, Iris, qu'il y a longtemps que j'attends ce moment. Si je ne dis pas bientôt à quelqu'un combien j'ai été épatant dans toute cette affaire, c'est bien simple, j'éclaterai! Je ne ferai pas le modeste au cours de mon récit. J'emboucherai en mon propre honneur les trompettes de la Renommée et je prendrai le temps convenable au moment opportun pour que vous puissiez dire : « Anthony, c'était rudement fort de votre part! » ou bien : « Tony, c'est tout simplement un trait de génie! » ou quelque autre phrase non moins bien sentie. Cela posé, nous partons!

« *L'affaire, dans son ensemble, paraissait assez simple.* Je veux dire par là que les relations de causes à effets semblaient assez faciles à établir. Rosemary, contrairement à ce qu'on avait cru à l'époque, ne s'était pas suicidée. George avait commencé à s'en douter, il avait fait des recherches, il approchait vraisemblablement de la vérité et on l'avait tué avant qu'il n'eût eu le temps de démasquer l'assassin. Tout s'enchaînait logiquement, tout était parfaitement clair.

« Mais, presque dès le départ, on se heurtait à des contradictions évidentes. Exemple : A. George n'a pas pu être empoisonné. B. George a été empoisonné. Ou bien : A. Personne n'a touché au verre de George. B. Il est impossible qu'on n'ait pas touché au verre de George.

« En fait, ces contradictions n'existaient que parce qu'on avait le tort de ne pas faire suffisamment attention aux différents emplois du génitif. L'oreille de George, c'est son oreille à lui, indiscutablement, parce qu'elle est attachée à sa tête et qu'on ne peut pas l'enlever sans une opération chirurgicale. Mais, quand je dis « la montre de George », je veux dire la montre qu'il porte, que ce soit la sienne propre ou une montre qu'on lui a prêtée. Et quand j'en arrive à dire « le verre de George » ou « la tasse de George », je ne veux plus guère dire que le verre ou la tasse dans lequel — ou laquelle — George vient de boire, un verre ou une tasse que rien ne distingue des autres verres ou des autres tasses du même service.

« Pour illustrer cette remarque, j'ai fait une expérience. Race buvait du thé sans sucre, Kemp du thé très sucré et moi du café. Le thé était très fort, le café plutôt léger, et nos breuvages se trouvaient être sensiblement de la même couleur. Nous étions assis autour d'une petite table ronde. Prétendant qu'une idée « formidable » venait de me traverser la cervelle, j'ai demandé à Race et à Kemp de m'accompagner dans le hall du café où nous nous trouvions. Ils se sont levés et nous sommes sortis un instant, mais je m'étais arrangé, d'abord, pour éloigner les chaises de la table, et ensuite, pour placer près de ma propre tasse la pipe de Kemp, qu'il avait posée auprès de la sienne. Ni l'un ni l'autre n'avaient rien vu, cela va de soi ! Une fois dans le hall, j'ai raconté une blague quelconque et nous sommes rentrés. Kemp, qui marchait le premier, a empoigné une chaise et s'est assis devant la tasse marquée par sa pipe. Race s'est placé à sa droite, comme précédemment, et moi à sa gauche. Conclusion : nous nous trouvions, à partir de ce moment-là, devant une de ces contradictions dont je vous parlais tout à l'heure. A. Il y a du thé sucré dans la tasse de Kemp. B. Il y a du café dans la tasse de Kemp. Deux propositions contradictoires *qui ne peuvent pas être vraies toutes les deux et qui pourtant sont vraies toutes les deux*. Ce qui provoque l'erreur, c'est le génitif : la tasse *de* Kemp. Parce que la tasse de Kemp quand il s'est levé et la tasse de Kemp quand il est revenu ne sont pas une seule et même tasse.

« Et cela, Iris, *c'est exactement ce qui s'est passé au* Luxembourg *le soir de la mort de George.* Quand nous sommes tous allés danser, après les attractions, vous avez fait tomber votre sac. Un garçon l'a ramassé. Je dis *un* garçon. Ce n'était pas *le* garçon, le nôtre, qui savait parfaitement quelle était votre place, mais *un* garçon, un malheureux petit bonhomme, bousculé de tous côtés, qui courait porter une sauce à l'autre bout du restaurant. Il s'est baissé vivement, il a ramassé le sac et il l'a posé sur la table, près d'un couvert, exactement près du couvert qui se trouvait à gauche de la place où vous-même vous vous étiez assise. George et vous, vous revenez à la table les premiers et vous allez directement, vous, vous asseoir à la place marquée par votre sac, exactement comme Kemp, dans mon expérience, va s'asseoir à la place marquée par sa pipe. George s'assied à la place qu'il croit être la sienne, à votre droite. Et, quand il proposera de boire au souvenir de Rosemary, il prendra en main *un verre qu'il croit être le sien et qui est en réalité le vôtre*, un verre dans lequel on a pu jeter du poison, sans recourir à des pratiques magiques, puisque la seule personne *qui n'a pas bu* immédiatement après les attractions, c'est nécessairement *la personne à qui le toast était porté.*

« Maintenant, reprenez toute l'affaire. Les choses se présentent autrement. La personne qu'on veut supprimer, *c'est vous*, et non pas George. Et il semble bien, alors, *qu'on s'est servi de George.* Qu'aurait-on dit si les choses s'étaient passées comme l'assassin l'espérait? Qu'au cours d'un souper, qui était une réplique de celui au cours duquel Rosemary s'était donné la mort, sa sœur s'était suicidée. On aurait parlé d'une épidémie de suicides dans la famille, on aurait trouvé dans votre sac le morceau de papier ayant contenu le poison et l'affaire aurait été fort claire. On aurait dit que vous aviez trop songé à la mort de votre sœur et on aurait ajouté : « C'est très triste; mais, vous savez, ces jeunes filles riches sont très souvent neurasthéniques! »

— Mais, dit Iris, pourquoi quelqu'un pouvait-il vouloir me tuer? *Pourquoi?*

— Pourquoi?... Mais simplement parce que vous avez de l'argent, petite fille! L'argent, uniquement. Vous avez hérité la fortune de Rosemary. Supposons que vous veniez à mourir, non mariée. A qui va votre argent? Réponse : à votre parent le plus proche. Autrement dit à Lucilla Drake. D'après ce que nous savons de la brave dame, il est difficile de la supposer capable de commettre un meurtre. Mais n'y a-t-il personne d'autre qui se trouverait bénéficier de votre mort? Mais si! Victor Drake. Que Lucilla ait de l'argent, et c'est exactement comme s'il l'avait dans sa poche. Pour ça, on peut compter sur lui. N'a-t-il pas toujours fait de sa mère ce qu'il a voulu? Lucilla Drake est à écarter, mais Victor est à retenir. C'est un meurtrier très possible... Et, d'ailleurs, depuis le début de l'affaire, nous entendons parler de lui. Il est là, un peu estompé, un peu inconsistant, il demeure dans l'ombre, mais il est là!

Iris n'était pas convaincue. Elle protesta :

— On parle de lui, c'est vrai, mais il est en Argentine! Il y a plus d'un an qu'il est en Amérique du Sud!

— Vraiment?... Nous en arrivons à ce qui constitue la substance même de toutes les histoires qui ont été écrites. Le vieil axiome : « Les garçons sont pour les filles!... » Et inversement. L'histoire qui nous occupe a commencé avec la rencontre de Ruth et de Victor. Tout de suite, il la tient. Eh bien! J'imagine qu'elle est tombée follement amoureuse de lui. Il arrive encore assez souvent qu'une femme à la tête froide, respectueuse des lois et des institutions, s'amourache d'une fripouille bien conditionnée.

« Réfléchissez un instant et vous serez obligée d'admettre, Iris, que la seule preuve que nous ayons de la présence de Victor en Amérique du Sud, c'est le témoignage de Ruth. On ne l'a jamais vérifié, ce témoignage, parce qu'on ne pensait pas sérieusement à Victor. Mais réfléchissez! C'est Ruth qui, après la mort de Rosemary, déclare qu'elle a vu Victor s'éloigner des côtes anglaises sur le *Cristobal*! C'est Ruth qui, le jour de la mort de George, propose de passer un coup de téléphone à Rio! Et c'est elle encore qui, le même jour, un peu plus tard, congédie la téléphoniste qui pourrait, sans y voir malice, révéler que ce prétendu coup de téléphone n'a jamais été donné!

« Et voici ce que nous avons trouvé. Victor Drake est arrivé à Rio par un paquebot qui avait quitté l'Angleterre, *le lendemain de la mort de Rosemary*. Ogilvie, l'agent de George Barton à Rio, n'a pas eu de conversation téléphonique avec Ruth au sujet de Victor le jour de la mort de George. Enfin, *Victor Drake a quitté Rio pour New York il y a quelques semaines*. Il lui a été facile, là-bas, de prendre des dispositions pour qu'un câble signé de lui fût envoyé à sa mère à un jour déterminé, un de ces câbles dans lesquels il demandait de l'argent et qui, celui-là, apporterait en Europe la preuve indiscutable qu'il était, le soir de la mort de George, à des milliers de kilomètres de Londres. Alors qu'en réalité...

— Alors qu'en réalité?...

Anthony arrivait au point culminant de son récit avec un évident plaisir. Il dit lentement :

— Alors qu'il était en réalité au *Luxembourg*, assis à la table voisine de la nôtre, avec une petite blonde pas tellement bête!

— Vous ne voulez pas dire que c'était cet homme si vilain?

— Il n'était pas tellement vilain, malgré sa peau jaunâtre et ses yeux injectés de sang, particularités physiques qui s'obtiennent l'une et l'autre par le maquillage et qui changent considérablement l'aspect d'un individu. De tous ceux qui étaient assis à notre table, j'étais le seul, Ruth exceptée, à connaître Victor Drake... *et encore ne l'avais-je jamais connu sous ce nom-là!* Je lui tournais le dos avec application. En arrivant, tandis que nous prenions des cocktails au bar, j'avais bien pensé reconnaître un certain Gordmann « le Singe », que j'avais connu en prison, mais, comme je menais maintenant une vie digne et respectable, je ne tenais pas à ce qu'il me reconnût. Je ne me suis jamais douté que Gordmann était pour quelque chose dans le crime et encore moins qu'il ne faisait qu'un avec Victor Drake!

— Mais, ce crime, comment a-t-il pu le commettre?

D'un geste, Anthony passa la parole au colonel Race, qui dit :

— De la façon la plus simple du monde! Pendant les attractions, il est allé au téléphone, passant pour cela devant notre table. Drake avait été acteur et aussi, ce qui, en l'espèce, lui était plus utile encore, *garçon de restaurant*. Pour un ancien comédien, se faire une tête et jouer le rôle de Pedro Moralès, c'était l'enfance de l'art. Mais se mouvoir aisément autour d'une table, verser le champagne, avoir le geste et le maintien d'un professionnel, voilà qui exigeait quelqu'un qui eût vraiment été *un vrai garçon de restaurant*. Une maladresse aurait suffi à attirer l'attention sur lui, mais, tout le monde ayant les meilleures raisons de le prendre pour un garçon authentique, personne ne devait le remarquer. D'ailleurs, vous regardiez le spectacle et vous ne vous intéressiez pas aux garçons qui, en somme, dans un restaurant, font partie des meubles.

— Mais... Ruth? demanda Iris, après un instant d'hésitation.

— C'est Ruth, répondit Anthony, qui a glissé le morceau de papier dans votre sac, probablement au vestiaire, au commencement de la soirée. Elle ne faisait que répéter là un geste qu'elle avait accompli il y a un an, dans les mêmes conditions, pour Rosemary.

— Une chose m'étonne, dit Iris. Comment se fait-il que George, qui consultait Ruth sur tout, ne lui ait pas parlé des lettres?

— Mais c'est la première chose qu'il a faite! répondit Anthony en riant. Et c'est parce qu'elle savait bien qu'il n'aurait rien de plus pressé que de les lui montrer qu'elle les lui a écrites! Il ne lui restait plus, ensuite, qu'à pousser George à adopter ce « plan » mirifique, dont il se croyait l'auteur, alors que c'était elle qui l'avait combiné! La mise en place était parfaite, tout était prêt pour le suicide numéro 2! Pour le reste, que George penserait qu'ayant tué Rosemary vous vous donniez la mort par remords ou par crainte, il pouvait choisir, pour Ruth ça ne faisait pas de différence!

— Et dire que je l'aimais!... Que je l'aimais beaucoup même et que je souhaitais lui voir épouser George!

— Elle aurait peut-être été pour lui une excellente femme si elle n'avait pas rencontré Victor, remarqua Anthony. Moralité : il n'y a pas une criminelle qui n'ait été une brave fille à un certain moment.

— Et tout ça pour de l'argent!

— Mais oui, petite innocente, c'est pour de l'argent qu'on fait ces choses-là! Victor, lui, ne songeait qu'à l'argent. Ruth, elle, songeait un peu à l'argent, un peu à Victor, qu'elle aimait, et un peu aussi, je crois, à Rosemary, pour qui elle nourrissait une véritable haine. Un crime ne lui coûtait plus, puisque après avoir essayé de vous écraser avec une voiture, elle est montée à votre chambre, non sans avoir, au préalable, été faire claquer la porte d'entrée pour donner le change à Mrs. Drake, qu'elle venait de quitter. Quand elle est arrivée dans votre chambre, était-elle calme?

Iris réfléchit :

— Mon Dieu, oui, dit-elle ensuite. Elle a frappé doucement à la porte, elle est entrée, elle m'a annoncé que tout était arrangé pour les obsèques et elle m'a demandé si j'allais mieux. J'ai répondu que j'étais encore un peu fatiguée. A ce moment-là, elle a pris sur ma table ma grosse lampe électrique et elle m'a dit qu'elle était vraiment très belle. Après, je ne me souviens plus de rien!

— Et ce n'est pas étonnant, chérie, fit Anthony, parce qu'avec la belle lampe électrique elle vous a administré sur la nuque, et au bon endroit, un bon petit coup bien calculé, pas trop violent, mais suffisant pour vous estourbir. Après, elle vous a gentiment allongée près du radiateur, elle a vérifié la fermeture de la fenêtre et ouvert le gaz en grand, est sortie, a passé la clef sous la porte, a bien appliqué le tapis contre le bas de la porte et elle est partie. Kemp et moi, quand nous l'avons entendue descendre, nous avons eu tout juste le temps de nous cacher dans la salle de bain. Puis, tandis que je me précipitais en haut, Kemp la prenait en filature et la suivait jusqu'à l'endroit où elle avait garé sa voiture. Je vous dirai, au passage, que j'avais trouvé assez bizarre la façon dont elle avait essayé de nous convaincre qu'elle avait eu toutes les peines du monde à venir par le métro et l'autobus.

Iris poussa un soupir :

— Toute cette peine qu'elle a pu se donner pour me tuer! C'est vraiment horrible! Mais elle me haïssait donc aussi?

— Je ne crois pas. Mais Miss Ruth Lessing était une jeune femme qui se flattait de ne pas perdre son temps, que ce fût au bureau ou ailleurs. Complice de deux assassinats, elle ne pouvait se faire à l'idée qu'elle avait deux fois risqué sa tête pour rien. Je suis convaincu que Lucilla Drake lui aura fait part de votre intention de m'épouser d'un jour à l'autre et qu'elle en a conclu qu'il ne fallait pas attendre plus longtemps pour en finir avec vous. Car, après notre mariage, votre plus proche parent aux yeux de la loi, ce sera moi, et non plus Lucilla...

— Pauvre tante! Je suis bien triste pour elle!

— Nous le sommes tous. C'est une brave femme, bien gentille et bien inoffensive.

— Est-ce que Victor est vraiment arrêté?

Du regard Anthony interrogea Race, qui répondit :

— On l'a arrêté à New York ce matin, à sa descente de bateau.

— Est-ce qu'il avait vraiment l'intention d'épouser Ruth, plus tard?

— C'était l'idée de Ruth... Et sans doute aurait-il fini par la faire sienne...

Elle réfléchit un instant et dit :

— Anthony, il me semble que je déteste mon argent!

— Eh bien, ma chérie, nous trouverons moyen de l'employer à de nobles tâches. J'ai de quoi vivre et de quoi assurer à ma femme un confort raisonnable. Votre argent, à vous, nous le distribuerons, nous créerons des orphelinats, nous achèterons du tabac pour les vieillards nécessiteux, nous financerons une campagne de presse qui apprendra aux Anglais ce qu'est le véritable café, nous...

— C'est ça, fit-elle, souriant. Et j'en garderai un peu pour moi. Comme ça, si un jour j'en ai envie, je pourrai vous tirer ma révérence et aller vivre de mon côté!

— C'est dans cet esprit-là, Iris, que vous comptez vous marier?... Au fait, vous ne m'avez pas interrompu une fois pour me dire : « Tony, vous êtes magnifique! » ou « Tony, je vous admire! »... Que signifie?

Le colonel Race jugea le moment venu de se lever.

— Je vais prendre le thé chez les Farraday, annonça-t-il.

Clignant de l'œil pour le bénéfice de Browne, il ajouta :

— Je suppose que vous ne venez pas avec moi?

Anthony fit non de la tête et Race se dirigea vers la porte. La main sur le bouton, il se retourna à demi et dit, par-dessus son épaule :

— Vous avez fait une belle exhibition, Browne!

La porte refermée, Anthony dit :

— Il faut croire que c'est là le plus beau compliment qu'un Anglais puisse décerner...

Iris ne sourit pas.

— Il pensait que j'étais coupable, n'est-ce pas? demanda-t-elle.

— Il ne faut pas lui en vouloir pour ça! Il a rencontré dans sa vie tant d'espions étonnants, qui volaient les formules secrètes et roulaient les états-majors, que ça lui a aigri le caractère et perverti le jugement. Dans toutes les affaires, pour lui, le coupable c'est la jolie fille!

— Pourquoi, vous, ne m'avez-vous pas crue coupable?

— Probablement parce que je vous aimais!

Il avait lancé la phrase en plaisantant, avec un léger haussement des épaules.

Mais, soudain, son visage changea d'expression. Ses traits étaient devenus graves. Sur la table placée près du divan, il venait d'apercevoir un petit vase dans lequel il n'y avait qu'une fleur.

Une fleur mauve...

Presque à mi-voix, il dit :

— Le romarin fleurit en cette saison?

— Quelquefois, répondit-elle. Quand l'automne a été doux...

Il la prit délicatement et la tint un instant contre sa joue. Il fermait les yeux à demi et revoyait de beaux cheveux acajou, de grands yeux rieurs, une bouche rouge et passionnée...

D'un ton qu'il voulait sans émotion, il dit :

— Elle ne rôde plus autour de vous, n'est-ce pas?

— Que voulez-vous dire, Tony?

— Vous savez bien de qui je parle... Rosemary... Il me semble, Iris, qu'elle savait que vous étiez en danger...

Il porta la fleur à ses lèvres.

Puis il alla à la fenêtre, qu'il ouvrit, et, d'un geste très doux, il jeta la fleur dans le jardin, disant :

— Adieu, Rosemary!... Merci!

— Rosemary, merci! dit Iris en écho.

Table

7 *Un cadavre dans la bibliothèque*
143 *Le secret de Chimneys*
305 *Les vacances d'Hercule Poirot*
481 *Meurtre au champagne*

Ce dixième volume des œuvres complètes d'Agatha Christie a été réalisé d'après les maquettes de Pierre Faucheux. Composé en baskerville, il a été achevé d'imprimer, pour le compte de la Librairie des Champs-Elysées, sur les presses de l'Imprimerie Aubin à Ligugé le 10 octobre 1980

D.L. 4e trimestre 1980. N° Editeur : 1822-10-1980

N° Imprimeur : L 12886
ISBN : 2-7024-0619-X

H 52/2460/5